CW01638994

PMR Publications

PMR Publications

Kurt Seyt & Murka / Nermin Bezmen . nbezmen@pmr.com.tr

ISBN: 975-95358-1-5

1.BASKI: Baskı Ocak 1993
25.BASKI: Mayıs, 2008

Editör: Neclâ Feroğlu

Baskı: Plasmat Basım Tanıtım San. Tic. Ltd. Şti.

PMR Dijital Tasarım, Bilişim, Yayıncılık, Tanıtım ve Pazarlama Ltd. Şti.

Ayşe Sultan Korusu No:11, 80810 Bebek, İstanbul
Tel: (0212) 287 81 94 Fax: (0212) 287 81 95

www.pmr.com.tr/publications
publications@pmr.com.tr

NERMİN BEZMEN

KURT SEYT & MURKA

Ayşe Sezgin
2014

PMR Publications

NERMİN BEZMEN, gelenekselden naife ve klâsiğe, minyatürden özgün baskıya ve restorasyona uzanan sanat yelpazesini, yoga felsefesi ve müzikle beslediği uzun senelerden sonra, ilk kez 1991'de okurla buluştu.

TRT'de canlı yayın sunuculuğu, çeşitli dergilerde köşe yazarlığı, röportaj dizileri ile panel organizasyon-yönetimi ve halkla ilişkiler, yoga eğitmenliği yapan *Nermin Bezmen,* yirmi beş yıldır atölyesinde yetişkinlere ve çocuklara resim dersi vermekte, yazılarını *Chronicle* dergisindeki köşesinde sürdürmektedir.

Uzun süren araştırmaları ışığında nakış gibi işlediği detayları, tarihin sessiz kalmış gerçeklerini, titizlikle uyarladığı karakter tahlillerini, gerçekçiliğin vuruculuğuyla roman ve öykülerine aktardı. Okurlar da bu satırlarda, kendilerini, düşlediklerini, hüzünlerini, endişelerini veya çok yakınlarından bir esintiyi yakaladılar.

2002'de, Edebiyat dalında *Haliç Rotary Kulübü* "Meslek Ödülü"ne layık görülen yazar, evli ve iki çocuk annesidir.

Nermin Bezmen'in diğer eserleri:

Uyandıran Aşk (Şiir,1991), Kurt Seyt & Shura (Roman,1992), Kurt Seyt & Shura İngilizce (Roman,1993), Mengene Göçmenleri (Roman, 1994), Zihnimin Kanatları (Denemeler, 1995), Türkuaz'a Dönüş (Derleme-Roman, 1996), Bir Gece Yolculuğu (Fantastik Roman, 1999), Fuad Bezmen Bir Duayen'in Hatıratı (Derleme-Anı, 2002), Sır (Roman, 2006), Kırk Kırık Küp (Hikâye 1999, 2006), Aurora'nın İncileri (Roman, 2007), Sırça Tuzak (Roman, 2008).

Sevgili Okurlarım,

Kurt Seyt ve Shura romanımda tanıdığınız dedemin, hayatının ikinci bölümünde, yine sizlerle buluşmanın mutluluğunu yaşıyorum.

Kurt Seyt ve Shura romanım piyasaya çıktıktan sonra 1992 Ağustosu'nda, eşim *Pamir'le Kırım'a* yaptığım bir gezide, sokak sokak, kapı kapı dolaşıp ailemin izlerini aradık. Artık ne *Eminoflar* kalmıştı ne de *Sadovi* diye bir cadde. Hüzünlerime çare bulmaya gitmiştim Kırım'a ama ek hüzünlerle döndüm geriye; birkaç yerde isim, adres bırakıp.

Döndükten iki ay sonra, *St. Petersburg* ve *Taşkent'ten* arka arkaya gelen iki mektup, beni sevinçten çılgına çevirdi. Gönderenler, *Lennara Eminova Başkirtseva* ve *Layla Eminova Cemilova* idi. Büyükbabaları, büyükbabam *Mirza Eminof'un* kardeşiydi. Gayet zor şartlarda birbirimize ulaştırabildiğimiz soy ağaçlarımızın eksiklerini yeni yeni tamamlıyoruz. Tabii, onlardan öğrendiklerim de hikâyemde yerini bulmalıydı. Bu arada, Dedem *Kurt Seyt'le* beraber kaçmaya çalışırken *Bolşeviklerin* vurduğu amcamın adının *Osman* değil, *Mahmut* olduğunu öğrendim. *Aluşta'da* kalan ama yıllar sonra Bolşeviklerin katlinden kurtulamayan diğer amcam ise *Osman'dı. Aluşta'da* aile evleri içinden, yerinde bir tek onun evi kalmıştı. Benim, etrafında gözyaşlarıyla dolaşıp pencerelerinden bir tanıdık yüz görmeyi beklediğim ev, işte onun eviydi. İşte, bunun gibi daha nice detayı, aslında bir kocaman bilmecenin çözümü olan romanımda kendi köşelerine yerleştirmeden yapamazdım. Tarihin içinden, şimdiye dek saklı kaldıkları karanlıktan çıkan doğruların, yerlerine oturmasının zamanı gelmişti.

Tarihi gerçeklerin, ancak tarihi saptıranların baskısı kalktığı zaman ortaya çıktığını öğrendiğim araştırmalarımda, hâlâ esas sona ulaştığıma inanmıyorum. Ama *Kurt Seyt'in* hayatının müsaade ettiği kadar, onunla olup onun yaşantısına paralel, doğruları yakalamaya çalıştım.

Diğer taraftan, o kadar uzun yıllardır dedemle beraber yaşadım ki, o, benim için, zamanını yaşamış, ölümüne şahit olmuş insanların hafızasında kaldığından çok daha canlı yaşıyor. Fotoğrafları, hayatı derken, gülüşü, küsüşü, sigarayı parmakları arasında tutuşu, votka kadehini başına dikişi, göz kırpışıyla o, çalışma masamın bir köşesinde, canlı, oturuyor senelerdir. Onunla beraber olmaya o kadar alıştım, sevgilerini, hüzünlerini o kadar içimde hissettim ki, bu romanı bitirmek, ona tam hayat vermişken yeniden öldürmek gibiydi. Onu kaybetmek istemiyordum.

Ama ne var ki, *Kurt Seyt*, artık sadece benim dedem değil, o, binlerce okurumun, hayatının devamını beklediği bir roman kahramanı. Hataları ve sevaplarıyla, gerçek ve çılgın yaşantısıyla, nice insanın kütüphanesinde yeniden ruh bulan bir fani. Onu kaybetmek istemememe rağmen, artık paylaşma zamanımın geldiğini hissediyorum. Zamanın derinliğinde gizli kalmış, bugüne dek anlatılamamış kırgınlıkların da artık yavaş yavaş konuşulması gerektiğine olan inancımla, dedemin hayatı paralelinde, ben kendi payıma düşen dersleri alırken, ailemin yaşayan ve henüz dünyaya gelmemiş diğer fertlerine de bazı mesajlar verebilmiş olmayı ümit ediyorum. Anlattıklarımın içinde, kendini birilerine benzetenler veya doğrudan kendini bulanlar olacaktır. Ben, doğruları, olduğunca şaşmadan, ancak bazı kişileri rencide etmemeye çalışarak yazdım. Ama yıllar sonra yaşayıp da, hâlâ kalbinin bir köşesinde insaf kalmış olanların, bir nebze de olsa vicdan azabıyla, geçmişteki kendilerini yargılamalarını istiyorum. Ve tabii, gerçekleri bilmeden, gerçeklerden kaçıp, gerçekten yara almış olanları suçlayanlara da henüz çok geç olmadan bir kez daha düşünme imkânı vermek istiyorum. Ama dediğim gibi, ben sadece yazarım, başkaları adına günah çıkaramam.

Romanımın finalindeki sebepler zinciri içinde belirtmek zorunda kaldığım gerçeklerin, anlayışla karşılanacağını ümit ediyorum. Çok düşündüm ama bir kez yazılanın doğru kabul edileceğinin bilincinde, doğrudan ayrılamadım.

Mühim olan, hüzünleri ve küslükleri tekrarlamamak değil mi? Yaşananlardan ders almayı bilemiyorsak, onları yaşanmamış farz etmek kimi kurtarır?

Kurt Seyt ve Shura'nın bittiği zaman diliminden başlamak üzere yaşayacağımız yeni serüvende buluşmak üzere...

Teşekkür

Sevgili anneannem, dedemin Murka'sı, sana bir kez daha şükranlarımı iletiyorum, anımsadığın ve anlatma sabrını gösterdiğin anılar için,

Anneciğim, dedemin Lemanuçka'sı Leman Ulus, benimle paylaştığın biraz keyif, biraz hüzün dolu yıllar ve özellikle beni doğurduğun için,

Sevgili Sevim teyze, Sevim Kurtbelen, kendi hatıralarınız ve fotoğraflarınızla verdiğiniz destek için,

Dedem Kurt Seyt'in Kırım'dan kopuşundan yetmiş beş yıl sonra izini bulabildiğim akrabalarım, Lennara Eminova Başkirtseva ve Layla Eminova Cemilova'ya, mektuplarla ulaştırdıkları, tarihte gizli kalmış detaylar için,

Bana Barones Valentine von Clodt Jurgenzburg, sevgili Tinuçka'dan miras kalan dostlar, sevgili Lola Arel ve Leonid Senkopopovski, benim yakalamaya çalıştığım yıllardan kalan anılarınızla, düşlerimi canlandırdığınız için,

Sevgili Jak Deleon, Düşlerle uyu! Senin "iğneardı" titizliğiyle işlediğin araştırmaların, ilk romanımda olduğu gibi yine bu defa da âdeta başvuru sözlüğüm oldu, hepsi için,

Sayın Gürol Sözen, Müstecabi Ülküsal ve Pars Tuğlacı, değerli kitaplarınızdaki bilgilerle, arşivimdeki bazı anıları konfirme etmemi sağladığınız için; ayrıca 25. baskı için kitabı tape eden Hatice Taş'a ve titiz emeği ile katkıda bulunan sevgili editörüm Neclâ Feroğlu'na teşekkürler.

İlk romanım Kurt Seyt ve Shura hakkında olumlu yaklaşımları ve beni daha iyiye yönlendirecek eleştirileriyle büyük destek olan basın, radyo ve televizyon dünyasının emekçilerine çok şey borçluyum.

Senelerce süren emeğimi, çabalarımı, ailemin anılarıyla beraber bana miras kalan hüzünlerin ve hasretin hikâyesini benimle paylaşan, mektuplarında, telefonlarında candan hislerini bana aktaran okurlarım, yazmaya devam ediyorsam, bunda sizin payınız çok büyük. Sağ olun!

Canım yavrularım Pamira ve Pamir Cazım, dünyaya miras bırakacağım en güzel eserlerim olan sizlerin bu anıları noktalayana kadar gösterdiğiniz anlayışı unutmayacağım.

Canım kocam Pamir Bezmen, benim bile kendime tahammül edemediğim uç noktalarda, yeniden ben olmamı bekleme sabrını senden başkası gösteremezdi, beni senden daha iyi tanıyan olmayacağı gibi.

Ve canım oğlum, bir kez daha, ilk göz ağrısı romanlarımı yaşatmaya devam ettiğin için, kendim ve kahramanlarım adına teşekkürler.

Canım Dedem'e Açık Mektup

Ne desem ki?... Nasıl başlasam?... Şu an, sekiz senedir oturmakta olduğun yerden bana bakıyorsun. İlk kez bu akşam anlam veremiyorum bakışlarına. Romanına nokta koyduğum için mi acaba? Benimle hiç mi konuşmayacaksın artık? İnan dedeciğim, benim için de tahmininden çok zor bir an bu. Biliyor musun, aylardır niye bitiremedim bu romanı, sırf senden ayrılmamak için. Sekiz senedir, burada, bu masada, yanı başımda, benimlesin. Fotoğraflarındaki bakışların, duruşların artık o sepya kartonlardan sıyrıldı benim için. Sen, lacivert menevişli gözlerin, muzip gülüşün, göz kırpışın, alaylı kahkahan, hırçınlığın, tok, kesin ifadeli sesinle, burada benimle sayfaları deviriyorsun senelerdir. Gece gündüz demedin, ben ne saatte buradaysam, sen de buradaydın. Ama ben de senin gündüzlü geceli, bütün hayatında yanındaydım, değil mi?

Seninle yeniden doğdum, hem de nerelerde, sünnet bile oldum seni takip edeceğim diye. Kimlere âşık oldum, nerelere yolculuk ettim senin hayatınla. Karpatlar'da harbe bile gittim. Yaralandım. İhtilâlde sürüklendim, kaçtım; aldandım, aldatıldım. Seninle özledim, seninle ağladım, senin için ağladım en çok da.

Ben seni yaşattım bunca sene yeniden. Seninle yaşayıp seni anlayamayanlara kızdım. Seninle beraber votkalar devirdim buzlu kadehlerde. Kaç defa kar yağdı ben sayfaları devirirken, nice rüzgârlar geldi bu tarafa Aluşta kıyılarından, senin özlediğin kokuları sürükleyen. Ve ben, senin doğduğun yerlere gittim, at sürdüğün yerlerde dolaştım, yüzdüğün gölün kıyısında ağladım. Kırım'ın yağmurunda servi ağaçlarının salınışını seyrettim, yaz mehtabında. Hani anlattığın gibi, gümüş elbiseler giymiş, balerinler gibi salınışlarını seyrettim gecelerce.

Yeniden büyümüş Kırım'ın servileri. Dönüp geldiğimde vatan hasretini duydum senin duyduğunca. Ağlayıp duruyorum o günden beri, her yüreğim özlemle burkulduğunda. Sanki senin geride bıraktığın topraklar benimmiş gibi bir hüzünle. Belki sen bunca ağlayamamışsındır. Ben senin yerine de ağlıyorum şimdi. Seninle dimdik yürüdüm Pera'da, seninle Kırım türküleri söyledim ve antik Rus ezgileri. Kulağımda müzik, seni soludum, seni duydum Rejans'ın, Volkof'un, Orient Bar'ın keyif puslu akşamlarında.

Ve... ve... ciğerlerin nefese susadığında, ben de nefessizdim seninle beraber. Geceler boyu derin soluk almaya çalıştım senin için. Senin eski günlerinin hayâllerini seyrettim hayâl perdelerinde, seninle beraber. Ölümü gördüm sen gördüğün an. Niye ölümü gördüğünü anladım. Ve onu niye beklediğini. O kadar iyi anladım ki... Ölümün bile seni benim anladığım kadar anladığını sanmıyorum.

Şimdi canım dedem, senin ölümünü yazarken, sanma ki seni bir kez daha ölüme terk ediyorum. Sen şimdi, ölümünü okuyan binlerin kütüphanesinde, düşlerinde, binlerce kez yeniden doğmak üzeresin. Ve sen, benden sonra da yaşayacaksın. O zaman sen de beni zamanın içinden yanına çekip hayat verir misin?

Ocak, 1993

KURT SEYT & MURKA

1924 Baharı
İstanbul

Kalbi ağrıyordu. Yüreği keskin bir bıçağın ardı ardına darbeleriyle ince ince kıyılıyordu âdeta. Ağrı ile sızı karışımı bir acıydı hissettiği. Karaköy rıhtımından ayrıldığından bu yana ne kadar zaman geçmişti? Bir saat, belki de iki... Yolunu mümkün olduğunca uzatıp duruyordu. Nereye gitmek istediğini bilmiyordu. Aslında şu an özellikle gitmek istediği bir adres de yoktu. Sevdiği kadınla vedalaştığı anı düşündü. Birkaç dakika önce miydi yoksa saatler mi olmuştu? Sekiz senelik o büyük aşk nasıl ikişer kelimelik sözcüklerle bitivermişti? Shura'nın vedası, kulağında yeniden duyuluyor tazeliğiyle çınladı.

"Dasvidanya Seyt." demişti genç kadın, kırgın, küs bir sesle, başını hiç ondan yana çevirmeden. Gözlerinde yaş vardı sevgilisinin, Seyit bunu biliyordu. Göz göze geldikleri an ağlayacağını da biliyordu. Onca senenin aşkı, mutluluğu, macerası, hayâlleri ve paylaşılmışlığı bitmişti işte, öylesine çabuk ve kolay... Gerçekten de bitmiş miydi aşkları? Yoksa sadece tekrar hatırlanmak üzere hafızalarda dondurulmuş muydu? Bitmediyse bile eskinin bütün yaşanmış güzellikleri şimdi Paris yolunda bir yolcu gemisinde Shura'ya beraber gidiyordu.

Kendini tükenmiş hissediyordu. Evet, sadece büyük aşkı değildi uzaklaşan; kendi geçmişi, ulaşamayacağı hayâlleri ve artık bir daha dönemeyeceği memleketi, bir daha hiç göremeyeceği ailesi, arkadaşları, geçmişiyle ilgili her şey, o büyük aşkla aynı vapurda, başka bir ülkeye gidiyordu. Geride ise kırık dökük bir şeyler kalmıştı işte. Zaten hayatının ne kadarını yaşanmış kadar yakın hissediyordu ki? Son altı senesini mi?... Ondan önce yaşadığı yıllar, ayrı bir mekânda, ayrı bir zamanda hapis kalmış gibiydi. Niye o kadar çabuk geçmişti yıllar? Hakikaten çabuk mu geçmişti? Ya asırlar kadar ötede kalan yıllar? Onlar da aynı hayatın bir parçası değiller miydi? Nasıl oluyor da aynı süreçte yaşananların kimi yakın, kimi çok uzak görünüyordu? Bunun yaşanan acılarla veya mutluluklarla bir ilgisi var mıydı acaba?

Kafasının içi sorularla, yüreği sızıyla dolu, o kadar kendinden geçmiş yürüyordu ki, Kalyoncu Kulluk Sokağı'na geldiğini fark edince şaşırdı. Ayakları onu, çok iyi bildikleri adrese kendiliğinden getirmiş olmalıydı.

Çamaşırhanenin önünde Volkof Restoran'ın komileri, getirdikleri masa örtülerini içeriye taşımakla meşguldü. Seyit'i görünce, saygılı bir edayla yolu açtılar. İşveli, incecik bir kadın sesi, eski bir Rus halk ezgisini arka bahçeden sokağa taşıyordu. Onun içeriye girdiğini gören ütücü kızlardan biri, sesin geldiği koridora doğru seğirtip, "Şışşt!" diyerek arkadaşını susturmaya çalıştı. Genç adam, işyerindeki disiplini sağlama çabasından aniden vazgeçti. Rus kızının söylediği şarkı, âdeta Rusya'nın steplerinden, Yalta ormanlarından esip, baharın ılık havasını ve içini yakan ateşi bastıran serin bir rüzgâr gibi gelmişti.

Kendisini kırık şiveleriyle, "Hoş gelmişsiniz Seyt Bey" diye karşılayan Rum kızları ve kendi lisanlarında karşılayan Rus kızları arasından, kayıtsız bir selâmla, yukarı kata, odasına çıktı. Şu an kimseyle bir arada olmak, konuşmak istemiyordu. Kendisi ve hayâlleriyle baş başa kalmaya ihtiyacı vardı.

Odaya girince sırtını kapıya dayayıp bir müddet öylece kaldı. Sanki yaşanmakta olan ve bir ertesi gününün ne olacağı belli bir dünyayı geride bırakmıştı. Şu an önünde, geçmişte kalmış, yaşamı bitmiş ve bir daha tekrarı olmayacak bir dünyanın görüntüsü vardı ve o, bu iki dünya arasındaki sınırda duruyordu. Kapının kolunu kavramış olan sağ elini sıktı. Zamana tutunmak ister gibiydi. Ardında kalan dünyadan gelen seslerin aksine, içinde bulunduğu odanın sükûnete davet eden durgunluğu, onu gerçeğinin dışındaki şeyleri düşünmeye itiyordu. Kapıyı kilitleyip konsola doğru yürüdü. Votka karafından kadehini doldurdu. Koca bir yudumla neredeyse tamamını içtiği içkisini tazeleyip bir de sigara yaktı. Açık camdan gelen aydınlıktan ve seslerden ne kadar rahatsız olduğunu fark edince, pencereyi ve kalın kadife perdeleri kapattı. Şu an dışarıda neler olduğu, kimlerin ne konuştuğu, nasıl yaşadığı onu hiç ilgilendirmiyordu. Geçmişiyle ve hayâl âlemiyle baş başa kalmaya ihtiyacı vardı.

Yastığa sırtını verip yatağa oturdu. Votkasından bir büyük yudum, ardından sigarasından derin bir nefes aldı. İçkinin, dilinde bıraktığı burukluğu yalayan nikotinin yarattığı acılık, boğazına, oradan ciğerlerine kadar indi. Bunların hiçbiri, yüreğinde duyduğu acıyı unutturamıyordu. Bir yudum daha... ardından bir nefes... Aşağı kattan gelen sesler, çalışanların yavaş yavaş dağıldığını anlatıyordu.

Kapının yavaşça vurulmasıyla kendine geldi. Muhasebeci, kibar bir Rusça'yla, herkesin dağıldığını, bir arzusu olup olmadığını soruyordu. Seyit, umursamazca fakat kibar bir sesle, gayet kısa bir cevap verdi.

"Teşekkürler. İyi akşamlar Pyotr Sergieviç."

"Hayırlı geceler Seyt Eminof."

Aslında şu an yaptığı işle mesleğinin hiçbir ilgisi yoktu Pyotr Sergieviç'in, rakamlarla yakınlığı dışında. Moskovalı bir maden mühendisiydi. Yaşını tahmin etmek oldukça güçtü. Saçları beyazlanmamıştı ancak alnı açılmıştı. Duru beyaz teni, uçuk mavi gözleri, ince parmakları vardı. Hep ölçülü, kibar tavırlarından, aristokrat bir aileden geldiğini kestirmek pek zor değildi.

1920'de Sivastopol Bolşeviklerce düşürüldüğünde, Kırım kıyılarından ayrılan General Wrangel'in son gemilerinden birine sığınarak kaçmıştı. Fazla konuşmazdı. Seyit ondan, sadece bir kez, bir içki sofrasında, en çok Rusya'da bıraktığı yaşlı babasını ve piyanosunu özlediğini duymuştu. Hiç, bir kadından bahsetmemişti Pyotr Sergieviç. Belki hiç sevmemiş, belki de sevdiği kadından ayrılmak onu öylesine yaralamıştı ki, konuşmak istemiyordu. Aynen şu an kendisinin olduğu gibi. Çünkü konuşmak, geçmişte yaşananları tekrar yaşatmıyordu insana. Halbuki düşünmek, yeniden geçmişin dünyasına götürüyordu kişiyi.

Şu an yapmak istediği kesinlikle buydu... Öylesine geçmişe dalmak istiyordu ki, hiç konuşmadan bütün o uzak günlerde konuşulanları yeniden duysun, hiç kıpırdamadan aynı olayları yaşasın... Belki ancak bütün geçmişini canlandırırsa, o yılların hakikaten yaşandığına ve bittiğine inanacaktı. Kendisini yeniden bulması ve bir yerden yeniden başlaması lâzımdı.

Yataktan kalktı. Tazelediği içkisi ve sigarası elinde, pencerenin yanındaki koltuğun geniş kucağına gömüldü. Etraftaki bütün sesler yerini kararmakta olan bahar akşamının sükûnetine bırakmıştı. Bu hoşuna gidiyordu. Zira şu an, olmak istediği mekânlara ve zamanlara yolculuk yapabilirdi. Onu rahatsız edecek ne bir ses, ne bir nefes vardı etrafta. Başını koltuğa yaslayıp gözlerini kapadı. İşte, şimdi huzura kavuşacaktı. Hatıralar ne kadar yakınındaydı. Beyninde canlandırdıklarının, gözbebeklerinde görüntüye dönüşmesi kadar yakındı. Yıllarca, uzun yıllarca geriye gidebilirdi böylece.

Sahi, hatıralarında uzanabildiği en uzak yıl hangisiydi acaba? Hiç bugüne dek bunu düşünmemişti. Sünnet düğünü müydü? Yok, yok, ondan çok sene öncelerine gidebiliyordu.

Birden odanın içine yüksek, asırlık çınarların, servilerin, meşelerin, çamların yeşilliği ve serinliği doldu. İşte o muhteşem bahçe, çocukluğundan hatırladığı evinin bahçesi, gözlerinin önündeydi. Ormanla birleşen engin yeşilliğin içinde koşuşan kardeşlerini gördü ve kendisini... Ne kadar keyifliydiler ve ne kadar umursamaz... Kahkahalarla çimenlerin üzerinde yuvarlanıp duruyorlardı. Büyük çınar ağacının altına yavaş yavaş gri, yeşil renkleriyle ferforje iskemleler yerleşmeye başladı. Masalar, üzerlerinde soğuk limonatalar, bisküviler, kocaman gümüş semaverde bekleyen çay...

Üst kattaki pencerelerden birinden, annesinin çaldığı piyanonun büyülü sesi bahçeye doğru yayılmaya başladı. Bunu iyi hatırlıyordu. Chopin'in Bir Numaralı Piyano Konçertosu'nun ikinci bölümündeki noktürnün büyüleyici temasını kulağının dibinde duymaya başlamıştı. Kendisine hiç yabancı olmayan yeni sesler belirdi gittikçe yaklaşan. Atların nal sesi...

Piyanodaki parmaklar durmuştu. Birden annesini, evin ana girişindeki geniş mermer basamakların başında gördü. Vitray camların süslediği giriş kapısından çıkan genç kadın, zarif, ince, uzun endamını saran elbisesinin yere uzanan eteklerini tutarak merdivenlerden indi. Evin ikinci katına sarılarak çıkan mor salkım ve sarmaşık yapraklarının gölgesinden kurtulduğu an, duru beyaz teni, iri, lacivert menevişli gözleri aydınlığa çıktı.

Gül fidanlarının, ortasını süslediği çakıl taşlarıyla kaplanmış ön bahçeye giren süvari, atından inip dizginleri kâhyaya teslim etti. Kendisini karşılayan lacivert gözlerin menevişine heyecanlı bir bakışla karşılık verirken, karısını kollarıyla sardı ve beraber eve girdiler.

Ne kadar genç ve yakışıklıydı babası o yıllarda. Madalyalarla süslü üniformasını, gıcır gıcır çizmelerini giydiği vakit ne kadar heybetliydi. Babası, St. Petersburg'dan her dönüşünde ne kadar coşkulu olurlardı. O kısacık beraberliklerde ne kadar çok sevgiyi sıkıştırırlardı zamana. Mirza Eminof, Aluşta'daki bağlarını, mallarını her gelişinde denetler, sonra kâhyaya teslim eder ve yine görevine dönerdi. Bu kısacık ziyaretlerinde babasının çarla beraber yaptıkları seyahatleri, katıldığı resmi geçit törenlerini ve baloları dinledikçe, Seyit'in içi gider ve bir gün babası gibi çarın hassa alayında süvari subayı olacağı günü hayâl ederdi.

On iki yaşına girdiği yazı düşündü. Ne kadar yakınına gelmişti yıllar ötesinin Aluşta yazı. Sünnet düğününün telaşını, evde yaşanan bayram havasını ve aldığı hediyeleri hatırladı. Babasının hediyesi olan simsiyah, alnı beyaz benekli midillisi ne büyük mutluluk vermişti ona. Ve hayretler içinde, sevinç nidalarıyla açtığı o kocaman pırıl pırıl paket... Çar Nikola'nın hediyesi olduğunu fark ettiği zaman nasıl heyecana kapılmış, kendisini dünyanın en mühimsenen çocuğu hissetmişti. Üzerinde, âşık Rus kızları ile delikanlılarının ağaçlar altında resmedildiği siyah lake sandığını düşündü, gülümseyerek. Kapağındaki bronz horozun anahtar çevrilince öterek dönüşünü ve kilidin açılışını âdeta bir sihirbaz kutusunu seyreder gibi seyretmişti, günler boyunca tekrar tekrar. Bulan olmuş muydu acaba sandığını sakladığı yerden. Belki de çürümüştü Aluşta'daki ağacın altında gömüldüğü yerde. Kimbilir!

Ama o çok daha sonraydı. Şimdi daha eskileri düşünmek istiyordu. Evet, 1905 Yazı'nın ortalarıydı. Babasıyla beraber Aluşta'dan ayrılıp St. Petersburg'a gittikleri yaz, dün kadar yakınına gelmişti işte. Babasının yanı başında, her yeni gördüğünü hayretle izleyerek dolaştığı günleri andı, keyifle. Tsarskeyo Selo'daki evleri, emektarları Ganya ve Tamara Karloviç, kocaman bir çocuk komikliğindeki Binbaşı Moiseyev, balmumu elli harika karısı Olga Tchererina, emireri Yevgeni'nin dul karısı Anna Veroçka'nın mutsuz, çaresiz güzelliği, onun yetim çocuklarının mısır püskülü saçları, bulut mavisi gözleri, hepsi gözünün önünde birer birer canlandı.

Kendini bildi bileli imrenerek seyrettiği babasının üniformasının bir benzerini giyip Çarlık Askeri Akademisi'nin kapısından girdiği anki heyecanı, hâlâ aynı tazelikteydi.

Uzun bir zaman hissettiği yalnızlığın ardından, kendini bulmuştu St. Petersburg yıllarında. Akademiye henüz yazıldığı günlerde babasını Rus-Japon Harbi'ne uğurlamıştı. O dönene kadar yalnızlık nöbetleriyle titrediği geceleri, ağlamaktan utandığı için nemli gözlerle dolaştığı günleri olmuştu. Tekrar gözyaşları içinde buluştuklarında, babasının söylediklerini hatırladı.

"Sevgili oğlum, hayatta hiçbir şeye sevinmek için de acele etme, üzülmek için de, oldu mu?" demişti Binbaşı Eminof.

Başını koltuğun arkasına yaslayıp sigarasının dumanıyla havaya halkalar bırakırken acı acı gülümsedi. Ne kadar doğruydu. Hayatı da zaten sanki onu sınamak için durmadan yerini bir diğerine bırakan sevinç ve üzüntülerle dolu gelişmiyor muydu?

Ancak bir devir, kısa bir devir de olsa, sadece heyecan, keyif, coşku ve birbiri ardınca yaşanan aşk maceralarıyla renkli geçmişti. Gelecekle ilgili sonsuz beklentilerinin, ümitlerinin taptaze olduğu dönemlerdi o yıllar. Akademiden mezun olup teğmen rütbesiyle üniformasını kuşandığı günün hayâli çok uzak bir devrin fotoğrafı gibi, buğulu bir perde arkasında belirdi. Manej talebeleriyle yaptıkları binicilik yarışmalarında akademinin gözbebeği delikanlının, çarın göğsüne taktığı nişanları nasıl gururla taşıdığını görebiliyordu. Mineli, yakut ve rubi taşlarla monogramı süslenmiş altın mahfazalı saatini ise nişanlarından daha fazla severdi. Minik pırlantaların şekillendirdiği çarlık armasıyla bir sanat şaheseriydi. Her saat başı çıkardığı o tatlı sesi özlemişti. Şimdi kimbilir kim için zamanı seslendiriyordu saati. Kapalıçarşı'da nişanlarıyla beraber satmak zorunda olduğu günün üzerinden henüz çok az bir vakit geçmişti. Aile yüzüğünü kim takmaktaydı acaba şu an? Babasının yirmi yaşında kendisine verdiği safir ve pırlanta taşlı Eminof yüzüğü Kapalıçarşı'nın o küçük dükkânından kimin parmağına gitmişti?

Ona üzüntü veren düşünceleri def etmek istercesine elini yüzünün önünde salladı. Faydası olmuştu herhalde, aniden gözünün önüne hoş yolculuklar gelmeye başladı. 2. Nikola'yla beraber Moskova, Livadia, Ekaterinburg'a yaptıkları yolculuklar... Hassa Alayı'nın genç süvari üsteğmeni Seyit Eminof ile şimdi burada, bu koltukta oturan, yüreği yorgun erkek aynı kişi olabilir miydi? Birinin tutunacak ne kadar çok ümidi vardı, istikbalden beklediği ne çok şey... Diğerinin ise tutunduğu her dal kırılıyor, gönül birliği ettiği bedenlerden hep ayrı düşüyordu. Hatırladığı en son yıl, keyifli ve hâlâ geleceğe inatçı bir ümitle bakabildiği 1916'ydı. Karların kapladığı 1916 Kışı'nın Moskovası yanı başına gelivermişti. Durmaz uslanmaz deli gönlünün, ilk kez anlayamadığı biçimde çarptığı akşama uzandı düşünceleri. Duru beyaz teninde mahcup bir sıcaklıkla parıldayan mavi gözleri, güzel yüzünü çevreleyen ay sarısı saçları, utancından söyleyemediği kelimeleri saklar gibi duran dudaklarıyla, ilk hakiki aşkını tanıdığı gece o kadar mı geride kalmıştı hakikaten? On altı yaşının henüz baharında o hiç tanımadığı genç kız, daha ilk görüşte kalbinde çarpıntı, beyninde uğultular yaratmıştı. Kislovotsk'lu Alexandra Julianovna Verjenskaya... Küçük Shura. Tatlı güzel Shura. Çocukluğunun ardında gizlenen ve ilk defa Seyit'in keşfettiği, o sımsıcak arzu dolu kadın ruhu, inanılmaz sabrı, anlayışı ve beklentisiz aşkıyla hayatını nasıl doldurmuştu Seyit'in. Ve şimdi, Paris yolunda bir gemide, İstanbul Boğazı'ndan süzülmüş gidiyordu işte. Moskova'nın, St. Petersburg'un bütün karlarını, çan seslerini, polka nağmelerini, Aluşta bağlarının taze asma yaprağı kokusunu, Kırım kıyılarının tuzlu su kokan rüzgârını yanına almış gidiyordu. Acaba beraberinde götürdüğü anıları sık sık düşünüp canlı tutacak mıydı, yoksa varacağı yeni kıyıların rüzgârlarına bırakıp savuracak mıydı?

Dudaklarında eriyip kaybolan bir "Ahh!" mırıltısıyla yerinde kıpırdadı. Huzursuzdu. Ne yapsa, ne kadar eskiyi hatırlamaya çalışsa, olup olacağı yine son gününe geri dönmekti işte. İnsan geçmişinden dahi kurtulamazken, içinde yaşadığı andan kurtulabilir miydi ki?

Birden Shura'nın yokluğunu unutturacak bütün diğer acılarını bir arada hissetti. Hiç tek tek düşünmeye gerek kalmadan, hayatının en kıymetlilerini bir defada kaybettiği Aluşta gecesinin görüntüleri odanın içini doldurdu.

Karpatlar cephesinde geçirdiği yıllardan sonra Aluşta'ya ilk dönüşünde, Shura'yla beraberliği yüzünden kendisine kırılan babasını düşününce yüreği sızladı. Yaşlı adamın nasıl bir azapla onun yolunu gözlemiş olduğunu düşünebiliyordu. Ama baba oğulun inatta birbirinden kalır yanları yoktu. Ne de olsa Mirza

Eminof, büyük oğluyla, kendisine benzediği için övünmez miydi? Bir bilebilseydi Bolşevikler izini bulduğunda babasını bir daha göremeyecek, daha ilk günden gönlünü almaya bakardı. Ya babası, müsaade eder miydi oğlu kalbi kırık ayrılsın Aluşta kıyılarından, bir daha dönmemek üzere? Ama öyle olmamıştı işte, öyle olamamıştı. Kimse böylesine pişman olabileceklerini bilemezdi ki. Ahh! Şimdi aynı anı tekrar yaşama şansı olsa... Ne yapardı ki? Ne demişti babası:

"...Bu eve ne o kadını getir ne de onunla yaşadığın müddetçe kendin gel. Seni hâlâ dönmemiş farz ederek yaşayacağım."

Hatıraları boğazına düğüm gibi takılmıştı. O sözleri duyduğu an, babasının, kendisinden özür dilenmesini beklediğini çok iyi biliyordu. Seyit de ona doğru koşmak, "Babacığım seni çok seviyorum, ama onu da seviyorum. Onunla olmakla, aranızda seçim yapmış olmuyorum, ne olur anla beni!" demek istemiş ama gururunun getirdiği inatla dudakları kapanmış, susmuştu.

Sokak kapısını çekip çıktığında, uzun müddet kapıda, olanlara inanamaz bir hayret ve şaşkınlıkla, babasının kendisini çağırmasını beklemişti. Aynı inatla, içeride üst kata çıkan merdivenlerde de Mirza Eminof, uzun zaman bir adım atmadan oğlunun geri gelip özür dilemesini beklemişti. Heyhat! Baba Eminof da gurur olur, inat olur da oğlunda olmaz mı? Bir daha görüşmemişlerdi.

Babasının aklaşmaya başlayan saçları ve sakalının çevrelediği yüzünde kırgınlıkla bakan mavi gözleri tam karşısındaydı ve hâlâ kırgın bakıyorlardı ama oldukça da özlem doluydular. Yoksa yanılıyor muydu? Gözlerini sıkarak, elini yüzünde gezdirdi. Faydası yoktu. Babasından kırgın ayrılmanın acısını, hayat boyu özlemine ek bir acı olarak taşıyacaktı. Tanrım! onları ne kadar özlemişti. Hiç böylesine hissetmemişti şimdiye kadar ailesine olan özlemini. Annesinin incecik parmakları piyanonun tuşlarında dolaşırken, lacivert menevişli gözlerle nasıl sevgi bakışları dağıttığını hatırladı. Kardeşleri birer birer gözünün önünde odanın içinde hayâl perdeleri ardından içeri süzülmeye başlamışlardı. Çocuk hayâller, her bir perdeden çıkışlarında biraz daha büyüyerek Seyit'e yaklaşıyorlardı. Onlarla hiçbir zaman en ufak bir kırgınlığı olmamıştı. Yine de bu his, özlemini bastırmaya yetecek kadar onu mutlu edemiyordu. Hayâl görüntüleri, içindeki sıkıntıyı arttıracak şekilde kararmaya başladı. Artık herkes çıkmıştı odadan, biri hariç. Seyit ürpertiyle gözünü kapayıp başını salladı. Bu, gördüğünden korkmanın değil ama derin bir hüznün ve çaresizliğin getirdiği bir ürpertiydi. Etraf kapkaranlıktı. Sadece hırçın rüzgârın savurduğu bulutların arasından yer yer mehtap ışıldıyordu. Odaya aniden, kıyıya vuran dalga sesleri ve tuzlu su kokusu doldu. Aluşta kıyılarının çakılları ayaklarının altında kayıyordu. Karadeniz'in hırçınlaşmış suları gittikçe küçülen köpüklerle, tepeden kıyıya uzanan kayaları yıkıyordu.

Mahmut onun sesini haykırarak, bağların kapladığı tepeden aşağıya doğru koşuyordu. Mehtabın aydınlattığı yüzü oldukça uzaktaydı henüz ama Seyit onun on dokuz yaşının tazeliğini taşıyan çehresini çok iyi biliyordu. Hâlâ çocuksu bakışlar taşıyan mavi gözleri, dalgalı kumral saçları ile Mahmut'un görüntüsü yaklaştı, yaklaştı. Kolları uzandı. Seyit'e ulaşmak, onu tutmak istiyordu. Seyit, bir an için nerede ve hangi zaman diliminde olduğunu unutmuştu. Yerinden fırladı, elini uzattı. Kardeşini tutup çekmek, kucaklamak ve oradan kaçırmak istiyordu. Çünkü biliyordu; ona ulaşamazsa, neler olacağını çok iyi biliyordu. Ama geç kalmıştı. Tarih yeniden kendini yaşıyordu. Mehtap bulutlardan bir kez daha sıyrıldı. Odanın içi aydınlandı. Seyit şimdi kardeşini çok daha net görüyordu ama artık o kahrolası gölgeler de girmişlerdi görüntüye, Bolşeviklerin kurşun sesleri Karadeniz'in dalga seslerini bastırdı. Arada delikanlının çığlıkları...

"Buradasın, gitmedin! Seyit Ağabey, burada!..."

Haykırışı boğuk bir iniltiye dönüştü. Dizleri büküldü, kolları gökyüzünden yıldızları toplarmış gibi bir araya gelip yanına düştü. Seyit, kardeşinin çakılların üzerine çakılan gövdesine bakarken vücudu ve beyni ıstırap içinde, inleyerek koltuğuna çöktü. Daha fazla dayanamayacaktı. Gözlerinden inen yaşlara hâkim olamadı.

"Mahmut, canım kardeşim benim. Canım küçüğüm benim..." diye hıçkırdı. Ellerini yüzüne kapatıp bir süre gözyaşlarının ruhunda bıraktığı yankıyı dinledi.

Ağlamak sanki ruhundaki isyanı dindirmiş, bütün geçmişini bir daha ağlanmamak yıkamıştı. Ne kadar çok ve ne kadar büyük kayıpları vardı, bir daha hiç göremeyeceği. Ne çok sevdiği vardı, artık hiçbir haber alamadığı ve onlar için endişe duyduğu.

Az sonra, zamanda yaşadığı bu yorucu hayâl yolculuğundan çıkmış ve daha sakin düşünmeye başlamıştı.

Aniden kafasında belirlenen kararla kendisini çok daha iyi hissetti. Geçmişin hüznünü hiçbir şeyle tedavi etmesi imkânsızdı. Ama şu an elinde olan bir hayat vardı ki, ona sahip çıkabilir, ondan, olabilecek en güzelini yaratabilirdi. Yeni ülkesinde yeni bir yaşamı sürüklemesi için her sebebi var sayılırdı.

Mürvet'i düşününce içini biraz pişmanlık, biraz sıcaklık, biraz da endişe kapladı. Küçük karısı, kimbilir nasıl merakla kendisini bekliyordu şimdi evde. Yakında bir de bebekleri olacaktı. Henüz alışamamıştı bu fikre ama bu konuda da yapacak bir şey yoktu artık. Karısı hamileydi. Küçüktü, tecrübesizdi, Seyit'i anlamaktan, onun geçmişini paylaşmaktan çok uzaktı. Hatta bugününü paylaşmakta bile çok zorlanıyordu. Ne yetişme tarzları ne hayata bakışları ne de beklentileri aynıydı. Ama bir şey vardı ki, Seyit onun uğruna denemeye değer buluyordu. Küçük karısı kendisine âşıktı. Onu her düşündüğünde dudaklarında gülümseme ve içinde bir sıcaklık beliriyordu. Başını arkaya atarken kendini gülmekten alıkoyamadı.

"Tanrım! Ben bu küçücük kadını da seviyorum."

Bunu hissetmek onu o kadar rahatlatmıştı ki, artık çok uzaklarda kalan veya uzaklaşan sevgileri aramak eskisi kadar ıstırap vermiyordu. Küçük Murka'sıyla beraber yeni bir hayatı üstlenebilirdi. Evet, kararlıydı, uğraşacaktı. Çocuk karısına daha çok sevmeyi ve sevgisini göstermeyi, erkeğinin hayatını paylaşmayı öğretecekti. Belki de çok güzel bir hayatları olabilirdi.

Bu düşüncelerle ferahlamıştı. Geçmişiyle hesaplaştığı saatlerin yorgunluğunu atmak için banyoya ihtiyacı vardı. Bir kadeh votkayı fondip yaptıktan sonra banyoya girip kendini suyun soğuk ve uyandırıcı temasına bıraktı.

Yatağa uzandığında, bir-iki saat yorgunluğunu atıp sabah ilk iş olarak evine gitme kararı verdi. Ancak, fazla uyuyamadı. Beyni ve gövdesi öylesine yorgundu ki, uykuya dalamıyordu. Sabahın ilk ışıkları odaya dolmadan kalkıp giyindi. Kapıyı kapamadan evvel odaya uzun bir bakış gezdirdi. Daha birkaç saat evveline kadar yaşadıkları, odanın kıyı bucak derinliklerine sinmiş, gözden yok olmuş, sanki biten gecenin karanlığıyla beraber geçmişin bir daha yaşanmazlığına karışmışlardı.

Kasımpaşa sırtlarında, bahçe içindeki iki katlı evin açık üst kat pencerelerinden, ışıkla beraber keyifli bir erkek sesi dışarıya yayılıyordu. "Ooo ooo, Katalin, Katalin, Kamaya!..."

Haliç'e kuşbakışı bakan pencerenin önüne kadar uzanmış olan yaşlı ağacın dalındaki baykuş, sesle beraber gözlerini kırpıştırıp, biraz aşağıdaki kovuğuna doğru kanat çırptı. Onun ötmesi için henüz erken olmalıydı.

Seyit çok keyifliydi. Yumuşak, gür bir sesle şarkısını söylerken bir taraftan da mutfağın mermer tezgâhı üzerinde hamur açıyordu. Profesyonel bir aşçının estetik hareketleriyle hamuru yuvarlıyor, çeviriyor, dilimliyor ve daha evvelden hazırladığı kıymalı içi doldurarak kenara diziyordu. Borç çorbası hazırdı. Projkileri de kızarttığı an, sofraya oturabilirlerdi. Salatanın sosu için hardalı ezerken göz ucuyla ön kapının diğer tarafında, salonda sofrayı düzenleyen karısına baktı. Murka, geldiğinden bu yana hiçbir şey sormamıştı. Ne nerede olduğuna ne de niye gece yarısı yok olup gittiğine dair. Ama onun sessizliğinin anlayıştan değil, kırgınlıktan ve münakaşa etmeye korktuğundan geldiğini biliyordu Seyit. Gülümseyerek başını salladı ve şarkısına devam etti. Nasılsa yemekte her şeyi anlatacaktı karısına.

Mürvet, sofraya bir göz gezdirip her şeyin tamam olduğuna kanaat getirdikten sonra, pencerenin pervazına dayanıp yaz gecesinin ılık kokusunu içine çekti. Bir sonraki hareketinin ne olacağını kestiremeyenlerin şaşkın tavrıyla ellerini kavuşturup manzarayı seyretmeye devam etti. Sahilde tek tük ışıklar ile mehtabın yakamozlar yaptığı Haliç sularının görüntüsü harikaydı.

Ama o kırgındı, hem de çok kırgın. Kocasının sabah olmadan yataktan çıkıp gitmesini, iki gün ortalarda görünmemesini ve sonra da eli kolu paketlerle, güler yüzle eve dönmesini anlayamıyordu. Onun, baba evinde alıştığı ev düzeni bu değildi. Seyit onu sevmiyordu belki de. Ama sevmese böyle keyifle evine geri döner miydi? Hediyelerle hem de. Mutfağa girip de karısına yemek hazırlayan başka erkek de tanımıyordu eş dost

Sevmese bütün bunları yapar mıydı? Ama peki ya tek ..meden yok olup gitmesi, habersiz evden gündüz gece ..alması da sevgisinin göstergesi değildi ya.

..ürvet, ne yapacağını, kocasına ne soru soracağını, nasıl soracağını bilemiyordu. Zaten aslında konuşmaya korkuyordu. Zira daha cümlesini bitirmeden ağlamaya başlayacağından emindi. Sonra da Seyit'in kendisini tatlı ve sevecen bir alayla nasıl ikna edeceğini biliyordu. Onun için mutfağa, kocasının yanına gitmeye korkuyordu. Er veya geç bir şeyler konuşmaları gerekecekti, ancak bu ne kadar geç olursa o kadar iyiydi. Ama Seyit mutfakta çalışırken de, evin kadını olarak öylece durup pencereden manzara seyrediyor olması da garibine gidiyordu. Çaresizlikle, ellerini gittikçe belirginleşen karnının üzerinde dolaştırırken, Seyit'in sesi imdadına yetişti.

"Borçu sonra içeriz Murka. Projkileri atıyorum yağa. Hazır, değil mi sofra?"

Mürvet, ister istemez mutfağa girdi. Mırıldanarak konuştu.

"Hazır Seyit. Salatayı da götüreyim mi?"

Sesi o kadar hafif çıkıyordu ki, âdeta duyulmasın diye konuşuyordu. Kocasıyla konuşmaya başladıkları an, arkasından onun yokluğunun hikâyesinin muhakkak geleceğinden korkuyordu. Aslında çok merak ettiği bu sorunun cevabı aynı zamanda müthiş bir korku uyandırıyordu. Onu karnında bebeğiyle birkaç gün bırakabilen bir erkek, pekâlâ temelli de bırakıp gidebilirdi. Belki de bunca keyifli oluşu, hediyeler getirişi, böyle bir kararını söylemeden evvel, Mürvet'i hazırlamak içindi.

Mürvet birden, aklından geçenler nedeniyle fenalaşmak üzere olduğunu hissetti. Eline aldığı salata tabağını tekrar tezgâhın üzerine bıraktı ve iki eliyle rafa tutundu. Seyit, karısının iyi olmadığını fark etmişti. Hemen elindeki işi bırakıp ona sarıldı ve endişeyle sordu:

"Neyin var Murka? İyi misin? Gel canım, tutun bana. Gel otur şöyle."

Mürvet, Seyit'in yardımıyla mutfak iskemlesine oturduğunda, başını avuçları arasında tutup destek veren kocasıyla yüz yüze geldi. Bu, son birkaç saattir korkarak beklediği andı ama ardından, erkeğinin lacivert gözlerinde gördüğü sevgi dolu pırıltılar içine huzur verdi. Hayır, hayır, bütün korkuları yersizdi.

Her zaman olduğu gibi yine yanlış düşünmüştü işte. Kocası onu seviyordu. Bu bakışlar, onu bırakıp gidecek bir erkeğin bakışları olamazdı. Baş dönmesi, geldiği süratle terk etti onu ve yerini, tarifi olmayan bir heyecana ve kalp çarpıntısına bıraktı. Bu gece, hayatlarında önemli bir değişiklik olacağını hissediyordu. Kocasıyla bakışlarında, şimdiye dek olmadığınca anlaşma vardı. Seyit'in daha fazla meraklanmasını istemiyordu. Gülümseyerek doğrulmaya çalıştı.

"İyiyim Seyit, şimdi çok iyiyim. Bilmiyorum ne oldu birdenbire. Şimdi, inan, çok iyiyim."

Seyit, karısının yanağını okşadı. İşaretparmağını onun dolgun dudakları üzerinde yumuşak dokunuşlarla usul usul gezdirdi. Küçük karısının gözlerinde endişe bulutlarının geçişini, söylemek istediklerini içine atışını o kadar iyi hissediyordu ki.

"Benim bilmem gereken bir şey varsa, bırak, bu dudaklardan dışarı dökülsünler, ben de duyayım, oldu mu Murka'm?"

Sonra gülümseyerek karısını kucakladı. Onun başını göğsünde sararak saçlarını öptü.

Mürvet gülümseyerek, rahatlamış bir tavırla kocasının kollarından sıyrıldı.

"İnan bir şeyim yok Seyit."

"Haydi o zaman, sen geç içeriye. Ben de ızgarayı yakıp geliyorum."

Mürvet bu güzel sözler ve dokunuşlar üzerine, uzun zamandır olmadığınca iyi hissetmeye başlamıştı kendini. Masadaki meze tabaklarını sağa sola oynatarak içki kadehlerine yer açtı. Bir ara, oymalı ceviz tırnağın üzerindeki aynada aksini gördü. Dudaklarında kendiliğinden bir gülümseme, gözbebeklerinin derinliğinde pırıltılar vardı. Hayrete düştü. İnsanın mutluluğu böylesine çabuk yüzüne vurabilir miydi? Mutlu olmak için çok mu acele ediyordu acaba?

Seyit, mutfağın balkonunda kömür ızgarasını yakıp dudaklarında şarkısıyla salona geldi. Elindeki projki tabağını masaya yerleştirdikten sonra karısının yanağından bir öpücük aldı. Genç kadın, hafif kızararak gülümsedi. Seyit ona göz kırparken sordu:

"Haydi artık, ziyafeti açalım mı?"

Kocası o kadar keyifliydi ki, Mürvet, geçmiş yalnız günlerinin tartışmasını sofraya getiremeyeceğini biliyordu. Seyit onun kadehine de rakı doldurduğunda, ilk kez itiraz etmedi. Gecenin büyüsünü bozmak istemiyordu. Kocasına eşlik edecekti. Üstelik bir-iki yudum içkinin, utangaçlığını nispeten hafiflettiğini biliyordu.

"Nazdrovya!"

Seyit kadehini kaldırmış, karısının gözlerinin içine bakıyordu. Lacivert gözlerinde çapkınlıkla karışık muzip ışıltılar, sevecenlik, yeni bir hayatın umutları okunuyordu. Mürvet de kadehini kaldırdı ama aynı kelimeyi tekrarlayamadı. Ne diyeceğini de bilemedi. Bir çocuk şaşkınlığı içinde, dudaklarını büzerek kocasına bakakaldı. Seyit keyifli bir gülüşle kadehini karısının kadehine vurdu ve sözü onun ağzından aldı.

"Şerefe!"

Mürvet bu kez tekrarladı:

"Şerefe."

Karşılıklı birer yudum içtiler. Mürvet kadehini masaya bırakmak üzereydi ki, kocası bir kez daha kadehini onun kadehine dokundurdu.

"Şerefimize!"

O da gülümseyerek karşılık verdi.

"Şerefimize."

Birer yudum daha...

Seyit, yüzünü karısının yüzüne yaklaştırarak, gözlerinin içine ışıltılarla bakmaya devam etti.

"Şimdi bir defa daha Murka. Yalnız daha canlı sesle söyleyeceksin. Tamam mı? Aynen benim söylediğim gibi; Şerefe! Haydi söylesene, içinden gelerek, haydi."

Mürvet, yerinde bir doğruldu, derin bir nefes aldı. Beş yaşında mahalle mektebine gittiği gün hocanın karşısında ilk duasını okuduğu anın heyecanı aklına geldi. Şerefe kelimesini kocasının istediği gibi söylemenin bu kadar zor olacağını hiç tahmin etmemişti doğrusu. Kadehini kaldırdı.

"Şerefe!"

Seyit gülerek onun yanağından bir makas aldı.

"Şerefimize!"

"Şerefimize!"

"Güzel bir hayata!"

"Güzel bir hayata!"

"Mutluluğa!"

"Mutluluğa!"

Her dileğin ardından bir yudum içiyorlardı. Seyit'in kadehi boşalmıştı bile. Birden kendilerini tutamadılar, gülmeye başladılar. Gülüşler, yerini kahkahalara bıraktı.

Mürvet, kocasının hiç tanımadığı kadar keyifli bir yüzünü keşfediyordu bu akşam ve bu ani değişikliğe akıl sır erdiremiyordu. Sabrının neticesini gördüğü için Allah'ına şükürler ediyordu. Kocasına, iki gün evvel nereye gidip kaybolduğunu sormayacaktı artık. Şu an, halinden çok memnundu ve aklını karıştıracak hiçbir şey de öğrenmek istemiyordu.

Seyit ise, küçük karısına hayatını paylaşmayı öğretmenin, sofrada başlayan bölümü kadarıyla çok keyifli olduğunu düşünüyordu. Ne kadar olgun görünürse görünsün, henüz çocuk yaşındaydı Murka. Ona izah etmesi gerekecek çok şey olacaktı müşterek hayatları boyunca, bunu biliyordu.

Mürvet, ilk kadehindeki içkisi bile bitmemiş olmasına karşın, başının hafiflediğini, ayaklarının yerden kesilir gibi olduğunu fark ediyordu. Sarhoşluk değildi bu. Mutluluğun ve huzur duygusunun getirdiği rehavetin ta kendisiydi. Ama aynen sarhoşluk gibiydi. Yanaklarının kızarmaya, gözlerinin alevlenmeye başladığını hissedebiliyordu. Kendisindeki bu değişikliği kocasının fark edecek olması düşüncesiyle de utanıyor ve daha çok kızarıyordu.

Seyit, havadan sudan konuları karikatürize ederek anlatıyor, Mürvet'i güldürüyordu. Genç kadın, o ciddi, hayatı hüzün dolu erkeğin bunca neşesini hayretle izliyordu. Niye bu geceye kadar hiç böyle olmamıştı? Seyit aniden bu kadar değişmiş olabilir miydi? Yoksa içindeki muzip ve keyifli erkeğin ortaya çıkması için fırsatı mı olmamıştı?

Genç adam ayağa kalkarken karısının dudaklarına bir öpücük kondurdu.

"Ben etleri ızgaraya koyayım, geliyorum. Sen de rakıları tazele istersen Murka."

Mürvet, kendisine gittikçe ağırlık vermeye başlayan karnını elleriyle sararak, iskemlesinin arkalığına dayandı. Bir an için gözlerini kapayıp kendini dinledi. Ateşleniyor muydu, yoksa yaşadığı hoş gecenin heyecanı mı ısıtıyordu bütün vücudunu? Ama her ne ise harika hissediyordu kendini. Derin derin nefes aldı. Oturduğu yerden, pencerenin önüne kadar tırmanmış olan hanımelilerin kokusu duyuluyordu. Gökyüzündeki mehtap, asırlık ağacın dallarına asılmış kalmış gibiydi.

"Allahım, büyük Allahım sana şükürler olsun. Mutluluğu benden esirgeme, ne olur."

Âdeta çocukluğundan beri anlatmaya doyamadığı masalların o büyülü gecelerinden birini yaşıyordu. Yerinden kalkıp, masayı iki eliyle ahşap zeminin üzerinde kaydırdı. Pencerenin dibine kadar getirdi. Hanımelinin bayıltıcı keskinlikteki kokusu yüzüne çarpıyordu şimdi. Uzanıp ince bir dal kopardı. Heyecanlanmıştı. Bir koşu büfeye kadar gidip, küçük bir vazo çıkardı. Kocası mutfaktan dönmeden masaya oturmuş olmalıydı. Sanki suç işliyordu da görülsün istemiyordu. Neydi onu kocasına sevgi gösterisi yapmaktan, onunla ilgilendiğini belirtmekten alıkoyan? Niye utanıyordu her şeyden? Bunu bir türlü çözemiyordu. O kadar çok "ayıp"la, "günah"la büyütülmüştü ki, kocasına karşı ilgili, arzulu görünmekten dahi men edilmiş gibiydi; bu duygular âdeta ona yasaklanmıştı.

Seyit geri geldiğinde yeri değişmiş masayı, buram buram kokan hanımeli yerleştirilmiş vazoyu görünce şaşkınlığını gizleyemedi.

"Harika olmuş Murka. Yaşa sen. Ama bekleseydin de beraber çekseydik masayı. Bu halinde doğru mu bu yaptığın?"

Mürvet kocasını etkilemekten büyük mutluluk duymuştu.

"Bir şey olmaz Seyit. İtince kayıverdi zaten. Sahi, masanın böyle durması hoşuna gitti mi?"

Seyit vazoya doğru eğildi, hanımelinin kokusunu kapalı gözlerle içine çekerken cevap verdi.

"Gitmez olur mu? Niye daha önce akıl edemedik bunu, bilmem. Deniz sanki evin içine girmiş gibi."

Elini uzatıp karısının masanın üzerindeki elini tuttu.

"Ne kadar güzel ellerin var. Parmakların incecik, uzun. Ne kadar güzel piyano çalardın."

Mürvet şaşkınlıkla gülümsedi.

"Ben mi?"

"Evet. Harika çalabilirdin. Annemin ellerine benziyor ellerin. O çok güzel çalardı, biliyor musun?"

Genç kadın bilmediğini ifade etmek için başını sessizce iki yana salladı. Seyit'in, annesinden bahsederken birdenbire gözlerinin nasıl buğulandığını fark etmişti. Onun kahkahasını kaybetmesini istemiyordu. Bu geceyi hiçbir şey bozmamalıydı. Hemen lâfı değiştirmek istedi. "Hiç piyano çalmadım, ama nakış işlemeyi biliyorum."

Seyit aniden hüzünlü geçmişine dalmaktan kurtuldu. Başını arkaya bırakıp kocaman bir kahkaha attı. Karısının saf, çocuksu sözleri, onu içinde olduğu dünyaya geri getirmişti. Dayanamayıp yerinden kalktı, onun alnından, yanaklarından öptü. Çünkü kahkahasından alınmasını da istemiyordu.

Yemek, inanılmayacak kadar keyifli geçiyordu. Mürvet, o kadar çok konuşacak şeyi nereden bulduğuna şaşırıyordu. Seyit ise, içkiden hafif çakırkeyif olmuş karısını seyrederken gülmemek için zor tutuyordu kendini. Sarhoş olan bir çocuktu sanki karşısındaki. Heyecanla, ardı ardına bir şeyler anlatıyor, içten kahkahalar atarken başını hafifçe arkaya bırakıp gözlerini kapıyordu. Seyit, masadan uzanıp onun yanağını şefkatle okşadı.

"Tatlı çocuk..."

Mürvet kahkahasını kesti. Çocuk sözüne alınmıştı birden.

"Beni çocuk mu görüyorsun?"

"Sen benim güzel, çocuk kadınımsın Murka. Her zaman da öyle kalacaksın benim için."

"Ama ben büyümek istiyorum."

"Kime benzemek için?"

Mürvet gözlerini önüne eğdi. Elleriyle bir dilim ekmeği ufalayıp duruyordu. Ağzından cevabı nasıl çıktı, kendi de şaştı. İçkinin tesiri olmalıydı.

"Ne bileyim... Bütün o kadınlar..."

Devam edemedi.

Seyit cevabını büyük merakla bekler bir ifadeyle sordu:

"Ne olmuş o kadınlara bakalım?"

"Onlar... Hepsi benden büyük onların."

"Sonra?"

'Tanrım,' diye düşünüyordu başını önüne eğmiş Mürvet, 'niye ısrarla beni konuşturmaya çalışıyor bu konuda?'

"Belki ben de büyürsem, onları aramazsın, diyordum."

Gözlerinde biriken yaşları tutamadı. Ekmeği bıraktı, ellerinin tersiyle süzülen yaşları sildi. Başı hâlâ önüne eğik, duruyordu.

Seyit iskemlesini arkaya çekerek bir kahkaha attı.

"Çocuk, çocuk! Ah, sandığımdan da çocuksun sen. Küçük Murka'm, sen o kadınlar gibi hiçbir vakit büyüyemeyeceksin."

Mürvet isyanla başını kaldırdı. Dudakları ağlamaya hazır, titriyordu. Yaşlı gözlerle sordu:

"Niye ama? Niye!"

Seyit yerinden kalktı. İskemlesini karısının yanına çekip oturdu. Onun ellerini alıp avuçlarının içinde sardı. Yüzü birden ciddileşmişti. Mürvet, soru dolu bakışlarla onu süzüyordu. Erkek, ağır ağır konuştu.

"Çünkü yavrum, sen yüz yaşına da gelsen, hiçbir erkeğe o kadınların baktığı gözle bakamazsın. Çünkü sen sevmeyi biliyorsun, kıskanmayı biliyorsun. Ama nefreti, öç almayı, erkeği kullanmayı bilmiyorsun. Sen, sen ol, sakın o kadınlara benzemeye uğraşma."

Mürvet burnunu çekerek mırıldandı.

"Ama sen, sen o kadınları beğeniyorsun."

Seyit, karısını ikna etmenin daha uzun bir zaman alacağını hissediyordu. Şaka yollu cevap verdi.

"Hayır canım. Onlar beni beğeniyor ama ben yalnız seni beğeniyorum. Benim karım da sen değil misin zaten? Söyle bana. Senin onlardan ne kadar farklı bir yerin olduğunu söylememe gerek var mı? O kadınların kiminle, nerede oldukları beni hiç ilgilendirmiyor. Ama seni hep evimde, yanımda, yatağımda bilmek istiyorum. Söyle şimdi, hâlâ büyümek istiyor musun?"

Mürvet ambale olmuştu. Kendini tutamadı. Hafiften gülmeye başladı. Kendini Seyit'in göğsüne bıraktı ve bir cesaretle aklından geçenleri söyleyiverdi.

"Ben hep senin istediğin yerdeyim Seyit ama sen her zaman benim yanımda değilsin."

Genç adam, elleriyle karısının saçlarını okşayıp öperken, onun ne kadar kırgın olduğunu düşündü. Eğilip rakısından bir yudum aldı. Ağır ağır yudumladıktan sonra hafif bir öksürükle boğazını temizledi. Artık söylenmesi gerekenlerin zamanı gelmişti. Bunları konuşmak her ikisine de acı verecekti ama başka çaresi yoktu. Bu son iki günü hayatları boyunca gizlilik içinde saklayamazlardı anılarında. Yavaş ve tok bir sesle konuşmaya başladı.

"O gece çok huzursuzdum Murka. Uyuyamadım. Kafamın içi öylesine ağırdı, yüreğim öyle sıkıntılı idi ki... Daha fazla evde, yatakta kalamadım. Kalkıp dışarı çıktım. Sen o kadar tatlı uyuyordun ki, kıyamadım uyandırmaya. Aklıma takılmış bir şey vardı, uzun zamandır halletmek için fırsat kolluyordum."

Mürvet, başını kaldırıp onun yüzüne baktı. Gözlerinde sorular vardı. Kocası, onunla göz göze gelmek istemiyormuş gibi, eliyle başını göğsüne doğru çekti ve devam etti.

"Shura'ya gittim."

Seyit, kolları arasındaki başın, gövdenin, kaskatı kesildiğini fark etti. Mürvet'in başı dönmeye, midesi bulanmaya başlamıştı yine. Bu kadarı fazlaydı. Artık daha fazla dayanabileceğini sanmıyordu. Kulakları uğulduyordu. Seyit onun omuzlarını okşadı.

"Şışşt, haydi toparlan bakayım. Beni dinlemeni istiyorum Murka. Lâfımı bitirmedim henüz. Dinlersen anlayacaksın. Ne dedim demin sana? Bir işi hallettim dedim, değil mi?"

Mürvet kendi sesini duymuyordu ama dudaklarından bazı sözler döküldüğünü hissetti.

"Gidiyorsun değil mi? Onunla gidiyorsun..."

Ağlamaya başladı. Seyit onu omuzlarından tutup iskemlesinde doğrulttu. Yüzünde müstehzi bir ifadeyle sordu:

"Nereden anladın bakalım gideceğimi?"

Mürvet bir yandan peçetesiyle yanaklarını, gözlerini silerken, "Tabii, bu kadar iyi davranmandan..." dedi ve cümlesini tamamlamadan sustu. Sonra nasılsa her şeyin bittiğini anladığını ama umursamadığını belirtir bir rahatlıkla devam etti.

"Bu akşam o kadar iyiydin ki bana karşı. Herhalde seni hep böyle hatırlamamı istedin."

Seyit sonunda kahkahalarını tutamadı. Gözlerinden yaşlar geliyordu gülmekten. Mürvet nefretle baktı kocasına. Kendisi ıstırap çekerken ve ağlarken, onun gözleri kahkahadan yaşarıyordu. 'Ne cesaretle? Ne cesaretle!' dedi içinden.

"Demek ki iyi davranmamdan gideceğimi anladın, benim küçük karıcığım."

Hâlâ gülüyordu.

"Demek ki anladın."

Mürvet isyanla ayağa kalktı, sofrayı toplamaya başladı. Bu arada ağlayarak mırıldanıyordu.

"Kâfi derece eğlendiysen artık gidebilirsin."

Seyit ayağa kalkarak onu kendine çekti. Sıkı sıkı kolları arasında hapsederken beline sarıldı. Mürvet, kocasının yüzüne bakmak istemiyordu. Gözlerini kapadı. Genç adam onun ıslak kirpiklerle kapanmış çekik gözlerini tek tek öperek kulağına eğildi ve fısıldadı.

"Demek gideceğim için iyi davrandım. Pekiyi, o zaman sana bir haberim var, küçük şapşal. Hayatının sonuna kadar, sana kötü davranan bir adamla beraber yaşamak zorunda kalacaksın. Çünkü, bu adam hiçbir yere gitmiyor."

Mürvet gözlerini açtı. Gönül kırıklığı, şaşkınlık, sevinç, bütün hisleri altüst olmuştu. Gene bir şaka mıydı duydukları? İnanamıyordu.

Seyit onu saran kollarını hiç çözmeden gözlerine bakarak konuştu.

"Shura'yla konuştuk. O artık burada değil. Ayrıldı İstanbul'dan. Fransa'ya gidiyor. Bir vapurda, uzaklaştı gidiyor şu anda. Ben ise, burada, seninleyim."

Mürvet hâlâ konuşamıyordu. Bu rüya bitmesin, diye dua ediyordu. Ne kadar mutluydu.

"Bir şey demeyecek misin?"

"Şey... Seyit, ben bilmiyorum. Ne diyeceğimi bilmiyorum. Çok yorgunum. Ama çok mutluyum."

"Küçük karım benim, şimdi anlıyor musun sana neden büyüyemeyeceğini söylediğimi. Sen hep çocuk ruhlu kalacaksın, hep. Ve ben, senin bu çocuk halini seviyorum."

Sıkıca sarıldı karısına. Mürvet önce tereddütle, sonra kendinden emin bir tavırla kollarını kocasının boynuna doladı. Gözlerini kapatıp, yüzünü onun öpüşlerine teslim etti.

Kasımpaşa sırtlarından Haliç, mehtapta ışıl ısıldı. Hanımeli kokusu, içilen içkiden daha çok sarhoşluk veriyordu. Mürvet ayaklarının yerden kesildiğini hissetti. Bu gece bambaşka bir gece olacaktı, biliyordu. Biraz daha büyümüştü bu gece...

Mürvet, doğumu yaklaştıkça, tarifsiz heyecanlara kapılmaya başlamıştı. Midesi devamlı bulanıyor, sık sık başı dönüyor, eli ayağı buz kesiyordu. Heyecandan mı hastalanıyordu yoksa hastalık belirtileri mi onda heyecan yaratıyordu onu anlayamıyordu. Sadece, yalnız kaldığı bir anda, başına bir şey gelecekmiş korkusunu yaşıyordu. Haftalardır boğazından doğru dürüst bir lokma geçmemişti. Seyit'in ısrarlarına rağmen sofrada tabağına aldığı yemekleri sonunda neredeyse hiç dokunmadan bırakıyordu. Yiyebildiği tek şey sakız leblebisiydi. Kahvaltı, öğle yemeği, akşam yemeği niyetine avuç avuç sakız leblebisi atıştırıyordu.

Fazla bir iş yapmadan geçiriyordu günlerini Mürvet. Zaten Seyit de fazla yorulmamasını tembih edip duruyordu. Sevgileri, düzenleri her şey yolunda gibiydi ama açıkçası Mürvet'i korkutan bir şey vardı yine de. Doğum anı gelip çattığında yapayalnız kalacak olmaktan kokuyordu. Gerçi hep anne olma fikri ve sevdasıyla büyümüştü ve karnında gittikçe şekillenen bebeğin kendisine ait olduğunu bilmek doğumun bir an önce olması için daha da heyecan verici ve beklenir bir sebep teşkil ediyordu ama genç kadının aklına doğum denince hep çocukluğunda, mahallelerinde doğum yapan kadınların yaşadıkları geliyordu. Hamile kadınların avaz avaz bağırmalarını, saatler, bazen günler boyu süren iniltilerini, çığlıklarını, hatırlamak bile beyninin içinde uğultular yaratıyordu. Karnını bu kadar büyüten, böylesine yuvarlaklık ve şişlik yaratan bebek nasıl çıkacaktı içinden, aklı ermiyordu. Doğum sırasında kan kaybından ve yırtıklardan ölenler olduğu üzerine konuşmalar hatırlıyordu. Ancak bunlar, hep büyük bir gizlilik içinde konuşulan ancak onun kulağına kaçan konuşmalardı.

Mürvet'in çocukluğunda evlerinin olağan konusuydu hamile kadınlar, doğumlar, düşükler, loğusalar. Çünkü Mürvet'in babaannesi, Mahmutpaşa'daki bütün evlerin, konakların has ebesiydi. Haşime Ebe, 1878 Moskof Harbi sırasında, Kırım'ın Bahçesaray'ından sekiz yaşındaki oğlu Hasan'la beraber kaçmıştı. Batum üzerinden Türkiye'ye sığındıkları tarihte, henüz yirmi ikisinde bir taze, ancak duldu. Haftalar boyu karlar içinde, dağlar arasında yayan yol almışlardı. Gruplarındaki yaşlı iki kadının ölümü üzerine, genç bir hamilenin doğumunu mecburiyetten üstlenen Haşime, o tarihten sonra ebe olup çıkmıştı.

Devletin Kırım göçmenlerine ayırdığı Mengene bölgesine yerleştiklerinde kısa zamanda ünü yayılmış ve Mahmutpaşa ve çevresinin bir numaralı ebesi olmuştu. Sıhhatli yaptırdığı her doğum için belindeki ipek kordona bir düğüm atardı. Mürvet'in keyifle izlediği bir olaydı ninesinin attığı düğümleri saymak. Öldüğünde ipek kordonunda tam beş yüz doksan dokuz düğüm saymışlardı, Haşime Ebe'nin.

'Keşke babaannem yaşasaydı da o doğurtsaydı bebeğimi.' diye düşünüyordu sık sık. Ne kadar az şey anlatmıştı annesi, doğumla ilgili.

"Allah yardımcın olur, benim gibi, babaannen, anneannen gibi doğurursun inşallah. Hem eben hem ben yanında olacağız." demişti. Ama bu kadarı Mürvet'in içini rahatlatmak için hiç mi hiç kâfi değildi. Doğumuna, her şey yolunda giderse, sadece bir ay kalmıştı ve artık evde yalnız kalmak istemiyor, annesinin yanında olmak istiyordu. Ama Seyit'le aralarında her şey o kadar iyi gidiyordu ki, yeniden huysuz çocuklar gibi, "Annem de, annem!" diye tutturup, evinin düzenini bozmak da istemiyordu.

Aslında doğum korkusunun dışında, Mürvet'in hayatında şikâyet edebileceği hiçbir şey yoktu şu sıralar. Seyit'in işleri çok iyiydi. Gerçi hayatındaki değişiklikleri hazırlık sırasında hiç anlatmıyordu genç adam ama gerçekleştirdikten sonra gelip sürpriz yapıyordu karısına.

Yine bir akşam vakti, Mürvet sofrayı kurmuş beklerken Seyit pür neşe, şarkılarla, ıslıklarla geldi. Heyecanı gözlerinden okunuyor, yerinde duramıyordu. Karısına hararetle sarılıp öptü.

"Haydi, hemen hazırlan Mürvet. Sana harika bir sürprizim var. Haydi, haydi, çabuk ol!"

Mürvet, Seyit'le yaşamanın her gün sürprizlerle dolu olduğunu artık anlamıştı. Güldü.

"Yine ne var Seyit? Nereye gideceğiz? Ne giyeceğim? Biraz ipucu versene, ne olur."

"Gidince göreceksin. Şık giyin, son derece şık. Tamam mı?"

Mürvet yüzünü ekşiterek karnını gösterdi.

"Bu halde ne kadar şık olunursa işte... Ben hiç gelmesem de sen söylesen ne olduğunu sürprizinin, Seyit."

Seyit, karısının beline sarılarak, onu yatak odasına doğru götürdü.

"Hayır Murka. Hiç itiraz anlamam. Hemen giyiniyorsun ve beraber gidiyoruz. Hem bu halinle de o kadar güzelsin ki, hiç dert etmene gerek yok. Anlatmakla olmaz, görmen lâzım, anlıyor musun? Muhakkak görmen lâzım."

Mürvet giyindiği sürece kocasının şarkılarını dinledi. Seyit'i çocuk gibi sevindiren ne olabilirdi? Gülkurusu şifon bir elbise giyip, minik rubiler monte edilmiş küpelerini ve broşunu taktı. Seyit'in son hediyesi olan takılarını kendisine çok yakıştırıyordu. Elbisesinin kumaşından şifon türbanı başına yerleştirip, alnından ve kulaklarının üzerinden dışına doğru lüle saçlar çıkardı. Çektiği sürmeyle gözleri daha da irileşmişti. Aynada kendisini son defa alıcı gözle bir seyretti. Yan dönüp, şişkin karnının nasıl gözüktüğüne baktı. Evet, her şeye rağmen yine de alımlı ve güzeldi. En hoş olan da mutluluğunun gözlerinden pırıltılarla dışarıya yansımasıydı. Kendinden memnun, gülümseyerek yatak odasından çıktı. Seyit, derin bir hayranlık ıslığıyla karşıladı karısını. Ona elini uzattı ve göğsüne doğru çekerek çabuk, çapkın bir öpüş kondurdu dudaklarıyla. Keyifle çıktılar evden.

Az sonra bindikleri araba onları, Seyit'in talimatıyla, Tepebaşı'nda Timyoni Sokağı'nda bıraktı. Mürvet, kocasının kolunda merakla ilerlerken, ilk defa geldiği bu Beyoğlu Sokağı'nda çok rahat değildi. Sanki ait olmadığı bir mahallede gibiydi. Haziran ayının tatlı bir huzur getiren ilk akşamının ılıklığı bu sokakta daha da barizdi. Kokular bile değişikti burnuna gelen. Kaldırım boyu önünden geçtikleri kapılardan yükselen kahkaha sesleri, içki, tütün ve parfüm kokularıyla karışarak gecenin ılıklığına karışıyordu. Bütün bunlar Mürvet'i ürkütmüştü ama akşamın keyfini bozacak değildi. Ağzını açmadı. Seyit birden durdu ve yolun karşı tarafına dönerek Mürvet'e sordu:

"Tam şu karşımızdaki kapıyı görüyor musun?"

Genç kadın, üzerinde "Kırım Lokantası" yazan, mermer sütunların üzerinde karşılıklı iki kadın heykelinin arasından çıkan merdivenlere baktı. İkinci bir levhada da Rusça aynı şey yazıyor olmalıydı. Sorar gözlerle kocasına baktı. Herhalde Seyit'in Kırım'dan yeni gelmiş bir arkadaşıyla buluşacaklardı. Belki de sadece bir Rus lokantasında yemek yemeye getirmişti kocası onu. Seyit hâlâ fazla bir şey söylememeye yeminli görünüyordu. Onun koluna girerek sokağı geçirdi. Yüzünde muzip bir gülümseme vardı. Merdivenlerden fırlayıp maun ve kesme kristal camlarla süslenmiş kapıyı açtı. Şapkasını çıkarıp reveransla Mürvet'e yol gösterdi.

"Buyurunuz sevgili bayan. Kırım Lokantası'na hoş geldiniz."

Mürvet'in şaşkınlığı gittikçe artıyordu. Seyit elinden tutup çekince, kendisini kocaman, son derece şık bir lokantanın içinde buluverdi. Üzerinde oymalar olan sütunların yer aldığı salonun duvarları, kolonları tamamen kristal aynalarla kaplanmıştı. Sağ tarafta, birkaç basamakla çıkılan bölüm müzisyenlere ayrılmıştı. Bronz şamdanları ile simsiyah bir piyano o kadar haşmetli duruyordu ki, Mürvet ister istemez çalıyor olabilmeyi arzuladığını fark etti. Nefesini tutarak, masaları süsleyen harika porselen yemek takımlarını, kristal kadehleri seyretmeye devam etti. Seyit, o arada ondan uzaklaşmış, salonun ucundaki kapıdan beliren birkaç kişiyle, Rusça konuşuyordu. Tavırlarından, Mürvet onun bazı talimatlar verdiğini anlıyordu. Hiçbir şey anlayamıyordu bütün bu olup bitenden. Seyit gülümseyerek ona doğru geldi.

"Nasıl buldun Murka? Ne diyorsun, güzel değil mi?"

"Harika bir yer burası Seyit. Çok şık. Bir arkadaşının mı?"

Seyit onu iki elinden birden tutarak bir masaya oturttu.

"Şimdi, önce otur bakalım. Şaşkınlıktan küçük dilini falan yutmanı istemiyorum. Öyle sevinçten ağlamak da yok, tamam mı?"

Mürvet'in şaşkın bakışlarını gülerek izledi ve yine sordu:

"Söz mü?"

"Söz."

"Hazır mısın? İşte... Bu harika, şık lokantanın sahibi şu an karşında duruyor Murka."

Mürvet, hayret ile gülümsemek arası ağzını açtı ve kaldı.

"Evet, Murka'm, yanlış duymuyorsun. Burası bizim artık."

Genç kadın gözlerini gururla etrafta gezdirdi.

"Evet, çok uğraştım ama işte oldu. Yarın gece açılacak. Senin daha önce görmeni istedim. Bekleyemedim yarına kadar. Ne diyorsun?"

Şaşkınlığından güçlükle kurtulan genç kadın, derin bir nefes aldı. Kocasının "Bizim" sözü çok hoşuna gitmişti. Böyle bir lokanta ile kendisi arasında ne gibi bir bağ olacağını kestiremiyordu ama yine de sahibinin karısı olma fikri çok keyif veriyordu. Birden aklına bir soru geldi:

"Çamaşırhaneyi sattın mı?"

Seyit, yanındaki iskemleyi çekerek oturdu masaya.

"Satar mıyım? Şimdilik duruyor. Orada işler artık oturdu. Pyotr Sergieviç hesaplara baktığından beri içim rahat. Ama göreceksin Murka, bu iş bambaşka. Burasının her gece dolup taştığını düşünebiliyor musun? Balalayka, piyano, bandura, akordeon çalınacak, şarkılar söylenecek, danslar edilecek..."

Seyit coşku içinde anlatmaya devam ediyordu. Mürvet bir anda bütün keyfinin bittiğini hissetti. Böyle bir hayat onları ancak ayırabilirdi. Nasıl bir aptallıkla sevinmişti ilk başta. Burasının çalışması, Seyit'in artık geceleri eve gelmemesi demekti. İçilecek, şarkılar söylenip dans edilecekti demek burada. Seyit her gece eğlenecekti böylece, o, evde bebeğiyle kocasının yolunu gözlerken. Yüzü asılıvermişti. Ama aklından geçenleri söyleyemiyordu.

O anda, mutfağı bölen büyük resimli paravanın ardından beliren genç bir kadın, Mürvet'in endişelerini âdeta doğrulamaya gönderilmiş gibiydi. Sapsarı saçlarını başının üzerinde lülelerle toplamış, cömert dekoltesinden göğüsleri beliren narçiçeği renkli elbisesiyle salonun boşluğuna bir renk kuşağı gibi dalmıştı genç kadın. Bir elindeki tepsideki içki ve meze tabaklarıyla masaya yaklaştı. Seyit'i Rusça selâmlarken dudaklarına yayılan gülümseme, Mürvet'in yüreğini bir kez daha burktu. Çok değil birkaç ay evvel Shura'yla karşılaştığı günü hatırlamadan edemedi. Kendisini yine o günkü gibi çocuksu, şapşal, çaresiz ve tecrübesiz hissediyordu. Rus kızının kendisine kibarlıkla verdiği selâma karşılık vermek istediyse de beceremedi. Gülümsemesi dudaklarında dondu kaldı. Kendisini bu hale düşürdüğü için Seyit'e kızıyordu. Ama en çok da ağzını açıp bir şey söyleyemediği ya da en azından içinde bulunduğu anı idare etmeyi beceremediği için kendisine içerliyordu.

Seyit, kadehlerini votkayla dolduran garson kızla ciddi bir şeyler konuşmaya başlamıştı. Kız, masaları, iskemleleri göstererek bir şeyler anlatıyordu. Belli ki lokantayla ilgiliydi konuşmaları. Ama yine de kocasının bu kızla beraber, aynı yerde, bütün gece çalışacağını düşünmek Mürvet'in midesini bulandırmaya kâfi geliyordu.

Mürvet yaşadığı sıkıntıyı ağlamadan nasıl atlatacağını düşünedursun, paravanın arkasından başka genç kadınlar da çıkmaya başladı. Ellerinde dolu tepsiler, hummalı bir koşuşma içinde, üzeri henüz boş olan masaları düzenliyorlardı. Aralarında alçak sesle konuşup, gülüşüyorlardı. Mürvet bütün bu kahkahaların kendisi için olduğu gibi bir hisse kapıldı. Düşüncesinin saçmalığını biliyordu ama elinde değildi. Oturduğu kadife iskemleye âdeta yapışmış gibiydi. Elleri arasında döndürüp durduğu votka kadehiyle sıkıntısını paylaşıyordu. Seyit'in sözleriyle kendine geldi.

"Şimdi bizim için müzik yapacaklar Murka. Sadece bizim için. Haydi küçük Murka'm şerefe!"

Kadehini karısının kadehine dokundururken gözlerinin içine baktı. Ondaki değişikliği görmüştü.

"İyi misin Murka? Ne oldu birdenbire? Ağrın falan mı var yoksa?"

Mürvet cevaplamaya çalıştı. Dudaklarını açtı, sesi çıkmadı. Genzini küçük bir öksürükle temizleyip mırıldandı.

"Yok bir şeyim Seyit. Galiba biraz yoruldum, o kadar."

Cevabına inanamıyordu. Niye deminden beri kafasını kurcalayan, onu isyan ettiren şeyleri söyleyememişti?

"Şimdi bir yudum votka seni kendine getirir. Harika bir yemek yiyip, müzik dinleyeceğiz. Göreceksin hiçbir şeyin kalmayacak."

Mürvet, kuruntularını bir kenara atıp, kocasına ayak uydurmaya çalışıyordu. Ama çok da zorlanıyordu. Yemekler harikaydı ama iştahı yoktu ve midesi bulanıyordu. Borç çorbasına Seyit'in ısrarlarına rağmen ekşi kremadan koydurmadı.

"Murka, her yemeği yemenin bir âdeti var. Borç simetanayla içilir. Haydi inat etme. Bak bir kere tadına, bayılacaksın."

Mürvet neredeyse ağlayacaktı.

"Seyit, midem almıyor, istemiyorum. Bırak ben böyle içeyim, ne olur."

Seyit gülerek onun yanağını okşadı.

"Peki peki, ağlama çocuk karım benim. İstediğin gibi iç haydi."

Mürvet, kocasının hayatına alışacak kadar hiçbir zaman büyüyemeyeceğini düşünüyordu. Ama en azından böyle sulugözlülük etmemeliydi. Nispeten rahatlaması için iki yudum içki kâfi gelmişti zaten. Şimdi daha mantıklı düşünebiliyordu. Bu lokanta sadece kocasının işiydi. Etrafında çalışanlar da bu işin bir parçasıydı. Bunda hiç de küsülecek taraf yoktu. Seyit, büyük bir keyifle tatlı bir sohbetteydi. Arada bir, karısının yanağını, ellerini okşuyor, onun gözlerinin içine bakarken de kendisine bakması için muzip bir gülüşle ısrar ediyordu. Bir ara, kapının yanında beklemekte olan genç çocuğu, eliyle işaret ederek yanına çağırdı.

"Hemen Orient Bar'a koş. Orada İskender Bey, Manol Bey, hangisini bulursan haber ver, burada bekliyorum kendilerini, tamam mı? Koş bakalım."

Genç çocuk saygılı bir ifadeyle, "Baş üstüne," deyip lokantadan fırlamıştı ki, müzisyenler birer birer yerlerini almaya başladı. Hepsi Beyaz Rus'tu. Enstrümanların akordu esnasında çıkan sesler bile Mürvet'i büyülemeye yetmişti. Biraz evvel yaşadığı iç sıkıntısını unutmuş gibiydi. Gülümseyerek kocasına baktı. Bir elini çenesine dayayarak sahneyi seyre devam etti.

"İşte, benim Murka'm geri geldi."

Seyit, karısının güler yüzünden duyduğu memnuniyeti belirtmeden edememişti. Onu hep böyle görmek istiyordu. Gülsün, eğlensin, kahkaha atsın, kendisiyle beraber şarkı söylesin, çakırkeyif olsun, istiyordu. Aslında beraber ne kadar eğlenebilirlerdi.

Genç kadın yaşadığı gecenin keyfini çıkarmaya başlamıştı. Masaların üzerinde titreşerek yanan mumların ışığında, harika müzik eşliğinde, kocasıyla beraber harika zaman geçiriyordu. Koskoca salon sadece ve sadece onlara aitti. Bu sihri bozacak hiçbir şey yoktu. Hayatı kendine zehrettiği anlar için pişmanlık duyuyordu şimdi. Kendi kendine söz verdi, aynı yanlışları yapmayacaktı bundan sonra.

Çalan parçaların çoğu kulağına yabancı gelmiyordu; Seyit'in evde söylediği şarkılardı bunlar. Kendini kaptırmış, yarı baygın bakışlarla dinliyordu ki, kahkahalarla içeriye bir grup erkek girdi. Seyit onları görür görmez sevinçle yerinden kalktı.

"Geldiler işte."

Masalarıma doluşan genç adamlar Mürvet'e yabancıydı. Zaten kocasının arkadaşlarından hiçbirini tanımıyordu henüz. Seyit'in, evin dışında geçirdiği hayatı Mürvet için tamamen bir sırdı. Ama bunda da kabahat yine kendisindeydi. Seyit onu her Beyoğlu'na getirmek istediğinde bir bahane bulup reddetmiş, ne zaman eve Rus arkadaşlarını çağırmak istese mırın kırın edip, işi olmaza sokmamış mıydı?

Yine içini bir sıkıntı alıverdi Mürvet'in. Şimdiye dek, babası, ağabeyi ve yakın akrabalarından başka hiçbir erkek grubuyla bir masada oturmamıştı, hele ki içki masasında. Gerçi yanında kocası vardı ama yine de sıkılıyordu. İyi ki annesi onu görmüyordu şu an. Beyoğlu'nun, temiz aile kadınlarının muhiti olmadığını söyler dururdu annesi hep. Acaba şimdi kocasının arkadaşları onun hakkında neler düşünüyorlardı? Belki de hafif bir kadın olduğunu sanacaklardı. Ama Seyit'in arkadaşıydı onlar. Üstelik hepsi son derece nazikti kendisine karşı. Tedirginliği yine yüzüne vurmuştu. Seyit ise son derece rahat bir tavırla, kolunu karısının sırtına dolamış, keyif içinde sohbetteydi misafirleriyle. Aralarında Rusça konuşuyorlardı. Bir ara Mürvet'in sıkıntısını, konuşulanları anlayamamasına bağladı ve ona dönüp gönlünü aldı.

"Sana da Rusça'yı öğreteceğim Murka. Bence muhakkak öğrenmelisin."

Mürvet, bu konuda hiçbir hevesi olmadığı gibi tam aksine tarifi imkânsız bir kıskançlık duyuyordu bu lisana karşı. Onu kocasından ayıran bir şeydi. Kocası Rusça konuştukça, yine eski hayatına dönüp, onu terk ediyor gibi geliyordu Mürvet'e.

Seyit, arkadaşlarının kimler olduğunu anlatabilmek için arada sırada açıklamalarda bulunuyordu karısına.

Masada bulunanlardan İskender Beyzade, çok uzun boylu, iriyarı, yakışıklı bir adamdı. Bakülü'ydü. Wrangel ordusuna katılıp kaçmıştı. Manol da, General Wrangel'in gönüllü ordusunda Kırım kıyılarında son çarpışanlardandı. Limandan ayrılan en son gemiye binebilmişti şans eseri.

Çamaşırhanenin muhasebesine bakan Pyotr Sergieviç de onlarlaydı. Mürvet onu bir kez gördüğü kadarıyla hayâl meyal hatırlıyordu.

Erkeklerin sohbeti hararetlenmişti. Mürvet, bir ara, Shura ismini duydu mu yoksa sadece ona benzerliği olan bir kelime mi kulağını ısırdı pek anlayamadı ama hemen gerildi. Bütün bu insanlar, Shura'yı, Seyit'le olan geçmişini çok iyi biliyorlardı. Hepsi onu tanıyordu muhakkak ve muhakkak ki hepsi de ona hayrandı. Kendi yerinde şimdi Shura olsaydı ne olurdu, diye düşündü. Herhalde çok eğleniyor olacaktı Shura. Bir kere aynı lisanda onlarla konuşabilecekti. Sonra da erkeklerle aynı masada oturup içki içmekten utanıyor olmayacaktı. Mürvet kıskançlıkla hayâlindeki bembeyaz tenli, mavi gözlü, başak sarısı saçlı, uzun, alımlı genç kadını hatırladı. Herhalde de şen kahkahalar atarak sohbete katılırdı Shura. Kendisini, yerinde iğreti oturuyor gibi hissetti. İşte, ne kadar uğraşsa yine olmuyordu. Ait olmadığı, kendisine yabancı bir dünyada misafirdi sanki.

O sırada gelen sürpriz konuklar Mürvet'i biraz olsun rahatlattı. Gelen, Mürvet'in halasının damadı Osman'dı. Osman, bir garip tesadüf eseri, Kırım'dayken de Seyit'in halasının damadıydı. Bolşevik ihtilalinden kaçarlarken yolda bu gencecik karısını ve çocuğunu kaybetmişti, İstanbul'da birkaç sene her limana gelen gemiden, her kaçak gelenden onların haberini beklemiş ama sonunda pes etmiş, kaderine küsmüştü. Şimdi geçmişine sünger çekmiş, yeni karısıyla mutlu olmaya çalışıyordu. Seyit'e Mürvet'i gösterip evlenmeleri için uğraşan da oydu. Düğünde Seyit'in sağdıcı da olmuştu. Mürvet'i öpüp diğer yanına yerleşti.

"Sen geceleri çıkar mıydın evden?"

Mürvet hemen eğilip, Osman'ın kulağına fısıldadı.

"Osman Ağabey, annemin kulağına giderse, bakmaz bir daha yüzüme. Ne olur, Allah rızası için ağzından bir şey kaçırma."

Osman güldü.

"Tamam tamam, dert etme. Ne zannediyorsun, gidip seni şikâyet mi edeceğim Emine Abla'ya? Hem sonra, kuzum nedir bu yersiz korkun? Sen artık evli bir kadınsın. Kocanla beraber istediğiniz yere gidersiniz. Hesap mı vereceksin annene, kardeşlerine?"

"Ama sen annemi biliyorsun Osman Ağabey. Duyarsa, kırılır. Bakmaz yüzüme bir daha."

"Oldu, ben bir şey diyecek değilim Mürvet. Ama sen kendini çok fuzuli yere baskı altına alıyorsun. Bırak, hayatını yaşa kocanla. Baksana şuranın güzelliğine. Senin yerinde başka kadın olsa çıkmaz buradan. Her akşam kraliçeler gibi, yemeğin önüne gelir, müziğini dinlersin, kocanla beraber tadını çıkarırsın..."

Seyit eğilerek onun sözünü kesti.

"Hayrola, benim dedikodum mu yapılıyor?"

Osman lâfı değiştirdi hemen.

"Seyit, helâl olsun. Harika bir iş başarmışsın. Bereketli işler olsun kardeşim."

Seyit kadehini kaldırdı.

"Sağ ol Osman, sağ ol. Biraz da iyi giden bir şeyler olsun, değil mi? Haydi, Nazdrovya!"

Masadaki bütün erkekler aynı dilekle kadehini kaldırdı, sonra çalmakta olan parçaya eşlik etmeye başladı.

Küçük grup coşmuştu. Rus kızlar içki şişelerini tazeleyip duruyordu. Onların laubalilikten uzak ama son derece candan tavırlarını işkilli bakışlarla izliyordu Mürvet. Bu kadınları çözemiyordu, o kadar güzel, o kadar zariflerdi ki, onların kötü kadınlar olabileceğine inanamıyordu. Ama erkeklerle olan münasebetleri son derece sıcaktı. Sanki bir hanım arkadaşlarıyla konuşurcasına rahat ve güler yüzlüydüler. Hatta zaman zaman kahkahalara varan keyifte konuşmalar geçiyordu masadakilerle aralarında. Mürvet, öncelikle bir aile kadınının garson olarak çalışmasını, hem de gece ve içkili bir lokantada çalışmasını anlayamıyordu. Erkekler acaba bu tip kadınlara nasıl bir gözle bakıyorlardı? İzlediği kadarıyla saygı sınırını aşan kimse yoktu.

Kızlardan biri sahneye çıkmış, balalayka ile akordeonun müşterek çaldığı bir Rus halk ezgisine eşlik ediyordu. Mürvet sözlerini anlamıyordu ama müziği o kadar dokunaklıydı ki, gözpınarlarında yaşların birikmesine mani olamadı. Seyit, Manol ve İskender mırıldanarak, oturdukları yerden, beraber söylüyorlardı şarkıyı. O koca adamlar, az önce kahkahayla yıkanan sofrada, şimdi durgun, sakin melodinin hüzünlü ritminde kaybolmuşlardı. Orkestra hüzünden yavaş yavaş sıyrıldı tekrar, artan bir ritimle hızlandı hızlandı ve son derece oynak, keyifli bir parçaya geçildi. Şimdi de kadehlerini bir dikişte boşaltmış, ayağa kalkıp bağıra bağıra şarkı söylüyorlardı.

Mürvet, ruh hali bu kadar çabuk değişebilen, hislerin bir ucundan bir ucuna bu kadar çabuk seyahat edebilen insanları anlamakta zorlanıyordu. Ne anlattığını kavramaya çalıştığı bir oyunu seyreder gibiydi. Bir anda gözyaşı içindeyken, kahkahaya boğuluyor, gür bir ses tonunun coşkusundan, hüznün yumuşacık, zamanın küçücük diliminde kaybolan sesine dönüyorlardı. Anladığı bir şey varsa, o da Seyit'in ait olduğu esas hayatın bu olduğuydu. Ama kendisi hiçbir zaman ona tam ayak uyduramayacağını da biliyordu. Kocasını, geçmişinden gelen bir hayatla, bir lisanla ve insanlarla paylaşmak zorundaysa, hiç değilse evinde oturur ve bu paylaşmayı seyretmek zorunda kalmazdı. Her gece burada, onu bunca güzel, neşeli ve hayat dolu kadının arasında, anlamadığı lisanda konuşup şarkı söylerken seyretmeye tahammül edemezdi.

Akşamın başından beri yaşadıkları artık bünyesinin kaldıramayacağı kadar yormuştu Mürvet'i. Evine dönmek istiyordu. Evinin sakin, gürültüden uzak, emniyetli dünyasına geri gitmek istiyordu. Ve kocasını da yanında istiyordu. Başı dönmeye, midesi bulanmaya başlamıştı. Dirseğini masaya dayayarak başını avucu arasına aldı. Seyit hemen ona sarıldı.

"İyi misin Murka?"

Cevap veremedi. Masadaki herkes meraklanmıştı. Garson kızlardan biri koşturup su getirdi.

Güç bela, ağzından üç kelime döküldü.

"Eve gitmek istiyorum..."

"Bu sık sık oluyor bu aralar. Herhalde hamileliğinden." diye izah etti Seyit, merakla bakan Osman'a. Sonra ayağa kalkarak karısına sarıldı. Arkadaşlarına veda etmiş olmalıydı. El sıkıştılar. Seyit kendilerini kapıya kadar getiren Osman'a teşekkür etti.

"Sen benim yerime ev sahipliği yapıver arkadaşlara, Osman, yarın akşam görüşürüz. Haydi iyi geceler."

Mürvet, nasıl arabaya bindiklerini, eve nasıl gelip yukarı kata, yatak odasına çıktıklarını hatırlamıyordu. Yarı kapalı göz kapakları arasından, Seyit'in kendisini şefkatle yatırdığını, üzerini çıkarıp geceliğini giydirdiğini zor bela görüyordu. İşte, hep böyle, kendi evlerinde, yalnız, baş başa olabilselerdi. Seyit'in bütün ilgisi, sevgisi, kahkahası ona kalsaydı, ne kadar iyi olurdu. Onu hiç kimseyle, hiçbir şeyle paylaşmaya tahammülü yoktu. Ve o gece, Seyit'in lokantasına bir daha gitmeme kararı verdi. O bambaşka dünyada, o bambaşka insanlarla, Seyit'in aslında kendisinden ne kadar uzaklarda olduğunu hissetmişti ve bunu tekrar yaşamak istemiyordu.

Ertesi gün öğleye kadar yatakta kaldı Mürvet. Mide bulantısı ve baş dönmesi onu yatağa bağlamıştı. Aslında biraz gayretle toparlanabilirdi ama bu halinin Seyit'i bir müddet daha evde tutabileceği düşüncesi onu farkında olmadan daha da hasta görünmeye itiyordu. Öğle üzeri Seyit banyosunu yapıp tıraşını oldu, özenle seçtiği kostümünü giydi. Yatakta kıvrılıp yatmış, halsiz bakışlarla kendisini süzen karısını öptü.

"Sen biraz daha dinlen Murka. Akşam sekiz gibi bir araba gönderir seni aldırırım. Daha çok vaktin var."

Mürvet bütün bedbinliğiyle ve sesinin kırıklığıyla mırıldandı.

"Hiç araba gönderme Seyit. Ben gelemem. Hiç iyi değilim."

"Olur mu! Hem sekize kadar kendine gelirsin. Bu geceyi kaçırmanı istemiyorum."

Söylediklerinde anlaştıklarından emin olarak karısını yanaklarından öptü ve çıktı.

Kapının kapandığını duyan Mürvet sessiz sessiz ağlamaya başladı. Acizliğine ağlıyordu. Kocasının hayatına ayak uyduramamaktan duyduğu eksiklik, isyanlarını zamanı gelince düşündüğü gibi söyleyememek, kalkıp silkinip bu zavallılık hissinden kurtulamamak, hepsi acizliğin neticeleriydi. Ve bu huyunu düzeltmek için fazla bir şey yapabileceğini göremiyordu. En çok da onun için ağlıyordu.

Seyit'in söylediği gibi, gönderdiği araba tam sekizde Mürvet'i almaya geldi. Kısa bir an için gitme arzusuyla içi kıpırdayan genç kadın, aynadaki aksini gördüğü an yine vazgeçti. Toparlanıp evden çıkması imkânsızdı. Hele bu gece, lokantayı dolduracağını tahmin ettiği bütün o hoş, güzel kadınların yanında ne yapsa, ağlamaktan şişmiş gözleri, bedbin bakışlarıyla yabancı kalacaktı. Arabayı geri gönderip tekrar yatağa girdi.

Sekiz buçuğa kadar gözü kapıda karısının gelmesini bekleyen Seyit, onun geceye katılmayacağını öğrendiğinde huzursuz oldu. Bunun iki sebebi vardı. Birincisi Mürvet gerçekten çok hasta ise onu evde tek başına bırakmış olmak, ikincisi yaptığı sadece çocukça bir kaprisse, bu da sevinçle paylaşabilecekleri bir geceye katılmaması yönünden üzüntü vericiydi.

"Ne yapalım?" bakışları ve derin bir iç çekişle omuzlarını kaldırdı. İkinci katta kendisine ayırdığı çalışma odasının, lokantanın içine bakan camından aşağısını izledi.

Odada, ceviz bir çalışma masasının dışında bir büyük konsol ve iki sütunun arasına yerleştirilmiş cibinlikli bir de pirinç yatak vardı. Yatak kısmı, kadife perdelerle odanın bütününden ayrılmıştı. Müşterileriyle hem öğlen hem akşam beraber olabilmek için arada bir istirahat etmesi gerektiğini düşünmüştü. Lokantadaki kalabalığı görmek, Mürvet'in onu bu gece yalnız bırakmasının yarattığı üzüntüyü biraz hafifletmişti. Masalar birbirinden şık hanımlarla, beylerle dolmuştu. Rus kızları masaların arasında bütün hoşluklarıyla dolaşıyordu. Orkestra en coşkulu notaları mum ışıklı geceye yaymaya başlamıştı. İftiharla gülümseyerek tülü çekti. Ne kadar isterdi şimdi merdivenlerden aşağıya, karısı kolunda inmek. Diğer kadınların, Murka'nın sürmeli kapkara gözlerini, minik kalkık burnunu ve incecik ayak bileklerini kıskanarak seyretmeleri ne büyük keyif olurdu. Hele küçük karısının gelenleri hayretle izleyişi, bir kadehten sonra al al olan yanakları, pırıldayan gözleri onu ne kadar mutlu edebilirdi; gelseydi. Ama gelmemişti işte. Belki de gelmek istememişti. Biraz olsun gayret etse, kısa bir zaman için bile gelse olmaz mıydı? Doğumdan sonra Mürvet'in kendisine hiç katılamayacağını düşündü. Dün gece acaba olmayacak bir şeye mi zorlamıştı onu buraya getirmekle? Niye keyif almayı öğrenmek istemiyordu karısı onun hayatından? Neden dostlarını, şarkılarını, lisanını paylaşmak istemiyordu?

Ama şimdi soruların, düşüncelerin zamanı değildi. Aşağıya inmesi gerekiyordu. Aynada yeleğini, kravatını kontrol ettikten sonra odadan çıktı ve misafirlerinin arasına katıldı.

Az sonra Seyit, sevincini paylaşamayan küçük karısını, evini, İstanbul'da yaşadığını çoktan unutmuştu. Masaları tek tek dolaşıyor, kendisini bu mutlu gecesinde yalnız bırakmayan dostlarına hararetle kadeh kaldırıyordu. Bu gece onun gecesiydi. Tadını çıkaracaktı.

Mürvet'in doğumuna pek zaman kalmamıştı. Şevkiye Ebe, "On beş güne kadar kurtulursun Allah'ın izniyle." demişti en son geldiğinde. Onun da üzerinden üç gün geçmişti. Artık iskemlede bile doğru dürüst oturamıyordu. Karnının derisi çatlayacak gibi gerilmişti. Ürküntü ve heyecan karışımı bir duyguyla doğumunu beklemek onu iyice sinirli yapmıştı. Seyit'in evde olduğu saatler o kadar azdı ki, doğum anı geldiğinde de evde yalnız olacağı büyük bir olasılıktı. Bunun düşüncesi bile onu ağlayacak hale getiriyordu. Nihayet bir gün öğlen Seyit'i geçirirken dayanamayıp arzusunu söyledi.

"Seyit, diyorum ki, doğum için annemi yanımıza çağırsak. Çok korkuyorum. Yardımcı olurdu."

"İstediğin yardımcı ise, birini bulup göndereyim, kalsın seninle."

"Seyit, hiç annemle aynı olur mu bir yabancı? Hem, doğumdan sonra da bir sürü iş olacak koşulacak. Annem yanımda olsa fena mı olur?"

Seyit, tam çıkarayak böyle bir mevzuyu tartışmak istemiyordu. Evinin düzeninden memnundu. Yine kalabalık bir aile olarak yaşamak istemiyordu. Mürvet'in istediği olursa işinden çıkıp geldiğinde ayağını uzatıp bir kadeh içebilmek, karısına sarılıp oturmak, yatak odasının kapısını kapamak zorunda kalmadan yatmak, artık imkânsız olacak demekti. Ancak, Mürvet'in korkuları onun da aklına gelmiyor değildi. Eve dönüşü sabaha karşı bir saatte oluyor ve öğleye doğru da yine ayrılıyordu. Evde oturup, karısının elini tutup doğumunu bekleyemeyeceğine göre, belki de belli bir süre için kayınvalidesiyle beraber yaşayabilirlerdi. Mürvet'in, neredeyse ağlamaklı yüzüne gülümseyerek baktı. Onu kırmak istemiyordu.

"Peki, tamam. Haber gönderelim o zaman annene, gelsin yanımıza."

Karısının gözlerinin parıldadığını görünce devam etti.

"Ben hemen bugün birini gönderirim. Gelebilirse beraber dönerler. Oldu mu?"

Mürvet çok heyecanlanmıştı.

"Ama bir oda hazırlamam lâzım. Nasıl olacak?"

Zaten olan biten iki odanın birini misafir odası olarak hiç düşünmemişti Seyit. Ama başka çareleri de yoktu.

"Onu da hallederiz. Kendini yormaya kalkma. Lokantadan bir-iki kişi gönderirim. Yardımcı olurlar. Tamam mı? Yatak, yorgan taşırken doğurmanı istemiyorum."

Karısını öperek koşar adımlarla kapıdan çıktı. Şu andan itibaren, evine döneceği ana kadar, olacakların hayatlarında ne gibi değişiklikler yaratacağını merak ediyordu.

Çamaşırhanenin hesaplarını kontrol etmesi lâzımdı. Kalyoncu Kulluk'a doğru yürürken, karısıyla baş başa bir evde oturabilmek için ne kadar mücadele ettiğini, bu karar esnasında Mürvet'in ne kadar üzüldüğünü hatırladı. Genç kadın, annesi, üvey ağabeyi ile kocası arasında seçim yapar duruma gelmişti. Ancak, Seyit hayata bakış açıları tamamen değişik olan bu insanlarla aynı çatı altında huzurla yaşayamayacağından emindi. Aynı şekilde kendisinin varlığı da onları rahatsız ediyor olmalıydı. Gerçekte de Mürvet'in ailesi sadece ve sadece kızlarını gözlerinin önünde bulundurmak ve kocasına rağmen Mürvet'in hayatını kontrol edebilmek için Seyit'e katlanıyordu.

Seyit'in aklının almadığı şeylerden biri de, küçük karısının "Ayıp" ve "Günah" kelimelerini ne kadar çok kullandığı idi. Ona göre neredeyse her şey ayıp, her şey günahtı. Karı koca beraberliklerinde bile bu iki kelimenin ağırlığı o kadar sık hissediliyordu ki, genç adam bunun nasıl bir bağnaz yetiştirme tarzı olduğuna akıl erdiremiyordu. Ailesinin yanında karısını öpemediğini, elini omuzuna atamadığını, şaka yapamadığını sıkıntıyla hatırladı. Kayınvalidesinin sakin, gururlu, yemyeşil gözleriyle kendisini şüpheli bakışlar atarak süzmesi gözünün önüne geldi. Belki de ertesi sabah uyandığında o bakışlar yine karşısında olacaktı. Ama doğum hadisesi hallolana kadar başka çare de yok görünüyordu. Hem bu defa beraber yaşayacakları ev,

Seyit'in eviydi. Belki de ilişkileri daha değişik olacaktı. Ne de olsa içgüveysi girmekten farklı olmalıydı. Bu düşünce, genç adamın içini biraz olsun rahatlatmıştı. Üstelik mutlu olmak için çok sebebi de vardı bu aralar. İşleri çok iyi gidiyordu. Çamaşırhanenin kapısından girerken ister istemez gülümsedi. Daha altı sene evveline kadar Çar 2. Nikola'nın hassa alayında süvari üsteğmeniyken kurduğu hayâlleri, varmak istediği noktaları hatırladı. Şimdi ise iyi iş yapan bir çamaşırhane ile içkili, müzikli bir lokanta işletebilmek mutluluk sebebi olabiliyordu. Hayat garipti ama yine de çok güzeldi. Kayınvalidesinin misafir geleceğini düşünmek bile değişik bir keyif veriyordu şu an. Kola yapan Rus kızlarını selâmlayarak kendisini bekleyen muhasebeci Pyotr Sergieviç'e doğru ilerledi.

Emine'nin çok düşünceli olduğu günlerdi. O güzel, kalabalık ailesi parçalanıp duruyordu ve yapabileceği bir şey de yok gibiydi. Mürvet'in kocasıyla evden ayrılmasından sonra üvey oğlu Hakkı da hep beraber oturdukları müşterek evlerini satmaya karar vermişti. Karısı ve çocuğuyla yalnız oturabilecekleri, kendine ait bir ev almak istiyordu. Emine, kocasından hatıra kalan evde, kendi çocuklarının yanı sıra kocasının ilk karısından olan oğlunu da büyütmek için neler verdiğini düşünüyordu. Bunu hiç kimse için yapmıyordu. Tanrı'ya inancı sonsuzdu ve yaptığı fedakârlıkları düşünüp hesap çıkarmakla Tanrı'yı ancak gücendirebilirdi. Yine de, kocasının yatak döşek yattığı devirlerde bile bir erkek gibi çalışıp, çabalayıp o evi çocukları için sıcak tuttuğu onca yıl boşa mı gidecekti? O kadar harp, yoksulluk, didinmeyle geçen yıllarda bile bu evi satmayı düşünmemişti. Ama artık bir arada eski huzurları da yoktu. Hakkı'nın siniri, devamlı kavga ettikleri karısı Meliha ve hep ağlayan bebekleri, gün geçmiyordu ki, Emine'yi de bir şekilde müdahale etmek durumunda bırakmasın. Her müdahalesi ise onun biraz daha incinmesiyle bitiyordu. Belki de en iyisi buydu. Herkes kendi küçük kabuğuna çekilip, sessiz, sedasız yaşamalıydı.

Sonunda Hakkı'nın istediği olmuş, ev satılmıştı. Evin satışından gelen paradan Emine ve Hakkı'ya yüzer altın düşüyordu.

Mürvet, Fethiye ve Necmiye'ye de otuzar altın verilecekti. Devir işlemleri esnasında on beş altın da masraf çıkmıştı. Mürvet evlenip ayrılmış olduğu için onun payını kendisine vermişti annesi. Ama diğer iki kızına düşeni, kendine düşenle birleştirip, yine başlarını sokabilecekleri şirin, güzel bir ev bulabilirlerdi, bu düşüncedeydi Emine. Eşyaları toparlarken kalbinde hissettiği burukluğu içine atması gerektiğini kendi kendine tekrarladı. Geçmişte ne fedakârlık yapmışsa, yapmıştı. Çünkü hem ailesini kollamak, korumak, evinin huzurunu ve ekmeğini sağlamak onun göreviydi hem de her şeyi, kimse kendisinden bir şey istemeden gönüllü olarak yapmıştı zaten. Yine de yaşlılık günlerinde etrafında hiçbir çocuğunu bulamayacak olması korkusu sarmıştı içini. İlk göz ağrısı Mürvet'ini, Moskof'tan gelmiş bir damada kaybetmişti. Kucağında büyüttüğü, bağrına bastığı üvey oğlu Hakkı, evlendiğinden beri öyle değişmişti ki... Sanki çocuklar, annelerinin onları bir arada tutmak için neler yaşadığının farkında olmamışlardı.

Emine'nin böylesine düşüncelerle kafasının yoğun olduğu bir günde kapıda beliren genç bir çocuk Mürvet'in mektubunu getirdi. Emine şaşkınlık ve sevinç içinde kızının kendisini yanına çağırdığını okudu.

"Seyit'le beraber seni bekliyoruz." diye yazmıştı Mürvet. Demek boşuna üzülmüştü bu kadar zaman. Bir kere daha deneseler belki de başarabilirlerdi beraber yaşamayı. Üstelik kızının şu an kendisine çok ihtiyacı vardı. Kızının bebeğini kucağına almak, ona bakmak için can attığını hissetti. Aslında onu üzen şey, çocuklarından ayrı kalmaktan ziyade onların kendisine ihtiyacı kalmadığını hissetmesiydi. Birden bunu fark edince kendi kendine gülümsedi. O, mektubu okurken, haberci genç kapıda bekliyordu.

"Arzu edersen, mektubu getiren gençle hemen gelebilirsin." son cümlesini okuyunca biraz düşündü ve hemen hazırlanıp damadının evine bu kadar da hevesli gibi gitmesinin yanlış olacağına karar verdi.

"Getirdiğin haber için sağ ol evlâdım. Beklediğin için de. Geleceğimi ilet kendilerine. Ama evi topluyorum şu arada. Bana bir-iki gün müsaade etsinler. Biz kendimiz geliriz sonra."

Birden karamsarlığı bitmişti. Heyecanla kendisine ve kızlarına ait olan özel eşyalarını toplamaya devam etti. Tanrı, onu seviyordu. Kızları, damadı ve torunuyla yine büyük bir aile oluşturacaklardı.

Mürvet, annesinin gelişini büyük bir arzuyla beklemekte olmasına rağmen, bir-iki gün zaman istemesinden memnunluk duydu. Zira ilk defa kendisinin hanımlığını yaptığı evinde annesini ağırlayacaktı. Her şeyin eksiksiz olmasını istiyordu. Seyit'in çamaşırhaneden yolladığı tombul, güçlü kuvvetli bir Rum kadın ile lokantadan gelen komi genç, misafir odası olarak düşünülen, evin ikinci odasını hazırlamakta Mürvet'e yardımcı oldular.

Emine, söylediği gibi, kendisine haber ulaştığından iki gün sonra geldi. Necmiye'yi de getirmişti. Mürvet, annesini ve küçük kız kardeşini karşısında görünce sevinçten çılgına döndü. İki kardeşine de düşkündü ama kendinden altı buçuk yaş küçük Necmiye'ye neredeyse o annelik etmişti. Dolayısıyla ona ilk çocuğu gözüyle bakıyordu. Emine'nin harp yılları boyunca erzak toplamak için Anadolu'ya yaptığı maceralı yolculuklar sırasında kız kardeşlerine, hasta babasına bakan hep Mürvet olmuştu. Fethiye'ye de çok emeği geçmişti ama aralarında sadece üç yaş fark olması onları daha ziyade arkadaş kılmıştı.

Mürvet, annesine bir yorgunluk kahvesi yapmak için mutfağa girdiğinde, kocası eve döndüğü zaman nasıl bir hava eseceğini merakla düşünmeye başladı. Her şeyin yolunda gideceğini ümit ediyordu. Ana kız, pencere önünde kahvelerini yudumlarlarken, görüşemedikleri haftaların acısını çıkarır gibiydiler. Sonra, her ikisi de, iş torbalarından çıkardıkları zıbınları, patikleri yayıp bir yandan aileye yeni katılacak bebeğin giyeceklerini hazırlarken bir yandan da sohbeti sürdürdüler. Emine, uzak kaldığı zamanlar zarfında, kızının hayatının nasıl gittiğini, kocasıyla münasebetlerinin nasıl olduğunu, Seyit'in ne iş yaptığını son derece merak etmesine rağmen, bu konularda hiçbir şey sormamak için kendisini zor tutuyordu. Bütün bunları öğrenmek için çok vakti olacaktı. Ancak, kızının gözlerindeki pırıltıdan, evin düzeninden işler yolunda gözüküyordu. Yine de damadıyla karşılaşacakları an için, sorular geçiyordu kafasından. Öyle ya, pek de dostça ayrılmamışlardı birkaç ay evvel.

Aynı saatlerde, Timyoni Sokağı'ndaki lokantasının üst kattaki odasında, Seyit'in zihninden geçenler de aşağı yukarı aynı konulardı. Az evvel karısının bir şeye ihtiyacı olup olmadığını anlamak üzere eve bir adamını göndermiş ve kayınvalidesi ile küçük baldızının gelmiş olduğunu öğrenmişti. Haberi getiren çocuğa bir liste ile para uzattı.

"Hemen bunları alıp eve götür. Başka istekleri varsa sor. Ben, akşam yemeğine evde olacağım. Onu da söyle. Tamam mı?"

Kapıyı kapatınca, derin düşüncelere daldı. Akşama Emine'yle ne konuşacaklardı? Bütün gece sofrada neler olacaktı? Eskiler mi deşilecekti, yoksa yeni anlatılacak bir şeyler var mıydı? Yeni işiyle ilgili olarak kayınvalidesinin neler düşüneceğini şimdiden çok iyi biliyordu. "Damadının Beyoğlu'nda çalgılı, içkili lokanta işlettiğinden utanıyor" olduğunu konu komşuya söylediğini şimdiden duyar gibi oluyordu Seyit. Başını iki yana sallayarak güldü. Yapabileceği bir şey yoktu. Ne onları değiştirebilirdi ne de kendisi değişebilirdi. Garip bulduğu, Emine ondan sadece beş yaş büyük olmasına rağmen, sanki ayrı devirlerin insanlarıymış gibi hayata ayrı açılardan bakıyor olmalarıydı. Evet, bu sadece kadın ve erkek olmaktan kaynaklı bir fark değildi. Çok daha büyük bir uçurum vardı aralarında. Aynı evdeki yaşantıyı paylaştıkları müddetçe, daha sabırlı olmaya karar vererek düşüncelerini önündeki hesap defterine çevirdi.

Gün boyu haziran güneşini emen sokaklar, binalar, akşamın ilk gölgeleriyle beraber sıcaklıklarını gerisingeri yansıtmaya başlamışlardı. Gündüzün telaşlı iş saatlerinden sonra, gecenin baştan çıkarıcı renkli hayatına başlamadan önce, Pera'nın şöyle bir soluklandığı saatlerdi bunlar. Seyit, çalışma masasının başında, dirseklerine kadar sıyırmış olduğu gömleğinin kollarını indirip, ilikledi. Eve gitmek için ideal bir zamandı şu an. Gece dokuzdan evvel yine işine dönmek istiyordu. Ceketini giymek üzereydi ki, kulağına hiç yabancı olmayan bir sesin, yine kulağına yabancı olmayan bir Türkçe'yle kendisini aradığını duydu. Merakla, odasından merdivenlere fırladığında, şaşkınlıkla bağırdı.

"Hasan! Küçük Hasan! Nereden çıktın?"

Lokantanın giriş kapısında, kapıcıya dert anlatmaya çalışan delikanlı ile bir an göz göze geldiler. Seyit, basamaklardan ikişer ikişer atlayarak inerken, genç çocuk da ona doğru koştu. Hasretle kucaklaştılar. Ablası Hanife'nin oğlunu karşısında görmek Seyit'i tarif edemeyeceği kadar heyecanlandırmıştı. Delikanlının iki omuzunu sıkı sıkı avuçlayarak gözlerinin içine baktı.

"Bizim Küçük Hasan, geldin demek buralara sen de. Tevekkeli değil, bir Kırım kokusu alıyorum, diyordum, kendi kendime. Senmişsin meğer gelen."

Dediği hakikatti Seyit'in. Hasan'ı karşısında gördüğü an, sanki haziran sıcağını unutturan tatlı bir rüzgâr esivermişti bir yerlerden. Aluşta kıyılarının tuzlu su ve bağlarının taze asma yaprağı kokusuyla karışarak esen bir rüzgârdı bu ve Pera'nın orta yerine ferah bir esinti getirivermişti âdeta.

Aile Büyüyor, Hasret ve Yalnızlık Bitmiyor.

Şimdilik herkes hayatından memnun görünüyordu. Emine ile Necmiye gelcli üç gün olmasına karşın, henüz birbirine kırılan, gücenen yoktu. Seyit, her zamanki gibi öğleye doğru evden ayrılıyor ve sabaha karşı bir saatte dönüyordu. Emine, büyük bir titizlikle, damadının işi ve eve geliş saatleri hakkında söz söylememeye özen gösteriyordu. Aslında hiç de hoşnut değildi. Onun bildiği evin erkeği sabah işine gider, akşam yemeğine evine dönerdi. Sonra, Beyoğlu'nda lokanta işletmek ne demekti? Hiç yakışık alacak şey miydi? Ama şu an en önemli şey, kızının sağlıklı bir doğum yapabilmesiydi. Evde hummalı bir hazırlık vardı. Bebek sepeti, loğusa yatağının çarşafları, örtüleri hazırlanmıştı.

Seyit tüm bu hazırlıklarla çok ilgili sayılmazdı. Ailesine yeni katılacak minik bir varlığın getirebileceği keyfin ne olacağı hususunda kafasında henüz oluşmuş bir fikir yoktu. Üstelik çocuk sahibi olma fikri ona danışılmış, karısıyla beraber almış oldukları bir karar da değildi, Bütün iyi niyetine rağmen, zaman zaman içten içe duyduğu kızgınlığı engelleyemiyordu. Kendisi için yepyeni bir hayatı, yeni bir işi, evliliği, daha hiçbirini tam düzene oturtmadan şimdi de bir çocuk girecekti işin içine. Niye bu kadar acele etmişti Mürvet sanki... Hemen doğurmak şart mıydı? İşte bütün bu düşünceler, Seyit'in, doğacak çocuğun, karısıyla ilişkilerini yola koymakta ancak engel teşkil edeceği fikrine kapılmasına neden oluyordu. Üstelik, Paris veya New York'a göçmeye karar verdiği takdirde, kalabalık bir aile olmanın getireceği dezavantajlar da onu korkutuyordu.

Ama şu an yapabileceği tek şey, içinde bulundukları durumu rahat atlatmalarını sağlamaktı. Maddi yönden evin hiçbir prob-

!emi olmaması için uğraşıyordu. Bebeğin doğumundan sonra oturdukları evin de kendilerine küçük geleceğini düşünüyordu Seyit. Mürvet'in doğumuna bir şey kalmamıştı ve bir-iki gün içinde hemen evi değiştirmeleri lâzımdı. Aklına bir şey taktı mı hemen gerçekleştirmeliydi. Yoksa huzursuz oluyordu. Geniş bir apartman dairesi bulmaları için birkaç adamını Beyoğlu ve çevresine saldı. Aynı günün akşamı eve uğradığında, Mürvet'in dayısının damadını ziyarette buldu. Misafiri sanki onunla daha evvelden haberleşmiş gibi bir fikirle gelmişti. Kasımpaşa'ya kuşbakışı üç katlı büyük bir evi vardı Recep'in. Mürvet'in dayı kızıyla evliydi. Evin orta katının boşaldığını, isterlerse oraya geçebileceklerini söylediğinde, Seyit kira miktarını sormadı bile. Hemen kabul etti. Mürvet şaşkınlık içindeydi.

"Ama Seyit, daha buraya yeni yerleştik. Misafir odasını daha üç gün önce boyadık, yerleştirdik."

Seyit gülerek karısının yanağını okşadı.

"Ne olacak Murka? Buraya yerleştiğimiz gibi oraya da yerleşiriz."

"Ama, doğumuma birkaç gün kaldı şunun şurasında. Daha sonra taşınsaydık hiç değilse."

Seyit'in yüzü gülüyordu ama gözlerinde inatçı pırıltılar vardı. Karar vermişti bir kere. Onu kimse bir gün daha bu evde tutamazdı.

"Tamam, tamam, bu iş hallolmuştur. Yarın hemen toplanıp, geliyoruz Recep, sağ olasın."

İşin böylesine kolay çözümlendiğine seviniyordu genç adam. Zira, onun Beyoğlu'nda bulacağı hiçbir eve kayınvalidesini ve karısını itirazsız götürebileceğini sanmıyordu. Hiç değilse kendi akrabalarının evine taşınmak onlar için daha problemsiz olacaktı.

Emine ise olayda alınacak bir taraf bulmuştu kendi kendine. Daha geldiği bir hafta olmamıştı bile, evin dar geldiği ima ediliyordu kendisine Kendini tutamayıp, hislerini söyledi.

"Hiç yüke girmeseydiniz. Ben doğumdan sonra gideceğim zaten. Nasılsa bir oda açılacak o zaman."

Seyit derin bir nefesle sabrını yokladı ve kayınvalidesine dönerek yumuşak bir sesle cevapladı:

"Valde, fena mı olur, daha ferah bir eve geçmemiz? Hem diğer iki katta da akrabalarınız olacak. Mürvet yalnızlık çekmez."

Mürvet, annesinin de tavrından cesaret alarak ısrara devam etti.

"Ama Seyit, bu eve de dünya kadar para vermiştik. Geri verir mi ev sahibi şimdi?"

"Verilmiş para verilmiştir Murka. Nasılsa cebimden çıkmadı mı bir kere. Ne fark eder?"

Evet, Seyit karar verdiği zaman fikrini değiştirmek olmazdı. Boşuna uğraşıyordu Mürvet. Pes etmişti. Ertesi gün kapıya gelen iki araba ve birkaç hamalla, birkaç saat içinde taşınmış, akşam yemeği vakti gelmeden yeni evlerine yerleşmişlerdi bile. O ana kadar taşınmamak için mücadele veren Mürvet, birden kocasının ne kadar doğru bir karar vermiş olduğunu fark etti. Ortasında geniş bir sofası olan dairenin, sofaya açılan dört büyük odası vardı. Kocaman, mermer tezgâhı, fırınlı ocağı olan bir mutfağı vardı ve banyoyla aynı kattaydı. Odaların biri hariç, deniz hepsinden harika görünüyordu. Seyit, her şeyin yolunda gittiğini görünce, işine gitmek üzere evden ayrıldı. Karısını öperken pek keyifliydi.

"Nasıl, fena mı oldu? Bak oldu ve bitti bile her iş. İki odayı annenlere ayıralım. Belki Fethiye'yi de buraya almak ister. Rahat etsinler. Bizim için de, geçmeli o iki odayı döşersek, herkes rahat eder."

Mürvet gülümseyerek başını salladı. Gözleri minnetle bakıyordu. Kocasını ne kadar seviyordu. Ne iyi etmişlerdi de taşınmışlardı. Kapıyı kapadıktan sonra koşar adımlarla yeni yatak odasına girdi. Yardıma gelmiş olan akrabalar, evin diğer katlarındaki perdeleri, tülleri asmakla meşguldü. Eksik gelenleri hemem tamamlatacağını söylemişti Seyit. Mürvet, heyecanla büyük yatak odasının penceresinden denize doğru baktı. Çocuğunu böyle bir evde doğuracağı için şanslıydı. Mutlulukla gülümsedi ve kendi kendine mırıldandı.

"Şükürler olsun sana Allahım."

Şükretmek için çok mu erkendi acaba? Yeni evlerine yerleştiklerinin ikinci günü Emine Hanım, gidip üvey oğlunun yanında bırakmış olduğu Fethiye'yi alıp döndü. Artık bütün çocuklarıyla bir aradaydı. Kızlar, aylardır görüşmemişler gibi birbirlerini o kadar özlemişlerdi ki, konuşmaya doyamıyorlardı. Aynı gün akşamüzeri Hasan, eli kolu erzak paketleriyle dolu geldi. Seyit akşam yemeği için mezeler, külbastılık, ızgaralık etler, meyve, yemiş göndermişti. Mürvet, Hasan'ın neredeyse başının üzerine kadar kolları dolu eve girişini gülerek izledi. Küçük Hasan, iki dirhem bir çekirdek giyinmişti. O tiril tiril bembeyaz kıyafetiyle hiç uymayan kesekâğıtları, torbalarla hali çok komikti.

"İlahi Hasan, şart mıydı bunların hepsini birden getirmen. Baksana kesekâğıtları ceketini mahvetmiş."

Genç çocuk, Mürvet'in işaretiyle elbisesine bakarken şaşkındı. Haziran sıcağıyla gazete kâğıtlarındaki siyah harfler, yer yer, terleyen Hasan'ın beyaz ceketine geçmişti. Saf bir gülüşle omuzlarını kaldırdı.

"Olsun yenge, temizlenir... Dayım akşama yemeğe gelecekmiş. Haber vermemi istedi."

Sonra bir acele vedalaşıp gitti. Seyit yeğenine, lokantaya yakın küçük bir daire kiralamış, yanında bir iş vermişti. Genç çocuk hayatından memnun görünüyordu ama sanki hiç kimselere söyleyemediği bir derdi vardı. Mürvet onun arkasından gülümseyerek baktı ve hemen mutfağa girdi.

Emine, geldiğinden beri, yemek işini kızının üzerinden almıştı ama Seyit'in sofrada görmek istediği meze tabaklarını kendi hazırlamayı tercih ediyordu Mürvet. Zaten Emine bir öğünde sofrada bu kadar çeşit soğuklu sıcaklı etin, peynirin olmasına akıl sır erdiremiyordu. Onun için israftan başka bir şey değildi bu. Kendisi, Birinci Dünya Harbi'nde, bir damla peynir, bir kangal sucuk için ne fedakârlıklar yaptığını düşünüyordu. Yenicami avlusunda satılan asker çamaşırlarını toplar, kazanlar dolusu yıkar yıkar, sonra çuvala doldurup Anadolu yollarına düşerdi. Yüzünü kömür karasıyla boyayıp çetenin, eşkıyanın hışmından korunmak için geceleri yolculuk yapardı. Gittiğinden haftalar sonra çamaşırları satmış, yerine erzak yüklenmiş olarak geriye dönerdi. Fırınları dolaşıp teknelerdeki kırıntıları toplar, evde onları havanda ezer ve yine ekmeklik un haline getirirdi. Birkaç dilim sucuğa kırılmış yumurtanın kokusu ne müthişti ve bu yemek, büyük bayram estirirdi evde harp yıllarında. O günleri düşünürken, kızının hazırladığı sucuk, pastırma, füme balık tabaklarına içerleyerek bakıyordu Emine. Bütün bu lezzetlerin, nimetlerin bir öğünde yenmesi olur muydu?

Yemekler hazırlandı, sofra kuruldu. Mürvet heyecan içinde kocasını bekliyordu. Güneş batalı epey olmuştu. Seyit'in neden bu kadar geciktiğini anlayamıyordu. Çünkü tekrar lokantasına dönmüş olması gereken saat bile gelmişti. Herhalde her an kapıyı çalmak üzere olmalıydı. Yemekleri ısıttı. Uzun bir bekleyişten sonra tekrar ısıttı. O arada hiçbir şey söylemeden sadece kinayeli bakışlarla kendisini süzen annesiyle göz göze gelmemeye çalışıyordu. Aldığı sıkıntıyı belli etmemek için direniyordu. Zira annesinin de söylenmek için Mürvet'in patlamasını beklediğini seziyordu. Havadan sudan konularla dikkatini dağıtmaya çalıştı ama olmadı. Nihayet Necmiye ve Fethiye'yi doyurmaya karar verdiler. Kızlar karınlarını doyurup yattıklarında Emine daha fazla dayanamadı.

"Mürvet, haydi kızım, kocanın geleceği yok. Sen de karnını doyur artık. Aç biilaç dolaşma."

"Geleceğim, demiş anne. Herhalde bir işi çıkmıştır. Gelir birazdan. Sen ye, ben bekleyeceğim Seyit'i."

"Kendini düşünmüyorsan karnındaki çocuğunu düşün. Birkaç gün sonra onu emzirmek gerekecek. Böyle aç gezersen olmaz ki. Haydi, inat etme, bir-iki lokma ye."

Mürvet annesiyle mücadele etmek istemiyordu. Aslında şu an tek istediği, yalnız kalıp ağlamaktı. Neden gelmemişti Seyit? Başına bir şey mi gelmişti acaba? Yoksa yine o malum gecelerden biri miydi? Kafasında bin bir düşünceyle annesiyle beraber sofraya oturdu. Tabağındaki yahniyi çatalıyla oynaya oynaya zoraki yedi. Lokmalar boğazına diziliyordu ama tabakta lokma bırakmanın günah olduğu inancıyla büyümüştü. Hiç konuşmuyordu. Ağzını açtığı an ağlamaya başlamaktan korkuyordu. Acele acele sofrayı toplayıp bulaşığa girdi. Emine onu kenara çekerek lavabonun başına geçti. Sesi endişeli ve sertti. Seyit'in gelmemesinden biraz da Mürvet'i suçlar gibiydi. Öyle ya, baba evinden ayrılıp kocasının ardından buralara gelen o değil miydi?

"Sen git yat. Dinlen biraz. Ben toparlarım mutfağı. Haydi, haydi hiç itiraz istemiyorum. Zaten perişan halin. Git uzan."

Genç kadın bir an evvel yatak odasının mahremiyetine sığınıp ağlamak istiyordu. Annesine sözünü tekrarlatmadı.

"Sağ ol anne. Zahmet olacak. Allah rahatlık versin."

"Haydi kızım, sana da Allah rahatlık versin."

Odasının kapısını kapar kapamaz kendisini yatağa attı. Sessiz hıçkırıklarla ağlamaya başladı. Annesine duyurmaktan korkuyordu. Açık pencereden mis gibi yaz kokusu içeri giriyordu. Gece o kadar durgundu ki, yaprak kıpırdamıyordu. Sütle dolmuş göğüslerinin hemen altından başlayan ve kasıklarına kadar yuvarlaklığı devam eden kocaman karnının üzerine ellerini yerleştirdi. Şöyle bir dolaştırdı. Birden avucunun içinde hissettiği minik vuruşlarla ağlamayı kesti. Bebeği yolculuğuna hazırlanmak üzere dönüyor olmalıydı. Telaşla irkildi. Doğurmak üzere miydi acaba? Hemen arkaüzeri uzanıp hareketsiz bekledi. Bir küçük kımıltı daha... Ve o kadar; tekmelerin gerisi gelmedi. Bu akşamlık vazgeçmiş olmalıydı. Karnında taşıdığı minik canlının avuçları içinde hissettiği temasıyla, Mürvet kocasının yokluğunun yarattığı üzüntüyü biraz olsun unutmuştu. Sonra yeni bir endişeyle doldu kafası. Ya Seyit onu bırakıp gittiyse? Ya karnında bebeğiyle bırakıp gittiyse, ne olurdu hali? Yastığına kapanıp yine ağlamaya başladı. Kendisine acıdığı için ağlıyordu. Çaresizliğine bir şey yapamadığı için ağlıyordu. Bir yandan da bir başka kadının bu durumda neler yapabileceğini düşünmeye çalışıyordu. Karar vermişti. Eğer Seyit eve dönmezse, ertesi gün işyerine gidip onu arayacaktı. Bebeğini doğururken kocasının yanında olması lâzımdı. Onu bulup eve getirecekti. Eğer, hâlâ İstanbul'daysa tabii.

Ağlamanın ve endişelerin getirdiği yorgunlukla gece yarısını epey geçmiş bir saatte uykuya daldı. Sabahın ilk ışıklarıyla uyandığında Seyit yanında yoktu. Gece verdiği kararı bir kere daha düşündü. Her nedense akşamın karanlığında, yatağında yalnızken cesaretle verdiği karar, şimdi gündüz saati çok saçma geliyordu. Oraya tek başına nasıl gideceğini kestiremiyordu. Annesine, katiyen teklif dahi edemezdi beraber Timyoni Sokağı'na gitmeyi. Emine o sokağı bir görse herhalde ilk işi Mürvet'i kolundan tutup uzaklaştırmak olurdu. Birden aklına kendince bir çözüm geldi.

"Anne, ben gidiyorum. Fethiye'yi de yanıma alacağım."

Emine dudaklarına henüz götürmüş olduğu çay bardağını geri çekti.

"Nereye gidiyorsun?"

Mürvet, cevabı fazla düşünürse hiç söyleyememekten korktu. Kelimeler bir çırpıda ağzından dökülüverdi.

"Seyit'i bulmaya gidiyorum."

Emine'nin sesi alaylıydı.

"Kayıp mı olmuş Seyit?"

"Anne... Gidip onu bulacağım."

"Kocasının peşini bırakmıyor, derler. Ayıptır, öyle gidilmez erkek peşinden."

Mürvet, kendi evinden çıkıp kendi kocasını aramak için dahi "ayıp" engeliyle karşılaşmaktan sıkıntı duydu. Bunda bile özgür olamıyordu. İçini basan sıkıntıyla konuştu.

"Beni böyle karnım burnumda bırakamaz. Gelsin, evine dönsün. Ben gidiyorum anne."

Aslında ses tonunda Seyit'e olduğu kadar, annesinin tavrına da isyan vardı. Yine bir "ayıp"la kafasında engeller yaratmıştı. Ama bu kararında inatçıydı genç kadın.

Az sonra Fethiye'yi de yanına almış evden ayrılmıştı. Timyoni Sokağı'na geldiklerinde, Mürvet kız kardeşinin şaşkın bakışlarını fark etti. Kendisi de ilk defa burada yürüdüğü zaman aynı ifadeyle bakmamış mıydı? Lokantada iki komi temizlik yapıyordu. Fethiye, girdikleri mekânın şıklığı karşısında dili tutulup etrafı seyre daldı. Hele kasanın başında birtakım kâğıtları karıştırmakta olan sarışın Rus kızını görünce, şaşkınlığı bir kat daha arttı. Böyle bir kıyafet o güne kadar hiç görmemişti. Acaba annesinin 'kötü kadın' dediği böyle kadınlar mıydı? Fethiye'nin tombul yüzü, gözleri ve hayretten açılmış ağzıyla donakalmıştı. Ama bir ara Rus kızının tatlı bir gülümseyişle bakması üzerine onun hiç de kötü bir kadın olamayacağına karar verdi. Ne kadar güzel bir yüzü vardı ve ne kadar güzel saçları vardı. Peri padişahının kızlarının saçları işte böyle olmalıydı. Sırma gibi.

Fethiye, ilk defa karşılaştığı bu değişik atmosferin görüntüsünü sindirmeye çalışırken, Mürvet onu kolundan çekeleyerek yürüdü. Komilerden birine sorduğu soruya aldığı cevap üzerine kız kardeşini merdivenin başında bırakarak, yukarı kata çıkmaya başladı. Birkaç basamak sonra durdu. Acaba doğru bir şey mi yapıyordu? Belli ki kocası işinden ayrılamamış ve burada odasında uyuyup kalmıştı. Karnı burnunda karısı şimdi gelip kapılarda kocasının ismini seslenip, onu eve götürmeye mi uğraşacaktı? Garsonlara, aşağıda duran Rus kızına rezil olabilirdi. Önce geri dönmeye niyetlendi ama bir anlık tereddütten sonra vazgeçti. Madem bir kere buraya kadar gelmişti, yukarı kadar da çıkabilirdi. Hem geldiği yer kocasının odası değil miydi? Karısı olarak en tabii hakkı değil miydi kocasını görmeye gelmek? Burada ayıp ne olabilirdi ki? Rahatlamıştı. Kararını noktalar gibi derin bir nefes aldı. Bir eliyle trabzanı, bir eliyle de karnını tutarak basamakları çıkmaya devam etti. Fethiye'nin arkasından gelmesini engellemek için geriye dönüp seslendi.

"Otur o basamakta, bekle beni."

Basamakların bitimindeki kapı aralıktı. Kalbi yerinden çıkacak gibi atıyordu. Kapıyı itip bir cesaret gözlerini içeride gezdirdi. Odanın içerlek bir bölümünde, perdeler arkasında kalan pirinç başlıklı bir yatak gördü. Yatağın bir ucunda Seyit, pantolonu ve atleti üzerinde olduğu halde yastığına sarılmış uyuyordu. Ayakucunda da iç gömleğiyle, baldırları meydanda, hafif tombulca sarışın bir kadın uyumaktaydı. Mürvet, beyninde şimşekler çaktığını hissediyordu. Duyduğu hırstan başka her şeyi unutarak ilerledi. Kocasının bacağını o hırsla çekeledi. Seyit yattığı yerden fırladı. Gözlerinde hem hayret, hem soru hem de muzip bir ifade vardı. Hem karısının nasıl olup da böyle bir şey yaptığını merak etmiş, hem de cesaretinden hoşlanmıştı. Mürvet onun hiçbir şey söylemesine fırsat vermedi. Gözlerindeki yaşı tutarak kızgın bir sesle haykırdı.

"Senin evin yok mu? Yatağın yok mu? Kim bu yanındaki?"

Seyit, dudaklarını bükerek, bütün seslere rağmen hâlâ ayakucunda uyumaya devam eden kadına baktı. Sanki onun varlığını ilk defa fark ediyordu. Saçlarını düzeltirken, aldırmaz bir tavırla konuştu.

"O mu? Hiç mühim biri değil. Merak etmene gerek yok. Haydi sen dön eve, ben de geliyorum zaten."

Koltuğun üzerindeki gömleğine uzanırken, Mürvet'in yanağını okşadı. Genç kadın hiddetle sırtını dönüp, merdivenlerden indi. Basamakta çenesi avuçlarının içinde oturan Fethiye'nin kolundan tuttuğu gibi bir hışımla lokantadan çıktı. Her şey o kadar hızlı olup bitmişti ki, yaptığının doğru olup olmadığını bilemiyordu. Ama, yine de galiba çok kötü bir şey değildi yaptığı. Seyit'in bakışlarında bile en ufak bir kızgınlık olmamıştı. Ve istediğini de elde etmişti işte. Kocası arkasından eve gelecekti. Peki ya o kadın kimdi? Ne cüretle onun kocasıyla aynı yatakta yatmıştı? O, karnında dokuz aylık bebeğiyle bütün geceyi ağlayarak geçirirken, nasıl içleri rahat bu yatağı paylaşmışlardı?

Eve gittiği zaman annesine ne anlatacağını bilemiyordu. Seyit eve döndüğü zaman onunla neler konuşacaklarını da hiç kestiremiyordu. Şimdi de içini yeni bir sıkıntı almıştı. O, kafasındaki sorulara cevap bulana kadar fayton Kasımpaşa'ya inmişti bile. Kapıdan girer girmez, annesinin namazda olmasını fırsat bilip doğruca yatak odasına girdi ve yatağa uzandı. Belki de uyuyor gibi yapıp, sorulardan, münakaşadan kendisini koruyabilirdi.

Mürvet, annesinin sesini duyduğu anda sokak kapısı da çaldı. Gelen Seyit'ti. Emine, kızının odasına başını uzatıp seslendi.

"Gözün aydın, kocan geldi."

Mürvet ister istemez kalktı. Kendini saklamasının, uyumasının hiçbir manası yoktu. Er geç kocasıyla yüz yüze gelip konuşacaklardı. O toparlanıp, ayağına terliklerini geçirene kadar Seyit odaya girmişti bile. Son derece keyifliydi. Karısına sarılıp yanaklarından öptü. Öpüşünde sevdiğine hasret kalmış âşıkların teması vardı. Gözlerinin içi gülüyordu.

"Nasıl benim küçük Murka'm bakalım? Sen yaman bir kadınsın Murka, inan çok yamansın."

Mürvet kocasına karşı soğukluğunu koruyordu. Onu evde, yanı başında ve böylesine sevecen görmekten son derece mutluydu ama ne kadar üzüldüğünü o da hissetsin istiyordu. Sessizce odalarının kapısını kapattı. Öfkesine hâkim olmaya çalışarak sordu:

"Seyit, nasıl yaparsın bunu? Beni nasıl böyle bırakıp, geceyi orada geçirirsin? Hem ne demek bir o kadınla aynı yatakta yatmak? Kimdi o?"

Sustu. Çünkü biraz daha konuşursa ağlamaya başlayacağını biliyordu. Gözlerini kırpıştırıp biriken yaşların akmasını, yutkunarak boğazına takılan hıçkırıkları önledi. Seyit gülümseyerek karısının yanına geldi. Kollarını onun başının iki yanından uzatıp kapıya dayadı. Önce alnına, sonra burnunun ucuna ve dudaklarına birer öpücük yerleştirdi. Ve her zamanki sakin, ikna edici sesiyle konuştu.

"Murka, ah Murka, niye her şeyi dert ediyorsun sen böyle?

Sana demedim mi, mühim biri değil diye. Çalışan kızlardan biri. Dün gece iş çoktu. Sabaha karşı ayrıldı gelenler. Yorgun düşmüş olmalı. Kıvrılıp kalmış ayakucunda yatağın. İnan onun orada uyuduğundan bile haberim yoktu, sen gelene kadar."

Mürvet inanmaz bakışlarla mırıldandı.

"Hiç öyle şey olur mu? İnsan aynı yatakta yatar da fark etmez mi?"

Seyit güldü.

"O kadar içersen fark etmezsin. Hem kuzum, aramızda bir şey olmadı; inan, olmadı. Haydi, artık dert etme."

Mürvet, kocasına inanmak istiyordu. Ona çok kırgındı ama inanmak istiyordu. İçinden bir ses Seyit'in onu sevdiğini söylüyordu. O da çok seviyordu kocasını. O zaman inanmalıydı anlattıklarına. İsyanının bittiğini anlatır gibi başını eğdi. Seyit karısına sarılıp sıcacık bir öpüşle mücadeleyi noktaladı.

O gece Mürvet'in sancısı tuttu. Seyit sabah geldikten sonra bir daha evden ayrılmamıştı. Kayınvalidesinin doğumun yaklaştığını söylemesi üzerine ebeyi getirmek üzere çıktı.

Mürvet, gittikçe sıklaşan sancılarına dayanmaya çalışarak karyolada inliyordu. Emine, mutfakta ne kadar güğüm, tencere varsa hepsini, su doldurup sıra sıra kuzinenin üzerine kaynamaya koymuştu. Yüklükten yedek havlular, çarşaflar çıkarıp hazır etti. Büyük bir soğukkanlılıkla koşuşturuyor, sık sık kızının yanına gelip moral veriyordu.

"Derin nefes al Mürvet, derin nefes al kızım. Ebe az sonra burada olur."

Ama derin nefes almak artık genç kadının sancılarına derman olamıyordu. Kasıklarına bıçaklar girip çıkar gibiydi. Bağırmaya başladı.

"Ay! Ay! Ay! Anneciğim! Ölüyorum!"

Emine kızının alnındaki terleri havluyla silerken gülümsedi.

"Hayır kızım, ölmüyorsun, doğum yapıyorsun. Hiç merak etme, bebeğini kucağına aldığın an bunları unutacaksın. Hem de öyle çabuk unutacaksın ki, kendin de şaşacaksın. Az gayret, kızım, az gayret."

Mürvet'in avazları yükselmeye başladığında Seyit, ebeyi almış gelmişti. İşini bilen ebe kadın hiç vakit kaybetmeden ellerini kollarını ilaçlayıp işe başladı. İlk kontrolünden sonra memnun bir sesle konuştu.

"Her şey yolunda görünüyor. Bebek yola girmiş bile. Allah'ın izniyle normal bir doğum olacak. Hem de çabuk çabuk olacak."

"İnşallah!" diye mırıldandı Emine.

Mürvet için ise zaman mefhumu yitirilmiş gibiydi. Kasıklarında duyduğu acı nefesini kesiyor, bağırmak, haykırmak onu daha da nefessiz bırakıyordu.

"Derin nefes al ve ıkın!" diye bağırdı ebe, "başı girdi yola, haydi kızım, gayret, ıkın bakayım."

Emine kızının yanında durmuş, ensesinin altından kolunu geçirmiş, başını tutuyordu. Yumuşak bir sesle o da ikaz etti.

"Haydi kızım, ıkınıp yardımcı ol bebeğine. Az kaldı. Haydi bir nefes daha al, haydi ittir, haydi..."

Mürvet, bir eli annesinin koluna yapışmış, diğeriyle yatak başlığındaki pirinç çubuklardan birini kavramış, kan ter içinde kâh ağlaya, kâh haykıra, kâh kendisine söylendiği gibi ıkınarak doğurmaya çalışıyor, bu işkencenin ne zaman biteceğini düşünüyordu. Bu sancıya daha fazla dayanabileceğini sanmıyordu. Gövdesinden, o kocaman karnındaki bebeğin nasıl çıkabileceğini anlayamıyordu. Kimbilir ne kadar daha ıstırabı olacaktı, belki de ölecekti. Bu düşüncelerle iyice fenalaştı. Artık doğuma fazla bir yardımı olamayacaktı herhalde. Ebe hemen duruma el koydu.

"Haydi yavrum, az kaldı. Bebeğinin başı çıkıyor. Biraz daha dayan, yardım et, ıkın bakayım. Haydi gayret, aferin! Maşallah! Maşallah! İşte oluyor, bir defa daha."

Mürvet, aniden kasıklarındaki o korkunç acının bittiğini, bacakları arasından sıcak sularla birlikte kaygan bir şeyin fırlayıp çıktığını hissetti. Başı, halsiz, yastığa düştü. Gözleri karardı.

"Gözünüz aydın, nur topu gibi bir kızınız oldu. Tüh tüh tüh, Allah bağışlasın. Maşallah sana, nazar değmesin..." sesleri, ardından bir bebek ağlamasını, şöyle böyle, uzaklardan bir yerlerden duyar gibi oldu ve kendinden geçti.

23 Haziran'ı 24 Haziran'a bağlayan gece, sabaha karşı ikide, Mürvet ile Seyit'in ilk çocukları dünyaya gelmişti. Pembe beyaz, gürbüz, güzel bir kız bebekti.

Yan odada sabırsızlıkla ve heyecanla neticeyi bekleyen Seyit, karısının çığlıklarından, haykırışlarından son derece rahatsız olmuştu. Bu kadar korkunç bir şeydi de bu doğum, kadınlar niye bu kadar hevesli oluyorlardı doğurmaya, hiç aklı ermiyordu. Nasıl dayanacaktı Mürvet bu gencecik haliyle bu kadar ıstıraba? Bu düşüncelerle bir aşağı bir yukarı yürürken ebenin sesini duydu.

"Gözünüz aydın Seyit Bey, nur topu gibi bir kızınız oldu. Güle güle büyütün."

Seyit o ana kadar, kız mı yoksa erkek mi istediğini hiç düşünmemişti. Ama birdenbire ağzından şu sözler döküldü.

Yine mi kız? Üç ettiler şimdi."

Bunu niye söylediğini kendi de anlamadı. Zira erkek de olsa, kız da olsa, o zaten çocuk sahibi olmaya hazır değildi ki. Evde bebek sesi duymaya, çocuk büyütmeye, bir çocuğun sorumluluğunu üstlenmeye hazır değildi. Ama sanki karısının kız kardeşleri ve kayınvalidesiyle çevrili ev hayatında bir kız çocuğu daha onun yalnızlığını pekiştirecek gibi gelmişti. Umduğu kadar büyük bir sevinç duymadı çocuk sahibi olmuş olmaktan. Karısını görmek için yatak odasına girmek üzereydi ki, Emine onu durdurdu.

"Çok yoruldu Seyit, şimdi baygın gibi uyuyor. Sakın uyandırma, olur mu?"

Genç adam, bu ikaza çok içerledi. Doğum yapan kendi karısıydı ve müşterek çocuklarını doğurmuştu. Karısının, annesi tarafından kendisine karşı koruma altına alınmış olmasını anlayamamıştı. Yatağa yanaşıp Mürvet'in rengi solmuş, yorgun yüzüne baktı. Yanağını hafifçe okşadı. Ne kadar küçüktü, ne kadar çocuktu ve kendisi büyümeden bir de çocuğu olmuştu.

"Sana bu odada yatak hazırlayayım Seyit. Sen de yorulmuşsundur artık."

Seyit duyduklarına inanamayarak baktı. Hakikaten de kayınvalidesi yatak odalarının yanındaki odada, sedirde ona yatak hazırlıyordu. Bu doğumla beraber özel hayatları tamamen bitmişti anlaşılan. Bebek bahanesiyle şimdi de yatakları ayrılıyordu karısıyla ve bunu kayınvalidesi tayin ediyordu. Düne kadar hiç değilse kapılarını kapadıkları an kendi odalarının gizliliğinde kendi özel hayatlarını yaşıyorlardı. Şimdi kendi evinde misafir durumuna düşmüştü. Karısıyla konuşamıyor, karısının yanına kendi yatağına yatamıyordu.

Bir şey söylemek istedi ama vazgeçti. Yorgundu, uykusuzdu ve tartışmak istemiyordu, hele Emine'yle. Karısının alnından öpüp odadan çıktı. Ceketini giyerken Emine'ye bakıp konuştu.

"Zahmet etmeyin valide. Benim daha rahat bir yatağım var yatacak. Hiç uğraşmayın."

Merdivenlerden inip çıktı gitti. Emine şaşkınlıkla arkasından bakakaldı. Ne olmuştu da şimdi yine gidivermişti Seyit evden? Tam karısının doğurduğu gece evi terk eder miydi erkek? Hiç anlayamayacaktı şu damadını doğrusu.

Seyit, lokantanın son müşterileri ayrılmak üzereyken kapıdan girdi. Hiç böylesine küskünlük duyabileceği aklına gelmezdi. Çok kırılmıştı. Şimdiye dek, çok hayâl kırıklıkları olmuştu. Üzüntü, çaresizlik, pişmanlık evet, ama böylesine çocuk gibi gücendiğini hiç hatırlamıyordu. Evinde özel hayatını, karısıyla olan münasebetlerini, davranışlarını kontrol altında hissediyordu. Kayınvalidesi, karısıyla arasına âdeta bir kalkan gibi giriyordu. Kendi evinde istediği yerde yatamıyordu. Karısına istediği gibi sevgi gösterisinde bulunamıyordu. Sanki bir yabancıdan hakkı olmayan bir şeyler istiyordu. Aynı lisanı konuşmuyor gibilerdi evindeki diğer fertlerle.

Mutfak paravanının yanında önlüklerini çıkarıp gitmeye hazırlanan garson kızların selâmına karşılık verip odasına çıktı. Yorgun olmasına rağmen bu gece uyku tutacağa benzemiyordu. Sigarasını yakıp düşüncelere daldığında, sabaha sadece birkaç saat kalmıştı. Evlenmekle hata yaptığını kabul etmek istemiyordu. O zaman hiç çıkış noktası kalmıyordu. O kadar uğraşmaya, denemeye, hâlâ kendisini yabancı hissediyordu burada. En hoş sohbetle geçen, müziğin, içkinin, şarkıların ve kahkahaların yıkadığı gecelerin ardında bile içinden atamadığı bir hüzün vardı. Ne yapacağını bilemiyordu. Bu, kimseyle paylaşabileceği bir his değildi. Bir tek ama bir tek Shura burada olsaydı, göğsünde uzanıp sessizce onun yüreğinin atışlarını dinlerken yine sessizce hüznünü paylaşabilirdi belki. Ama artık o yoktu ve olsa da göğsünde kedi munisliğiyle uzandığı zamanlar çok gerilerde kalmıştı.

İstanbul'da yerleşmek, yeni ailesini sevmek ve sevilmek isteği kalbinin bir köşesinden titreşimler gönderiyordu ama eksikliğini unutamadığı, her dem aradığı şeyler vardı. Shura'yı geçirdiği gecenin yalnızlığında kendi kendine verdiği sözleri hatırladı: Küçük karısıyla yepyeni bir hayatı deneyecekti, başarmak için uğraşacaktı. Onu daha çok sevmeyi deneyecek ve ona da sevgisini göstermeyi öğretecekti... Ama olmuyordu işte, olmuyordu, olmuyordu. Küçük kardeşlerinin doğumlarını düşündü. Nasıl bayram havası esmişti Aluşta'daki evlerinde. Babası ve annesi nasıl mutlulardı yeni bebeklerinin gelişinden. Annesiyle babasının odalarının ayrıldığını da hatırlamıyordu doğumlarda. Oysa kendi ilk çocuğunun doğumu onu yatağından, odasından ve evinden ayırmıştı sonunda. "Belki de ben ayrılıkların adamıyım." diye düşündü. Belki de o bütün beraberliklerinde ayrılıkları da yaşamak durumundaydı. Belki onun için değildi bir aile sahibi olma, evinin erkeği olmak mutluluğu. Zaten bütün bunlar henüz beklediği, hazır olduğu mutluluklar da değildi gerçekten. Evet, görünüşte Mürvet'le evliydi ve şimdi bir de kızı olmuştu. Ama hakikaten ona mı aitti karısı bildiği kadın ve o henüz tadını anlamadığı çocuk. Belki hiçbir zaman özlediği anlamda bir bütün olamayacaklardı onlarla. Mürvet, onun çok yabancı olduğu bu ülkenin ve anlayışın bir parçasıydı. Aralarında görünmeyen bir sınır vardı ve genç kadın o sınırı bir türlü aşıp kocasının yanına ulaşamıyordu.

Parmaklarının yandığı an, dikkatini düşüncelerinden sigarasına çevirdi. Hayatı da işte aynı bu sigara izmariti gibi sonunda kül yığını olup kalacaktı. Çaresizliği içini yakıyordu. Ne yapacağını, nereye gideceğini ve nasıl mesut olunacağını bilebilmek istiyordu. Rusya'dan kaçan bütün arkadaşlarının derdi de aynı değil miydi zaten? Hepsi geride bıraktıkları topraklarının ve sevdiklerinin özlemi içindelerdi. Hepsi kendilerine birer sahte mutluluk yaratmaya çalışıyordu. Bazıları da oynadıkları oyuna zamanla inanıp, burada hakikaten mesut olduklarını düşünmeye başlamıştı. Seyit, böyle uyum sağlayabilen arkadaşlarına gıpta ediyordu. Ama, 'Geçmişi unutmaktansa, onu özlemle anıp mutsuz olmak evladır,' diye düşünüyordu. Bu da onun kendi seçimiydi. Gülümseyerek bir sigara daha yaktı. Belki de mutsuzluk ona Tanrı'nın yakıştırdığı bir yaşam tarzıydı. Kaderi çizilirken böyle karar verilmiş olmalıydı. Belki de yaşamının sonuna dek, daha farklı bir hayatı olamayacaktı. O zaman yaşadığı kadarıyla hayatının tadını çıkarması gerekmez miydi? Mutluluk aslında insanın çevresindekilerle, sevdikleriyle beraber yaşadığı bir duygu olmalıydı ama onun durumunda bu sanki imkânsız görünüyordu.

Karısının hayatında, yerinin ne olduğunu anlayamıyordu. Kendisini anlayamayacak, geçmişini ve geleceğini paylaşamayacak bir kızın kendisiyle niye evlendiğini bilemiyordu. Evlilik sadece aynı evde beraber yaşamak olmamalıydı. Sevgi, sadece kıskanmak olmamalıydı. Başka bir şeyler daha olmalıydı beraberlikte. Bunu Mürvet'le oturup konuşmaları gerekti. Ama şu sıralar karısıyla böylesine özel şeyleri konuşabileceklerini hiç sanmıyordu. Baş başa kalacakları bir günü beklemeliydi. Zaten evde de pek istendiğini sanmıyordu şu aralar. Belki de birkaç gün gitmese, en iyisini yapmış olacaktı. Evet... En iyisi buydu. Birkaç gün için burada yatıp kalabilirdi. Oturma odasının sedirinde yatmaktan iyiydi.

"Keşke çocuğum erkek olsaydı." diye düşündü. Belki de o zaman her şey farklı olabilirdi. O çocuk kendisine ait olurdu. Onu yanına alır, beraber gezdirir, ona erkek olmayı öğretirdi. Ama kız olmuştu ve bu çocuk, olsa olsa evde annesinin, anneannesinin kontrolünde "Ayıp!", "Günah!" sözleriyle büyüyen biri daha olacaktı sonunda. İstediği gibi büyütebileceğini sanmıyordu çocuğunu. Yoksa aralarına kurallar mı girecekti? Neyse, daha erkendi bütün bunları düşünmek için. Şimdilik evden uzak kalmak istiyordu. Kendisini yabancı hissettiği ortamdan uzakta kalmasının hepsi için faydası olacaktı. Bu devreyi münakaşasız, didişmesiz atlatabilirlerdi belki de. Yine parmaklarının arasında kül bırakarak sönmüş olan sigarasını kül tablasında ezdi. Biraz uykuya ihtiyacı vardı. Yatağa uzanıp, kendisini uykunun sonsuz uyuşturuculuğuna teslim etti.

Mürvet kendine geldiği an, yarı aralık gözleriyle etrafı süzdü. Her şey ne kadar sakindi. Yaz akşamının sıcak rüzgârı açık camdan girip tülleri dalgalandırıyordu. Kolalı çarşaflarından, geceliğinden mis gibi lavanta kokusu yükseliyordu. Ellerini gayri ihtiyari karnına götürdü, inanamamış gibi, bir gayret başını kaldırıp avuçlarıyla düzleştirdiği örtünün altındaki karnına baktı. Dümdüz olmuştu. O kocaman şişlik gitmişti. Bedeni, bir yerlerden savrulmuş gibi ağrıyordu. Hele karnının alt tarafındaki etler, çürük gibiydi. Sızım sızım sızlıyordu hâlâ. Yine de anlatılmaz bir hafiflik vardı gövdesinde. Başını çevirip, aralık kapıdan hole kulak kabarttı. Hiç ses yoktu evde. Gecenin ilerlemiş bir saati olmalıydı, başucundaki lambanın ışığı açık bırakılmıştı. Dirsekleri üzerinde güç alarak doğruldu. Sırtını yastığına dayadı. Yatağın hemen yanı başına yerleştirilmiş bebek beşiğinin içine kaktı. Sevinçle içini çekti. İnanamıyordu. Beşikte mışıl mışıl uyuyan bu bebek onundu. Bu bebeği kendisi doğurmuştu ve onundu. Onu dokuz ay karnında taşımış, büyütmüş ve sancılarını çekip doğurmuştu, sevinçle içini çekti. Kolunu uzatıp, battaniyesi üzerinden bebeğinin küçücük vücuduna dokundu. Önce çekinerek, sonra daha cesaretle yanağına dokundu. Ne kadar yumuşaktı. Âdeta pamuk gibiydi cildi. Yusyuvarlak yüzü, burma gibi dudakları, çukur bir çenesi vardı. Ne kadar komik suratlı bir küçük insandı bu. Üstelik çok da güzeldi. Kundağının bittiği yerden, ensesinin pembe beyaz kırışık tombulluğu görünüyordu. Mürvet gülümseyerek okşadı bebeğini. Birden göğüslerinde sızlama hisseti. Geceliğinin yakasından uzattığı parmaklarıyla sızlayan yerleri yokladı. Göğsünün ucundan, gecelik kumaşına akan birkaç damla sıvı onu korkuttu. Annesini çağırmak istedi. Aynı anda onunla sözleşmiş gibi bebeği de önce yerinde bir kıpırdandı, yüzünü buruşturdu, dudaklarını büzdü, bir iki küçük inilтiden sonra ağlamaya başladı. Buna ağlamak denemezdi pek, daha ziyade haykırmaktı bebeğin yaptığı. Küçücük yüzü kıpkırmızı kesilivermişti birden. Yumuk gözler iyice çekilmiş, küçücük ağzı olabildiğince açılmıştı. Emine koşarak kendi odasından geldi, bebeği beşiğinden alıp kızının kucağına verdi.

"Haydi bakalım, artık süt saati geldi bebenin. Acıkmış olmalı yavrucak. Şekerli suyla kandırmaya çalışıyorum ne zamandır ama artık anne sütü istiyor olmalı." Konuşurken bir yandan da Mürvet'in gecelik yakasını açmasına ve bebeği göğsüne yerleştirmesine yardım ediyordu. "Sen iyi misin kızım? Ağrın, sancın var mı?"

Mürvet'in başını 'Evet' manasında salladığını görünce devam etti.

"Merak etme, hepsi geçecek. Son ağrısı o. Kırkın çıkana kadar hafifleye hafifleye devam eder. Kolay mı doğum yapmak? Maşallah, maşallah, şunun güzelliğine bak. Bak nasıl da acıkmış, görüyor musun?" Mürvet, bebeğinin dudaklarının memesini aradığını hayretle izledi. Annesinin gösterdiği gibi, sol koluyla kızını göğsünün altında sardı, sağ eliyle de sol göğsünün ucunu sıkarak tuttu. Bebek, kapalı gözlerini iyice yummuş, başını bir sağa, bir sola savurarak kendisini besleyecek memeyi aramaktaydı. Kızı, göğsünün ucunu ağzına alıp emmeye başladığında Mürvet'in gözüne yaş geldi. Küçücük şey, nasıl sıkıştırmıştı göğüs ucunu damağı ile dili arasında.

"Başparmağınla üstten, diğer ikisiyle de alttan bastırıp pompalayacaksın sütünü. Dolmuş göğüslerin epeyce. İyi doyarsa iyi uyur yavrucak." diyordu Emine.

Sol göğüs, sağ göğüs derken bebek doydu ve artık yutamadığı son yudum sütleri dudağının kenarından akarken tekrar derin bir uykuya daldı. Emine torununu, gazını çıkarmak için göğsüne yüzükoyun yatırıp odada dolaşmaya başladı. Bir yandan da sırtını yavaş yavaş sıvazlıyordu.

Mürvet birden tekrar yorgun düştüğünü hissetti. Uyumak istiyordu. Ama annesine sormak istediği bir şey vardı ve onun huzursuzluğunu duyuyordu.

"Seyit nerede anne?"

Emine, bebeği sepetine yatırırken, mühim olmayan bir soruyu cevaplar gibiydi. Daha ziyade bebeğin örtüleriyle ilgili görünüyordu.

"Ben ne bileyim kızım. Hesap mı soracağım senin kocana?"

Sonra bu mevzuyu daha fazla konuşmak istemediğinin kesin ifadesi olan bir tavırla kızının yastığını, pikesini düzeltti.

"Bir istediğin var mı? Sakın kendi kendine kalkmaya uğraşma. Anladın mı? Kapıyı açık bırakacağım. Seslen, hemen gelirim."

Farbelalı, dantelli, kırmalı sepetinde, sanki demin ortalığı yıkan o değilmiş gibi uyuyan bebeğe gülümseyerek baktı.

"Bir iki saat uyur şimdi. Sen de o arada uyumaya bak. Daha önümüzdeki günlerde çok yorulacaksın. Allah rahatlık versin."

Annesi odadan çıktıktan sonra Mürvet kendi kendisine sormaya devam etti. Seyit neredeydi? Niye burada, onun yanında değildi. Onu en son yan odada beklerken görmüştü, ebeyi getirdiğinde. Annesi nasıl bilmezdi onun nerede olduğunu? Belki de gitmişti. Hep korktuğu şey şimdi gerçekleşmişti belki de. Ayağa kalkıp, giyinip, yine kocasının arkasından gitmek istiyordu. Yine, her neredeyse onu bulup evine geri getirmek istiyordu. Evine, evlerine... Ama o kadar halsizdi ki, karnı, bacakları küçük kramplarla ağrıyor, göğüsleri sızlıyordu. Çok halsizdi. Sanki senelerdir uykusuzdu. Şu an en çok istediği derin derin uyumaktı. Aldığı derin nefeste, lavanta kokusu, bebeğinin teninden gelen süt kokusuyla karışmış gül suyu kokusu ve açık camdan içeri süzülen sıcak rüzgârdaki yaz kokusu birbirine karıştı. Artık fazla bir şey düşünemiyordu. Sadece uyumak istiyordu... ve derin bir uykuya daldı.

Doğumun üstünden üç gün geçmiş, Seyit hâlâ dönmemişti. Mürvet, için için dertlenmesine rağmen, bebeği o kadar zamanını ve zaten tükenmiş olan enerjisini alıyordu ki, ne yapması gerektiği hususunda bir şeyler düşünmeye fırsatı olmuyordu. Ayrıca tebrike gelenler evi boş bırakmıyordu. Annesi ve kız kardeşleri hep çevresindeydi. Sadece uyuyacağı saatler kendi kendine kalabiliyordu. O zamanlarda da ancak sessiz sessiz ağlayıp uykuya dalmaya gücü kalıyordu. Etrafındaki kalabalığa rağmen kendisini terk edilmiş hissediyordu. Nerede bir yanlışlık yaptığını düşünüyordu. Ama buna cevap bulabilmekten de çok uzaktı. Zaten cevabı yakalayabilse, kocasını da anlamış olacaktı.

Mürvet, akşam yemeğinden evvel yatağına uzanmış kızını emziriyordu ki, kapı çalındı. Halası, kızları ve damatlarıyla beraber gelmişti. Halasının büyük damadı olan Osman'ı görünce Mürvet birden heyecanlandı. Osman'ın nasılsa kocasından haberdar olabileceğini düşündü. Belki bir şeyler öğrenirdi ondan. Ama genç adamın sorusu ümitlerini suya düşürdü.

"Seyit yok mu Mürvet? Ne zaman gelecek?"

Mürvet, günlerdir ortalıkta ağlamamak için kendisini o kadar zorlamıştı ki, artık daha fazla gayretinin kalmadığını hissediyordu.

Seyit'in adını ağzına alıp konuşmadıkça idare edebiliyordu ama şimdi neredeyse hüngür hüngür ağlamak üzereydi. İçini çekerek yastığının altından aldığı mendille göz pınarlarında biriken yaşları sildi. Sesi çocuksu, çaresiz ve titrekti.

"Bana mı soruyorsun Osman Ağabey? Benim Seyit'i gördüğüm mü var?"

Osman'ın gözleri açılmıştı.

"Anlamadım. Seyit'i gördüğüm yok, da ne demek?"

Mürvet hıçkırmaya başladı.

"Doğumdan sonra gitmiş. Bir daha da dönmedi. Ben bu halimde nasıl onun peşine düşerim? Nerede arayıp bulurum?"

Osman telaş içinde yerinden fırladı.

"Şimdi bu işi halledip geri döneceğim. Sakın daha fazla üzme kendini. Tamam mı?"

Mürvet sessizce, tamam anlamında başını salladı. Halasının şen şakrak sesiyle odaya girdiğini görünce zoraki bir gülümseme takındı.

"Haydi bakalım, loğusa eğlencesi yok mu bu evde?"

Sofada ayaküzeri lâflamakta olan kızlara seslendi.

"Haydi bakalım kızlar, kurun sofrayı."

Sonra mutfağa doğru giden Emine'nin yanına koştu.

"Allah aşkına yenge, hiçbir şeye elini sürme. Bak bu kadar kız var burada, bırak hazırlasınlar. Ben de mutfağa gireceğim. Bak ant verdim, küserim elini bir işe sürersen. Size yük olmaya gelmedik. Loğusa kutlamasına geldik. Haydi ver şu önlüğü bana. Sen git kızının yanında otur biraz."

Şükriye, kocası Mürvet'le konuşurken uzaktan izlemiş, hiç lâfa karışmamıştı. Güler yüzle gelip yatağın kenarına oturdu. Önce sepetinde mışıl mışıl uyumakta olan bebeğe iltifatlar yağdırdı. Bir ara gözleri kuzeninin tasalı gözleriyle birleşti. Elini uzatıp Mürvet'in eline dokundu.

"Neler oluyor Mürvet? Her şey yolunda mı?"

Mürvet bunun cevabını kendisi de bilmiyordu. Şu an ne Seyit'in nerede, ne de karı kocalıklarının ne durumda olduğunu bilemiyordu. Her şey sırdı kendisi için. Şükriye'nin sorusuna soruyla karşılık verdi.

"Sen... Sen mutlu musun?"

Sorusunun sebebinin anlaşılırlığı olmadığını fark edip tekrarladı.

"Yani, demek istediğim, Osman Ağabey'le mutlu musun?"

Yaşı ve evliliği itibarıyla Mürvet'ten çok daha tecrübeli olan genç kadın bu sorunun ardında yatan endişeyi, üzüntüleri anlamakta gecikmedi.

"Osman'la mı? Tabii mutluyum. Çok iyi bir insan."

"Osman Ağabey seni bırakıp gitti mi evden hiç böyle?"

"Hayır, hayır."

Sonra gülmeye başladı.

"Nereye gidecek ki? Evinden başka yatacak yeri yok ki onun."

Gülüşüyle Mürvet'i biraz rahatlatmıştı.

"Yani, başka yeri olsa gider miydi?"

"Bak işte onu bilemem Mürvet'çiğim. Kendisine sorup aklına da getirmek istemem doğrusu. Erkektir, belli olmaz. Neme lâzım?"

Sonra ciddileşip, Mürvet'in elini şefkatle iki avucu arasına aldı.

"Hayır. Osman hiç evimizden başka yerde kalmadı. Ama uzaklık insanlar yan yanayken de hissedilebiliyor."

"Nasıl yani?"

"Nasıl mı? Kocan yanı başında oturup, aynı yastığa başını koyar da yine kafasında uzaklara dalar giderse, yine ona ulaşamazsın. İlla evden gitmesi şart değil."

"Osman Ağabey'den mi bahsediyorsun?"

Şükriye gülümseyerek başını salladı.

"Bazen hiç konuşmadan saatlerce dalar gider, biliyor musun. Sen bakma onun bu çocuksu keyfine. Hiç içine giremediğim bir dünyası var Osman'ın. Eskide kalmış ama onun için zaman zaman canlanan bir dünyası var. Onu özlediğini biliyorum. Kırım'dan kaçarken kaybettiği karısını, bebeğini özlediğini, onları merak ettiğini biliyorum. Bak bu kadar sene geçti. Hâlâ onları bir gün bulma ümidi taşıyor, onu da hissediyorum."

"Ya bulursa eski karısını bir gün?"

"Hiç bilemem. Şimdilik de bunu düşünmüyorum. Allah kerim."

"Peki hiç kıskanmıyor musun o zaman? Yani, eski hayatını, karısını düşündüğünü anladığın zaman?"

Şükriye yine o sıcak, sevecen gülüşlerinden biriyle cevapladı.

"Hayır canım, hayır, hiç kıskanmıyorum. Sadece acıyorum ona. Çok acıyorum hem de. Nasıl bir azap yaşıyor olmalı. Nasıl bir hasret olmalı yüreğinde, düşünsene. Kolay mı? Tekrar evlendiği için de vicdan azabı çekiyor olmalı. Ailesine bir daha kavuşamayacak dahi olsa. Hem burada kalıp tekrar evlenirken huzuru bulmak için evlendiyse, ona dünyayı zehir etmeye hakkım yok ki. Elinden alınan mutlulukları özlediği için cezalandırılır mı bir erkek?"

Hala kızının yumuşak bir sesle anlattıkları çok akla yakın geliyordu Mürvet'e. Ama kendisini bu kadar anlayışlı olabilecek güçte ve olgunlukta göremiyordu. Yine de Seyit'e üç gündür duyduğu kızgınlık, yerini vicdanının zorladığı merhametli bir kırgınlığa bırakmıştı.

Kapıdan duydukları erkek kahkahalarıyla ikisi de başını çevirdi. Mürvet'in yüreği yerinden fırlayacakmış gibi atmaya başladı. Seyit gelmişti. Osman'ın gittiğinden bir saat bile geçmemişti ki, beraber dönmüşlerdi işte. Kulaklarına inanamıyordu. Seyit evine dönmüştü yine. Onu görünce ne tavır takınacağını, ne diyeceğini, nasıl bakacağını düşündü. Şaşkındı. Kızgın mı olması gerekirdi, kırgın mı? Ağlasa olur muydu acaba yoksa çocukluk mu etmiş olurdu? Ama emin olduğu bir şey varsa o da kocasını fazla bir güler yüzle karşılayamayacağıydı.

Seyit, Osman'ın yanında yatak odasının kapısında belirdiği an, sanki evini terk edip üç gün yok olan o değildi. O kadar keyifliydi ki. Sanki daha bu sabah evden çıkmış ve şimdi geri dönüyordu. Gülerek yatağa yaklaştı. Mürvet'i öptü.

"Nasılsın Murka? Harika görünüyorsun küçük anne."

Sonra sepette uyuyan bebeğe döndü. Biraz daha eğilip, yüzünü onun küçük pembe yüzüne iyice yanaştırdı. Küçük kız, minik dudaklarını âdeta yutar gibi içine çekmiş, derin bir uykunun tadını çıkarıyordu. Boynuna kadar sıkı sıkı sarılmış kundağın üzerinde nokta gibi çenesi, tombul yanakları öyle komik duruyordu ki, Seyit'in dudaklarındaki gülümsemesi yerini kahkahaya bıraktı. Mürvet neşe içinde gülen kocasını hayretle izledi. Karısını görmekten, bebeğini seyretmekten böylesine keyif alan bir erkek, doğumun hemen ardından evini niye bırakıp giderdi ki? Hiç anlayamayacaktı herhalde Seyit'i. Genç adam karısının gözlerinin içine bakarak gülmeye devam etti.

"Murka, bu ne kadar komik bir şey böyle. Top gibi bir şey. Ne kadar küçük."

Elini uzatıp, parmak uçlarını kızının yanaklarında hafif bir temasla gezdirdi.

"Burnuna bak, düğme kadar."

Hâlâ gülüyordu. Onun keyfi odada bulunan diğerlerine de sirayet etti. Şükriye havanın böylesine yumuşadığından memnun onun yanına geldi.

"Dur Seyit, kucağına vereyim de öyle sev."

"Uyanmaz mı?"

"Hiçbir şey olmaz. Karnı yeni doydu. Altı temiz."

Mürvet, yastıklara sırtını dayamış, kocasının hayret ve neşe ifadesiyle bebeği tutuşunu izledi. Şükriye'nin yardımıyla Seyit kızını ilk defa kucağına aldığında, başını eğip kundağın yakasından boynunu kokladı.

"Ne güzel kokuyor. Yanakları da yumuşacık."

Mürvet, seyrettiği manzaradan o kadar etkilenmişti ki, bu defa gözleri duyduğu mutluluktan yaşardı. Şükriye, kuzenine bir göz kırpıp, "Her şey yolunda artık." der gibi bir işaret yaptı. Seyit, kucağında uyumakta olan bebeğe bakıp konuşmaya devam ediyordu.

"Bu nasıl büyür Allah aşkına, o kadar küçük ki. Poluş, poluş."

Akşam yemeği bir bayram havasında geçti. Evin üst katında oturan hala kızı Safiye kocasıyla beraber aşağıya indi. Küçük Hasan da onlara katıldı. Mürvet'in dışında herkes sofra başındaydı. Yenilip, içiliyor, gülünüyordu. Yatak odasının ardına kadar açık bırakılan kapısından onları keyifle izliyordu genç kadın. Bir ara kalkmaya niyetlenmişti ama hâlâ ağrıları vardı. Bu kadar gürültüye rağmen uykusundan uyanmayan kızına hayretle baktı. Erkekler şarkı söylemeye başlamışlardı. Kâh Rus halk şarkısı kâh bir Kırım şarkısıyla coşuyorlardı. Emine hariç, diğer genç kadınlar ve kızlar, mırıldanarak onların melodilerine eşlik etmeye çalışıyorlardı. Çoğunun ilk kez duyduğu bu şarkıları dinlemek, yabancı oldukları bir masalı dinlemek gibiydi.

Emine, ses etmemesine rağmen içerleyerek izliyordu olanları. En çok da erkeklere ayak uyduran kadınlara, kızlara içerliyordu. Hiç böyle loğusa kutlaması olur muydu? Bu kadar içki, bu kadar gürültü? Bir ara Fethiye ile Necmiye'yi içeriye çağırarak artık yatmaları gerektiğini söyledi. Kızlar biraz itiraz edecek gibi oldularsa da, annelerinin bakışlarından çekinerek, "İyi geceler" dileğiyle odalarına çekildiler.

Seyit arada bir masadan kalkıp, karısının yanına geliyor, onu yanağından, alnından öpüp, gönlünü alıyordu.

Saatler geçti, bebek acıkıp uyandı. Memesini emip tekrar uyudu. Eğlence hâlâ devam ediyordu. Seyit ile Osman karşı karşıya Kazaska oynamaya başladıklarında ev sanki yıkılacak gibiydi. Diğerleri çılgınlar gibi el çırparak eşlik ediyorlardı. Sonunda yorgun düşmüşlerdi. Misafirlerin hepsi gece yatıya kaldılar.

Kimi üst kata Safiyelerin dairesine, kimi alt kata, dayı kızının dairesine alındı. Şükriye ile Osman'a, Mürvet'in loğusa odasının bitişiğinde hazırlanan yatak verildi.

Seyit, karısının yanına uzandığında halinden son derecede memnundu. İşte bu gece evinde olmanın tadını çıkarabilmişti. Niye hep böyle olmuyordu? Dirseği üzerinde doğrulup çoktan dalmış olan karısını seyretti. Dudaklarına kondurduğu yumuşak bir öpüşten sonra kendisini yastığına bıraktı. Kalbinde bir sıcaklık hissetti. Yatağını ve küçük karısını özlemişti. Başucundaki ışığı kaparken gülümsedi. Hayatının monoton olduğu söylenemezdi.

Bebeğin adının konması da ailenin genel sorunu haline geldiyse de, Seyit'in ısrarla üzerinde durduğu isim, Mürvet'in de çok hoşuna gittiğinden iş fazla uzamadı. Leman bebek, devri için oldukça yeni ve değişik bir isimle aileye katıldı. Osmanlıca'da "Lemean" kelimesi "parlama, parıldama" anlamına geldiğinden, Emine için bebeğin adı nispeten kabullenilmeyi kolaylaştırıyordu.

Mürvet, gün geçtikçe kocasının ısrarlarıyla bu eve taşınmış olmalarının ne kadar isabetli olduğunu fark ediyordu. Diğer iki katta çok yakın akrabalarının oluşu, hayatlarını renklendiriyordu. Özellikle halasının kızı Safiye ile kocası Süleyman çok kafa dengiydi. Onların sohbetinden Seyit'in de zevk alıyor olması, aralarında akrabalığın ötesinde hoş bir dostluk da yaratmıştı. Safiye, Mürvet'ten yedi yaş büyüktü. Uzun boylu, beyaz tenli, siyah saçlı, siyah gözlü son derece zarif bir kadındı. Erkeklerin arasında sofrada otururken çekingenlik göstermez, güzel sesiyle şarkılara katılır, keyifli sohbetiyle kendini dinletirdi. Onun hep güleç bakan, ışıl ışıl gözleri ve aydınlık yüzü Mürvet'in içini ferahlatıyordu. Seyit ise, zarafetinden, vakur halinden bir şey kaybetmeden eğlenmesini becerebilen bir kadın olduğundan ondan son derece etkilenmişti. Sık sık akşam yemeklerinde bir araya geliyorlardı.

Yine Safiye ve Süleyman'ın içkilerini alıp alt kata yemeğe indikleri bir geceydi. Leman henüz bir aylık olmuştu. Emine, daha evvelden yemeklerini yemiş, kızlarıyla beraber kendi bölümlerine çekilmişti. Gençleri masada baş başa bırakmanın uygun olduğunu düşünüyordu. Leman'ı da yanına almıştı. Çocuğun karnı tekrar acıkana kadar, en azından bir iki saat, Mürvet, kocası ve misafirleriyle keyif yapabilirdi.

Mürvet, doğumundan beri ilk kez giyinip, süslenip sofraya oturuyordu o akşam. Kendisini, uzun zamandır olmadığınca iyi hissediyordu. Safiye'nin yardımıyla sofrayı kurdular. Seyit yine tabaklar dolusu, çeşit çeşit meze getirmişti. Süleyman içkileri hazırlarken o da, balkonda ızgarayı yaktı. Temmuz'un 24'üydü ve hava öylesine güzeldi ki, gece sabaha kadar dışarıda oturulabilirdi. Safiye, bardakları masaya yerleştirirken, peçeteleri katlayan Mürvet'e yavaş sesle sordu.

"Her şey yolunda mı Mürvet? Seninki çok keyifli görünüyor."

"Evet, o günden beri her şey yolunda gidiyor Safiye Abla. Allah'a şükür. Tabii, gece sabaha karşı geliyor yine."

"Ama işi bu Mürvet'çiğim. Ne yapsın. Artık her şeye de lâf etme. Kaçırırsın Seyit'i."

"Bir şey dediğim yok zaten."

Safiye balkonda kahkahalarla konuşan erkekleri gösterdi başıyla.

"Baksana keyiflerine. Evinden, sofrasından böyle keyif alan bir kocan var. Sen de biraz vakit ayır ona geldiği vakit. Böyle erkekler kadını masasında, yanında, içki kadehi elinde ister. Yoksa ne diye gitsin başka sofralara?"

Mürvet bu denilenleri ne kadar uygulayabilirdi, bilmiyordu. Ama şu an kocasının yanında oluşundan, gülüşünden, beraber eğlenecekleri bir gecenin başlıyor olmasından, özellikle de bu gecenin evlerinde yaşanıyor olmasından son derece mesuttu. Gülümserken mırıldandı.

"Haklısın Safiye Abla."

Yemek harika gidiyordu. Mürvet bile sohbete giriyor, kahkahalarla gülen diğerlerine katılıyordu. Bir ara Seyit bir Kırım şarkısı tutturdu. Safiye ikinci nakaratta hemen sözleri kapıp, ona eşlik etmeye başladı.

"Aluşta'dan taş gelir.
Humar gözden yaş gelir,
Seni mene verseler balam
Yaradana hoş gelir.
Ay Laçin, can Laçin
Men sene kurban laçin.
Araz üste, köz üste üste..."

Dinleyici olan Mürvet ve Süleyman'ın alkışlarıyla şarkı bittiğinde Seyit bir Rus halk ezgisini söylemeye başladı. Tok, gür ama o derecede de yumuşak bir sesle hüzün dolu notalar sofraya dökülmeye başladı. Safiye gözünde yaşla dinliyordu. Mürvet, onun hislerini bu kadar rahat ortaya dökebilmesine gıpta ediyordu. Yoksa aynı derecede o da hislenmişti. Süleyman, nağmelerin acısını çıkarır gibi arka arkaya içkisini yudumluyordu.

Seyit'in, bedeni orada olmasına rağmen aslında çok uzaklara gittiğini anlamak zor değildi. Gözleri herkesi, her şeyi delip geçerek bakıyordu. Görünmeyen bir perdenin arkasından, şarkının sözlerini canlandırmak üzere bir şeyler arar gibiydi. Mürvet, kocasının yine kendisine yabancı olduğu anlardan birinin geldiğini fark etti. Onu takip edemiyordu işte. Gücü buna yetmiyordu. Onun mazisinde çıktığı hayâl yolculuklarına eşlik etmesi imkânsızdı. Çünkü onun için yabancı bir hayattı o. Ve o hayatı masal gibi dinlemekten başka bir şey gelmiyordu elinden. Ürkek, rahatsız bakışlarla kocasına baktı. Seyit aynı anda, sanki ismi çağrılmış gibi, karısına döndü ve şarkısını bırakmadan ona elini uzattı. İskemlesini daha yakınına çekip, kolunu Mürvet'in omuzuna doladı. Genç kadın bir an için başını kocasının göğsüne dayamak istedi. İçinden gelen buydu ama yapamadı. Ya Seyit başka bir kadını düşünerek ona sarılıyorsa? Başka bir kadını hatırlatıyor olabilir miydi kocasına? İçini saran güvensizlik ve huzursuzlukla olduğu yerde taş gibi oturdu. Seyit ise, sevgi dolu dokunuşlarla karısının saçlarını okşuyor, bir elini de avucu içinde sıkı sıkı kavramış tutuyordu.

Şarkısı bittiğinde bir müddet sessiz oturdu Seyit. Diğerleri de suskundu masada. Eğlencenin orta yerine bir hüzün dağı girmişti sanki. Mürvet içerden, annesinin odasından kızının uyandığını belli eden sesleri duyduğunda önce pek rahatsız olmadı. Annesi nasılsa sallayıp, pışpışlayıp sustururdu çocuğu. Tam o sırada Süleyman'ın bir sorusu üzerine Seyit, Kırım'dan bir anısını anlatmaya başlamıştı. Mürvet dikkatini bebeğin sesinden masaya döndürdüğünde, kocasının geçmişini anlatmaya başladığını fark etti. Genç adam eli hâlâ karısının saçlarında, eski yıllara dalmış gitmişti. Bebeğin sesi gittikçe yükseliyor, Mürvet'in huzursuzluğu da artıyordu. Bir ara yerinde kıpırdandı. Seyit aniden susup ona baktı ve derinden bir sesle mırıldandı.

"Bir yere gitme, bunu dinlemeni istiyorum Murka."

Karısını, omuzuna sıkı sıkı sarılıp kendisine doğru çekti. Ona ihtiyacı vardı. Hayatını paylaşan, onun hayâllerine ve hüzünlerine ortak olabilecek birine ihtiyacı vardı. Kırım'ı anlattıkça içine çöken yalnızlık, vatan hasreti, aile hasretini giderecek bir sıcaklığa ihtiyacı vardı. Karısının onu dinlemesini, anlamasını ve teselli edebilecek bir iki söz söylemesini istiyordu. Bir şey söylemesi de şart değildi. Bir sıcak bakışı, erkeğini anladığını gösteren bir bakışı dahi yetebilirdi. Şu an en çok istediği, sözlerden ziyade bir hareketti. Murka elini uzatıp onun elini okşasa yahut parmaklarını yanağında, saçlarında dolaştırsa veya sadece dudaklarını gömleğinin yakasında boynuna doğru uzatsa yeterdi. O zaman yine geçmişini özleyecekti ama hiç değilse içindeki yalnızlık nöbetleri geçecekti.

Mürvet, kapının aralığından kendisine işaret eden annesini

görünce daha fazla masada oturamadı. Çocuğunun yanına gitmesi lâzımdı. Seyit'in, saçlarını okşamakta olan elini yavaşça aldı. Genç adam karısının elini alıp öpeceğini veya ona sarılacağını sanarak bakıyordu ki, Mürvet onun kolunu yavaşça masaya bırakıp kalktı ve annesinin odasına doğru yürümeye başladı. Seyit beyninden vurulmuşa döndü. Son bir saattir sarıldığı, okşadığı kadın, sevgi beklediği kadın, beraberliğinde huzur bulmak üzere kendi kendine yemin ettiği karısı, onu en hassas anında, üstelik kollarından sıyrılarak bırakıp yanından ayrılıyordu. Niye dinleyemiyordu geçmişini, niye paylaşmayı bilemiyordu kocasının hüzünlerini. Bu eve geri döndüğü için, Mürvet'in anlayışından ümitlendiği için kendisine duyduğu kızgınlıkla kontrolünü kaybetti. Seslenip karısını durdurmak istedi ama sesinin boğazında düğümlendiğini hissediyordu. Bu küçücük kız hem çocuk doğurup onu buraya bağlamıştı hem yaşamına ortak olmak için en ufak bir gayret sarf etmiyordu. Kendisini kapana sıkışmış gibi hissediyordu. Masadaki karpuz tabağına uzandı.

Bütün bunlar Mürvet'in sofradan kalkmasıyla sofadan geçmesi arasındaki birkaç saniye içinde yaşananlardı. Genç kadın, annesinin ikazıyla başını eğip kenara çekildi. Emine kapıyı itip arkasına çekilmişti. Tabak kapıya çarpıp tuzla buz oldu. Kan kırmızı karpuz dilimleri, kömür karası çekirdekleriyle halının renk kuşağı üzerinde yayılıp kaldılar. Mürvet, ilk defa kocasının böyle bir hareketine şahit oluyordu. Kendisini odaya atıp, kızını kucağına aldı ve korkuyla hemen yorganın altına girdi. Korkusunun aksine arkasından gelen falan olmadı. Leman, annesinin göğsünün kokusunu alır almaz zaten susmuştu. Memenin ucunu yakaladığı zaman keyifle homurdandı ve küçücük parmaklarıyla yapıştığı memeyi emmeye başladı. Çocuk doyup uyuduktan sonra uzun müddet Mürvet, dışarıya kulak kabarttı ama gelen giden olmadı. Safiye, kapının dışında kırık tabak parçalarını topluyordu. Seyit'ten hiç ses yoktu. Siniri geçmiş olmalıydı. Mürvet bir gayret toparlandı. Kendine çekidüzen verdi. Yine kocasıyla misafirlerinin yanına dönmesi gerekti. Emine onu kapıda durdurdu.

"Kızım, merak etme, ben ev tutup yanınızdan çıkacağım. Üzülme, o zaman hepimiz rahat ederiz."

Mürvet'in şu an en ihtiyacı olmayan bir de annesinin yaratacağı kırgınlık, huzursuzluktu. Hangi birini idare edecekti? Kocasını mı, annesini mi bebeğini mi? Hangisi ona yardımcı olacaktı ki?

"Haydi anne, siz yatın artık. Allah rahatlık versin." deyip, odadan çıktı. Neredeyse parmak ucunda yürüyüp, ürkek gözlerle uzaktan masaya baktı. Safiye kendisine göz kırpıp, her şeyin yolunda olduğunu işaret ediyordu. Sessizce masadaki yerine oturdu. Seyit ona hiç bakmamıştı bile. Yine Rusça bir şarkı söylüyordu. Ama elini uzatıp karısının elini yakaladı ve avuçlayıp öyle sıktı ki, Mürvet içinin ürperdiğini hissetti. Avucunun içi ateş gibiydi Seyit'in, sevgiyle sıkıyordu. Parmaklarını teker teker aynı sıcak temaslarla okşadı karısının. Ama hiç yüzüne bakmadan. Gözlerini kapamış söylüyordu şarkısını. Mürvet ağlamaya başladı. Hiç ses çıkarmıyor, sadece ağlıyordu. Onu seviyordu ve kocasının da kendisini sevdiğini biliyordu ama aralarında aşamadıkları bir şey vardı.

Seyit ise az önce olanları çoktan unutmuş gibiydi. Aslında kafası karmakarışıktı. Artık kendisini tanıyamıyordu. Buradan uzaklaştığını, geriye dönebildiğini düşündüğü her defasında hırçınlaştığının farkındaydı. Bu hırçınlık, içinde bulunduğu zaman ve mekânda kıstırılmış olduğunu hissettiği vakit daha da artıyordu. Elinde değildi. Mürvet'in başını göğsüne doğru yatırıp okşamaya başladı. Derken şarkısı mırıltıya dönüştü ve sustu. Gözleri balkon kapısından dışarılarda, ağaç dallarının arasından uzaklara doğru takıldı kaldı. Sonra yavaşça karısından uzaklaşıp ayağa kalktı. O bilinmeyen uzaklıktaki noktaya daha yakından bakarsa sanki bir şeyler görecekti. Balkon pervazına dayanıp öylece hareketsiz kaldı. Misafirlerinin "İyi geceler" dileklerini duymadı bile. Karşı kıyının göz kırpan ışıklarında Aluşta'yı arıyordu. Gözbebeklerinin ardında birkaç damla yaş, gerisingeriye içine aktı.

Caddebostan'da Bir Yaz

Seyit kızını çok seviyordu. "Poluş" diye çağırdığı Leman'ı, evde olduğu zaman kucağından düşürmüyordu. Ama tahammül edemediği bir şey varsa o da çocuk bezinin gözü önünde değiştirilmesi, o evdeyken çamaşırların banyoya yayılıp yıkanmasıydı. Bir de bebeğin haykırarak ağlamasına dayanamıyordu. Evde olduğu saatler o kadar sayılıydı ki, o vakti de huzurlu, rahat geçirmek, evinin, karısının, çocuğunun varlığının tadını çıkarmak istiyordu.

Emine'nin ağabeyine ziyarete gittiği bir günün gecesiydi. Seyit oldukça geç bir saatte yemeğe gelebilmişti. Mürvet, kız kardeşlerinin yemeklerini erkenden vermişti. Karı koca, baş başa sofraya oturdular. Yemekte, Seyit'in lokantadan getirttiği ördek vardı. Servisi büyük bir keyifle kendisi yaptı. Tam kadehini kaldırmıştı ki, içeriden Leman'ın ağlaması duyuldu. Mürvet, yerinde huzursuz kıpırdandı. Seyit kadehini indirip sordu:

"Niye ağlıyor bu çocuk?"

"Nereden bileyim Seyit? Bebek bu, ağlar işte."

"Karnı mı aç?"

"Belki acıkmıştır."

İçeriden canhıraş feryatlar yükseliyordu. Seyit dayanamadı.

"Haydi, bırak yemeğini de git bak, ne derdi var çocuğun."

Mürvet, kızını emzirip altını değiştirip geri döndüğünde yemek buz gibi olmuştu. Seyit, daha bir lokma yememişti. Yüzü asıktı.

"Şöyle ağız tadıyla bir yemek yiyemeyecek miyiz Murka?"

"Ne yapabilirim Seyit? Acıkmış. Altı da değişmek istiyordu."

"Bütün gün çocuğunla berabersin. Eve geleceğim saati biliyorsun. Karnını doyurup temizlesene, ben gelmeden. Tam sofraya oturacağımız saate niye bırakıyorsun bu işleri? Bir sıcak yemek yiyemedikten, sofrada karımla oturamadıktan sonra neden eve gelmem gerekiyor acaba, söyler misin?"

Mürvet, bu akşamki huzursuzluğun tamamıyla kendi beceriksizliğinden kaynaklandığını biliyordu. Hiç ağzını açmadı. Yalnız şimdi Seyit'in keyfini geri getirecek ne söyleyebilirdi, onu da bilmiyordu. Genç adam, karşısında suskun, başı önünde oturan karısını görünce, söylediklerinden pişmanlık duydu. Kadehinden onun kadehine bir iki yudum boşaltıp tokuşturdu. Tatlı bir sesle konuşmaya başladı.

"Unut gitsin. Yine ısıtırız yemeği. Şerefine!"

Tam o anda, bir müddettir onların konuşmalarını odasından dinleyen Fethiye dışarı fırlamıştı. Bağırıyordu.

"Yeter artık enişte! Ne istiyorsun ablamdan? Yetti şu vırvırın."

Sesi yaşından umulmayacak derecede kalın ve sertti. Konuşurken yüzü kızarıyor, gözlerinde hiddetli pırıltılar dolaşıyordu. Mürvet, kardeşinin ağzından dökülen sözleri gözleri dehşetle açılmış olarak dinledi. İnanamıyordu. Tam sofraları sükûnete kavuşacakken bir bu eksikti. Fethiye nasıl böyle bir şey yapardı. Yerinden fırlayıp onu susturdu ve kolundan çekeleyip odasına geri gönderdi. Daha başka ne yapabileceğini bilemedi. Âdeta şoktaydı. Seyit'in yüzüne çekinerek baktı. O ise hiç yerinden kıpırdamamıştı. Sadece kırgın, soğuk bir ifadeyle bakıyordu.

"Bu kız kaç yaş küçük benden Mürvet! Ve ettiği şu lâflara bak. Olacak şey mi bu! Annene söyle, kocaya mı verir, evlâtlık mı verir, nereye verirse versin bunu."

"Seyit... çocuk daha o."

"Dili pabuç kadar olduğuna göre kocaya varabilir demektir. Konuş annenle. Çoluk çocuktan lâf dinleyip oturamam burada. Bir öğün yemeğim var evimde. O da burnumdan getiriliyor."

İsteksiz ve keyifsiz bir yemek saati geçti. Fazla konuşmadılar. Seyit, lokantadan ayrılıp eve geldiği için pişman olmuştu. Mürvet ise, zamanı bir iki saat geriye alabilmeyi ve her şeyi yeniden düzenleyebilmiş olmayı düşlüyordu.

Annesi, ertesi gün, akşamüzeri geldiğinde, Mürvet'in hiçbir

şey anlatmasına gerek kalmadı. Emine, iki kızıyla yaşayan dul bir kadının evini kiralamıştı. Mürvet itiraz edecek gibi olduysa da değiştirebileceği bir şey yoktu. Emine eşyalarını topladı. Vedalaşmak için Seyit'in gelişini beklediler. Kızlarını alıp ayrıldı. Arabaya binerken kendisine yardımcı olup uğurlayan Seyit'e,

"Hoşça kal oğlum, sana eziyet verdik." derken sesi dik başlılık ile nezaket arasında bir tondaydı. Seyit, aslında derinden derine büyük saygı duyduğu bu kadınla neden yıldızlarının barışamadığını düşünüyordu. İlk baştan beri aralarında düzelemeyecek bir anlaşmazlık vardı âdeta. Hiç sözsüz, hiç tartışmasız oluşagelmiş bir anlaşmazlıktı bu. Aynı resmi tavırla cevapladı.

"Estağfurullah valide. Güle güle gidiniz."

Mürvet onların ardından odalarına girdi. Ev bomboş kalmıştı. Ağlamaya başladı. Daha bütün gece ağlayabilirdi ama bunun kocasını ne kadar sinirlendireceğini tahmin ediyordu. Allahtan, o akşam yemeğine Safiye ile Süleyman'a davet edildiler. Leman'ı da alıp üst kata çıktılar. Safiye'nin kızları bebekle meşgul olurken onlar da rahat rahat yemeklerini yediler. Küçük kız da her ne hikmetse o gece hiç ağlamadı. Son derece keyifli bir gece oldu. Yatağa kapanıp ağlayarak geçireceğini tahmin ettiği bir akşamın bu kadar huzurlu geçmesi Mürvet'i şaşırtmıştı. Seyit ise, sofrada yine karısını kolunun altına alıp oturdu. Her fırsatta onu öpüyor, elini, kolunu, saçını okşuyordu. Başkalarının yanında olsa Mürvet bundan çekinirdi ama Safiye ve Süleyman bu davranışlara açık insanlardı. Hâlâ emzirdiği için içki içmiyordu Mürvet ama arada kocasının uzattığı kadehten bir iki yudum alarak onlara katılıyordu. Oldukça geç bir saatte Küçük Hasan da ziyarete geldi. Bir iki kadehten sonra hemen mahzunlaştı. Düşüncelere daldı. Seyit onun omuzunu okşarken sordu:

"Neyin var küçük şair? Yine şiir mi yazıyorsun yoksa?"

Hasan'ın diğer lâkabı da Şair Hasan'dı. Dilinde devamlı yazdığı şiirleriyle Seyit'in dostları arasında bu adı almıştı. Biraz içince gözlerini kapar, şiirlerini okumaya başlardı. Çoğu, hüzün, aşk ve çaresizlik şiirleriydi. Ailesine sonsuz bir özlem duyuyordu Hasan. Kırım burnunda tütüyordu. Bazen utanmayı bırakıyor ve hüngür hüngür ağlıyordu. Seyit, yeğeninin yine öyle duygusal bir anında olduğunu fark etmişti. Onu oyalayıp, kafasındaki düşünceleri dağıtmak istiyordu.

Safiye hemen atıldı.

"Sahiden mi? Şiir mi yazıyorsun Hasan? Ne olur bir şiirini okusana bize."

Hasan, mavi gözlerini mahcup bakışlarla önüne eğdi. Alnına düşen perçemi eliyle geriye taradı. Utangaç bir gülümsemeyle bekledi.

"Ne olur Hasan, haydi, sadece bir şiir."

Seyit gülümseyerek araya girdi.

"Dur Safiye, acele etme. Belki de şimdi hemen yazıyordur bir tane."

Dördü de susmuş, Hasan'ı bekliyordu. Genç çocuk, hiç gözlerini kaldırmadan çekingen bir gülüşle başını yana eğdi ve dokunaklı bir sesle başladı.

"Bakın dostlar, felek bana neyledi

Aklım aldı, beni mecnun eyledi..."

Ve sustu. Başladığına pişman olmuştu sanki. Safiye'ye utangaç bir bakış atıp eliyle alnını sıvazladı. Söylediklerinden utanmış, büyük bir sıkıntı almış gibiydi. Seyit hemen araya girip dikkatleri başka tarafa çekmek istedi. Ama olmadı. Hasan ağlamaya başlamıştı. Safiye de ağlıyordu. Genç çocuğun hali ona o kadar dokunmuştu ki, kendisine hâkim olamamıştı. Mürvet'le işaretleşip, gözlerinde yaş, sofradan kalktılar. Yan odaya geçtiler. İçeriden Seyit'in sesini duyuyorlardı.

"Olmaz Hasan, olmaz yavrum. Gidemezsin Kırım'a. Bilmez miyim nasıl özlediğini? Bilmez miyim sanıyorsun. İçinin nasıl yandığını bilmez miyim? Ama olmaz. Yaşatmazlar seni. Bak, burada bir aile olduk biz de artık. Bizim için dönüş yok. Olmayacak da. Unut Kırım'ı artık."

Seyit'in sözleri, Hasan'ın ağlamalarıyla kesiliyordu. Yan odadaki iki genç kadın da ağlıyordu. Mürvet, sadece iki sokak öteye taşınmış olan annesinin ardından ağlamanın içerideki iki erkek için ne büyük haksızlık olacağını düşündü. "Tanrım beni affet!" dedi içinden. Seyit ve Hasan için analarıı, babaları, kardeşleri artık ulaşılabilecek, kavuşulabilecek uzaklıkların çok ötesindeydi. Hakiki özlem onlarınki olmalıydı.

O gece ve daha sonraki günler, Seyit'in ısrarlarıyla Hasan, Kırım'a dönemeyeceğine inanmıştı ama gittikçe daha içine kapanık, daha az konuşur oluyordu. Soru sorulursa konuşuyor, denilen işe koşuyor, onun dışında devamlı şiir yazıyordu. Mürvet, onun kendilerinde her kalışında, gece odasına çekildikten sonra hıçkırıklarını duyuyordu. Bir erkeğin böylesine ağlaması için, duyduğu hasretin tarifsiz büyüklükte olması gerekirdi. Böyle gecelerde karı koca, birbirlerinin kollarında, ıstırabına yardımcı olamadıkları bu genç için üzülüp sabahı ediyorlardı.

Leman bebek üç ayını doldurmuş, bütün güzelliği, şirinliğiyle ele avuca gelir olmuştu. Seyit kızına âşıktı. Leman da babasının her bakışını, her iltifatını küçük, tiz çığlıklarla cevaplandırıyor, kollarını, bacaklarını olanca hızıyla hareket ettirip, heyecandan dudaklarından baloncuklar çıkarıyordu. Açık kumral, dümdüz saçlar çıkmaya başlamıştı başında. Gözleri elâ-kahveydi. Güldüğü zaman kapanıyor, çizgi haline geliyordu.

Seyit kızını kundaktan çıkarıp yatağın üzerine yatırıyor, kendi de yanına uzanıyor ve onunla büyük insanla konuşur gibi konuşuyordu. Küçük kız, babasının, kendisine etrafındaki herkesten daha değişik davrandığını sanki algılıyordu ve en güzel gülücüklerini ve kahkahalarını ona saklıyordu. Sonra annesinin kendisini kundağa sarma işine sıra gelince yaygarayı basıyordu. Babasıyla olmak, serbestlik, mutluluktu. Yatağın üzerinde, perdelerin arasından süzülen güneşin tatlı sıcaklığı altında, sadece zıbınları ve beziyle babasının kollarında yuvarlanmak büyük keyifti onun için. Seyit ise kızının bir an evvel büyümesini heyecanla bekliyordu. Düşündükçe, iyi anlaşmaları için çocuğunun ille de erkek olması gerekmediğine inanmıştı. Pekâlâ, kızını da yanında gezdirebilir, ona ata binmesini öğretebilir, yüzmeye götürebilirdi. Oğlu olmasa da olurdu. Leman'la çok iyi anlaşacaklarını biliyordu.

Mutlulardı. Hayatları düzene girmiş gibiydi. Seyit'in işleri çok iyiydi. Karısına sık sık Beyoğlu'ndaki şık mağazalardan aldığı hediyeler getiriyor, evin hiçbir eksiği olmaması için uğraşıyordu. Bazı akşamlar, büyük bir gayretle Leman'ın uyku saatinden evvel eve yetişmeye çalışıyor, onu uyumuş bulursa üzülüyordu.

Emine, iki üç günde bir, bazen de daha sık, gündüzleri gelip Mürvet'e yardımcı oluyordu. Çocuk bezlerini kaynatıyor, kolaları, ütüleri yapıyordu. Ayrı oturmalarının huzurları için en iyi karar olduğuna herkes içten içe inanmaya başlamıştı. Ama kimse bu mevzuda konuşmuyordu artık.

O sonbahar Seyit çamaşırhaneyi sattı. Lokantaya yapmak istediği ilaveler için ek paraya ihtiyacı vardı. Üstelik o iş de çok büyümüştü ve her ikisine birden vakit ayıramıyordu. Çamaşırhanedeki muhasebecisi Pyotr Sergieviç, Paris'e yerleşmek üzere İstanbul'dan ayrılmıştı. Onun yerine aynı derecede güvenilir birini bulamayacağından korktu Seyit. Hesabını kontrol edemediği bir işi elde tutmanın manası da yok, diye düşünüyordu.

Yazdan kalan son sıcak günlerden birinin yaşandığı bir eylül öğlesinde, bahçede annesinin yıkadığı çamaşırları asmakta olan Mürvet, kapının önüne yanaşan arabayı fark etti. Gelen, Küçük Hasan'dı. Seyit gibi kılık kıyafetine pek düşkün olan Hasan'ın, tiril tiril beyaz bir takım elbise ve şapkasıyla hali pek hoştu. Mürvet onu gülerek karşılarken, arabadan indirilen çuvallara şaşkınlıkla baktı. Seyit yine bir şeyler göndermiş olmalıydı. Ama anlayamadı.

"Hayrola Hasan, nedir getirdiklerin?"

"Lokantanın örtüleri yenge. Eniştem gönderdi."

"Ne olacakmış bu çuval çuval örtü?"

"Ne olabilir ki yenge? Yıkanıp kolalanacak."

Az sonra Mürvet çamaşırlığın kapısında, ayağının dibinde çuvallar içinde yığılı örtülere, peçetelere, havlulara bakarken annesinin bunları görmemesini diliyordu. Ama imkânsızdı tabii. Emine, dağ gibi lokanta çamaşırını gördüğü zaman söylenmeye başladı.

"Bebek bezi mi yıkayacağım yoksa lokanta bezi mi?"

Mürvet, annesini sakinleştirmeye çalıştı.

"Sen dokunma onlara anne. Ben yavaş yavaş yıkarım. Hem bunların hepsinin birden yıkanması şart değil ki. Yedekleri var lokantada."

Emine duyduklarından hiç tatmin olmamıştı. Bir koca yığını kolunun altına sıkıştırıp içeriye girdi. Bir yandan da söylenmeye devam ediyordu.

" 'Sen dokunma'ymış. Ben dokunmayacağım da kim dokunacak? Çamaşırcıların mı var gelecek! Yine ben yıkayacağım tabii."

Mürvet, derin bir nefes alıp, çamaşırları asmaya devam etti.

O akşam Seyit'e bu konuda bir şeyler söylemek istedi.

"Seyit, lokantanın çamaşırları devamlı eve mi gelecek artık?"

"Öyle olacak Murka. Artık bir çamaşırhanemiz olmadığına göre eve gelecek."

Sonra karısının gözlerinin içine bakıp sordu:

"Bir problem mi var yoksa? Biliyorsun bunlar lokanta örtüsü Murka. Öyle her yere veremem temizliğe. Mis gibi olmalılar. Yayınca sabun, kola kokmalı örtüler, peçeteler."

Mürvet, kocasının iyi yaşamaları için yaptığı onca çabaya bir katkısı olabileceğini düşündü. İşin büyük bir kısmını üstlenirse, annesinin söylenmesini önleyebilirdi. Annesi her gelişinde söylenecek bir şey buluyordu zaten. Mürvet ütü ve kola faslını tamamen kendi üstüne aldı. Annesinin söylene söylene de olsa, muhakkak kendisine yardım etmek istediğini biliyordu. Ama böylesi daha iyiydi.

Bir akşam, yemekten sonraki bir saatte, Seyit henüz uyanık olan Leman'la şakalaşırken, Mürvet de ütü yapmaktaydı. Seyit evde olduğu zamanlar hiçbir işi yapmaktan yüksünmüyordu. Ama o olmadığı, hele gece çok geç dışarıda olduğu zaman, boş otursa dahi kendini yorgun hissediyordu. Manevi yorgunluğun, fiziksel yorgunluktan daha tesirli olduğunu öğrenmeye başlamıştı. Birden üst katta bir gürültü koptu. Safiye'nin sesi, kocasının sesine karışıyordu. Karı koca, şaşkınlıkla birbirlerine baktılar. Bu, onlardan duymaya alışık oldukları bir şey değildi. O kadar sakin, keyifli yaşayan insanlardı ki, en fazla gürültüleri, Safiye'nin şarkı söylemesi veya kahkahaları olurdu. Seyit, Leman'ı hemen yatağın üzerine bırakıp, sahanlığa fırladı. Ancak merdivenlerden süratle inip giden Süleyman'a yetişemedi. Safiye'nin ağlama sesi geliyordu. Merdivenleri ikişer ikişer atlayarak yukarı kata çıktı. Genç kadın, kapının yanındaki iskemleye çökmüş, iki gözü iki çeşme ağlıyordu. Seyit telaşla eğilip, onun yüzünü avuçları arasından çekmeye çalıştı.

"Ne oldu Safiye? Neler oluyor?"

Hıçkırıklarla boğulan sesi zor duydu.

"Ne olacak Seyit? Hiç aklıma gelir miydi? Metresi varmış. İnanabiliyor musun? Metresi varmış."

Seyit hakikaten inanamamıştı. Süleyman güçlü, kuvvetli, boyu bosu yerinde, hoş bir erkekti ama karısına âşık, munis bir kocaydı. Bunca zaman, erkek olduğu halde, onu tanıyamadığı için kendisine şaştı.

"Kızlar nerede?" diye sordu.

"Her şeyi hazırlamış meğer zaten. Kızları dün babaannelerine ziyarete götürdü. Orada kaldılar, diye geri döndü. Şimdi de beni boşamak istiyor."

Safiye yine gözyaşlarına boğuldu, konuşamıyordu. Seyit onun koluna girerek oturduğu yerden kaldırdı.

"Şışşşt. Sakin ol ki bir hal çaresi düşünelim. Haydi, gel, bizim kata inelim. Burada yalnız kalamazsın şimdi. Nasılsa kızlar da yok. Anahtarın nerede?"

Kadıncağız bitkin bir vaziyette, holde duran tırnağın üzerindeki çanağı gösterdi. Seyit, anahtarı alıp Safiye'yi kolundan tuttu ve kapıyı çekip, alt kata indiler. Mürvet, kapının ağzında merakla onları bekliyordu. Safiye'nin diğer yanına geçip, içeri girmesine yardımcı oldu. Ne olduğunu anlamak için kocasının yüzüne baktı. Seyit, bir göz işaretiyle izahatı sonraya bıraktığını ifade etti. Haykırışı hıçkırıklara dönen kadının sakinleşmesini beklemek lâzımdı. Küçük bir kadehe votka doldurup getirdi. Sabaha kadar konuşup oturdular. Evliliği kurtarmak için çareler düşündüler. Ertesi gün Süleyman'a haber gönderildi. Seyit kendisiyle görüşmeye gitti. Velhasıl dost, akraba olarak ne yapmak gerekirse yapıldı ama netice değişmedi. Kocası, çocuklarını da alarak Safiye'yi boşadı.

Nafakası, tek başına büyük bir dairede oturmasına imkân vermediği için evden taşınması gereken genç kadını, Seyit ve Mürvet yanlarına almaya karar verdiler. Hiç değilse en zor devrini, yalnızlığının ilk zamanlarını beraber geçirirlerse ona destek olabileceklerini düşünmüşlerdi. Safiye önce bu nazik teklifi kabul edemeyeceğini söylediyse de çiftin itiraz dinlemez ısrarları karşısında, "Pekiyi" demek zorunda kaldı. Hayatında birdenbire öylesine büyük değişiklikler olmuştu ki, hangi birine alışacağını bilemiyordu. Beraberliğinin mutlu ettiğini sandığı erkeği onu bırakmıştı. Hem de başka bir kadın için. Senelerce "yuvam" dediği evinden çıkmak zorunda kalmıştı. En dayanamadığı da kızlarından ayrı bırakılmasıydı. Onlara olan özlemi burnunun direğini sızlatıyor, yüreğini dağlıyordu. O neşeli, hoşsohbet, edalı kadının yerini, birdenbire hüzünlü, sakin, düşünceli, gözleri yaşlı bir kadın almıştı. Mürvet ve Seyit'in tekliflerinde ne kadar samimi olduklarını hissettiği için bu zor devreyi atlatana kadar onlarla kalmasının iyi olacağını biliyordu.

Ev işlerinde, lokantadan gelen örtülerin yıkanmasında, ütülenmesi Mürvet'e canla başla yardımcıydı Safiye. Mürvet, hala kızının o tatlı, kahkaha dolu sohbetlerini özlüyor, aynı zamanda nasıl bu kadar vakur ve sakin bir tavırla bu zor zamanı atlatmaya çalıştığını da hayretle izliyordu. Genç kadın artık ağlamıyordu. Ama derin iç çekişleri duyuluyordu sık sık.

Sonbaharın bulutlu, puslu günlerinden biriydi. Artık pencereler, balkonlar kapanmıştı. Hava rutubetli ve serindi. İki genç kadın işlerini bitirmiş, kahvelerini alıp camın önündeki koltuklara yerleşmiş, laflıyorlardı. Bir ara Mürvet'in gözü, yolda çekingen tavırlarla ilerleyen bir erkeğe takıldı. Kim olduğundan emin olmak için yerinden kalkıp daha dikkatli baktı. Yüzünde yayılan gülümsemeyle mırıldandı.

"Allah Allah, ne yapıyor bu çocuk böyle? Safiye, baksana Allah aşkına, bu bizim Şair Hasan değil mi?"

Safiye de gördüğüne şaşırmıştı. Birbirlerine bakıp gülmeye başladılar.

Şair Hasan, üzerinde takım elbisesi, başında şapkasıyla bir koca çuvalı sırtlanmış geliyordu. Ama âdeta görünmemek için de uğraşıyordu. Kâh hızla koşup bir ağacın arkasına saklanıyor, kâh etrafı kolaçan edip, bir koşu bir başka ağacın arkasına geçiyordu. Açıkta kaldığı zaman da bir eliyle yüzüne siper yapıyordu. Son derece komik bir hali vardı. Mürvet'in gülmekten gözlerine yaş gelmişti. Onun bahçe kapısından girdiğini görünce kendilerini susmak için zorladılar.

"Ah Seyit! Yine bir şeyler yüklemiş çocuğun sırtına, eminim."

Safiye uzun zamandır ilk kez gülüyordu.

"Peki ama niye bu kadar saklana saklana geliyor kuzum?"

"Kimbilir nedir taşıdığı, şimdi öğreniriz."

Az sonra öğrendiler. Hasan'ın elbisesinin sırtı, kolları simsiyah olmuştu. Getirdiği siyah çuvalda kömür vardı.

"Hava serinliyor, evde üşümesinler, dedi dayım." derken hali görülmeye değerdi. Masmavi gözlerinin altında kömür tozlarının izi vardı. Mürvet kahkahalarını zor zapt ediyordu.

"İlâhi Hasan, bu kılıkta kömür taşınır mı? Hem lokantada o kadar adam var. En nihayet, bir arabaya atar getirirdin."

Hasan, kendi haline kendi de gülmeye başlamıştı.

"Dayıma söyledim, bu kıyafetle nasıl kömür götüreyim dayı, dedim."

Safiye yine o eski keyifli ses tonuyla sordu:

"Peki o ne dedi?"

Hasan, bir eliyle aynada fark ettiği yüzüne bulaşmış karaları silerken gülüyordu. Önce, koridorda yere bıraktığı pis çuvala baktı, sonra bir de kendisine ve gülmesi krize döndü. O kadar saf, o kadar çocuksu, o kadar içtendi ki, iki kadın da ona katıldılar.

"Ne mi dedi?... 'Arka sokaklardan gidersin, kimse görmez,' dedi. 'Peki dayı, anayola çıkınca ne olacak?' dedim... 'O zaman da ağaçların arkasına saklana saklana gidersin,' dedi."

Hasan'ın sokaktaki tavrının sebebi anlaşılmıştı. Beraber içeriye geçtiler. Seyit'in muzipliğinin kurbanı olan genç çocuk banyoda temizlenip, Mürvet'in pişirdiği kahveyi içmek üzere onların yanına gelip oturdu. Olay belki de bu kadar gülünecek komiklikte olmayabilirdi ama her üçü de âdeta kahkahaya hasretlerdi ve bu güzel bir bahane olmuştu.

Seyit'in kulaklarını çınlatarak bir müddet daha sohbet ettiler. Safiye sanki haftalardır ilk kez kendine gelmişti. Hasan'ı geçirdiklerinde hâlâ yüzünde geniş bir gülümseme vardı. Kendisi sevdiklerinin hasreti, özlemiyle yanan delikanlının, başka bir hüzünlüyü güldürmesi garip değil miydi?

O yıl, 29 Ekim Cumhuriyet Bayramı, bütün yurtta, büyük bir coşku ve heyecanla kutlandı. Mürvet'in aynı gün, kocasından aldığı ilk evlilik yıldönümü hediyesinin sevinci, bayramın sevincini bile geçti.

Genç kadın, küçük elmaslarla bezenmiş altın broşu, robunun göğsüne iliştirdiği zaman, elmasların pırıltısı âdeta gözlerine vuruyordu. Bayram kutlamalarının bittiği saatlerde, karı kocanın kendi özel günleri için kaldırdıkları kadehler dolup boşalmaya devam ediyordu.

Sonbahar kısa sürmüştü. Kış erken bastıracağa benziyordu. Daha aralık ayının başı olmasına rağmen kara kış soğuğu hissediliyordu. Evlerin sobalarında yanmakta olan odun kömürün kokusu, tek başına yetiyordu mevsimi belirtmeye.

Safiye'nin Mühürdar'a, babasının evine taşınmasından bir süre sonra üst kata yeni kiracılar geldi. Gürültücü, sonradan görme bir aileydi. İki haftalık komşulukları bile Seyit ve Mürvet'i bıktırmaya yetti.

Yeni yıla, Aynalıçeşme'de kiraladıkları İngiliz Apartmanı'nda girdiler. Seyit'in bütün yakın arkadaşları aynı sokak üzerinde veya az çok yakın mesafelerde oturuyorlardı. Manol, İskender Beyzade, Mikhail, Yahya, Löman, bir iki apartman ötede veya bir alt sokakta komşuydular. Aynalıçeşme, âdeta Beyaz Rusların kendilerine küçük bir Rusya yarattığı köşelerinden biriydi İstanbul'un. Ve Rusların yerleştikleri diğer yerler gibi, burada da unvan, rütbe sınıflandırması yoktu. Artık titrlerinin ve servetlerinin, bırakıp geldikleri ülkede kaldığının bilincinde, şimdilik sadece kendilerinden birilerinin yerleştiği bir sokakta yaşamak bile yetiyordu. Hayat şartlarının zorluğuyla manastırlara, kiliselere, hastanelere sığınmak zorunda kalanlara kıyasla, bir ev tutup geçimini sağlayabilenler çok ama çok şanslı sayılırlardı. Ancak, Amerikan Kızılhaçı'nın yardımlarına, öyle veya böyle, çoğu açıktı. Bazen birkaç kutu konserve, bazen ilaç, bazen de az kullanılmış temiz kalmış giyim eşyaları giriyordu evlerden içeriye. Zaten 1922 yılının sonlarından itibaren iş bulamayan veya bulduğu işten memnun olmayanlar, ayrılmaya İstanbul'dan başlamıştı.

Mahallede, Türkçe'den ziyade Rusça, Fransızca duyuluyordu. Rum bakkal, Ermeni manav, Arnavut kasap, günlük alışveriş ihtiyacını karşılıyordu.

Mürvet, yaşam tarzlarına yabancı olduğu bu insanlardan hoşlanmıştı. Kadın erkek, hepsi son derece zarif ve şıktı. İçlerinde çalışmadan yaşayabilecek parası olan çok azdı. Onlar da Rusya'dan beraberlerinde getirebildikleri kıymetli özel eşyalarını ara sıra satarak ancak bu rahatı sağlayabiliyorlardı. Çoğunluğu ise çalışmaktaydı. Mürvet, kadınların da erkekler gibi sabahın köründe yahut gecenin karanlık bir saatinde, işe gitmek için evinden çıktığına hayretle şahit oluyordu. Ama niye olmasındı. Kendi annesi de harpte, yıllarca Anadolu'ya mal taşıyıp, geriye mal getirmemiş miydi? O zaman da, mahallede komşuları garip karşılamıştı. Şimdi savaş bitmişti ama bu kadınların savaşı devam etmekteydi; bu seferki yaşam savaşıydı. Mürvet, onları izledikçe asil, kibar tavırlarına, en ağır çalışma şartlarında bile vazgeçemedikleri şıklıklarına ve erkeklerin dünyasında kadınsı yumuşaklıklarından hiçbir şey kaybetmeden kavga vermelerine hayranlık duyuyordu. Seyit haklıydı. Beyoğlu'nda oturmak, çalışmak demek, ille de kötü kadın olmak demek değildi.

Komşusu olan kadınların içlerinde baronesler, kontesler, general hanımları olduğunu biliyordu. Ve şimdi kendisine hep uzak ülkenin masal kahramanları gibi gelen karakterleri, kapısının önünden geçerlerken, üst kata çıkarlarken veya bakkalda alışveriş yaparlarken yakından görüyordu.

İstemeden memleketlerinden sürüklenmiş, geldikleri yabancı ülkede dişlerini tırnaklarına takmış çabalayan bu insanların, bütün yokluk ve zorluklarına rağmen dünyayı umursamaz vakur tavırları, cepleri boş olsa da süslü bir elbise giymiş gibi taşıdıkları asaletleri onları İstanbul'un karmaşık mozaiği içinde ayrı bir yere koyuyordu.

Onlara uzaktan uzağa hayranlığına rağmen, Mürvet yakın dostluklar kurmaktan çekiniyordu. Seyit, çoğuyla tanışıyor, görüşüyordu. Bir iki kez de eve beraber getirmişti bazı arkadaşlarını. Ama genç kadın her defasında kendisini, onları sadece karşıdan izleyebilen bir seyirci gibi hissetmişti. Eğer aralarında Kırım Türk'ü olan kimse yoksa konuşulanların tamamen dışında kalıyor, diğerlerinin kahkahalarla güldüğüne ancak, bilmeden gülümsemekle yetinmek zorunda oluyordu. Pek rahat olmadığı bu toplantıların da evde daha sık tekrarlanmasını, kocasına açıkça bir şey söylememesine rağmen, mümkün olduğunca, bahanelerle engelliyordu. Yaşantılarını, sanki sözsüz bir anlaşmayla götürüyorlardı. Seyit, mümkün olduğu kadar iş ve arkadaş yaşantısını evinden uzak tutuyordu. Tabii buna karşılık evden uzak geçirdiği saatlere de Mürvet sessiz katlanmak durumunda kalıyordu. Kocasını hem dizi dibinde, hem sadece kendi istediği çevre içinde tutamayacağını anlamıştı artık.

Yeni yeni tanımaya başladığı çevresindeki kadınlı erkekli herkesin yaptığı işler, çalıştığı saatler, baba evinde, doğup büyüdüğü mahallede yaşayanlarınkinden o kadar farklıydı ki. Seyit'in, yaşam ve alışkanlıkları itibarı ile kendisinden ziyade bu insanlara yakın olduğunu düşününce, onunla bu hususta artık daha fazla kavga edemeyeceğini görüyordu.

Seyit, yeni mahallelerinde kendini, nispeten alıştığı bir çevrede hissediyordu. Geldiği memleketten, baba topraklarından hatıraları uyandıran yüzler, sesler, lisan ve müzikle bir arada olabilmek, çok uzaklarda olmasına rağmen, memleketine yakınmış duygusu veriyordu. Çok kez de, önüne geçilmeyecek derecede, geriye dönüş ümitleri kamçılanıyordu. Ama artık bunun imkânsız olduğunu ismi kadar iyi biliyordu. En azından şimdilik. Çok arkadaşı yavaş yavaş para toparlayıp, Paris veya New York yolunu tutmuşlardı. Batıya doğru göç, onun da kafasını kurcalamıyor değildi.

Seyit'in yalnızlık hissini, işinde duyduğu sıkıntıları, her şeyi en kolay unutturan tek kişi kızıydı. O küçük, pembe beyaz, yumak bebek halinden yavaş yavaş sıyrılan Leman, şimdi etrafı dikkatle süzen bakışlarla parıldayan bir çift ela gözün aydınlattığı yuvarlak yüzlü, şeker mi şeker bir bebek olmuştu. Henüz konuşamamasına rağmen devamlı konuşmak ister gibi aralık duran minik tombul dudaklarından kendisine göre bir lisanda sık sık kelimeler dökülüyordu. Söylediklerini kuvvetlendirmek ister gibi de bazen coşkuyla, alnında kesilmiş kısacık bal rengi kâküllerini iki yana savurup, başını sağa sola çeviriyordu. Artık babasının "Poluş"u değil, "Lemanuçka"sıydı. Mürvet, kocasının, kızlarını bu isimle çağırmasına son derece sinirleniyordu.

"Ne demek ki bu? Çocuğun adı Leman. Neden öyle çağırmıyorsun?" diye sorduğunda Seyit gülerek cevap vermişti:

"Benim için Lemanuçka o. Sen Leman de, ben de bildiğim gibi sesleneyim kızıma. Tamam mı?"

O günden itibaren Mürvet, kızının her gülüşünde, her küçük kahkahasında, agucuklarında, yutarak söylemeye çalıştığı kelimeciklerde, babasına karşı olan farklı bir sevginin izlerini gözlemeye başladı. Bu garip bir histi. Zira hem kocasının hiç tahmin etmediği halde çocuğa bağlanmasından mutluluk hem de, sanki, ikisi arasında kendisini dışarıda bırakacak bir bağlılık olacağı korkusunu duyuyordu. Garip olanı, bu his onu gittikçe kontrolüne almaya başlamıştı. Baba kız ne zaman oyun oynasalar veya Seyit kızını dolaştırmaya çıkmak istese, içten içe istemesine rağmen onlara katılmıyordu. Bir yandan, 'Madem beraber çok eğleniyorsunuz, bana ihtiyacınız yok.' gibilerinden düşünürken, bir yandan da kendi kendine yarattığı bu yalnızlık ortamında onlara hırslanıyordu. Hele hele Seyit'in kızını Lemanuçka diye çağırıp, ona Rusça şarkılar mırıldanmasına hiç tahammülü yoktu. Böyle anlarda Seyit'in, kızının saçlarını okşayarak mırıldandığı sözcükler ona iğne gibi batıyor, Leman ise sanki Seyit'in ayrı bir dünyadan, eski hayatından taşıyıp getirdiği şarkıya minik gülüşleriyle eşlik eden bir yabancının çocuğu gibi duruyordu karşısında. Kararlıydı, Seyit'in kızlarına Rusça öğretmesine ve evde bu lisanda konuşulmasına katiyetle izin vermeyecekti. Kendi evinde, kocası ve kızının arasında yabancı gibi yaşayamazdı. Buna asla müsaade etmeyecekti.

Seyit, karısının giyimine gösterdiği özeni, kundaktan çıktıktan sonra kızı için de göstermeye başladı. Sanki bir genç kıza kıyafet seçer gibi özenle Beyoğlu'ndan ithal kumaşlar alıp, Mürvet'in elbiselerini diktirdiği terziye paltolar, elbiseler diktiriyordu. Mürvet ise, bu süslü, dantelli, fırfırlı elbiseleri, ısmarlama potinleri kızına giydirirken, âdeta bir oyuncak bebeği süsler gibi zevk alıyordu. Lemanuçka on aylıkken şıklığına bir de araba eklendi. Seyit, aylar evvel ısmarlayıp, nihayet teslim aldığı İngiliz malı bebek arabasını eve getirdiği zaman keyfine diyecek yoktu. İki küçük, iki büyük demir tekerleğin üzerine yerleştirilmiş yine demirden şasinin boşlukları oyma demir helezon bağlarla süslenmişti. Kuştüyünden şiltesi, yastıklarıyla büyük insanın bile içine uzanmaya imreneceği bir arabaydı.

Seyit, hemen kızını arabaya yerleştirip dolaşmaya çıkarmak

istiyordu. Nisan ayının daha başındalardı. Hava henüz serindi. Mürvet, önce çocuğun üşüteceğinden korkup itiraz etti. Ama Seyit kararlıydı. Küçük kızını, arabasında dolaştıracaktı. Mürvet bu defa başka bir itirazını dile getirdi.

"Ama Seyit, olur mu? Sen hiç çocuk dolaştıran erkek gördün mü?"

Kocasının bebek arabasıyla Beyoğlu'na çıkmasının doğru olmadığını düşünüyordu. Seyit'in kahkahası ortalığı çınlattı.

"İlâhi Murka! Ne varmış bunda?"

"Ama Seyit, ayıp olmaz mı konu komşuya?"

"Niye? Niye ayıp olacakmış? Doğurturken ayıp olmadı da, şimdi dolaştırırken mi ayıp olacak? Haydi Murka, bırak bu saçmalıkları da gel sen de, beraber çıkalım."

"Yok, siz gidin. Ben akşam yemeğini hazırlayacağım."

"Eh, sen bilirsin. Haydi şimdilik eyvallah."

Seyit, dudaklarında ıslık, İngiliz Apartmanı'nın merdivenlerinden inip, kızını arabaya yerleştirdi. Keyfine diyecek yoktu. Küçük kız, yakası, manşetleri ve kemeri lacivert, uçuk mavi pardösüsüyle, mecmuadan çıkmış kâğıt bebekler gibi kuştüyü yastıkların arasına gömüldüğünde ellerini çırpıp, başını iki yana salladı. Dudaklarını büzüp, kendisi için yepyeni olan bu kocaman oyuncağın değerini anlamışçasına koca bir hayret sesi çıkardı. Gözleri kocaman açılmıştı. Buğday rengi saçları, başını salladıkça iki yana püskül gibi sallanıyordu. Seyit, kızının coşkusunu, sevincini kendisine verilmiş kocaman bir teşekkür gibi kabul etti.

"Bir şey değil Lemanuçka, bir şey değil. Daha bu başı. Bak şimdi nasıl eğleneceğiz seninle."

Kahkahalarla onun yanağını okşadı ve ayağıyla arabanın frenini kaldırdı.

"Haydi, bakalım, ver elini Pera. Gidiyoruz Lemanuçka, hazır mısın?"

Leman, hayret dolu çığlıklarla, ellerini çırpıyor, arabası biraz sallanınca, hemen minik tombul elleriyle kenarlara sarılıyordu. Gözleri babasının gözlerinde, karşılıklı gülüşerek Aynalıçeşme'den çıktılar.

İlkbaharın yumuşak havası geceleri ılıtmaya başladığında, Seyit işinde bir değişiklik yapmayı düşündü. Yazın sıcağı bastırdığı an, müşterilerinin büyük bir kısmını açık hava gazinolarına kaybedeceğini biliyordu. Lokantasının rengârenk, keyifli, hoş, zarif kalabalığına öylesine alışmıştı ki, işyerinden ziyade, hayâli bir tiyatro mekânı olmuştu lokantası onun için. Şehrin neresinde yazlık bir gazino açabileceği, en çok nereye müşteri çekebileceği soruları kafasını kurcalarken, lokantasının müdavimi olan zengin bir Rum müşterisi ona böyle bir projeyle ilgili olarak ortaklık teklifi getirdi.

"Caddebostan'da, deniz üzerinde ortak olduğum bir arazi var Seyit Bey. Sen bu işi biliyorsun. Müşterilerin de seni kolay kolay bırakmaz. Malzeme hazır, müşteri hazır. Daha ne istenir? Arazi benden, iş senden. Tamam mı?"

Yorgo'nun teklifi Seyit'e âdeta dualarının cevabı gibi geldi. Cevap vermek için çok fazla düşünmedi. Yaz başına kadar süren sıkı bir çalışma ile Deniz Gazinosu açılmaya hazır hale geldi. Seyit, Kırım Lokantası'nda müşterilerini, yakın dostlarını son bir kez ağırladıktan sonra, bütün malzemelerini, enstrümanlarını, ekibini toplayıp Caddebostan'a geçti. Böylece, Timyoni Sokağı'nın, renk ve ses cümbüşü lokallerinden biri kapanmış oldu. Ama nasılsa, Beyoğlu gibi yerde kısa zaman sonra aynı adresi, başka bir eğlence tarzı renklendirirdi.

O yaz harikaydı. Geçmiş yılları bilenler için, kıyaslanamayacak kadar olağanüstü güzellikte geçiyordu günler.

Caddebostan Deniz Gazinosu'nun işleri de havayla paralel bir uyumda harika gidiyordu. Gündüzleri plajdaki kabinleri dolduran kadınlı erkekli müşterilerin, çoğu, yine Beyoğlu, Şişli, Aynalıçeşme ahalisi idi. Adalara yerleşmiş olan Beyaz Ruslar veya Kadıköy yakasının modern Müslüman-Türk aileleri, Moda'nın levantenleri de bu gruba katılıyordu. Gününü deniz kıyısında geçirmek isteyenler için kumsalda tepsilerle sandviçler gezdiriliyor, kumun sıcağından rahatsız olanlara gazino kısmında yemek ve soğuk bira, limonata ikram ediliyordu. Akşamüzeri, güneş batmadan çok önce kalabalık dağılmaya başlıyordu. Genellikle, çok uzaktan gelen kalabalık aileler en sona kalıyordu. Anneler, çocuklarının güneşten, denizden iyice yorgun düşüp, eve gidince hemen uyumasını plânlar gibiydi.

Seyit'in en sevdiği saatler, gündüz telaşının bitip, kumsalın sessizliğe kavuştuğu anlardı. Henüz batan güneşin geriye bıraktığı renklerle boyanan bulutları, onların denize düşen aksini, sahile uzanan beyaz küçük dalgalardaki renk kuşağının kıyıya çarparak havanın koyulmakta olan maviliğine karışışını izlemek, gün boyu iple çektiği andı. Sahilde, öylece bir müddet durup, kendini bulutlar ve deniz arasında akıp giden bir yolculuğa bırakıyordu. Bu onu dinlendiriyor, kulağına duymayı özlediği sesleri, burnuna duymayı özlediği kokuları getiriyordu. Deniz sesi, tuz kokusu, yosun kokusu... Ve bir aldatmaca bile olsa yine de harika oluyordu Aluşta'da olduğunu farz etmek.

Yaz geceleri hayat, kışın olduğundan daha geç başlıyordu. Gündüzün sıcağındaki iş koşuşmasından veya plaj sefasından sonra ancak kendine gelebilenler gazinoyu doldurmaya başladığında, çoktan masalar temizlenip, servise hazırlanmış, içkiler, bardaklar soğutulmuş, mezeler tabaklara dizilmiş oluyordu. Saat sekiz sularında yavaş yavaş birbirinden güzel hanımlar, şık kavalyeleri, çoğunlukla daha evvelden ayırttıkları masalarında yer almaya başlıyordu. Yaz akşamının sıcaklıkla yansıyan deniz kokusuna, sarmaşık güllerine, hanımelilerin kokusuna, bir de hanımların çeşit çeşit parfümleri karışınca, gazino âdeta bir cennet bahçesine dönüyordu.

Seyit hayatından memnundu. İşler yolundaydı. Ancak, her akşam Aynalıçeşme'ye, evine dönemiyordu. Müşterilerin dağılması, çok kez son vapurdan daha sonraki bir saatte oluyordu. Özellikle hafta sonları, neredeyse sabaha dek uzayan varyete, dans saatleri sonunda müşteriler ayrıldığında, ancak biraz uyuyup, ertesi güne güç toplaması mümkün oluyordu. Mürvet'in bu durumdan şikâyetçi olduğunu biliyor ama elinden bir şey gelmiyordu. Mevsimlik bir macera için de evi Kadıköy yakasına taşımak istemiyordu. Zira kış geldiği zaman Beyoğlu'nu özleyeceğini biliyordu. Bu kıyıda hayat bitecekti en geç eylülde. Ama karısını, kızını da özlüyordu, hem de çok. Onları daha sık Caddebostan'a getirmeyi düşündü. Belki de gelip, birkaç günlüğüne birden kalırsa, Mürvet de alışabilirdi buraya. O zaman daha sık ziyarete gelirdi. Çünkü görünüşe bakılırsa, yaz sonuna kadar kendisinin buradan kıpırdaması imkânsızdı. Ortağı Yorgo nadiren geliyor, geldiğinde de bir masa dolusu misafir getirip sadece onlarla ilgileniyordu.

Bir perşembe günü sabahtan, işleri Şair Hasan'a bırakıp, karşıya geçti. Niyeti, Mürvet'i ve Leman'ı alıp akşam olmadan geri dönmekti.

Aynalıçeşme'ye geldiğinde, sokağı koşar adımlarla geçip, apartmanın merdivenlerinden ikişer ikişer çıktı. Kapıyı çaldığında karısını karşısında henüz ağlamış gözlerle buldu. Ona sarılırken merakla sordu:

"Neyin var Murka? Bir şey mi oldu?"

Genç kadın, neredeyse on güne yakındır görmediği, özlediği, deli gibi merak ettiği ve çılgın gibi kıskandığı kocasına kıpkırmızı gözlerle yakalanmaktan mahcup olmuştu. Bütün hissettiklerini, aklından geçen her şeyi söylemeyi o kadar istiyordu ki... Ama beceremedi.

"Kocacığım, seni özledim, ondan ağlıyorum." demek, ancak erkek delisi, arsız bir kadının söyleyeceği bir lâftı ona göre. Yutkundu. Gözlerini önüne eğdi. Dudakları arasından bir tek kelime çıkmadı. Sadece kendisini saran erkeğin göğsüne teslimiyetle başını bırakıp bekledi. Seyit, karısının, annesi veya kız kardeşleriyle bir problemi olmuş olabileceğini düşündü. Ama fazla da ısrar etmek istemiyordu. Bir kez daha denedi.

"Bir şey anlatmak istemediğinden emin misin?"

Mürvet'in gözlerindeki ifade, kocasını yanı başında, evinde görmekten duyduğu rahatlıkla zaten değişmişti. Ama bunca gün evinden ayrı kalan erkeğine karşı kendini az da olsa yabancılaşmış hissediyordu. Günlerce, gecelerce, hep, Seyit'i yanında Rus kadınlarıyla yatarken, şarkı söyleyen, piyano çalan Rus kızlarının gözlerinin içine bakarken düşünmüştü. Onu, ayrı kaldıkları zaman, başka türlü canlandıramıyordu zihninde. Mutfağa doğru yürürken sordu:

"Bir kahve içer misin?"

Seyit, kızının odasına doğru ilerlerken cevapladı:

"Hayır, sağ ol. Sizi almaya geldim. Haydi, hemen bir şeyler hazırla. Beraber dönüyoruz Caddebostan'a. Lemanuçka uyanık mı?"

Mürvet heyecan ve şaşkınlık içindeydi.

"Hemen mi? Seyit, hemen nasıl gideriz? Zaten şimdi yola çıksak, kaçta gidip kaçta döneceğiz?"

"Dönmeyeceksiniz Murka. Orada, benimle kalmanızı istiyorum. Denize girer, güneşlenirsiniz. Otelde yer ayırttım. Şehrin bu sıcağından kurtulursunuz birkaç gün. Haydi, haydi!"

"Ama Seyit, çocuk için çok yorucu olmaz mı? Orada bir hastalansa, bir şey olsa?"

"Murka, bu mahallenin dışında da hayat var. İnsanlar var yaşayan. Doktorlar var o semtlerde de. Merak etme, sizi Sibirya'ya götürmüyorum. Toparlan artık, naz etmeyi bırak. İnan, çok iyi gelecek, sana da, Lemanuçka'ya da."

Mürvet tabii ki biliyordu, Caddebostan'da doktor bulunabileceğini. Ama onu esas ürküten bu değildi ki zaten. Onu korkutan şey, evinin emniyetinden çıkıp, bilmediği bir mekânda, bilmediği, alışmadığı insanların dünyasına gitmek ve oradaki hayatla kocasını paylaşmak zorunda kalmaktı. Ama bunu Seyit'e anlatamazdı. Evde yalnız, onu beklerken de mutlu değildi, yanında beraber olduğu zaman da. Bunda Seyit'in yapabileceği bir şey yoktu. Bütün problem kendisindeydi.

Birkaç günlük giyeceklerini hazırlayan Mürvet, uyumakta olan Leman'ı kucaklayan kocasını takip ederek evden çıktı. Aslında kocasının, İstanbul'un karşı yakasında yaşadığı hayatı delicesine merak ediyordu. Ama duyduğu merakın içinde, yüreğini kemiren, oradan damarlarına kıpır kıpır dağılan kıskançlık hissi yok muydu, o her şeyin tadını kaçırıyordu.

Oldukça geç bir saatte Caddebostan'a vardıklarında, Mürvet hemen gidip otel odasına kapanmak istedi ama Seyit karısını ve çocuğunu doğru gazinoya götürdü. Leman, gündüz uykusuna yol boyu devam ettiğinden, gözleri cin gibi açılmış, keyifli kahkahalar, mırıltılarla etrafına sevgi bakışları gönderiyordu. İlk uyandığında, kendisini kucağında bulduğu babasına hayretle bakmış, sorar bir ifadeyle gözlerini yuvarlayıp açmış, sonra onun yanağına dokunarak duyduğu emniyet hissiyle kahkahayı basmıştı. Seyit, başını kızının boynuna gömerek, onun taze bebek kokusunu içine çekti.

"Lemanuçka... Lemanuçka... Nasılmış benim Lemanuçka'm?" Leman yine kâküllerini iki yana sallayıp, babasının çok hoşuna gittiğinden emin olduğu şirinliklerini yapmaya başladı. Küçücük işaretparmağını babasının çenesindeki derin çukurluğa yerleştirip bastırdı. Dilini zoraki döndürerek konuşmaya çalışırken, gözleri gülüşünün tesiriyle iyice çekilmişti. Ne konuştuğu belli değildi ama babasının keyfine katıldığı kesindi. Seyit, küçük kızıyla aralarındaki bağı çok iyi hissediyordu. İşte, yanılmamıştı. İlle de erkek çocuğu olması gerekmiyordu. Lemanuçka'ya, bir erkek çocuğu olduğunda ne öğretebilirse onu öğretecekti. Onunla çok şey paylaşacaklardı. Bundan emindi.

Gazinonun kapısından ilerlerken Mürvet'in itiraz eden sesi duyuldu yine:

"Ama Seyit, Leman harap olacak. Onun uyku saati artık. Bırak, biz gidip yatalım."

Seyit, kucağında, pembe şifon elbisesi içinde, kâküllerini sallayarak çığlıklar alan Leman'a baktı ve gülümseyerek sorar gibi bir de karısına baktı.

"Bu mu harap olacak çocuk? Murka, herhalde dediğine sen de inanmıyorsun. Bu kız enerji dolu. Baksana, yerinde zor duruyor." Sonra kızına döndü. Saçlarını okşayarak sordu:

"Değil mi kızım benim? Hayat şimdi başlıyor, değil mi?"

Leman, daha evvelden öğretilmişçesine bir kahkaha attı. Dudaklarından, yine o anlaşılmayan lisanıyla kesik kesik heceler döküldü. Sanki babasına cevap veriyordu. Seyit onun bu haline içten bir gülüşle karşılık verdi.

"Tabii ya, aynen öyle, evet Lemanuçka, aynen kızım, senin dediğin gibi."

Leman, günlerdir özlediği babasını bir uyku sonrası görmenin sarhoşluğuyla, alabildiği kadar sevginin tadını çıkarmaya niyetliydi. Gözleri çizgi haline gelene kadar gülerek, başını çılgın gibi iki yana sallayıp, mısır püskülü saçlarını savurup, arada da babasının kendisini seyredip etmediği anlamak için durup bakıyordu. Daha yaşına yeni girecekti ama babasının onun gülüşünü çok sevdiğini biliyordu. Bir de başını sallayışını. Onun için elinden gelen şirinliği esirgemiyordu.

O gece, hepsi için sürpriz güzellikte geçti. Mürvet, bütün gerginliğine rağmen, çevrenin hoşluğundan, müzikten etkilenmeden yapamadı. Masalarına gelen Yahya ve karısı Senta, tanıdık çehrelerle bir arada olmanın rahatlığını getirdi genç kadına.

Leman, kucaktan kucağa sevilerek, iltifatlar alarak dolaştırılmanın keyfini yaşadı. Çalan müziğin her notasını âdeta hisseder gibi başı ve minik parmakları ile tempo tutarak izledi geceyi. Sonunda, yorgun, tekrar uykuya daldığında, iki iskemleyi birleştirip ceketler yayarak, ona bir yatak yaptılar. Mürvet buna ses çıkarmadı. Kocasının yanında olmaktan memnundu. Onun kolunun altına oturup, elinin şefkatli temasını omuzlarında, saçlarında hissederken, denizin, güllerin, hanımelilerin kokusu burnunda, müzikle birleşen dalgaların sesini dinlerken hayatından şikâyetçi olmaması gerektiğini düşünüyordu. Bu nankörlük olurdu. Harika bir geceydi yaşadığı ve istese her zaman burada, kocasının yanında olabilirdi. Niye olmasındı? Ama o zaman elâlem ne derdi?

"Koca meraklısı, bırakamıyor adamın peşini. Ardından her yere taşınıyor." demezler miydi? Kimseye bunu söyletecek değildi. Şunun şurasında bir iki gün kalıp tekrar geriye, evine dönecekti.

Mürvet'in kuruntuları çok uzun sürmedi. Ertesi gün öğle saatlerinde yaşamakta olduğu keyifli anların tadını çıkarmaya başlamıştı çoktan.

Otelde görevli, anaç bir Rum kadını, Leman'ı uyutup beklemeye gönüllü olmuştu. Mürvet, sahilde havlusunun üzerinde oturmuş, yaşadığı anın tadını çıkarıyordu. Elindeki buzlu limonata bardağından birkaç yudum alıp, keyifle yutkundu. Güneş denizin minik dalgacıkları üzerinde pırıltılarla yanıyordu. Bacaklarını ileriye uzatıp, ayaklarını sıcacık kumun içine daldırdı. Seyit'in hediyesi pembe saten şeritli siyah mayosunun içindeki vücudunu hayretle seyretti. Annesinin kendisini bu kıyafette görmesi ihtimalini düşününce içi daraldı. Herhalde bir daha yüzüne bakmazdı. Regl olduğu gün yanaklarına atılan tokadın sebebini anlayamadan siyah çarşaf giydirildiği on üç yaşını düşündü. Sözde, vücuduna kan gelsin diye atılmıştı o tokat. Annesi sanki yanı başındaymış da yeniden kendisini tokatlamış gibi yanaklarını ateş bastı. Geniş kenarlı hasır şapkasının gölgesindeki yüzü hüzünlendi. Annesi ile kocası birbirlerine alışabilecekler miydi acaba bir gün. Senelerce "Ayıp" ve "Günah" kavramlarıyla yetiştikten sonra, şimdi Seyit'le yaşadığı hayatın açıklığı, serbestliği onu iki ayrı dünya arasında seçim yapmak zorunluğuna itiyordu. Bunun aslında annesi ile kocası arasında seçim yapmak demek olduğunu da biliyordu. Annesi, hayatta kırmak isteyeceği en son insandı ama ona hiç bilmediği bu dünyayı tanıtan, öğreten erkeğe de âşıktı. Gazinonun gramofonundan plaja yayılan vals nağmeleriyle, yüreğini daraltan düşüncelerden uzaklaştı. Ne olursa olsun, hayatından memnundu. Limonatasından bir yudum daha alıp sırt üstü uzandı. Güneş ışınları şapkasının şeritleri arasından yumuşayıp yüzüne düşüyordu. Gözlerini kıstı, hasırın incecik dokusu arasından, masmavi gökyüzünde telaşsız dolaşan beyaz bulutları seyre koyuldu. Dudakları, vals nağmelerine mırıldanarak eşlik etmeye başladı. Kumun sıcaklığı ile tatlı ılık rüzgârın teması vücudunu iyice gevşetmişti. Âdeta sihirli bir anı yaşıyordu. "Hayattan keyif almak" dedikleri işte böyle bir şey olmalıydı.

Son bir saattir gazinodaki çalışma odasında olan Seyit, programa çıkmak üzere anlaştığı revü kızlarını uğurlarken memnundu. Orkestranın yanı sıra güzel bir gösteri, burayı bütün yaz dolu tutacaktı. Tabakasından bir sigara çıkarırken kumların üzerine doğru uzanan ahşap verandada ilerledi. Kolona sırtını dayayıp derin bir nefesle sigarasının ilk dumanını içine çekti. Şu musibetin ilk nefesi ne kadar keyifli oluyordu. Alevin ilk temas ettiği kâğıdın ve tütünün yanık kokusuna bayılıyordu. İkinci bir nefesle havaya dağılan dumanı da yuttu. İleride kumların üzerinde uzanmış olan karısına bakarken keyifle gülümsedi. Hayatına giren en küçük, en tecrübesiz, en saf kadındı. Ama vücudunun hatları, mevzun uzun bacakları, kollarıyla, diğer birçok kadından çok daha güzeldi. Karısının yanına gitmek üzere kumda yürümeye başladı. Birkaç adım kala durup onun taze güzelliğini hayranlıkla seyretti.

Mürvet, ayak seslerini duyunca, mırıldandığı nağmeler dudaklarında dondu kaldı. Üzerine doğru eğilen gölgenin kim olduğunu anlayınca içi rahatladı. Şapkasını arkaya atarak doğruldu. Kalbi yerinden çıkacak gibi atıyordu. Yanında çömelmiş, yanağından makas alan erkeğin çakmak çakmak yanan lacivert gözlerindeki muhabbeti görebiliyordu. Beyaz keten takım elbisesi ve yanık teni, gözlerinin rengindeki derinliğini iyice ortaya çıkarmıştı. Mürvet, karşısındaki erkeğin, kocası olmasından duyduğu mutluluk ve heyecanla, kendisini neredeyse uçacakmış gibi hissetti. Seyit, onun havlusunun kenarına otururken sordu:

"Denize neden girmiyorsun? Harika görünüyor."

"Kum o kadar sıcak ki, çok hoşuma gitti. Hiç kalkmak istemiyorum."

"Denizden çıkınca daha da keyifli olur o sıcaklık. Haydi üşenme."

"Peki sen, sen girmeyecek misin?"

Seyit, gazinoya bir bakış attı.

"Sanmam. Bakmam gereken işler var."

Sonra düşüncesini değiştirecek bir sebep hatırlamış gibi devam etti:

"Ama neden olmasın? Bekle biraz, üstümü değişip geleyim. Beraber gireriz."

Karısına göz kırparak saçlarını okşadı ve yerinden çevik bir hareketle fırlayıp uzaklaştı.

Mürvet, dizlerini göğsüne doğru çekti. Bacaklarını saran kollarına çenesini dayayarak denize baktı. Dudaklarına yayılan gülümsemeyi engelleyemedi. Tanrım! Ne kadar mutluydu. Keşke mutluluğunu da, kollarıyla sarabilseydi; aynı, bacaklarını sarabildiği gibi, sımsıkı, kolları arasında tutabilseydi hep. Kendi kendine söz verdi. Mutlulukları için elinden geleni yapacaktı. Daha çok çaba harcayacaktı. Seyit'i kimseyle paylaşmak istemiyordu.

Bir saat sonra plaj faslını bitirmiş, odalarına dönmüşlerdi. Leman'ı, bakıcısının kucağında gezmeye çıkmak üzere buldular. Küçük kız, anne ve babasını el çırparak çığlıklarla karşıladı. Sonra da minik avucunu dudaklarına yapıştırıp öpücükler göndererek dışarıya çıkmaktaki telaşını gösterdi. Banyoya önce Seyit girdi. Bir an önce işinin başında olması lâzımdı. Mürvet, aynada gördüğü aksine şaşkınlıkla bakakaldı. Omuzları, bacakları kıpkırmızı olmuştu. Güneşten saklamasına rağmen yüzü, göğsü bile renklenmişti. Vücudunu iki renk görmeye alışık değildi. Gülmeye başladı. Kurulanarak banyodan çıkmakta olan Seyit, karısının niye güldüğünü merak etmişti. Ona doğru yürüdü.

"Hayrola Murka, aynada komik bir şey mi görüyorsun?" Genç kadın kendini seyrederken kocasına yakalanmış olmaktan utanmıştı. Yavaşça banyoya doğru sıyrılmak istedi. Seyit yolunu keserek karısının yüzünü avuçları arasına aldı.

"Belki de beni komik buluyorsun."

"Rengime gülüyordum. Hiç güneşte yanmamıştım şimdiye kadar."

Seyit, onun mayosunun askılarını omuzlarından indirirken muzip bir sesle sordu:

"Ben de bir göreyim bakalım, belki beni de biraz güldürür."

Sonra karısının gözlerinin içine bakarak devam etti:

"Gülmeyi özlemiştim..."

Karısının omuzuna doğru eğildi. Kelimeler, dudakları ile genç kadının teni arasında kayboldu. Güzel bir aşk saatinin başında ikisinin de kafasında aynı soru vardı: Acaba mutluluğu yakalamışlar mıydı?

KURTSEYT MURKA

Bir Yazın ve Leginatsa Düşlerinin Sonu

Yaz harikaydı. Mürvet, zamanının çoğunu, Leman'la birlikte Caddebostan'da, kocasının yanında geçirdi. Güneş, deniz, müzik, dans, şıklık, heyecan dolu günler, geceler yaşadılar.

Eylül ortalarına doğru artık ipeklerin, şifonların, kirazlı, çiçekli hasır şapkaların zamanı bitmeye yüz tutmuştu. Sahilleri dolduran kahkahalar, güneşin kuma bıraktığı son sıcaklıkla beraber azalmaya başlamıştı.

Seyit, eylül başında, karısını ve kızını şehre göndermişti. Halen yazlıklarında kalmakta direnen müşterilerinin varlığı, onu hâlâ Caddebostan'da tutuyordu. İşin en fazla bir iki haftası daha vardı. Ondan sonra ortağıyla oturup hesaplaşma zamanı gelecekti. Seyit'in en nefret ettiği bölüm de bu para işleriydi. Ekmeğini taştan çıkarabilirdi ama iş hesaba, pazarlığa gelince içini bir sıkıntı kaplıyordu. Tüccar olmaya hiç alışamayacaktı anlaşılan.

O sabah, bir türlü aydınlanamayan bir güne uyandı. Sigarasını yakıp penceresinden dışarı bakarken, Beyoğlu'na dönmenin çok yakınlaştığını düşündü. Yağmur bulutları neredeyse yere inmek üzereydi. Denizin mavisi, üzerinde uçuşan gri-kara öbeklerle haşin bir koyuluğa dönüşmüştü. Rüzgârla yükselen beyaz köpükler bir diğerini öperek, yutarak sahile kadar geliyor, sonra kıyıya çarpıp yayılıyordu. Sanki gökle deniz arasında belirgin bir sınır çizgisi oluşmuştu. Islak kumların üzerinde, yan yatmış şemsiyeler ve aralarında sürüklenen birkaç parça kâğıttan başka bir şey yoktu. Daha birkaç gün evvel güneşle pırıldayan kumlar, insanı davet eden deniz, sanki buraya ait değildi. Yine de bu karanlık günü seyretmek değişik bir haz verdi genç adama. Sigarasını dudakları arasında sıkıştırıp balkon kapısını açtı. Demir parmaklıklara dayanarak gözlerinin önünde uzanıp giden manzarayı seyre devam etti. "Ne garip," diye düşündü, "yerler de aynen insanlar gibi. Onca kalabalıkla sarılı iken birdenbire yalnız kalıyorlar. Bütün o yüzler, sesler birden yok oluveriyor."

Yağmur altındaki denize ve sahil şeridine sevgiyle baktı. Onları o kadar iyi anlıyordu ki. Kendi ruhunun derinliklerindeki yalnızlığı bir müddettir böylesine hissetmemişti. Her şeye rağmen içinde bir yerlerde tedavi olamayacak bu yalnızlığın kendisiyle beraber yaşayacağından artık emindi. Denizin bu hırçın halini seviyordu. Gülümseyerek sigarasının dumanını üfledi. Karadeniz kadar olamasa bile mağrur bir asabiyete kavuşmaya başlamıştı Marmara da bu mevsimde. Aniden duyduğu hüzünle dişlerini sıktı. Keşke şu an seyrettiği Karadeniz olsaydı ve keşke Aluşta kıyılarında olsaydı. Neler vermezdi geri dönebilmek için. Hasretle memleketini, ailesini düşündü. İnsanoğlu kavuşamayacağı şeyleri unutma becerisini niye gösteremiyordu ki... Çıplak kollarına, omuzlarına saçaktan yağmur damlaları düşüyordu. Alnından süzülen bir damla, gözünün kenarından yanaklarına doğru indi. Keşke gözbebeğindeki buğuları da bu yağmur rahatlığında yağdırabilseydi. Belki o zaman rahatlardı. Sanki birisi kalbini iki eli arasına almış sıkıyor, sıkıyordu. Islanıp sönen sigarasını parmakları arasında döndürürken ıslak kâğıt parçasına, sarı-kahve tütün tanelerine baktı. Kendi içindeki ateşin de böylesine yanıp söndüğünü hissediyordu. Her esintide, yüreğinden beynine, damarlarına doğru yayılan küller âdeta kor sıcaklığıyla bedenini önce sıcaklığa boğuyor, ardından üşüme nöbetleri geliyordu.

Birden, bütün yaz yaptığı işin, para kazanmasının, geçirdiği tatlı hayatın, her şeyin ne kadar manasız olduğunu düşündü. Hiç ama hiçbir şey ona, aslında aradığı, peşinde olduğu bütünlüğü veremeyecekti. O, bir yarısını zaten çoktan kaybetmişti. Hem hayatının, hem ruhunun. Uzun zamandır ilk kez Shura aklına geldi. Ne yapıyordu acaba şimdi? Nerelerdeydi? Kiminleydi? Onu ne kadar özlemiş olduğunu birden fark etti. İçi özlemle titredi. Beraber yaşadıkları son aşk saatlerini hatırladı. Ve en son sözlerini. O sahne şu an yaşıyormuşçasına belleğinde tazeydi Seyit'in.

Altınbakkal Sokağı'nın 32 numaralı apartmanındaki küçük

dairede yaşadıkları o son gün, kâh sevişerek, kâh birbirlerinin omuzlarında ağlayarak geçmişti.

Nihayet, genç kadın yolculuk için hazırlandığında Seyit onun yanaklarını okşayarak, "Mavi sana ne kadar yakışıyor. Şu an aynen 1916 Kışı'ndaki küçük kız gibisin." demişti.

Shura, gülümsemeye çalışarak, sağ elinin işaretparmağını erkeğin yüzünde hafif dokunuşlarla gezdirirken sormuştu:

"Hatırlıyor musun Seyt? Bahçede, havuzdaki kupidleri gösterip ne demiştin bana o zaman?"

"Hatırlıyorum sevgilim."

"Şimdi de aynı şeyi söyleyebilir misin?"

"Tabii."

"Söyle o zaman. Biliyorum hiçbir şeyi değiştirmez ama duymak istiyorum."

Seyit, kollarıyla onu sarmış, onun dudaklarını uzun bir öpüşle hapsettikten sonra mırıldanmıştı.

"İşte böyle, seninle aynen bu vaziyetteyken donup kalmak isterdim. O zaman sonsuza dek sen kollarımın arasında benimle öpüşüyor olurdun."

Seyit, sevdiği kadına son söylediklerini düşünürken dudakları da âdeta minik bir mırıltıyla o sözleri tekrarladı.

Shura'nın, kollarından kurtulup çantasını ve eldivenlerini alışını, gözlerini evin içinde son kez gezdirişini hatırladı. Yeni hayatına nasıl üzgün fakat kararlı adımlarla yürümüştü. Bunca sevgiyi hayatından nasıl çıkarabildiğini hâlâ anlayamıyordu genç adam. Nasıl kopabilmişti Shura'dan ve onu nasıl gönderebilmişti? Onu hayatından uzaklaştırmakla sadece büyük bir aşktan ayrılmış olmamıştı. Shura aynı zamanda onun tekrarlanamayacak geçmişinin bir parçasıydı. Acaba o şimdi ne yapıyordu? Mutlu muydu? Bir gün görüşecekler miydi tekrar?

Düşünceler, düşünceler... Seyit, yağmur ve rüzgârın okşadığı bedenindeki ürpertileri fark etmiyordu artık. Çoktan uzaklara yolculuğa çıkmıştı.

Eylül sonunda yaz mevsimi tamamen kapandı. Neredeyse her

gün tekrarlanan yağmurlar, gittikçe daha serin esen rüzgâr ve her gün bir evvelkinden daha erken batan güneş, kışlıklara çekilme zamanının çoktan geldiğini haber veriyordu.

O gün, gazinoda bütün çalışanlar için hüzünlü bir gündü. Seyit, çalışma odasında oturmuş, herkese son ücretlerini dağıtıyordu. Bütün yaz, her gece revü yapan Beyaz Rus balerinler, Pera'da bir gazinoyla anlaşmışlardı. Orkestra üyeleri, kemanlarını, balalaykalarını alıp Beyoğlu'nun başka başka köşelerinde iş bulmak üzere dağılacaklardı. Kızların kimi Seyit'in yanağına, kimi dudağına veda öpücükleri kondurarak her şeye rağmen şuhluktan uzaklaşmayan bir hüzünle vedalaştılar. Geride kalan harika bir yazın anıları belleklerine nakşolmuş bir şekilde ayrıldılar.

Öğle üzeri ortalık aniden büyük bir sessizliğe gömüldü. İskemleleri, masaları toparlayan üç komiden başka kimse yoktu etrafta. Bir tek, piyano hâlâ köşesinde duruyordu. Sanki artık o, gece tuşlarında dolaşacak ince parmakların olmayacağından habersiz gibiydi. Seyit'in Timyoni Sokağı'ndaki lokantasından getirdiği bütün malzeme gibi bu güzel piyano da demirbaştı. Genç adam, masasındaki defteri kapatarak son kez gazinonun içinde dolaştı. Eşyaları almak üzere anlaştığı araba gelmiş, yüklenmeye başlamıştı. Süratle boşalmakta olan mekânı izlerken, "İşte bir yaz da böyle bitti." dedi. Karşıya geçer geçmez hemen kışlık bir yer ayarlaması lâzımdı.

"Keşke daha evvel yapsaydım bu işi." diye mırıldandı kendi kendine. Eşyalarını, malzemesini doğrudan doğruya yeni yerine götürür, yerleştirirdi o zaman. Acaba Timyoni'deki yer hâlâ boş muydu? Kafasında düşüncelerle yüklemeye nezaret ederken, Yorgo'nun sesini duydu.

"Hayrola Seyit Eminof, yangından mal kaçırır gibi götürürsün eşyaları bakıyorum."

Seyit, ortağının şaka yaptığını sanarak gülümsedi.

"İlâhi Yorgo, kendi malımı kimden kaçıracağım ki?"

Alnına dökülen saçını, parmaklarıyla tarayarak arkaya atarken, bakışları, karşısındaki adamın yüz ifadesine takıldı. Hayır, Yorgo şaka yapmıyordu, söylediğinde ciddiydi. Seyit, kollarını kavuşturarak onun gözlerinin içine baktı.

"Yoksa benim anlayamadığım bir şey mi söylemek istedin

Yorgo?"

"Anlaşılmayacak bir şey yoktur Seyit Bey. Ne demek isteyeceğim ki? Belli olan şey aslında."

Seyit, dört aydır ortaklık yaptığı adamın sözlerinin altında bir çapanoğlu olduğunu sezmeye başlamıştı. Bir elini beline koyarak diğerini soru sorar gibi ileriye doğru açtı. Ama diğeri ondan evvel konuştu.

"Durum şöyledir Seyit Bey, sizinle ortaklık yapmışızdır bütün yaz, değil mi?"

"Evet, onu her ikimiz de biliyoruz sanırım."

Yorgo, işaretparmağıyla bıyığını okşarken, dudaklarını suni bir gülümsemeyle yaydı.

"Eh, madem bilirsiniz, neden ben gelmeden eşyaları yüklersiniz Seyit Bey?"

Seyit şaşırmıştı. Kaşlarını çatarak, başını salladı.

"Anlayamadım. Bunların hepsi benim kendi malım. Bunu sen de biliyorsun Yorgo. Hepsini Timyoni'deki Kırım Lokantası'ndan getirdim."

"Gelirdiniz, getirdiniz de şimdi ortaklık malı değil midir artık bunlar?"

"Sen çıldırdın mı Yorgo? Anlaşmamızda öyle bir şey yok. Sen yeri verdin ben malzemeyi getirdim, emeğimi koydum. Şimdi ortaklık bitti. Herkesin hakkı ödendi. Sen malını geri alıyorsun, ben de kendi malımı. Ortada kalan parayı da paylaşacağız. Ortakça."

Yorgo, piyanoyu dışarıya taşımakta olan hamalları durdurdu. Kapının önüne dikilip kollarını iki yana açtı.

"Oldu mu ya Seyit Bey? Yanlış anlamışsınız. Ben ortaklık derken her şey eşit demiştim."

"Bu dediğin eşitlik mi oluyor? Ne dediğinin farkında mısın sen!"

"Farkındayım ya. Ben baştan ne konuşmuşum, gene onu konuşuyorum."

Seyit'in sabrı taşmak üzereydi. Defterlerin durduğu masaya doğru yürüdü. Dişlerini sıkarak mümkün olduğunca sakin konuşmaya çalıştı.

"Bak Yorgo, işin tadını kaçırma. Anlaşmamız çok belliydi. Sen mekânı buldun. Ben hem malzemeyi getirdim hem de işletmeciliğini üslendim. Onun dışında masraflara ve kâra ortağız. Hesap meydanda. Dansçıları, çalgıcıları hepsini ödedim, garsonları da. Kalan para da ortak kârımız. Ama onun dışında hiçbir şey bizi bağlamaz. Sen malınla, ben malımla kalırız. Anlaşıldı mı?"

Ortağı, ortaklığı bitirirken iyi bir vurgun peşindeydi belli ki. Bir eli cebinde, bıyığını burarak sinirli adımlarla dışarıya doğru seslendi.

"Ben anlaşmadıkça, buradan bir tek eşya götürmeyesiniz. Haberiniz ola."

Sonra, münakaşalarını merakla izleyen hamallar ve komilere dönerek laubali bir ifadeyle devam etti.

"Ne de olsa ortağız Seyit Bey'le. Öyle kaçırıvermek var mı malı?"

"Yorgo, bunları benim getirdiğimi herkes biliyor, sen de biliyorsun."

Diğeri sırnaşık bir kahkaha attı.

"İspat edersin?"

Seyit, bunca aydır çektiği zahmet, uğraştan sonra gözünü hırs bürümüş ortağının sözleriyle çılgına döndü. Beyni uğuldamaya, yüreği daralmaya başladı. Ani bir hareketle Yorgo'nun kolundan tutarak, onu kasanın yanına doğru sürükledi. Adam, onun çıldırdığını düşünüyordu. Ürkerek, ister istemez takip etti. Seyit, onu masanın yanındaki iskemleye iterek oturttu. Sonra muhasebe defterlerinin sayfalarını yırtarak başından aşağıya atmaya başladı. Bir yandan da bağırıyordu.

"Al bakalım, işte hesapların! Madem her şeyde ortağız, şimdi de sen bunları sıraya koy. Ben yapacağımı yaptım, sıra sen de. Al! Al! Bak işte ortak kazancımız, hepsi bu kâğıtlarda. Al! Hepsi senin olsun!"

Yorgo, zoraki oturduğu iskemlede mıhlanıp kalmıştı. Seyit'i hiç böyle gördüğünü hatırlamıyordu. Gözlerini kırpıştırarak odanın dışından şaşkınlıkla onları izleyen komilerden bir yardım bekledi. Ama, kimse yerinden kıpırdamıyordu. Bir şeyler söylemeye çalıştı.

"Aman, Seyit Bey, yanlış anladınız. Gelin, bir daha konuşalım."

Seyit artık ondan gelecek hiçbir sesi duymuyordu. Şu an, geride kalan yazın hakiki muhasebesini çıkarıyordu. Evet, bu açgözlü adamı memnun edecekti. Her şeyi ona bırakacaktı ama onu pişman edecekti. Artık bağırmıyordu. Bir yandan gırtlağından gelen hırslı ses tonuyla konuşmaya devam ediyor, bir yandan da kasayı açmaya çalışıyordu. Yorgo, onun bir anlık arkasını dönmesinden istifadeyle yerinden kalkmaya çalıştı. Ancak Seyit'in bir darbesiyle yine gerisingeriye çöktü.

"Hiçbir yere gitmiyorsun Yorgo, pis numaracı seni. Bekle, az bekle. Seni umduğundan daha da zengin yapacağım. Kendin bile şaşacaksın. Demek eşyalarımı da istiyorsun, para da istiyorsun... Hepsi senin olacak, hiç merak etme..."

Kasadan çıkardığı paraları avucunda sıkarak Yorgo'nun yüzüne doğru eğildi. Adam, başını iskemlenin arkasına dayamış, gözlerini açmış, ne olacağını kestirmeye çalışıyordu. Seyit'in gözleri lacivert ışıklar çakarak bakıyordu. Bir eliyle onun avurtlarına bastırıp ağzını açtırdı.

"Çok zengin olmak istiyorsun, değil mi?"

Başını arkaya atarak sinirli bir kahkaha attı.

"Şimdi çok zengin olacaksın Bay Yorgo, hem de çok. Bunların hepsi senin artık. Bütün her şeyi sana bırakıyorum. Beni unutma diye."

Avucundaki paraları buruşturarak adamın açık ağzına tıkmaya başladı. Yorgo, avuçlarıyla iskemlenin kenarlarına yapışmış, gözleri yuvalarından uğramış, elinde olduğu bu çılgın adamın kendisine bir şey yapacağı korkusuyla sesini çıkaramıyordu.

"Çiğne musibet, çiğne. Çiğne de insin midene paraların, bak kendini ne kadar zengin hissedeceksin o zaman. Al, bunları da al."

Kasaya dönüp, bir tomar daha avuçladı. Onları da avucunda ezerek adamın başından aşağıya döktü. Ceketinin omuzuna takılan bir iki tanesini de alıp kulaklarına yerleştirdi. Kahkahalarla gülüyordu. Yorgo, onun çıldırdığına inanmıştı.

"Bak, şimdi ne kadar zengin oldun. Ağzından, burnundan para fışkırıyor. Evet, dünyanın en zengin adamı oldun."

Sonra eski ortağının saçlarını kavrayarak yüzünü onun yüzüne yaklaştırdı. Artık gülmüyordu. Dişlerinin arasından kısık bir sesle konuştu.

"Dua et ki piyanoyla masaları da yutturmuyorum sana. Hepsini tepe tepe kullan. Belki de paralarını benim çatallarımla yemek istersin."

Yaşadığı gerginlikten yorgun, alnına düşen perçemlerini kaldırarak bir nefes aldı. Kapıya doğru yürüdü. Gazinoda ölüm sessizliği vardı. Askıdan ceketini aldı. Tam kapıdan çıkmak üzereyken geriye döndü. Yorgo oturduğu yerde, ağzından tükürükle buruşmuş paraları çıkarmakla meşguldü. Seyit ona tiksinerek baktı.

"Biliyor musun Yorgo? Daha evvel denize de para attığım olmuştu. Çarlık rublelerini Galata köprüsünden balıklara atmıştım bir zamanlar. Neden biliyor musun? Çünkü işe yaramıyorlardı artık. Beni hayâl kırıklığına uğratmışlardı. İşte bu paraları da atıyorum, aynı sebepten. Ama keşke denize düşselerdi. Şu an oldukları yer çok pis."

Ceketi omuzunda, körüklü valizi elinde, kapıya doğru yürüdü. Piyanosunun yanından geçerken, ceketini de diğer eline alarak parmaklarını tuşların üzerinde soldan sağa dolaştırdı. Sonra kapağını kapatıp, sevdiğini okşarcasına okşadı. İşte bütün yaz da böyle geçmişti. Kalın do'dan ince mi'ye bir nefeste akıp gitmişti. Bakiye hesap sıfırdı. Elinde kalan sadece uzun bir yazın anılarıydı. Bir mekândan daha sadece anılarını alarak ayrılıyordu. Bu defaki kendi seçimiydi. Garip olan, içi rahattı. Artık Yorgo'yla ilgili hiçbir şeyi hatırlamak istemiyordu. Bir an evvel evine dönmekte sabırsızlanıyordu. Murka'sını ve Lemanuçka'sını özlemişti.

Mürvet, Seyit'in neden bütün malını mülkünü ve kazandığı parayı bırakıp eve döndüğünü bir türlü anlayamadı. Ortağıyla kavga etmenin bir insanın gözünü böylesine karartabileceğine aklı ermiyordu. Ama yine de kocasına fazla bir şey sormadı. Yazın bittiğine bir şekilde memnundu. Artık ayrılmak zorunda kalmayacaklardı.

Seyit, eve döndüğünün ilk akşamı karısının hazırladığı rakı sofrasına, kızını kucağına alıp oturdu. Onu ne kadar özlemişti. Leman da babasının özlemine aynı heyecan dolu sevgiyle karşılık veriyordu. Artık kendine göre yuvarlayıp, kısaltıp bazı kelimeleri telaffuz edebiliyordu. Onun konuşmaya çalışırken gösterdiği çaba ve takındığı ciddi tavır Seyit'i çok eğlendiriyordu. Küçük kız, babasının her yaptığına katılmaya çabalıyordu. Seyit, bir ara onu yanındaki iskemleye oturttu.

"Dur bakalım Lemanuçka. Şimdi baban bir sigara yaksın."

Küçük kız, kibritin alev alışını avuçlarını birbirine vurarak, yerinde zıplayarak izledi. Müthiş keyiflenmişti. Seyit, kibriti ortaya doğru tutup sordu:

"Üflemek ister misin?"

Leman, yine ellerini çırparak, dudaklarını büzdü. Masaya doğru uzanırken gözleri kocaman açılmıştı.

"Uff! ufff! uff!"

Seyit dikkatle kibriti uzattı.

"Haydi üfle bakalım. Yüzünü çok yaklaştırma yalnız."

Leman, tombul yanaklarına doldurduğu havayı kibritin alevine üflediğinde mutluluğuna diyecek yoktu. Seyit, kızının yüz ifadesine katıla katıla gülüyordu. Birkaç kibrit daha yakıp söndürüp oyunlarına devam ettiler. O sırada Mürvet yemekle içeriye gelmişti.

"Seyit, artık yatırsam Leman'ı. Geç oldu."

Küçük kız, babasına bakarak kendince onun ismini tekrarladı.

"Sül"

Sonra kendi söylediğine kendisi hıçkırıklarla gülmeye başladı. Seyit, Onun minik dudaklarından dökülen kelimenin ismiyle hiçbir benzerliği olmamasına rağmen çok keyiflendi. Keyiften öteye mutluluk duydu. Bu küçücük kız, onunla ilgileniyor, seviyor, sevgisini göstermek için uğraşıyordu. Kollarını uzatıp onu kucağına aldı. Pırıl pırıl, buğday rengi saçlarını okşayarak, yanaklarından öptü. Leman, minik tombul elleriyle kaşlarına kadar inen kâküllerini kenara çekerek alnını babasına uzattı. Gözlerini kapadı. Öpülmeyi bekliyordu. Seyit, birden kucağındaki bu küçücük canlının kendinden bir parça olmasının hazzını şiddetle hissetti. Onun alnına beklenen öpücüğü kondurdu. Leman, avuçlarını babasının yanaklarına bastırarak, burnunu onun burnuna sürttü. Bütün şirinliğiyle babasıyla olabildiği zamanın tadını çıkarıyordu. Annesinin kucağında yatmaya giderken babasına öpücükler gönderdi.

Seyit, onların ardından, kadehinden bir büyük yudum aldı ve sigarasından derin bir nefes çekti. Artık hayatları için kesin bir karar vermesinin zamanı gelmiş, geçiyordu. Bu memlekette hâlâ ısrarla şansını denemeye devam mı edecekti? Yoksa başka bir çıkış noktası bulup yeni bir hayatın peşine mi düşecekti? Ancak her iki durumda da para gerekti. Şu ana kadar birikmiş olan paraları da çok uzaklarda bir maceraya atılmalarına maniydi. Hemen bir iş kurup, süratle para toplaması şarttı.

Gecenin ilerleyen saatlerinde, Mürvet'in çoktan derin bir uykuya daldığı sıralarda o henüz uyanıktı. Koluyla sardığı, göğsünde yatan karısının saçlarını okşarken düşünüyordu. Acaba Amerika'ya göç etmek en iyisi değil miydi? Evet, yarın ilk iş Leginatsa'ya gidip konuşacaktı. Yeni geleceklerinin hayâliyle uykuya daldığında neredeyse sabah oluyordu.

Leginatsa, Rus muhacirlerinin yardım derneğiydi. Amerika'ya gitmek isteyenleri listeye alıyor, sonra sırası gelenleri yolluyorlardı. Ancak, müracaat sırasında kişi başına kırk liralık bir fon yatırmak gerekiyordu. Bu Seyit için üç defa kırk lira demekti ki, bu parayı bir araya getirmek için çok çalışması gerekti. Amerika projesinden şimdilik karısına hiç bahsetmedi. Zamanı gelince anlatırdı.

Seyit, Amerika rüyasıyla süratle hayatına çeki düzen verdi. Her şeyini kaybettiği yaz artık ona bir acı vermiyordu. Sadece bir rüya gibi hafızasının uzak bir köşesinde kalmıştı.

Ağa Camii'nde, Arabacı Sokak'ta bir yer kiraladı. Timyoni'deki kadar büyük ve lüks olmamakla beraber, hoş bir lokanta açtı. Parası ucu ucuna bu kadarına yetiyordu. Eski müşterileri kendisini bulmakta gecikmediler. Yine evinden çok, işyerinde zaman geçirmeye başladı. Bu, işinin bir parçasıydı. Bazen uzayan gecelerin sonunda yorgunluktan ve alkolün verdiği ağırlıktan, lokantasındaki odasında uyumayı tercih ediyordu.

İki-üç ay geçmeden işleri yoluna girmişti bile. Ama Leginatsa için gerekli parayı daha çabuk bir araya getirmesi lâzımdı ve bunun için de ek işe ihtiyaç vardı. Bunun da, bildiği ve kendisini lokantadan ayırmayacak bir iş olması şarttı. Sonunda aklına temizleme işi geldi. Lokantadaki müşterilerinin elbise ve tuvaletlerini bile alsa yeterdi ona. Hem evde yapabileceği ve Mürvet'in de yardım edebileceği bir gelir kaynağıydı.

Ve evde temizleme işi de başladı böylece. Bir gün harika bir tuvaletle eve geldi Seyit. Oturma odasının bir ucuna yerleştirdiği leğene benzini doldurdu ve kumaşın lekelerini yıkamaya başladı. Mürvet, yan odada, yatağın üzerine üst üste çarşaflar yaymakla meşguldü. Leman, babasının yanı başında oturmuş, merakla onu seyrediyordu. Seyit bir yandan elinin altındaki kıymetli kumaşı nazik nazik yıkarken, bir yandan da kızıyla sohbet ediyordu. Onun, kendisini sorgusuz sualsiz anladığından emindi.

"Ya Lemanuçka, görüyor musun, babacığın neler yapıyor şimdi de?"

Leman, elini dizine vurarak kıkırdadı. Seyit sevgiyle ona baktı ve işine devam etti.

"Görüyorsun tabii ve anlıyorsun değil mi niye bunları yaptığımı?"

Sesini karısına duyurmadan, kızıyla sırrını paylaşmak üzere ona doğru eğildi.

"Çünkü Lemanuçka, paramız biriktiği zaman hep beraber Amerika'ya gideceğiz. Bu fena kokulu işi yapmamızın sebebi o kızım. Sizi buradan alıp, Amerika'ya götüreceğim. Kocaman bir gemiye bineceğiz, kocaman denizlerden geçeceğiz."

Leman, ellerini dizlerine vurarak vapur düdüğü sesi çıkarmaya çalıştı.

"Vuuuuu!"

Seyit kahkaha atarak ona baktı.

"Aferin akıllı kızıma benim. Anladın değil mi? Evet, aynen öyle kızım, vuuuu!"

Leğendeki tuvaleti yavaş yavaş sıkarak çıkardı. Mürvet'e seslendi.

"Murka, bu tamam, yayabilirsin artık."

Mürvet, yatağa yaydığı çarşafların üzerine yaymak üzere tuvaleti alıp tekrar yan odaya geçti. Elleriyle ütüler gibi kumaşı açmaya başladı.

Seyit, kızıyla paylaştığı Amerika rüyasından öylesine keyiflenmişti ki, bir an için, leğeni, içindeki benzini unuttu. Cebinden sigarasını çıkarıp, dudaklarına yerleştirdi. Leman, hemen yanacak kibriti üfleyebilmek için öne doğru eğildi.

Mürvet, aniden duyduğu parlama sesi ve kokuyla başını geri çevirmesiyle, benzin leğeninin üzerinde dalgalanan alevleri gördü. İçeriye koşmak üzereyken, yataktaki benzinli tuvalet aklına geldi. Onu hemen toparlayıp şiltenin altına soktu ve kızının yanına fırladı. Seyit, ayağıyla leğeni odanın dışına doğru itmeye çalışıyordu. Genç kadın kenardaki masa örtüsünü çekerek, iskemlenin arkasında sıkışmış olan Leman'ın üzerine attı ve onu alevlerin yanından çekip aldı. Sedirin üzerinden kaptığı minderleri de leğenin üzerine savurdu. Her şey öyle hızlı olmuştu ki... Oda duman içindeydi. Zor nefes alıyorlardı. Karı koca camları açtılar. Dumanlar, ekim soğuğuna doğru nazlı nazlı dışarıya çıkmaya başladılar. Ama yaşadığı heyecan Mürvet'in takatini tüketmişti. Olduğu yere baygın yığıldı.

Kendine geldiğinde, Seyit bir elinde su bardağıyla onu kolları arasında tutuyordu.

"Nasılsın Murka? Sağ ol karıcığım, sağ ol. Nasıl yaptım öyle bir hata, bilemiyorum. İyi misin şimdi?"

"İyiyim, daha iyiyim Seyit."

Toparlanıp kalktı. Leman yatağın üzerinde oturuyordu. Sanki bu korkulu telaşı yaşayan o çocuk değildi. Her zamanki keyfiyle gülücükler dağıtıyordu. Fakat Mürvet kızının yüzüne bakınca dehşete kapıldı. Leman'ın kaşları, saçları, kirpikleri, tutam tutam, kapkara idi. Alevden kavrulmuştu. Mürvet koşup kızına sarıldı ve ağlamaya başladı.

Seyit, yanlarına gelip, karısı ve kızını kolları arasına aldı. Boğazı düğümlenmişti. Yutkundu. Ne diyeceğini bilemiyordu.

"Haydi." dedi, "Haydi, çocuğu al da annene git istersen. Biraz açılırsın. Akşama da ben gelirim. Sonra beraber döneriz. Haydi canım."

Mürvet, kızını alıp Mahmutpaşa'da, Necip Bey Sokak'ta oturan annesine gitmek üzere evden çıktığında, Seyit perişan bir halde iskemleye çöktü. Bir anlık dalgınlık yüzünden neredeyse ailesinin hayatını karartacak bir olaya neden olacaktı, bunun dehşetini yaşıyordu. Daha iyi bir hayat ümidiyle Amerika'ya götürmeyi düşündüğü karısını ve kızını neredeyse öldürecek olmaktan eziklik duyuyordu.

Leginatsa biraz daha bekleyebilirdi, Amerika da. Artık evde temizleme işi yapmayacaktı.

Seyit, arada sırada, başka gazino veya barlardan birinde buluştuğu yakın dostlarını, sık sık kendi lokantasına davet ediyordu. Yine, uzun bir masayı arkadaşları için hazırladığı gecelerden biriydi. Yahya, karısı Senta, Manol, İskender, Mikhail, Kadıyof Mehmet, yanlarında biri Alman ikisi Rus, üç yabancı hanımla beraber geldiler. Seyit, Mürvet'in de o gece kendilerine katılması için ısrar etmişti. Her zamanki gibi, içki su gibi akıyor, saatler ilerledikçe müşteriler coşuyorlardı. Gece yarısını biraz geçe, bir başka lokalde işleri biten üç müzisyen onlara katıldı. Gitar, keman ve balalaykadan oluşan enstrümanlarıyla masalar arasında dolaşırlarken, lokantayı, yine, Mürvet'i her zaman şaşırtan büyülü hava sarıverdi. Gözlerde sisli bir bulanıklıkla söylenen ezgileri, neşeli, insanın içini kıpır kıpır ettiren şarkılar takip etti. Kazaska başladığında, masalardan biri boşaltılıp, örtüsü açıldı. İki Kırımlı ve bir Beyaz Rus, birbiri ardısıra naralarla sıçrayarak masanın üzerine çıktılar. Diğer masalardan el çırparak tempo tutuluyordu. Neredeyse lokanta yıkılacaktı. Mürvet, yüzünde hayret dolu bir gülümsemeyle çevresini seyrediyordu. Bu görüntüyü, kırk yıl geçse, yine yadırgayarak izleyeceği muhakkaktı. Kazaska gösterisi son bulduğunda ortalığı inleten çılgınca alkışlardan sonra aniden yine hüzünlü bir durgunluğa dönüldü. Kadehler bir kez daha kalktı. Bir kısmı, oturdukları yerden mırıldanarak, şarkıdaki genç Kazak askerinin acıklı öyküsüne eşlik etmeye başladı. Mürvet, aralarında oturduğu Manol ve İskender'in, birbirlerine yaptıkları bir göz işaretinden sonra, Manol'un cebinden çıkardığı mineli küçük bir kutuyu diğerine uzattığını fark etti. Aslında, onları takip ediyor olmak istemiyordu ama kutunun güzelliği dikkatini çekmişti. Başını yine, müzisyenlerden yana çevirdi. Kemanı çalan, sarışın, yeşil gözlü Rus, sağ elindeki yayı havaya kaldırmış, yeni şarkının sözlerine davet ediyordu müşterileri.

"Haaay! Da! Troyka!..."

Hüznün ardından, aniden, yeni bir keyif dalgası sardı lokantayı. O anda, kapıdan giren iki polisin kimse farkına varmadı, Seyit'in dışında. Seyit, mutfağa bir göz atmış, masalar arasından, gülümseyerek, yerine dönüyordu. Polisleri gördüğü an, yüzündeki gülümseyen ifadeyi hiç bozmamasına rağmen, onu yakından izleyen biri, elmacık kemiklerinin tedirgin oynayışını fark edebilirdi. Seyit, polisler içeriye daha fazla girmeden duruma hâkim olmak için, hızla girişe doğru yöneldi. Sonra, aklına gelen bir şey onu irkiltti ve Seyit tekrar kendi masasına yaklaştı.

Polisleri ve her haliyle onları oyalamaya çalıştığı belli garsonu gören Mürvet'in yüreğini bir telaş sardı. Lokantada ne işleri olabilirdi polislerin? Votka içip, Kazaska oynamaya gelmedikleri çok aşikârdı. Süratle yanına gelen kocasına soran gözlerle baktı. Seyit, onu yatıştırmak üzere, eğilip yanağına bir öpücük kondurdu. Karısını öperken göz ucuyla kapıdakileri süzüyordu. Sağ elini de iki iskemle arasından, masa örtüsünün altına doğru uzattı. Mürvet, merakla eğilip bakmaya çalıştı. Seyit, bu defa onun yanağını öper gibi yapıp kulağına fısıldadı.

"Müzisyenlere bak. Sadece onlara bak ve gülümse. Tamam mı?" O arada Manol yere bir şey düşürmüş olmalıydı. Eğilip masanın altına doğru uzandı. Sonra arkasına dayanıp şarkısını söylemeye devam etti Seyit. Ardından, sol eliyle omuzuna iyice sarılırken karısının kulağına doğru konuşmaya devam etti.

"Çantanı hemen kucağına al ve aç."

Mürvet, kocasının yüzüne bakacak oldu. Onun, çok eğlenen bir ifadeyle kendisine baksa da, gözlerinin pırıltısında yatan telaşı fark etti.

'Tanrım! Neler oluyor?' diye düşündü. Ama Seyit ona ne soru sordururdu şu an, ne de cevap verirdi. Bunu biliyordu. Derhal kendisinden isteneni yaptı. Masada duran, küçük, işli çantayı kucağına doğru aldı ve klipsini açtı. O an göz ucuyla, Seyit'in çantaya sıkıştırdığı küçük sarı pakete baktı ama ne olduğunu anlayamadı. Ancak içinde ne varsa, bunca telaşı, sıkıntıyı yaşatan oydu ve bu durumda iyi bir şey olmasına imkân yoktu. İçini ürpertiler sarmıştı. Seyit, onu elinden tutup kaldırdı masadan.

"Şimdi hiç soru sorma ve doğru eve git Murka. Doğru, tamam mı? Kimseyle konuşmayacaksın, durmayacaksın. Yoruldun ve ayrılıyorsun. Oldu mu? Haydi, durma, hemen."

Mürvet, çocukluğundan beri gizlilikten ve yanlış bir iş yapmış olmaktan korkarak yaşamıştı. Şimdi, çantasında ne olduğunu bilemediği bir bela taşıyarak buradan ayrılması ve hiçbir şey olmamış gibi davranması isteniyordu kendisinden. Kalbinin sesini kulağında hissederek kapıya doğru yürüdü. Önce, çantasını sıkı sıkı avuçlamıştı. Sonra bunun çok ilgi çekeceğini düşünerek daha normal bir poz aldı ve kapıya geldi. Polislerin kendisine baktığını biliyor, gözlerini yerden kaldırmaya korkuyordu. Kulakları, yüzü, boynu, bütün vücudu alev alev yanıyordu sanki. Polislerden biri onu durdurup soru sormak üzereydi ki, Seyit orada bitiverdi. Hafif bir omuz hareketiyle Mürvet'i kapı ağzına doğru iterken, adamların karşısında yerini aldı.

"Buyurun beyler, yardımcı olabilir miyim? Buranın sahibi benim. Umarım, gürültümüz kimseyi rahatsız etmemiştir..."

Mürvet, garsonun araladığı kapıdan dışarı süzüldüğü an, olayın burada bittiğinden emin değildi. Seyit'in, hâlâ bir şeyler söylediğini işitiyordu kapının arkasından. Önce durup derin bir nefes aldı. Ondan sonra hızlı adımlarla yürümeye başladı. Gecenin bu saatinde, neredeyse bomboş yollarda tek başına yürüme korkusunun yanı sıra, taşıdığı gizli şeyin başına getirebileceklerinin korkusuyla adımlarının neredeyse tutulduğunu hissediyordu. Kendi ayak sesinden bile ürküyordu.

Arabacı Sokak'tan çıkıp Tepebaşı'ndan aşağıya doğru inmeye başladığında, arkasından gelenler olduğundan emindi. Hızlı, âdeta koşar adımlarla gelen birileri vardı ardı sıra. Boğazı düğümlenmişti âdeta. Bağırması gerekse, sesinin çıkmayacağından emindi. O da koşmaya başladı. Avuçladığı çanta sanki ellerini yakıyordu. Aynalıçeşme'ye sapan yolun başına gelmek üzereydi. Lokantadan çıktığından beri hafif hafif çiseleyen yağmur, artık şaka yapmadığını gösterecek gibi yağmaya başlamıştı. Koşmaya devam etti. Bir taraftan da titreyen elleriyle çantasından paketi çıkarmaya çalışıyordu. Yumuşacık bir dokusu vardı içindekinin. Sokağa döner dönmez, kaldırımın kenarındaki mazgal, ona kurtuluş yolu gibi geldi. Üzerinden geçerken paketi deliklerden aşağıya bırakıverdi. Koşarak yoluna devam etti. Az sonra İngiliz Apartmanı'nın girişindeydi. Sokak kapısına sırtını dayayıp derin derin soludu. Çantasından anahtarını çıkarıyordu ki, yakınındaki ayak sesleriyle soluğunu tutup arkasına yaslandı. Korkudan yerinde mıhlanmış gibiydi. Ayak sesleri yaklaştı... yaklaştı!... Mürvet, kalbinin durmak üzere olduğunu hissetti. Tepebaşı'ndan beri korkuyla kendilerinden kaçtığı kişiler kapının önünde göründüler sonunda. Kol kola girmiş iki genç kadın, koşmaya devam ederek yoldan aşağıya doğru uzaklaştılar. Mürvet, derin bir nefes alarak gevşedi. Bunca korkusu, kendisi gibi, gece evlerine dönmeye uğraşan iki kadının ayak sesindendi demek. Aynalıçeşme'nin garson, piyanist veya balerin Beyaz Rus'undan olmalıydı kadınlar. Apartmana girdiğinde, yine evinin emniyetinde olmaktan mutluydu. Dairenin kapısını usulca açıp, parmak ucunda, yatak odasına yürüdü. Leman'a Necmiye bakıyordu o akşam. Bebek de, genç kız da derin bir uykudaydı. Mürvet, yatak odasına girdikten sonra bile, bir müddet daha, içindeki heyecanı, korkuyu atamadı. Olanları tekrar tekrar düşünüp, işin sırrını çözmeye uğraştı. Sonunda yorgun, uyuyakaldı. Rüyasında polisler, vahşi köpekler kendisini kovalıyordu. Ya kocaman bir duvarın dibinde, ya çıkmaz bir sokakta ya da bir uçurum kenarında sıkışıp kalıyor, bağırmak istiyor, sesi çıkmıyordu. Gördüğü kâbustan, Seyit'in, omuzlarını sarsmasıyla uyandı. Kocası, fısıltıyla bir şeyler soruyordu. Mürvet, yerinde doğrularak baktı. Seyit sorusunu tekrarladı:

"Nereye koydun Murka?"

Genç kadın hâlâ rüyasının etkisindeydi. Evinde, sıcacık yatağında olduğuna inanmaya çalışıyordu.

"Neyi nereye koydum?"

"Sana verdiğim paketi, çantana koyduğun..."

Soru, kâbuslara sebep olan gerçek gecenin korkusunu tekrar geri getirmişti. Genç kadın, elinde olmadan, titredi Seyit sabırsızlanıyordu.

"Söylesene kuzum. Nereye sakladın?"

"Saklamadım Seyit. Attım."

"Attın mı! Nereye? Nasıl atarsın!"

"Çok korktum Seyit. Arkamdan koşanlar vardı. Beni takip ediyorlar sandım."

Sonra esas soru sorması gerekenin kendisi olduğunu hatırladı.

"Sahi, ne vardı o paketin içinde?"

Ama Seyit şu an kendi merakına cevap arıyordu.

"Mürvet, bu işin şakası yok! Nereye sakladığını söyler misin lütfen?"

Genç kadın, kocasının hitap şeklinden, işin şaka tarafı olmadığını anlamıştı. Seyit, ancak çok kırgın veya sinirli olduğu zaman Murka demekten vazgeçerdi.

"Şaka etmiyorum Seyit. Attım yolda."

Seyit, sağ elini alnına vurdu. Sonra saçını parmaklarıyla geriye doğru tararken sıkıntıyla "Üf!"ledi.

"Nerede attın?"

"Tam sokağın başındaki mazgala attım."

"Hem de mazgala attın demek."

"Seyit, inan, çok korkmuştum. O iki polis beni takip ediyor zannettim. Başka çarem yoktu."

Seyit, yatağın kenarından kalkıp odanın içinde sinirli adımlarla dolaşmaya başladı.

"Zaten sana bu yükü vermem haksızlıktı. Ama başka çarem yoktu. Senden başkasına güvenemezdim."

"Neydi Seyit, o paket?"

Genç adam, yatağın yanı başındaki koltuğa oturdu.

"Kokain."

"Kokain mi!"

"Evet, kokain vardı içinde."

Mürvet'in gözleri açılmıştı.

"Seyit!"

"Hayır. Manol... Manol'un paketiydi. Ama üzerinde yakalansa hali perişan olurdu."

"Seyit, nasıl arkadaşlık edersin böyle insanlarla?"

"Arkadaşlığın bu işle bir ilgisi yok Mürvet. Bu sadece bir alışkanlık. Aynen sigara gibi, alkol gibi. Bu çocukların çoğu da buna alışık Rusya'dan beri."

Mürvet şimdi daha da huzursuzdu.

"Demek arkadaşını kurtarmak için beni kurban edebildin."

"Hayır, seni kurban etmedim. Senin oradan rahat rahat çıkabileceğini biliyordum. Ama Manol'un üzerinde yakalansaydı, hepimiz yanardık."

"Ne olduğunu bile söylemedin bana."

"Söyleseydim, o kadar masumca bakabilir miydin polislerin yüzüne?"

"Ya beni durdursalardı, çantamda bulsalardı o paketi? O zaman ne olacaktı?"

"Buna müsaade edeceğimizi mi zannediyordun? Mürvet, inan, senin oradan emniyetle çıkabileceğinden emin olduğum için bu angaryayı sana yükledim."

"Niye bir yere atıp kurtulmadı Manol?"

"O paketin boyuna bakma. Bir servet vardı onun içinde. Şimdi, tam nereye bıraktığını tekrar söyler misin?"

Genç kadın, şaşkınlığını hâlâ üzerinden atamamış bir tavırla, tarifini tekrarladı. Seyit, gülümseyerek karısını öptü.

"Haydi, sen uyu artık. Ben de birazdan dönerim."

Mürvet, kocasının arkasından saate baktı. Sabahın üç buçuğuydu. Yağmur gittikçe hızlanan bir tempoyla camlara, pencere pervazlarına vuruyordu. Yorganına biraz daha sarındı. Az sonra derin bir uykuya dalmıştı.

O gece olanlar, bir daha hiç konuşulmadı. Bir müddet sonra, bir akşamüzeri kapıyı çalan Manol, elindeki bir demet çiçeği Mürvet'e verirken sadece üç kelime döküldü dudaklarından.

"Madam Eminova, minnetler..."

Mürvet, kocaman buket kolları arasında, şaşkınlıkla karşısındaki genç adama baktı. O kadar hoş, asil bir yüzü vardı ki, onun bir kokain müptelâsı olduğuna inanamıyordu. Manol'un uzattığı eline karşılık verdiğinde, genç adam eğilip dudaklarını hafifçe Mürvet'in eline değdirdi. Sonra Rusça mırıldandı.

"Dasvidanya."

Dönüp, merdivenlerden koşarak indi.

Mürvet, kocasından başka bir erkekten ilk kez çiçek alıyordu hayatında. Ama bu defaki, aşk çiçekleri değildi. Minnet ifadesinin çiçekleriydi. Kapıyı kapayıp, demeti açmaya başladığında, yağmur altında, ter içinde, gözünde yaş, yüreği daralmış eve koştuğu geceyi gülümseyerek düşündü. Katiyen aynı şeyi bir kez daha yaşamak istemezdi. Ama emin olduğu bir şey vardı ki, kocası da, onun arkadaşları da başka bir dünyanın insanlarıydı.

Lokantanın geliri hiç fena değildi. Ama Seyit'in para biriktirmesi o kadar kolay olmuyordu. Zira karısının ve kızının giyimi, kendi kıyafetleri için gösterdiği titizlik ve şıklık anlayışı, paranın istediği hızda kutuda birikmesini engelliyordu. O arada da tam aksine, hayatının dönüm noktası olabilecek bu kararı vermesi için şartlar kendisini zorluyordu. Türkiye'ye ayak basalı yedi sene olmuştu ve halen Rus vatandaşıydı. Eğer İstanbul'da kalacaksa Türkiye Cumhuriyeti vatandaşlığını alması gerekiyordu. Ama Türk vatandaşı olduğu takdirde, Leginatsa aracılığıyla Amerika'ya gidiş yolu da kendiliğinden kapanacaktı. Onun için, bir an evvel yüz yirmi lirayı yatırıp, muhacir listesine yazılması gerekti.

Aralık ayının ortalarına doğru nihayet kasasındaki parayı kuruşu kuruşuna denkleştirmişti. Leginatsa'nın dernek binasında parasını teslim edip muhacir listesine isimlerini yazdırdığında, kaybettiği hürriyetini satın almış gibi mutluydu. Yepyeni bir gelecek onları bekliyordu. Gerçi cevabın ne zaman geleceği belli olmazdı. Bazen aylarca sürebiliyordu. Yine de en azından ümit kuyruğunda bir yerleri vardı artık. Amerika onları kabul edene kadar lokantayı çalıştırmaya devam edecekti. Son gün de işi devredecek birini bulur, aldığı para da gittikleri yeni memlekette onları bir müddet idare edebilirdi, en azından bir iş bulana dek. Acaba Amerika'da ne iş bulabilirdi? Belki de çamaşırcılıktan başlaması gerekecekti yeni baştan. Kimbilir... Yine de denemeye değerdi. Kalbi heyecanla çarparak evine doğru yola çıktı. Karısına bu müjdeyi vermeliydi artık.

Mürvet, uzun zamandır kocasını bu kadar erken evde görmemişti. Ama onun yüzündeki sevinçli ifadeyi görünce, ardında kötü bir sebep yatmadığı inancıyla içi rahatladı. Seyit, her zamanki gibi kızıyla muhabbet etti, oynadı. Leman yattıktan sonra, karı koca yemeğe oturdular. Seyit, sürpriz haberini vermek için sabırsızlanıyordu. Masanın üzerinden elini uzatıp, karısının elini tuttu. Onun gözlerinin içine gülümseyerek baktı.

"Murka, bil bakalım, sana ne haberim var."

Mürvet, başını iki yana salladı.

"Nereden bileyim Seyit? Hayırdır inşallah."

Genç adam güldü.

"Her şeyde ille ya hayır ya şer mi ararsın sen kuzum? Bil bakalım sürprizim ne? Tahmin etmeye çalış."

Mürvet, iç dünyasını bir türlü keşfedemediği kocasını bu kadar heyecanlandıran, keyiflendiren haberin ne olduğu hususunda en ufak bir cevap düşünemiyordu.

"Bilemiyorum Seyit, sen söyle."

"Peki o zaman. Dikkat! Sakın bayılıp etme... Leginatsa'ya yazıldık."

Mürvet anlayamamıştı. Sorar gözlerle baktı.

"Biliyorsun, bahsediyordum sana. Amerika'ya muhacir gönderiyor Leginatsa. Şimdi sen, ben ve Lemanuçka da artık onların listesindeyiz. Tek yapacağımız, cevabın bir an önce gelmesi için dua etmek."

Mürvet, bayılmak üzere olduğunu hissetti. Kocasının avucu içindeki eli buz kesti. Gözleri yaşardı. Mırıldanarak sordu:

"Amerika'ya mı gideceğiz? Biz mi?"

Seyit onun üzüntüsünün, ayrılacakları düşüncesinden geldiğini sanarak, onu rahatlatmaya çalıştı.

"Tabii biz. Sen, ben ve kızımız, hep beraber gideceğiz. Üç kişilik aile parası yatırdım bugün. Bizleri ayıramazlar."

Mürvet hüngür hüngür ağlamaya başladı. Seyit yerinden kalkarak karısını omuzlarından sardı.

"Ne oldu Murka? Nedir seni böyle ağlatan? Anlayamıyorum. Heyecanlandın mı, yoksa seni bırakıp giderim diye mi korktun?"

Genç kadın hıçkırıkları arasında cevap verdi.

"Ben Amerika'ya gitmek istemiyorum. Hiçbir zaman da istemedim."

Seyit, durumun düşündüğünden daha vahim olduğunu fark ederek, iskemlesini karısının yanı başına çekti. Onu, yüzünü avuçları arasına alıp, kendisine bakmaya zorladı.

"Murka, dinle beni. Ağlamayı keser misin lütfen? Sus ve beni dinle. Bak, ben burada istediğim gibi bir hayat kuramıyorum. Her şey alıştığım, yetiştiğim ortamdan çok farklı. Kendimi hâlâ yabancı hissediyorum. Ne zamandır hayâlimde yattığını biliyorsun bu işin. Ama imkânlar ancak şimdi gerçekleşmesine müsaade edecek. Kısmet, bu yolculuğu seninle ve kızımızla beraber yapmakmış. Yoksa ben zaten geldiğimde bir yolunu bulup giderdim. Ama kısmet şimdiymiş. Senin de beni desteklemeni istiyorum. Hem, beraber olmamız mühim değil mi?"

"Ama ben annemden ayrılamam."

Seyit, bir müddettir unutmuş olduğu, karısının hayatında büyük yeri olan kayınvalidesinin etkin gücünü hatırladı. O da kızını göndermek istemeyecekti muhakkak. Ama burada mühim olan Mürvet'in tavrıydı.

"Murka, insanlar ilelebet anneleri, babalarıyla yaşayamazlar. Sen bir seçim yaptın. Benimle evlendin ve bir çocuğumuz var. Artık biz küçük bir aileyiz. Bizim hayatımız yalnız bizi ilgilendirir. Yalnızca biz kendimiz sorumluyuz hayatımızdan. Başkaları değil. Acılarımızdan da, mutluluklarımızdan da... Tabii, alacağımız kararlardan da."

"Ama ben buradan gitmek istemiyorum. Ben tanımadığım memlekette, tanımadığım insanlar arasında yaşayamam."

"Amerika, bütün dünyadan gelenlere açık sevgili Murka'm. Orada bizler gibi ülkelerinden sürülen, kaçan veya sadece macera arayan o kadar çok insan var ki, orada hiç kimse kendini yalnız hissedemez. Bak, bugüne kadar bu kadar arkadaşım gitti. Memnun olmasalar dönerlerdi."

"Ben onları bilmem. Benim annem, kardeşlerim burada. Ben annemden ayrılamam."

Mürvet'in inatla koyduğu tavır, Seyit'i birden ısrarlı çabalarından vazgeçirdi. İskemlesinde geriye çekilip arkasına yaslandı. Bir eliyle masadaki kadehini döndürürken, karısının gözyaşları içindeki yüzüne baktı. Şu an ona acıması mı gerekti, bilemiyordu. Evet, ağlayan oydu ama esas acı şu an kendi yüreğindeydi. Karısı olarak hayatını bağlamaya çalıştığı, bir arada yaşamayı öğrenmek için kendini zorladığı kadın, onun en büyük hayâlini gerçekleştirmesinde yardım etmek bir yana, ona âdeta ayrı kamplarda olduklarını hissettiriyordu. İçini bir pişmanlık sardı. Evlendiği bu küçük kadına bağlanmak için harcadığı çabalar boşuna mıydı? Gerektiği bir gün karısı niye onun yanında yer alamıyordu da ille annesi ile kocası arasında seçim yaparak yaşamak zorunda hissediyordu kendisini, niye?

Rakısından bir yudum aldıktan sonra donuk bir sesle sordu:

"Annenden ayrılamazsın... Peki, benden ayrılır mısın?"

Mürvet, beklemediği bu soru karşısında panikledi. Yine ağlamaya başladı. Bir yandan da isyankâr bir sesle konuşuyordu.

"Seyit, niye böyle yapıyorsun? İlle birinizi seçmem şart mı?"

Genç adam aynı soruyu daha az evvel kendi kendine sormuş olduğunu hayretle düşündü. Aynı soruyu soruyorlardı ama ayrı açılardan cevap arıyorlardı. Mürvet devam etti.

"Ne olur, hep beraber burada kalsak."

Masaya, kollarının üzerine kapandı. Hıçkırıklara boğuluyordu. Seyit'i kaybetmenin eşiğine geldiğini biliyordu. Ama silkinip, bir cesaretle kocasının yaşamını seçebilme, onunla bir maceraya atılma cesaretini de gösteremiyordu.

Seyit, hiçbir şey söylemeden masadan kalktı. Sigarasını yakıp, pencereye gitti. Hayâlleri şimdiden yıkılmıştı. Bu kadar sebat ve inatla biriktirilen para, geceler boyu rüyalarını süsleyen, gündüzleri her şeyin aksinde gördüğü Amerika hayâli... Yeni bir yaşam hayâli... Hepsi, kaprisli bir ağlama sesi arasında kaybolup gitmişti işte. Kendi başına gidebilirdi. Gidebilir miydi gerçekten? Bırakabilir miydi masada oturmuş ağlayan kadını? Ya içeride mışıl mışıl uyumakta olan kızını? Sigarasını tablanın içinde ezerek, odadan çıktı. Kızının yattığı odaya yürüdü.

Leman, kuştüyü şiltesine yüzükoyun gömülmüş, yumruk yaptığı elleri başının iki yanında, uyuyordu. Seyit kızının yanağını okşarken içi titredi. Eğilip onun küçük elini avucuna aldı ve öptü. Ne kadar güzel kokuyordu. Sabun, pudra ve bebekliğine has sıcacık bir saflık kokusu geliyordu teninden. Seyit, onu seyrederken kalbinin yepyeni tanıştığı bir sıcaklıkla dolduğunu fark ediyordu. Nasıl bırakır giderdi bu sıcaklığı ardında? Sevdiklerini terk ede terk ede yeni yaşamlara açılmak artık yetmemiş miydi? Kâfi derecede sevgi ve sevgili kaybetmemiş miydi? Kaybettiklerinin hiçbiri ne geri geliyordu ne de hiçbirinin yeri doluyordu. Bu defa aynı hatayı yapmayacaktı. Hayır, ne Murka'yı, ne Lemanuçka'yı terk etmeyecekti. Onlarla beraber, gerekirse onların istediği yerde yaşamaya çalışacaktı. Kızının üstünü sıkı sıkı örterek, yemek odasına geri döndü. Mürvet hâlâ ağlıyordu. Onun omuzuna hafifçe elini dokundurdu.

"Madem öyle, biz de gitmeyiz Amerika'ya. Artık ağlama."

Daha fazla bir şey söylemedi. Ceketini aldı. Kapıya doğru yürüdü. İçinde bir ümit, Mürvet'in fırlayıp, fikrini değiştirdiğini, o nereye isterse oraya gideceğini, onu çok sevdiğini, kırmak istemediğini söylemesini bekliyordu. Ama beklediği olmadı. Evet, bu defa kaderlerini Mürvet çiziyordu. Gitmeyeceklerdi. Türkiye'den ayrılmayacaklardı. Sigarasını yakmak üzere dudakları arasına yerleştirdi ve kapıdan çıktı.

Tepebaşı'na doğru yürürken kendisini çökmüş, hayâlleri yıkılmış ve çok yalnız hissediyordu. Aynen, yaz sonu Caddebostan kumsalının yaşadığı yalnızlık içindeydi şu an. Kırılan sadece Amerika'yla ilgili hayâlleri değildi; kendisine destek olacağını, sevincine ve heyecanına katılacağını beklediği karısından gördüğü tepkiden, ne kadar ayrı dünyaların insanları olduklarını bir kere daha anlamıştı. En çok da bundan hüzün duyuyordu.

Pera Palas'ın Orient Bar'ına oturduğunda sadece içmek ve düşünmek istiyordu. Bu gece, ne sıcaklığına gömülüp huzurla uyuyabileceği bir yatak vardı onu çeken, ne de sarılıp, onu yalnızlığından kurtarabilecek bir göğüs; yapayalnızdı.

Barmenin aşina çehresinin güleçliğiyle gelen içkisini ilaç gibi ağrısına derman olacakmışçasına içti. Ardından bir tane daha, bir tane daha...

Salona giren uzun boylu, sarı saçlı genç kadın, ona birden Shura'yı hatırlattı. Genç kadının, kendisine olan aşkı uğruna ailesini, memleketini bırakıp nasıl maceraya atıldığını, hiç tanımadığı, bilmediği insanların ve âdetlerin memleketine nasıl cesaretle geldiğini ve beraber neler yaşadıklarını tek tek düşündü. Şu an yanında Shura olsa, ne kadar sevinirdi Seyit'in kararına. Hatta kutlamak için beraber içer, şarkı söyler, dans ederdi. Sonra da yeni hayatları şerefine saatlerce çılgınlar gibi sevişirlerdi. Geride bıraktıkları için biraz ağlarlardı da belki ama yine de bir maceraya daha beraber çıkacak olmanın tadını yaşarlardı. Tanrım! Onu ne kadar özlemişti. İçinde, boşluğa düşer gibi bir his oldu. Hayatı yakalamak istiyor ama süratle boşlukta kayıp gidiyordu.

Ertesi gün ve onu takip eden nice günler, hep karısının bir yumuşama göstermesini ümit etti. Ama Mürvet, özellikle bu mevzunun açılacağı korkusuyla gayet ürkek, sessiz tavırlarla uzak duruyordu.

Genç kadın aslında kocasıyla son tartışmalarını ikinci plânda bırakacak bir his karmaşası yaşıyordu. Yine hamileydi ve bunu Seyit'e nasıl söyleyeceğini bilemiyordu. Hayatlarının şu döneminde en ihtiyaçları olmayan şey ikinci bir çocuktu. Üstelik her sabah kalktığında Seyit'i yanında bulup bulmama korkusuyla uyanıyordu. Yahut iş dönüşü geleceği anı heyecanla bekliyor, hep bir gün kendisini bırakıp gideceği endişesiyle içi içini yiyordu. Kendi çaresizliğine de kızıyordu ama elinden gelen bir şey yoktu. Bir türlü o cesareti gösteremiyordu. Seyit'in yanına katılıp, denizaşırı ülkelere maceraya gidecek kadar yürekli değildi. Bu günlerde sık sık kocasının eski sevgilisiyle ilgili anlattığı anılarını hatırlıyor ve o yabancı kadına karşı kıskançlık duymaktan başka bir şey yapamıyordu. Seyit'in maceralı kaçışında ve yaşantısında, onun yanında sorgusuz sualsiz yer aldığı için Shura'ya kızıyordu. Ama onu taklit etmek için de gayret gösteremiyordu.

Seyit'in Leginatsa'ya yaptığı müracaatın cevabı umduğundan çabuk geldi. 1926'ya girdikleri ilk günlerdi. Formlarını tamamlamak için derneğe çağrılan Seyit'in kafası karmakarışıktı. Kucağına kocaman bir şans veriliyordu. Önünde hâlâ iki seçenek vardı: Ya şansını kucaklayacak ve ona neler göstereceğini anlamak üzere beraber yola çıkacaktı veya kolları arasından kayıp gitmesine müsaade edecekti. Verdiği kararın geri dönüşü de olmayacaktı. New York'a gidişini garantileyen formlar elinde, bekleme odasında bir saate yakın oturdu. Sanki bir şey yapmadan oturmakla, zamanı kendi lehine kullanıyordu. Şu bir sayfayı doldursa, bir iki hafta sonra New York yolunda bir gemide olabilirdi.

O anda içeriye giren genç bir kadının kucağındaki kız çocuğu, ona Leman'ı hatırlattı. Kızının yatağının başında düşündükleri ni tekrar zihninden geçirdi. Onu bırakamazdı. Bugüne kadar terk ettiği sevgilere yenilerini eklemeyecekti artık. Bu kez kesin kararlıydı. Formlarını dilekçe odasındaki yetkiliye geri götürdü. Yaşlı Rus'un, boş kâğıtlara bakarken hayreti yüzünden okunuyordu. Seyit hüzünlü bir gülümsemeyle konuştu.

"Benim hakkımı başkasına kullandırabilirsiniz. Vazgeçtim."

"Emin misiniz Seyt Eminof?"

"Evet. Evet eminim."

"Ama paranızı geri veremiyoruz, biliyorsunuz."

Seyit güldü. Hayâllerinin bitmişliğinin yanında yüz yirmi liranın lâfı mı olurdu?

"Evet, onu da biliyorum. Yine de sağ olun."

Çıkarken, kapıdaki "Leginatsa" levhasına son kez baktı. Yenidünya ümitleri, kapının ardında bir kâğıdın üzerinde bırakılmıştı.

Türkiye'de kalmıştı. Karısının ve kızının yanında... Ama içinden bir şeylerin daha eksildiğini hissediyordu. Heyecanları yavaş yavaş ölüyordu artık. Bekleyebileceği çok bir şey kalmıyordu geriye. Ne memleketine geri gidebiliyor ne daha başka bir yere uzaklaşabiliyordu. Kaderin onu şu an getirmiş olduğu yerde sıkışmıştı. İş sahibi olmak, çalışmak, para kazanmak, bütün bunlar artık sebebi olmayan uğraşlardı. En çok istediği arzusunu gerçekleştirmesine bile yardımcı olamadıktan sonra hiçbirinin anlamı yoktu.

Bu düşüncelerle Ağa Camii'ne lokantasına geldiği vakit, yol boyu aklına koyduğu şeyi hemen yaptı. Lokantayı devretmek arzusunda olduğuna dair bir haber çıtlattı bir-iki müşterisine. İki güne kalmadan gönüllü birkaç kişi çıktı. En ehven fiyatı verene bırakıp, ayrıldı oradan. Parasını cebine koyup evinin yolunu tuttu.

Kapıdan girer girmez, kendisini kaç gündür merakla bekleyen Mürvet'in gözlerine dikkatle baktı. Onun gözlerinde, hayatları için verdiği bu karardan pişmanlık duyduğuna dair bakışlar aradı. Ama aradığını bulamadı. Bu, ona söyleyeceklerini daha rahat ifade etme fırsatını verdi. Yatak odasına doğru yürürken bir yandan da konuşuyordu.

"Gözün aydın Murka. Leginatsa formlarını yaktım geçen gün. Artık istesen de buradan hiçbir yere gidemeyiz."

Sonra, unuttuğu bir şeyi yeni hatırlamış gibi devam etti.

"Ha sahi, lokantayı da devrettim. Artık çalışmıyorum. Hep evde olacağım. Ne Amerika'ya gideceğim ne de evden dışarı çıkacağım. Hep yanı başında olacağım. Tam senin istediğin gibi. Bakalım mutlu olacak mısın şimdi?"

Mürvet, olanları anlıyordu. Ağlayarak kocasına kaprisini yaptırmıştı ama onu küstürmüştü ve şimdi Seyit hem onu, hem kendini cezalandırıyordu. Elini karnına götürüp, hamileliğini daha ne kadar gizleyebileceğini düşündü. Er geç söylemesi lâzımdı ama bugün, en olmayacak gündü. Belki birkaç güne kadar düzelirdi Seyit'in morali, her şey yoluna girerdi. O zaman rahat rahat oturup konuşurlardı.

Ancak, günler geçti ve Seyit'in ruh halinde değişen hiçbir şey olmadı. O, artık yalnız ve küs bir adamdı.

Hata Kimin?

Aynalıçeşme'deki İngiliz Apartmanı'nda çok fazla kalamazlardı. Hazır parayı harcamaya başladıklarından, oturdukları dairenin kirasının bir müddet sonra büyük yük olacağı belliydi. Mürvet, annesine yakın bir semte taşınmak istiyordu. Bunu söylediği zaman Seyit'in hiçbir itirazıyla karşılaşmadı. Sanki Beyoğlu'nun renkli hayatından ayrılamayan, Pera'nın kalp atışlarını kendi kalbinde hisseden adam o değildi. Karısının teklifini umursamazlıkla kabul etti. Emine'nin onlar için muvakkaten bulduğu, Sultanahmet'te, Cinci Meydanı'ndaki bir eve taşındılar.

Seyit, eşyalar toplanırken büyük bir sessizlik içinde, karısına yardım etti. Arabayı çağırdı. Yüklemeye nezaret etti. Öylesine bir tavır içindeydi ki, Mürvet kocasını hayretle izliyordu. Onu hiç bu kadar sakin görmemişti. Ya çok neşeli olur ya heyecanla anlatacağı ya da kızacağı bir şeyler olurdu Seyit'in hayatında. Sevgisi de coşkuluydu, hırçınlıkları da. Ama şimdi, sanki bütün bu eşyalar ona ait değildi. Bu kadar severek geldiği bu mahalledeki apartman dairesinde hiç hayatından bir parça yaşanmamıştı ve sanki artık nereye gittiği, ne olacağı da umurunda değildi. Onun sessizliği, Mürvet'i huzura kavuşturacağına endişelendiriyordu. Ama içinde bir ümitle, yeni yaşantılarının Seyit'i değiştirebileceğini sanıyordu. Beyoğlu'nun baş döndüren dünyasından uzaklaşmak, belki Seyit'in kafasındaki düşünceleri yok eder, diye düşünüyordu. Belki de Rusya özlemi ve Amerika hayâllerini artık eski adresleriyle beraber terk ederdi kocası.

Ama erkeğini hiç tanımadığını bir kez daha anladı genç kadın. Taşındıkları gün, akşama dek, arabayı boşaltmış, eşyaları eve taşımış ama çoğunu denkten bile çıkaramamışlardı. Zira yeni evleri, İngiliz Apartmanı'ndaki eşyaların hepsini alacak büyüklükte değildi. Mürvet bile çok isteyerek döndüğü, çocukluğunun geçtiği semte yabancılık hissettiğini fark etti. Sokaklarda gördüğü insanların kıyafetleri, evlerin dizilişi, her şey Beyoğlu'ndan çok çok farklıydı. Ne kadar ayrı bir dünyadan, eski tanıdık bir dünyaya geri dönmüştü.

Hava erkenden, ocak ayının kendine mahsus karamsar rengine bürünmüştü. Mürvet, Leman'ın karnını doyurmak için yüklerin arasında yer açıp, mutfak tezgâhında bir şeyler hazırlamaya çalışıyordu. Seyit, sigarasını yakmış, oturma odasının küçük penceresinin yanında ayakta, yan yana dizilmiş evlere bakıyordu. Cumbaları sokağa devrilir gibi duran eski ahşap evler, aralarında sıkışıp kalmış daha bakımlılar, az ileride bahçe içinde bir konak, onun için, sadece pencerelerinden ışık vuran hanelerdi. Bu mahalleye, burada oturanlara hiçbir yakınlık duymuyordu. Yaşamları ona yabancıydı. Birden içi daraldı. Sanki yolun karşı kıyısındaki bütün evler odaya girecek gibi geldi. Dışarı çıkmak, soğuk havayı teneffüs etmek istiyordu. Ceketini alıp kapıya doğru yürüdü. Leman'ı doyurmakta olan Mürvet'e seslendi.

"Ben çıkıyorum. İstersen mangalı hazırla. Gelirken et getiririm. Hoşça kal."

Sonra hiçbir cevap beklemeden kapıyı kapayıp çıktı.

Mürvet, elinde Leman'ın dolu mama kaşığı öyle kalakaldı. Kocasının yine ondan uzaklarda bir yerde olduğunu fark ediyordu. Tam nerede olduğunu bilemiyordu ama son davranışıyla onu çok kırdığını, hayâl kırıklığına uğrattığını anlıyordu. Ancak yapabileceği bir şey yoktu. En azından Türkiye'de kalmalarını sağlamıştı. Bu ona, kocasına karşı kazandığı bir zafer gibi geliyordu. Şimdilik bu zafer hissiyle Seyit'in tavrından o kadar rahatsız olmuyordu.

Kızının yemeğini yedirdikten sonra onu uyutmak üzere dizlerine yatırdı.

Seyit, evin dışına çıktığı an, kendisine yabancı olan yeni mahallesinden hızlı adımlarla uzaklaştı. Burada, alıştığı havayı dahi teneffüs edemiyordu. Sultanahmet'ten tramvaya bindiğinde içinde bir his, ona buraya geri dönmek istemediğini fısıldadı. Ama nereye gideceğini bilemiyordu. Birkaç saatliğine orada burada dolanabilirdi. Ama sonra? Er geç döneceği yer Sultanahmet, Cinci Meydanı'ndaki küçük ev olacaktı.

Gönlünde arzusuzluk, bedbinlik ile Beyoğlu'nda Karpof Restoran'ın yolunu tuttu. Tanıdık birkaç simayı selâmladıktan sonra pencere dibindeki masaya yerleşti. Sırtını kapıya doğru çevirdi. Mecbur olmadıkça kimseyle konuşmak istemiyordu. Uzun zamandır tanıdığı şef garson saygılı bir tavırla yanına yanaştı. Yıllardır hem keyif hem hüzün akşamlarında servisini yaptığı bu genç adamı bilirdi. Onun dalgın dalgın sigarasının dumanlarını yutarak camdan dışarıya bakışından, keyfinin hiç mi hiç olmadığını anlamıştı. Fazla bir şey sormadı. Seyit Eminof'un sevdiği şeyleri biliyordu. Az sonra, soğuk votka kadehte, sıcak projkiler tabaktaydı.

Ancak Seyit yiyeceklere pek itibar etmiyordu. Bu akşam bir tek sigara, onun votkasının mezesiydi. Tabağındaki yemekle birkaç çatal uğraştıktan sonra bıraktı. Lokmalar boğazından inmiyordu. Lokantanın pencerelerini yarıya kadar kapayan tül perdelerin üzerinden, kaldırımı, geçenleri, ışıkları seyrederken gülümsedi. Şu Beyoğlu bambaşkaydı. Yaşıyordu ve isteyeni de yaşatıyordu. Ya kendisi? Yaşamak istiyor muydu? Yaşamak ne demekti? Bu soruları daha hiç düşünmediği yıllara geri gitti hayâlinde. Çocukluğunun güzel yıllarını, gençliğinin ilk heyecanlarını, delikanlılık yıllarının ateşli maceralarını, hep kucağında kalacakmışçasına yaşadığı sevgileri, sıcaklıkları düşündü. Geriye dönüp hepsini, bütün o yerleri, bütün o insanları hep birden kucaklamak isteğiyle içine bir ateş düştü. Ailesini düşündü. Onlardan artık bir haber almaktan ümidini kesmişti. Kırım'dan son kaçanlardan, baba evinin kontrol altında tutulduğunu biliyordu. Onun için tek bir satır bile yazmamıştı. Onları o kadar özlüyordu ki... Kadehini ardı ardına doldurup boşalttı. Sanki votka şişesinin dibine yaklaştıkça, özlem duyduğu yakınlarıyla kavuşması hızlanacaktı. Hiç dokunmadığı blini tabağını eliyle itip, sigara tabakasını açtı. İçi boşalmıştı. Başını döndürüp gözleriyle bir garson aradı. Ansızın kapıdan girmekte olan aşina bir yüzü fark etti ve sevinçle gülümsedi. Şu an beraberliğinden tek mutlu olacağı biriydi gelen. O da Seyit'i fark etmişti. Seyit ayağa kalkıp, kendisine doğru gelen dostunu karşıladı. Kucaklaştılar.

"Hayrola Seyit, nerelerdesin kuzum?"

"Otursana Yahya. Gördüğün gibi, işte buradayım."

Yahya'yla derin ve köklü bir dostlukları vardı ve aynı zamanda teyze çocukları olurlardı. Seyit, arkadaşlığına ve desteğine çok güvendiği dostunu karşısında görmekten son derece mutluydu. Birden neşesi yerine geldi. Ama gözlerindeki bulutlanmayı diğeri sezmişti. Seyit'i iyi tanırdı.

"Evet, neler oluyor?"

"Bir şeyler olması mı lâzım, ilâhi Yahya. İşte her zamanki gibi içkimi, sigaramı içiyorum. Herhalde benim için alışmadığın bir durum değil bu."

Misafirinin kadehine içki doldururken, zoraki gülümsedi.

Yahya, dirseklerini masanın üzerine yerleştirip öne doğru eğildi.

"Seni iyi tanırım Kurt Seyit. Gözlerinde, yolunda gitmeyen bir şeyler görüyorum."

Şerefe kadeh kaldırdılar. Seyit, karşısındaki dosta açılabileceğini biliyordu.

"Haklısın Yahya. Yolunda gitmeyen bir şeyler var. Hem de çok şey. Ama sadece gözlerimde değil, yüreğimde, ruhumda, bedenimde doğru gitmeyen bir şeyler var. Bir yerde yanlış yaptım ama nerede? Kendimi küçücük, daracık bir dünyada sıkışmış gibi hissediyorum. Yapmak istediklerimi yapamıyorum. Uğruna sıkıntı çektiğim şeyler gerçekleşmiyor. Mutlu değilim ve mutsuzken de mutlu edemiyorum."

"Mürvet'ten mi bahsediyorsun?"

"Sadece Mürvet değil... Hayatın kendisinde, bütün olanlarda beni bir köşeye sıkıştıran bir şeyler var. Tam bir çıkış noktası buldum derken, o anda da yanımda Mürvet'i bulamıyorum."

"Onu ikna etmeyi denedin mi?"

Seyit bir elini alnına dayayıp "Puf"ladı.

"İkna? İkna mı? Ancak sana inanan insanı ikna edebilirsin Yahya."

"Evden de çıkmışsınız."

"Evet."

Sonra kendisiyle alay eden bir ifadeyle gülümseyerek devam etti.

"Aynalıçeşme'den ayrıldık. Kötü İngiliz Apartmanı'ndan çıktık. Şimdi Sultanahmet'te Müslüman mahallesinde oturuyoruz. Hem de cini, perisi bile var."

Aniden başını arkaya atıp gülmeye başladı. Yahya da gülmeye başladı ama anlamamıştı. Seyit bir yandan konuşuyordu.

"Evimiz Cinci Meydanı'nda. Düşünebiliyor musun Yahya, cinlere karıştık biz artık!"

Sinirleri gevşemişti. Bir müddet daha karşılıklı güldüler. Yahya'nın sorusuyla yeniden ciddileştiler.

"Peki, şimdi ne yapmayı düşünüyorsun?"

"Biliyor musun Yahya, bir müddet bir şey düşünmeyeceğim. Çünkü yapmak istediğim bir şey yok. Karımın istediği semtte, karımın istediği gibi sakin bir hayat yaşayacağım."

"İşi de devretmişsin."

"Evet, belki artık kıskançlık etmez. Tam onun istediği gibi bir koca olacağım."

"Seyit, çocukluk etme. Kendini mahvedeceksin."

"Çocukluk etmiyorum Yahya, çocukluk etmiyorum. Sadece inat ediyorum."

"Mürvet'le mi inatlaşıyorsun? O daha küçücük çocuk."

"Hayır. Mürvet'le değil aslında hayatla inatlaşıyorum. Hayat benim mücadelemi kabullenene kadar inatlaşacağım onunla."

Yahya, üzüntüyle, çok sevdiği genç dostunun yüzüne baktı. Onun kırgınlığını, hüzünlerini çok iyi hissedebiliyordu. Elini uzatıp, onun omuzuna arkadaşça dokundu.

"Anlıyorum Seyit, seni çok iyi anlıyorum."

Sonra çekinerek devam etti.

"Ama ne zaman bir yardım istersen..."

Seyit, başını kaldırıp teyze oğlunun gözlerine minnetle baktı. Onunla karşılıklı konuşabilmesi en büyük yardımdı. Kimseden, en yakınından bile başka türlü bir yardım istemek zaten aklının ucundan geçmezdi. Gülümseyerek baktı.

"Onu biliyorum Yahya. Sağ ol."

Dışarıda yağmur başlamıştı. Camlara önce yumuşak buseler kondurarak akan damlalar, ilerleyen zamanla rüzgârın hızına teslim oldu. Gittikçe artan bir süratle, neredeyse pencereden içeri girecekmişçesine telaşla cama vurmaya başladılar. Seyit avucunu alnının üzerinde gözlerine siper yaparak dışarıya baktı. Beyoğlu'nun ışıkları kararmaya başlamıştı. Âdeta duyulmayacak kadar hafif mırıldandı.

"Ne garip şey... Ne kadar kendini anlatmasını biliyor şu tabiat. Oysa insanın içinde ne fırtınalar kopuyor, hiç fark edilmiyor."

Sabaha karşı, çoktan boşalmış olan Karpof Restoran'ın cam kenarındaki masasında içki faslı devam ediyordu. Anavatanlarından gönülsüz sürülen iki genç adam karşılıklı oturmuş, birbirlerinin gözlerinin mavisinde Aluşta kıyılarını, Yalla ormanlarının göllerini görerek sohbetlerini koyulturken, tüllerin gerisindeki sokak artık sağanak yağmurdan görülmez olmuştu.

Mangalı yaktığının üzerinden saatler geçmiş, kömür ateşi kora dönüşmüş, gece yarısı olmuştu. Mürvet, artık kocasının gelmeyeceğini anlamış, uzun uzun ağladıktan sonra bitkin düşmüştü. Seyit'in evden her uzak kalışında kendisini terk edip gittiğini düşünüyordu. Üstelik bu kez gitmesi için kocaman bir sebebi vardı. Bir yandan hıçkırarak, denklerin içinden bir şilte çekti. Daha yatakları kurulmamıştı. Şilteyi odanın ortasına yerleştirip, çarşafını, yorganını yaydı. Yatıp uyumaya çalıştı. Olmadı. Kalkıp bebek yatağında yatan Leman'ı yavaşça kucakladı ve koynuna alıp beraber yattı. Küçük kızı ona yalnızlığını bir az da olsa unutturuyordu. Gece yarısını epeyce geçmişti ki, günün ve ağladığı saatlerin yorgunluğuyla uyuyakaldı.

Ertesi sabah, kızının keyifli sesiyle uyandığında Seyit henüz eve dönmemişti. Mürvet panik içindeydi. Daha önceleri de Seyit'in gece eve dönmediği olmuştu. Ama şimdi hep aklına Leginatsa geliyordu. Ya kocası onu ikna edemediği için tek başına Amerika'ya gitmeye karar verdiyse? Leman'la beraber yalnız kaldıysa? Ve tabii bir de karnındaki bebekle, daha henüz Seyit'e söyleyemediği ve doğurmasına birkaç ay kalan ikinci bebeğiyle... Ne yapardı? Nereye giderdi? Kim bakardı onlara?

Öğlen olduğunda Mürvet ağlamaktan daha bir işe bakamamıştı. Ev, Seyit'in bir gün evvel kendisini bırakıp gittiği haliyle darmadağınık duruyordu. Pencere ile kapı arasında ileri geri gidip geliyor, her camdan bakışında, kocasını sokakta eve doğru yaklaşırken göreceğini ümit ediyordu.

Kapının çalmasıyla yüreği duracak gibi heyecanla vurmaya başladı. Mürvet fırladı, açtı. Hayâl kırıklığından başka bir şey olmadı yaşadığı. Gelen ev sahibesiydi. Yaşlı kadın, Mürvet'in derdini öğrenmekte gecikmedi. Yapabileceği tek yardımı teklif etti.

"Kızım, haydi, hiç durma, git kocanı ara bul. Ben çocuğuna bakarım. Bana güvenebilirsin. Kaç çocuk, kaç torun büyüttüm. Haydi, nazlanma, git. Elbet soracağın bir kapı vardır kocanı. Ben kızına bakacağım. Gözün arkada kalmasın. Haydi bakayım, böyle ağlaya ağlaya geçmez günler. Hem belki de başına bir şey gelmiştir kocanın. Niye hep başka türlü düşünüyorsun? Ya yollarda bir şey olduysa?"

Mürvet, o ana kadar böyle bir ihtimali hiç düşünmemiş olduğuna şaştı. Ne kadar bencilce düşünüp ağladığını fark etti. Yaşlı kadının sözünü dinleyip, evden fırladı.

Beyoğlu'na çıktığında ilk aklına gelen Karpof Restoran oldu. İçeri girmeye çekinerek kapının ardında, kasada duran kadına sormayı tercih etti. Tombul, güleç Rus kadını, bozuk Türkçesi'yle verdiği cevapla onu pek rahatlatmadı.

"Eminof, dün burdaydı. Artık görmedim. Kadıyof Mehmet'e sorunuz."

Kadıyof Mehmet de Kırımlı'ydı. Ağa Camii'nin başındaki durakta çalıştırdığı üç taksisi vardı. Oldukça renkli bir adamdı. Annesi, karısı, kızıyla sürdürdüğü görünürde mazbut hayatın yanı sıra, on altı yaşındaki Ermeni dilberi Araksi'yle de ateşli tabiatının dünyasını yaşıyordu.

Mürvet, bir yandan kocasını bulma telaşında, bir yandan da tek başına lokanta, durak, Beyoğlu'nun bir ucundan bir ucuna koşuşturmanın verdiği şaşkınlıkla büyük bir sıkıntı içindeydi. Kadıyof Mehmet'i, büyük tesadüf eseri taksilerinden birinin başında, Ağa Camii'nde bekler buldu. Kadıyof'un cevabı çok aydınlatıcı değildi.

"Sabaha karşı bir ara gördüm yenge. Oldukça içkiliydi. Ama taksiye binmedi. Yürüyerek Tepebaşı'na doğru gitti. Bugün de hiç görmedim kendisini."

Mürvet, artık takatinin tükendiğini hissediyordu. Beyoğlu'nda bildiği, kocasıyla ilgisi, yakınlığı olan, kendisinin de tanıdığı bir başkası yoktu onu sorabileceği. Seyit'in senelerdir memleket edindiği Beyoğlu sokaklarının, insanlarının kendisine ne kadar yabancı olduğunu hayretle ilk kez fark etti. Emindi ki, Pera yolu üzerinde Seyit'i tanıyan ve nerede olduğunu bilebilecek çok insan vardı ama hepsi Mürvet'e yabancıydı. O, onları hiçbir zaman tanımak, bilmek istememişti ve şimdi kocasına ulaşmak için kapısını çalabileceği kimse yoktu. Kocasının yeğeni küçük Şair Hasan'ın kaldığı eve uğramak en son çaresi oldu ama onu da bulamadı.

Gözünde terk edilmiş ve çaresizlik yaşlarıyla kendini zor tutarak tramvaya bindi. Sultanahmet'e geldiğinde, eve gidince ne yapması gerektiğini düşünüyordu. Kızını alıp annesine mi gidecekti yoksa Seyit'in dönmesini mi bekleyecekti?

Dalgın, üzüntülü evin olduğu yokuşa geldi. Derin bir soluk alıp çıkmaya başladı. Birden yokuşun başındaki karakoldan seslenildiğini duydu. Tereddütle, başını çevirip baktığında iki polisi ve içeride, geri plânda Seyit'i gördü. Kafası karmakarışık olmuştu. Ta Beyoğlu'nda aradığı kocası, burada evinin dibinde karakoldaydı. Toparlanıp tek katlı binaya doğru yürüdü. Seyit bir gün evvel evi terk ettiği sessizliğiyle belki biraz daha bile sessiz, iki polisin arasında duruyordu. Polislerden biri sordu:

"Hanım, bu erkek senin neyin olur?"

Mürvet şaşkındı. Sorgulanmasının sebebini anlayamamıştı. Hemen atıldı.

"Kocam oluyor. Ama..."

Polis onu fazla konuşturmadı. Kendi devam etti.

"O da öyle söyledi zaten. Neyse, Allah'tan şikâyetini geri aldı adam."

Mürvet öğrenmesi gereken bir şeyler olduğunun farkındaydı.

"Kim, hangi şikâyetini geri aldı?"

"Hanım, haydi artık uzatmaya gerek yok. Madem kocan, beraber gidin."

Karı koca hiç konuşmadan eve kadar yürüdüler. Seyit aslında konuşmaya pek niyetli değildi ama karısının kendisini bulmak için sokaklara döküldüğünü anlamıştı. Bir şeyler izah etme gereğini hissetti.

"Sabah ilk tramvayla geldim... yolda yürüyorlardı... tam önümde. Kadın o kadar ona benziyordu ki, bir an için o zannettim. Koşup kolundan tuttum. Ama değilmiş. Yanındaki adam şikâyetçi oldu."

Sözleri bitince eve doğru yürüdü. Mürvet taş gibi olmuştu. Kocasının kimden bahsettiğini, yolda gördüğü kadını kime benzeterek başını belâya soktuğunu çok iyi anlamıştı. Uğruna karakola düşülen kadın Shura'ydı. Gözleri dolu dolu oldu. Eve girdiler. Seyit, Leman'ı kucağında sallayıp uyutmaya çalışan yaşlı ev sahibesinin yanından geçip, yatak odasına girdi ve kendini yerdeki şilteye bıraktı. Başka hiçbir şey konuşmadı. Yüzünü yastığa kapadı. Derin bir uykuya ihtiyacı vardı.

Mürvet'in hamileliği dört ayını doldurmak üzereydi. Göğüsleri dolgunlaşmaya, beli eski ince çizgisini kaybetmeye başlamıştı. Kilosu henüz pek artmamıştı ama bunun çok uzun sürmeyeceğini biliyordu. En fazla bir ay sonra birdenbire vücut ölçüleri hamileliğini bağırmaya başlayacaktı. Artık kocasıyla konuşması şarttı. Ama bunu ne zaman gerçekleştireceğini bilemiyordu.

Seyit, bazen evden ayrılıp birkaç gün gelmiyor, döndükten sonra da birkaç gün evden hiç çıkmıyordu. Evde olduğu zamanlar da vaktini genellikle içki masasının başında geçiriyordu. Dalgın, sakin, saatlerce içiyor, sonra yatağına uzanıp düşünceler içinde sigarasını tüttürmeye devam ediyordu. Böyle günlerde Mürvet elinden geldiği kadar zengin bir masa hazırlayıp, kocasını en azından yanı başında tutmaya uğraşıyordu. Ama artık Seyit'in neden memnun olduğunu, ne istediğini anlaması mümkün değildi. Genç adamın o küskün tavrı devam ediyordu. Ve bir günün bir saatinde de, "Hoşça kal!" deyip, çıkıp gidiyordu. Mürvet, kocasının hayâllerini yıkmasının ona çok pahalıya mal olacağını hissediyordu. Caddebostan'da geçirdiği yazı özlemeye başlamıştı. Her şey ne kadar güzel, ne kadar masalımsı ve keyifliydi. Şu anda, içinde yaşadığı durumdan tek sorumlu da kendisiydi. Bunu biliyordu.

Bir sabah korktuğu başına gelerek uyandı. Aşeriyordu. Mide bulantısı, baş dönmesi onu artık doğum gerçekleşene kadar bırakmayacaktı. Leman'a hamile olduğu ayları düşündü. Uzun günler hasta yattığı olmuştu. Bu, hamileliğinin saklanacak bir hali kalmadığını gösteriyordu. O gün, durumu ne olursa olsun, kocasına açılmaya karar verdi.

Seyit, sabaha karşı yatağa girmişti. Henüz uyuyordu. Mürvet, giyinip kahvaltı sofrasını hazırladı. Leman'ın karnını doyurdu. Bir yandan kocasının bir an evvel kalkmasını ve konuşmayı yapıp bu işi bitirmiş olmayı diliyordu. Büyük bir yükten kurtulacaktı. Ama bir taraftan da, onun daha uykuda kalmasını diliyordu. Çünkü dört ay bekledikten sonra, hamileliğini neden sakladığını nasıl izah edeceğini bilemiyordu. Bir an, bu işi kendisi adına yapabilecek birinin olmasını diledi. Seyit'in ayak seslerini duyunca nefesini tuttu. Son zamanlarda aralarındaki sohbet, muhabbet o kadar azalmıştı ki, böyle nazik bir konuya girebilmesi için nasıl bir başlangıç yapacağını kestiremiyordu.

Oturma odasına gelen Seyit, önce kızını kucaklayıp öptü. Mürvet, uzaktan baba kızın beraberliğini imrenerek seyretti. Kocasının küs, aldırmaz tavrının sadece kendisinden kaynaklandığını daha iyi görebiliyordu. Çünkü kızıyla şakalaşıp, konuşurken genç adamın sesi keyifleniyor, gözlerindeki hüzünlü ifade yerini neşeye bırakıyordu. Kızıyla muhabbetten sonra, onu bez bebekleriyle oynamakta olduğu sedire oturtup karısına baktı.

"Günaydın."

Ve cevap beklemeden banyonun yolunu tuttu. Her sabahki alışkanlığı, soğuk suyla yıkanıp çıktı. Bir yandan da artık evin içinde bir sulh yapmaları gerektiğini düşünüyordu. Olan olmuştu. Türkiye'de kalmışlardı ve bu huzursuz hava hiçbir şeyi değiştirmeyecekti. Bugün ilk fırsatta karısıyla konuşmaya karar verdi. Hayatlarını yeniden düzene koymak için neler yapabileceğini düşünürken giyinmeye devam etti. Mürvet ise kocasının evden çıkmak üzere hazırlanıyor olmasından endişeliydi. Yatak odasının kapısına dayanıp durdu. Seyit, kıyafetine uygun kravat seçmekle meşguldü. Karısının kendisine bir şeyler sorma isteğiyle beklediğinin farkındaydı. Ona acıdı. Daha fazla işkence etmek istemiyordu. Başını çevirerek sordu:

"Evet, bana söylemek istediğin bir şey mi var?"

Mürvet, bir an için paniğe kapıldı. Acaba sezmiş miydi? Bunca zamandır anlamış da bir şey söylemeden beklemeyi mi tercih etmişti kocası? Ellerini ovuşturarak yutkundu. Artık kaçışı yoktu. Ağzından bir tek kelime dökülebildi.

"Evet."

"Uzun bir şey mi? Ben giyinirken söyleyebilir misin, yoksa oturalım mı?"

Mürvet, kocasının sorusunda alaylı mı yoksa ciddi mi olduğunu anlayamamıştı. Şu an tek istediği, dilinin allındakileri çıkarıp rahatlamaktı. Derin iç çekişinden sonra bir nefesle söyleyeceklerini söyledi.

"Hamileyim Seyit."

Genç adamın tavrında ani bir değişiklik olmadı. Mürvet, onun yüzünü sırtı dönük olmasına rağmen aynadan takip ediyordu. Seyit sanki söyleneni henüz anlamamış veya duymamıştı. Kravatını bağlayıp, yakasını düzeltti. Sonra dönmeden, dirseğini konsola dayayıp eliyle alnını sıvazladı. Aynada göz göze geldiler. Mürvet, bu haberiyle kocasını sevindirmediğini biliyordu ama hâlâ ne reaksiyon göstereceği onca meçhuldü. Kocasını tanımaktan ne kadar da uzaktı. Seyit gözlerini karısının görüntüsünden ayırmadan sordu:

"Hamile misin? Çok yeni olduğunu söylemeyeceksin herhalde."

Mürvet kıpkırmızı olmuştu. Çaresizlikle kollarını kavuşturdu.

"Hayır Seyit, çok yeni değil."

"Ne zaman fark ettin?"

Mürvet tecrübesizliğinin alay konusu olacağından duyduğu korkuyla yeni sıkıntılar alıyordu. Odanın içinde küçük adımlarla yürüyüp cevap verdi.

"İlk başta ben de fark edemedim Seyit. Ama bu dördüncü ay oldu âdet görmediğim."

Seyit, kızması mı gülmesi mi gerektiğini bilemez bir ifadeyle dönüp, elini alnına vurdu.

"Fark edemedin mi? İnanamıyorum... Demek fark edemedin. Hamile kalıyorsun, dört ay geçiyor. Başka kim biliyor?"

"Annem biliyor."

Seyit alaylı bir gülümsemeyle yatağa oturdu.

"Demek, ana kız biliyorsunuz. Benden hamilesin, benim isteyip istemeyeceğimi bilmediğin bir çocuğu karnında büyütüyorsun ve bunu yalnız annenle sen biliyorsunuz. Harika! Mükemmel!"

Mürvet, korktuğunun başına geldiğini görüyordu şu an. Hayatlarının bu döneminde yapması gereken en son şey bir çocuk daha doğurmaktı. Bunu kendisi bilmekle beraber kocası tarafından hissettirilmesi ona ağır gelmişti. Gözleri yaşla doldu.

"Hiç fırsat olmadı ki Seyit, seninle konuşmaya. Bir türlü söyleyemedim işte."

"Şimdi söylemeye karar verdiğine göre benden cevap mı bekliyorsun? Benim bir seçme şansım var mı?"

Genç kadın cevap veremeden bekledi. Seyit ani bir hareketle oturduğu yerden kalktı. Kendisini aldatılmış hissediyordu. Emrivaki bir çocuk daha istemiyordu hayatında. Daha üç kişilik ailesinin hayatı düzene girememişken, şimdi bir can daha ilave olması ona haksızlıktı. Mürvet belki de onu kendisine tam bağlamak için doğuruyordu tekrar. Elini, kolunu iyice bağlamak için. Kendisini bir kez daha kapana sıkıştırılmış hissetti. İçinde dönüp durduğu küçücük odadan bir an evvel dışarı fırlamak isteğiyle kapıya yürüdü. Durup, geri döndü. Cüzdanını açarak yedek para gözünde sakladığı kırk lirayı çıkardı. Konsolun üzerine bırakırken, karısıyla mümkün olduğu kadar göz göze gelmeden konuşmaya çalıştı.

"Al bu parayı, git aldır, hallet işini."

Sonra Mürvet'in bu işi yalnız nasıl yapacağı sorusunu bilerek devam etti.

"Anneni de al, beraber gidin. Ne de olsa sizin müşterek sırrınız bu. Yine beraber halledersiniz."

Sokak kapısının kapanan sesi, Mürvet'in kulaklarındaki uğultunun arasında kayboldu. Genç kadın, gözlerindeki yaşı tutamıyordu. Aynadaki çaresiz aksine bakarak ağlamaya başladı. Ellerini karnının altında birleştirerek elbisesini vücuduna yapıştırdı. Yan dönüp aynada, düzleşen belinin altında hafif yuvarlanan karnını seyretti. Ne yapacağını bilemiyordu. Konsolun üzerindeki paranın üzerinde avucunu gezdirdi. Para sanki elini yakmıştı, geri çekti. Hayır, çocuğunu aldırmayı düşünemiyordu. Hem nereye gidecekti bu iş için, kime akıl soracaktı? Annesine çocuk aldıracağını söylese herhalde kıyametler kopardı. Günah listesine bir çentik atmak istemiyordu.

Bütün gün ağlayarak dolaştı, Leman'ı ağlayarak doyurdu, yıkadı, yatırdı. Akşam olduğunda hâlâ çaresizdi. İlk defa Seyit'in eve dönmesini istemiyordu.

Seyit ise kendi çaresizliğini yenebilmek amacıyla, kendini yine Pera'nın sarhoşlatıcı akşamına bırakmıştı çoktan. Hayatlarını bu kadar yakından ilgilendiren bir konuda karısının tek başına karar vermiş olmasına inanamıyor, kendisinden habersiz, karnındaki bebeği dört ay büyütmesini aldatılmışlık olarak kabul ediyordu. Bu akşam, yalnızlığını Pera Palas'ın barında içeceği bir şişe rakıyla bastırmayı kafasına koymuştu. Zaten cüzdanının son takadinde olduğunu biliyordu. Kafası biraz bulanırsa bunu daha kolay kabullenecekti belki de. İçkisini yakın bir dostla paylaşma isteğiyle, Aynalıçeşme'de Manol'un evine uğradı. O da şu aralar işsizdi. Sonra İskender Beyzade'yi de yanlarına alıp Park Otel'in yolunu tuttular. Eski dostlar yeniden buluşmanın keyfiyle, kekikli zeytinlerini, kırmızı biberli beyaz peynir dilimlerini damaklarında eriterek, sohbetlerini rakılarına meze yaptılar. Seyit, sanki uzaktan uzağa karısının dualarını duymuş gibi o gece evine dönmedi.

Mürvet, geceyi uykusuz, Seyit'i beklemek ile gelmemesini dilemek arasında, karnındaki çocuğa sahip olmak ile onu aldırmak arasında bocalayarak geçirdi. Artık ağlamıyordu. Bir an evvel bir karar vermesi gerektiğini bilerek, kafasında bir uçtan bir uca dolaşan fikirler arasında bir sonuca gitmeye çalışıyordu.

Sabah uykusuz, Leman'ın sesiyle mecburen yataktan çıktığında, ne yapacağını biliyordu. Kocasını daha fazla kırmak istemiyordu. Hamile olduğu çocuğu istememesi, biraz da kendisi istenmiyor gibi yaralamıştı onu ama Seyit'e de haksızlık yaptığının farkındaydı. Onun düşüncelerini, hislerini hiçe saymıştı. Üstelik kocası sırf onun için Amerika hayâllerini yıkıp atmamış mıydı daha yeni.

Kızını doyurduktan sonra yaşlı ev sahibesinden yardım istedi. Ve Leman'ı ona bırakıp evden ayrıldı. Kadırga Hastanesi'nin yolunu tuttuğunda kararını vermiş olmanın rahatlığı içindeydi. Ama bu kez de yaşayacağı olayın korkusu sarmıştı yüreğini. Hastane koridorlarında şaşkın ve utangaç bir tavırla bir süre dolaştıktan sonra nerede beklemesi gerektiğini öğrendi. İlk kez yalnız başına bir doktora görünecek olmaktan âdeta utanıyordu. Sırası gelene kadar yıllar geçmiş gibi geldi. İsmi çağrıldığı zaman nefesini tuttu. Olduğu yerden kaçıp gitmeyi düşündü. Ama bu bir çare olmazdı. Muayene odasına girip doktorunu gördüğü zaman nispeten rahatladı. Besim Ömer Paşa'yı çocukluğundan bu yana tanırdı. Ebe olan babaannesi dolayısıyla yakınlıkları olmuştu doktorla. Yaşlı adam genç kızı sevgiyle karşıladı.

"Merhaba Mürvet kızım, hoş geldin. Mühim bir şey değil İnşallah. Bir derdin mi var?"

Mürvet için bu soruya cevap vermek o ana kadar tahmin ettiğinden daha zor geliyordu. Başını önüne eğip, avucundaki mendili sıktı. Besim Ömer Paşa, yılların tecrübesiyle onun sıkıntısını aşağı yukarı tahmin edebiliyordu. Yerinden kalkıp, onu omuzlarından tuttu.

"Önce şöyle bir otur bakalım. Rahatla. Bana söyleyemeyeceğin bir şey yoktur, biliyorsun. Anlat bakalım, nedir derdin?"

"Şey... Besim Amca... ben, şey..."

Doktor onu daha fazla zorlamadan, sükûnetle kendiliğinden konuşmasını bekliyordu. Genç kadın, artık bu andan sonra geri dönemeyeceğini biliyordu. Bir nefes sessizliğinde mırıldandı.

"Ben hamileyim."

Besim Ömer Paşa keyifle ellerini birbirine vurdu.

"Tebrikler! Buna mı bu kadar üzülüyorsun güzel kızım benim. Bu haberi alabilmek için çırpınan ne kadar kadın var, biliyor musun?"

"Şey... yani... galiba hamileyim."

"Ne kadar zaman oldu âdet görmeyeli?"

"Dört ay kadar."

"Onu şimdi anlarız, hiç merak etme. Geç şu paravanın arkasına, hazırlan. Hazır olunca bana seslen. Oldu mu?"

Doktorunu tanıyor olması, Besim Bey'in babacanlığı, Mürvet'in huzursuzluğuna çare olamıyordu. Yavaş sesle devam etti.

"Ama kocam istemiyor Besim Amca. Aldırmamı söyledi."

Besim Paşa'nın kaşları çatıldı.

"Eğer tahminin doğruysa o çocuk alınmaz yavrum. Bunu niye düşünmediniz daha önce?"

"Seyit'e dün söyleyebildim. O da istemediğini söyledi."

"Haydi sen hazırlan. Şimdi anlarız."

Mürvet, utanç içindeydi. Yanında ne annesi, ne kocası olmadan bir doktorun muayenehanesinde soyunuyor olmaktan hicap duyuyordu. Yüzünü ateş basmıştı. Ama bu, yalnız atlatması gereken anlardan biriydi. Muayene yatağına uzanmak üzereyken vazgeçti, tekrar doğruldu. Yatar vaziyette doktoru beklemek ona ayıp geliyordu. Dudaklarını ısırarak eğreti bir şekilde oturdu. Besim Ömer Paşa, genç kadının muayene esnasında rahatlaması gerektiğini anlamıştı. Hastasına yardımcı olması için bir hemşire çağırdı içeriye. Hemşire, tombul, güler yüzlü bir kadındı. Anaç bir gülümsemeyle Mürvet'i muayeneye hazırladı. Beline kadar yaydığı beyaz çarşafın altından dizlerini büküp iki yana açmasına yardımcı oldu. Sonra onun utançtan ve sıkıntıdan terleyen kıpkırmızı yüzünü okşadı.

"Rahat et güzel kızım, rahat et. Bu kadar sıkma kendini canım."

Sonra doktora seslendi:

"Tamam doktor bey."

Mürvet, gözlerini tavana dikmiş, nefesini tutmuş bekliyordu. Doktor, önce ölçmek istercesine karnının yuvarlaklığı üzerinde ellerini dolaştırdı. Sonra kasıklarının altından parmak uçlarıyla yumuşak itişlerle içerideki canlının dünyasının genişliğini anlamaya çalıştı. Bütün buraya kadar fena gitmemişti. Ama Besim Bey, bir elini genç kadının karnına koyup, diğeriyle çarşafın altına uzandığında Mürvet, bütün çaresiz anlarında olduğu gibi kulağındaki uğultuları duymaya başladı. Başı dönmeye başlamıştı. O kadar utanıyordu ki, kendini kaybedebilirdi. Kasılıp kaldı. Besim Ömer Paşa, yumuşak ses tonuyla onu rahatlatmaya çalıştı.

"Mürvet yavrum, kendini rahat bırak. Kasma sakın. Sen derin bir nefes al şimdi. Haydi kızım, sadece derin bir nefes al."

Mürvet denileni yaptı. O anda da doktorun, tuşesi ile vücudunu ateş bastı. Her şey göz açıp kapayıncaya kadar olup bitmişti ama sanki uzun günler geçmişti. Besim Ömer Paşa, eldivenlerini çıkarırken, hemşire de onun bacaklarını indirip, işin bittiğini işaret etti.

"Haklısın Mürvet. Hamilesin yavrum. Tahmin ettiğin gibi dört ayını da doldurmuşsun. Ancak bu dönemde artık çocuk alınmaz. Çok büyümüş. Bir tek çaren var. O da beş ay daha sabredip onu dünyaya getirmek."

Mürvet, bir yandan giyinirken, bir yandan duyduklarını kabullenmek zorunda olmasının çaresizliğiyle kıvranıyordu. Kulağına gelen sesleri kâh yakından, kâh uzaktan algılıyordu.

"Eğer ilk ayın sonunda, bilemedin ikinci ayda gelseydin, bir şeyler düşünülürdü. O zaman bile böyle bir şeyi yapmak ister miydim, bilemem. Genç, sağlıklı, güzel bir kadınsın. Şu an sağlıklı bir bebek taşıyorsun karnında. Ona kıymak yazık olurdu."

Mürvet, elbisesinin düğmelerini kapayıp, saçlarına elleriyle çekidüzen verdi ve paravanın arkasından çıktı.

"Ama Seyit çok kızdı Besim Amca. İstemiyor bir çocuk daha."

"Onu konuşup halletmeye bakacaksın artık. Bugünden sonra bu çocuk alınmaz. Hem belki kocan, hamile olduğun için değil de, ondan gizlediğin için kızmıştır. Biraz tatlı dille yumuşatırsın onu."

Mürvet bir kez daha denedi.

"Emin misiniz?"

"Neye? Hamile olduğuna mı?"

"Hayır... şeye... yani hiçbir çare yok mu?"

Besim Paşa ellerini onun omuzlarına koyup, gözlerinin içine bakarak cevapladı:

"Hayır yavrum. Tek çaren bu çocuğu doğurmak. Sakın, onun bunun lâfına kanıp yanlış bir şeyler yapma."

Sonra onun durgun ifadesinden rahatsız olup tekrarladı.

"Sakın diyorum! Anladın mı? Akıl veren biri çıkarsa eğer, düşürmen için, kulaklarını tıka. Çocuğunla beraber kendi hayatını da kaybedersin. Anlıyor musun beni?"

Mürvet söylenenlerden ürkmüştü. Başını salladı.

"Haydi bakalım, şimdi evine git, istirahat et. Yorucu bir gün oldu senin için. Sonra da kocanla konuş. Ne zaman istersen bana uğrayabilirsin. Kendine iyi bak."

Genç kadın, hastaneden ayrıldığında bunca aydan bu yana ilk kez kendisini hakikaten hamile hissediyordu. Şimdi "acaba"lara yer kalmamıştı ve geri dönüş çaresi de yoktu. Vücudu birdenbire ağırlaşmıştı sanki. Karnının yuvarlaklığı altında dışarı çıkmak için günlerini sayan canlı, ilk kez bugün kendini hatırlatmıştı. Kocasının doğmasını istemediği bir canlı. Yağmur başlamıştı. Yine de tramvaya binmek istemedi. İçi öyle sıkılıyordu ki... Yüzünün sıcaklığını çiseleyen damlalara teslim ederek yürümeye başladı.

Yaz bittiğinden beri pek gülmediğini anımsadı. Sanki yağmurlarla beraber yeniden hüzün gelmişti hayatına.

Mutfak ihtiyaçlarını tamamlayıp eve döndü. Yaşlı ev sahibesi onun dalgın, mutsuz halini sezmekte gecikmedi.

"Üzme tatlı canını kızım. Düzelir her şey. Zamana bırak. Derdin ne ise, elbet çaresiz değildir."

"Sağ ol teyzeciğim. Leman için zahmetlerine de teşekkür ederim."

"Zahmet olur mu? O kadar tatlı bir bebek ki, çok güzel bir gün geçirdik beraber. Ama artık karnı acıkmıştır. Sen hele bir doyur kendisini. Ben biraz süt içirdim, o kadar."

Mürvet, gözleri çekilerek gülen kızını kucağına aldı. Onun neşesine gıpta ediyordu. Herhalde harika bir şey olmalıydı böylesine tasasız olmak.

Yaşlı kadın tam ayrılmak üzereyken, gerisingeriye dönüp kapıyı kapadı. Yavaş sesle mırıldandı.

"Bak Mürvet kızım, şayet kendini çok çaresiz hissedersen, başka bir çare düşünürüz. Bir tanıdığım var. Ona gideriz. Belki de kocanı büyüyle soğutanlar var. Gider, büyüyü çözdürürüz. Aklında olsun. Ne zaman istersen haber ver. Ben ayarlarım. Beraber gideriz."

Mürvet bir an için ürperdi. "Büyü" ve "büyücüler", onun için hep çocukluğundan beri anlatıp durduğu masalların, kötülükler taşıyan karakterleriydi. Kendisinin büyüyle yakından uzaktan ilgili bir problemi olacağı aklına gelmemişti. Böyle bir şeye inanıp inanmamak gerektiğini de bilemiyordu. Konuşmadan, şaşkın bir ifadeyle başını salladı. Büyücüyle ilgisi olan birine çocuğunu emanet edip evden gittiği için birden korkuya kapıldı.

Leman'ı yıkayıp yatırdıktan sonra mutfağa girdi. Kocasının bu akşam geleceğinden emin değildi. Gelirse, ne söyleyeceğini bilmiyordu. Hayatının birdenbire, şimdiye dek olmadığınca karıştığını, gittikçe çaresizliğe gömüldüğünü hissediyordu. Seyit'le evlenmekle, altından kalkamayacağı bir beraberliğin içine girdiğini kendine ispatlamak için uğraşıyordu kaderi sanki. Onu anlayamıyordu. Anlamaya çalıştığı zaman, içine kadar işleyen tabuları tarafından engelleniyordu. Kendisini de ifade edemiyordu ve gittikçe uzaklaştıklarının farkındaydı.

Akşam yemeğini hazırlarken, bu düşüncelerle kafası altüst olmaya devam ediyordu. Kapının çalmasıyla irkildi. Bir anlık tereddütten sonra ellerini yıkayıp, kuruladı. Açele adımlarla kapıya yürüdü. O arada zil bir kez daha çalmıştı. Açtığında Seyit karşısındaydı. Az ilerideki sokak lâmbasının loş, titrek ışığında genç adamın duruşu, Mürvet'e birkaç yıl öncesinin bir yaz akşamını hatırlattı.

1923 yılının mehtaplı bir yaz gecesinde kapının önünde durup kendisine öylece bakan yakışıklı erkeğin kalbinde yarattığı fırtınayı düşündü. Kucağında yığılı hediyelerin arasından çapkın bir göz kırpışıyla uzanıp nasıl saçlarından öpmüştü onu. Nasıl çığlık atıp yukarı kata kaçtığını, mutluluk, heyecan ve mahcubiyet duygularıyla nasıl altüst olduğunu hatırladı. Hiç görmeden nişanlandığı, yastığının altında fotoğrafını sakladığı erkeğin dudaklarının temasıyla kalbi neredeyse günlerce normal atışına dönmemişti. Evlenmek için ne endişelerle ailesinin razı olmasını beklediğini, resmini görür görmez âşık olduğu erkekle birleşebilmek için ne çok ağladığını yıldırım hızıyla düşündü. Şimdi ne olmuştu?

Seyit de karşısında ürkek bir tavırla karnını elleriyle sarmış duran karısına bakarken, onun o harika yaz gecesi mehtabıyla pırıl pırıl aydınlanan çocuk yüzünü anımsadı. Beyaz fistolu uzun geceliği, örgülü uzun saçları, iri çekik gözleri, çıkık elmacık kemikleri ve konuşmak ister de susar dudaklarıyla masum, şaşkın fakat ne kadar güzeldi. Onu görebilmek, hediye verebilmek için ne bahaneler uydurup, ne inatlar yaptığını zihninden geçirdi.

Sadece birkaç saniye süren bir zaman dilimi içinde ikisi de aynı yaza geri dönmüşlerdi. Hatırlamak ne kadar kısa zamanlara sığabiliyordu. Seyit yavaşça mırıldanarak içeriye girdi.

"İyi akşamlar."

Sesi yorgundu. Mürvet, onun içeri adım atışıyla birlikte yaz gecesi rüyasından uyandı. Burnuna müthiş bir gazyağı kokusu gelmişti.

"Hoş geldin" derken hayretle kocasını izledi. Seyit, olduğu yerde soyunmaya başlamıştı.

"Biraz su ısıtır mısın? Bu musibet, soğuk suyla falan temizlenmez kolay kolay."

Mürvet, bir şey sormaya cesaret edemiyordu. Kocasının yine başına bir şey gelmiş olabileceği düşünerek mutlağa su ısıtmaya gitti.

Seyit banyodayken o da sofrayı ve rakıyı hazırladı. Az sonra karşılıklı yemek masasında oturuyorlardı. Mürvet, kocasının yüzündeki yorgun, bedbin ifadeyi izlerken, konuyu nasıl, kimin açacağını düşünüyordu. Bir müddet hiç konuşmadan lokmalarını çiğnediler. Genç adam, son derece iştahsız görünüyordu. Arada bir sigara yaktı. Derin bir nefesten sonra sordu:

"Nasılsın?"

Sesi kırgın ama son derece yumuşaktı. Sanki o da nereden başlayacağını bilemiyordu. Mürvet, çatalıyla tabağındaki dolmayı döndürerek cevapladı.

"Doktora gittim Seyit."

Sonra göz ucuyla başını kaldırıp kocasının yüzüne baktı. Onu, kendisini son derece sakin bir bakışla dinler buldu. O cesaretle devam etti.

"Sen çıktıktan sonra hemen gittim. Ama elimden gelen bir şey yok Seyit, inan. Artık bir şey yapamayız, dedi Besim Ömer Paşa. İlk bir iki ay içinde olsaymış, belki olurmuş. Ama şimdi tehlikeli, dedi. Beni geri yolladı. Çok üzgünüm Seyit, ama yapabileceğim bir şey yok."

Kocasının hiddetle köpüreceğini, masadan kalkıp bağırıp çağıracağını sanıyordu. Tekrar başını yemeğine eğdi. Ama korktuğu olmadı. Derin bir sessizlikten sonra Seyit, rakısından aldığı bir yudumun ardından konuştu.

"Tahmin etmiştim. Öyle bir tehlikeye atılmanı istemem. Ama benden bu kadar saklamanı hiç anlayamayacağım."

"Hiç anlayamayacağım" sözleri, "Hiç affetmeyeceğim" der gibi çıkmıştı. Yorumunu karşısındakine bırakıyordu.

"Hiç konuşmaya fırsatımız olmadı ki Seyit. Hep uygun bir an bekledim."

"Ve o an hiç gelmedi, değil mi?"

Sonra buruk bir gülüşle ekledi.

"Ne garip değil mi? Hayatımızda hep uygun anları bekliyor ama fırsatları da hep kaçırıp duruyoruz."

Mürvet, kocasının neyi kastettiğini çok iyi biliyordu. Pişmanlıkla konuştu.

"Biliyorum Seyit, sana ayak uydurmakta çok zorlanıyorum. Ama sana kötülük olsun diye yapmıyorum bunu. Eğer Amerika'ya gitseydik çok mutsuz olurdum."

"Şimdi mutlu musun bari?"

Hayır, değildi. Ama gitselerdi belki daha da mutsuz olacaktı.

"Eğer her şey düzene girse..."

"Düzen dediğin nedir ki? Her sene bir çocuk doğurup, annene yakın olmak için bu mahallede oturmak mı? Kocanın sabah gidip akşam eve dönen bir memur olması mı? Sen beni hâlâ tanımadın mı Mürvet? Benim bu kalıplara giremeyeceğimi anlamıyor musun? Beni yavaş yavaş öldürmek istiyorsan, tamam. Ama biraz benim düşüncelerimi, hayâllerimi paylaşsan, mutluluğu beraber yakalayacağız. Bana bir inansan..."

"Sana inanıyorum Seyit."

Seyit, karısının tecrübesizliği içinde kendisini oyalayacak başka bir söz bulamamasına gülümsedi.

"O zaman şimdi söylediğime de inan. Bir iş buldum. Hem de sabah gidip, akşam döneceğim. Ne de olsa kalabalık bir aile oluyoruz. Hazır para suyunu çekti. Şu an iş açacak imkânım da yok."

Mürvet'in birden gözleri parladı. Seyit hem yeni bebeği kabulleniyor, hem de iş bulduğunu söylüyordu. Heyecanla sordu:

"Nasıl bir iş Seyit?"

Genç adam kollarını kavuşturup masaya dayandı. Mürvet onun lacivert gözlerinde ilk kez böylesine burukluk görüyordu. Gözbebeklerinin menevişleri ışıkla nemli oyunlar yapıyordu. Üzgündü.

"Kokumdan anlamadın mı gelince?"

Karısı başını iki yana salladı.

"Bilmiyorum Seyit. Gazyağı kokuyordun ama..."

"Çok iyi bilmişsin işte. Yeni işim gazyağı işi."

Sonra anlamayan gözlerle bakan karısına doğru, masanın üzerinden eğilerek fısıldadı.

"Evet, teneke teneke gazyağı dağıtıyorum. Harika bir iş, değil mi?"

Mürvet, kocasının duyduğu ezikliğin, kırgınlığın, vakur çehresine nasıl sancılı bir ifade verdiğini korkuyla izledi. Karşısındaki yüz bambaşka bakıyordu bu akşam. Nasıl olup da fark etmemişti geldiğinden beri. Onun, âşık olduğu yüzündeki mahzun ifadesini, elmacık kemiklerinin sinirle oynayışlarını, çenesindeki çukurun somurtkan derinliğini nasıl anlayamamıştı. Onun mutsuzluğunu, yalnızlığını ve hayâl kırıklığını ilk kez bu kadar canlı anlıyordu. İlk kez kocasının yüzünü bu kadar uzun süre, bu kadar dikkatle inceliyordu. Çünkü kocası ona bakmıyordu şu an. Yerinden kalkıp, sarılmak, alnını, yanaklarını, dudaklarını öpmek geçti içinden. Ama kıpırdayamadı. Bir şey de söyleyemedi. Kocasının alabileceği bir karşı tavrın korkusuyla oturduğu yerde onun konuşmasını bekledi.

Seyit kadehini tekrar doldururken mırıldandı.

"Gaz satarak olur mu bilmem ama yeniden para toparlamam lâzım, bir iş için."

Mürvet, kocasına duyduğu sevgi ve acıma hislerinin kargaşası içinde yavaşça sordu:

"Sen bu işe dayanabilir misin Seyit?"

Genç adam alaylı bir gülüşle dudak büktü.

"Dayanmak?... Kollarım, ayaklarım dayanır da yüreğim için ağır geliyor Murka... Hem de çok ağır..."

Mürvet, kocasından bütün akşam boyunca ilk kez, sevecen, "Murka" hitabını duyduğunu fark etti. Gözleri yaşardı. Ona âşıktı ama en ihtiyacı olduğu an onu teselli edemiyordu. Sessizliği bozmak için ilk aklına gelen ilgisiz soruyu sordu:

"Şey... Kahve ister misin?"

"Sağ ol, bir şey istediğimi sanmıyorum. Bu lanet koku tıkadı beni. Yediğim içtiğim, gazyağı kokuyor sanki."

Kadehinden büyük bir yudumdan sonra sigara tabakasını açtı. Acı acı gülümsedi.

"Bu ikisi hariç. Bu ikisi her zaman kendi kokularını, tadlarını korurlar."

Huzursuz, alaylı, kısa bir kahkaha attı. Mürvet yavaşça yerinden kalkıp sofrayı toplamaya başladı. Ne çok söylemek istediği olduğu halde, kendisini, hislerini ifade etmekten çekiniyordu. Sanki mutfağa gidip, bulaşıklarıyla baş başa kalınca bütün problemlerini de beraber yıkayıp dertlerinden arınacaktı.

Ondan sonraki günler, Mürvet bir yandan kucağındaki çocuğunu, bir yandan karnındaki bebeği büyütmekle meşguldü. Seyit ise sabahtan akşama tenekelerle gazyağı dağıtımı yapıyordu. Onu iş başında görenlerin şaşkınlığı öyle böyle değildi. Yaptığı işin cinsi ne olursa olsun her zamanki şıklığında giyiniyordu. Pırıl pırıl ütülü takım elbisesi, yeleği, kravatı, cilalı mokasenleri, taşıdığı kokulu, vıcık vıcık yağlı tenekelerle inanılmaz bir tezat oluşturuyordu. Onun hakikaten bu işten para kazanmak zorunda kaldığını başkalarının anlaması çok zordu. En büyük zorluğu, bir gün giydiğini ertesi günü giyememesiydi. Akşama kadar pantolonuna sızan veya ceketine sıçrayan gazla öyle kokuyordu ki, üst baş ancak bir gün idare ediyordu. Kış soğuğunda kıyafetlerini temizleyip güneşe asması, kurutması günler alıyordu. Ve gardırobunda gaz dağıtımına çıkmamış elbisesi neredeyse kalmamıştı. Karısının birkaç ay sonra doğum yapacağı düşüncesiyle son gayretini sarf ediyordu. Yoksa bu işe daha fazla tahammülü kalmamıştı. Küçücük bir lokanta açacak parayı toparlayabilseydi... Kimseden para pul istemeyi kendine yediremiyordu. Bu yaptığı hiç değilse emeğinin karşılığı bir kazançtı. Eğer kazanç sayılırsa...

1920 göçünde gelen Beyaz Rusların çoğu artık İstanbul'dan ayrılmış veya ayrılmaktaydı. Kalmak isteyenlerin ise Türkiye Cumhuriyeti vatandaşlığına geçmeleri için baskı vardı. Harp, işgal, yokluk yıllarına göğüs germek zorunda kalan genç Cumhuriyet'in vatandaşları için bile öylesine zor günler, yaşanıyordu ki, tarihe karışmış Çarlık Rusyası'nın pasaportunu hâlâ taşıyanlar için hayat gerçekten daha dayanılmaz olabiliyordu.

Ancak, göçmenlerin bazıları, henüz hayatlarıyla ilgili kesin bir karar veremediklerinden, eski nüfus kâğıtlarını tutuyorlardı. Yaşamlarını yürütmek için buldukları işler ise çok çeşitlilik gösteriyordu. Pera Palas'ın, Park Otel'in kapıcıları, garsonları, barlarında sigara satan, yer gösteren güzel kadınları, tuvalet temizleyicileri hep aynı devrin nüfus kâğıtlarını taşıyanlardı. Ancak, geldikleri memlekette sanat icra edenler, özellikle bale, müzik kültürüyle yoğrulanlar daha temiz işler bulabiliyorlardı. Ne var ki, hepsi ama hepsi çalışıyordu. Ve vakur tavırlarından, zarafetlerinden hiçbir şey kaybetmeden, kendilerini hiçbir zaman anlayamayacak onca insana hizmet veriyorlardı. Âdeta yüreklerindeki hasreti, kırılan onurlarının yaralarını gözlerindeki gülümseyen aldırmazlığın ardına bir yerlere saklıyorlardı. İşte Seyit de bunlardan sadece biriydi. Üstelik yaşadığı ülkenin insanlarını, lisanlarını, dinlerini anlayacak kadar geçmişlerinde bağlılık vardı. Ama ne yazık ki, aynı lisanı konuşmak sadece dudaklardan dökülen kelimelerin ortak sesi demek değildi ve o da kendini diğer birçoğu gibi yalnız ve yabancı hissediyordu.

Shura'dan Gelen Mektup

Mürvet'in hamileliği iyice ilerlemişti. İlk defasında olduğu gibi yine sabahları aşeriyor, fenalık geçiriyor ve sık sık halsiz, yatağa düşüyordu. Leman ise en hareketli yaşına girmişti. Yürüyor, oradan oraya koşuyor, oynamak, konuşmak istiyordu. Genç kadın, kızının soruları, enerjisi karşısında çok kez yorgun düşüyordu. Artık evden fazla çıkamıyordu. Daha ziyade, annesi ve kardeşleri ona ziyarete geliyorlardı. Dayı, hala kızları ise onu hiç yalnız bırakmayan, çocukluğundan esinti keyifli misafirlerdi. Seyit yine arada birkaç geceyi dışarıda geçiriyor ama Mürvet artık hiçbir şey sormuyordu. Karnındaki bebeği doğuracak olması, Seyit'in onu bırakıp gitmemiş olması şimdilik kâfi geliyordu. Genç adamın kazandığı, ev kirasını, mutfak masrafını karşılıyor ve çok mütevazı bir miktar da bir kenara ayrılıyordu.

Kış, soğuk, karlı, tipili günleriyle geride kalmıştı. Gerçi akşamlar henüz serindi ama ani inen sulu sepken nisan yağmurları dışında, gündüz havalar harikaydı.

Mürvet, güneşli saatlerde Leman'ı bir yastığın üzerinde, evin sokağa bakan merdivenlerinde oturtuyordu. Küçük kız, bütün kış evde kapalı kaldıktan sonra tattığı bu yeni hürriyetten çok memnundu. Elinde bez bebekleriyle kendi kendine konuşup, saatlerini geçiriyordu. Mürvet, sık sık onu yoklayıp, yanına gelemese bile içeriden işi arasında seslenerek varlığını kontrol ediyordu. Hafta sonları ise Seyit, kızını arabasına koyup dolaşmaya çıkarıyordu. Leman, artık gayet güzel konuşmaya başlamıştı. R ve L harflerini Y olarak telâffuz ediyordu ama aşağı yukarı bütün konuşma kusuru buydu. Özellikle babasıyla beraber olduğu zaman, onun kendisini büyük insan yerine koymasına karşılık, en akıllı tavırlarıyla ona arkadaşlık ediyordu.

Mürvet, yine o gün kızını kapıdaki yerine yerleştirdi. Oyuncaklarını, minik böreklerin olduğu tabağını örtünün üzerine dizip içeri girdi. Camın kenarında oturup sebze ayıklamaya başladı. Göz ucuyla da kızını takip ediyordu. Leman her zamanki dilli haliyle bebeklerini kucağına oturtmuş onlarla konuşuyordu. Mürvet gülümseyerek onu dinledi. Onun yerinde oyalandığından emin, yemeği ateşe koymak için mutfağa gitti. Az sonra dönüp kapıdan baktığında beyninden vurulmuşa döndü. Leman, bıraktığı yerde değildi. Kapıya koşup bahçeye doğru seslendi. Evin etrafında deliler gibi döndü. Seslendi, bağırdı ve sonunda ağlamaya başladı. Küçük kız görünürde yoktu. Onun haykırışlarına ev sahibesi aşağıya inmiş, komşulardan fırlayanlar olmuştu. Herkes seferber oldu. Hava neredeyse kararmak üzereydi. Mürvet düşüp bayılacak olmaktan korkuyordu. Kulağı uğulduyor, başı dönüyordu. Kızının kayboluşundan kendisini sorumlu tutuyor, Seyit eve döndüğü an ona ne cevap vereceğini bilemiyordu. Yokuşun üzerinde ne kadar ev varsa hepsinin kapısı çalındı, bahçeleri arandı ama nafile. Leman'ı gören olmamıştı. Mürvet birden gücünün tükendiğini anlayarak oturdu. Fenalık gelmişti. Aynı anda ev sahibesinin sesini duydu.

"Bak, bak! Bulmuşlar, getiriyorlar. Haydi gözün aydın!"

Genç kadın duyduğu haberin verdiği gayretle yola doğru koştu. Leman, bütün bu patırtıyı yarattığından habersiz, güle oynaya, kendisinden beş altı yaş büyük iki çocuğun ellerinden tutmuş, kâküllerini sallaya sallaya geliyordu. Çocuklar onu iki adımda bir, "Uçtu uçtu" diye havalandırıyorlar, küçük kız kahkahalarla kendinden geçiyordu. Mürvet, koşup çocuğunu kucaklarken onu bulduğu için Allah'ına binlerle şükrederken, bir taraftan da kızını bir temiz dövmek geldi içinden. Kerata, annesinin neler çektiğini bilmemek bir yana, öyle eğleniyordu ki, annesine teslim edildiğinde biraz hayâl kırıklığı bile yaşadı. Mürvet, kızına döndü. Onu dövemiyordu ama en azından sorgulayarak sinirini alabilirdi.

"Nerelere gittin sen?"

Leman kıkırdayarak omuzlarını kaldırdı. Avuçlarını açıp yanaklarının yanında tuttu.

"Bi yeye gitmedim. Güneşin aytında otuyuyoydum ben."

Bu defa çocuklara sordu:

"Nerede buldunuz?"

Onlar da gülüyorlardı.

"Yolun aşağısında, bakkalın önünde, elektrik direğinin altında oturuyordu teyze."

O günkü korkusundan sonra, Mürvet'in endişelerine cevap olabilecek teklif annesinden geldi. Kızına yaptığı bir ziyaret sırasında Emine çekinerek de olsa, onları kendi evine, beraber kalmaya davet etti. Damadının buna şiddetle karşı çıkacağını biliyordu. Ancak, Mürvet'in çok kısa bir zaman sonra yardıma ihtiyacı olacağı aşikârdı. Hem Leman'a, hem yeni bebeğine bakıp evi döndürmesi çok zor olacaktı. Ama her beraberliklerinde bir problemle ayrıldıklarından, teklifinde yine de tereddütlüydü. O akşam Mürvet, annesinin teklifini kocasına açtı. Seyit, onun tahmininin aksine itiraz etmedi.

"Nasıl istersen. Eminim, yalnız başına zor işin. Hele doğumdan sonra. Benim de sana fazla bir hayrım olmuyor. Arzu ediyorsan toparlanıp gidelim, sen daha fazla ağırlaşmadan."

"Sen de istiyor musun Seyit?"

"Mürvet, annenin yanına yerleşip yerleşmemeye sen kendin karar ver. Bu benim istediğim bir hayat değildi ki zaten. Şimdi mahalle değiştirmek için soru sorman garip."

Ve böylece Mürvet'in doğumuna beş ay kala, annesinin evine taşındılar. Tertemiz, şirin, bahçe içinde bir evdi. En geniş, güzel odayı onlara verdi Emine. Leman iki yaşına yaklaşıyordu ve şirinliğiyle bütün ev halkının gözdesiydi. Mürvet, annesi ve kız kardeşleriyle beraber olmanın rahatlığını yaşıyordu. Seyit ise, her sabah kolalı gömleği, kravatı, özenle ütülediği pantolonu ve parlattığı ayakkabılarıyla gaz deposuna gidiyor, bazı akşamlar erken, bazen ise geç dönüyordu. Kendi düşünceleriyle baş başa bir hali vardı.

Mürvet, karnını tuta tuta dolaşmaya başladığı günlerden birinde evde yalnızdı. Annesi, Leman'ı da alıp dayısına ziyarete gitmişti. O gün, postacı oldukça eski suratlı bir zarf getirdi. Seyit'in adına ve Beyoğlu'nda oturmuş oldukları evin adresine postalanmıştı. "Adreste yoktur" damgaları, elle, kargacık burgacık yazılmış bir sonraki adresler zarfın üzerini doldurmuştu.

Pulların üzerinde "France" yazısını okuyunca bir garip oldu Mürvet. Kimden geldiğini sezmiş gibiydi. Kıskançlık nöbetleri sardı bedenini. Önce ilk aklına gelen, mektubu yakmak oldu. Ama aynı zamanda içinde neler yazdığını anlamak için de yanıp tutuştuğunu fark etti. Merak ve kıskançlık duygularıyla altüst olmuştu. Kendisiyle büyük bir mücadeleden sonra nihayet karar verip, mektubu Seyit'in konsolunun üzerinde, aynaya dayayıp bıraktı. O gün akşamı zor etti. Ne yaptığı işte, ne yediği yemekte değildi aklı. Sık sık, yatak odasına girip zarfa bakış atıyordu. Kıskançlık, alevler dağlıyormuş gibi sıcaklık yayıyordu yüreğine içten içe. Sanki aynanın önünde duran mektup değil de, o kadının canlı yüzüydü, vücuduydu. O hep çok kıskandığı, ismine bile tahammül edemediği kadının hayâli gözünün önünde canlandı. Başak sarısı saçları, gülerek yumuşacık ama manidar bakan yeşil mavi gözleri, uzun, ince endamıyla Shura, odanın içinde karşısında duruyordu. Mürvet, başı ağrıyarak, midesi bulanarak, ağlamamak için kendisini zorlayarak saatleri saydı. Bir ara odasının perdelerini kapatıp kendisini yatağa attı. Uyumaya çalıştı ama olmadı. Beyni zonkluyordu. Elinde ve karnında iki çocukla kocasının onu bırakıp gidebileceği bir kez daha aklına geldi. Guguklu saatin kuşu akşamın yaklaştığını haber verdiğinde, ani bir kararla yataktan çıktı. Seyit'i hasta bir görünümle karşılamak istemiyordu. Zarfa attığı kaçamak bakışlar arasında, aynada yüzüne, saçlarına çekidüzen verdi. Hâlâ mektubu yok edebilme şansı vardı ama gittiğinden üç yıl sonra, şayet tahmin ettiği gibi Shura'dan gelen bir haberse, genç kadının neler yazmış olabileceğini bilmek istiyordu.

Yatağı toparlayıp mutfağa girmişti ki, Seyit geldi. Kapıyı açıp, zoraki bir gülümsemeyle karşıladı kocasını.

"Hoş geldin Seyit."

Seyit onun yanağını okşadı.

"Hoş bulduk. Nasılsın? Neler yaptın bugün?"

"İyiyim Allah'a şükür, ne yapacağım ki. Annemler Leman'ı alıp dayımlara gittiler."

"Sen niye gitmedin?"

"Artık yoruluyorum. Hem akşam da kalacaklar orada."

Seyit, banyo için hazırlanmaya başlamıştı. Konuşkan bir günüydü.

"Sen iyi olduğundan emin misin? Bir garipliğin var. Annen mi bir şey söyledi yoksa Leman mı bir şey yaptı?"

"Yok canım, inan hiçbir şey olmadı."

"Eh, iyi halin buysa, Tanrı kötü halinden korusun. Ne bu surat kuzum?"

Mürvet, kocasının zarfı gördüğü an yanı başında olmak, onun yüz ifadesini seyretmek istiyordu. Hiç değilse bakışları bir ipucu olabilirdi, diye ümit ediyordu. Seyit, bornozunu alıp banyoya doğru yürüdü. Yıkandıktan sonra mutfağa geldi. Eve dönerken aldığı nevalenin paketlerini açmaya başladı. Dudaklarında bir ıslıkla son derece keyifli görünüyordu. Mürvet, kocasının son aylarda neredeyse unutmak üzere olduğu neşeli halini hayretle izledi. Acaba mektubun bir evveliyatı vardı da, Seyit onun için mi bu kadar mutluydu? Yoksa, hayatlarında değişen bir şey olmamıştı ki. Sucuğu dilimlemeye başlayan kocasının elinden bıçağı almak için uzandı.

"Seyit sen git giyin. Ben hazırlarım mezeni."

Karısının sabırsız, garip tutumuna bir anlam veremeyen erkek, yine de üstelemedi.

"Peki, başka işin yoksa sen hazırla. İstersen kendine de bir kadeh içki al, beraber içelim yemekten önce."

"Yok Seyit, ben içmem."

Mürvet, onun bir an evvel mektubu görmesini, okumasını ve bu işkencenin bir an evvel bitmesini istiyordu. Böyle birkaç saat daha geçiremezdi. Tahammülü kalmamıştı.

Seyit, üzerine rahat bir ev kıyafeti geçirip konsolun üzerindeki tıraş losyonuna elini uzattığı an, garip, eski yüzlü zarfı fark etti. Evirip çevirip bir baktıktan sonra oturma odasına doğru yürürken seslendi.

"Mürvet, bu mektup yeni mi geldi?"

Genç kadın ekmeği dilimlemekteydi. Elindeki bıçağı kaydırdı. Başparmağı kesilmişti ama hissetmedi. Heyecandan nefesi tutulmuştu.

"Murka, orada değil misin kuzum? Mektup bugün mü geldi diye sordum?"

Mürvet kendini toparlamaya çalışmasına rağmen sesinin titremesine mani olamadı.

"Evet Seyit... Sabah geldi."

"İyi, bakalım neymiş?"

Demek henüz açmamıştı zarfı. Mürvet, gelen haberlerin kendi hayatına da tesir edeceği endişesiyle mutfak sedirine çöktü. Beklemeye başladı. Eli ayağı tutmuyordu. İçeriye kulak kabarttı. Hiçbir ses yoktu. Kocasının yanına gitmeye cesaret edemiyordu. Birkaç dakika sonra Seyit, ağır adımlarla ve elinde mektupla mutfağa geldi. Karısının tavrındaki garipliği şimdi anlamıştı. Onun yanına oturdu. Tezgâhın üzerindeki kadehini alıp rakısını yudumladı. Bir dilim sucuğun tadını damağına terk etti. Sonra aynı telaşsız ifadeyle açık mektubu gösterdi karısına.

"Shura'dan."

Mürvet için bu mektubun hiç açılmamış olması ile satırlarının gözlerine sunulması arasında hiçbir fark yoktu. Zira anlamadığı bir lisandaki kelimeler, bütün gizli anlamlarıyla âdeta onunla alay etmekteydiler. Hiçbir şey demeden kâğıda baktı. Sonra başını çevirdi. Seyit, şimdi de kendisine gelen aşk mektuplarını mı okumak istiyordu? Buna hakkı yoktu. Yerinden kalkmak istedi. Bütün gün meraktan kendisini öldüren satırları artık görmek dahi istemiyordu. Shura'yı şu an burada, yanı başında hatta kocasıyla arasında hissediyordu. Yıllar sonra nasıl geri dönmüştü. Seyit onu hafifçe omuzundan tutup yanına oturttu. Rakı kadehini karısının dudaklarına dayadı.

"Al bir yudum, iyi gelir."

Mürvet, yarı ağlamaklı mırıldandı.

"İyi gelmez bana."

"Bu sinirinin hamileliğine daha çok ziyanı olacak. Al bir yudum da gevşe biraz."

Neredeyse zoraki bir iki yudum içirdi karısına. Sonra konuşmaya başladı.

"Shura o anlattığım erkekle evlenmiş. Paris'te yaşıyormuş. Hiç çocuğu olmamış."

Sonra mektubu gözleriyle takip ederek, Shura'nın ağzından okur gibi tercümeye devam etti.

"...Seyit, bu sana ilk ve son mektubum. Çok hastayım. Bu mektubu bugün üçüncü gün, ancak yazabiliyorum. Seni son bir kez

görmek isterdim. Shura."

Mektup bitmiş miydi, yoksa Seyit o kadarını mı söylemişti Mürvet bilemedi ama içini birdenbire bir acı kapladı. Ülkesinden uzaklarda, vatanını, topraklarını, ailesini, uğruna terk ettiği erkekten uzakta ölmekte olan zavallı kadına acıdı. Mektubu katlamakta olan kocasına döndü.

"Git, gör onu."

Bunu nasıl söylediğine kendisi de şaşmıştı. Mantığı ve hisleri arasındaki mücadeleden galip çıkan kelimeler o korkunç kıskançlığı inkâr ediyordu.

Seyit de hayretle baktı ona.

"Delirdin mi sen? Gidersem kalırım orada. İster misin?"

Ve cevap beklemeden ayağa kalktı. Mürvet'in aklına, ölmekte olan bir kadın için gidip de neden oralarda kalacağını, kocasına sormak gelmedi ama teklifinde samimiydi.

"Orada kalmanı istemem tabii ama gidip gör onu."

"Hayır Murka. Bu dört ay önce postalanmış zaten. Mektubu bizi bulana kadar kendisine kimbilir ne oldu. Onun için yapabileceğim hiçbir şey yok artık..."

O da söylediklerine inanamıyordu. Hakikaten yapabileceği bir şey yok muydu? İçkisini yudumlayıp devam etti.

"Hem ben buradan bir gidersem, beni buraya bağlayan tek şeyden, senden bir ayrılırsam... bir daha dönmeyebilirim. Hâlâ gitmemi istiyor musun?"

Mürvet birden ne kadar yorgun ve aciz olduğunu, mücadeleden ne kadar bezdiğini fark etti. Kendisini tutmak istemesine rağmen beceremedi. Başını kocasının göğsüne yasladı.

"Yoo, hayır Seyit. Ben onun kadar kuvvetli değilim. Terk edilmeye dayanamam..."

Sonra bir eliyle gözündeki yaşları silerek devam etti.

"Habere çok üzüldüm. Eminim seni çok sevmişti."

Seyit, başını onun saçları arasına gömdü. Şefkatle öptü. Kollarıyla vücudunu sardı.

"Küçücük, koca yürekli karım benim. Seni seviyorum."

Bunu söylerken sözlerinde son derece samimiydi. Ama bu kez de kendi kararıyla, hayatını sürdürmek istediği yolculuktan alıkoymuştu. Gece, karısı uyuduktan çok sonra o hâlâ mektup elinde defalarca satırları okumaya devam ediyordu. Kelimelerin üzerinde parmaklarını gezdirirken birkaç yıl gerisinde kalan o hayâl kadına, o hiç unutamadığı sevgilisine dokunur gibi oluyordu. Onun kendisini davet eden sesini kulağında duyar gibiydi. Avucundaki bir yaprak kâğıdın sadece dört ay evvel Shura'nın eline temas ettiğini düşünerek ürperdi. Kemiklerinden, damarlarından yayılan sıcaklıktan kendisi de ürktü. Onu unutamıyordu. Genç kadın da onu unutamamıştı. Ve yine beraberliklerini düşünebilecek kadar taze tutmuştu aşklarını. İç geçirip mektubu bir kez daha okudu.

"Canım Sevgilim Seyit,

Mektubum seni bulacak mı, bilmiyorum. Yine de deneyeceğim. Son gelenlerden hâlâ İstanbul'da olduğun haberini aldım. Paris'te o kadar çok Beyaz Rus var ki, neredeyse her gün Pera'daki simalardan birini görebiliyorum.

Buraya geldiğimden bir müddet sonra bir bebek doğurdum ama ölü... Çok hastalandım. Ama şimdi iyiyim. Kocamdan yeni ayrıldım. Artık beni buraya bağlayan bir şey kalmadığını hissediyorum. Amerika'ya gitmek için muhacir bürosuna müracaat ettim. Haber bekliyorum.

Seyit, biliyorum, aradan uzun zaman geçti ama yine de başarabiliriz gibi hissediyorum. Yeni bir hayata başlamak istersen, seni bekliyor olacağım. Sanırım iki ay kadar daha Paris'teyim. Eğer gelirsen adresimi yazıyorum. Daha geç bir tarihte ise New York'taki Rus muhacir bürosundan bulabilirsin. Zira şu an nereye gideceğim belli değil.

Seni çok özledim.

Seni seven Shuruçka'n."

Seyit, mektubu avuçları arasında sıkarken, parmakları yanmış gibi oldu. Sanki o çok özlediği ama hayatından sildiği kadına dokunuyordu. Kâğıt buruştukça, satırların arasından genç kadının kokusu yayılıyordu. Sıcak, çiçek kokan, sevecen kokusu. Ya doğurduğu bebek? Ondan fazla söz etmiyordu. Sadece İstanbul'dan gidince doğurduğu dışında. Shura'nın İstanbul'dan hamile kalıp ayrılmış olabileceği fikriyle kafası bulandı. Kendi çocuğu olması ihtimalini düşündü. Shura öyle bir serzenişte bulunmamakla beraber, yoruma açık bir ifade kullanmakla belki de gizli bir mesaj veriyordu.

Onun, karnında bebekle Paris'in yalnızlığında yaşamış olabileceklerini aklından geçirdi. Belki de yanılıyordu. Belki bütün o devirlerde yanında bir erkeği belki başka birileri vardı. Sevgilisinin hayatını öğrenmesi için artık çok geçti. Şu an elindeki adres bile bir şey ifade etmiyordu. Ve onunla yeniden bir araya gelmeleri artık söz konusu olamazdı. Bu mektupla beraber Shura'nın hayatındaki son izlerini de unutması gerekiyordu. Derin bir iç çekişle beraber mektuba son kez bakıp, gözlerini kapadı. İsminin üzerine dudaklarını değdirdi. Bu, onunla veda öpücüğü idi. Kibritini yakıp kâğıdın bir ucundan tutuşturdu. Alevin mürekkep lekelerini kavurarak ilerleyişini seyretti. Son parça elini yakmadan, dudaklarındaki sigarasını tutuşturdu ve saksının içine bıraktı. Shura'nın son sözleri camgüzelinin toprağında kül olmuştu.

KURT SEYT & MURKA

Zor Günlerde İkinci Bir Bebek Ve Seyit'in Kayboluşu

Mektuptan sonraki günler, Seyit yine durgunluğa gömülmüştü. Mürvet, onun Shura'ya yetişememekten dolayı vicdan azabı çektiğini düşünüyordu. Diğer taraftan bu gizemli sevgilinin artık ölmüş olmasının, kocasını kendisine daha çok bağlayacağına inanıyor, yüreğini halen kemirmekte olan kıskançlığı bu düşüncelerle bastırmaya çalışıyordu.

Ancak, Seyit'in kafasını yoran, ailesi için nasıl bir düzen kuracağını kestirememesiydi. Kendisini hiç de gururlandırmayan bir işin getirdiği küçücük miktar parayla yaşamalarını sürdürmeleri çok zordu. Özellikle, alıştığı zevk ve şıklıklardan vazgeçemiyordu. Karısını Beyoğlu'nun en şık mağazalarından giydirip, çocuklarını iyi yetiştirmek istiyordu. Pera Palas'ta, Park Otel'de kadeh tokuşturmak, danslı akşam yemeklerinin buğulu saatlerdeki güzelliğini yaşamak ve Mürvet'e yaşatabilmek istiyordu. Her akşam masasında içkisi, mezesi eksiksiz olmalıydı. Gömlekleri bir giyimden sonra muhakkak yıkanıp kolalanmalıydı. Şu devrede, karısının, annesine ihtiyacı olduğunu bildiği için hep beraber oturmalarını kabullenebiliyordu. Ama arzusu bir an evvel Beyoğlu'na taşınmaktı. Nereden başlayıp, nasıl bu parayı sağlayacağı sorularıyla meşguldü beyni.

Fethiye ve Necmiye'nin ikisi de, çalışıyorlardı. Emine ise, senelerdir tüm yokluklara, savaşlara göğüs gererek öğrendiği tutumluluğuyla kızlarının getirdiği parayı, gül gibi geçinebilecekleri şekilde idare ediyordu.

Seyit, kayınvalidesinin yanında oturuyor olmaktan kâfi derecede eziliyordu. Gördüğü bütün yakınlığa rağmen, bu ağırlıktan bir an evvel kurtulma sevdasındaydı. Gencecik baldızlarının kazancıyla dönen evde, bakılan damat olmak büyük züldü onun için. Emine'nin evine yerleştiklerinin birinci haftasıydı. Akşam yemeğinden sonra yatak odalarına çekildiklerinde karısına duygularını açtı.

"Murka, madem bir müddet burada oturmak zorundayız, senden bir şey rica edeceğim."

Genç kadın, yastığında başını döndürerek, kocasının dalgın yüzüne baktı.

"Ben işleri yeniden toparlayana kadar, annenin ikramını kabul edebilirim. Ama ikramın bu odadan daha fazla olmasını istemiyorum."

Mürvet, kocasının ne demek istediğini anlayamamıştı. Sorar gözlerle baktı. Seyit, olduğu yerde sırtını yastığına dayayarak oturdu. Aklından geçenleri izah etmeye çalıştı.

"Yani onun dışında bütün masraflarımızı kendi bütçemiz içinde halletmeye çalışacağız. Mutfak masrafımızı ayrı tutmanı istiyorum senden."

Mürvet afallamıştı.

"Nasıl olur Seyit? Aynı evin içinde, aynı mutfakta iki ayrı aile gibi nasıl yaşarız?"

"Pekâlâ yaşarız. Onlara daha fazla yük olmaya hakkımız yok."

Mürvet gülümseyerek kocasını iknaya çalıştı.

"Ama Seyit, annemle aramızda böyle bir şey konu olabilir mi? İnan, duysa çok gücenir."

"İyi o zaman. Annene duyurma sen de."

"Ama..."

"Aması falan yok Mürvet."

Genç kadın kocasının onu ismiyle çağırdığı an sinirlenmekte olduğunu anlamıştı. Sustu. Seyit devam etti.

"Annenden bir kap yemek almayacaksın. Kendi yağımızla kavrulacağız. Karnımızı da annenin doyurmasını istemiyorum. Kız kardeşlerinin alın teriyle dönüyor o mutfak. Oradan bir kepçe yemek bizim tencereye girmeyecek. Anlıyor musun beni Murka?"

Mürvet, bunu annesine nasıl izah edebileceğini bilemiyordu. Ama verecek başka bir cevabı da yoktu.

"Anlıyorum Seyit. Nasıl istersen."

"Sağ ol. Dediğimi yarından tezi yok yaparsan, beni kırmamış olursun. Bir haftalık misafirlik yeter."

Sonra karısının yanağından öperek hayırlı geceler diledi. Gözlerini kapadılar. Ama ikisi de daha uzun bir müddet uyuyamadı.

Mürvet, yemek saatlerinin farklı olduğunu, Seyit'in içki sofrasını bahane ederek, annesine durumu aktarmaya çalıştı. Emine, bunun ardında, zaten âdetlerini, düşünce ve yaşam tarzını bir türlü anlayamadığı damadının bir tavrı olduğunu sezinlemekle beraber ses çıkarmadı. Aslında gururlu, ketum ve inatçı tavırlarıyla Seyit'le ne kadar benzeştiklerini biliyordu. Hiç üstelemedi. Ne zaman ki kızının günde iki öğün yemek pişirmekte zorlandığını hissetti, Leman'a bakmak bahanesiyle gündüzleri kendi dairesine almaya başladı. Mürvet'e de, "Fazla almışız, yazık, çürüyecek, küflenecek." bahaneleriyle erzak veriyordu.

Genç kadın, bir gün yine Leman'ı annesine bırakmış, odasında cam kenarında oturmuştu. O kadar ağırlaşmıştı ki, hareket etmekte, oturup kalkmakta zorluk çekiyordu. Aşermesi son haddini bulmuştu. Hiç zamanı değildi ama bir tabak kıymalı pırasanın hayâlini kurup duruyordu. Birden burnuna gelen kokuyu içine çekerken şaşkınlıktan âdeta dili tutuldu. Hayâl gücüyle arzuladığı yemeğin kokusunu duymaya başladığını sandı. Aynı anda kapıda beliren annesinin sesiyle başını çevirdi.

"Haydi Mürvet, Seyit gelmeyecekse, gel de bu öğlen bizim masaya misafir ol. Hem laflar, hem yeriz. Sevdiğini bilirim. Haydi, nazlanma."

Mürvet'in nazlanacak hali yoktu zaten. Yutkunarak annesini takip etti. Annesine fark ettirmeden sıcacık tabağın içinden yükselen mis gibi kokuyu derin bir nefesle içine çekti ve Allah'ına şükrederek yemeye başladı.

1926'nın 26 Temmuzu'nda, Mürvet ikinci çocuğunu doğurdu. Uzun süren zor bir doğumdan sonra, tombul, sıhhatli bir kız bebek dünyaya geldi. Seyit, ilk çocuğunu başlangıçta ne kadar yadırgadıysa, ikincisini de aynı biçimde yadırgadı. Ama ilk kızına karşı gittikçe artan sevgi ve muhabbetinin bu yeni bebekle tekrarlanabileceğinden şüpheliydi. Karısının, bu bebeği kendisine söylemeden dört ay boyunca karnında gizliden gizliye büyüttüğünü düşündükçe, bebeğe de, kendisini köşeye sıkıştırmak için tezgâhlanan komplonun bir parçası gibi bakıyordu.

Yeniden, bebekli evin telaşına dönülmüştü. Bebeğin gazı, bebeğin maması, loğusa şerbetinin sıcak karanfil, tarçın kokusu, loğusayı kutlamaya gelenler, bebeğin katılırcasına ağlama sesi, evin sakin günlerinin geride kalmasına neden olmuştu.

Seyit, hayatında en kaçmak istediği ama yeniden yaşamak zorunda bırakıldığı uğultulu karmaşayı mümkün olduğunca uzaktan izliyordu. Yeni gelen kardeşi büyük bir merak ve hayranlıkla izleyen Leman ise bu patırtının arasında birdenbire ikinci plânda kalmıştı. Abartılı seslerle Şükran bebeğe "Maşallah!" çekenleri, kardeşi üzerinde gidip gelen bakışları, tüm olanları anlamaya çalışıyordu. Onun bu halini fark eden bir kişi vardı. O da babasıydı. Seyit, işten her dönüşünde, çok geç olmamışsa, hafta sonları Leman'ı arabasına bindirip dolaşmaya çıkarmaya başladı. Leman, en şık elbiseleri, potinleriyle yüksek demir tekerlekli arabasının kuştüyü şiltesi ve yastığının yumuşaklığında, babasıyla gezmeye çıkmaktan o kadar mutlu oluyordu ki, kapısını çekip çıktıkları evde kaç kişinin olduğu, yeni bebekle ne kadar ilgilenildiği onu hiç rahatsız etmiyordu. O, babasını çok seviyordu. Ona kendisini sevdirdiğini biliyor ve gözünde herkesten ayrı bir yeri olduğunu o küçücük yüreğinde hissediyordu. Yol boyu durup dinlenmeksizin konuşuyor, soruyordu. Seyit, küçük kızının kendisini ne kadar meşgul ettiğini ve dünya dertlerini unutturduğunu hayretle izlerken, sık sık uzanıp, onun yanaklarını, saçlarını okşuyordu. Bir erkeğin çocuk arabası sürmesine garipseyerek bakanlara da bıyık altından gülüyordu. Çoğu da, şık giyimli, lacivert gözlü erkek ile Avrupa bebek arabası içindeki güzel bebeğin ecnebi olduğuna kanaat getiriyordu.

Yine böyle güzel bir pazar günü, Seyit kızıyla derin bir sohbet içerisinde gezintideydi. Leman'ın büyüklere özenerek söylemeye çalıştığı kelimelerden birine kahkahalarla gülmekteydi. O sırada karşıdan gelen iki adamı tanımakta gecikmedi. Yaklaştıklarında onları görmemiş olmak için kızının yüzüne doğru eğilerek, arabasını itmeye devam etti. Ama diğerleri de onu görmüşlerdi. Biri diğerine sordu:

"Bu gelen bizim dağıtıcı Seyit Bey değil mi Allah aşkına?"

Ancak birkaç metre sonra onun hakikaten Seyit olduğundan ikisi de artık emindi.

"Merhaba Seyit Bey!"

Seyit, bütün arzusuzluğuna rağmen burun buruna geldikleri ve kendisine ismiyle hitap eden adamların yüzüne bakmak zorundaydı. Gülümsemeye çalışarak cevap verdi.

"Merhaba beyler."

Sonra onların soru sormasına, sohbete yeltenmesine fırsat bırakmadan yoluna devam etti. Müthiş bir ağırlık hissetmişti. Hiçbir şeyden habersiz, kahkahalarla konuşmaya devam eden kızına baktı. Bir iki sene sonra her şeyi anlayacak yaşa gelecekti. Yine yaptığı işi bilen insanlarla karşılaşacaklardı. Kızının yanında bu mevzuyu konuşmak zorunda kalabileceği bir anı düşündü ve terlediğini hissetti. Tenekeyle gaz dağıtan bir babası olmak, Leman'ı herhalde çok mutlu etmeyecekti. Yaptığı da iş miydi zaten? Kazandığı bir halt mıydı? Değer miydi, bunca pis kokmaya, bunca ağırlık taşımaya? Artık başka bir iş bulması lâzımdı.

Babasının dikkatinin kendisinden başka bir yerlerde olduğunu fark eden küçük kız, tombul avuçlarını dudaklarına kondurup babasına öpücükler yollamaya başladı. Seyit, onun sevgi dolu bakışları karşısında, yüreğinin ısındığını hissetti. Arabayı durdurup, kızını kucağına aldı. Sıkı sıkı sarılıp, başını öptü.

"Baban birkaç gün uzaklara gidecek Lemanuçka. Ama yine dönecek. Sakın merak etme oldu mu poluşum benim. Para kazanıp yine geri dönecek baban."

Leman ellerini çırptı.

"Sülü efendi attaa! Yemanuş attaaa!"

Beraber gezmeye gideceklerini sanmıştı. Kendince teşekkür etmek istiyordu. Babasının çenesinin çukurluğuna kocaman uzun bir öpücük kondurdu. Seyit'in içi eridi. Kızını çok ama çok seviyordu. O pazar gününden sonra Seyit devamlı iş aradı.

Ağustos sonuydu. Yazın takvimde bitmesine inat, sıcak mı sıcak bir hava vardı. Seyit, Beyoğlu'nda muhtelif otel ve lokantalarda resepsiyon veya lokanta yöneticiliği aramaktan yorgun, bir günün sonuna gelmişti. Son iki haftadır gazyağı işinden ayrılmıştı. Zaten bir birikim sağlamayan mütevazı gelirin son kuruşlarını harcamaktaydılar. Hâlâ da, eskisinden biraz daha iyi bir iş bulabilmenin ümidiyle kapıları deniyordu. Yorgunluğunu atıp, biraz eski günleri yad etmek için Volkof Restoran'a girdi. Barda oturan tanıdık çehreler hemen kendisine el salladılar. Manol ve İskender her zamanki keyifli ve yakışıklı ifadeleriyle akşamın tadını çıkarmaya başlamışlardı bile. Seyit'i aralarına aldılar. Bir müddet sonra onlara iki erkek daha katıldı. Birisi Seyit'e hiç yabancı gelmemişti. Ama kendisini zorlamasına rağmen çıkaramadı. Dimyan, Beyaz Rus'tu. Diğeri ise Aziz isimli Kırımlı bir gençti. İriyarı, sarışın bir adam olan Dimyan da Seyit'e hatırlamak ister gibi baktı. Sonra sordu:

"Sizinle daha evvel karşılaşmış olabilir miyiz Seyit Eminof? Wrangel'le mi geldiniz siz de?"

"Hayır, ben daha önce, 1918'de geldim."

"Ondan önce neredeydiniz?"

"Karpatlar'da."

Dimyan, koca eliyle barın üzerine bir yumruk indirdi. Keyiflenmişti.

"Tamam! Şimdi oldu. Orada karşılaşmış olmalıyız. Ben, Macar ovasına kadar indim."

Seyit, aniden Karpatlar'dan çıkıp gelen bir başka adamla, Beyoğlu'nda bir lokantanın barında karşılaşmış olmaktan memnundu. Gülerek cevap verdi.

"Evet, aynı sınırlarda dolaşmışız. Siz de bana hiç yabancı gelmemiştiniz zaten. Ama doğrusunu isterseniz, Karpatlar o kadar uzak yıllarda kalmış gibi ki, hiç düşünmedim bile..."

Diğeri, önemsemezmiş gibi başını sallayarak kadehini kaldırdı.

"Hiç dert etmeyin Eminof. Şimdi buradayız ya. Nazdrovya!"

Kadehler kalktı ve boşaldı. Tekrar doldu, tekrar boşaldı. İlerleyen saatlerde sohbet koyuldu. Konu, herkesin yapmakta olduğu işe gelince Seyit'i bir sıkıntı aldı. Zira şu an aralarında tek işsiz olan oydu. İskender Beyzade, bir fotoğrafçıda, karanlık odada çalışıyordu. Manol, Taksim'deki Rus eczanesi Zezemski'de iş bulduğunu söylediği zaman Seyit'in yüreği daraldı. Birden, orada çalışmış olan Shura'yı hatırladı. Onunla eczanenin kapısında buluşup, yağmur altında uzun uzun yürüyüşlerini, Kalyoncu Kulluğu'nda, çamaşırhanenin üst katındaki odalarına gelip nasıl saatlerce seviştikleri aklından bir yıldırım hızıyla geçti. Ama kendisine yöneltilen bir soru, yüreğindeki acıyı fazla canlanmadan uyuttu yine.

"Yeni iş arıyorum. Severek yapabileceğim, geliriyle adam gibi yaşayabileceğim, ailemi lâyığıyla geçindirebileceğim bir iş arıyorum."

Aziz ile Manol birbirlerine baktılar. Sonra Manol'un bir baş işareti üzerine Aziz konuştu. Seyit, genç adamın yakışıklı, ince hatlı yüzünü izlerken, onun kardeşi Osman'a ne kadar benzediğini hayretle fark etti. Sadece daha uzun boylu ve daha açık kumraldı.

"Kurt Seyit, bilmem nasıl düşünürsün? Gerçi senin istediğin gibi parlak bir iş değil. Geçici bir iş. Ama parası fena sayılmaz."

"Nedir?"

"Manol, Veliefendi'yi düzenleme işini üstlendi. Ben de onun yanında çalışıyorum. Zaten çalışanların çoğu ya Beyaz Rus ya da Kırımlı. Ne de olsa atlardan anlarız. Geçici bir iş olduğu için parası da fena sayılmaz. Hiç değilse bir müddet idare edersin. Yatacak yer, yemek de veriliyor. Aldığın para temiz cebine kalır. İstersen gel bizimle."

Seyit, bütün gün sokak sokak dolaştıktan sonra oturduğu yerde iş bulmuş olabilmesine inanamıyordu. Evet, bu da düşündüğü gibi parlak bir iş olmayacaktı ama gazyağı dağıtmaktan iyiydi. Üstelik atları çok severdi. Şu aralar evden uzaklaşacak olmak da ona pek bir rahatsızlık vermiyordu açıkçası. Yalnız Leman'ı çok özleyecekti. Mürvet'e gelince, gününün her dakikası bebekle meşgul olmakla geçiyordu. Düşündükçe teklif hiç fena gelmemeye başladı. Niye olmasındı? Elini uzattı.

"Anlaştık."

Kadehleri boşaltmaya bir sebep daha çıkmıştı.

"Nazdrovya!"

Aziz ve Dimyan, sabah Veliefendi'ye yola çıkacaklardı. Seyit, onlara katılabilmek için o geceyi Manol'un evinde geçirmeye karar verdi. Yattıklarından birkaç saat sonra, henüz gün ağarmadan, Londra Oteli'nin önünde buluştular. Seyit, işi kabul edip etmeyeceğini daha bilemiyordu ama anlamak için oraya kadar gitmesi gerektiğini düşünmüştü. Niyeti, o akşama geri dönüp, kararını Mürvet'e bildirmekti.

Ancak Veliefendi'ye varınca, öyle kolay kolay ayrılamayacağını anladı. Daha kapıdan girerken, bir iş kapabilmek için bekleyen kalabalığı gördü. Kendisine teklif edilecek işi öyle uzun boylu düşünmeye zamanı olmayacağı belliydi. Ekmek aslanın ağzındaydı. İdare binasının önünde onlardan ayrılan Dimyan, Aziz'e dönerek konuştu.

"Aziz Çavuş, Kurt Seyit'i bir gezdirip yapacağı işleri anlatın. Sonra bana uğrarsınız. Görüşmek üzere."

Mürvet, Seyit'in gidişinden sonra, her zaman alışkın olduğu ilk üç günkü yokluğuna pek aldırmadı. Ancak, ailesine ve mahalle komşularına karşı kendisini mahcup hissediyordu. Hakkı Ağabeyi'nin annesine dönüp de, "İşte Moskof'a kız verirsen olacağı budur." dediğini duyar gibi oluyordu. Dördüncü günün akşamında içini bir korku, endişe sardı. Seyit'in kendisini terk etmiş olabileceğinin yanı sıra başına bir şey gelmiş olması ihtimâli de onu ürkütüyordu. Emine, kızının sakin tavrının altında yatan endişeli halini göz ucuyla izliyordu. Ancak, sorularla onu daha fazla üzmek istemiyordu. Mürvet, bir müddet, durumu idare etmeye çalıştı ama fazla uzun sürdüremedi. Ağlamaya başladı. Seyit'in başına kötü bir şey gelse, çoktan haberinin geleceğini düşünüyordu. Geriye kalan tek ihtimâl de bir başka kadın veya memleket için kendisini terk etmiş olmasıydı.

"İki çocukla bıraktı gitti beni. Ne yaparım ben şimdi?" sorusunu tekrarlayarak saatlerce ağladı. Emine kızını teselli etmek istiyor ama fazla iç açıcı bir şey de bulamıyordu söyleyecek. Ancak çaresizliğini belli ediyordu.

"Bilmem ki ne yapabiliriz kızım. Mahallemizden, tanıdığımız birinin oğlu, kardeşi olsa, haber salacak yeri biliriz. Ne diyeceğimizi biliriz ama senin kocanın ne gün nerede olduğu belli değil. Eşi dostu, ayrı âlemlerin adamları. Yine de Osman'la bir baktıralım istersen."

Mürvet, kocasını bulmak için aileyi, komşuları pek işe karıştırmak istemiyordu. Birden aklına, çıktıkları evin sahibesi yaşlı kadın geldi. "Başın sıkışırsa gel, seni falcıya götüreyim. Büyü yapmışlardır belki de kocana." dememiş miydi o zaman... Fazla düşünmedi. Kararını vermişti. Yalnız annesine söylemekten çekiniyordu. Üstü kapalı bir mazeret uydurdu.

"Anne, ne olur sen çocuklara göz kulak ol. Bir iki yer var Seyit'i sorabileceğim. Gidip bakayım."

Emine meraklanmıştı. Kızının, Beyoğlu'nun ara sokaklarında dolaşması fikrinden bile rahatsız oluyordu.

"Yalnız başına olmaz Mürvet. Ya Osman Enişte'ni al yanına ya Hakkı Ağabeyi'ni."

"Hiç gerek yok anne. İnan, merak edecek bir şey yok. Bir kere daha aramıştım Seyit'i."

"İyi mi böyle? Yani kocanın peşinde koşup durmak... Erkek dediğin evinin yolunu bilir. Karısı gidip de toplamaz eve dönsün diye."

Mürvet, şimdi bunun kavgasını yapmak istemiyordu, özellikle annesiyle. Emine ise onu yalnız göndermemekte ısrarlıydı.

"Bari bekle, Fethiye'yi falan al yanına. Yalnız gitmekten iyidir."

"Anne, beni merak etme. Hemen gidersem, akşam karanlığı basmadan dönerim."

"Kocanın inadı sana da geçmiş. Haydi, git o zaman. Yalnız gecikme, beni meraktan çıldırtma."

Mürvet, hiç gülecek hali olmamasına rağmen, annesinin "inat" sözcüğüne gülümsedi. Onun sakin inadının, dediği dedikliğinin, kocasının huyuna ne kadar benzediğini biliyordu.

Evden fırlar fırlamaz, koşar adımlarla eski mahallesine doğru yol almaya başladı. Küçük evin kapısını çalarken nefes nefeseydi. Yaşlı kadını evde bulamama korkusuyla kapıda bekledi. Sabırsızlıkla tokmağı ardı ardına birkaç kez daha vurdu. İçenden gelen sesi duyunca içi rahatladı.

"Geldim, geldim! Kim o?"

"Ben Mürvet, teyze."

İsmini söylerken, kapıda yaptığı gürültüden de utandı. Yüzü, sıcaktan, telaştan zaten kıpkırmızıydı. İhtiyar kadın, memnuniyetle, sevecenlikle onu buyur etti. Bir iki hoş beşten sonra konuya gelindi.

"Eh, söyle bakalım, Mürvet kızım. Ne derdin var? Böyle pür telaş muhabbete gelmedin herhalde. Ne yardımda bulunabilirim sana?"

Mürvet, gözünde beliren yaşlarla konuşmaya çalıştı.

"Seyit... Yine yok ortalarda. Hiç bu kadar uzun zaman gelmezlik etmezdi eve. Onu nerede bulabileceğimi bilmiyorum. Nerede olduğunu öğrensem bile onu eve nasıl bağlayacağımı bilemiyorum. Bir türlü huzur bulamadık. Onu yanımda tutamıyorum."

"Şışşt, ağlama, ağlama. Yazık o güzel gözlerine. Her şeyin çaresi var dememiş miydim ben sana? O zaman da demiştim, muhakkak büyü var bu adamın hayatında. Yoksa senin gibi güzel, gencecik karısını bırakır da gider mi hiç erkek. Haydi, sil şu gözünü. Bekle, hemen üstüme bir şey geçireyim. Senin derdine çare bulacak kişiyi biliyorum ben."

Kumkapı'da faytondan indiklerinde Mürvet tarifi zor bir huzursuzluğa gömülmüştü. Falcılarla, büyüyle ne işi olduğunu düşünüp duruyor, kendi kendine kızıyordu. Ama, bunun son çaresi olduğu fikriyle yaşlı kadının yanı sıra, hiç konuşmadan yürüyordu.

İki katlı, ahşap evin kapısını çaldıklarında, karşılarına çıkan Ermeni kadın onları içeriye buyur etti. Günün bunaltıcı sıcağını ve güneşini dışarıda bırakan perdelerin kararttığı odaya girdiklerinde, Mürvet birden korkuya kapıldı. Ya falcı olur olmaz özel hayatıyla ilgili sorular sorarsa ne olacaktı? Neyse ki yaşlı ev sahibesi ona konuşacak fazla bir şey bırakmadı. Özetle, bu genç kadının kocasını evde tutamadığını, onu kendisine bağlamak istediğini anlattı. Falcı kadın, kendine has Ermeni şivesiyle, "Güzelin derdine derman bulacağını" söyleyip eski bir perdeyle odadan ayrılmış mutfağa geçti. Çeşit çeşit kavanozlar, kurutulmuş otlar, havanlarla dolu, karmakarışık tezgâhın başına geçti. Mürvet, oturduğu sedire avuçlarını sımsıkı yapıştırmış, korkuyla kadını izliyordu. Falcı, bir ayin yaparcasına ağır hareketlerle şişelerden, kuru otlardan kocaman bir havana malzeme doldurdu. Kendi kendine devamlı bir şeyler mırıldanmaktaydı. Havandakileri ezerken bir yandan da geniş kalçaları sallanıp duruyordu. Başka bir zaman olsa Mürvet bu sahneyi komik bulabilirdi. Daha sonra havanın içine, yanan bir kibrit atan kadın, malzemenin tutuşmasını sağladı. Ardından tokmakla birkaç kez üst üste vurarak söndürdü. İçindekileri bir kesekâğıdına doldurup, mutfaktan çıktı. Odaya garip bir koku yayılmıştı. Elindekini Mürvet'e uzattı.

"Bak kızım, şimdi bunu alırsın. Bu senin hayatını değiştirecek olan tütsüdür. Çok özenmişim hazırlarken, Vallahim de Billahim. Bunu birkaç tutam ateşe atarsın. Sonra tütsülü külleri kocanın çamaşırları arasına serpersin. Ama dikkat edersin, kocan görmesin. Hele bir farkına varsın, hiç işe yaramaz Vallahim. Haydi canım, içini rahat tutasın."

Mürvet, elindeki kâğıda dolmuş tozun, cebinde olan tüm paranın karşılığı olduğunu anladığı zaman iç işten geçmişti. Dört lirayı sayarken, gözü paralardaydı.

Eve döner dönmez, annesine, muhtelif yerlere haber bıraktığını ve artık beklemekten başka çare olmadığını söyleyerek, falcının talimatlarını yerine getirmek üzere yalnız kaldı.

Artık gaipten gelecek seslere ihtiyacı olduğunu akrabaları da düşünüyor olmalıydılar ki, ertesi gün halasının büyük kızı kendi tanıdığı bir falcıyla çıkageldi. Bembeyaz saçlı, tertemiz bakışlı bir kadındı. O da fasulyelerden istikbali görüyordu. Kırk fasulyeyi avucunda sallayıp ortalığa yaydıktan sonra onlara baka baka konuştu falcı.

"Ah kızım, hiç üzülme. Kocan çok yakınında. Elden para da geliyor, tez elden hem de. Aman aman ne kadar yakın bir zaman. Gözün aydın diyorum, başka bir şey demiyorum. Muradın olacak kızım, hiç üzme kendini artık."

Genç kadın, büyük bir tesadüf eseri iki gün üst üste yaşadığı falcı macerasından sonra artık neye inanıp, neye inanmayacağını kestiremiyordu. Bütün duydukları, aslında duymak istedikleriydi. Ama bir avuç tütsünün veya fasulyenin, kendisinin yapamadığı neyi yapabileceğini de merak ediyordu. Yine de yitirdiği ümidine kavuşmuştu.

O akşamüzeri evin karşısındaki çeşmeye su doldurmaya gitti. Dalgın dalgın, buz gibi suyun güğümlere doluşunu seyrediyordu. Yolun diğer ucundan hızlı adımlarla gelen erkeği görünce yüreği deli gibi çarpmaya başladı. Kendisine yaklaşan genç adamın kıyafeti, aynı Seyit'in eski fotoğraflarında gördüğü gibi kalpaklı ve çizmeliydi. Onun, kocasıyla ilgili biri olduğu düşüncesiyle heyecanlandı. Yanlış düşünmuyordu. Erkek onu hürmetkâr bir edayla selâmlayıp sordu:

"Özür dilerim. Kurt Seyit'in evini arıyorum. Bu yol üzerinde olduğunu söylemişti."

Mürvet'in heyecanı son haddini bulmuştu. Gelen, bir kötü haberin habercisi miydi yoksa? Elini kalbine doğru götürüp cevapladı.

"Ne yapacaksınız Kurt Seyit'in evini?"

"Karısına bir haberi vardı, onu getirdim."

"Buyurun, ben karısıyım."

"Özür dilerim. Kendimi tanıtmadım. Ben Aziz Çavuş. Onun arkadaşıyım. Beni kendisi gönderdi. Aslında size ne zamandır haber iletmek istiyor ama Veliefendi'den bu yana gelen bir tanıdık bulamadı."

Mürvet, sorar gözlerle baktı. Kocasının Velidendi'yle ilişkisini, niye bu kadar gündür ortada olmadığını anlayamıyordu.

Aziz devam etti.

"Beraber çalışıyoruz Veliefendi'de. Çayır düzenleme, at terbiyesi gibi işler... Merak etmemenizi istiyor Kurt Seyit. Sizlere sevgilerini gönderdi. Bir de bunu."

Cebinden bir zarf çıkarıp uzattı. Sonra vedalaştı.

"Haydi yenge hanım, bana müsaade. Daha uzun yolum var. İşleri toparlayınca gelecekmiş Kurt Seyit. Hiç endişelenmeyin. Ha, bir de, "Lemanuçka'yı çok öpsün benim için." dedi."

Mürvet, günlerdir içini daraltan çemberin gevşediğini hissetmenin rahatlığıyla gülümsedi.

"Kusura bakmayın, şaşkınlıktan akıl edemedim. Eve buyurup bir yorgunluk kahvesi almaz mısınız? Belki de soğuk bir şerbet?"

"Yok, sağ olun yenge hanım. Hoşça kalın."

"Güle güle."

Aziz Çavuş, askerlikten kalma alışkanlıktan olsa gerek, çizmelerinin topuğunda dönerek, geldiği gibi hızlı adımlarla uzaklaştı.

Mürvet, genç adamın Necmiye'ye ne kadar yakışacağını düşündü bir an, sonra kendi kendine güldü. Annesi bir Kırımlı damat daha evin içine sokmazdı herhalde. Zaten olacak şey değildi ki düşündüğü. İşte, öylesine aklına gelmişti. Belki de evliydi genç adam. Güğümü doldurmuş ve bir müddettir boşa akmakta olan suyu fark etti. Çeşmeyi kapayıp, elindeki zarfı telaşla açtı. İçinde Seyit'in kısa bir notuyla sevgileri, selâmları ve beş lira vardı. Zarfı cebine yerleştirip, güğümleri aldı. Eve yürürken düşünüyordu. O hiç inanmadığı falcı kadınlardan hangisinin falıydı tutan acaba? Ermeni falcının tütsüleri mi yoksa fasulyelerin söylediği mi?

Her ne ise, mühim olan kocasının nerede olduğunu, kendisinden kaçmadığını biliyordu. Huzurla eve girdi.

Aziz Çavuş daha sonraları, muhtelif aralarla Seyit'ten haber getirdi. Her defasında da zarfta mütevazı bir miktar para bırakıyordu. Mürvet, kocasının daha ne kadar Veliefendi'de kalacağını sormaya bir türlü cesaret edemiyordu. Bu belki de yeni bir hayat tarzı olacaktı onlar için. Seyit uzakta bir yerde yaşamaya devam edecek ve arada bir de para gönderecekti.

Ekim ayının sonu gelmiş, hava artık kış hazırlığına girmişti. Çok nadiren, yazdan esinti günler yüzünü göstermeye çalışıyordu. Ama güneş ne kadar uğraşsa, sonbaharın havadaki buruk kokusu, soluk renkleriyle başa çıkamıyordu artık. Böylesine günlerden birinin sabahında Aziz Çavuş yine geldi. Bu defa mektup getirmemişti.

"Kurt Seyit sizi bekliyor Veliefendi'de, yenge. Toparlanır toparlanmaz gitmenizi istiyor."

Mürvet, şaşkına dönmüştü. Kendisi için yabancı bir âlem olan Veliefendi'ye gitmek fikrine ısınamamıştı. Nihayet uzun zamandır soramadığı soruyu sordu:

"Kendisi gelmiyor mu daha?"

Aziz'in yakışıklı yüz hatlarında sıcak bir gülümseme yayıldı.

"Onu bilemem yenge. Ne zaman ne yapacağını pek herkese anlatmaz Kurt Seyit."

Mürvet neredeyse "Bilmez miyim?" diyecekti. Kendisini zor tuttu.

"Çocukları da getirsin dedi. Hep beraber bekliyor sizleri. Ancak yolu uzundur. Sabah erken çıkın. Yoksa sefil olursunuz, çoluk çocuk. İsterseniz, bekleyeyim, beraber dönelim. Daha iyi olur."

"Buna imkân yok. Annem evde değil. Onun gelmesi, çocukları hazırlamam zaman alır. Biz ya yarın, ya öbür gün geliriz. Ama, nasıl gidilir oraya?"

"Bakırköy'de trenden inin. Osmaniye at yarış yerleri derseniz, gösterirler. Veliefendi'ye vardığınızda da kapıda ismini verin Kurt Seyit'in. Sizi hemen ona götürürler."

Aziz gittikten sonra, Mürvet hemen hazırlanmaya başladı. Heyecan içindeydi. Kocasına kavuşacaktı. Ama bir yandan da endişelenmiyor değildi. Oraya gitmesinin ne manaya geldiğini çözemiyordu. Seyit, sadece hasret gidermek için mi çağırmıştı onları, yoksa "Benimle burada kal." mı diyecekti? Kocasının ne düşündüğünü biraz hissedebilse rahatlayacaktı.

Akşamüzeri annesine durumu anlattığında, Emine bu defa kızını yalnız bırakmamakta kati surette kararlıydı.

"Bir de bu çıktı başımıza. Bir çocuk kucağında, bir çocuk elinde, yalnız başına, gencecik kadın, Osmaniye'lere, at çayırlarına mı gidermiş? Yok efendim, anlamam öyle şey. Üstüme iyilik, sağlık. Fesüphanallah!"

Mürvet, annesini darıltmak istemiyordu ama kocasının yanına gitmeye kararlıydı. Emine onun bakışlarından bunu hemen sezmişti. Daha yumuşak bir sesle devam etti.

"Ama ille de "Gideceğim" diyorsan, o zaman beraber gideriz. Sana yollarda bir şey olsa, ne ben burada haberini alabilirim, ne de kocan öbür taraftan duyar. Fethiye ile Necmiye artık başlarının çaresine bakarlar nasılsa."

Bütün geceyi çocuklar için yolluk yapıp, kılık kıyafet hazırlamakla geçirdiler. Orada ne kadar zaman için kalacaklarını bilemiyordu Mürvet. Tedbirli olmak istiyordu.

Ertesi gün cumaydı. Sabah erkenden yola döküldüler. Hipodromun kapısına vardıklarında öğle üzeri olmuştu. Şükran'ın meme saati geçmiş, çocuk huysuzlanmaya başlamıştı. Mürvet onu kucağında sallayarak susturmaya çalışıyordu. Leman ise anneannesinin kucağındaydı. Babasını görmeye geldiklerini öğrendiği andan beri tarifsiz bir sevinç içindeydi. Ne acıkmıştı, ne susamıştı ama çok çişi gelmişti. Bir an evvel babasına kavuşmak sonra da çişe gitmek istiyordu. Telaşlı insanların arasından zoraki geçerek, soru sorabilecekleri birini aradılar. Kapıdaki iriyarı adam, onlara beklemelerini söyledi. Az sonra Aziz karşılarındaydı. Güler yüzle elini uzattı.

"Hoş geldiniz yenge hanım. Hoş geldiniz efendim. Kurt Seyit şu anda meşgul. Gelin sizi bizim eve götüreyim. O da sonra bize katılacak. Buyurun."

Aziz'i takiben az ilerideki evine yollandılar. Kapıyı açan kadının çirkinliği Mürvet'i şaşırttı.

"Karım Feyziye. Feyziye, bak, Kurt Seyit'in hanımı, yenge. Sen onları buyur et, dinlensinler. Biz sonra geleceğiz."

Kadın, misafirlerinden pek memnun olmuşa benzemiyordu. Gerçi bunu belirtecek en ufak bir kabalıkta bulunmadı ama Mürvet sadece kadınsı önsezileriyle kadının kendisini kıskandığı hissine kapıldı. Aziz Çavuş'un kendisine Seyit'ten haber getirmesi mi onu şüpheye düşürmüş, işkillendirmişti acaba? Hele şimdi Mürvet'i karşısında görünce, oldukça rahatsız olduğu belliydi. Yine de pişirdiği kahvenin eşliğinde sohbetten uzak durmadı. Kısaca hayat hikâyesini anlattı. Feyziye Karadenizliydi. Kocası harpte ölmüştü. Aziz'in Rusya'dan kaçışını takiben Sinop'ta tanışmışlardı. Genç adamla evlenip, İstanbul'a gelmişlerdi. Sinop'u duyunca Mürvet'in aklına ister istemez kocasıyla Shura'nın Sinop macerası geldi. Ona olan kıskançlığının henüz tedavi olmadığını hayretle fark etti. Yabancı kadın, yıllar sonra hâlâ onun hayatına girebilmek için âdeta her ismi, her yeri fırsat kolluyordu.

Düşüncelerini ondan uzaklaştırıp, Feyziye'yi dinlemeye çalıştı.

Aşağı yukarı bir saat sonra kapı çalındı. Seyit, yanında Aziz, Dimyan ve onun karısı Fatma olduğu halde çıkageldi. Mürvet, kocasını hiç bu kadar buruşmuş, tozlanmış kıyafetlerle görmemişti şimdiye dek. Diğer taraftan genç adamın güneşten yanmış yüzünden mutluluk fışkırıyordu. Lacivert gözleri eski pırıltılarına kavuşmuştu. Emine'nin elini öptükten sonra karısına sarıldı. Alnından, yanaklarından hasret dolu, şefkatle öptü. Mürvet, hemen yeni gelin gibi kızarıverdi. Sonra Seyit, sıra ile Leman'ı ve Şükran'ı kucakladı. Hararetle sohbete başladılar. Dimyan'ın karısı Fatma da Kırımlı'ydı. Cana yakın, dostane bir yüzü ve tavrı vardı. Diğer kadının bakışları, özellikle Seyit geldikten sonra, yan gözle karı kocayı süzüşleri, Mürvet'i son derece rahatsız etmeye başlamıştı. Bir ara Dimyan, kırık bir Türkçe ile Seyit'e sordu:

"Evet Eminof, şimdi ne olacak? Ne diyorsun?"

Aralarında halledemedikleri bir mevzu olmalıydı. Mürvet pek anlayamadı. Aslında aynı soruyu o da kafasında sorup duruyordu. Hakikaten, şimdi ne olacaktı? Seyit'in hayatlarıyla ilgili kararları neydi? İki erkek aralarında Rusça birkaç cümle fısıldaştıktan sonra, Fatma, güler yüzle gelip Mürvet'in koluna girdi.

"Haydi Mürvet Hanım, bizim eve gidiyoruz. Biraz da bizim misafirimiz olun."

Yakışıklı Aziz ile asık suratlı karısı Feyziye'yi kendi evlerinde bırakıp, ayrıldılar.

Çayırın bir ucunda, tek katlı taş bir evdi. Temizliği daha bahçe kapısının girişinde kendini belli eden Fatma Mürvet'i ve çocukları çok sevmişti. Hemen sofra kuruldu. Tel dolapta, tezgâhta nesi var nesi yok çıkardı Fatma. Rakılar açıldı. Dimyan, içkilerini doldururken, Seyit banyoya girmişti. Mürvet de Şükran'ı emzirip uyuttu. Fatma, kaşla göz arasında iki odasını misafirleri için hazırlamıştı.

Döşekler yaymış, mis gibi kolalı çarşaflar sermişti. Mürvet, kendisini hiç tanımadan böylesine ağırlayan kadına minnetle bakarak teşekkür etti.

"Ne kadar iyisiniz Fatma Hanım."

"Kurt Seyit'in ailesini ağırlamak şereftir bizim için. Keşke daha önce gelseydiniz de tanışsaydık sizlerle. Yazın ne güzel günlerimiz olurdu beraber. Ben, oldukça yalnız kalıyorum doğrusunu isterseniz."

Sonra göz ucuyla çocuklara baktı.

"Böyle güzel uğraşlarım da yok. Maşallah! Allah bağışlasın."

Mürvet, onun sesindeki hüznün, sadece kendisine acımasından olmadığını biliyordu. Yoksa en ufak bir kıskançlık, haset yoktu Fatma'nın yüreğinde. Onu rahatlatmaya çalıştı.

"Daha çok gençsiniz, yine olur."

"Hiç sanmam. Çok zor günler geçirdim. Çok acı çektim. Bu da o günleri hatırlatacak acılardan biri. Hep benimle yaşayacak sanırım."

Sonra gülerek ayağa kalktı.

"Neyse, bırakalım şimdi bunları. Allah vermeyince vermiyor, ne yapalım. Benim de Dimyan'ım var."

İkisi de gülmeye başladılar. Mürvet, Dimyan'ın iriyarı, heybetli cüssesini düşününce, karısının onu nasıl çocuk yerine koyabileceğini göremiyordu. Fatma, kapıyı usulca çekerken mırıldandı.

"Haydi, siz bebeği rahat rahat yatırın. Ben, biraz sofrayla ilgileneyim. Görüşürüz."

Mürvet birdenbire şükran hisleriyle doldu. Her şeye rağmen, bazı kadınların sahip olamayacakları mutlulukları vardı. Tanrı'ya şükrederek küçük kızını uyuttu ve diğerlerine katıldı.

Leman'ın pek uykuya gideceği falan yoktu. Babasının kucağında, kâküllerini sallayıp şarkılar mırıldanarak, onun çenesini, yanaklarını öperek, avuçlarını çırparak, aylar boyu duyduğu hasreti dindirmeye çalışıyordu. Coşkusu, onu bütün gece uyanık tutacağa benziyordu. Seyit de bir yandan sohbet ediyor, bir taraftan da içki yudumları arasında kızının saçlarını, yanaklarını, küçük ellerini öpücüklere boğuyordu. Keyfi yerindeydi. Şakalar yapıyor, Emine'yi bile güldürecek hikâyeler anlatıyordu.

Fatma'nın ve Dimyan'ın misafirperver sofralarında harika bir akşam geçirdiler. Emine hariç, hanımlar da birer kadeh içkiyle beylerine eşlik ettiler. Sanki ağustos sonundan beri çekilen sıkıntıların sonu gelmek üzereymiş gibi hissediyordu Mürvet. Bir taraftan da hislerinde yanılmamış olmak için dua edip duruyordu.

Gece, oldukça geç bir saatte, birbirlerine iyi geceler dileyip, odalarına çekildiler. Emine, çocuklarla bir odaya yerleşmiş, Seyit ve Mürvet kendilerine ayrılan odaya çekilmişlerdi. Kapıyı kapadıkları an genç adam karısına hasretle sarıldı. Bu, karşılaşmalarındaki sarılışından çok farklıydı. Mürvet nefesinin kesildiğini zannetti. Kocasına karşı bunca ay dile getirmek istediği onca kızgınlık, isyan cümlelerine ne olmuştu? Söylenmek bir yana, kelime edecek hali kalmamıştı. Ateşi yükseliyor, eli ayağı kesiliyordu. Kendisini kocasının güneşten bronzlaşmış kolları arasında öylece bıraktı. Seyit onu öpücüklere boğarken, saçları arasına gömdüğü dudaklarından mırıltı halinde sözcükler duyuldu.

"Yarın hep beraber dönüyoruz Murka. Ben de geliyorum sizinle."

Genç kadın başını kaldırıp, onun gözlerinin içine baktı.

"Niye daha önce gelmedin Seyit?"

Erkek, karısını elinden tutup yatağın kenarına oturdu ve onu yanına çekti.

"Gelemezdim canım, gelemezdim. Dimyan'ın yanında iş bulduğum zaman cebimde beş param yoktu. Oldukça iyi para toparladım burada. Güneş doğmadan çalışmaya başladım, güneş batana kadar uğraştım, kâh çayırda, kâh ahırlarda. Çok yoruldum ama değdi. İyi para topladım Murka. Ancak, buradan bir gün ayrılsam o parayı yerdim."

Sonra gülerek karısına baktı.

"Bilirsin işte, biraz Volkof, biraz Orient, sana bir şapka, çocuklara elbise der, eve gelmeden bitirirdim. Bilhassa ayrılmadım buradan. Çünkü burada parayı yiyecek yer yok."

"Nerede kaldın peki? Hep Dimyan'ın evinde miydin?"

"Hayır, girişin yanında iki göz oda bir yerim vardı. Orada kaldım. Ama ayrılmaya karar verdiğim için bugün boşalttım."

"Ne zaman karar verdin bizimle dönmeye?"

Seyit karısına sarılıp onu kucağına doğru çekti. Gözlerinde o çakmak çakmak pırıltılar vardı yine. Gülümsedi.

"Seni gördüğüm zaman karar verdim. Buraya gelmesen belki de geri dönmeyi uzun bir zaman daha düşünmezdim."

Mürvet, kocasının bakışları, sıcaklığı, kollarının güçlü sarışıyla uzun zamandır özlediği ama fark edemediği aşkı tekrar yaşamak için bir şans yakaladıklarını düşündü. Elini uzatıp şefkatle Seyit'in yüzünde gezdirdi. Seyit onun elini alıp, dudaklarını avucunun içine bastırdı. Sonra boynunun uzunluğuna doğru eğilip derin bir nefes alıp gözlerini kapadı.

"Seni ne kadar özledim, Murka'm benim..."

Sarılıp uykuya daldıklarında neredeyse sabah olmak üzereydi.

Ertesi sabah Fatma'nın hazırladığı keyifli uzun bir kahvaltıdan sonra yola çıktılar. Cinci Meydanı'ndaki eve girerlerken, Mürvet, kocasını geri getirebilmekle âdeta büyük bir mücadeleyi kazanmış, gibi hissediyordu kendisini.

Fethiye ve Necmiye ise esprilerini, şakalarını özledikleri eniştelerini karşılarında görünce, sevinç çığlıkları attılar. Seyit, birden bir şey fark etti. Kendisini sıktığını zannettiği bu kadın kız kalabalığından ne kadar mutlu olabildiğini fark etti. Kayınvalidesi, baldızları, karısı ve kızları arasında beklenen tek erkek olmanın da keyfi bir başkaydı. Bunu nasıl fark etmediğine hayret ederek kendi kendine güldü. Onun keyfi diğerlerini de etkilemişti. Sanki üç aydır yok olan Seyit değildi. Ağlayarak falcılara giden Mürvet değildi ve kocasının peşine düştüğü için kızına içerleyen Emine değildi. Neşe içinde bir pazar geçirdiler.

Pazartesi sabahı erkenden evden ayrılan Seyit, Beyoğlu'na çıktı. Akşam olduğunda biriktirdiği parayla başlatabileceği bir iş bulmuştu. Küçük Bursa Sokak'ta, yedi lira pey vererek bir dükkân tuttu. Kendisi gibi iş aramakta olan yeğeni Şair Hasan'ı da yanına aldı. Kiraladığı mekânı şıklaştırıp, pahalı bir lokanta haline getirmesi için imkânları henüz elvermiyordu. Onun için şimdilik sadece basit ama temiz bir çibörekçi dükkânı işletmeye karar verdi. Ancak onun malzemesini temin etmek için dahi epey zorlanacaktı. Teyze oğlu Yahya'nın bir zaman önce yaptığı yardım teklifi aklına geldi. Ona danışabilirdi. Eve dönmeden onun barına uğramaya karar verdi.

Yahya, çok sevdiği Seyit'i sevgiyle karşıladı.

"Seyit, ne kadar sevindim seni gördüğüme. Nerelerdeydin? Seni koyduğu yerde bulana aşk olsun. En son Volkof'ta sabahlamıştık. Sonra sırra kadem bastın. Gel şöyle otur, anlat."

Garsona servis için işaret ettikten sonra devam etti.

"Seni iyi görüyorum. Açık denizlere mi çıktın, ne yaptın? Yüzünden sıhhat fışkırıyor. Keyfin de yerinde anladığım kadarıyla."

"Allah'a şükür Yahya. Çok zor günler geçirdim ama şimdi sanki her şey yoluna giriyor."

Son aylardır yaşadıklarını anlattı. Ve nihayet en son işine geldi.

"Seni rahatsız etmemin sebebi de bu Yahya. Belki yol gösterirsin. Şöyle ucuz tarafından bulabileceğim lokanta malzemesine ihtiyacım var. Hani bildiğin kapanmış bir yer olabilir yahut dekore edilen..."

Yahya gülümseyerek arkasına dayandı. Seyit meraklanmıştı.

"Bir bildiğin var senin Yahya, nedir?"

"Bildiğim, tam zamanında bana geldiğin. Zaten, niye bunca sıkıntıyı çekerken bana haber vermedin, hiç aklım ermiyor Seyit. Hiç mi güvenmezsin bana?"

"Sana ne kadar güvenip, sevdiğimi bilirsin Yahya. Ama herkesin hayatı kendine ait ve herkesin kendine yetecek kadar derdi var."

"Pekiyi, ben sana bir derdimle gelsem, yardım etmez misin ki?"

Seyit kahkahayla güldü.

"Etmez olur muyum? Seve seve ederim. Ben zaten dertlere gömülmüşüm. Bir değil, bin dert getirsen fark etmez."

Gülmeye başladılar. Yahya, Seyit'e yapacağı yardım teklifinde son derece dikkatli olması gerektiğini biliyordu. Temkinli ve karşısındakini izleyen bakışlarla aklındakileri söyledi.

"Bak Seyit, bu defa işi bana bırakmanı istiyorum, lütfen. Neden, diyeceksin. Zira, aradığın adam karşında oturuyor."

Seyit hemen itirazla başını iki yana salladı. Yahya uzanıp onun kolunu tuttu.

"Dinle beni. Nemrutluk etme. Tanrım! Hayatımda tanıdığım en inatçı adamsın. Bak dinle, hem Florya'yı hem de burayı baştan aşağı değiştiriyorum. Çıkan eşyadan istediğini seç, al."

Seyit biraz düşündü ve şartını ileri sürdü.

"Bir şartla, ödemek üzere."

Yahya, yeğeniyle daha fazla didişmek istemiyordu.

"Tamam, tamam. İlle de ödemek istiyorsan ödersin. Tamam, anlaştık. Yarından tezi yok, gel, istediğini al. Tamam mı?"

"Anlaştık. Sağ ol Yahya, sağ ol."

Bir hafta sonra Küçük Bursa Sokak'ta, bembeyaz kolalı örtüleri, peçeteleriyle çibörek ikramına başlayan lokanta, Beyoğlu'nun kucağında kaynayan envai çeşit lezzete bir yenisini ilave ediyordu.

Altınkum'da Sefalı Bir Yaz

Küçük lokantası çalışmaya başladıktan birkaç ay sonra Seyit, Yahya'ya olan malzeme borçlarını ödemişti bile. Ancak, düşündüğü kadar iyi bir iş kurabilmek için daha sıkı çalışması lâzımdı. Evlere servis fikri tahmininden çok hızlı gelişti. Derken yer küçük gelmeye başladı. Ağa Camii'nde daha geniş bir yer tuttu ve işini taşıdı.

Halen, Cinci'de, Emine'nin yanında oturuyorlardı. Ancak, Seyit'in artık mutfak masraflarını ayırmak gibi bir kavgası kalmamıştı. Zira eve olan katkısıyla kendisini rahat hissediyordu.

Ağa Camii, Sakız Ağacı Caddesi'ndeki lokantanın menüsünde projki, salatalık turşusu ve votka da yer alıyordu. Caddenin karşısındaki 5 numaralı apartmanın bodrum katını da tuttu Seyit. Yanına aldığı iki Beyaz Rus ve bir Kırımlı'nın yardımıyla sarı votkalar şişeleniyor, salatalıklar kocaman fıçılar içinde turşu olmaya yatırılıyordu.

Seyit, her ne kadar yaptığı iş itibarıyla kendisini olmak istediği yerden çok uzak görüyorsa da, hayatından memnun sayılırdı. Eski günlerin hummalı çalışma temposuna dönmüştü yeniden. Çok çalışacak kadar işi olması onu ancak sevindiriyor ve gelecekle ilgili ümitlendiriyordu. Yakında, Beyoğlu'nda güzel bir daire tutabileceği ve istediği yaşamı devam ettirebilecekleri bir gelire kavuşmuş olacaktı.

Sonbahar geldiğinde, Seyit, Ağa Camii'nde bir lokanta daha açmıştı. Onun başına da küçük yeğeni Şair Hasan'ı koymuştu. Vakti, dükkânlarıyla bodrum katındaki imalâthane arasında geçiyordu. Her zaman olduğu gibi, işyerinde kendisine ait, rahat edebileceği bir oda döşemişti. Lokantanın çok geç boşaldığı geceler, Sultanahmet'e dönmüyor, Beyoğlu'nda kalıyordu.

Bu kısa ayrılık gecelerinden dolayı Mürvet artık isyan etmiyordu. Bunun, kocasının işinin bir parçası olduğunu kabullenmişti. Ve ondan ayrı geçirdiği üç ay sonunda fark etmişti ki, kocasını ne pahasına olursa olsun seviyordu ve onun da kendisini sevdiğini artık anlamıştı. Gerçi, müşterek hayatlarında, kimselerin yüksek sesle söylemediği birtakım uyuşmazlıklar vardı ama hiç mühim değildi. En azından şimdilik.

Çocuklar büyüyorlardı. Leman, güleç, sakin, keyifli tavırlarıyla üç yaşını dolduruyordu neredeyse. Şükran, ablası kadar gülmeye meraklı değildi ama yine de çok güzel bir çocuktu. Babasının gözlerinin laciverdini yakalayamasa bile açık mavi gözleriyle görenlerin dikkatini çekiyordu. Seyit'in, Beyoğlu'ndaki yabancı mağazalardan getirdiği elbise ve ısmarlama potinlerle, oturdukları muhitte sadece yaşdaşlarının değil, kendilerinden büyük çocukların bile kıskanç bakışlarına hedef oluyorlardı. Mürvet bunu fark ettiği için çocuklarının elbiselerini nazar boncuksuz bırakmıyordu. Emine ise torunlarının evden her çıkışlarında, kem gözlerden korunmaları için okuyup üflüyordu onları.

Seyit, bundan sonra hayatının İstanbul'da, karısı ve ailesiyle beraber şekilleneceğine, daha uzaklara, daha başka yolculuklar yapamayacağına, kaderinin onu buraya bağladığına dair kesin bir hisle, artık tek bir şey düşünüyordu: İstanbul'da kurabileceği en iyi hayatı kurmak ve devamlı olmasını sağlamak. Mürvet'i seviyordu. Kızlarını seviyordu. Ayrı kalınca onları özlüyordu. Ama yine de evinden uzak geçen gecelerde, yatağı pek boş kalıyor sayılmazdı. Bu geçici beraberliklerin, evliliğini zedeleyecek devamlı, hissi bağlantılar olmadığını bildiğinden böyle davranmakta bir mahzur görmüyordu. Shura'ya hissettiği aşkı ve tutkuyu başka ikinci bir kadına duyması artık imkânsızdı. Shura ve şimdi tarifi çok zor gelen duyguları, artık çok eskilerde kalmıştı. Shura'yla beraber nice yollar aşarak dünyanın bir başka ucuna gitmişlerdi.

Mürvet ise, karısı, evinde kendisini sevgiyle bekleyen bir kadın ve çocuklarının annesi olarak ona verebildiğince sevgi veriyordu. Munisliğinin, sadıklığının yanı sıra, kıskançlığı, asık suratı dahi gözüne hoş görünüyor, içini ısıtıyordu artık. Yavaş yavaş da olsa beraber yaşamayı öğreniyorlardı. Onun dışında, bir erkeğin bir kadına duyabileceği geçici hisler vardı ki, bu huyu hiç değişmiyordu. Ve böyle anlarını paylaşabileceği çok kadın vardı etrafında. İster orkestrası, balerinleri olan ve mum ışığında yenilen lüks bir lokanta işletsin, isterse sadece projki ile votka ikram eden küçük bir lokantacığı; onda kadınların gözünü, yüreğini çelen bir şeyler vardı. Ve sanki bu kadar kolay sunulan fırsatları değerlendirerek, hayatında hiç yakalayamadıklarının acısını çıkarıyordu. Bazen Fransızca, bazen Rusça, kimi zaman da Almanca sözcüklerle tüketilen aşk gecelerinin sabahında, beraberinde uyandığı tek düşünce, bir an evvel daha fazla para kazanıp, daha iyi yaşamaktı.

1926'yi 1927'ye bağlayan kış, bir telaş geçip gitti. İşlerin iyi gitmesi, Seyit'in içkisinde bir azalma yaratmamıştı ama en azından geçmişiyle hesaplaştığı o karamsarlıktan, bedbinlikten uzaklaşmıştı artık. İstikballe ilgili projeleri vardı. Ve her şey böyle yolunda giderse, düşündüklerini gerçekleştirecekti. Amacı, müşterilerine İstanbul'un her mevsimini yaşatabilecek gazinolar zinciri kurmaktı. Ve gazinoların yanı başında küçük, şık oteller. Gece, gündüz bu hayâlle yaşar olmuştu.

İlkbaharın ilk günleriydi. Lokantaya devamlı gelen iki müşterisi kendisini masalarına davet ettiler. Akay Vapur Şirketi'nin sahipleri Mehmet ve Osman Beyler, son derece muhterem insanlardı. Mehmet Bey hiç lâfı uzatmadan konuya girdi.

"Bakın Seyit Bey. Sizi ne zamandır gözlüyoruz. İşi yürütmekteki, idaredeki çabanızı ve becerinizi takdir ettiğimizi söylemeliyim. Yaz geliyor. Ne yapmayı düşünüyorsunuz?"

Seyit, gülümseyerek omuzlarını kaldırdı.

"Açıkçası daha yaz için bir şey düşünmedim Mehmet Bey. Kışı toparladığım daha şunun şurasında fazla bir şey olmadı. Sanırım bir müddet pek bir değişiklik yapmadan Beyoğlu'nda kalacağım."

Sonra, iki evvelki yaz yaşadığı kötü tecrübeyi hatırlayarak güldü.

"Bana buralardan uzaklaşmak pek yaramıyor da..."

Caddebostan yenilgisini nasıl gülüp de hatırlayabildiğine kendisi de şaşırmıştı. Sonra ciddileşti.

"Sizin için yapabileceğim bir şey var mı beyler?"

Osman Bey sözü aldı.

"Seyit Bey, yaz önümüzde. Vapurlar dolup taşacak. İnsanlar,

Boğaz'da gidecek yer arayacaklar. Bunu değerlendirsek diyoruz. Sizinle fikir alışverişi ve arzu ederseniz ortaklık yapabileceğimizi sanıyoruz."

Seyit, birden son derece heyecanlanmıştı. Hayâllerinin gerçekleşmesi bu kadar yakınına mı gelmişti yoksa? Sakin görünmeye çalışarak sordu?

"Sizin kurulu düzeniniz var. Ben sizler için ne yapabilirim ki?"

Akay Şirketi, ismine baş harflerini verdiği şekilde Anadolu yakasına, Kadıköy'e, Adalar'a ve Yalova'ya sefer yapıyordu.

Açıklamayı Mehmet Bey yaptı.

"Vapur yolları üzerinde bir yerlerde müşterileri ağırlayıp eğlendirecek bir şeyler düşünebilir miyiz acaba? Yanlış anlamayın Seyit Bey, siz bu işleri iyi biliyorsunuz."

Seyit gülmeden edemedi.

"Evet, çok iyi bildiğim için yeni baştan çibörek, pirojki satmaya başladım."

İki ortak da üzüntülerini gösteren bir ifadeyle başlarını iki yana salladılar.

"Çık, çık, çık... O hadiseyi duyduk, inanın, büyük şanssızlık yaşamışsınız o yaz. Ama kuzum, sizin inadınız da dillere destan o günden bu yana."

"Bizimle böyle bir şey yaşamayacağınıza sizi temin ederiz Seyit Bey."

Seyit, karşısındaki muhterem insanları incitmekten korktu.

"Lütfen, lütfen. Beni yanlış anlamayın. Sizlerden öyle bir tavır göreceğim endişesi yok bende. Amma velâkin benim bir şansım var ki..."

Gülerek elini havada salladı. Sonra devam etti.

"Ancak, elimdeki işleri bırakmak zorunda değilsem, memnuniyetle projenize katılırım."

"Pekiyi, neler yapabiliriz?"

Seyit kollarını kavuşturup masaya doğru eğildi. Deniz kıyısı, manzara, yaz kelimeleri birdenbire Seyit'in hayâl gücünü çalıştırdı. Düşündüğünden keyif aldığı belliydi.

"O zaman, mesela, Altınkum'da, iskelenin yanında bir plâj-restoran kurulabilir. Gündüz hafif, soğuk yemekler verilir. Akşam için menü değişir, orkestra ve revü programa girer. Tabii, gece kalacak müşteriler için, son vapurun saati uygun olmalı."

Sanki imtihanına daha evvelden hazırlanmış gibi bir nefeste söyledikleri karşısındakileri heyecanlandırmıştı. Osman Bey atıldı.

"Yapar mısınız Seyit Bey? Üstlenir misiniz bu işi? Bildiğiniz gibi alın yürütün, işletin. Size güveniyoruz. Bu harika bir şey olacak, eminim. Bizim o hatta vapurumuz yok ama, Şirket-i Hayriye'nin Altınkum vapuru var. 74 numara. Saatleri açısından sanırım programımıza uyar."

Bu cümleden sonra, onun çalışma şartlarını sormasını boşuna beklediler. Seyit, garsona boşalmış kadehlerin ve meze tabaklarının doldurulması için işaret verdikten sonra, diğerlerinin konuşmasını beklercesine baktı. Söyleyecekleri şimdilik bitmişti. İki ortak birbirlerine baktılar. Mehmet Bey, hafifçe öksürüp genzini temizledikten sonra söze girdi.

"Seyit Bey, eğer uygun görürseniz size teklifimiz şu: Plajın ve gazinonun düzenlenmesinde, tefrişinde masraf bizden. Siz programları ayarlayıp işletmelerini üstlenin. Gelirden eşit şartlarda ortak olalım. Acaba bu teklif sizi tatmin eder mi?"

Seyit, düşündüklerinin çok fevkinde bir teklifle karşısına gelen ve dileklerini böylesine kibarlıkla kendisine aktaran insanlara dostlukla baktı. Kendini naza çekip, kapris yapmak manasızdı. Arkasına yaslandı ve onların gözlerinin içine bakarak konuştu.

"Nazik teklifinizi memnuniyetle kabul ediyorum beyler. Umarım her şey düşündüğümüz gibi olur."

O akşam, misafirlerini, daha doğrusu yeni ortaklarını geçirdikten sonra lokantadan fırladı. Ağa Camii'nin başında, taksisinin içinde uyuklamakta olan Kadıyof Mehmet'in arabasına atladı. Son derece keyifliydi.

"Uyan Kadıyof. Seni Beyoğlu'nun şeytanları çarpmadan beni Sultanahmet'e götürüver, haydi dostum."

Kadıyof, gözlerini ovuşturarak, direksiyonun başında doğruldu. Müşterisini görünce saygıyla gülümsedi.

"Hayırlı geceler Kurt Seyit. Sultanahmet'e mi? Neresine?"

"Cinci Meydanı'na."

Kadıyof, kendisiyle alay edildiğini sanmıştı. Seyit kahkahayla gülerek tekrarladı.

"İnan bana Kadıyof, inan, oturduğum yerin adı bu."

Bir an evvel eve gidip, karısına son havadisi verme heyecanındaydı. Oldukça geç olduğundan kapının çalınması evdekileri ürküttü ama henüz hepsi oturuyordu. Seyit'in haberine Mürvet çok memnun oldu. İki yaz evvel geçirdiği o harika yazı tekrarlayabileceklerdi. Bu arada evdekilerin de Seyit'e bir haberleri vardı.

Fethiye'ye görücü gelmişti. Gece yarısını geçmiş, evde hararetle hâlâ aynı konu konuşuluyordu. Seyit, bu görücü usullerini, kız daha damat adayını görmeden nasıl evlenmeye karar verildiğini bir türlü anlayamadığı için gülümseyerek dinledi.

"Daha çok küçük değil mi?" diye sordu.

"Seyit, o benden sadece üç yaş küçük. Ben kaç yaşında evlendim, hatırlasana."

"Nasıl unuturum, sen de çocuktun evlendiğinde."

Sonra, karısının en hassas noktasına dokunduğunu hatırlayarak onu kendine doğru çekip, kolunu omuzuna doladı.

"Ama Fethiye'nin bir farkı var. O hâlâ ağaç tepelerinde, mahallede kedi kovalamakta. İşten döner dönmez, yine haylaz küçük çocuk kimliğine bürünüveriyor. Nasıl evlenecek?"

Emine oturduğu yerden gülümsedi.

"Evlenince öğrenir kedi kovalamamayı."

"Kim damat adayımız?"

"Sarıyer dalyanında reismiş. Çok iyi bir insanmış. Yumuşak başlı, çok sakinmiş. Hali vakti de yerinde anladığımız kadarıyla. Çalışmak zorunda kalmadan belki evinin kadınlığını yapar artık."

Ve Fethiye'nin dalyan reisi Ethem'le evlenmesine karar verildi. Mürvet'in düğünü esnasında yaşanan aynı telaş tekrarlandı. Ama bu defa bir fark vardı ki, aile büyükleri ile damat adayı arasında, Seyit'le olduğu gibi hiçbir çekişme yoktu. Son güne kadar da her şey yolunda gitti. Evdeki düğün hazırlıkları ile Seyit'in Altınkum'daki gazino için gidip geldiği günler birbirine karıştı. Herkes kendince telaşlı bir uğraş içindeydi.

Altınkum Gazinosu'nun açılışına Mürvet gidemedi. Evde gelin

görme yapılacaktı ve çeyiz toplanıyordu.

Haziranın ilk haftasıydı. Boğaz sularının güneşten pırıl pırıl yandığı bir öğleden sonra, Sirkeci'den kalkan 74 numaralı Şirket-i Hayriye, çoğu davetlilerden oluşan şık kalabalığı, Altınkum'a doğru yola çıkardı. Vapur, ampuller, balonlar, renkli kurdelelerle donatılmıştı. Gazinoda programa çıkacak olan orkestra elemanları, sanki müşterilerini bağlamak istercesine tutkulu nağmeler seslendiriyorlardı.

Rüzgârla dalgalanan ipek, şifon, emprime elbiselerin etekleri, ipek çorapların sardığı bacaklara sarılıp sonra havai âşıklar gibi yine esintiye teslim oluyordu. Permalı, dalgalı, vaglı, minik topuzlu saçların üzerindeki şık şapkalar, kırmızılı, pembeli dudakların muzipçe aydınlattığı yüzleri, kâh güneşten, kâh erkeklerin bakışlarından gizlemekteydi. Ancak Seyit için, daha şimdiden gazinosunun en devamlı müşterisinin hangi hanımlar olacağını anlamak hiç de zor değildi. Beyaz keten elbisesinin şık hafifliği içinde, kumaş temasları arasında dolaşırken, gözlerinde ve dudaklarında beliren gülümsemelere oldukça sıcak karşılıklar alıyordu. Yeleğine bağlı zinciri çekip saatine baktı. Daha gün tazeydi. Yaşanacak harika bir gece onları bekliyordu. Mürvet'in kendisiyle olmasını ne kadar isterdi.

Ortakları tarafından 'büyük bir muvaffakıyet' diye adlandırılan açılış gecesinden sonra Seyit eve döndü. Fethiye'nin kına gecesini takiben, gelinliğini giydirip bütün aile, düğüne davetli olan eş dost, akrabayla beraber evden ayrıldı. Arabalarla Sirkeci'ye kadar geldiklerinde, kendilerini, süslenmiş büyük bir deniz motoru bekliyordu. Doluşup, Sarıyer'in yolunu tuttular.

Yol boyunca Fethiye'den başka herkes çok eğlendi. Genç kız, arada bir kahkaha atmakla beraber bu, daha ziyade sinirliliğin göstergesi bir gülüştü. Mürvet, elinde büyüyen kardeşinin, huzursuz, gergin ve evlenmeye gönülsüz olduğunu çok iyi hissediyordu. İçinden ona acıdı. Onun elini tuttu. Birbirlerine bakıp gülümsediler.

Sarıyer'de karaya ayak bastıklarında güneş artık kavuşmak üzereydi. Kıyıda onları bekleyen üç süslü araba vardı. Maden'e gideceklerdi. Yol, mezarlık içinden geçiyordu. Kafilenin genç kızlarına, güneş batarken mezarlıktan geçme fikri çok ürkütücü gelmişti. Yarı şaka yarı ciddi, titremelerle birbirlerine sokularak, sessizliğe gömüldüler. Tam o sırada camiden yükselen ezan sesi, düğünden ziyade ibadete gider gibi bir hava yarattı. Herkes sustu. Yaşlılar sağ ellerini kalplerine götürerek, müezzinle beraber tekbir getirdiler. Sadece arabaları çeken atların nal sesleri duyuluyordu. Fethiye, Mürvet'in elini iyice sıkmış, yanaklarını şişirmiş, gözlerini açmış, kaskatı kesilmişti. Ne biçim düğündü bu böyle, hiç eğlenmiyordu.

Birden karşı istikâmetten dört nala gelen atlılar ve silah sesleriyle düşüncelerinden ve huşu içindeki ruh hallerinden korkuyla uyandılar. Kızlar, çocuklar çığlık atmaya başladılar. Kadınlar çocuklarına sarıldı. Erkekler ne yapacaklarını bilemeden bakakaldı. Derken silahlı atlıların ardından davul zurna sesiyle yaklaşan diğer arabalar görününce, bunun, düğün alayını karşılamaya gelen ekip olduğu anlaşıldı. Herkes derin bir nefes aldı ama kimsenin birkaç saat önceki keyfi kalmamıştı. Seyit, bütün bu olanları bıyık altından gülümseyerek izliyordu. Tanrı onu böyle bir düğünden korumuş olmalıydı.

Silahlılar önde, çalgıcılar ardında, misafirler en arkada, düğün evine geldiler. Bahçede kocaman bir meydan çadırı kurulmuştu. Kapının önünde, boynuzları yaldızla boyanmış, kurdelelerle süslenmiş bir koç duruyordu.

Gelin ve ardından diğer misafirler arabalardan indiler. Gelin, eve doğru yaklaşıp durunca, koçu kurban ettiler. Fethiye'yi koca evine teslim etmek, eniştesine düşüyordu. Seyit, her zaman keyifle takıldığı baldızını kucağına aldı. Ona yine komik bir şeyler söylemek geliyordu içinden ama yeri değildi. Koçun kanı üzerinden atlayıp Fethiye'yi yere indirdi. Kapının önünde bekleyen kayınvalidesine teslim etti. Aynı anda, damat Ethem de annesinin yanına gelmişti. Seyit'in uzattığı Fethiye'nin elini aldı. Birden, genç kızın gözleri doldu. Sessiz sessiz ağlamaya başladı. Ethem, arkadaşlarıyla iddia üzerine sıfır numara saç tıraşı yaptırmıştı. Şölen masalarına doğru ilerlerken Fethiye katılarak ağlamamak için kendini zor tutuyordu. Mürvet, hemen yanına koştu. Seyit de diğer yanına geçti. Ne olduğunu sordular.

"Döneceğim ben. Bu kabak adamla evlenmem."

Zor yatıştırıp susturdular. Sabaha kadar yenildi, içildi, şarkılar söylendi. Sabaha karşı güvey konuldu. Misafirler de kendileri için hazırlanan evlere dağılıp uykuya çekildiler.

Mürvet ise Seyit'le beraber Altınkum'a gitmek üzere hazırlanmaya başladı. Emine'yle vedalaştılar. Çocuklarını kucaklayıp kaldıkları evden ayrılmak üzereydiler ki, Fethiye'yi karşılarında gördüler. Pardösüsünü giymiş, küçük çantasını eline almış, gözleri şişmişti.

"Ben de sizinle geliyorum. Burada katiyen kalmam."

Mürvet onu iknaya çalıştı.

"Yapma Fethiye, sen artık evlisin. Yerin kocanın yanı. Gerdekten kaçıp, baba evine dönmek olur mu?"

"Olur işte, ben gidiyorum."

"Olmaz Fethiye."

"Ablam kalırsa ben de kalırım. Yoksa ben de gidiyorum."

Küçük bir çocuk gibi ayağını yere vuruyordu. Seyit sesini hafif sertleştirdi.

"Bana bak Fethiye. Ethem'le sen evlendin. Ablan da benimle evli. Sen kendi kocanın yanında kalacaksın, o da benimle gelecek."

Sonra Fethiye'nin gözlerinden inen yaşlara dayanamayarak karısına döndü.

"Tamam tamam. Mürvet, sen bu gece kal bari, çocuklarla. Yarın gelirsin. Oldu mu canım?"

Mürvet, o gece, Fethiye'yi kocasının yanına geri gönderene kadar akla karayı seçti. Sonunda ikna edebildi.

Ertesi gün, Emine, küçük kızı Necmiye'yle Sultanahmet'e, Mürvet de çocuklarıyla kocasının yanına Altınkum'a gittiler. Fethiye, saçı tıraşlı kocasının dünyanın en iyi insanı olduğunu anlamak üzere Sarıyer'de kaldı.

Mürvet, gazinoya yaklaştığı zaman, gramofondan yükselen tango nağmeleri ve plajı saran neşeli seslerle karşılandı. Şükran kucağında, Leman yanı başında elinden tutmuş olduğu halde kapıdan girerken Seyit onlara doğru koştu, gülerek karısını öptü.

"Hoş geldiniz Murka. Rahat gelebildin mi? Biliyor musun, Fethiye'nin seni bırakacağından pek emin değildim. Çılgın kız!"

Mürvet de gülümsemeden edemedi ama biraz düşünceli görünüyordu.

"Sonunda ikna oldu ama aklım onda kaldı, doğrusunu istersen."

Seyit, Leman'ı kucağına alarak, karısının elinden tutup gazinodan çıktı.

"Haydi gel, şimdi artık bugünün tadını çıkarmaya bak."

Gazinonun girişiyle aynı tarafta yer alan küçük, şirin bir taş eve doğru yürüdüler. Tertemiz, boya kokan evin iki odasından biri yatak odası olarak döşenmişti. Pirinç bir yatak ve gardırop tüm eşyasıydı. Diğeri ise yuvarlak, üç ayaklı bir masa, altı tonet iskemle, bir konsol ve cam önünde bir sedirle neredeyse dolmuştu. Her şey tertemizdi. Bütün camlar plaja bakıyordu. Mürvet, keyifle kocasına döndü.

"Seyit, ne kadar şirin bir yer burası."

"Beğendiğine sevindim. Benimle beraber gelirsin, her gelişimde o zaman."

"Her defasında gelemem. Çocuklarla zor olur ama gelmek isterim."

Şükran acıkmış, mızırdanmaya başlamıştı. Mürvet onu kucağında hoplatarak susturmaya çalıştı.

"Ben çocuklara bir şeyler yedirip yatırayım. Yoruldular."

"Sen de yoruldun mu Lemanuçka?"

Ayak parmaklarının ucunda, pencere pervazına ancak yetişmiş, dışarıyı seyreden kızını kucağına alıp öptü. Küçük kız, başını iki yana savurarak, kâküllerini salladı.

"Hayıy, yoyuymadım."

"Aferin babasının kızına."

Leman kahkaha atarak ellerini çırptı. Babasının gözünde özel bir yeri olmasından mutluydu. Tekrarladı:

"Yemanuşka, Sülü efendinin kızı."

Öyle keyifle gülüyordu ki, Seyit de kahkahayla kızına katıldı.

"Plaja gelmek ister misin?"

"Evvvet."

"O zaman yemeğini ye. Annenle beraber gel. Denize de girecek mi benim kızım?"

"Yemanuşka, denize giyecek."

O arada yatağın tül cibinliğini açmış, Şükran'a uyku için daha rahat bir şeyler giydirmekte olan Mürvet, kocasıyla büyük kızının konuşmalarını dinlerken düşünceliydi. Seyit için, sanki evin hâlâ bir çocuğu var gibiydi. Birden, yatakta hiçbir şeyden habersiz, yorgunluktan esneyip vızıldayan kızına bir sahiplenme duygusu hissetti. Onu hemen kucağına aldı.

Az sonra çocukların karnı doymuş, Şükran, rehavetle derin bir uykuya dalmıştı. Leman'ın ise değil uyumak, yerinde durmaya niyeti yoktu. Mürvet, mayosunu giydirene kadar onu zor zaptetti. Seyit, restoranda çalışan Beyaz Rus kadınlardan birini, çocuğun başında beklemek üzere göndermişti. Mürvet tombul, güler yüzlü, kırmızı yanaklı, orta yaşın üzerindeki kadını karşısında görünce içi rahatladı. Kadın, çat pat Türkçesi'yle istendiği kadar, memnuniyetle burada oturabileceğini söyledi. Yanındaki küçük bir sepete rafya kâğıtları, tel parçaları, renkli kumaşlar ve dikiş malzemeleri doldurulmuştu. Mürvet'in merakla baktığını görünce içlerinden bir tutam çekip çıkardı ve bitmiş bir parça yapma çiçeği gösterdi. Mürvet, beğenisini küçük bir hayret çığlığıyla belirtti. İnce yeşil bir sapın üzerinde boynunu kıvırmış, yaprakları açmaya hazır gonca bir gül, kat kat ebruli renkleriyle daldan yeni koparılmış gibiydi. Onu hakikisinden ayıran tek şey kokusuz oluşuydu. Kadın, yapma gülü zorla Mürvet'e vermek istedi. Mürvet utanmıştı. Kadıncağızın eğlenmek için bunları yapmadığını biliyordu. Sardığı her çiçek, Beyaz Rus kadının ekmek parası olacak emeğiydi.

"Yoo, teşekkür ederim. Alamam. Çok, çok güzel, ama alamam."

Kadın, güler yüzüyle ısrarına devam etti. Türkçesi daha fazla kâfi gelmediğinden, Rusça konuşuyordu. Ve sonunda gül, Mürvet'in elinde kaldı. Minnet ifadesiyle elini kadının omuzuna koydu.

"Çok teşekkür ederim madam..."

Rus, bembeyaz dişlerini göstererek gülümsedi.

"Nina, Nina Adrianova."

"Teşekkürler Madam Nina."

Kadın, artık işinin başına dönmesi gerektiğini gösteren bir tavırla, Mürvet'i gülerek selâmladı ve sepetini alıp sedire doğru yürüdü. Mürvet, plaj çantasını hazırladı. Çıkarken, yapma gülü hasır şapkasının kenarına taktı. Başının üzerine yerleştirip aynada nasıl durduğuna bakarken, Rus kadının keyifli sesini duydu.

"Haraşo! Haraşo!"

Bu hareketiyle, fark etmeden, onu ne kadar mutlu etmişti. Gülüşüyle cevap verdi ve Leman'ı elinden tutarak evden çıktı.

Kuma ayak bastıkları an, Leman'ı tutmak imkânsızdı. Küçük adımlarla zıplayarak, hoplayarak koşuyor, sonra gerisingeriye dönüp kahkahalarla annesinin bacaklarına sarılıyordu. Yanlarına yaklaşan bir komi, Mürvet'i hürmetle selamladı.

"Yenge hanım, Kurt Seyit size şu ağacın altında yer hazırlamamı söylemişti. Böyle buyurun. Öğle üzeri gölgede rahat edersiniz."

Kollarını yüzyıllardır sağa sola uzatmakta olan kocaman bir çınar ağacının yetişkin dalları, plajın kumları üzerine harika bir gölge yapmıştı. Bembeyaz örtülü küçük bir masa, soğuk limonata sürahisi ve bardakları, kiraz, erik dolu tabağıyla onları bekliyordu. Mürvet, kızının bir an evvel kumda oynamak için nasıl sabırsızlandığını biliyordu. Plaj elbiselerini çıkarıp iskemlenin arkasına astı. Küçük kız, çığlıklar atarak kendisini kumlara bıraktı. Mürvet onu gülerek izledi. Belinin arkasındaki fiyongun ucunda bağlı, tığ işi beyaz papatyaların süslediği sarı mayosuyla o kadar şirin ve komik duruyordu ki.

"Gözümün önünden ayrılmayacaksın Leman, tamam mı?"

Leman, ayakları kumlara gömüldükçe keyif çığlıkları atıyordu.

"Tammam!"

Restoranın mutfağından, birbiri ardınca, çeşit çeşit soğuk etler, mayonezli salata, meyve tabakları gelip durdu. Akşamüzeri, Seyit ailesine katıldı. Karısını yanağından öperken sordu:

"Memnun musun Murka?"

Aksi olamazdı ki.

"Çok, çok güzel bir gün Seyit. Leman'a baksana nasıl eğleniyor. Nasıl hiç uykusu gelmiyor bu çocuğun, bilmem."

"Bırak uyumasın. Nasılsa bir an gelecek, yorgun düşecek. Bırak, tadını çıkarsın."

Keyifle bir sigara yaktı.

"Biliyor musun Murka? Hayatımda en çok acıdığım şeylerden biri de, uykuda geçen saatler. Kimbilir neler kaçırıyoruz uyurken."

Mürvet, bunda kendi hesabına üzülecek bir şey bulamamıştı. Bazen öyle yorgun oluyordu ki, uyku saatini dört gözle bekliyordu zira.

"Ne kaçıyor olabilir ki Seyit? Herkes uyuyor o zaman."

Genç adam güldü.

"Hayır Murka. Sen öyle sanıyorsun. İnsanların bir kısmı uyuyorsa, bir kısmı da uyumuyor. Tabiat da öyle. Kimi uykuda, kimi avda. Yalnız bir şey var ki, hiç uykuya yatmıyor. O hep uyanık, nefes almakta."

Susmuştu. Mürvet şapkasına düşmüş bir çınar yaprağını başını sallayarak düşürdü. Sonra sordu:

"Nedir o?"

Seyit, masadan eğilerek karısının güneşten al al olmuş yanağından bir makas aldı. Sağ elinin parmaklarına bir öpücük kondurup, onun dudaklarına değdirdi. Ve yüzüne doğru eğilerek fısıldadı.

"Kader Murka'm, kader. O hiç uyumaz."

Sonra yerinden fırlayıp, az ileride oynayan kızının yanına gitti. Eğilip onu kucağına aldı.

"Ne haber benim Poluşum, nasılsın? Eğleniyor musun?"

Başındaki şapkaya rağmen Leman'ın yüzü renklenmişti. Dudaklarını büzüp, babasının alnına şapırtılı bir öpücük kondurdu.

"Denize girer misin babanla? Yüzelim mi beraber, ne dersin?"

Leman ellerini çırparak cevabını belirtti. Suda, babasının kollarında duyduğu emniyetle uzun müddet el ayak çırptı. Seyit onun iyice alıştığına inandığı zaman, yavaş yavaş daha hafif tutmaya başladı.

"Şimdi hiç korkma Lemanuçka. Bak ben yanındayım. Ama şimdi belinden tutacağım. Sen kendin suyun üzerinde durmaya çalışacaksın, tamam mı kızım benim?"

Leman bir-iki bocaladı, epeyce su da yuttu ama sesi yine de hiç çıkmadı. Babasının, yanı başında ve yardıma hazır olduğundan emindi ve onun kötülüğünü istemeyeceğini biliyordu. Bağırmak, ağlamak bir yana, bütün gayretini sarf ederek, kendisinden bekleneni yerine getirmeye çalışıyordu. Ama işi çok zordu. Seyit, ara sıra, onun kolundan, bacağından ittirerek, biraz rahatlamasını sağlıyor, sonra yine bırakıp seyrediyordu. Bir yandan da gayretlendiriyordu.

"Aferin kızıma benim. Aferin babasının kızına. Nasıl da yüzüyor. Balık gibi yüzecek benim kızım. Haydi gayret Lemanuçka."

Mürvet, heyecandan ayağa kalkmış, kocasıyla kızını, yüreği ağzında izliyordu. Birkaç defa el sallayıp, onlara mani olmak istedi ama kendisini gören yoktu. Yanlarına gidip ikaz etmek de istemiyordu. Bundan kocasının hiç hoşlanmayacağını biliyordu.

Seyit, kendisi yeter demezse, kızının kolay kolay pes etmeyeceğini anlamıştı. Onun nefes nefese, bata çıka, çırpınarak babasına becerisini ispat etmek için çabaladığını görmekten etkilenmişti. Kollarını uzatıp onu kucakladı. Yanağından öperken, bir eliyle de sırtını sıvazladı.

"Aferin babasının kızına. Aferin Lemanuçka'ma. Bugünlük yeter. Çok güzel yüzdün kızım. Haydi gel, şimdi biraz bir şeyler yiyelim."

Yuttuğu sulardan Leman'ı gıcık tutmuştu. Arada nefes nefese konuşmaya çalıştı.

"Yemanuşka, Sülü Efendi'nin kızı."

Seyit, sebebini bilemeden gözlerinin yaşlandığını hissetti. Kucağındaki küçücük, yorgun vücuda iyice sarıldı. Bir oğlu olmadığına hiç ama hiç üzülmüyordu. Leman'dan daha çok sevebileceği bir çocuğunun olması imkânsızdı.

Güneş, öğle sıcaklığının tesirini kaybetmeye başlamıştı. Mürvet, Leman'ın mayosunu çıkarmak ve Şükran'ı doyurmak için bir müddet için eve gitmek istedi. Seyit mani oldu.

"Sen hiç kalkma buradan Murka. Ben Leman'ı götürürüm. Nina giydirir onu."

"Ama Şükran..."

"Şükran'ı da doyurur. Bırak, şuradaki birkaç saatin tadını çıkar. Yarın yine istediğin kadar çamaşır, yemek, bulaşıkla uğraşırsın."

"Ama Şükran'ı da biraz buraya alacaktım."

"Tamam, ben onu da alır gelirim."

Ancak, Seyit, yarım saat sonra yalnız geri döndü.

"Hiç meraklanma. Leman'a banyosunu yaptırdı Nina. Daha çamaşırlarını giyerken yatağa serildi, uyuyakaldı. Şükran ise çoktan uyanmış, karnı doyurulmuş ve yine uyumuş. Anlayacağın her şey yolunda."

Çocuklarıyla ilgili kontrolünü, geçici bir an için bile olsa kaybetmesi, Mürvet'i biraz durgunlaştırmıştı. Seyit, muzip bir ifadeyle yanına otururken sordu:

"Ne o? Kocanla yalnız kalmaktan memnun değil misin yoksa?"

"Aşk olsun Seyit, öyle bir şey dedim mi ben şimdi?"

"Bazı şeyler söylenmeden de ifade edilebilir."

Mürvet, kocasının hiç tahmin edemeyeceği anlar gösterdiği hassasiyeti nasıl idare edeceğini daha öğrenememişti. Gülümsedi.

"Ben o kadar becerikli değilim ama."

Seyit kolunu onun omuzuna atarak güldü.

"İşte bunda haklısın."

Güneş iyice çekilmişti. Bütün gün, güneşi emen kumlardan buğulu bir sıcaklık yükseliyordu. Öğleden sonra bir ara çırpınmaya başlayan deniz, yeniden sabahın erken saatlerindeki sükûnetine kavuşmuştu. Seyit, karısının elinden tutarak kalktı.

"Haydi gel Murka, kumsalda yürüyelim biraz. En güzel saatidir şimdi."

Yumuşak köpüklerle uzanan dalgalar ayaklarını okşarken, ıslak kumların üzerinde yürümeye başladılar. Sular geri çekildikçe, kuma gömülmüş şeytan minareleri, istiridye kabukları, güneşin son ışıklarıyla sedeften yansımalar yapıyordu. Kumsal boşalmıştı. Çantalarını toplayan tek tük birkaç müşteri kalmıştı sadece. Güneşin battığı yöne doğru, bir müddet hiç konuşmadan ilerlediler. Seyit, bir an durup karısının yüzüne dikkatle baktı. Güneşten renklenmiş teni, pırıldayan çekik gözleri, kalkık burnu, küçük dolgun dudaklarıyla genç kadın, bir tablodan fırlamış kadar sakin, duru ve güzeldi. Hasır rafya şapkasını süsleyen yapma gonca gül, dalgaları dağılmış saçlarının koyu rengini ortaya çıkarıyordu. Üzerlerine vuran ılık yaz esintisinin vücuduna yapıştırdığı ince keten elbisenin ardında, dolgun göğüsleri, ince beli ve uzun mevzun bacakları ile yüzündeki çocuk ifadesi, tezat bir görüntü sergiliyordu.

Seyit, elini uzatıp, onun şapkasının altından yanaklarına dökülen saç tellerini topladı.

"Ne kadar güzel olduğunun farkında mısın? Özellikle şu an, güneşe karşı durduğun yerde, sanki bu dünyaya ait değil gibisin."

"Beni şımartıyorsun Seyit."

"Bana müsaade etsen daha nasıl şımartırım seni."

Sonra devam etti.

"Yani hayata benim gibi bakmayı, benimle yaşamayı öğrensen. Ne fırsatlar yaratırım seni şımartmak için."

Mürvet, kocasının ne demek istediğini biliyordu. Hiçbir şey sormadı. Mevzuyu değiştiren yine Seyit oldu.

"Biliyor musun Murka, çok isterdim seni bir gün Aluşta'ya götürmeyi. Bayılırdın. Sahil boyu, kayaların, ağaç köklerinin arasında uzanır gider deniz orada..."

Sesi mahzunlaşmıştı. Kendi kendine bir şeyler düşünmüş olmalıydı. İlave etti.

"Kimbilir... Belki bir gün..."

Konuşmadan gerisingeri döndüler.

Evde her şey sakindi. Çocuklar mışıl mışıl uyuyordu. Seyit yıkanıp giyindi ve gazinoya gitmek üzere ayrılırken karısını öptü.

"Sen de biraz günün yorgunluğunu at üzerinden Murka. Nina gece de burada kalacak. Çocuklar için hiç endişelenme. En son vapurla hep beraber eve döneceğiz."

Mürvet inanamayarak kocasına baktı.

"Beraber mi gideceğiz?"

Seyit, ciddi ama muzip bir bakış attı.

"İstersen sen kal, benim dönmem lâzım. Malum, yarın Beyoğlu'ndaki lokantalara bir bakmak gerek."

Mürvet mahcubiyetle gülümsedi.

"Onu demek istemedim Seyit. Yani, senin böyle hemen döneceğini kestiremedim."

"Evet canım, bir-iki gün için döneceğim. Sonra yine buradayım. İstersen benimle gelirsin sen de. Hafta sonunu geçiririz burada."

Kapıdan çıkarken karısını bir kez daha öptü.

"Dinlen ama çok da gecikme. Seni bekliyorum."

Mürvet, banyosunu yaptıktan sonra, kombinezonuyla yatağa Şükran'ın yanına uzandı. Leman diğer odada, Nina Adrianova'nın sedire yaydığı bir çarşafın üzerinde sereserpe uyumaktaydı. Çocuklarını mışıl mışıl uyurken görünce iyice rehavet çöktü. Vücudu güneşten, gözleri tuzlu sudan alev alev yanıyordu ve yatağın temiz serinliği öylesine uykuya davet ediyordu ki, yavaş yavaş gözleri kapandı.

Uzaktan uzağa gelen hoş bir müzik sesiyle, rüya ve hakikat arasında bir müddet bocaladı. Gözünün aralığından pencerelere baktığında inanamadı. Dışarısı karanlıktı. Gece yeni mi olmuştu, yoksa sabaha karşı mıydı, anlayamadı. Oda karanlıktı. Elini uzattı. Yatakta yanı boştu. Birden irkilerek fırladı. Nina Adrianova ve çocuklar yoktu ortalıkta. Bir telaşla lâmbaları yakıp yan odaya geçti. Masa saatine baktığı zaman sekiz buçuk olduğunu gördü. Aynı anda yavaşça açılan kapının ardından, çocukların cıvıltılı seslerini duydu. İçi rahatladı. Anaç Rus kadını çocukların her birini birer koluna oturtmuş, yarım Türkçesi'yle onlarla konuşa konuşa içeri girdi. Leman, onun dediklerinin çoğunu anlamadığı için, kendisiyle oyun oynadığını zannediyor, kahkahalarla gülüyordu. Şükran da henüz hiçbir şey anlamamasına rağmen ablasını taklitle oyuna katılıyordu. İşin garibi Nina Adrianova onlardan daha çok gülüyordu. Kadıncağız, Mürvet'in endişeli halini görünce mahcup oldu. İzah etmeye çalıştı.

"Siz uyudunuz çok güzel Madam. Ben çocukları doyurdum, gezdik, geldik şimdi biz."

Mürvet, çocuklarını sağ salim ve mutlu görünce o kadar rahatlamıştı ki, olayın üzerinde durmak istemedi. Ayrıca ne kadar yorgun olmalıydı, onların uyandığını, odadan çıktıklarını bile fark etmemişti. Aslında bu kadına teşekkür borçluydu. Ona gülümsedi.

"Sağ olun Madam Nina. Sizi üzmediler umarım."

"Ne üzmek! Ne üzmek! Çocuklar beni nasıl üzmek? Hiç olur mu?"

Mürvet bundan çocuklarının Madam Nina'yı hiç üzmediğini çıkardı. Kadın konuştukça, Leman gülmeye devam ediyordu. Bir yandan da onun tombul yanağını sıkıp haykırıyordu.

"Nınuşka, Ninuşka..."

Anlaşılan dostlukları epeyce ilerlemişti. Sonra kendini gösterip devam etti.

"Yemanuşka."

Mürvet, birden kızının Beyaz Rus kadınıyla, isimleri ile dahi olsa bir bağlantı kurmasından rahatsız oldu. Sesini hafif ciddileştirerek konuştu.

"Senin adın Leman. Le-man. Söyle bakayım."

Küçük kız, başını iki yana olumsuz bir tavırla salladı. Kâkülleri pırıl pırıl, iki yana gidip geldi. Sonra inatçı bir tavırla başını arkaya attı. Tombul ellerinden birini de aynı olumsuz ifadeyle avucunu açarak yukarı kaldırdı.

"Ye-ma-nuş-ka. Sü-lü e-fen-di-nin kızı Ye-ma-nuş-ka."

Mürvet, uzun zamandır kendisini rahatsız eden şeyin kızı tarafından kendi dilince izah edilmesinden duyduğu şaşkınlıkla olduğu yerde kaldı. Küçücük çocukla münakaşa edecek değildi. Derin bir nefes aldı. Sadece ona, cevap vermesinin iyi bir şey olmadığını izah etmek için bir-iki şey söylemek gereğini hissetti.

"Çok ayıp Leman, çok ayıp. Annelere böyle cevap vermek çok ayıp."

Leman bunun niye ayıp olduğunu hiç anlayamadı. Zira o, babasının kendisine verdiği ismi çok beğeniyordu. Ve ismini tekrarlamanın niye ayıp olduğunu anlamak zordu gerçekten.

Nina, sevecen tavrıyla, çocukları ön odaya, sedirin üzerine götürürken Mürvet'le konuştu.

"Geç oldu Madam Eminova. Gazinoda çok güzel şimdi gece. Merak etmeyiniz. Ben artık buradayım çocuklarla."

Mürvet, kızının isminin telâffuzu üzerinde bu kadar takılmasının manasızlık olduğunu düşündü ve gülümseyerek yatak odasına geçti. Gözlerine sürmesini çekti. Kaşlarını belirginleşirdi. Ama ruj sürmedi. Yanmış teninin üzerinde sürmeli gözleri öyle güzel ortaya çıkmıştı ki, yüzünde başka bir renge ihtiyacı olmadığını düşündü. Kemik rengi şifon bir parçanın altında kalan vizon rengi emprime elbisesini ve aynı renk bilekten fiyonklu ayakkabılarını giydi. Aynı şifondan bir bandı alnının üzerine doğru düşürdüğü vagın üzerinden sarıp, ensesinde topuzunun üzerinde fiyonkla bağladı. Aynada kendisine baktığı zaman, hayretle, hep, çocukluğunda özenerek seyrettiği Avrupa mecmualarındaki modellere ne kadar benzediğini düşündü. Şu an birçok kadının imreneceği bir güzellikte ve şıklıktaydı. Aynadaki aksine memnuniyetle baktı. Yatak odasından çıktığında, Nina Adrianova hararetle hayranlığını dile getirdi.

"Haraşo! Madam Eminova, sizin gibi balerinler."

Mürvet, kadının aslında, "Balerin gibisiniz" dediğini anlamıştı. Gülümseyerek teşekkür etti. Çocuklarını öperek evden çıktı.

Gazinonun kapısından girdiği zaman, mekânın şıklığından etkilendiği kadar, kocasının, barda, bir erkek ve iki kadınla kadeh tokuşturuyor olmasından da biraz rahatsız oldu. Antredeki basamakların başında durdu. Yüzü girişe dönük oturan Seyit, onu anında fark etmişti. Yanındakilerden özür dileyerek kalktı ve karısının yanına geldi. Ona doğru yürürken, yüzündeki tebessümden mutluluğu okunuyordu. Elini uzatarak karısının elini aldı ve koluna girmesi için yardımcı oldu.

"Prensesler gibisin Murka. Ne kadar yakışmış elbisen."

"Senin hediyendi Seyit."

"Biliyorum."

Karısının, kolu üzerindeki elini okşayarak bara doğru yürümeye devam etti. Mürvet yine her yeni tanışması gereken yabancıda hissettiği ürkekliğiyle sıkıntı almıştı. Kocasının dostlarının yanına geldiler. Genç adamın, karısını tanıştırırken, onunla ne kadar iftihar ettiği belliydi. Hakikaten de, gazinoyu dolduran kadınların arasında Mürvet'in güzellik olsun, zarafet olsun, şıklık olsun, hiçbirinden aşağı kalır tarafı yoktu. Üstelik birçoğundan da daha hoştu. Seyit'in dostlarının hararetle uzattıkları ellerini sıkarken, lisanlarından ve görüntülerinden Türk olmadıklarını anlamıştı Mürvet. Onlarla aynı masada oturup oturmayacaklarını düşünüyordu. Kadınlardan birinin, yabancı erkekle ilişkili olduğu belliydi ama diğeri yalnızdı ve Mürvet burada olmasa, belki de Seyit'in bu akşamki damı o olacaktı. Yaptığı bu acele yakıştırmadan hem rahatsız oldu hem de utandı. Şu aptal kıskançlığına artık bir çare bulması lâzımdı.

Set üzerinde kendilerine yer ayrılmış olan orkestra elemanları arasındaki piyano çalan kadının güzelliği dikkatini çektiğinde, henüz tanışmış olduğu Rus kadın önemsiz kaldı. Piyanist, ensesinde iç içe sarılmış iki demet gibi filelerle topladığı sarı gür saçlarını şakaklarına doğru dalgalanan vaglarla süslemişti. Üzerinde son derece sade, siyah bir elbise vardı. Göğsüne doğru, ince bir V ile inen yakası, sırtında daha derin bir dekolteyle omuzlarının ve boynunun güzelliğini ortaya çıkarıyordu. Çok genç bir kadındı. Olsa olsa Mürvet'in yaşındaydı, belki de daha genç. Piyanonun şamdanları üzerinde yanan mumların rüzgârlanan ışığında, yüzü porselen gibi mat ve donuktu ve bir o kadar da hüzünlüydü. Mürvet, kulaklarını dolduran romantik nağmeleri tuşlarda seslendiren genç kadını kıskanması mı yoksa ona acıması mı gerektiğini bilemedi. Kendisinin olmadığı her akşam, bu kadın burada olacak, piyano çalacak, insanları ağlatıp güldürecekti. O, bu gazinonun yaşamasında, dolmasında önemli bir yere sahipti. Göz ucuyla kocasına baktı. Ondan, sahnedeki genç kadına doğru en ufak bir zaaf bakışı henüz hissetmemişti. Ama kadına baktıkça Mürvet'in yüreği daralır gibi oluyordu. Yıllar evvel, Kalyoncu Kulluğu Sokağı'nda, çamaşırhanede karşılaştığı kadın sanki karşısındaydı. Hakikaten, acaba Shura olabilir miydi bu kadın? Yok yok, deliriyor olmalıydı. Bu kadarı fazlaydı. Kocasının ölen sevgilisini kıskanmaktan artık vazgeçmeliydi. Yoksa delirecekti bir gün. Hem yeni tanıştığı, Türkçeleri kıt dostlarla bir-iki lâfı rahat edebilmek, hem de sahnedeki güzel kadına olan kıskançlığını atabilmek, daha doğrusu onun buraya kadar getirdiği Shura'nın hayâliyle mücadele edebilmek için kadehindeki votkayı süratle içti bitirdi. Biraz içkinin onu rahatlattığını biliyordu. Aklı, masada konuşulanlarda değildi. Gözleri piyaniste takılı kalmıştı. Sarışın genç kadın ise, sanki nerede olduğunu, etrafındaki kalabalığı umursamaz gibiydi. Çok kez, gözleri kapalı, ince uzun parmakları tuşlarda bir kelebek zarafetinde dolaşırken, çok ama çok uzaklarda bir yerlerdeydi. Ne zaman ki, alkışlar arasında ismi anons edildi, Mürvet'in içi rahat etti. Ve ilk kez, mum ışığından aydınlığa çıkan yüzün Shura'ya ait olmadığını görerek, büyük bir iç huzuruyla alkışlamaya başladı.

Seyit, onun durgun tavrının nedenini çıkaramadığı birkaç dakikalık süreden sonra mutlu bakışlarını görünce, karısının, müziğin hüzünlü ritminden etkilendiğini düşündü. Elini onun kucağına koyarak, kulağına doğru eğildi.

"Birazdan canlanır müzik, bu kadar hüzünlenme Murka'm."

Sonra dudaklarını iyice karısının kulağına dayayarak devam etti.

"Biliyor musun Murka, eğer karım olmasaydın, bu gece neler olurdu?"

Mürvet, deminden beri düşündüğü, kendisinin burada olmadığı zaman kocasının hangi hoş kadınla ne macera yaşayabileceği üzerine düşüncelerini, bir de şimdi onun ağzından duyacağı endişesiyle buz kesti. Ama sormadan edemedi.

"Ne olurdu Seyit? Bilmiyorum."

Genç adam kolunu onun omuzuna iyice dolayarak kendisine çekti ve kulağına tane tane fısıldadı.

"Seni tavlamaya bakar, sonra evlenme teklif ederdim."

Bir kadeh votka Mürvet'in sinirlerini gevşetmeye kâfi gelmişti. Piyanistin Shura olmadığını anlamak da. Ve kocasının baştan çıkarıcı sözleri... Her şey birdenbire onun mutluluğunu ister gibiydi. Utangaç bir gülüşle kocasına baktı.

"Seyit, herkes bizi seyredecek, yapma."

"Karım değil misin? Sahi Murka, memnun musun benim karım olduğuna?"

Seyit'in keyfi yerindeydi. Hayatından memnundu. Yemek saatine kadar karısını, bara uğrayan ya da yanlarından geçen birçok arkadaşı, ahbabıyla tanıştırdı. Ancak yemek masasında Mürvet'in telaşlandığı şey olmadı. Seyit, ahbaplarını kendi masalarına geçirdikten sonra, gazinonun çardağı altında, kumsala uzanan köşedeki küçük masaya doğru götürdü karısını. Yanından geçtiği masadakilerle selâmlaşıyor, hal hatır soruyordu. Sonunda baş başa oturdular. Mürvet, gittikçe keyiflenen müziğin ve içkinin eşliğinde başının hafif bir hoş olduğunu hissediyordu. Kocası kadehini tazelemek üzereyken onu durdurdu.

"Bana tamam Seyit. Biraz daha içersem, sanırım bu gece bir yere gidemeyeceğim."

"Hislerim, senin burayı sevdiğini söylüyor bana. Yanlış mı tahmin ediyorum acaba?"

Genç kadın iki elini birbirine kavuşturup derin bir nefes aldı ve sanki yaşadığı anın keyfini yudumlamak ister gibi başını arkaya attı.

"Harika bir yer burası Seyit, bayıldım. Keşke hep burada kalabilsek."

"Kalalım o zaman."

"Ama senin Beyoğlu'ndaki işlerin?..."

"Olsun, ben gider gelirim. Sen çocuklarla burada kal. Ev çok büyük değil ama ihtiyaca cevap verir yaz için. Ciddi söylüyorum Mürvet. Eğer istiyorsan kal, hiç bu akşam benimle dönme. Ben nasılsa geri geleceğim öbür gün."

"Olmaz Seyit. Sensiz ben ne yapacağım burada? Beraber gideriz gece."

"Nasıl istersen."

Mürvet, kendisini rüyada zannettiği bir gece yaşıyordu. Kendisine bu hayatı yaşatabilen kocasına şükranla bakıyordu. Evlendiklerinden bu yana, hayat şartları kaç türlü oyun oynamıştı onlara. Ama şu an yaşadığı, iki yaz evvelkinden bile güzel bir geceydi. Müzik, kumsal, deniz, mehtap, yakışıklı ve çok kıskandığı kocası, hepsi onunla beraberdi bu gece. Bu gece olağanüstüydü. Buradan da ayrılmak istemiyordu aslında. Saat gece yarısını geçince Seyit onu uyardı.

"Murka, eğer benimle şehre döneceksen, eve gidip toparlan. Ben gazino boşalana kadar burada kalacağım. Gelir seni alırım. Vapur birde kalkıyor. Yok, eğer fikrini değiştirdiysen, yine de kalabilirsin."

Mürvet, birden bütün gazinonun boşaldığı anı düşündü. Burada yapayalnız kalmak istemiyordu. Hemen yerinden fırladı.

"Ben eve gidiyorum. Hazırlanayım."

"Çocukları uyandırma. Kucağımızda taşıyacağız nasılsa."

Mürvet, kapıya doğru yürürken, gece boyu tanışmış olduğu şık hanımlarla, beylerle kibar bir şekilde vedalaştı.

Vapura en son onlar bindi. Nina Adrianova, iskeleye kadar onlara eşlik etti. Paketlerini taşıdı. Bütün gün gösterdiği güler yüzüyle onları geçirdi. Kolundaki sepet, biten günün emeği yapma güller, krizantemler ve papatyalarla dolmuştu.

Şükran, Mürvet'in, Leman ise Seyit'in kucağında vapura bindiler. Vapur sahilden ayrıldığında, geride kalan tek tük ışığın vurduğu gazino, o kadar yalnız ve sakin görünüyordu ki, Mürvet'in içini hüzün kapladı. Sanki bir gün değil, bir hafta kadar dolu bir gün geçirmişti. O sahili ve gazinoyu şenlendiren onca insan, şimdi bu vapura doluşmuş, gidiyordu. O, karanlık, bomboş sahil sanki bütün gün cıvıltılarla, kahkahalarla, müzikle dolup taşan yer değildi. Kendisi için çok nadir güzel günlerden birini arkada bıraktığını, bir daha tekrarlanamayacağını düşünerek durgunlaştı.

Hava inanılmaz güzellikteydi. Vapur, kıyıya paralel, ağır ağır süzülüyordu. Mehtap bu saatlerde Boğaz'ın öbür ucuna doğru kaymıştı bile. Ama ışıltısı, çevresindeki puslu haleyle, biten güne, yaşanan akşama rakip güzellikteydi. Müzisyenler, Seyit ile Mürvet'in olduğu üst güverteye yerleşmişlerdi.

"Gece daha bitmedi." dedi Seyit.

Mışıl mışıl uyumakta olan çocukları şal ve ceketleriyle iyice sarıp kuytu bir köşeye yerleşmişlerdi. Vapurun ışıkları, arkada bıraktıkları köpüklerin beyazlığıyla denizin kara laciverdini iyice ortaya çıkarıyordu. Kocasının, yanağını okşayışıyla iyiden iyiye hassaslaşan Mürvet neredeyse ağlamak üzereydi. Seyit onun durgunluğunu fark etmişti.

"İyi misin Murka?"

"Güzel şeyler ne kadar çabuk bitiyor."

Kocası, şefkâtle onun saçlarını okşamaya devam etti.

"Her şey çabuk bitiyor Murka, her şey. Bütün hayat çabuk gidiyor. Ancak ne var ki, biz güzel olan anlarımızı daha uzun yaşamak istiyoruz. Bütün problem o."

Konuşmaları daha fazla devam edemedi. Müzisyenler, çoktan keyifli bir parça çalmaya başlamışlardı. Her duraktan, bütün gün boyunca Boğaz kıyılarına yayılmış olan gruplar, vapurun ahalisine ilave oluyordu. Yugoslav, Romen göçmenler, Kırımlılar, Beyaz Ruslar, hepsi orkestranın gönüllü çalan elemanlarından bir istekte bulunuyor, sonra müzik eşliğinde ortaya fırlayıp dans ediyorlardı. Âdeta bir şölen havasıydı esen. Vapurun, ara sıra yoluna çıkan balıkçı sandallarına çıkardığı uyarı sesi, dalgaların hışırtısı, müzik, şarkılar, dans edenlerin coşkuları, çeşit çeşit lisanda naralar atanlar... Her şey oldukça farklı ama o derecede inanılmaz sıcaklıktaydı ki... Güneş, deniz ve içkiyle paylaştıkları saatlerden sonra yabancı bir memleketteki yalnızlıklarını müzikle gidermek paylaşmak isteyen insanların vapuruydu sanki bu. Sanki Boğaz'ın ortasında ağır ağır ilerleyen, müşterek hüzünlerin sahibi, gönülsüz sürgünlerin vapuruydu.

En keyifli notada, en şakrak, en şuh seste bile, mehtabın etrafındaki pus gibi, görünmez bir hüzün perdesi vardı.

Keman, gitar, bandura, balalayka eşliğinde, farklı milletlerin insanları birbirlerinin ezgilerine aynı coşkuyla katılıyorlardı. Hepsi, kendilerine kucak açmış bu güzel memleketin, bu efsanevi şehrin Boğaz'ına, mehtabına, bütün bu güzelliğe rağmen, dönmek istedikleri bir vatanları olduğunu şarkılarla anlatmaya çalışıyordu.

Aluşta'dan Haber Var

Altınkum'un sefasında aklı kalmasına rağmen, Mürvet, hafta sonu, kocasıyla beraber dönemedi. Şükran hastalanmıştı. Ateşi çıkıyor, istifra ediyordu. O halde bir yere gidemezdi. Çocuklarla evde kaldı.

Fethiye'nin düğününün üzerinden üç gün geçmişti ki yeni damat Ethem, bir paket baklavayla çıkageldi. O kadar mahcup, o kadar iyi bakan bir yüzü vardı ki, kalbinin temizliği gözlerinden okunuyordu. Sedirin kenarına, eğreti oturdu. Âdeta, bu evin kızını alıp uzaklaştırmış olmaktan utanıyordu.

"Fethiye'nin selâmını gelirdim. Çok iyi kendisi. Ellerinizden öper."

Emine, damadının, her şeyin yolunda gittiğini anlatmak için söylediklerini ses çıkarmadan dinledi ama içi hiç rahat değildi. Ağlaya tepine, zoraki, koca evinde bıraktığı kızı için endişeliydi.

Bir-iki gün sonra, bir tepsi börek yapıp Mürvet'e verdi.

"Haydi kızım, şunu Fethiye'ye götür. Bir de bak bakalım nasıl hali? Sen bir haber getirmeden bana rahat yok."

Mürvet, Leman'ı elinden tutup, börek tepsisi filede, Sarıyer'e yola çıktı. Maden'deki eve geldiğinde, bahçenin sessizliğini geçip, kardeşini görecek olmanın heyecanıyla ilerledi. Kapı aralıktı. Önce bir, sonra ardı ardına birkaç kez vurdu. Cevap alamayınca, başını içeriye uzatıp seslendi.

"Fethiye! Fethiye! Ben geldim, ablan."

Evin sessizliği yine bozulmadı. Meraklanmıştı. Yavaşça içeri girdi. Fileyi yere bırakıp Leman'ı elinden çekeleyerek ilerledi. Evde her taraf bir taraftaydı. Fethiye'nin çeyiz sandığı açılmış, darmadağın edilmişti. Arka bahçeye bakan pencerenin önündeki yemek masasında sabah kahvaltısı duruyordu. Mürvet, endişe içinde, kapısı açık yatak odasından içeriye baktı. Orası da boştu. Birden yüreğinin daraldığını hissetti. Fethiye'nin düğün gecesinin sabahı, ağlayarak eve dönmek istediğini hatırladı. Onun mutsuzluk içinde bir çılgınlık yapabileceği düşüncesiyle evden bağırarak fırladı. Bir yandan da kızını çekeliyordu.

"Fethiye! Fethiye! Neredesin?"

Tansiyonu çıkmış olmalıydı. Kulakları uğuldamaya, başı dönmeye başlamıştı. Kendi sesini bile zor duyuyordu. Birden komşu bahçeden yükselen çocuk kahkahaları ve müzik sesiyle döndü. Gözlerine inanamıyordu. Çocuklar öylesine keyifliydi ki, yabancı bir kadının bağrışarak dolaştığını ne duyuyor, ne de onu görüyordu.

Kız çocuklardan biri, üzerinde Fethiye'nin gelinliğiyle ortada oturuyor, diğerleri etrafında dönüp şarkı söylüyordu. Mürvet, çocukları yakalayıp bir temiz pataklama arzusuyla bahçeye girdi. O an, eğlencenin mimarının kim olduğunu anladı. Fethiye, kendisi ağacın altında oturmuş, ut çalıp temsili evcilik törenini idare ediyordu. Udu tıngırdatırken âdeta kendinden geçiyor olmasından, ne kadar eğlendiği belliydi. Rastık karasıyla dudağının üzerine bıyık yapılmış damat adayı çocuk, sağ elini havaya kaldırmış, işaretparmağını tetiği çeker biçimde oynatarak bağırıyordu.

"Vırav! Vırav! Vırav!"

Bahçede inanılmaz bir cümbüş yaşanıyordu. Mürvet, kız kardeşinin hayatından endişe ederek yaşadığı korkulu dakikalardan sonra karşılaştığı manzara karşısında serseme dönmüş, bir o kadar da kızmıştı. Başını sağa sola savurarak müzik yapmaya devam eden Fethiye'yi kolundan tutarak uyandırdı. Onu kenara çekti. Etraflarına toplanan çocuklara da çıkıştı.

"Haydi siz oynayın oyununuzu!"

Sonra kardeşine döndü.

"Ayıp değil mi Fethiye? Nasıl yaparsın böyle çocukluğu? Sen artık evli bir kadınsın. Bu küçücük mektep çocuklarıyla oynar mı insan bu yaşta? Konu komşu ne der bu haline? Çıkar gelinliğini şu çocuğun üzerinden de, eve girelim."

Fethiye, ablasını karşısında görmeye sevindiği kadar, oyununun yarım kalmasına da üzülmüştü. Sonra devam edeceklerini belirten bir göz işaretiyle gelinliğini alıp çocuklardan ayrıldı.

Beraber evi toparlayıp, çay demlediler. Emine'nin gönderdiği börekten birer dilimle çaylarını yudumlayıp konuştular. Mürvet, elinden geldiğince, tatlı tatlı, kardeşine nasihatlerde bulundu. Hasret giderdiler. Akşamüzeri, çok geçe kalmadan vedalaştılar. Mürvet'in Sultanahmet'e uzun bir yolu vardı. Yol boyu, Fethiye'nin oyundaki halini hatırlayıp kendi kendine güldü.

O yaz çok sefalı geçti, her şey yolundaydı. Hem Beyoğlu'ndaki dükkânlar, hem Altınkum'daki gazino çok iyi iş yapıyordu. Seyit uzun zamandır arzu ettiği parayı kazanıyordu artık. Rusya'da, paranın ne zaman geleceğini, ne zaman biteceğini düşünmeden yaşadığı seneleri hatırladıkça şimdiki haline şaşıyordu.

Mürvet, kocasının Altınkum'a aşağı yukarı her gidişinde kendisine eşlik ediyordu. Çocuklar kumda, denizde çılgınlar gibi eğleniyor, sonra Nina Adrianova'yla eve uyumaya gidiyorlardı. Leman, yaşı itibariyle tabii daha çok eğlenen oluyordu. Karı koca, sahildeki ilk günlerinde olduğu gibi, her güneşin batışını kumsalda yürüyerek karşılıyor, sonra akşam için hazırlanıyorlardı. Güneş, deniz, müzik, dans, şıklıkla dolu harika bir yaz geçiyordu.

Mürvet, bu arada birkaç kez daha Fethiye'nin evine uğramayı ihmal etmedi. Ancak, onun pek değişmediğini hayretle izliyordu. Bir gidişinde yine mahallenin çocuklarıyla kaydırak oynarken buldu, bir defasında da başka bir evde, ölü çamaşırı yıkarken. Sebebini sorduğunda, "Sevap işlemek için." cevabını aldı. Her dönüşünde bunları kocasına anlatıyor, Seyit kahkahalarla gülüyordu.

"Demedim mi ben size? Bu kız daha çocuk diye. İlâhi Fethiye, ilâhi çocuk."

Seyit'in neşesi, şakaları her zamankinden fazla etkiliyordu Mürvet'i şu sıralar. Genç adam o kadar coşkulu, hayatından o kadar memnundu ki, bunu etrafına da yansıtıyordu. Yaz başından beri hiç münakaşa etmemişler, birbirlerini kırmamışlardı. Mürvet'in, başkalarının yanında gösterdiği çekingenlik olmasa, Seyit onunla her yerde iki kaçak âşık gibi flört etmekten yanaydı. O ise, yabancı gözlerin önünde kur yapılan kadın olmaya bir türlü alışamıyordu. Ancak, yanık teni, lacivert muzip bakışlarıyla ve tiril tiril keten elbiselerin içinde nice kadının aklın çelen bu yakışıklı adamın karısı olmaktan da son derece gurur duyuyordu.

Seyit'in tek durgunlaştığı anlar, akşamüzeri kıyıda, kumların üzerinde yürüdükleri saatlerdi. Kolu karısının omuzunda, gözleri denizin uzak bir yerlerinde, dalıp gidiyordu. Mürvet, onun Aluşta kıyılarını hatırlayarak mahzunlaştığını hissediyordu.

Bir gün, yine, güneşin son ışıkları ile yıkanarak yürüyorlardı. Genç kadın, uzun zamandır düşündüğü bir şeyi söyleyerek sessizliği bozdu.

"Seyit..."

Erkek, düşünceleri arasında sordu:

"Efendim."

"Seyit, ben kayınvalidemi, kayınpederimi tanımak isterdim."

"Onlar da seni tanımak isterlerdi."

"O zaman niye yazmıyoruz onlara?"

Seyit ciddileşerek başını iki yana salladı.

"Olmaz Mürvet. Gitmez mektup oraya."

"Olsun, bir denesek. Bir de cevap gelirmiş, düşünsene. İstemez misin?"

"İstemez miyim!"

Genç adam öyle derin iç çekti ki, Mürvet, bu konuşmasıyla onun yarasını deşmiş olmaktan üzüntü duydu.

"Nerede olduklarını, nasıl olduklarını bilmiyorum Murka. Bugüne dek bir şey olmadıysa dahi, benimle ilişkileri olduğu için başlarına bir şey gelebilir."

"Ama onlar da seni merak ediyorlardır muhakkak. Senin yaşadığını bile bilmiyorlar. Kimbilir nasıl hasretlerdir sana. Sağ, sıhhatte olduğunu bilseler fena mı olur? Tehlike varsa zaten yazmazlar."

Mürvet'in ısrarları Seyit'i ikna etmemekle beraber, karısının yaşlı gözlerle bakışı karşısında yumuşadı.

"Peki, peki. Eve döndüğümüzde sana bir zarf yazar veririm. Sen de içini bildiğin gibi yazarsın. Oldu mu?"

Mürvet, heyecanla kocasının koluna girip omuzuna başını dayadı.

"Sağ ol Seyit. Bak göreceksin, haber alacağız onlardan."

"Çok umutlanma."

Seyit verdiği sözü tuttu. Bir zarfın üzerine Kiril alfabesiyle adresi doldurdu.

"Seyit Mehmet Eminof

Kırım,

Gort Aluşta,

Sadovi Ulitsa"

Zarfı karısına uzatırken endişelerini tekrarlamaktan uzak kalamadı.

"Bildiğim adres bu Murka. Ama gel istersen gönderme. Onlar umutsuz artık. Yüreklerini karartma."

Mürvet cevap vermedi. Elindeki zarfın üzerindeki yazı dahi onu heyecanlandırmıştı. Bir an evvel kocasının ailesine haber yollamak istiyordu. İlk fırsatında kâğıdı kalemi eline alıp Eminoflar'a kendini tanıtan cümleleri yazdı. Çocukları anlattı. Sıhhatte olduklarını ama merakla kendilerinden haber beklediklerini yazdı ve yaz neredeyse sona ermekteydi ki, postaladı.

Yazın bitişi çok hüzünlü oldu. Günler kısalmış, akşamları rüzgârlanmaya başlamıştı. Altınkum Gazinosu'nun son gecesinde, sahilde büyük ateş yakıldı. Etrafında dans edilip şarkılar söylendi. Öyle çok içki içildi ki, bazıları ayılmak için suya girmek zorunda kaldı. Mürvet, bu kadar eğlendiğini hatırlamıyordu. Müşteriler, artık bir kış boyunca böyle bir eğlenceyi tekrarlayamayacak olmanın burukluğuyla içebilecekleri kadar çok içiyor, seslerinin en son perdesiyle şarkı söylüyor, oturmaksızın dans ediyordu.

Gece dönüşü başka bir âlem oldu. 74 Numaralı Altınkum vapuru bu son yaz yolculuğunda, iki kıyı arasında zikzaklar yaparak, yolu mümkün olduğunca uzattı. Yolculuk sırasında içki, müzik devam etti. Kâh coşkulu, kâh hüzünlü melodiler, vapurun ışıklarıyla yıkanarak Boğaz'ın yazına veda ettiler. Mürvet, çocukluğundan bu yana hiçbir eğlence bitti diye ağlamamıştı. Ama bu gece kendisini tutamadı.

Seyit, gayet verimli ve dostane bir hesaplaşmadan sonra yaz ortaklarından ayrıldı. Bir sene sonra aynı programı uygulamayı düşünüyorlardı. Beyoğlu'ndaki dükkânları büyütmek üzere yatırım yapmaya başladı. Olanlara ilâveten önce Bursa Sokak'ta, ardından Arabacı Sokak'ta birer lokanta daha açtı. Ağa Camii'ndeki atölyede yapılan salatalık turşusu ve votkayı lokantalara zor yetiştiriyorlardı. Hasılı, iş para basıyordu.

Mürvet, annesinin yardımıyla kızlarını büyütmekle meşguldü. Yaz bittikten sonra, kocasının gece hayatına katılamaz olmuştu. Hafta sonları, Seyit'in ısrarına rağmen, gezmek için çok nadir ona katılabiliyordu. Şükran, sık sık hastalanıyordu. Mürvet, küçük kızının yanında kalmayı tercih ederken Seyit de Leman'ı alıp çıkıyordu.

Karı koca, aralarında hiçbir tatsızlık olmamasına rağmen, her birinin bir kızına olan zaafı nedeniyle âdeta evde iki grup oluşturuyorlardı. Leman'ın mücadeleci, yorulmayan, şikâyet bilmeyen tavrıyla Şükran'ın hep hasta, hep mızmız, hep ilgi bekleyen huyu, bu seçimi kolaylaştırıyordu. Bunun, aile içinde bir gün nasıl bir problem yaratacağını şimdilik kimse fark etmiyordu.

Mürvet'in Kırım'a mektup yolladığı günün üzerinden aylar geçmiş ama hâlâ bir cevap alamamışlardı. Genç kadın, her gün postacının yolunu gözlüyor, yabancı pullu bir zarf görme ümidiyle bekliyordu. Seyit'in, "Başlarına bir dert açabiliriz." sözünü hatırladıkça pişmanlık duymaya başlamıştı. Belki onlar da oğulları gibi başka bir yerlere kaçmışlardı. Belki artık aynı adreste değillerdi.

1928 Ocağında, yani Mürvet'in mektubunu postaladığından beş ay sonra, beklenen zarf geldi. Genç kadın evde yalnızdı. Hem Rusça, hem Türkçe yazılmış kendi adreslerinin, damgaların, numaraların doldurduğu sarı zarfı bir müddet açamadı. Heyecan ve korku bir aradaydı yüreğinde. Belki de cevap başka birindendi ve kötü bir haber veriyordu. Bunu düşünmek dahi içini sızlattı. Ellerinin titrediğini fark etti. Oturma odasına geçip, sedire ilişti ve bir cesaretle zarfı açtı. O anda sevinçten ağlamaya başladı. Gözlerine inanamıyordu. Mektup Mehmet Eminof'tan geliyordu. Çok kısaydı. Eski Türkçe el yazısıyla yazılmıştı.

"Sevgili Kızım,

Mektubunuzu aldık. Mutluluğumuz sonsuz. Bizleri merak etmeyin. Her mektubunuza cevap vermeye hazırım. Beş vakit namazda sağlığınıza duacıyım.

İnşallah bir gün görüşmemiz kısmet olur."

Mürvet daha coşkulu, uzun bir mektup bekliyordu. Ama kötü haber almaktan veya hiç alamamaktan çok daha iyiydi böylesi. Mektubu tekrar tekrar okudu ve ağladı. Akşamı iple çekti. Seyit'e bu müjdeyi verince ne kadar mutlu olacağını düşündü durdu. Ama, kayınpederinin Seyit'ten hiç söz etmemiş olmasını yadırgamıştı.

Sırasıyla eve dönen annesine ve Necmiye'ye haberi verdi. Hepsi çok duygulandılar. Beraber ağlaştılar. Seyit'in ise ne zaman döneceği belli olmazdı. Mürvet bir ara atlayıp Beyoğlu'na çıkmayı düşündü ama vazgeçti. En iyisi beklemekti.

Gece yarısını biraz geçe, kapının önünde duran taksiden inen kocasını karşılarken, genç kadının heyecanı görülecek şeydi. Seyit daha anahtarını çevirmeden açılan kapının ardında, karısının pırıldayan gözlerle beklediğini görünce şaşırdı.

"Hayrola Murka? Yine neler var aklında?"

Mürvet, yerinde duramaz bir ifadeyle konuştu.

"Müjdemi isterim Seyit."

"Demek müjden var bana."

Karı koca, ev halkını uyandırmamak için sessizce yatak odalarına geçtiler.

Seyit, çapkın bir bakışla karısının dudağından bir öpücük çaldı.

"Gecenin bu saatinde bana ne müjde düşünmüş olabilirsin acaba? Haydi meraklandırma beni."

Mürvet, yastığının altına koymuş olduğu mektubu getirip, bir şey söylemeden kocasına uzattı. Seyit, o an dondu kaldı. İnanamayarak karısının gözlerine baktı ama onun yüzündeki mutluluk ifadesinden korkulacak bir şey olmadığı anlaşılıyordu. Tereddütle zarfı aldı.

"İnanamıyorum."

"İnanabilirsin Seyit. Demedim mi ben sana... Bak iyi ki yazmışım."

Genç adam, mektubu gözleriyle yutarcasına, sonra doğruluğuna inanamamış gibi bir kez daha ağır ağır okudu. Yatağın kenarına oturup, gözlerini kapadı. Kâğıdı burnuna götürüp derin bir nefesle kokladı. Gözleri yaşardı. Sanki hasretin yanık kokusu gözüne kaçmıştı. Mürvet kocasını hiç bu kadar hassas görmemişti şimdiye kadar. Gelip yanına oturdu. Göz göze geldiler. Seyit birden dönüp sıkı sıkı sarıldı karısına. Alnından öpüp, başını onun saçları arasına gömdü ve gözünden sessiz yaşlar akmaya başladı.

"Mıırka'm benim. Küçücük ama gönlü kocaman Murka'm benim."

Mürvet de kocasının kollarında ağlamaya başladı.

Mektubu beraberce, defalarca okudular. Aralarında ne kadar uzaklık olursa olsun, karşılıklı mektuplar âdeta iki ayrı dünyayı birleştiriyordu. Bir ara, Seyit, karısını okşayarak konuştu.

"Ne kadar garip, biliyor musun..."

Mürvet, onu dinlediğini belirten bakışlarla sessizce bekledi. Erkek devam etti.

"Bu mektupların gidip geldiği gibi bir gün bizler de gidip gelebilirmişiz gibi geliyor. Tabii bir an için."

Genç kadın, kocasının ümitlendiğini görmekten memnun, onu yüreklendirmek istedi.

"Neden olmasın, kısmetse olur."

Kocası acı acı gülümsedi.

"İşin fenası da o Murka. Benim bu düşüncem, dediğim gibi, sadece bir an için. Çünkü olamayacağını biliyorum bunun. Bu işin kısmeti falan kalmadı."

Ailesinden aldığı dini terbiye gereği, kocasının böyle söylemesiyle günaha giriyorlarmış gibi geldi Mürvet'e.

"Öyle deme Seyit. Allah'ın işi bu. Belli olur mu? Kısmetse olur."

"Her işin kısmeti bir kez uğrar Murka. Eğer bir kez gitmeye karar verdiyse kısmet, artık dönse de aynı kısmet değildir. Onun hayrı bir başka şey içindir."

"Üzüldüğün için böyle söylüyorsun. Ama bir gün dediğim gerçek olursa, bana inanacaksın."

Seyit, karısının yanağını okşarken güldü.

"Ah! Küçük karım benim. Sana tabii inanırım. Ama kader kısmet dediklerini de, ben senden önce tanıdım, unutma."

Böyle karamsar bir havada konuşmasına devam etmek istemiyordu. Neşeli bir tavırla konuyu değiştirdi.

"Bak ne diyeceğim. Yarın gidelim, kızlarla beraber bir fotoğraf çektirelim. Yazacağın mektuba onu da ilave et, gönder babamlara.

"Çok iyi olur Seyit. Ben cevabı yazdım bile."

Seyit, kahkahayla gülerken ayağa kalktı.

"İlâhi Murka! Sen Tatar ulaklarından da hızlısın."

Karısına şefkatle sarıldı. Mürvet, başı kocasının göğsünde, sordu:

"Kim o, Tatar ulakları dediklerin?"

Seyit, onun saçlarını, alnını öptü. Elinden tutup içeriye doğru çekti.

"Onların hikâyesini de bir başka gece anlatırım. Haydi, gel." Karısını kucakladı.

Çocuklarla beraber çektirdikleri aile resmini ve mektubu postaladıktan kısa bir süre sonra, Kırım'dan bir cevap daha geldi. Fakat gayet kısa, havadan sudan haberleri içeren satırlarla son buluyordu. Ne ailenin fertleri, ne yaşantılarıyla ilgili en ufak bir haber yoktu. Ancak mektuptaki iki fotoğraftan biri, baba Eminof, karısı, oğlu Osman ve geliniyle çektirdiği, diğeri ise Seyit'in teyze oğlu Arif'in Aluşta'daki aile evi önünde çekilmişti ve 18 Haziran 1928 tarihliydi. Mürvet, Arif'in çiçekliğine kolunu dayadığı basamakları, evi saran sarmaşıkları ve vitray camlarla süslü kapısını gördüğü zaman, senelerdir kocasının anlattığı baba evini, gözüyle gidip görmüş gibi oldu. Baba Eminof, mektubunu kısa tutmak için uğraşmış olmalıydı.

"Sevgili yavrum, iki gözüm, gelinim,

Mektubunuzu aldım. Çok ama çok mutluyum. Allah senden razı olsun. Günde beş vakit sağlığınıza duacıyım. Mektubunuz koy-

numda, onunla yatıp onunla kalkıyorum. Bizler iyiyiz. Dualarımız sizinle."

Seyit, sevinçle karşıladığı mektuptan çıkan fotoğraflara bakarken, gözbebekleri bulutlandı. Resimde var olanlar, kimlerin artık olmadığını da gösteriyordu. Derin iç çekti. Arif ise ona çocukluğunun, gençliğinin delidolu günlerini hatırlatmıştı. Buruk, gülümsedi. Mürvet meraktaydı.

"Niye bu kadar kısa yazıyor baban, Seyit?

"Bu kadar yapabildiğine, senin mektuplarını okuyabildiğine bile şaşıyorum ben. O mektupların hepsi açılıyor Murka. Giden de, gelen de. Onun için çok dikkatli ol. Babam ne kadar basit yazıyorsa, sen de aynen öyle yaz. Hayatımızla ilgili detaylar verme. Benim adımı da kullanma."

"Onun için mi sen hiç yazmıyorsun?"

Seyit, içeriye yürüdü. Bu soru keyfini kaçırmış gibiydi.

"Sen benim yerime de yazıyorsun. Değil mi?"

Zaten cevap beklemiyordu. Mutfaktan dolu bir şişeyle döndüğü zaman, artık konuşmak istemediği belliydi. Mürvet hiç üstelemedi. Uzunca bir aradan sonra, kocasının yine tek başına, düşünceleriyle kalmak istediği anın geldiğini hissetmişti. Böyle anlarda çaresizliğini ve kocasına hiçbir yardımının olamayacağını biliyordu. Çekinerek konuştu.

"Ben yatıyorum Seyit. İstediğin bir şey var mı?"

Seyit, fotoğraflar, boş bir kâğıt ve kalemle beraber masaya yerleşti. O arada karısına kısa bir cevap verdi.

"Sağ ol Murka. İyi uykular."

Bütün gece boyunca, balkon ile oda arasında mekik dokudu. Defalarca kalemi eline alıp yazmaya çalıştı. Ama olmadı. Olamadı. Nereden başlayıp, ne diyeceğini bilemiyordu. Bütün bu gizlilik içinde, hayat endişesiyle geçen seneleri nasıl anlatacaktı babasına. Bütün geçtiği yerleri, nasıl kurtulduğunu, Mahmut'un kıyıda vurulduğunu mu anlatacaktı, daha babasının eline geçmeden Bolşeviklerin okuduğu bir mektupta. Bu, onların başını belâya sokmaktan başka bir işe yaramazdı. "Babacığım" diye hitap etmesi dahi imkânsızken, ne yazacaktı ki! Sadece kuru bir "Sevgilerimle" veya "Seni seviyorum" mu? Bu düşüncelerle, hiçbir yazdığı onu tatmin etmedi. Sabaha karşı, fotoğrafları konsolun üzerine yerleştirdi. "Seni çok seviyorum." sözcükleri yazan son mektup kâğıdını da yırtıp çöp sepetine, diğerlerinin arasına attı. Gözleri yanıyordu. İçi yanıyordu. Söylenecek şeyleri, zamanında söyleyememenin getirdiği acı içinde, ruhu dağlanıyordu. Lâmbayı kaparken, kendi kendine mırıldandı.

"Haydi çaresizlik, uykuya."

Seyit, sabaha kadar, babasının el yazısını sanki sesini kulağının dibinde duyacakmışçasına tekrar tekrar okudu. Onları ne kadar özlemişti. Gün ağarmaya yakın, yanı başında, sırtı dönük, derin derin uyumakta olan karısına sarılıp onu kendisine doğru çekti. Başını başına dayayarak uykuya daldı.

Ertesi gün Mürvet, çocuklarının karnını doyurup, ev işlerini yoluna koyduktan sonra hemen kayınpederine yeni bir mektup yazmak için oturdu. O kadar heyecanlıydı ki, nereden başlayıp neler anlatacağını uzun uzun düşündü. Onlara yazabileceği en güzel mektubu göndermek istiyordu. Nihayet imzasını attığında içi rahattı ama zarfı hemen kapatmadı. Seyit'le ve çocuklarla güzel bir fotoğraf çektirip mektubuna ilave etmek iyi olacaktı. Ancak, Eminoflar'la bir an önce haberleşebilme arzusu galip geldi ve fazla beklemeden halihazırda albümde olan fotoğraflardan birini seçti. Leman'ın bebek arabası içinde babasıyla beraber çekilmiş olan resminin arkasını selâm ve sevgi sözcükleriyle doldurdu. Zarfın ağzını kapatırken, birden Seyit'e sormadan böyle bir şey yapmasının doğru olmayacağını düşündü. Son anda vazgeçti ve sadece mektubunu götürüp postaya verdi. Cevabı sabırsızlıkla bekleyecekti.

Seyit, lokantalarını istediği düzene soktuktan sonra Beyoğlu'nda taşınacakları bir ev aramaya başladı. Uzun zamandır beklediği maddi imkânlar artık hazırdı.

1928 yılının son aylarıydı. Ağa Camii, Sakız Ağacı Caddesi'nde, büyük lokantanın karşısında, 5 numaralı apartmanın beşinci katındaki daireye taşındılar. Aynı apartmanın bodrum katı da Seyit'in imalâthanesiydi. Emine, en küçük kızı Necmiye'yle Cinci Meydanı'ndaki evinde kaldı. Çok gerekmedikçe, kızı ve damadının hayatına girmek istemiyordu. Hele Beyoğlu'nda yaşayabileceğini hiç sanmıyordu. O muhite karşı olan tedirginliği yıllar geçmiş olmasına rağmen hâlâ kaybolmamıştı.

Yeni taşındıkları daireye keyifle yerleştiler. Buzlu kristal camlarla kapanmış ferforje demir kapının ardında mermer döşeli sahanlıktan geçilerek çıkılan ahşap tırabzanlı mermer merdivenlerin süslediği, yüksek tavanlı, cephesi taş oymalarla süslenmiş çok güzel bir binaydı. Evin döşenmesi konusunda Seyit, karısına fazla bir iş bırakmadı. Mürvet'e tek düşen, ardı ardına kapının önüne gelen arabalardan indirilen eşyaya evin içinde konulacak yer göstermekti. Bu bile kâfi derecede baş döndürmeye yetiyordu. Ama o kadar mutluydu ki, yeni oyuncaklar alınmış küçük çocuklar gibi hissediyordu kendini. Bütün arzusu, Seyit akşam eve dönmeden her şeyi temizleyip yerleştirmek, ortalığa çekidüzen vermekti. O hevesle hiç yorgunluk duymadan koşuşturdu durdu. Önce çocukların odasına bir şekil verdi. Seyit, karşıdaki lokantadan hazır yemek yollamıştı. Kızlar yemeklerini yiyip öğle uykusuna yattıkları anda, kendini evin işine verdi.

Büfesiyle takım İngiliz yemek masası ve hazeran kaplı iskemleleri, oturma takımı, salonun ortasında, paketlerinden çıktıkları gibi duruyorlardı. İçi içine sığmıyordu. Möblelerin pırıl pırıl cilâlı yüzeylerini parmaklarıyla okşayarak etraflarında döndü. Geniş arkalıklı koltukların, bordo ve küf yeşili desenini beğeniyle seyretti. Birden, zamanın geçmekte olduğu korkusuyla toparlandı. Eşyaların ayakları altına paçavralar yerleştirdi ve salonun dört bir yanına çekeleyip, her biri için uygun köşeler bulmaya çalıştı. Her iş bitene kadar Seyit'in gelmemesi için dua ediyordu. Arada, salonun önündeki balkona çıkıp, karşı taraftaki lokantaya, apartmanın girişine bakıp onun gelip gelmediğini kontrol ediyordu.

Akşam karanlığı erken basmış, kızları çoktan uyanmıştı. Mürvet onları öğleden kalan soğuk börek ve sütle doyurdu. Çocuklar, yeni evlerinden çok memnunlardı. Panayır alanına gelmişler gibi şendiler. Koridor ile odalar arasında koşuşturuyor, saklambaç oynayıp kendilerini oyalıyorlardı. Seyit'in gönderdiği bir usta, çini sobaları kurdu. Saat sekizde, kutularda kalmış birkaç parça ufak tefeğin dışında ev yerleşmişti. Mürvet, nefes nefese ve ter içinde kalmıştı. Ama neticeden memnundu. Yalnız, akşam yemeğini hazırlamak için henüz mutfakta malzemesi yoktu. Seyit'in nasılsa bir şeyler ayarlayacağından emin, banyosunu yapıp giyindi. Çocuklara uykudan evvel bir masal anlatmaya bile fırsat buldu. Hatırlayabildiği en keyifli, en neşeli, en mutlu masalı düşündü ve onu anlattı.

Kapı çaldığında, sevinçle koştu. Antrede, tırnağın üzerinde duran aynada kendisine son bir bakış attı. Görünüşünden memnun seslendi.

"Kim o?"

"Adım Seyit. Bilmem hatırlayacak mısın?"

Mürvet gülerek kapıyı açtı. Seyit, beraberinde gelen iki genç çocuğu, taşıdıkları karton kutuyu köşeye bıraktırıp yolladı. Karı koca sarıldılar. Genç kadın, evin düzenini gösterme telaşıyla kocasını elinden tutup salonun kapısına getirdi. Onun beğenisini bekliyordu. Seyit bir hayret ıslığı çalarak onu öptü.

"Nasıl bu hale getirdin evi, tek başına? Beraber hallederdik Murka. Ellerine sağlık."

"Senin işin zaten başından aşkın Seyit. Ayrıca hiç yorgunluk duymadım. Her şey o kadar güzel ki! Yalnız, yemek hazırlayamadım. Biraz kuru erzak var. Sen de öyle yemek sevmezsin."

Seyit şapkasını portmantoya asmış, ceketini çıkarıyordu.

"Hiç dert etme Murka. Bundan sonra evde yemek pişirmene gerek yok zaten. Mutfağın karşıda duruyor. Ne istersen oradan getirtirsin."

Gömleğinin düğmelerini açarken yatak odasına doğru ilerledi.

"Çocuklar biraz nevale getirecekler lokantadan. Ben banyoya giriyorum."

Oldukça geç bir saatte, karı koca karşılıklı, yeni evlerinde, yeni masalarında ilk akşam yemeklerini yiyorlardı. Masa, sıcak soğuk mezeler, etli sebzeli yemeklerle donanmıştı. Tabii, içki her zamanki gibi oradaydı. Mürvet henüz rakının tadına alışamamıştı. Şarap içerek kocasına eşlik ediyordu. Seyit birden hatırladığı bir şeyle elini alnına vurdu.

"Hay Allah! Niye hatırlatmıyorsun Murka?"

"Neyi hatırlatacaktım, bilmiyorum ki."

"Ben eve bir paketle gelmedim mi?"

"Sahi! Ne var içinde?"

Seyit, ağzını peçetesine silerek ayağa kalktı. Muzip göz kırpışıyla karısının burnunu, bir çocuğu sever gibi sıktı.

"Evet, acaba içinde ne var? Şimdi beraber açıp göreceğiz."

Hâlâ iskemlesinde oturan karısına uzanıp elini avuçladı.

"Haydi, haydi gel. Merak etmiyor musun?"

Mürvet, yeni yaşantısının ve içkinin verdiği mutlu sarhoşlukla, gözleri pırıldayarak kocasını takip etti.

Paket açıldığında sevinç çığlığını engelleyemedi. Gramofonu, yemek masası ve oturma takımları arasındaki etajerin üzerine yerleştirdiler.

"Sana bir sürü de plâk getirdim. Umarım seversin."

"Seyit, bütün bunlar çok pahalı değil mi?"

"Neye göre pahalı? Bir sene evvelki kazancımıza göre çok çok pahalı ama bugün için değil. Hem sana ne kuzum parasından! Sen hayatının tadını çıkarmaya bak."

Zarfları içinde ilk kez çalınmayı bekleyen taş plâklar arasından birini seçip gramofonu kurmaya başladı.

"Sen sadece tadını çıkar canım. Çünkü hayatta hiçbir şey devamlı değil. Yaşıyorken tadını çıkar."

Bütün yaz, Altınkum Gazinosu'nda dinlediklerine benzer bir melodi ve Mürvet'in anlamadığı bir lisanda şarkı söyleyen güzel bir kadın sesi odayı doldurdu. Seyit, karısını kolları arasına aldı. Genç kadın mutluluktan uçacak gibiydi. Bu kadar zaman gösterdiği sabrın mükâfatını görüyor olmalıydı. Gözlerini kapayıp kendisini âşık olduğu erkeğin yönetimine bıraktı. İçinde, âdeta uçacakmış gibi tatlı bir his vardı. Yüreği sanki kanatlanmış, başının üzerinde bir yerlerden onu yukarılara doğru çekiyordu.

Seyit, yanakları içkiden ve heyecandan al al olmuş karısının yarı kapalı gözlerini, yüzünü sevgiyle seyretti. Elbisesinin üzerinden, neredeyse kalbinin atışını görebilecekti. Onun bir tüy hafifliğindeki vücudunu, tabanları etrafında döndürürken, ne kadar narin, ne kadar güzel olduğunu bir kez daha kabul etti. Sağ elini kendi avuçları arasına aldı, göğsü üzerinde tuttu ve diğer koluyla beline sımsıkı sarılıp onu kendisine çekti. Onun saçlarının mis gibi sabun kokusu, boynundan gelen gül kokusu, göğsünden yükselen sıcaklıkla başı dönmeye başlamıştı. Bu dansı bitirebileceğini sanmıyordu. Durdu ve onun yüzüne bakmaya devam etti.

Mürvet gözlerini açtığında, kocasının kollarında olmaktan memnundu. Aksi takdirde yere düşmesi kaçınılmazdı. Mutluluktan sarhoş olmak bu olmalıydı. Yüzüne eğilmiş kocasının yüzüne baktığı zaman, kalbinin durmak üzere olduğunu sandı. Sevdiği erkeğin gözlerindeki lacivertliğin pırıltılar verdiği anların manasını çok iyi biliyordu. Onun avucunun, elini sarışındaki içtenlik, belini kavrayan kolunun tüm vücuduna hâkimiyeti ve hele o bakışları... 'Tanrım!' dedi, içinden, 'benden bu mutluluğu esirgeme. Kocamı çok seviyorum.'

İçinden geçirdiği bu sözlerin bir yarısını kendi duyar gibi oldu. Çok içmiş olmalıydı. Ama Seyit'in sözleri bu endişesine cevap olmakta gecikmedi.

"Ben de karımı çok seviyorum."

Mürvet, düşündüğü şeyleri ağzından kaçırmaktan bir an için hafif bir utanç duydu. Ama kocasının gülümseyen sevecen bakışları karşısında ilk defa fark etti ki, bir kadının kocasına sevgisini itiraf etmesi aslında bir mutluluktu. Seyit'in dudaklarının temasını yanaklarında hissettiği an, gözlerini tekrar kapattı, yüzünü onun aşk dolu öpüşlerine bıraktı. Az sonra onun kucağında yatak odasına girdiğinde, sanki ilk kez gerdeğe giriyor gibi heyecanlı ama o güne dek olmadığınca mutluydu.

Seyit, onu yatağa uzatıp sobanın ateşini harladı. Tekrar karısının yanına döndü, parmaklarını onun dağılmış saçlarının arasına sokarak, yüzüne eğildi. Sesi kısık, yumuşacık ama tahakküm eder tondaydı.

"Haydi, bir daha söyle Murka... Demin söylediğini tekrar söyle kulağıma. Bir kez daha duymak istiyorum."

Onun yine çocuk gibi utandığını anlamıştı. Gerdanını öpüp, kollarını başının üzerinde birleştirdi.

"Söylemezsen, bırakmayacağım kollarını. Haydi. Yoksa doğru değil miydi?"

Mürvet, aniden niye bu kadar tutucu olduğuna, aşkını kocasına niye zor itiraf edebildiğine kızdı. Bu duyguyu aşması lâzımdı. Kalbinin, beyninin sesini bıraktı, dudaklarından dökülsün diye.

"Seni seviyorum Seyit."

Sarıldılar. Aynı sözleri karşılıklı defalarca tekrarlayarak, evlilikleri boyunca ilk kez her ikisinin birden paylaştığı aşk sözcüklerinin, tarifi zor tadını çıkardılar.

Ertesi sabah Mürvet uyandığında, kendisini birkaç yaş daha olgunlaşmış hissediyordu. Ama bu kez acının, yokluğun, endişelerin değil de, mutluluğun, sevgi sözcüklerinin olgunlaştırdığı bir kadındı. Evliliğin küçük mutluluk oyunlarını, romantizmini, önlenemeyen heyecanlarını öğreniyordu artık. Seven erkeğin de kadın kadar hassas olduğunu, sevilmeyi beklediğini anlamaya başlamıştı. Âşık karı kocalar arasında utanma sınırlarının daha farklı olduğunu görüyordu. Evet, bu son gece, çok şey öğrenmişti. Banyodan, su sesi arasında Seyit'in keyifli ıslığı duyuluyordu. Sağ elini göğsüne götürerek, Allah'ına şükretti. Güzel eşyalarla döşenmiş, güzel bir apartman dairesinde uyanıyordu. Kocası, çocukları yanı başındaydı. Kalkınca, "Bugün ne pişireyim, kaça ne alacağım?" diye bir düşüncesi olmayacaktı. Belki de bütün gün gramofon çalıp keyif yapardı. Mutfağa girmek zorunda dahi değildi. Bütün bu olanlara hâlâ inanamıyordu. Kısa, şen bir kahkaha atarak yataktan fırladı. Çok, çok mutluydu.

KURT SEYT & MURKA

Aluşta'ya Bir Yolcu

Yeni evlerine yerleştiklerinin ilk hafta sonunda evde davet verdiler. Mürvet'in hala kızı, onun kocası ve Seyit'in akrabası Kırımlı Osman, Manol, İskender, Yahya, kardeşi Mustafa, Seyit'in genç yeğenleri Şair Hasan, Hulki ve Necmiye, neşeli bir grup oluşturdular. Masa açılmış, herkes oturtulmuştu. Tabaklar boşaldıkça, lokantadan yeni servis geliyordu. Yok yoktu. İçki su gibi akıyordu. Şarkılar söyledi, gramofon çalıp dans ettiler. Leman ile Şükran bile gece geç saatlere kadar büyüklerle oturdu, sonunda zıplayıp hoplamaktan yorgun düştüler.

Gecenin epeyce ilerlemiş saatleriydi. Oynak bir Rus halk ezgisinin son notalarını döndüren gramofonun başındaki Seyit, raftan bir başka plâk çıkardı. İğneyi üzerine oturtup, yerine döndü.

"Bakalım bu neler hatırlatacak size beyler?"

Tabakasından çıkardığı sigarasını yakıp, şarkıyı plâkla beraber söylemeye başladı.

"Aluşta'dan taş gelir

Humar gözden yaş gelir

Seni bana verseler balam,

Yaradana hoş gelir.

Ayy Laçin, can Laçin,

Can sana kurban Laçin..."

Yeğenleri de kendisine katılmış, gramofonun sesini bastırmışlardı.

Mürvet'in, "Aman çocuklar uyanacak!", demesine kalmadı, Leman çıplak ayak bileklerine kadar uzanan fistolu geceliğiyle salonun kapısında bitiverdi. Sarhoş gibi paytak paytak yürürken bir yandan da gözlerini ovuşturuyordu. Seyit, dalgın dalgın şarkı söylerken girdiği dünyadan o an ayrıldı. İskemlesini arkaya çekerek öne doğru eğildi. Kollarını açtı.

"Lemanuçka. Gel babana, gel kızım benim."

Mürvet, neredeyse sabaha karşı bu saatte çocuğun uykusunun dağılmasını istemiyordu. Onu kucaklayıp yatağına götürmek istedi ama küçük kız oyuncu bir çığlıkla koşup annesinin elleri arasından kurtuldu ve kendisini babasının kollarına attı. Aniden uykusu falan kalmamıştı. Ellerini çırpıp, başını sallayarak şarkıya eşlik etmeye başladı. Plâk bitmişti. Seyit sordu:

"Sevdin mi? Dinleyelim mi bir daha? Gel göstereyim sana, nasıl çalınıyor. Gel kızım."

Leman'ı gramofonun tam yanına çektiği bir iskemlenin üzerine çıkarıp kolu tutturdu. Ona yardımcı olarak çevirtti ve iğneyi yerleştirmesini sağladı. Birkaç cızırtıdan sonra duyulan melodiyle küçük kız sevinç çığlıkları atmaya başladı. Kendi becerisi sonunda çıktığına inandığı ses onu mutlu etmişti. Sabaha dek büyüklerle oturabilirdi ama annesinin ısrarlarıyla yatağına dönmek zorunda kaldı.

Şair Hasan, masadakilerin ısrarları karşısında yazdığı şiirlerden birkaçını okudu. Hepsi, hasret, hüzün ve yalnızlık anlatan şiirlerdi. Hanımlar, daha birkaç dizeden sonra gözlerinde oluşan yaşı zapt ettiler. En sonunda Hasan, kendi de ağlamaya başladı. Seyit hemen onun yanına gidip kolunu omuzuna attı.

"Hey! Hey! Haydi Küçük Hasan, yapma. Eğlenelim diye oturduk burada, seni üzmek için değil. Yeter bu kadar şiir. Eğlenceli bir şeyler anlatalım biraz."

Ama Hasan'ı durdurmak artık imkânsızdı. Çocuk gibi ağlıyordu.

"Ben artık burada kalmak istemiyorum dayı."

Seyit bir kahkaha attı.

"Seni burada zorla tutan yok. Sıkıldıysan git evine yat. Ama bu vaziyette seni bir yere gönderemem, haberin olsun."

Genç çocuk hıçkırıklar arasında konuşmaya devam etti.

"Yok dayı, bu evden bahsetmedim. Ben artık İstanbul'da kalmak istemiyorum."

Seyit, işin nereye gideceğini tahmin ettiğinden sohbeti hafifletmeye çalışıyordu. Gülerek konuştu.

"Ah! Bilirim, o his gelir insana ara sıra. Bana da olur. Hayrola, sen nereye gitmek istiyorsun? Paris? New York?"

"Ben geri dönmek istiyorum dayı. Ben evime dönmek istiyorum."

Seyit, onun ikna edilir durumdan çoktan uzaklaştığını anladı. Yanındaki iskemleye oturdu.

"Hasan, dinle beni. Seni çok iyi anlıyorum. Bunu daha önce de konuşmuştuk, biliyorsun. Seni benim kadar anlayan olamaz. Ben özlemiyor muyum zannediyorsun oraları. Burnumda tütüyorlar geride bıraktıklarım. Ama artık bizlere orada hayat yok."

"Ben annemi görmek istiyorum. Çok özledim onu. Her gece rüyama giriyor."

"Senin annen, benim de ablam, Hasan. Sonra benim de annem var geride. Babam, kardeşlerim var."

"Sen daha büyüksün dayı. Sen daha güçlüsün."

"Yaşının büyümesi insanın yüreğini daha güçlü kılmaz Hasan. Benim de içimdeki sızı, özlem seninkiyle aynı. Ama ben onları ne kadar ulaşılmaz bir sınır ötesinde bıraktığımı anlamaya çalışacak kadar olgunlaştım. Sabret, göreceksin."

"Yapamam dayı, yapamam. Ben gideceğim."

Seyit, tatlılıkla onu yatıştırmayacağını görüyordu. Küçük kardeşi gibi sevdiği ve korumasına aldığı yeğenini bir özlem inadı uğruna kaybetmek istemiyordu. Masaya yumruğunu vurarak bağırdı.

"İlle gidecek misin? Gidince ne olacağını biliyor musun? Daha yalı boyuna çıkmadan öldürürler seni. Anlamıyor musun? Bu yolun geri dönüşü yok!"

Zaten perişan durumdaki delikanlıya bu kadar celallendiği için birden kendisine kızdı ve hemen sesini yumuşattı.

"Hasan, dinle beni. Seni ne kadar sevdiğimi biliyorsun değil mi? Oraya dönebileceğin bir durum olduğuna inansam, bilsem, seni burada zorla tutar mıyım? Her şeyden önce kendim gitmez miyim? Bak, döndüğünde yolda bir şey başına gelmese bile, daha sonra muhakkak yakalayacaklardır. Üstelik annenin de başını belâya sokacaksın. O çok sevdiğin annenin hayatını tehlikeye atacaksın. Anlıyor musun beni? Farkında mısın? Ne zamandır artık gelen de kalmadı oralardan. Gideni de duymadık. Sen nasıl aşacaksın bu işi?"

Hasan artık ağlamıyordu. Ama kararlıydı.

"Ben gidiyorum dayı. Annemi bir kere uzaktan göreyim, ölsem de gam yemem. Beni tutmayın buralarda. Yoksa hasretimden öleceğim."

Seyit, çaresiz kaldığını hissetmişti. Onu yatıştırıp bir müddet daha oyalayabileceğini düşündü. Elini onun elinin üzerine koyup şefkatle okşadı.

"Pekiyi, pekiyi. O zaman acele etme. Bir çare düşünelim. Tamam mı?"

Neşeyle başlayan gece, hüzünle bitmişti. Ondan sonraki günler, Seyit, yeğeninin eskisi gibi günlük hayatına dönüp oyalanmasını boşuna bekledi. Delikanlı, gün geçtikçe sessizliğe gömüldü, yemeden içmeden kesildi. Gözlerinin mavisi, melânkolik buğulu bakışların arkasında kaybolup gitti. Dediğinde ciddi olduğu belliydi. Hasan, hayata küskün bu haliyle, âdeta yavaş yavaş intihar ediyordu.

Seyit, yeğeninin tehlikesiz bir şekilde Kırım'a nasıl dönebileceği hususunda sorup soruşturmaya başladı ama korktuğu gibi, artık yollar tamamen kapanmıştı. Giden gelen olmadığı gibi, orada neler olduğunu anlatacak en ufak bir bilgi dahi ulaşmıyordu artık bu tarafa.

Sonunda Küçük Hasan'ın Sinop'tan bir balıkçı teknesiyle Kırım'a geçmesinin tek çare olduğuna karar verdiler. Seyit, eşi dostu vasıtasıyla ayarladığı bu kaçışın ne kadar tehlikeli olduğunu son kez yeğenine anlatırken, boşuna çabaladığını biliyordu aslında.

"Hasan, bak yavrum, hâlâ kararından cayabilirsin."

Genç çocuk, memleketine dönebilecek olması fikrinden bile öylesine heyecanlanmıştı ki, yerinde duramıyordu. Hiçbir uyarıyı dinlemeye niyeti yoktu.

"Göreceksin, oraya gideceğim ve sana hemen yazacağım."

"Keşke seni kalmaya ikna edebilseydim. En azından oraya varışını görebilseydim. Nelerle karşılaşabileceğini düşünmek dahi istemiyorum artık."

"Hiç fark etmez. Ben burada yaşadığımı anlamıyorum ki zaten. Hiç değilse deneyeceğim."

Seyit, yeğeninin omuzuna elini koyarak, çaresiz, derin bir nefes aldı.

"Pekâlâ. Madem bunca istiyorsun, artık tek yapabileceğim senin en emniyetli şekilde geçişini sağlamak."

Birkaç gün sonra Hasan, Sinop'a gitmek üzere vedalaşıyordu. Mürvet kendisini tutamayıp ağlamaya başladı. Kocasının söylediği kadarıyla delikanlının büyük bir ihtimalle ölüme gittiğini anlamıştı. Hasan'a sarıldığında içi sızladı.

"Hakkını helâl et yenge. Çok kahrımı çektin."

"Helâl olsun Hasan'cığım. Ne demek kahır, keşke kalsaydın da böyle merak azabı yaşatmasaydın bizlere."

"Merak etmeyin yenge, dayıma da söyledim, evime varır varmaz mektup yazacağım, göreceksiniz."

Hasan'ı, gözlerinden taşan mutluluk ve yolculuğundan duyduğu ümitle geçirdiler. Onu, hayatlarının sonuna kadar bu görüntüsüyle hatırlayacaklardı.

Üç gün sonra, gece yarısı Sinop Limanı'ndan kalkan bir balıkçı teknesi Karadeniz'e açıldı. Rus karasularına girmeden motoru durdu. Fenerle verilen işarete, karanlığın içinden karşılık geldi. Dalgaların sesi arasından bir başka motorun rölantide çalışan sesi duyuldu. İki tekne aborda ettiler. Anında, Sinop'tan gelen genç yolcu, yabancı tekneye atladı. Tatoğlu Hasan, teknesinin burnunu Sinop'a doğru çevirirken mırıldandı.

"Allah seninle olsun delikanlı."

Sabahın ilk ışıklarıyla beraber Aluşta Limanı'na giren tekneden inen balıkçılar, hiç konuşmadan, kontrol kapısına doğru ilerlediler. Yaşlı olanını, sırtına aldığı yükle beli bükülmüş görünen diğeri hemen arkadan takip ediyordu. Uzun beyaz saçları ve sakalının, güneşten, denizden kavrulmuş yüzünü çevrelediği tecrübeli balıkçı, hiç sorulmasına gerek olmadan evraklarını çıkardı. Yalı Boyu'na açılan kapı ile aralarındaki engel, dört Kızıl askeriydi. Gerçi üçü aralarında şakalaşmakla meşguldü şu an ama işini görenin şüpheyle bakmaya alışmış gözleri, karşısındakilerin her bir hareketini yakalamaya yeterliydi. Kendisine verilen evraktaki yazılara ve fotoğrafa baktıktan sonra yaşlı balıkçıyı uzun uzun tetkik etti. Tatmin olmuş görünüyordu.

"Geç yoldaş."

Tel sürgü çekildi. Balıkçı bir adım atıp dışarı çıktı ama ilerlemedi. Aklı yolcusundaydı. Durup beklemek istedi. O arada genç balıkçı evraklarını veriyordu. Diğerinin hâlâ bekliyor olması askeri rahatsız etti. Azarlayarak konuştu.

"Ne bekliyorsun yoldaş! Senin işin bitti, git yoluna."

Denileni yapmaktan başka çare yoktu. Sayesinde buraya gelebildiği balıkçı uzaklaşırken, genç yolcu, arkasından telaşla baktı. Bundan sonra kendi başınaydı. İçini bir ürperti sardı. Aynı ifade, yüz hatlarına aksetti. Kızıl, insanların ve korkuların sarrafı olmuştu. Heyecanlı bakışlardan huylandı. Elindeki evrakın üzerindeki fotoğrafı, tırnağıyla kaldırmaya uğraştı. Bir yandan karşısındakini süzüyordu. Diğeri ise, sırtından boşalmakta olan terin sıkıntısıyla yutkunurken sakin görünmeye çalışıyordu. Kaçamak bakışlarla fotoğrafın bir köşesinin yırtıldığını fark etti. Orijinal resmin görüleceği an çok yakındı. Yüreğinin ağzına geldiğini hissetti. Artık yapacak hiçbir şey yoktu. Kızıl'ın, ayrılmış iki fotoğrafı tutarken bağırmasıyla diğerleri fırladı.

"Kaçak var!"

Hasan, o an ölümlerden birini seçmek durumunda olduğunu biliyordu. Ya denize doğru koşacak ya adamlara teslim olacak ya da buraya geliş sebebini gerçekleştirip öyle ölecekti. Kafasından şimşek hızıyla geçen düşünceler zinciri içinden en sonuncuyu seçerek, sırtındakileri adamların üzerine doğru savurdu. Yırtıcı bir hayvan çevikliğiyle aralık tel örgü kapıdan sıyrıldı. O an silâh sesleriyle beraber sırtında, ciğerlerinin arasında bir ılıklık duydu. Bacakları ağırlaştı ama yüreği daha da hafiflemişti. Artık korkacak hiçbir şey kalmamıştı. Nasılsa ölecekti. Mümkün olduğunca evine yakın ölmek istiyordu. Bu gayretle biraz daha koşmaya çalıştı. Silah sesleri artık delirmişti. Sanki bayram topları atılıyordu. Vücuduna arka arkaya giren kurşunlar yeni acılar vermiyordu, öyle uyuşmuştu. Gövdesi artık kendisini taşıyamayan bacaklarının üzerine boş bir çuval gibi yığıldı. Küçük Hasan'ın gencecik yüzü, asırların Yalı Boyu'na çarptığı an, hiç acı duymadı. Kanlar içinde, gözleri açık yattığı yerde, özlediği toprakları öper gibiydi. Son uzun bir nefes çekti.

"An..."

Ve hırıltıyla geri verdi.

"...ne..."

Dudakları arasından ince bir kan yayıldı yanaklarına. Gözleri hâlâ açıktı.

Sadovi Caddesi'nde, bahçe içindeki büyük evin odalarından birinde sabah namazını henüz bitirmiş olan Mehmet Eminof, seccadesini toplarken bembeyaz sakalını çaresizlikle avuçladı. Camdan dışarıya, seslerin geldiği liman tarafına baktı. Öfkeyle mırıldandı.

"Domuzun Kızılları. Kimbilir hangi masumun canını yediniz yine."

KURT SEYT & MURKA

Pera'da Büyülü Günler

Küçük Hasan'ı geçirdikten sonra heyecan içinde bir haber bekleyen Seyit, hiçbir işaret almamayı, kötü bir haber duymaya tercih ediyordu. Böylelikle en azından bir ümit kalıyordu. Bu arada, kendi ailesinden de uzun zamandır haber yoktu. Mürvet'in arka arkaya bazı mektuplar geri gelmişti. Bu hiç hayra alamet değildi.

İstanbul 1929 yılbaşını, karla örtülmüş beyaz bir masal şehri gibi karşıladı. Beyoğlu ise, şehrin başka hiçbir bölgesinde görülmeyecek coşkuda yaşıyordu son bir haftayı. Bu, Beyoğlu için olağandı ama Mürvet ilk kez şahit oluyordu Noel ve yeni yıl kutlamalarına. Galata ile Taksim arasında, yüzyıllık duvarların, kapıların ardında, yüzyıllık avluların ortasında yükselen kiliselerden, birbirlerine cevap verir gibi ahenkle yükselen çan sesleri, lâpa lâpa yağan karın o durgun sessizliği arasında ayrı bir âlemin görüntüsünü oluşturuyordu.

Noel törenini izlemek dahi günah geliyordu Mürvet'e. Ama Seyit yine yumuşak alaylarıyla karısını ikna etmeye çalıştı.

"Aşk olsun Murka. Papaz görüp, ilâhi duymakla din değişse, o zaman imam görüp, ezan duyanın da dini değişirdi. Haydi bırak bu saplantıları da giydir çocukları, çıkalım."

Sonra karısının esas korkusunu bildiğinden şaka yollu ilave etti.

"Merak etme, annene söylemem."

O gün, Beyoğlu'nun kutladığı sadece Noel değildi. Bağrında barındırdığı Hıristiyan azınlıkların yaşadıkları inanç özgürlüğünü kutluyordu aynı zamanda. Santa Maria Draperis Kilisesi'nin çıkışından itibaren iki taraflı bütün Beyoğlu Caddesi'ne sıralanan halk, kilisenin kapısı açılır açılmaz başlayacak olan töreni bir karnaval heyecanıyla bekliyordu. Nihayet beklenen an geldi. En önde haç taşıyan papazı takip eden ayin grubu ilâhilerle caddede yürümeye başladı. Çevredeki tüm kiliselerden yükselen çan sesleri ortalığı sardı. Kış bulutları, ayinin bir parçası olmayı istemişçesine, kar tanelerini yumuşacık aşağıya bırakıverdiler. Halkın arasında bulunan resmi kıyafetliler, önlerinden haç geçerken selâm duruyor, Hıristiyan ahali istavroz çıkarıyordu. Grup, ağır adımlarla, Saint Antoine Bazilikası'na doğru ilerlerken, halk da bulunduğu kaldırımdan onları izliyordu. Saint Antoine'a varıldığında, papazları takiben, Hıristiyan vatandaşlar da kilisedeki törene katılmak üzere içeriye girdi. Dışarıda kalanlar, avludan kiliseye girenleri sonuna kadar seyrettiler. Nihayet ilâhi sesleri, kalın taş duvarların arkasında yumuşayarak uzaklaştı. Kar hızlanmıştı. Çanlar hâlâ çalmaktaydı. Ağa Camii'nden yükselen öğle ezanı, çanlara karıştı. İşte Beyoğlu'nda hayat böyle bir şeydi. Mürvet için yepyeni, anlaşılmaz ama masal gibi izlediği bir gündü. Bir Hıristiyan ayini izlemiş olmaktan dolayı günahkâr olma korkusu hâlâ içindeydi. Diğer taraftan, aynı dinden olmadığı bu insanların da aynı Tanrı'ya inandıklarını bilmek, onları ilâhilerinin mistik beraberliğinde seyretmek, tarifi zor bir duygusallık yaşatmıştı genç kadına.

O gün öğle yemeğini Tokatlıyan'da yediler. Çocuklar seyrettikleriyle ilgili sorular yöneltmeye başladıklarında, Mürvet yine huzursuz oldu. Seyit, uzun uzun bu ayinin sebebini, Noel'in ne demek olduğunu izah etti. Çocuklarına bir şeyler anlatıyor olmaktan büyük zevk alıyordu. Mürvet bir ara Leman'ı susturacak oldu.

"Küçük çocuklar bu kadar soru sormaz Leman. Bazı şeyler ancak büyüyünce anlaşılır. Babanızı rahat bırakın da yemeğimizi yiyelim artık."

Seyit, gülümseyerek, elini karısının elinin üzerine koydu.

"Bırak Murka, bırak. Ne soracaksa sorsun çocuklar. Babalarına sormayıp kime soracaklar?"

"Ama akılları karışacak Seyit."

"Benden öğrenirlerse karışmaz."

"Daha çok küçükler bu konular için."

"Daha iyi ya. Büyüdüklerinde öğrenecek bir şeyleri eksik

olur."

Sonra büyük kızına göz kırparak konuştu.

"Sor bakalım Lemanuçka, neyi öğrenmek istiyordun?"

"Sen hiç Allah babayı gördün mü?"

Mürvet'in ağzındaki lokması neredeyse boğazına takılacaktı. Yutkunup öksürdü ve telaşla atıldı.

"Tövbe yavrum, ne biçim söz o öyle? Günahtır, sorulmaz öyle şeyler."

Seyit, karısının söylediklerini hiç duymamış gibi Leman'ın yüzüne bakarak konuştu.

"Tabii gördüm."

Mürvet konuştuklarının duyulup duyulmadığını kontrol etmek için çevreye bir göz gezdirip, kocasına doğru eğildi.

"Seyit!"

O ise, diyeceğini demeye devam etti.

"Eğer görmek üzere bakarsan, Allah'ı her yerde görürsün."

Mürvet, bunları işitmekle bile günaha girdiğinden emindi. Kıpkırmızı olmuştu. Garson, ısmarladıklarını getirmiş servis yapıyordu. Seyit, bir an sözünü kesip bekledi. İçkisinden bir yudum aldıktan sonra devam etti.

"Canlı cansız, her şeyde Allah'ın aksi vardır Lemanuçka. Ağacın gövdesinde, yapraklarında, su zerresinde, bulutlarda, hep ondan bir parça vardır."

Şükran, çoktan konsome tabağını kaşıklamaya başlamıştı. Leman ise gözleri hayretle açılmış, babasını dinliyordu.

"Peki, ya kar? Karda da görebilir misin Allah babayı?"

Seyit gülerek kızının yanağını okşadı. Yemeğine başlaması için bir işaret yaptıktan sonra cevapladı.

"Tabii."

Küçük kızın dikkatle camın diğer tarafında lâpa lâpa yağmakta olan kara bakışını fark etti. Onun elini avucunun içine aldı.

"Hiçbir şey göremiyorsun, değil mi?"

Leman, başını iki yana salladı.

"Gözünü açık tutman şart değil. Gözün kapalı bile olsa, düşünürsen, onu hissedersin."

"Kime benzer?

"Hiç kimseye. Onun şekli, bir şeye benzerliği yoktur. O, her şeyin bütünüdür ve her şey onun ufak bir parçasıdır. O, gökyüzündeki, yeryüzündeki her şeyin tamamıdır. Bunu yine konuşacağız seninle, tamam mı? Haydi şimdi çorbanı soğutma."

Bu konuşmanın bittiğine en çok Mürvet sevinmişti. Özellikle de annesinin şahit olmadığına çok memnundu. Şimdi en büyük korkusu, Leman'ın, anneannesinin yanında, Allah baba sorularını yineleyip, babasından duyduklarını tekrar etmesiydi.

Yemekten sonra, Seyit karısını ve çocuklarını Gloria Sineması'na bırakıp işine döndü. Kar bulutlarıyla kararan Beyoğlu'nun vitrinleri çoktan ışıldamaya başlamıştı bile.

KURT SEYT & MURKA

Geçmiş Her Dem Taze

Seyit, yeni yılı, evde verecekleri yemekli bir davetle kutlamak istiyordu. Mürvet'in buna bir itirazı olmadı. Zira malzeme almak, yemek pişirmek, bulaşık yıkamak gibi bir derdi yoktu. Her şey hazır gelecekti. Büyük bir zevkle, işli keten örtüsünü, peçetelerini kolaladı. Evin temizliğini yaptı. Öğleye doğru, karı koca, çocuklara bir şeyler almak üzere Beyoğlu'nda aşağı yukarı iki üç saat geçirip döndüler. Hediye seçimini, bütün alışverişlerinde olduğu gibi, Mürvet tamamen Seyit'e bıraktı. O, her şeyin iyisini, şık ve güzelini nereden alacağını biliyordu. Onunla vitrin dolaşmak, alışveriş yapmak büyük keyifti. Gerçi hâlâ onun bonkörlükle saydığı paranın miktarına alışamamıştı ama bundan gizliden gizliye keyif de almıyor değildi.

Kızların ikisine de birer çift süet potin ve kadifeden çiçeklerle süslenmiş şapkalar aldılar. Avrupa kâğıtlara, kocaman kurdelelerle paketlenen hediyeler ellerinde, kol kola keyif içinde geriye döndüler.

Seyit karısını dairelerine kadar çıkarıp, kapıdan geri döndü.

"Ben dükkânları dolaşacağım Murka. Misafirlerden sonra gelebilirim. Ama fazla gecikmeyeceğim."

Karısını öpüp, merdivenlerden koşar adımlarla indi. Mürvet, onun bitmeyen enerjisine hayrandı. Onu gülümseyerek uğurladı.

"Güle güle, akşama görüşürüz."

Sonra koridordan içeriye doğru seslendi.

"Leman! Şükran! Anne geldi!"

Bir telaş onların yanına gitti. Kızlar, ilk kez olarak bugün, evde yalnız kalmışlardı. Onları odalarında, evcilik oynarken görünce içi rahatladı. Annelerini görmekten dolayı memnuniyetlerini gösterip, oyunlarına devam ettiler.

Mürvet'in içi içine sığmıyordu. Bu yılın da çok iyi geçeceğine dair bir his duyuyordu. Üzerine rahat bir kıyafet geçirip akşam için hazırlığa başladı. Gramofona bir plâk yerleştirdi. Bir yandan şarkıyı mırıldanıp bir taraftan masanın ilave parçalarını yerlerine taktı. Örtüyü yaydı. Gece kalabilecek misafirler için çarşaf, yastık, havlu ayırdı. 'Eğer yatağa kadar gidecek halleri kalırsa,' diye düşündü içinden gülerek. Güneşi, içki masasında karşılayacaklarını o kadar iyi tahmin edebiliyordu ki. Mutfak tezgâhında duran birkaç kavanozu, kutuları da ortadan kaldırdı. Az sonra burada her santim yere ihtiyaç olacaktı.

Salondaki çiçekleri sulayıp, temiz olmasına rağmen, büfenin, sehpaların yüzeyini bir kez daha parlattı. Sonra kızlara seslendi.

"Çocuklar, haydi hazırlanın, banyo saati geliyor."

Sobaları iyice doldurup, banyo suyunu ısıttı. Bütün bu işleri arasında gramofonu kurmayı da ihmâl etmiyordu. İçinde bayram çocuğu sevinci vardı. Önce Şükran'ı yıkayıp öğle uykusuna yatırdı. Uykusunu almazsa hemen huysuzlanacağını biliyordu. Ardından Leman'ın sırası geldi. O da annesinin neşesine iştirak ederek, şarkılar mırıldanarak yıkandı. Bir an için sustu. O da gözüne sabun kaçıp, canı yandığı içindi. Su sesi, kendi şarkı sesleri, plaktan yükselen ses arasında kapının ısrarlı çalışını neden sonra duydu Mürvet. Kızını havluya sardı. Kendisinin ıslanmış, terlemiş olan yüzünü, boynunu, kollarını kurulayıp kapıya fırladı. "Kim o?"

"Seyit Eminof'un evi mi?"

Aksanlı, genç bir erkek sesiydi kapıdaki. Böyle anlar hep ürküntü verirdi genç kadına. Yine aynı telaşla sordu:

"Kim arıyor?"

"Bize bir siparişi vardı. Bu adrese getirmemizi söylemişti."

Mürvet, kendisinin habersiz olduğu bir siparişin doğruluğunu bilemediği gibi, kapıdakini de tanımadığından emindi. Zinciri çözmeden kapıyı aralayıp baktı. Güler yüzlü, on beş-on altı yaşlarında bir çocuk, kucağında ve elinde iki paketle karşısında duruyordu.

"Yanlış gelmedim, değil mi?"

"Nereden geliyor bu paketler?"

"Ali Kokarca'dan madam. Siz Seyit Eminof'un madamısınız?"

Mürvet başını salladı.

"Bunlar sizin madamcığım. Kusura bakmayın, daha evvel getirmemiz lâzımdı. Ama ancak yetiştirdi ustam."

Zinciri açıp, paketleri almaktan başka çare kalmamıştı ve de öyle yaptı Mürvet. Rum çocuk, güleç bir veda ile koşa koşa merdivenlerden inip uzaklaştığında, Mürvet, banyoda bıraktığı kızının yanına gitti. Leman, kendi kendine kocaman havluyu vücuduna dolamış kurulanmaya çalışıyordu. Mürvet, kızının haline gülerek onu kucakladı. Giydirip yatağına uzattı. Sonra, büyük bir merakla, paketlerin içinden ne çıkacağını anlamak üzere salona geçti.

Bunların Seyit'in armağanları olduğunu anlamakta gecikmedi. Kendi kendine attığı küçük bir sevinç çığlığıyla elbiseyi ortaya çıkardı. İki eliyle omuzlarından tutarak hayranlıkla seyretti. Nefti yeşil krep kumaş, çağla yeşili ipek yollarla dokunmuştu. Omuzlarına doğru oval bir kesimle açılan yakası ve kol ağızları aynı renk ipek biyelerle çevrilmişti.

"Tanrım! Ne kadar güzel." sözleri dudaklarından sesli olarak döküldü. Elbiseyi kanepeye bırakıp diğer paketi açtı. Ondan da, üç atkılı, yüksek ökçeli, siyah rugan bir çift ayakkabı çıktı. İçindeki marka Mürvet için yabancıydı. Sadece kırmızı şık kutusunda yazılanlar içinde Paris kelimesini anlayabildi. Hediyelerini kucaklayıp yatak odasına götürdü.

Bundan sonra, kendisine ait iki saat kadar bir vakti vardı. Banyosunu yapıp saçlarını kuruttu, şekillendirdi. Tuvalet masasına oturduğu vakit, yaşadığı bütün bu hoşluklardan ne kadar büyük keyif aldığını düşündü. Aynadaki aksi, kendisine gülümseyerek bakıyordu. Zamanını kullanarak, son derece özenle makyajını yaptı.

Kızlarını uyandırıp önce onları hazırladı ve en son kendi giyindi. Aynada gördüğünden son derece memnundu. Gözlerinin, saçlarının koyuluğu ile elbisenin ışıkta titreşen yeşilleri arasında boynu, gerdanı balmumu gibi ortaya çıkmıştı. Rujunu birkaç kez dokundurarak, dudaklarının dolgunluğunu canlandırdı. İnce topukların üzerinde yükselen bacaklarını, ilk kez fark etmişçesine beğeniyle seyretti. Aynasının önünde, çerçevede duran kocasının resmine baktı. Seyit, 1917 yılının St. Petersburg fotoğrafından onu seyretmekteydi. Mürvet, duyulmasından utanırcasına yavaş mırıldandı.

"Seni seviyorum Kurt Seyit."

Hazırlığı tam bitmişti ki, lokantanın komileri kapıda bitiverdi. Sofranın servisini tamamladılar. İçkiler, Seyit'in talimatı gereği, balkonda, kar içine bırakıldı. Soğuk mezeler, meyveler, kuruyemişler masaya yerleştirildi. Saat yedide misafirler gelmeye başladılar. Aşağı yukarı her zamanki dostlarıydı. Bir de alt katta oturan İstanbul mebusu Bahattin Bey ve hanımı, gecenin renkli simaları arasında yerini aldı. Mürvet, annesinin de kendilerine katılmasını çok istemişti. Ama Necmiye, Şükriye ve Osman'la beraber geldi. Emine özür diliyordu. Mürvet biraz içerleyecek gibi oldu ancak, kız kardeşinin çantasından çıkan bir zarfla bu olayı unuttu. Birkaç ay evvel Kırım'a yazdığı mektuba cevap gelmişti eski adreslerine.

Genç kadın, misafirlerinin de heyecanlı bakışları arasında yırtar gibi açtı mektubu. Gözüne yaş gelmişti yine. İskender Beyzade şaşkınlıkla sordu:

"İnanamıyorum yenge hanım. Nasıl geldi bu mektup buraya? İnanamıyorum."

Herkes genç kadının etrafına toplanmıştı. Mürvet, gözlerini yukarıya doğru kaldırıp, kırpıştırdı. Ağlamamaya çalışıyordu. O kadar özenle yaptığı makyajı akacaktı yoksa. Mektubun satırlarını yutar gibi okudu. Ve daha fazla tutamadı kendini. Ağlıyordu. Bir yandan da zarfı toparladı. Misafirlerine döndü.

"Kimse bu mektuptan söz etmesin Seyit'e ne olur. Ben sürpriz yapmak istiyorum."

Az sonra kapı çaldığında, Mürvet yüz ifadesinde şüphe uyandıracak bir iz olup olmadığını aynada kontrol etti. Kapıyı açtığı an, Seyit, hayranlık dolu bakışlarla ve ıslık çalarak kendisini kucakladı.

"Murka'm, ne kadar güzelsin."

"Seyit, çok teşekkür ederim. Ne kadar ince düşüncelisin."

"Beğendiğine sevindim."

"Beğenmez miyim... Bu elbiseyi beğenmeyecek bir kadın düşünemiyorum."

Seyit, kolunu karısının beline dolayarak salona girdi. Misafirleriyle öpüştükten sonra balkon kapısını açtı. Dışarıda kar lâpa lâpa yağmaya devam ediyordu. Kapının pervazına yığılmış karlar, içeriye halının üzerine döküldü. Buz gibi bir rüzgâr, saçları, yüzleri okşadı. Seyit, soğuk beyazlığın altında bekleyen şişelerden ikisini çekip çıkardı. İki elindeki şişeleri havaya kaldırarak içeri girdi.

"Haydi, daha ne bekliyoruz? Neredeyse 1929 geldi. Biz daha içmeye başlamadık. Haydi, sofraya!"

O kadar neşeli, o kadar coşkuluydu ki, onun havası diğerlerini de anında etkisi altına almıştı. Mürvet içeriden aldığı mektubu getirip arkasına sakladı. Gözlerinin içi gülüyordu. Seyit onun boynuna sarılıp sordu.

"Yine bir şeyler var galiba?"

"Benim de sana bir hediyem var Seyit."

"Ver o zaman."

Genç kadın, mektubu ve zarfı uzattığında, kocasının yüzündeki sevinci mutlulukla izledi. Başka ne alsa, ne hediye etse, onu bu kadar sevindiremeyeceğini görüyordu. Seyit, mektubun kısa satırlarını yutar gibi okudu. Sevinç ile burukluğu, üzüntüyü bir arada yaşadığı çok belliydi. Birden yorgun halinden sıyrıldı. Herkesin kendisini izlediğini hissetmişti. Bu yeni yıl gecesini mahvedemezdi. Neşeli bir sesle diğerlerini eğlenmeye davet etti.

"Nerede kalmıştık? Haydi sofraya!"

Herkesin tekrar keyiflenmesi pek uzun zaman almadı. Şarkılar söylendi, şiirler okundu. Leman ve Şükran, kucaktan kucağa gezmenin ve izinli olarak geç saatlere kadar oturmanın tadını yaşadılar. Hediyelerini sevinç çığlıklarıyla açtılar. Leman, hemen yeni potinlerini ayağına geçirip, şapkasını giyme hevesindeydi. Seyit ona yardımcı oldu. Ama küçük kız bununla tatmin olmamıştı. Şimdi de sokağa çıkıp dolaşmak istiyordu. Seyit gülerek kızının yanaklarını okşadı.

"Hep demez miyim, babasının kızı diye. Başka hangi çocuk, bu yaşta, gece sokağa çıkmak ister?"

Sonra kızına dönüp sordu:

"Sahi sen şimdi sokakta gezmek mi istiyorsun?"

Leman, arzusunun yerine geleceğini anlamış gibi memnuniyetle başını salladı. Babasının kucağından kayıp yere indi. Seyit, kızının elinden tutup balkon kapısını açtı. Mürvet içeriden itirazla seslendi.

"Aşk olsun Seyit, üşütecek çocuk."

"Merak etme, hiçbir şey olmaz."

Leman, bileklerinin üzerine kadar kara gömülmüştü. Sevinç çığlıklarıyla zıplıyordu. Misafirlerin hepsi, onların haline gülmekteydi. Mürvet, çocukluğunda, bayramdan bayrama alınan yeni bir çift ayakkabının heyecanını ve ne kadar itinayla giyildiğini hatırlayarak içerliyordu. Dayanamayıp bir kez daha seslendi.

"Yepyeni ayakkabıları ne hale getirdiniz karların içinde. Yazık değil mi Seyit?"

Seyit, neredeyse kızı kadar eğleniyordu balkondaki kar sefasından. Gülerek karısına seslendi.

"Senin ayakkabılarını giymedik ya Murka, niye bu kadar üzülüyorsun?"

Sonra Leman'a sordu:

"Değil mi kızım?"

Leman, lâpa lâpa yağan karlardan yüzüne düşenleri yakalamaya çalışıyordu. Babasının bacaklarına sarılıp güldü.

"Haydi gel, seninle şarkı söyleyelim Lemanuçka. İster misin?"

Küçük kız, ellerini çırpıp bekledi. Saçları, kâküllerinin altındaki kirpikleri, beyaz kar taneleriyle süslenmişti. Yanakları kıpkırmızıydı. O kadar sevimli görünüyordu ki, Seyit eğilip yanağından öptü. Sonra, sol eliyle onun elini tutup, sağ eliyle tempo vererek söylemeye başladı.

"Umala Bazarni

Da jil partnoy

"Haydi tekrarla bakalım, beraber.

"U-ma -la Ba-zar-ni

Da jil part-noy...

"Tekrar...

"... On bil rijiy i kıtay

Kodil on Senagog

Vernitsi Kamina
Ay Ay Ay Mamiçka
Timaya Mamiçka
Timaya Mamiçka
Vernitsi kamina"

Yahya ve Manol, şarkıya eşlik etmeye başlamışlardı. Umala Pazarı'nda terzilik yapan Yahudi bir gencin, Ortodoks Rus kızına duyduğu ümitsiz aşkı anlatıyordu halk şarkısı. Mürvet, onları balkondan içeri almaktan vazgeçmiş, işi oluruna bırakmıştı. Hem kızının, hem kocasının müşterek inatlarıyla başa çıkması imkânsızdı. Bunu biliyordu. Diğer hanımların yanına oturarak sohbetlerine katıldı.

Necmiye, içlerinde en genciydi. Halinden çok memnun görünüyordu. Yine de kahkahasında son derece ölçülüydü. Esmer, pürüzsüz teninde, siyah kömür gibi parıldayan iri, sürmeli gözleri, küçük burnu ve sağ üst köşesinde beni olan etli dudaklarıyla hemen göze çarpan bir güzelliğe sahipti. Ama o sanki bunun hiç farkında değildi. Son derece sessiz, sakindi. Davranışlarındaki zarafet, hoşluk fark edilmeyecek gibi değildi. Kendisine yapılan tüm iltifatları mahcup bir memnuniyetle, başını öne eğerek dinlerdi. Ablalarından daha farklı, daha esrarengiz bir tavrı vardı. Sanki sesi biraz yükselecek, biraz sert hareket edecek olsa kırılıp gidecekti. Yapısında, karşısındakini de hassas olmaya davet eden gizemli bir sükûnet vardı. Seyit'in ona karşı farklı bir zaafı vardı. Necmiye'ye baktıkça, Aluşta'da gencecik bir genç kızken bıraktığı kız kardeşi Havva aklına geliyordu. Gerçi, yaşıyor olsaydı şimdi biraz daha büyük olacaktı. Renkleri hiç birbirine benzemiyordu. Ama yine de Necmiye'ye bakınca kardeşini görüyordu. Elinde değildi. Uzaktan uzağa onu izlerken, şarkısı, dudaklarında mırıltıya dönüştü. Birden, ailesinden uzakta kaçıncı kez bir yeni yılı daha karşıladığını düşündü. Şu an acaba ne yapıyorlardı? Nasıllardı? Leman'ı kucaklayıp yanağından öperken, onun saçlarında uçuşan karları üfledi. Sonra başını gökyüzüne çevirip baktı. Yıllar, yıllar öncesi bir gece aklına geldi.

Shura'yla İstanbul'a ilk ayak bastıkları günün gecesi, Tepebaşı'nda, Şeref Oteli'nin odasında geçirdikleri geceyi anımsadı. Camı açmış, dışarıda lâpa lâpa yağan karın, göğün kara maviliğinden süzülüşünü izlemişlerdi. Bunları hatırlamak bu gece istediği bir şey değildi ama anılar sadece istendiği zaman hatırlanmıyordu ki. Leman'ı kapının eşiğinde duran Osman'ın kucağına verdi.

"Haydi, üşümesin artık kızım."

Sonra parmaklıklara tutunup, havanın soğuğunu içine çekti. Seviyordu bu havayı. O gece de, karı böyle hasret giderir gibi seyretmişler, geride bıraktıkları memleketlerini düşünmüşlerdi. Shura'nın karı seyrederken ağlayışı gözünün önüne geldi. O zaman, genç kadını sarıp dudaklarını onun gözlerinde, yanaklarında dolaştırmış, sevgilisinin gözyaşlarıyla tuz tadı almış dudaklarını şefkatle öpmüştü. Tokalarından kurtardığı saçlarını açıp, iki avucu arasında ince sapsarı tellerin kayışını nasıl hissettiği, şu an yaşıyormuşçasına canlı gözünün önündeydi. Ve zorlukla konuştukları birkaç cümleyi anımsadı. Genç kadın utangaç bir sesle sormuştu:

"Seyt, sana da hiç böyle olur mu sevgilim?"

"Nasıl?"

"Böyle... Ne bileyim... Sanki vücudunun, ruhunun bir yarısı başka bir yerdeymiş gibi."

Seyit, onun ne demek istediğini o kadar iyi anlamıştı ki... Sevgilisinin yüzünü, avuçları içine alıp gözlerine bakarken mırıldanmıştı.

"Zaten gerçek o değil mi benim küçük Shura'm? Gerçek o değil mi? Bunu hep hissedeceğiz. Bunun çaresi yok sevgilim."

Shura, "Sen ne yapıyorsun böyle anlarda?" diye sorduğunda, Seyit kolları arasındaki kadını hiç bu kadar sevmemiş olmayı dilemişti. Çünkü onun hasretinin ne kadar dindirilemez olduğunu çok iyi biliyordu. Verdiği cevap, gerçeğin kendisiydi.

"Ben ruhumu, vücudumu, her şeyimi seninle tamamlıyorum sevgilim." demişti.

Seyit, o andan sonrasını düşünürken, Shura'nın kadife eteğinin ve altındaki jüponun yumuşak hışırtılarla yere düşüşünü duyar gibi oldu. Onun, kendisini aşkla sunuşunu, patiska örtülerin arasına uzandıklarında, karşılıklı şefkate, sevgiye, aşka ne kadar ihtiyaçla seviştiklerini hatırladı. Çini sobada yanan odunun çıtırtıları, demir kapağının aralığından görünen minik kızıllık, beyaziş perdeler, tüller, her şey bir Doğu masalının parçası gibi gelmişti.

Vücuduna sıcak bir alev gibi yayılan anılardan kurtulmak için, âdeta ayılmak istercesine başını iki yana salladı. Sağ eliyle alnına düşen perçemlerini geriye taradı ve tabakasını açıp, bir sigara yaktı. İçeriden sesleniyorlardı.

"Kurt Seyit, haydi gelsene artık. Geceyi balkonda mı geçireceksin yoksa?"

Genç adam gülümsedi. Gerçekten balkonda mıydı?

"Hiç de değil." diye mırıldandı kendi kendine. Şu an, 1919 yılının son günlerinde, Şeref Oteli'nin sıcacık odasındaydı. Ama geriye dönme zamanı gelmişti. Sigarasından aldığı derin bir nefesi, gecenin soğuğuna doğru bırakıp, içeri girdi. Yalnızlığın, hasretlerin, vücudu ve ruhu parçalara ayırdığını kabul ettiğinden bu yana yıllar geçmişti. O gece söylediklerinin, bu kadar uzun zaman için doğruluğunu koruyacağını hiç düşünebilir miydi acaba? Omuzunu silkerek, içeriye yürüdü. Masadaki yerine otururken, karafa uzandı. Dudakları, dili kurumuştu.

Yeni yılın ilk günü doğmak üzereyken, parti bitti. Artık kimsenin ne daha fazla içecek, ne yiyecek, ne de konuşacak hali kalmıştı. Osman, karısı ve Necmiye yatıya kaldılar. Diğer misafirler, çakırkeyif ve yarı uykulu vedalaştılar. Ortalık düzene girip yatağa gittiklerinde, dışarıda karlı yeni bir gün, güneşsiz ışığına kavuşmuştu. Gecenin coşkusundan, yorgunluğundan çocuklar da nasiplerini almışlardı. Büyükleri gibi, günün ileri saatlerine kadar derin derin uyudular.

Bütün ev halkı uyandığında yeniden sofra kuruldu. Yemekler yendi, kahveler içildi ve misafirler evlerine gitmek üzere ayrıldılar.

Mürvet, salona girdiği zaman, balkon kenarındaki koltuğa oturmuş olan kocasının, yine kendi dünyasına gömülmüş olduğunu gördü. Elinde ailesinin fotoğrafıyla oturan Seyit'in yüz ifadesi değişmişti. Mürvet, karşıdan bakarak kocasının neler düşündüğünü anlamaya çalıştı ama onu anlayabilmekten uzaktı.

Genç adam, iki eliyle tuttuğu fotoğraftaki yakınlarının, ellerini şıkmışçasına, sıcaklıklarını hissediyordu. Gözleri sevgiyle, hasretle ve çaresizlikle karışık duygular gönderiyordu sevdiklerinin yüzüne. Artık onların arasında olamayanları düşündü.

Kız kardeşi Havva, ablası Hanife yoklardı. Küçük Hasan evine varabilmiş olsaydı, bu resim çekilirken aralarına katılırdı. Demek yolculuğu başka bir dünyaya olmuştu.

Elindeki resmi, bir an için kucağına koyup seri hareketlerle cebinden tabakasını ve kibritini çıkardı. Sigarasını yaktıktan sonra dudakları arasından hiç oynatmadan, ardı ardına derin nefeslerle dumanını âdeta yutar gibi içine çekti. Sanki boğulmak üzereydi de, sigaradan nefes umuyordu. Gözlerinin önünde biriken dumanın arasından, sevdiği ve o çok özlediği yüzlere bakarken, ruhunu altüst eden hislerini frenlemeye çalıştı. Kendisini bu kadar sıkmasa belki de ağlayacaktı.

Annesinin o hiç yaşlanmayacak gibi taze, pırıl pırıl yüzü, iri menevişli gözleri, açık kumral saçlarını aradı gözleri. Babasının on bir sene içinde bu kadar çöktüğüne inanamıyordu. Saçı, sakalı bembeyaz olmuş, çatılan kaşlarının arasında alnı kırışıklıklarla dolmuştu. Onun, kırgın ayrıldıkları geceki halini düşündü. Ne kadar çökmüştü o koca Guvardia Eminof. Ama vakur bakışları, dimdik oturuşu ve başını omuzlarının üzerinde gururla tutuşu hiç değişmemişti. Osman da on bir sene evvelinin yeni olgunlaşmış delikanlısından çok farklıydı. Gencecik karısı Mümine, o tazecik gülümsemesini yitirmişti. Beraber oldukları günlerden geriye pek bir şey kalmamıştı sevdiklerinde. Gururlu bakışların yanı sıra bir de baba Eminof'un ayağındaki eskimiş süvari çizmeleri kalmıştı işte.

Derin bir sigara nefesini, başını arkaya atarak havaya bıraktı. Dirseği koltuğunun kenarında, sigarasını parmaklarının arasından bırakmadan alnını ovuşturdu. Gözleri kapalıydı. Başparmağı ve yüzük parmağının uçlarıyla alnında defalarca daireler çizdi. Gözlerini iyice kıstı. Sanki yüreğindeki acı ve hasret, damarlarındaki kana karışmış akmaya çalışıyor ve şakaklarını zonklatıyordu.

Mürvet, deminden beri çaresizlikle karşıdan izlediği kocasının yanına ürkek adımlarla yaklaştı. Şu an ne yapabileceğini bilemiyordu. Kendisinin gözleri çoktan yaşla dolmuştu. Onun ıstırabına yardımcı olacak gücü yoktu. Yavaşça elini uzatıp, kocasının omuzuna dokundu. Seyit, sol avucuyla onun elini okşadı. Ama sıkı sıkı kapadığı gözlerinin ardında, kendi düşünceleriyle baş başaydı. Mürvet, sessiz adımlarla odadan çıktı. Onu kendi halinde bırakmasının daha iyi olacağını düşündü. Belki de yalnız kalınca ağlayabilir, rahatlardı.

Seyit ağlamadı. Ağlayamadı. Uzun süre, fotoğraf kucağında, öylece oturdu. Arkasında küs bıraktığı ve bir daha barışma şansı olamayacağını çok iyi bildiği sevgili babasının, gözlerinde artık hiç gülümseme izi kalmamış olan kardeşi ve onun dünya güzeli karısının yüzlerine baktı, baktı ve defalarca eskileri yaşadı.

Fotoğraf dekorundaki perdede resmedilmiş ağaçların puslu görüntüsünden, Yalta ormanlarının derinlere uzayan patikalarını görür, yeşillerinin kokusunu duyar gibi oldu. Akansu Şelalesi ile dağların tepesinden kopup Karagöl'e ulaşmaya çalışan suların şırıltısını duydu. Yüreği daraldı, gözleri yaşardı ama ağlayamadı. Fotoğraflar her zaman için hasret dindirmeyebiliyorlardı demek. Tam aksine, hasreti depreşmiş, kat be artmıştı. Uzanıp balkon kapısını açtı. Karın soğuk kokusunu ciğerlerine doldurdu. Sonra bir eksiklik hatırlamış gibi, votka şişesi ile kadehini alıp tekrar yerine oturdu. Kadehini doldurduktan sonra avucu içinden kendisine bakan babasına hitaben mırıldandı.

"Bilirim, içmemi hiç istemezdin. Ama şimdi sizlere içiyorum." Kadehini şerefe kaldırıp, birkaç yudumda boşalttı. Resme eğilip devam etti.

"Bak, istediğin gibi, bir Türk kızıyla evlendim baba. Sen de içime ses çıkarma artık."

Ağlamak üzere olmak ile acı bir gülüş arası bir ses çıktı gırtlağından. En azından şu an, babası arzusunun yerine getirildiğini biliyordu. Belki de artık kırgınlığı kalmamıştı ona. Biraz huzur bulur gibi oldu. Fotoğraf, eli ile göğsü arasında, arkasına dayandı, içki yudumları eşliğinde bütün gece sürecek olan düşüncelere daldı. Ah! Bir de babasına sarılıp, annesini, kardeşlerini öpüp ayrılabilseydi Aluşta'dan. Acaba bugün duyduğu azap bir nebze olsun az mı olurdu? Kimbilir...

Mektuplarda aranan özlem giderme tesellisiyle Mürvet hemen cevap yazdı. Karı koca, kızlarını ve Seyit'in dayısının oğlu Hulki'yi de yanlarına alarak Ferit İbrahim'in fotoğraf stüdyosunda bir resim çektirdiler. Hulki, Belkıs Saffet Denizaltısı'nda bahriyeliydi. Resmi elbisesiyle onlara katılmıştı. Fotoğraf hazır olur olmaz mektuba eklenip postalandı. Şimdi heyecanla onların haberi bekleniyordu.

Kurt Seyt & Murka

Demir Perde Ardında
Aluşta

Aluşta Limanı'nda boşalan geminin taşımış olduğu posta, çuvallarla rıhtımdaki postahaneye bırakıldığında, sahiplerinden evvel kendilerini okuyacak olan yetkililerin masalarına yığıldılar. İstanbul'dan gelen zarf açıldığında, saçı sakalı kızıl, adam irisinin yüzü de hiddetle kızardı. Fotoğrafı masaya vururken ağız dolusu bir küfür savurdu. Çekmecesinden çıkardığı jiletle, resmi, üzerinde yapışmış olduğu karton tabakadan ustalıkla ayırıp açtı. Tatmin olmamıştı. Kartonu da tekrar ikiye böldü. Hele saklanmış bir iki kelime bulsa, gün onun olacaktı. Eminoflar'a gelen bu mektuplar zaten canını sıkıyordu epeydir. Daha evvel gelen birkaç mektubu geri göndermişlerdi. Kaçağın ailesini cezalandırma zamanı gelmişti artık. Bu son mektup iyi bir sebep olacaktı.

Sadovi Caddesi'ni Simferapol yoluna bağlayan Popofka bölgesindeki evinde Sovyet'in kendilerine bıraktığı üst kattaki odasında, Mehmet Eminof cam kenarında oturmuş, düşüncelere dalmıştı. Ağaçların arasından limana doğru dalan gözleri, birisinin dönüşünü bekler gibiydi. Sert bakışlarının ardında nice acılar donup kalmıştı. Evinin bahçesinde koşuşan çocukların, merdivenlerdeki ayak seslerinin yabancılığına hâlâ alışamamıştı. Çok gerekmedikçe odasından dışarı çıkmak istemiyordu. O güzelim evinin, bahçenin ne hale geldiğini görmek onu kahrediyordu. Ahşap, teneke parçalarıyla yapılan derme çatma çıkmalarla evin duvarları dibinde yeni odacıklar türetilmiş, oralara da aileler yerleştirilmişti. Kendini bildi bileli bahçesini serinleten asırlık ağaçlardan birkaç tanesi, son kış, evin diğer sakinlerinin yakacak ihtiyacını karşılamak üzere kesilmişti. Eminof, gölgesinde sevgili Zahide'sini kucakladığı, çocuklarının koşuştuğu ağaçların parça parça edilişini, kendi hayatı parçalanıyormuş gibi izlemişti. Gerçi, bu kesimde başı çekenler birkaç gün sonra polisçe götürülmüşlerdi ama bu duyduğu üzüntüyü hafifletmemişti. Yıllardır çevresinde olup bitenleri, yaşananları, sistemle beraber insanların değişimini aynı yabancılıkla izliyordu. Aslında beynini, yüreğini dolduran o kadar düşüncesi, öylesine hasretleri vardı ki, zamanının çoğunu geçmişi yaşayarak geçiriyordu. Bu yaşında, geçmişinden geriye, anılardan başka bir şey kalmamıştı zaten. Onu yaşama bağlayan sebep, elinde kalan varlıkları, karısı, ortanca oğlu Osman, gelini ve iki torunuydu.

Yıllar öncesi, iftiharla çevresine topladığı ailesinin diğer fertleri artık ondan çok uzaklardaydı. Halbuki ne hayâlleri vardı bir zamanlar. Çocukları ormanlardaki kayın ağaçları, koca ulu çınarlar gibi kök salacaklardı, bereketli toprakları üzerinde. Olmamıştı, olamamıştı işte. Tanrı istememişti. Ne topraklar, ne bağlar kalmıştı, ne evler, haralar. Önce Seyit'i kaybetmişti. En gururlandığı, yetişmesini övünçle izlediği, yerine seçtiği en sevgili oğlunu yitirmişti, bir deniz ötedeki memlekete. Ve onunla beraber uzaklaşan küçük oğlu Mahmut'un, hiç değilse ağabeyiyle beraber gittiğini zannediyordu, ta ki İstanbul'dan mektup gelene kadar. Ondan hiç bahsetmediklerine, fotoğraflarda olmadığına göre, yaşamadığı belliydi. Sonra, o korkunç yıllar. Asırlardır toprağından, ormanından bereket fışkıran Kırım'ın açlık yılları. Kırım'ın bağrından çıkan ne bereket varsa, gemilere yüklenip dışarıya satılmaya başlamıştı. Ne buğdayına, ne üzümüne, ne hayvanına sahipti artık Kırım. İşte, açlık yıllarından biri almıştı gencecik Havva'yı. Zaten çok narin olan bedeni dayanamamıştı. En büyük çocuğu Hanife ise, kocasıyla birlikte, limanda öldürülen kaçak gencin, anne babası oldukları öğrenilince henüz çok yeni, bir sorgulamaya götürülmüş, bir daha geri dönmemişti. İçi kan ağlayan Mehmet Eminof, onların sürgünde bir yerlerde bile olsa, yaşadıklarına dair ümidini korumak istiyordu. Allah bir tek Osman'ı bağışlamıştı onlara. Onun ve gelininin varlığında teselli bulmaya çalışıyordu karı koca. Yoksa hayat yaşanılacak olmaktan çok uzaktı artık. Azizler bölgesindeki mezarlık ile bu oda arasında geçiyordu zamanları. Osman, neşeli, esprili karakteri ile Seyit'i andırmakla beraber, ağabeyinde olmayan yumuşak başlılık ve uysallığa da sahipti. Ailenin hayatta olduğu kesin son fertleri olarak baba, ana ve oğul iyice kenetlenmişlerdi. Neredeyse her gün, beraber geçirdikleri bir saat olurdu.

Bunları düşünmek, Eminof'u yine hiç kurtulamadığı özleme gömmüştü. İçi daralıyordu. Osman'ın evine kadar gidip onu görmesi lâzımdı. Kaybettiği tüm sevdiklerinin hasretini onun yanında nispeten dindirebilirdi. Oturduğu yerden kalktı. Askıdan ceketini alıp, kalpağını başına geçirdi. Elindeki kanaviçede hayâllere dalmış olan karısıyla vedalaştı. Merdivenlerden inerken, kat aralarında, basamaklarda karşısına çıkan birkaç kişiyle göz göze gelmemeye çalıştı. Hiçbirine tahammülü yoktu. Yediği darbelerle yer yer eğrilmiş, parçalanmış tırabzanlara, sıvaları dökülmüş duvarlara sevgiyle dokunan, renginin bir zamanlar ne olduğunu hatırlamaya çalıştığı halılara sevgiyle basan bir tek o ve karısı vardı artık bu koca evde. Bir zamanlar, lavanta ve gül kokusu soluyarak, karısının piyano seslerini dinleyerek inip çıktığı merdivenlerde, şimdi yağ kokulu adamların, yaygaracı karılarının, sümüklü çocuklarının hınç alırcasına zarar vererek dolaştıklarını görmeye dayanamıyordu. Kendisini bir an önce dışarıya atma isteğiyle sokak kapısına doğru yaklaştığı an, kapı açıldı. Kiracılardan birinin eşliğinde iki asker içeri girdi. Adam, kirli sarı dişlerini ortaya çıkaran bir sırıtışla Mehmet'i gösterdi.

"İşte yoldaş, Eminof bu olur."

Mehmet, başının üzerine yeni kara bulutların geldiğini sezmişti. Soğukkanlılığını kaybetmeden konuştu.

"Evet, Mehmet Eminof benim."

Askerler hiç vakit kaybetmeden iki yanına geçip, onu iteler gibi dışarı çıkardı. Yaşlı adam, hâlâ dik duran kuvvetli bedenini iki yana döndürerek onlara direndi.

"Neler oluyor? Ne istiyorsunuz benden?"

"Birazdan öğrenirsin yoldaş."

Mehmet, onlara uymaktan başka çare olmadığını çok iyi biliyordu. Aralarında, onların hızlı, sert adımlarına uymaya çalışarak yürümeye başladı. Yoldakiler için çok önemsenip izlenecek bir şey değildi bu. Artık her gün birilerinin evlerinden alınıp götürülmesine alışmışlardı. Yine de korkuyorlardı. Kimin, kendilerini ne gün, ne için şikâyet edeceği belli değildi. Kendi başlarına bir belâ gelmeden atlatabildikleri her güne sevinerek bakıyorlardı.

Karakoldan içeri girdiklerinde, Mehmet'i odalardan birine doğru götürdüler. Açılan kapıdan içeri girmek üzereydi ki, koridorun diğer ucunda, bir askerle beraber beklemekte olan Osman'ı gördü. Seslenmek istedi. Ama sırtından iterek kapıyı derhal kapadılar. Mehmet şaşkındı. Olanları gururuna yediremiyordu. Bakışları iyice sertleşmişti. Masada oturan yetkilinin kendisini beklediği belliydi. Adam, onu küçümsemeye çalışan bakışlarla süzdü. Önce maneviyatını kırmak istiyordu karşısındakinin. Bu işi iyi bilirdi. Hiç suçu olmayanlara dahi, bakışıyla suçluluk hissi verirdi. Sonrası kolaydı zaten. Morali bozulan korkuya kapılır, korku ise neleri halletmezdi. Ne suçlara suçlular uydurulmuştu bu taktikle. Ders olsun diye ne suçlular yaratılmıştı. İşini eğlenceli buluyordu. Bir müddet hiç konuşmadı. Odada yalnızmışçasına, ağır hareketlerle bir sigara yaktı. Arka arkaya birkaç nefes çekti. Sonra aynı ağırlıkla ayağa kalkıp sırtını Mehmet'e döndü. Camdan dışarısını seyrederken tane tane konuştu.

"Oğlun nasıl yoldaş Eminof?"

Mehmet, bunun ne kadar sinsice sorulmuş bir soru olduğunu hemen anladı. Ama anlamamış gibi davrandı.

"Oğlumu dışarıda gördüm. Nasıl olduğunu benden iyi bilirsiniz."

Diğeri, kollarını arkasına alıp sigaralı elinin bileğini öbür eliyle kavradı. Mırıldanır gibi konuştu.

"Sorumu anlamamış olamazsın, değil mi yoldaş?"

Mehmet de en az karşısındaki kadar sabırlıydı.

"Oğlumu sordunuz, ben de cevap verdim. Buraya niye geldiğimizi hâlâ söylemiş değilsiniz."

Adam, üniformasının yakası sıkıyormuş gibi, çenesini ileri geri uzatıp, boynunu oynattı. Aniden dönüp iki eliyle masaya vurdu. Parmakları arasındaki sigara ezilmişti. Kıpkırmızı yüzünden kin akıyordu.

"Hiç siz lâf anlamazsınız, değil mi? Hiç uslanmazsınız, değil mi?"

Kendisine hâkim olamamaktan sıkıntı almış gibi sesi tekrar yumuşadı. Ama gırtlağındaki tehdit nefesi belliydi. Yerine oturdu. Bir sigara daha yakıp arkasına dayandı. Mehmet, hâlâ ayaktaydı. Oturmasını söyleyen olmamıştı henüz. Hırçın ama sakin bakışlarla karşısındakini izliyordu. Sorular sorup, yalvarıp, minnet bekleyip adamın keyfini artırmak ve işini kolaylaştırmak istemiyordu. Onun konuşmasını bekledi. Bu defaki soru çok yumuşak bir ses tonuyla ve daha netti.

"Benim kimden bahsettiğimi, ikimiz de biliyoruz. Değil mi yoldaş Eminof?"

Ama cevap alamayınca sesini yükseltip tekrarladı. Gövdesini masanın üzerine eğerek, sabırsızlanmaya başladığını gösteriyordu.

"Değil mi! İkimiz de biliyoruz."

Mehmet, sorgulama sisteminin neticesinden son derece emin olan adamı delirtecek bir sükûnette cevap verdi:

"Benim bir tek oğlum var. O da şu an koridorda."

Komiser, kurbanının inadından biraz eğlence payı çıkarmayı düşündü. Nasılsa kurtuluşu yoktu. Elindeydi. Suni bir dostluk sesiyle devam etti.

"Haydi, bu kadar inatçı olma Eminof. Ben şu denizi geçen oğlundan bahsediyorum."

Durup, söylediklerinin yarattığı tesiri izlemeye çalıştı.

Yaşlı adam, sanki kendi bilmediği bir mevzunun tekrarlanıyor olmasından sıkılmış bir tavırla cevap verdi.

"Diğer iki oğlumu seneler evvel kaybettim ben."

Karşısındakinden, 'Öyle mi?' der gibi alaylı bir bakış alınca devam etti.

"Benimle vedalaşmadılar bile. Nereye gittiklerini, ne olduklarını bilmem. Yıllar oldu."

"Hiç haberleşmedin mi?"

"Hayır. Oğullarımla hiç haberleşmedim."

Yemin bile edebilirdi. Sadece geliniyle yazışıyordu. Ama kendisini sorgulayan adamın çok şey bildiğinin farkındaydı.

"Türkiye'den gelen haberler kime ait o zaman?"

Mehmet'i yavaş yavaş sıkıntı almaya başlamıştı. Yorgun kalbinin ne kadar dayanabileceğini bilmiyordu. Diğeri onun sıkıntısını hemen fark etti. Üstüne gitmek için iyi bir zaman olduğunu düşündü.

"Evet, söyle bakalım o genç kadın, çocuklar, kimin oluyor?"

Mehmet, gelen bütün mektupların açıldığını anlamıştı. Özel hayatlarının bu tanımadığı adamlarca didik didik edildiği hissiyle yüzünü ateş bastı. Ancak, Seyit'le aralarında en ufak bir yazışma geçmemiş, mektuplarda Mürvet'le karşılıklı onun adından hiç bahsetmemiş olmaları nispeten içini rahatlatıyordu. Fotoğraflar da hep gelini ve torunlarına aitti. Bu düşünceyle rahat cevap verdi:

"Akrabalarım oluyorlar. Uzak bir akraba."

Komiser, derin, sabırsız bir nefes çekti. Çekmecesini açarken başıyla işaret etti.

"Yoldaş Eminof, çok zorluyorsun beni. Ama şu gösterdiklerim belki hafızanı biraz daha çalıştırır. Ne de olsa yaşlı bir adamsın. Gel, otur şöyle."

Eminof, masanın önündeki iskemleye oturduğunda, dosyayı büyüyen gözlerle takip etti. Adlarına bir dosya açılmıştı demek. Damgalanmış, imzalanmış birçok kâğıdın en üstünde bir zarf vardı. Komiser, onun gözlerinin içine bakarak, zarfın içindekileri uzattı. Mehmet, tereddütle ama bir o kadar da merakla aldı verilenleri. Şaşkınlığı, heyecanı ve yakalanmışlığın çaresizliğini bir anda hissetti. Eğer bu zarf kendi evinde, kendi eline teslim edilmiş olsaydı, şu anda sevinçten, mutluluktan ağlıyor olabilirdi. Ama şimdi, onca sene özlemiyle tutuştuğu Seyit'inin, ailesiyle çekilmiş fotoğrafı, avucunu yakıyor gibiydi. Lime lime olmuş resim, mürekkeple yıkanmış mektup, nasıl bir takibe alındıklarının açık işaretiydi. Bütün güçlü görünme arzusuna rağmen, derin bir özlemle fotoğrafa takılan gözlerinin nemlenmesini engelleyemedi. Soruyla dalgınlığından ayrıldı.

"Bunların uzak akrabalar olduğunu söylemeyeceksin değil mi Eminof? Hiç inandırıcı olmayacak çünkü."

Mehmet, asabi ama bedbin bir sesle sordu:

"Bu ne zaman geldi?"

"Mühim mi? Ne fark eder? Suç, suçtur."

"Suç!?"

"İspiyonculuk suçu yoldaş, ispiyonculuk suçu. Yani Sovyet'e ihanet suçu."

"Bunda ispiyonculuğu gösteren bir şey mi buldunuz?"

"Belki... Bulmamız da şart değil. Bunlarla mektuplaşmanız yeter. Neden kalan oğlunla mutlu olmayı bilemedin Eminof? Neden herkesin şansını zorluyorsunuz?"

Mehmet, Osman'la ilgili bir tehdit aldığını fark ediyordu. Diğer oğluyla haber bağı kurması, yanı başındaki oğlunun hayatını da tehlikeye düşürmek üzereydi. İkna edici bir ses tonuyla konuştu.

"Bunun böylesine bir suç olduğunu bilmiyordum. Bundan sonra biz de yazmayız, onların da yazmamalarını sağlarım. Bana güvenebilirsiniz."

Adam memnun olmuşa benziyordu. Kalemiyle masayı tıklatırken, gülümsedi.

"İyi, iyi. Akıllı adam olduğunu söylemişlerdi zaten. Senden bunu beklerdim Eminof."

Sonra onun elinden fotoğrafı ve mektubu geri almak üzere elini uzattı. Mehmet vermeye niyetli görünmedi.

"Ne o! Suç unsurlarını saklamayı düşünmüyorsun herhalde. Kabullenmek istemezsin, değil mi? Bırak bunlar burada kalsın, senin de başın rahat etsin."

Elinden alınıp, dosyaya yerleştirilen resmin ardından avucu açık kalan Mehmet, en azından bununla kurtulmuş olacaklarını düşündü. Ama yanılmıştı. Gitmesi için henüz izin yoktu. Daha ne mektuplar gelmişti de bu dosyanın içinde kalmıştı acaba, diye düşündü.

"Evet, verdiğin karar çok akıllıca. Beni ikna ettin. Ama burada bu durumdan hiç memnun olmayan üstlerimiz var. Onları da ikna etmen gerekecek. Soruları olacağını tahmin ediyorum."

"Daha ne kadar kalmam gerekiyor?"

"Onu bilemem."

"Evde karım meraklanacaktır."

Diğeri kısa, tok bir kahkaha attı ve hemen ardından ciddi bir yüzle masanın üzerinden Mehmet'e doğru eğildi.

"Bizlerin de çok merak ettiği şeyler var yoldaş. Bizleri ikna edemezsen, karılarınız daha çok meraklanacaktır."

"Oğlumun ne ilgisi var bu işle, onu niye getirdiniz?"

"Mektuplarda onun da adı geçiyor."

Mehmet, işin boyutlarının sandığının ötesine geçtiğini fark

ediyordu şimdi.

"Biz suç olacak hiçbir şeyden bahsetmedik mektuplarda."

Komiser yumruğunu masaya vurarak bağırdı.

"Daha ne olacak! Rejim düşmanı, vatan haini oğlunla haberleşiyorsun, resim yolluyorsunuz. Bu topraklara onun ne resmi ne canlı gövdesi girebilir artık. Sadece ölüsü girer. Anladın mı yaşlı Eminof!"

Duvardaki zile basmasıyla, iki asker kapıda bitiverdi. Onlara hitaben konuştu.

"Alın, işlemlerini tamamlayın."

Mehmet, çaresiz, adamların arasında çıkarken, komiser işin kendisine ait bölümünü tamamlamanın rahatlığıyla gerinerek bir sigara yaktı. Bundan sonrasını alt katta, diğerleri hallederdi. Gizli hiçbir şey kalmayacaktı Eminofların belleğinde. Öyle pişman olacaklardı ki, yaşadıklarını bile hatırlamak istemeyeceklerdi belki de. Sadist bir gülüşle koltuğuna yaslandı. Sigarası, bugün daha önce içtiklerinden çok daha fazla keyif veriyordu.

Baba oğul Eminoflar, dört gün dört gece boyunca, birbirinden ayrı, hücrelerde kapatılıp, aç susuz, sık sık sorguya çıkarıldılar. Her defasında aynı sorular, değişik kişilerce soruluyordu. Tekrar tekrar sorulan, Seyit'in nasıl kaçtığı, nasıl hazırlık yaptığı, onu kimin kaçırdığı, ondan ilk ne zaman haber aldıkları sorularının çoğuna hakikaten cevap verecek bir bilgileri yoktu. Ama inandırıcı olamıyorlardı. Birinin darbelerden hırpalanmış yorgun gövdesi dışarı taşınırken, hücreden alınan diğeri, onun yerine sorguya götürülüyordu. Dört günlük işkencenin, eziyetin sonunda önce Mehmet, ardından Osman serbest bırakıldı.

Komşularından, kocasını polisin götürdüğünü öğrenen Zahide, perişan geçirdiği dört günün ardından Mehmet'i, yüzü gözü şişmiş, sakallarında kan pıhtıları karşısında gördüğü zaman, kendini kaybedecek sandı.

Genç gelin Mümine ise kan çanağına dönmüş gözleri, yaralı yüzü ve vücuduyla kapıda yığılıp kalan kocasını hiç değilse evine dönebildiği için şükürlerle karşıladı. Ancak Osman'ın yuvasına kavuşması çok uzun sürmeyecekti. Karakolda hâlâ, Eminoflar'ın ardından süren, hararetli bir tartışma vardı. Yetkililer, Eminoflar'ın Kurt Seyit'le haberleşmelerinde muhakkak gözden kaçan bir şey olduğu hususunda hemfikirdi. Elle tutulur hiçbir şey bulamamışlardı ama buna rağmen huzursuzlardı. Baba Eminof'tan artık bir dert gelmeyeceğini biliyorlardı. Adam çok yaşlıydı ve bu topraklardan kopup bir yere gidemeyecek kadar uzun yaşamıştı buralarda. Bundan sonra mektuplaşmak gibi bir cesareti de olmayacağı aşikârdı. Ama aynı şeyden oğlu için emin olamıyorlardı. Hem çok genç, hem heyecanlıydı. Ailenin diğer fertlerinin yaşadığından sonra, Bolşevik ideallerine sahip olması imkânsızdı. O akşam uzun süren müzakereler sonunda, Osman Eminof'un Komünist Rusya'ya bir hayrı olamayacağına karar verdiler. Hatta yakın bir zaman sonra zararı dahi olabileceğinden neredeyse eminlerdi. Osman Eminof hakkında hüküm verilmişti.

Gece yarısına yakın bir saatte, Sadovi Caddesi'nin denize doğru inen sağ tarafındaki 41 numaralı evin kapısı vurulduğunda, Osman ve karısı henüz yatağa girmişti. Korku ve belirsizlik endişesiyle birbirlerinden ayrı geçirdikleri dört günün şokunu henüz üzerlerinden atamamışlardı. Mümine sıkı sıkı sarıldığı kocasının göğsünde hâlâ hıçkırıyordu. Osman, başlarına gelen bu belânın burada bitmeyeceği hissini duymakla beraber, karısını rahatlatmak için onu teselli edecek kelimeler arıyordu. Onu ölümden daha çok, ölümünden sonra geride kalacak güzelim karısına ve iki çocuğuna neler yapacaklarını kestirememek kahrediyordu. Ancak 1918'den bu yana ailece yaşadıkları, bundan sonra da huzura eremeyeceklerinin işaretini veriyordu. Bu son sorgulama, eziyetin en boyutlusu olmakla beraber, ilki değildi. Seyit'in evden uzaklaşmasından beri sayısını unuttuğu defa sorguya çekilmiş, hırpalanmışlardı. Gencecik Havva bile kaç defa karakolda sabahlamıştı, hasta yatağından alınıp.

Daha kapı vurulmadan önce, içinden bir his, fırtınanın henüz dinmediği, hatta daha kötüsünün yakın olduğu haberini veriyordu. Yine de, huzursuzluğunu karısının kolları arasındaki sıcaklıkta geçiştirmek ister gibi onu iyice kendisine çekti. Onun gözyaşları içindeki güzelim yüzüne bakarken, her nedense her zamankinden daha çok özlem duydu. Onu bir daha görememe düşüncesinin neden kendisini bırakmadığını anlayamıyordu. Sezgilerinin kendisini yanıltıyor olmasını ümit etmekten başka çaresi yok gibiydi. Birbirlerinin gözlerinin içine bakarken, her biri, diğeri için ne kadar kıymetli olduğunu her zamankinden fazla hissetti. Bunu kanıtlamak istercesine aynı anda sarmaş dolaş oldular. Mümine, her zaman keyifli bir güleçlikte bakan kocasının yüzünde endişeler okuyordu. İşin garibi, o da yüreğinde endişelerin kanat çırpışını duyuyordu. Bu defaki karakol macerası diğerlerinden çok farklı olmuştu ve arkasının geleceği korkusu içini sarmıştı. Bir bütün olan vücutlarında, her biri diğerinin kalp atışını kendi göğsünde duyuyordu. Sanki son kez birlikte olduklarının çaresiz hissiyle kucaklaştıklarında, yürekleri, nefesleri, korkuları, endişeleri, aşkları bir kişinin bedeninden yükseliyormuşçasına ikisini de sardı.

Sokak kapısının yıkılır gibi vurulmasıyla, irkilerek yerlerinden fırladılar. Genç kadının gözleri korkuyla açıldı ama bir şey söyleyemedi. Osman, yataktan fırlayıp cama koştu. Tüllerin ardından görebildiği kadarıyla dört-beş asker kapıdaydı. Bir şey düşünmesine fırsat yoktu. Kapı arka arkaya vuruluyordu. Alt kata yerleşenlerden biri nasılsa açacaktı, kendisi açmasa bile. Hemen pantolon, gömleğini üzerine geçirdi. Karısına sarılırken, her ikisi de kapının kimin için vurulduğunu biliyordu. Mümine ağlamaya başladı.

"Osman!..."

"Şşşşt!... Çocuklar uyanacak. Haydi canım, sakin ol. Yine bir şeyler sorup bırakacaklardır, nasılsa. Merak etme."

"Osman, korkuyorum. Sana bir şeyler yapmalarından korkuyorum."

Aşağıdaki kapının açıldığını duydular. Mümine yataktan çıkıp sabahlığını üzerine geçirdi. Kocasına sıkı sıkı sarılıp başını onun göğsüne dayadı. Hıçkırıklar arasında konuşmaya çalıştı.

"Biliyordum... Biliyordum! İçime doğmuştu."

Yatak odalarını merdivenlere bağlayan salonun kapısı açıldığında, tekrar ayrılacaklarının farkında, son kez öpüştüler. Dudaklarında aşktan başka, belki de artık hiç görüşemeyecek olma endişesinin ömür boyu yaratacağı acısı, hasreti tadılıyordu. Birbirlerini incitmek korkusuyla yaşayan iki insan değillerdi sanki. Sanki her birinin, sevgisini diğerinin dudağında mühürlemek için hırs vardı öpüşlerinde. Aynı anda oda kapıları vuruldu. Osman açtığında, karşısındakilerden birinin, kendisini dört gün evvel götüren polis olduğunu gördü. Kimliğinin sorulması gerekmiyordu artık. Hiçbir şey söylemediler, söyletmediler. Osman, bileklerine aniden takılan kelepçenin soğuk temasıyla iliklerine kadar titrerken, başını geriye çevirip karısına son bir kez baktı. Mümine, askerleri yararak, kocasına ulaşma isteğiyle haykırarak ileri atıldı. Gözyaşlarının, kadın çığlığının, onları durdurmayacağını biliyordu ama elinden gelebilecek başka bir şey yoktu. Adamlardan biri elinin tersiyle onun zarif vücudunu iteledi ve süratle Osman'ı çekeleyerek merdivenlerden indi. Genç kadın toparlanıp arkalarından koşmaya başladı. Bir yandan haykırıyordu.

"Bırakın kocamı! Bırakın! Hiçbir suçu yok onun."

Osman, karısının başına bir şey gelmesinden korkuyordu. Bir yandan itelenirken başını döndürüp bağırdı.

"Eve dön! Eve dön! Çocukların yanında kal!"

Aynı anda sırtına bir yumruk yedi. Kızıllardan biri hiddetle homurdanıyordu.

"Rusça konuş mendebur adam, Rusça konuş! Hâlâ burnunuz sürtmedi mi?"

Osman, yumruğun etkisiyle ciğerlerinin öttüğünü hissediyordu. Başını çevirmesine bir daha müsaade etmediler. Gittikçe hoyratlaşan hareketlerle, bahçeden çıkardılar. Genç adam, karısının, hâlâ haykırıp ağlayarak peşlerinden koştuğunu duyuyordu ama ona bir şey söyleyecek fırsatı yoktu artık. Arka arkaya yüzüne, başına yediği yumruk ve dipçiklerle, kendisini neredeyse kaybetmek üzereydi. Burnu ve dişlerinden birkaçı kırılmış olmalıydı. Önünü zorlukla görüyordu. Mümine ise, kocasının vahşice elinden götürülüşü karşısında çılgına dönmüş, çıplak ayakları, omuzlarına dağılmış saçları ve artık gırtlağını yırtar gibi çıkan sesiyle bağırarak onları takip etmeye çalışıyordu. Osman'ını gözünün önünde götürüyorlardı ve onun ölüme gittiğini görebiliyordu.

Deliler gibi yetiştiği ilk askerin koluna yapıştı. Artık ağlamıyor, isyanla haykırıyordu. Adamın kabaca itişine, koluna iki eliyle yapışarak karşı koydu ve onu yumruklamaya başladı. Mavi gözleri delirmiş gibi açılmış, çaresizliğin pençesinde, hiddet, hırs ve yaşla bakıyordu. Asker, bu incecik, naif yapılı kadının, başına tebelleş olmasından sıkılmıştı. Ondan kurtulması için bir tokat yetti. Mümine, yanağında patlayan tokadın tesiriyle yıkıldı. Yüzü yere vurduğunda, bir an hiç kalkamayacakmış gibi hissetti. Osman, karısının sesinin kesildiğini fark edince meraklandı. Bir fırsatını bulup, yanındaki askerlerin omuzları arasından başını uzattı. Biraz arkada yerde yatmakta olan karısını görebildiğinde çılgına döndü. O saniyede ona ulaşmaktan başka hiçbir şey düşünemedi. Kelepçelerin yakınlaştırdığı ellerini yumruk gibi birleştirip bilinçsizce sağa, sola savurarak, etrafını saran cendereden kurtulmaya çalıştı. Bir an için muvaffak oldu da. Gerisingeri karısına doğru koşmaya başladı. Ama birkaç adımdan öteye gidemedi. Bu defa yediği dipçikle, başındaki kanın ılık ılık gövdesine aktığını hissetti. Midesi bulandı. Gözlerinin önünde kanlı, beyaz benekler oluştu. Karısının ismini seslenme isteğiyle gayretlenen dudaklarından sadece hırıltı duyuldu. Olduğu yere düştü.

Son birkaç dakikadır caddeyi saran haykırışlar, küfürler, bağrışmalar komşuların çoğunu uyandırmıştı. Bahçelerin ardında kalan evlerdekiler merakla bekleşirken, cadde üzerinde olanlar, perdelerinin arasından olan biteni korkuyla seyrediyordu.

Kızıllar, yaşadıkları bu kargaşaya sebebiyet verdikleri için Eminof çiftine son derece sinirlenmişlerdi. Aralarında geçen hararetli bir tartışmadan sonra, ikisi, yerde baygın yatan Osman'ı kollarından yakalayıp yerde sürüklemeye başladı. Yediği darbelerle uyuşmuş olmasına rağmen, taşların yüzünde, başında yarattığı acıyı duyabilecek kadar hisleri yerindeydi Osman'ın. Artık gövdesini taşımaya, sürükleyenlere isyan etmeye, onurunu kurtarmaya gücü kalmamıştı. Şiş, kanlı gözkapaklarının ardından, bir çizgi inceliğinde etrafı görebilen gözleri onu aldatıyordu. Bakışları, kâh bir parke taşının çukurunu yakalıyor, kâh bir sokak lâmbası ışığını ince uzun sarı bir çizgi gibi algılıyordu. Vücudunun tüm kemikleri birbirinden ayrılmış gibiydi. Son bir defa ayaklarını yere basıp, gardiyanlarının adımlarını yakalamak üzere kalkmaya çabaladı... Düşünen bir ölü gibi sürükleniyordu. Karısı için duyduğu acı, vücudunu parçalara ayıran acı, her nebzesiyle onunlaydı. Ancak bu acıyı dile getirmek bir yana, inleyecek kadar bile hayat kalmamıştı gövdesinde.

Kaldırım ile cadde arasında, yediği darbenin tesiriyle düşen Mümine ise toparlanmaya başladığı an, gözüne ilk çarpan, askerlerin çizmeleri oldu. Ve bir elini yere dayayarak kalkmaya çalıştığında, ikisinin, koluna girerek kendisini kocasının az evvel götürüldüğü istikamette götürdüğünü fark etti. Tokattan ve üzerine düştüğü taştan aldığı yarayla sol yanağı ve gözü şişmiş, dudakları patlamıştı. Bir şeyler söylemek istedi ama dili dönmedi. En azından kocasını tekrar görebilecekti. Evde, yataklarında mışıl mışıl uyurken bıraktığı çocuklarını hatırlayınca paniğe kapıldı. Hiç değilse kayınpederinin evine bir haber bırakabilseydi, diye düşündü ama konuşmasına imkân yoktu. Zaten Kızılların kendisini dinleyeceğini de sanmıyordu. Birbirine dolaşan ayaklarını mümkün olduğunca büyük adımlarla açarak, yanındakilerin kendisini daha fazla hırpalamasını önlemeye çalıştı. Onların kaba ve ahlâksız konuşmalarına kulaklarını kapamaktan başka çaresi yoktu.

Osman, artık hiç açamadığı gözlerinin ardından, girdikleri binanın, sokaklardakinden daha farklı ışığını sezdi ve etrafında artan seslerden ve kokudan nereye geldiğini çıkardı. Daha bir gün olmadan, bırakıldığı yere geri getirilmişti. Ama bu defa buradan canlı ayrılamayacağını biliyordu. Yüzünün ve dizlerinin kademeli çarpışından merdivenlerden sürüklendiğini anladı. Az sonra, binanın o uğursuz kokusundan sıyrılıp yeniden açık havaya çıkmışlardı. Bir müddet daha toprak zeminde sürüklendikten sonra, dizleri üzerine çöktürüldü. Sırtını bir direğe dayatıp, kelepçeden çözdükleri bileklerini bu defa arkada, direğin etrafında iple bağladılar. Boynunu bütün gayretine rağmen dik tutamıyordu. Belinin ağırlığı ise dizlerinin üzerine doğru bütün vücudunu çekiyordu. Kolları, bacakları ipe bağlı kukla gibiydi âdeta. Hiçbir uzvuna hâkim değildi artık. Şu an kemiklerindeki, etlerindeki acıyı duymuyor ama yüreğindeki eziklik canını yakıyordu. Bağırmak, etrafındakilere lanet okumak, isyanını duyurmak istiyordu. Ve buna gücü olmadığı için kendisini lanetliyordu. Sessiz isyanlardayken, binadan çıkan ayak seslerini takiben karısının sesiyle gayretlendi.

Mümine, karakolun bahçesine çıkarıldığı an, yarı ölü, bağlanmış kocasının perişan halini görünce acı bir çığlık atmaktan kendini alamadı. Ona doğru koşmaya yeltendi ama yanındakiler bırakmadılar. Osman, karısının ismini seslenmek için büyük bir çaba sarf ettiyse de mümkün olmadı. Sadece, açabildiği kadarıyla bir gözünün aralığından onun olduğu yere doğru bakabildi. Ağaran günün puslu aydınlığında, onun hırpalanmış güzel yüzüne, diğer bir direğe doğru itelenen zarif gövdesine bakarken, çaresizliğinden gözünden iki damla yaş geldi. Mümine, kader birliği etmek üzere evlendiği ve yine aynı sebeple peşini bırakmadığı kocasıyla aynı akıbeti paylaşmak üzere olduğunu görüyordu. Ama onuruna dokunan, böyle bir cezayı hak etmemeleriydi. Belki de sadece korkutmak için yapıyorlardı. Belki hâlâ konuşacak bir şeyleri olduğunu sanıyorlardı. Kızıl, ipi öyle gaddarca düğümledi ki, genç kadın bileklerinin kesildiğini hissetti. Ellerine giden kan durmuştu sanki. Parmakları uyuştu. Az sonra olabilecekleri düşünmek ise beynini uyuşturuyordu. Onu bağladıktan sonra karşısına geçip yüzüne bakan adama kin dolu gözlerle bağırdı.

"Katiller!"

Aynı anda yeni bir tokatla beyninde şimşekler çaktı. Adamın parmağındaki yüzük, zaten patlamış olan dudağıyla yanağı arasında bir yere gömülüp koca bir yara daha açmıştı.

Kızıl, karşısındaki genç, güzel, suçsuz kadına karşı hiçbir acıma duymuyordu. İnandığı rejimi sarsacak, geçmiş bir dönemden nasılsa hayatta kalan düşmandı karşısındaki kadın. Onun ve kocasının, vaktiyle Aluşta'nın neredeyse tamamına sahip varlıklı bir ailenin fertleri olduğu, çara hizmet ettikleri, karşı kıyıya kaçan diğer yakınlarıyla haberleşip ispiyonculuk yaptıkları anlatılmıştı ona ve bunlar tek bir şeyi, ölümü hak ediyorlardı ona göre. İnfazı gerçekleştirmek için avuçları kaşınıyordu.

Mümine, ağzında biriken kanları yutmamak için gayret gösterdi. Artık hissetmediği dudaklarını aralamaya çalışarak, başını toprağa doğru eğdi. Osman, karısının kan kusuşunu seyrederken, bu işkencenin bir an evvel bitmesi için dua ediyordu. Nasılsa serbest bırakılmayacaklardı artık. Hayatta oldukları kadar, birbirlerinin ıstırap çektiğini seyrederken defalarca öleceklerdi.

Güneşin ışıkları sabah pusunu yıkamaya başlamıştı ki, avluya bir müfreze asker doldu. Osman, hikâyelerinin devamını ismi kadar iyi biliyordu. Ama her şeye rağmen son ana kadar ümidini koruyan karısı, bir an için yerinde debelenip iplerinden çaresizce kurtulmaya çalıştı. Sadece kendisinin duyduğu hıçkırıklarla ağlamaya başladı. Vücudundan soğuk terler indi. Ölümle hiç bu denli yakına gelmemişti. Henüz yirmi dört yaşındaydı. Ama çok daha evvel ölen görümcesi Havva'yı düşündü... Birden, ölümden çok, çocuklarının akıbetini düşündüğünü fark etti. Askerler, muhtelif emirlerle düzenlerini alırken, kafasındaki tek endişe çocuklarına ne olacağıydı.

Sanki aralarında bir elektrik akımı oluşmuştu. Osman da aynı anda aynı düşünceyle karısına bakmaya zorladı kendisini. Artık ikisi beraberdi. Hem burada, hem bundan sonra. Ama çocukları? Onlar kimin elinde kalacak, nereye gönderilecekti? Kanayan, şiş, perişan yüzlerinde, ikisinin de gözleri birbiri için bir an için parladı. Bunu onlardan başkası fark etmedi. Ama Osman da, Mümine de biliyorlardı ki, diğeri kendisine aşkla bakmakta ve çok yakın bir anda bitecek bir hasretle. Bu, her ikisinin de gözlerindeki son parıltıydı.

İdam mangasının kurşunları, önce Mümine'nin incecik, alımlı gövdesine yağdı. Osman, bu acıyı da yaşaması gerektiği kadar suçlu bulunmuştu ve Osman, yıllardır sevip okşadığı, öpüp kokladığı o narin vücudun, kıvrılarak kanlar içinde dizleri üzerine çöküşünü izlerken, gırtlağından çıkan hırıltılarla, son isyanını dile getirdi. Artık ölüme her zamankinden fazla hazırdı. Cellatları onu daha fazla bekletmediler. Birkaç dakika içinde, zaten çökmüş olan gövdesi, beyninin ve yüreğinin hisseden ağırlığından kurtulmuştu.

O gün, Aluştalılar, sabahın ilk ışıklarıyla beraber, idam mangasının kurşun seslerine uyandılar. Genç Eminofların götürüldüğünü görenler tahmin ettiler yalnızca kimin kurban edildiğini. Ama çoğu, hiçbir zaman bilemedi Osman ve Mümine Eminof'a ne olduğunu. Onların kurşun yedikten sonra soğuyan vücutlarının, daha birkaç saat evvel yataklarında sıcacık aşkla sarılıp yattığını hiç kimse bilmedi... Dantel örtülü pirinç karyolalarından başka...

Osman'ın komşusu olan yakın akrabaları Arzı Eminova'nın gizlice gönderdiği haber üzerine, Mehmet ve Zahide Eminof, torunlarını kurtarmak için, daha çocuklar uyanmadan, Sadovi 41 numaraya ulaştılar. Hiçbir şeyden haberleri yokmuş gibi görünebilmek için bağırlarına taş bastılar. Yoksa aldıkları haberle içleri kan ağlıyordu. Zahide, elinde kalan son oğlunun ve tazecik gelininin götürüldüğünü duyduğu an, yarı meczup gibi suskunluğa gömülmüştü. Galiba artık dökecek yaş kalmamıştı gözbebeklerinde.

Arka sokaklardan, bağlara paralel ara yollardan geçerek, aynı caddenin üst ucuna geldiklerinde, her şey sakin görünüyordu. Birkaç meraklı bakışın arasından sıyrılarak yukarıya çıktılar. İnsanlar âdeta onlardan kaçıyor, karşılaşmamak için yollarını değiştiriyordu. Üst kata, yaşından beklenmeyecek bir çeviklikle çıkan Mehmet, kapıyı açtığında gözlerine inanamadı. Salon ve yanındaki büyük yatak odası talan edilmişti. Dolaplar, çekmeceler boşaltılmış, Osman'ın yazıhanesindeki kâğıtlar, kütüphanesindeki kitaplar paramparça yerlere atılmış, didik didik edilen yastık ve şiltelerden dağılan pamuk parçalarına karışmıştı. Mehmet, derin bir soluk alırken, Zahide kendini tutamadı.

"Aman Tanrım! Neler olmuş burada!"

Doğru, bitişikteki çocuk odasının kapısını açmak üzere koştu. Mehmet, karısının çığlığıyla aynı yere koştu. Zahide, iki avucuyla ağzını kapamış, çıkabilecek çığlığını bastırmak ister gibiydi. İnlermişçesine sesler çıkararak, torunlarının boş yataklarına bakıyordu. Biri mavi, biri pembe cibinlikli iki küçük karyola bomboştu. Zahide, vaktinden evvel beyazlamış saçlarına götürdüğü ellerini yumruk yaparak, odalar arasında koşuşmaya başladı. Deliler gibi hem bağırıyor, hem yatakların altına eğilip, dolap kapaklarını açıp bakarak, minik torunlarını bir yerde bulabilme umuduyla çırpınıyordu. Mehmet ise başına bir taş düşmüş gibi ağırlaşmıştı. Olanları görüyordu. Oğlunun artık geri dönmeyeceğini biliyordu. Çocukları bile alıp götürmüşlerdi. Yüreği taş gibi oldu. İlerleyerek, karısını omuzlarından tutup silkeleyerek, onu sakinleşmeye davet etti.

"Tamam, Zahide, tamam! Bu yaptığın çare değil. Haydi gel, evimize dönelim."

"Ben torunlarımı istiyorum Mehmet'im! Bize bir tek onlar kaldı. Onlar sağ, biliyorum. Onları istiyorum ben!"

Zahide, uzun zamandır ilk defa, katıla katıla ağlıyordu nihayet. Mehmet, karısını kolları arasına alarak susturmaya çalıştı.

"Evimize bir dönelim, bir yolunu bulmaya çalışacağım. Muhakkak nerede olduklarını bilen vardır. Onlar bizim torunumuz. Biz yaşadığımız sürece onları kimse bizden alamaz. Merak etme, söz veriyorum, onları geri alacağım."

Tam kapıdan çıkıyorlardı ki, Zahide aniden geriye döndü. Çalışma masasının üzerindeki makası alıp, önce oğlu ile gelininin yatağına doğru yürüdü. Mehmet, karısının çıldırmış olabileceği korkusuyla arkasından gitti ve onu izledi. Zahide, kuru hıçkıraklarla önce Osman ile Mümine'nin beyaz yatak cibinliğinden bir parça kesti. Sonra torunlarının odasına yöneldi. Aynı şekilde pembe ve mavi tül parçalarını kesip, bir eliyle torunlarının boş yataklarında, şiltede bıraktıkları izi okşadı. Geriye döndüğünde gözleri donmuş gibiydi. Tül parçalarını göğsüne basıp, kocasının elini tuttu. Osman'ın evinden çıktılar.

Yol boyu yürürken, Mehmet, karısının artık bambaşka bir âlemde olduğunu dehşetle fark etti. Zahide kendi kendine bir şeyler mırıldanıp, gülümsüyordu. Âdeta çocuklaşmıştı. Avucundaki elini sıkarak ona güç vermeye çalıştı.

"Zahide, canım, dinle. Sana söz verdim, değil mi? Bulacağım torunlarımızı. Yeter ki sen gücünü kaybetme. Sonra nasıl bakarız onlara?"

Zahide, gülümseyerek, kocasına baktı. Mehmet, onun gözlerinin menevişli derinliğindeki ıstırabı bilmese, neredeyse mutlu olduğunu bile sanabilirdi. Karısını hayretle dinledi.

"Belki de evimizde bizi bekliyorlardır Mehmet'im. Belki yalnızlıktan korkup bize gitmişlerdir bile."

Bunun doğru olamayacağını ikisi de çok iyi biliyordu. Küçük Hasan henüz beş, ölen halasının adını taşıyan Havva ise sadece üç yaşındaydı. Yine de Mehmet'in cevabı, "Belki de." oldu.

Sadovi'den gerisingeri yukarıya doğru çıkıp evlerine vardıklarında gördüler ki, gelenler olmuştu onlar için. Ama torunları değildi kapıdakiler. Mehmet, üniformalıları görür görmez, karısının elini daha sıkı tuttu. Kaçmaya çalışmanın anlamsızlığını biliyordu. Metin davranırlarsa belki merak edilen birkaç soruyla kurtulabilirlerdi. Zahide, artık bekleyeceği daha fazla bir dert kalmamış gibi, ifadesi, ağlamak ile gülmek arasında dolaşan bir bakışla, kocasının yanında aynı sükûnetle yürüdü. Bahçe kapısına geldiklerinde, askerlerden daha rütbeli olanı, formalite gereği bir tavırla, Mehmet'e yöneldi.

"Eminof yoldaş?"

Yıllardır bu yoldaş lafına alışamamıştı Mehmet, doğrudan

evet demek yerine, ismini baştan söylemeyi tercih etti.

"Mehmet Eminof, benim."

Cevap basit ve netti.

"Tutuklusunuz."

Daha fazla bir şey söylenmedi. Mehmet'in, karısının avucuna sarılmış elini ayırdılar. Zahide, inleyerek, ellerini kocasına uzattı. Artık gücü tükenmişti. Yaşlı adam, senelerdir hayatını paylaştığı, sevdiği kadının gözlerinde, artık daha fazla acıya dayanamayacak olduğunu gösteren isyanı görüyordu. Elleri bağlanırken kendisinin de onu teselli edecek bir durumda olmadığını bilmesine rağmen, ayrılmadan evvel son bir-iki kelime söylemek istiyordu. Kendisini tevkife gelenlerden müsaade istedi.

"Hiç değilse karımı eve kadar bırakıp vedalaşayım."

"Gerek yok yoldaş. Yoldaş Eminova da beraber geliyor."

Karı koca, evlerine giremeden karakola götürüldüler. Yol boyu kimse konuşmadı. Kızıllar da olabildiğince kibar davranmaya çalışıyordu nedense. Mehmet bunun sebebinin yaşlılıklarından dolayı mı, yoksa nasılsa kendilerinden fazla bir şey öğrenilemeyeceğinin tahmin edilmesinden mi kaynaklandığını anlayamıyordu. Yanı başında, inanılmaz bir soğukkanlılıkla yürüyen karısını göz ucuyla süzerken onun halinden endişe duymaktan kendini kurtaramıyordu. Zahide, torunlarını yataklarında bulamadığı andan itibaren takındığı donmuş bakışlarıyla sadece ileriye bakarak yürüyordu. Normal olarak karısının endişeli bakışlarıyla karşılaşmayı bekleyen Mehmet, ondaki garipliğin farkındaydı. Bu hiç hoşuna gitmiyordu. Zahide, yaşından ve kadın bünyesinden umulmaz bir çeviklikle erkek adımlarına yetişirken, bir yandan da rüyada konuşur gibi bir sesle doğurduğu tüm çocuklarının ve sahip olduğu torunlarının adlarını sayıklıyordu. İsimleri sırayla söyleyip, tamamlandığında yeniden başa dönüyordu. Mehmet, endişe içinde, karısını izleyerek yürürken, daha nelerle karşılaşacaklarını merak etmekteydi.

Karakol serüvenleri çok da korkulu geçmedi. Mehmet'in artık hiçbir şeyden korkusu kalmamıştı. Koruyabileceği, kendisine karşı koz olarak kullanılabilecek hiç kimse kalmamıştı yakın ailesinden, karısı dışında. Son evlâdını da almışlardı ondan.

Torunlarını götürmüşlerdi. Artık sadece şu yaşlı vücudu, acıdan taşlaşmış yüreği kalmıştı kendisine. Onun hiç müdanasız, sert, lâkayt tavrı ile karısının devamlı sayıklayan yarı çılgın hali, karakoldakilerin hayâllerini yıkmıştı. Eminoflar'dan artık alınacak hiçbir şey kalmadığı belliydi. Saatlerce süren denemeden sonra yaşlı çifti bırakmaya karar verdiler. Ama artık Sadovi Caddesi'ndeki evlerine geri dönmeleri manasızdı, yetkililer için. O güzel evin, büyük odalarından yararlanmak için yaşları oldukça ilerlemişti ve Sovyet Rusya'nın çok da makbul insanlarından sayılmazlardı.

İskemle üzerinde geçirdikleri bir geceden sonra, Mehmet ve Zahide Eminof, hayatlarının bundan sonraki kısımlarını devam ettirmek üzere, bağ evine bırakıldılar. Kapı üzerlerine kapandığı zaman, Mehmet, buruk bir gülüşle, küçük pencereden dışarıya baktı. Gözünün önünde set set Karadeniz'e doğru uzanan yamaçlar, bir zamanlar kendi toprakları olan üzüm bağlarıydı. Bunu bilerek mi yapmışlardı, kestiremiyordu baba Eminof ama bunun kendisine inanılmaz bir acı verdiği muhakkaktı. Zahide gelir gelmez, köşede eski, sallanır hazeran iskemleye çökmüş ve gözlerini bir noktaya dikmişti. Sırayla çocuklarının isimlerini saymaya devam ediyordu. Askerlerin bağ çıkışında uzaklaştığını gören Mehmet, karısının yanına yaklaştı. Onun iskemlesinin yanında diz çökerek ellerini avuçladı. Yüzündeki, gözlerindeki sert ifadenin aksine, yumuşacık bir tonda konuştu.

"Zahide'm, bizi nereye getirdiler, biliyor musun? Gel, çıkalım dışarıya beraber."

Zahide'nin buna cevabı ilgisizdi. Belki de cevap değildi zaten.

"Çocukların hepsi orada, değil mi? Gelmişler mi? Hangisi gelmiş?"

Ve yine doğum sırasıyla devam etti.

"Hanife... Kurt Seyit... Osman... Mahmut... Havva... Mümine... Hasan... Havva... Hanife... Kurt Seyit..."

Mehmet, karısını artık o ana döndüremeyeceğini kabul etmek zorunda kaldı. Onun ellerini okşayarak ayağa kalktı. Dışarı çıktığında bir müddet içeriye kulak verdi.

"... Osman... Mahmut... Havva..."

Ve ilaveten sallanan iskemlenin gıcırtıları geliyordu. Yaşlı adam, derin bir iç çekişle, başını iki yana sallayıp, bağ evinin önündeki sundurmaya doğru yürüdü. Bir zamanlar asma yapraklarının taç gibi sardığı, gölgesinde sofralar kurup ziyafetler verdikleri sundurmanın kırılmış dökülmüş, ahşap sırasına, arka bacaklarından biri kalın odun parçasıyla takviye edilmiş tek bir iskemle eşlik ediyordu. İskemlenin halini kendisinden daha şanslı buldu. O hiç değilse üç bacağını koruyabilmişti bunca zaman. Ya kendisi? Beş çocuğundan hiçbiri ona bağışlanmamıştı. Sundurmanın ucundaki direğe dayanıp Karadeniz'e doğru baktı. Kaç nesildir yeşerttikleri, sıra sıra üzümleri yetiştirip topladıkları bereketli toprakları, şu an ayağının altında ama elinde değildi artık. Diz çöküp o çok özlediği toprağını eline aldı. Sonra avucunu sıkarak yumuşak dokusunu hissetti. İşte yine topraklarına dönmüştü ama bu defa Sovyet'in bekçisi olarak dönmüştü. Avucundan dökülen toprağın kokusunda, geride kalan bütün o yılları, bağrından tek tek kopan çocuklarının hasretini kokladığını hissetti. İnatla doğduğu toprakları terk etmemişti ama toprakları onu terk etmişti. Onunla beraber o topraklarda kalanlara ne olmuştu? Onlar da koparılıp alınmıştı kendisinden. İlk defa Seyit'in kaçtığına bunca memnun olduğunu hissetti. Evet, gerçek buydu, yaşayan tek çocuğu o idi. O en sevdiği evladı, çok uzaklarda ama sağdı. Ve bundan sonra ona bir tehlike yaklaşmaması gerekti. Onlara hemen, artık yazışmamaları için bir haber göndermesi lâzımdı.

Düşüncelerle geçen uzun bir saatten sonra akşamın serinliğiyle içeriye girme ihtiyacı hissetti. Kapıya geldiğinde, içeriden beklediği sesleri duyamadı. Ne karısı isim sayıyor ne iskemle sallanıyordu. Zahide uyumuş olmalıydı. Öyle ya, az badire atlatmamışlardı. Usulca kapıyı açarak girdiğinde, onu bıraktığı iskemlede, ellerini göğsünde birleştirmiş, başını yana çevirmiş derin bir uykuda gördü. Onu rahatsız etmek istememesine rağmen, uyandırıp üst kattaki yatak odasına götürmeyi düşündü. Genç bir asker iken St. Petersburg dönüşlerinde, karısını tek eliyle atının terkisine nasıl attığını, sonra evin merdivenlerinden kucağında çıkarıp yatak odasına götürdüğünü, uzak zamanların masalıymış gibi sisli perdeler ardında hatırladı. Şimdi ise, ancak koluna girerse, onu birkaç basamak çıkarabilecekti.

"Hey gidi Eminof, koca Eminof..." diye söylendi. Karısının

mutlu bir ifadeyle uyuduğunu görmek içini rahatlatmakla beraber, onun artık zaman, acı, elem kavramlarını hissetmeyecek kadar kendisini kaybetmesinden korkuyordu. Bu korkuyla, Zahide'nin yüzüne doğru eğildi. Bunca acıdan sonra nasıl böyle gülümseyerek uyuyabilirdi ki?

Ama gerçeği anlaması çok sürmedi. Senelerdir yüzünü sevgiyle seyrettiği karısının, yüzüne can verecek nefesi almadığını anladığı an olduğu yerde dondu kaldı. Onun yüzünü avuçlayarak kendisine doğru çevirdi. "Zahide! Zahide'm! Cevap ver!"

Ellerini gevşettiğinde, Zahide'nin başı yine yana devrildi.

Yüzündeki gülümsemede değişen bir şey yoktu. Hayatının mutlu yıllarını tekrar yaşarken son nefesini vermiş olmalıydı. Mehmet, artık güçsüz, vücudunu dizleri üzerine bırakıp karısının henüz sıcak yüzünü öpücüklere boğdu. Çelik mavisi gözlerinden süzülen yaşlar, yanaklarında yılların eseri olan çizgilerin arasında kıvrılıp, bembeyaz sakalına indi. Yaşlı adam ilk defa ağlıyordu. Çok kez ağlamak istemesine rağmen, bunca zaman Allah'a isyan ediyor olma endişesiyle kendisini tutmuştu ama artık son kıymetlisini de yitirmişti ve bütün kayıpları adına isyankâr olabilirdi. Ancak, sesli ağlamaktan kendi adına utanç duyuyordu. Göğsü, omuzları hıçkırıklarla sarsılırken, bir eli ile gözlerini sildi. Zahide'nin, göğsü üzerinde birleştirdiği ellerinin arasında, hâlâ üç renk cibinlik tülü parçası duruyordu. Beyaz, mavi ve pembe...

Aluşta'dan kilometrelerle uzakta, yetimhaneye dönüştürülmüş bir okul binasının yüksek taş duvarların çevirdiği avlusu, ağlaşan çocuklarla doluydu. Kimi yere oturmuş debeleniyor, kimi, avazı çıktığı kadar bağırarak bir tanıdığını bulacakmış gibi, diğerlerinin arasında dolaşıyordu. Hepsi günlerdir, haftalardır ayrı kaldıkları, nerde olduğunu bilmedikleri annelerini, babalarını arıyordu. Ama şu an en büyük hasretleri bir dilim ekmeğe idi. Son iki gündür hiçbirine bir lokma yemek verilmemişti. Bunu ifade edemeyecek kadar küçük olanlar sadece yaygara koparırken, daha büyükleri şikâyetlerini dile getirecek şekilde yakarıyordu. Onlara, çok inandıkları Allah babadan ekmek istemeleri ve beklemeleri söylenmişti. İkinci günün sonunda yine ağlamaktan bitap düşmüş vaziyette, avludan alınıp yatakhanelerine götürüldüler. Ve nispeten anlayabilecek yaşta olanlara izah edildi ki, onca ağlamalarına rağmen anne babaları onlara cevap vermeyeceği gibi, Allah baba da yakarışlarını duymamaktadır. Ama eğer Stalin babadan ekmek isterlerse, dilekleri olacaktır. Üçüncü gün, avluya çıkmaya ve Stalin babaya yakarmaya hali kalan çocuklar karın doyurmaya hak kazanırlar. Artık yeni koruyucularını, hakiki babalarını öğrenmek yolundadırlar.

Komünist Rusya'nın yeni, taze nesli, geçmişle bağlantısız, ana babalarının neler yaşadıklarını, nasıl öldürüldüklerini, sürüldüklerini bilmeden, Stalin babanın ve Sovyet'in çocukları olarak yeni hayatlarına başlamak zorundadırlar. İlk derslerden sonra gereken düzene sokulan çocuklar, Rusya'nın dört bir yanında partizan ailelerin himayelerinde yetişmek üzere dağıtılacaktır. Küçük Hasan Eminof ve Havva Eminova'nın izleri, işte bu kamplardan birinden sonra bilinmeze doğru, ayrı istikametlerde kaybolacaktır.

KURT SEYT & MURKA

1929 Baharı
İstanbul

1929'un baharına doğru Stalin pullu bir zarf daha aldılar. Mektubun ucu yanmıştı. O gün kızını ziyarette olan Emine bunun manasını anlamıştı.

"Kızım, hazırlıklı ol. Gelen acı haber." dedi.

Mürvet, titreyen parmaklarla zarfı açtığında, satırları siyah mürekkeple karalanmış perişan bir mektupla karşılaştı. Aylar evvelinin tarihini taşıyordu. Okumaya çalıştı.

"Yavrum Mürvet,

Mektupların beni çok teselli ediyordu......... Mektup ve resim kat kat...... ayrılmış geldi. Günlerce... çekildik. Çok... Osman'ı...... götürdüler. Bundan böyle... bizden haber beklemeyin......... mektuplarınızı kesin.

Sizi Allah'a emanet ediyorum.

Ebedi sevgiler."

Daha evvel gelen mektuplara sevinçten ağlayan Mürvet, bu kez üzüntüden hıçkırıklara boğuldu. Mektupta sansüre uğrayanların dışında yazılamayan daha nice sözcük vardı, belliydi.

Mürvet, daha hiç karşılaşmadan sevdiği insanları henüz tanımadan kaybettiğine üzülürken, Seyit'in acısı başka türlü tezahür etti. Uzun seneler önce sevgilerini, yakınlıklarını gözden çıkarmayı kabullendiği sevdiklerinin sanki ikinci kez ölümünü yaşadı. 1918'de kaçtığından bu yana, ilişkilerinin tehlikeli olacağını bildiğinden, onları yaşayan ölüler gibi kabul etmiş ve zamanın derinliğine gömüp bırakmıştı. Ancak mektuplarla, fotoğraflarla beraber, son zamanlarda içinde kıpırdanmaya başlayan ailesini yeniden bir araya getirebilme umutları da kırıntılanmıştı şimdi. Kalbinde tedavi olmaya başladığını sandığı ağrı yine bıçak kesiği gibi kendisini hissettiriyordu. Bu defa yüreğini cendereye alan sancıların farkı, artık Aluşta'da bir tek babasının yaşamakta olduğunu hissetmesiydi. Kimbilir, belki mektubun yol aldığı süre içinde onu da kaybetmişti çoktan.

Geceler boyu, yatağa gitmeden evvel ailesinin fotoğraflarını seyrederek, onların hiç incinmemiş olduğunu hayâl etmeye çalıştı. Hiç kimseye söylememesine rağmen, gizliden gizliye bir ümitle, sesine cevap olacak bir haber bekledi durdu. Ama babasının ucu yanık mektubu, en son mektup olarak kaldı. Artık Aluşta ondan tam kopmuştu.

KURTSEYT & MURKA

Feodor Feodoroviç Tomas Ve Tarabya'da Bir Maksim Yazı

Geçmişine ve ailesine olan hasreti ne olursa olsun, hayat devam ediyordu; bugüne dek olduğu gibi. Her yeni günle yeni bir macera başlıyordu. Seyit, aynı üzüntüleri bir kez daha yaşamamak için hayata dört elle sarılmıştı. Bir dakika boş vakti olsun istemiyordu. Yaşam onu kabul ettiği müddetçe çabalamanın tadını çıkarmak istiyordu.

Kış bitmeden, uzun zamandır hayâlini kurduğu gibi bir işe ortak olma fırsatı buldu. Ortağı Feodor Feodoroviç Tomas, bir Rus zencisiydi. Yıllardır Stella adındaki içkili bahçeyi işletmekteydi. Seyit'in, bira, votka ve çiroz eşliğinde dost sohbetlerini yakaladığı keyifli köşelerden biriydi Stella. Feodor, herkesin genellikle andığı ismiyle Tomas, şimdi de Tarabya'da, Tokatlıyan Oteli'nin gazinosunu çalıştırmak üzere bir ortak arıyordu. Seyit, bu iş için biçilmiş kaftandı. Beraber iş yapmak üzere anlaştıktan sonra gidip yeni işyerlerini bir gözden geçirdiler. Tarabya burnunda, ahşap bir binaydı otel. Yeni bakımdan geçmişti. Biraz geride, korunun içinde bir de müştemilatı vardı. Otelin önünde kalan dar yoldan geçildiğinde, çakılların kapladığı sahile varılıyordu. Kıyıdaki küçük iskelesi, otelin şehre olan onca uzaklığına rağmen, yerini cazip kılıyordu.

Seyit ve Tomas, hiç vakit kaybetmeden işe giriştiler. Tomas'ın Moskova'dayken işlettiği gazinodan esinlenerek, ismini Maksim koydular. Maksim, kısa zamanda belli başlı eğlence yerleri arasında yerini aldı. Şık dekoru, orkestrası, varyetesi, lezzetli yemekleriyle sadece otel müşterilerinin değil, Pera müdavimlerinin bile uğrak yeri oldu.

Bahar geldiğinde, Mürvet ve çocuklar da Tarabya'nın keyfini

yaşamaya başladılar. Genç kadın, Altınkum'dan sonra, tekrar sefalı bir yaz yaşayacakları için çok mutluydu. Kocasının koluna girip Beyoğlu'nda yaptıkları alışverişler de işin bir başka eğlenceli yanı idi. Seyit, hem karısı, hem kızlarının gardıroplarını yeni yaza hazırlattı. Mürvet, paketler dolusu elbise, ayakkabı, şapkayla keyif sarhoşu oluyordu. Yeni mayolar, boneler özenle seçildi. Hep beraber Tarabya'ya taşınmaya başladılar. Perşembe akşamından ailesini alan Seyit, cuma, bazen de cumartesi gecesi en son vapurla onları tekrar geri getiriyor, ertesi sabah da işine dönüyordu. Eminönü-Tarabya arasındaki vapur yolculuğu, kendi başına tatil havası yaşatıyordu insana zaten; öylesine keyifliydi. Bu hafta sonu sefalarının hepsinde Leman, anne ve babasına katılıyordu. Ama Şükran için aynı şey geçerli değildi. Ya hastalanmış oluyordu ya da Tarabya'ya gittikten sonra hastalanıyordu. Yediği içtiği bir şey veya terleyip üşümesi onu yatağa düşürüyordu hemen. Mürvet, onun için her defasında küçük kızını yanlarına almaya cesaret edemiyordu.

Leman için ise, giyinip kuşanıp babasının elini tutup bu küçük yolculuğa çıkacağı günler, iple çekilen günlerdi. Bütün gün plajda, annesinin yanında güneşlenip, çakıl taşlarıyla oynuyor, yüzüyor, babasını suda yaptığı bin bir numarayla mest etmeye çalışıyordu. Akşamları Maksim'deki yemeklerinde, babasının müziği nasıl dinlediğini, Kazaska oynayanları, çiftlerin nasıl dans ettiğini, her şeyi merakla, film seyreder gibi izliyordu. Onu en hayrete düşüren de kavunun karabiberlenerek yendiğini öğrenmek oldu Maksim'de. Onun için çok yeni bir tattı. Ama garip bulsa da, bu lezzet hoşuna gitmişti. En sevdiği anlar, o harika mayosu ve şapkasıyla güneşe çıktığı saatlerdi. Açık mavi yün mayosunun üzerinde, kırmızı gelincikler ve beyaz papatyalar vardı. Denize girerken de aynı çiçeklerle süslü bir bone geçiriyordu annesi başına. Etrafındaki büyüklerin bile kendisini ne kadar şık, şirin ve güzel bulduğunu duyarak, hayatından memnun, çakıl taşlarıyla oynamaya devam ediyordu.

O yazı da doya doya yaşadılar. Ama daha evvel yaşadıkları birçok güzellik gibi, bunun da sonu geldi. Tomas'ın Amerika'ya göçmek üzere yaptığı müracaata cevap gelmişti. Seyit'in ya onun hisselerini satın alması veya yeni bir ortak bulması gerekiyordu. Beraberce çalışabileceği aklına yatan ahbaplarının hepsinin şu an elinde bir işi vardı. Hevesli olan birkaç kişiyi de onun gözü tutmadı. Ve ortağıyla aynı tarihte işi bırakmaya karar verdi.

Mürvet ve Leman'ın son ziyaretlerinden geri dönüşleriydi o gün. Seyit onlarla beraber gelmedi. İki gün sonra zaten işi toparlayıp devretmiş olarak ayrılacaktı Tarabya'dan. Ailesini geçirmek üzere vapur iskelesinde bekliyordu. Annesiyle beraber güverteye çıkan Leman, iskelede kendisine el sallayan babasına gülücükler gönderiyordu. Oldukça rüzgârlı bir gündü. Küçük kız, başında taşıdığı porselen kirazlarla süslü ipek hasır şapkasını bir eliyle tutuyordu. Düdükler ötüp, harekete geçtikleri zaman boş bulunup iki kolunu babasına veda etmek üzere kaldırdı. O çok sevdiği güzelim şapkasının başından havalandığını hissettiği an iş işten geçmişti. Şapka önce güvertenin zemininde rüzgârla kaydı ve korkulukların arasından bir kuş hafifliğiyle uçtu gitti. Mürvet'in de koşup yakalamaya çalışması fayda etmemişti. Leman, az sonra da ağlamaya başladı. Şapkasını çok beğendiği kesindi. Ama onu sevmesinin esas sebebi, babasıyla geçirdikleri harika bir günde alınmasıydı. Başından uçurduğu şapkadan ziyade, elinden kaçırdığı ama tam ne olduğunu anlayamadığı bir şey için ağlıyordu.

Bu, aslında, babasıyla olan sevgisinin de bir gün sanki şapkasının uçtuğu gibi uçabileceği korkusuydu. Çocuk yüreğinde ve beyninde bunun fısıltılarını duyuyordu belki de.

Varlık Huzur Getirmiyor

Seyit'in içki içtiği saatler gittikçe uzamaya ve içkisinin miktarı da artmaya başlamıştı. Eve sabaha karşı döndüğü geceler olağandı. Mürvet, kocasını evde, yanı başında tutabilmek için kendince her şeyi denemekteydi. Lokantadan gelenlerin dışında, değişik mezeler hazırlıyor, kocasıyla beraber oturup içmeye çalışıyordu. Başı tutuyor, gözleri çakmak çakmak oluyordu. İçkinin verdiği rahatlıkla, şarkılar söyleyip, hikâyeler anlatıyordu. Seyit, karısının bu haline bayılıyordu. Evde olduğu akşamlar, çocuklar kendi odalarına çekildikten sonra, karısıyla baş başa geçirdikleri saatlerde, onun alkolün tesiriyle pırıldayan sürmeli, simsiyah gözlerini, al al olan yanaklarını, keyifle, heyecanla izliyordu. En hoşuna giden de güzel karısının gözlerinde sevgiyi söylemeye başlayan bakışlardı. Birbirlerine çocukluk anılarını anlatıyor, uzakta kalanları, ölenleri anıp, özlemlerini, üzüntülerini, keyiflerini paylaşıyorlardı.

Aslında her şey o kadar tamamdı ki hayatlarında, Seyit evine biraz daha bağlansa, Mürvet'in mutluluğu tam olacaktı. Ama yine de böylesine hoş geçen bir gecenin ertesi günü onun eve dönmeyişini yahut başka yerlerde içip gelmesini hiç anlayamıyordu.

Yine huzursuz bir beklemeyle geçirdiği bir gecenin ertesinde, karşılıklı sofrada oturdukları vakit, kocasıyla konuşmak arzusundaydı. Ancak rahatlaması için birkaç kadeh şarap içmesi gerekti. O zaman zaten istese de kendisini tutamıyor ve içinden geçenleri söylemeye başlıyordu. Saat gece yarısını geçmişti ki, Mürvet'in dili çözüldü. İsyanını tatlılıkla dile getirmeye çalıştı.

"Seyit, sana bir şey söylemek istiyorum."

Seyit, masanın üzerinden uzanarak, keyifli olduğu zamanlar

yaptığı gibi, bir göz kırpışla onun yanağından makas aldı.

"Acaba neler söylemek istiyor benim küçük Murka'm?"

Mürvet, daha rahat konuşabilmek için gerekli olduğuna inandığı şarabından bir yudum daha aldı. Fazla bilmediği bir konuda imtihana giren bir talebenin şaşkın, huzursuz ama bildiği kadarını da söylemek üzere hazırlanmış hali vardı genç kadında. Seyit onun bakışlarına ve yüz ifadesine dayanamayıp güldü. Sonra, 'Ya konuşmasını engellersem...' endişesiyle, kendini ciddi görünmeye zorladı.

"Dinliyorum küçük karım. Söyle."

"Seyit, sana bir şey için yalvarsam, yapar mısın?"

"Oooh! Bu ciddi bir şeye benziyor."

Mürvet başını salladı.

"İstediğini söylemek için bana yalvarmana gerek yok ki Murka. Sen bugüne kadar istediklerini söylemedin mi hep? Ben de sırf sen istediğin için ne arzu ettiğim şeyleri unutup gitmedim mi?"

Birden heyecanla sordu.

"Yoksa? Yoksa Amerika'ya mı gitmek istiyorsun şimdi? Eğer öyleyse, inan, yalvarman gerekmez. Her zaman bir çaresini buluruz. Manol'un kuzeni daha geçen hafta yola çıktı. Daha şans var."

Mürvet, kocasının Amerika hayâllerinin hâlâ ölmediğini anladığı an, söylemek istediklerinin hiç ilgisi olmaması bir yana, düşüncelerinin birbirinden ne kadar uzakta olduğunu bir kez daha hatırlamış oldu. Seyit'in hiç ses çıkarmadan buradaki hayatı kabullenmesi, daha doğrusu burada kendisine en uyacak düzeni yaratmaya çalışması, onu hayâllerinden koparmamıştı. Sadece bir işaret bekliyordu. Ama bu işareti verecek kişi hiçbir zaman Mürvet olmayacaktı. O, bu toprakların insanıydı ve buradan ayrılamazdı. Kocasının emelleri, hayâlleri ne olursa olsun, buna müsaade etmeyecekti. Bunda da kendini haklı gördüğü çok iyi bir sebebi vardı. Seyit, zaten ailesinden, vatanından, alışkanlıklarından ayrılmış, uzaklaşmıştı. Onun için nerede olduğu artık herhalde fark etmezdi. Ama ya kendisi? İstanbul'dan, ailesini her an görebileceği bu şehirden, memleketten koptuğu an çok mutsuz olacaktı. Düşünceleri arasında fazla dağılmadan esas söylemek istediğini anlatmaya çalıştı kocasına.

"O değil söylemek istediğim."

"Nedir acaba? Söylemek için bu kadar düşündüğüne göre, daha mühim bir şey olmalı."

Mürvet, şarap kadehini masanın üzerinde döndürdü.

"Seyit, niye bu kadar içiyorsun?"

Kocasının, kızacağını tahmin ettiği sorusuna, kahkahayla cevap verişi onu rahatlattı ama aynı zamanda şaşırttı.

"Niye mi çok içiyorum? Niye çok içiyorum? İlâhi Murka! Çok içmiyorum, istediğim kadar içiyorum, biiir; ikincisi, içiyorum çünkü seviyorum."

"Ne olur, bu kadar içmesen Seyit. Bir gün hastalanacaksın diye korkuyorum."

Seyit artık gülmüyordu. Sesi de bu kadar ikaza tahammül edemeyeceğini açıkça belli ediyordu.

"Bak Murka, eğer beni terbiye etmek için söylüyorsan bunları bil ki nafiledir. Hiç uğraşma. Ben babamı dinlemedim içki için. Seni dinleyip içkimi bırakırsam babama ayıp olmaz mı? Eh, eğer sadece hastalanırım diye düşünüyorsan o başka. O zaman da hastalanınca boyumun ölçüsünü alırım. Senin daha bugünden surat asıp beni cezalandırmana gerek yok. Anladın mı küçük karım benim?"

Karısından bir cevap alamayınca sorusunu tekrarladı.

"Anladın mı dediklerimi Murka? Bana bu konuda baskı yapmaya kalkma. Bunun sevgiyle ilgisi yok. Sevgimi ispat etmek için söz dinleseydim, babamla dargın ayrılmazdım ben. Bilmiyorum beni anlayabilecek misin? Ama bir daha sakın bana bu konuda bir lâf söyleme."

Mürvet, bu mevzuyu ilk ve son kez olarak konuştuklarını çok iyi biliyordu. Kocasının bu kesin tavrından sonra bir daha bu konuyu açabileceğini sanmıyordu. Amerika'ya göçlerini engellemiş olabilirdi ama içkiyi aralarından uzaklaştırmak imkânsızdı, Sanki şu anda düşündükleriyle Seyit paralel bir şeyler düşünmekteydi. Erkek, dalgın fakat kararlı bir sesle devam etti.

"İçkime karışma Murka, sakın. Sakın karışma. İçki, benim erişemediklerimi, yapamadıklarımı, uzakta kalan hayâllerimi tedavi eden yegâne ilaç. Beni bir gün anlayacağını ümit ediyorum."

Daha fazla konuşmadı. Söylediklerine bir cevap da beklemiyordu. Bir sigara yakarak sofradan kalktı.

"Afiyet olsun."

Mürvet'e de kuru bir "Afiyet olsun." demekten başka çare kalmamıştı. Gecenin nasıl keyifli başladığını ve son söylediklerini söyleyene kadar nasıl güzel geçtiğini düşünüp pişmanlık duydu. Ama artık gecenin o güzel sihri bozulmuştu. Seyit kırılmış, sofradan kalkmış ve kendi düşünceleriyle baş başa kaldığı zamanlardaki gibi kabuğuna çekilmişti. Pencere kenarındaki koltuğunda, sigarası ve bütün konuşulanlara inat, içki kadehiyle oturuyordu. Ama aslında orada değildi. Oturduğu köşede kendi kendiyle hesaplaşıyordu. Karısına söylediklerini tekrar düşünüp, dediklerinin ne kadar gerçek olduğunu bir kez daha kendisi için kabulleniyordu. Evet, en sevdiklerinin sözüyle bile yaşamak istediği hayatı, düşüncelerini değiştirmediği kesindi. Ama değer miydi? Çevresindeki sevgileri kaybetmeye, sevdiklerini kırmaya değer miydi bu inat? Küs ayrılmaya değer miydi sevdiklerinden? Bunu sorarken, aslında sadece kendisiyle baş başa kaldığı için böyle düşündüğünü kabullendi. Çünkü her şeye rağmen değişmeyecekti. Değişmek de istemiyordu. Olduğu haliyle kendisinden memnundu. Bütün tedavi olmaz hüzünlerini, karmaşık duygularını, önlenemez coşkularını, inatçı, acı veren gururunu ve kendine aitliği seviyordu. Sevgi, aşk veya alışkanlık adına hiçbirini değiştirmeyi istemiyordu.

Ve değişmedi de. Mali imkânları açısından saltanat devrini yaşıyorlardı. Mürvet, çocukluğunu, genç kızlığını geçirdiği çevrenin yaşantısına, şu an oturdukları caddenin diğer sakinlerine kıyasla dahi inanılmaz rahatlıkta bir hayat yaşadığının farkındaydı. Kendisini peri padişahının kızı gibi hissediyordu. Rüyasında görse, falcılar anlatsa, böyle bir hayat yaşayabileceğine inanmazdı. Ama yaşadıkları gerçekti. Seyit'in lokantaları sabahlara kadar müşteri ağırlıyor, içki ve turşu imalâthanesinden bütün gün araba araba mal dağılıyordu.

Mürvet'in günlük yaşamında, çocuklarıyla meşgul olmaktan başka sorumluluğu kalmamıştı. Yorulup sıkıldığı her iş için, her sıkıntısı için kocası bir çare buluyordu.

Yemek, lokantadan hazır geliyordu. Artık evde çamaşır yıkanmıyor, günaşırı toplanıp çamaşırhaneye gidiyordu. Mürvet, çamaşır mevzuunda bir-iki kere lâf edecek olduysa da, Seyit, imkânları olduğu takdirde bunun kullanılması gerektiğini söyledi. Karısının, harcama fırsatları olduğu zaman dahi ekonomi yapmak fikri onu kızdırıyordu. Bir keresinde dayanamayıp biraz yüksek sesle bunu belirtti.

"Mürvet, lütfen hayatının tadını çıkarır mısın sen?"

"Ama Seyit, bu masraflar yerine, parayı biraz kenara koysak, daha iyi olmaz mı?"

"Paranın kıymetini bilmek, sadece parayı saklamak demek değildir. Varken tadını çıkarıp yokluğunda pişman olamayacağın şeyleri yapmak da kıymet bilmektir."

Mürvet'e de, rahatının tadını çıkarıp, hayatı olabildiğince kolay ve şık yaşamak düşüyordu. Kadıyof Mehmet'in taksilerinden biri devamlı kapıda hazır bekliyordu. Ne zaman canı sıkılsa, kızlarını yanına alıp gezmeye çıkıyordu. Alkazar, Gloria ve Şık sinemalarına aboneydi. Birkaç film seyretmediği haftası yok gibiydi. Rum terzi Ali Kokanca'nın diktiği birbirinden şık kıyafetler, gardırobunu doldurmaya devam ediyordu. Çocukların saçlarını bile eve gelen berber kesiyordu.

Mürvet, kocasının kendisi, çocukları ve evi için yaptığı harcamaları hayretle izlerken, yaşadığı güç günlerin tekrar geri gelecek olmasından da korkuyordu. Bu pahalı, şık yaşam o kadar inanılmazdı ki, bir gün uyanıp da bu rüyayı kaybedeceği endişesini zaman zaman hissetmiyor değildi. Onu en çok endişelendiren, kocasının, kendisinin dışında ulaşılmaz bir dünyası olmasıydı. Onun düşünceleri ve ruh haliyle ne kadar uzaklarda olduğunu anladığı anlar, kendisini çok çaresiz hissediyordu. Rahat bir yaşam, sevmek ve sevildiğini bilmek bu çaresizliğe çözüm olmuyordu. Sevginin bile tamamlayamadığı bir şeyler vardı hayatlarında.

Yaz sonuna doğru, sıcak, yağmurlu bir geceydi. Mürvet, çocukları yıkayıp yatırmış, kocasını beklemekteydi. Seyit'in lokantadan yolladığı yemekler çoktan gelmiş, soğumuştu bile. Kurulu içki masası, mezelerle donanmış, bekliyordu. Genç kadın, gramofona plâk koyup, onun sesiyle yalnızlığını geçiştirmeye çalıştı. Terasta beklerse, kocası bir an evvel gelecek gibi, sırtına bir şal alıp sundurmanın siperinde bir iskemle koyup yerleşti. Gözü sokağın köşesinde, beklemeye başladı. Karnı acıkmıştı ama sofraya dokunmak istemedi. Seyit her an gelebilirdi. Bir kavun kesti, tabağa koyduğu birkaç dilimle oyalanmaya çalıştı. Zaman geçmek bilmiyordu. Kendisini oyalayacak bir şeyler düşündü. Eline aldığı kitabın sayfaları arasında bir türlü dikkatini toparlayamadı. Devamlı saate bakıyor, dakikalar, saatler ilerledikçe huzursuzluğu artıyordu. Tekrar balkona döndü. Yağmur dinmişti. Sokak bomboştu. Saçaklardan süzülmeye devam eden yağmur damlalarının su birikintilerine düşerken çıkardığı melankolik ses dışında, gece sessizliğe gömülmüştü. Mürvet, balkonun demir parmaklıklarına dayadığı kollarına başını yasladı. Karşı kaldırımdaki lokantanın kapısının açılmasıyla bir umut, başını o yöne çevirdi. Lokantadan ayrılan çakırkeyif müşterilerin kahkahalar arasındaki vedalaşmaları sükûneti bozuvermişti aniden. Genç kadın, grubun en arkasından sokağa çıkan kocasını gördüğü zaman içini ılık bir huzur kapladı. Bu kadar vesvese etmesine güldü. Nasıl düşünememişti Seyit'in bu kadar yakınında ve işinin başında olabileceğini? Balkonda beklerken görülmek istemiyordu. Yavaşça iskemlesinden kalkıp içeri girdi. Mutfağa koşup yemekleri ısıtmak için ocağı yaktı. Kulağı merdivende, ayak sesindeydi. Kapıyı açıp baktı. Ama henüz apartmanda bir hareket yoktu. Balkona geri dönüp çekingen bir tavırla başını aşağıya doğru uzattı. Seyit, yolun ortasında, bir eli pantolonunun cebinde, diğer elinde sigara, duruyordu. Lokantanın ışıkları sönmüştü. Mürvet, kocasının ne beklediğini anlayamadı. Mutfaktan gelen koku, yemeğin yanmaya başladığını haber veriyordu. İçeri koşmak üzereydi ki, Seyit'in, Ağa Camii istikametine doğru yürümeye başladığını gördü. Parke taşların üzerinde çıkan topuk seslerini duyduğu an, yemeği falan unuttu. Dehşetle, yolda olanları izlemeye başladı. Omuzunda rönar kürküyle yüksek topukları üzerinde kırıtarak gelen meçhul kadın ile kocasının sarılışlarını gördüğünde nefesi kesildi. Seyit, sigarasını atıp kadını kolları arasına aldığında, Mürvet neredeyse bayılmak üzere olduğunu hissetti. Genç adamın şapkası, birbirine değen yüzlerini saklıyordu. Mürvet, bedenini saran kıskançlık hissiyle titremeye başladı.

Bir an için, balkondan eğilip haykırma, onları gördüğünü duyurma arzusuyla yanıp tutuştu. Ama şu an değil seslenmek, fısıldamak için bile gücü kalmamıştı. Eli ayağı tutmuyordu. Geriye çekilerek sırtını duvara dayadı. Birkaç derin nefesle kendine gelmeye çalıştı. Bir cesaret, tekrar aşağıya baktığında, sokaktaki çiftin birkaç apartman ileride bir kapı aralığında kaybolduklarını gördü. Kendisini daha fazla tutamadı. İçeri girip ağlamaya başladı. Bir müddet sonra koridordan gelen duman ve kokuyla mutfağa fırladı. Rosto çoktan kömür olmuştu. Ocağı söndürüp, camları açarken bir yandan ağlıyordu. Çocukları uyandırmaktan, komşuların dikkatini çekmekten korkmasa, bağıra bağıra ağlayabilirdi. Öylesine dolmuştu ki... Salona döndüğünde, dışarıda yağmurun yeniden başladığını gördü. Kapısını kapamak üzere balkona çıktı ve duyduğu ayak sesleriyle aşağıya baktı. Hayretle, Seyit'in eve doğru yürümekte olduğunu gördü. Onun eve dönmesinden heyecan duysa da, yüreğindeki hırs yine aynı derecede kuvvetliydi. Hırsından alev alev yanıyordu vücudu. Gövdesi, kafasının içi karıncalanmıştı âdeta. Bu bir türlü başa çıkamadığı erkeği bir şekilde cezalandırmalıydı. Ama bunu nasıl yapacaktı?

Ağlayarak mı? Aniden aklına gelen çılgınca bir fikirle tekrar mutfağa koştu. Tezgâhın altında, içi kavun kabuğu ve çekirdeği dolu olan kesekâğıdını kaptığı gibi balkona çıktı. Seyit tam kapının önüne gelmişti ki, elindekileri aşağıya boca etti. Yaptığına kendisi de şaşırarak, kapıyı kapatıp süratle yatak odasına koştu. Hemen soyunup yattı. Hâlâ ağlıyordu ama içini de aynı zamanda bir korku kaplamıştı. Düşüncesizce ve çocukça bir şey yapmıştı. Sırtını oda kapısına dönüp, gözlerini sımsıkı kapadı. Birkaç dakika sonra, sokak kapısında dönen anahtar sesini ve Seyit'in adımlarını duydu. Soluğunu tutup beklemeye başladı.

Seyit, kapıdan girer girmez, ışığı yakıp koridordaki aynada kendisine baktı. Krem rengi takım elbisesi, kavun artıklarıyla rezil olmuştu. Şapkasını asıp salona doğru başını uzattı. Hazırlandığı gibi duran yemek masasına bakıp gülümsedi.

"Sevgili Murka." dedi kendi kendine. Sonra içeriye seslendi.

"Murka! Murka!"

Mürvet, yattığı yerde kızgın bir ses beklerken kocasının yumuşak, çakırkeyif sesini duyunca rahatladı. Demek döktükleri isabet etmemişti. Bu badireyi de böyle atlattığına sevinerek, güya yeni uyanıyormuşçasına gözlerini oğuşturarak kalktı yataktan. Aynı anda Seyit odanın kapısında belirmişti.

"Ah! Hoş geldin... Uyuyup kalmışım..."

Seyit gülümseyerek ona doğru ilerledi.

"Kusura bakma, uyuduğunu bilseydim daha sessiz olurdum."

Mürvet, lâmbayı yakan kocasının ceketindeki lekeleri görünce, ne diyeceğini bilemedi. Yüzü kıpkırmızı oldu. Normalde bir soru sorması gerektiğini biliyordu. Tutuk sesle konuşmaya çalıştı.

"Elbisene ne oldu böyle Seyit?"

Genç adam, karısının saçlarını avuçlayıp, dudaklarına bir öpücük kondurdu. Mürvet, kocasının tavrındaki rahatlığı anlayamıyordu. Duyduğu cevapla yerinde çakılmışa döndü. Seyit, ceketini çıkarmaya başlamıştı. Gülerek konuştu.

"Ne olacak? Orospunun biri çöp döktü başımdan aşağı."

Ve banyoya doğru yürüdü. Mürvet'in gözleri faltaşı gibi açılmıştı. Yutkundu.

'Tanrım!' dedi içinden. 'Ne biçim lâf o öyle? Seyit bana nasıl *orospu* der?'

Saatlerce yağmur altında heyecanla kocasını beklediğini, sonra onu bir başka kadınla sarmaş dolaş gözden kaybettiğini, aldatılmışlık hissinin acısını çoktan unutmuş, şimdi, bu kötü kelimenin aslında sahibinin kendisi olduğunu bilmenin utancıyla ağlamaya başladı. Seyit yanına gelip, onun başını avuçları arasına aldı.

"Hey! Ne oluyor şimdi? Kocası eve gelen kadın ağlar mı hiç?"

Mürvet oturmuş, sırtını yastığa dayamış hüngür hüngür ağlıyordu. Kendisini aptal hissetmiyor da değildi. Aslında Seyit'in o kötü lâfı kendisine söylemediğini düşünerek susmaya çalıştı.

"Seni çok bekledim Seyit. Niye gelmedin?"

Evet, bu ağlaması için daha makul bir sebepti. Kocasına, 'Bana nasıl orospu dersin?' diye sorup ağlaması biraz garip olacaktı.

Seyit, son birkaç saati kiminle, nerde geçirdiğini çoktan unutmuştu. Gözlerini karısından ayırmadan elindeki gömleğini yere attı ve yatağa Mürvet'in yanına oturdu. Genç kadın, sesi hıçkırıklarla kesilerek mırıldandı.

"Kaç kere ısıttım yemekleri. Hep soğudu. Yandı bile."

Seyit sanki onu dinlemiyordu. Onun yüzünü, avuçları arasına

alıp, yanaklarını, gözlerini, çenesini öptü. Vücudunun, çarşafın arasından yükselen sıcacık kokusu başını döndürüyordu. Eve daha erken gelmediği için kendisine kızıyordu şimdi.

Mürvet öyle gücenmişti ki, kocasının sevgi dolu okşayışlarına cevap vermek dahi istemiyordu. Yataktan kalkmaya davrandı. "Aç mısın? Yemeğini hazırlayayım mı?"

Seyit hiç cevap vermeden onu okşamaya ve öpmeye devam etti. Başını onun saçlarına gömdüğü vakit, yağmur ıslaklığını ve kokusunu aldı. Gülmemek için kendisini zor tuttu. Karısının kulak memesini öperken fısıldadı.

"Sonra Murka'm, sonra. O kadar beklemiş masa, biraz daha bekler. Hem, senin saçlarını da kurutmak lâzım."

Mürvet yine yüzünü ateş basmasını engelleyemedi. İçinden, 'Tanrım! Biliyor işte. Pekâlâ anladı, bana numara yapıyor.' diye düşündü. Kendisini aşk sözcükleriyle sarmalayan, öpücüklere boğan ve âşık olduğu bu erkeğe aynı zamanda tamamiyle sahip olamamanın isyanıyla, onu yumruklamak, tırnaklamak, bağırıp ağlamak istiyordu. Ellerini, kendini uzaklaştırmak isteğiyle kocasının göğsüne dayadı. İsyanını dile getirmek üzere ağzını açtı ama tek kelime etmeye gücü yetmedi. Seyit'in kendisini göğsüne doğru çekmesiyle elleri arada ezildi kaldı. Aralanan ağzını erkeğin dudakları örtmüştü bile.

Seyit mutluydu. Bu sıcacık, yumuşacık, saf, kadın kıskançlığı içindeki çocuk ruhlu kadın onundu. Ona aitti ve her gelişinde onu evde bulacağını biliyordu. Ona sımsıkı sarıldı. Kulağına sevgiyle fısıldadı.

"Murka, Murka'm benim."

Başı yastığa uzanan Mürvet'in sevgisi, kıskançlığa ve hiddete galip gelmişti. Gözlerindeki ışıltılarla yüzüne eğilen kocasıyla göz göze geldi. İkisi de biliyordu, bu son kıskançlık değildi. Seyit'in çapkınlığının da, üzüntülerin de sonu değildi. Ama emin oldukları bir şey daha vardı. Birbirlerini üzseler de sevgileri, aşkları gerçekti. Anlaşmış gibi gülümsediler. Seyit, öpücüklerle Mürvet'in yanaklarındaki yaşları silerken, bir eliyle uzanıp başuçlarındaki lambayı kapadı. Karısının utangaçlığını bilirdi.

Kurt Seyit & Murka

Sakız Ağacı'nda Bir Akşam

Seyit'in eve geliş saatleri ve diğer maceraları ne olursa olsun, Mürvet, kocasının sevgisinden emindi. Onun hediye getirdiği yeni bir kıyafeti giydiğinde, bir broşu taktığında, kendisini nasıl heyecanla, hayranlıkla seyrettiğini fark ediyordu. Çocuklar, artık, birkaç saatliğine, apartmandaki bir komşunun göz kulak olması sayesinde yalnız kalabiliyorlardı. Karı koca, akşamüstleri Beyoğlu'nda yürüyüşe çıkıyordu. Bu yürüyüşler esnasında Seyit, karısına ya da kızlarına muhakkak bir şeyler alıyordu. Sonra, ellerinde şık paketler, Petrograd Pastanesi'nde veya Pera Palas'ta çay saatindeki hoşluğu yakalamaya gidiyorlardı. Mürvet, bu hayatın güzelliğine paralel olarak kocasına da iyice alışmaya başlamıştı. Ancak, sevgisi ve aşkı artarken, kıskançlığı da aynı boyutlarda dayanılmaz hale geliyordu. Seyit'in ise kıskançlığa tahammülü yoktu. Genç kadın, kocasını vırvırıyla her kırışının ardından, Seyit'in evden uzaklaşmalarının geldiğini fark etmişti. Onu bıktırıp yıldırmak istemiyordu ama şu kıskançlık denilen illet, hiç de elde olan bir hastalık değildi. Mutluluklarını kaçırmamak için elinden geldiğince dikkatli davranmaya çalışıyordu.

Sonbaharın güneşli, yağmursuz günlerinden biriydi. Necmiye misafirliğe gelmişti. Kızları ona teslim edip öğleden sonra çıktılar. Mürvet, kolları ve yakası kürklü siyah mantosu, aynı renk ipek şifonla yaptığı sıkma baş saç modeliyle, kocasının kolunda kendisini, seyrettiği filmlerdeki sinema yıldızlarına benzetiyordu. Kendisinden memnundu, kocasına hayrandı ve bu, sürmenin çevrelediği siyah gözlerindeki pırıltılardan belliydi. Kol kola, vitrinlere bakarak Beyoğlu'nu bir uçtan bir uca dolaştılar. Tünel'deki mağazalardan birinin önüne geldiklerinde, Seyit, karısını elinden tutup içeri girdi. Vitrindeki şapkalardan önde duranı gösterdi. Sonra karısına döndü.

"Mürvet, başındakini çıkarır mısın?"

"Seyit, olur mu?"

"Olur olur. Çıkar onu. Bu şapkayı giymeni istiyorum."

"Giyemem bunu Seyit. Alışık değilim."

"Alışırsın. Yakışan ve güzel olan her şeye alışır insan. Bu da sana çok yakışacak. Çünkü sen de çok güzelsin."

Mürvet, başındaki şifonu çözmemekte ısrar ediyordu.

"İnan Seyit. Rahat edemem ben bu şapkayla."

Seyit gülmeye başladı.

"Geceleri çıkarız yürüyüşe. Sen de o arada alışırsın. Tamam mı?"

Mürvet itirazının yersiz olduğunu biliyordu. İnci topluiğnelerle tutturduğu şifonu çözdü. Seyit, tezgâhtarın elinden aldığı şapkayı, karısının saçları üzerine yerleştirdi. Onun, alnına düşen vaglarını düzeltti. Ve gördüğünden memnun bir gülümsemeyle konuştu.

"Gerçi yaz için ama muhakkak senin olmalı bu. Senden başka kimseye bu kadar yakışamaz. Bak aynaya, kendin gör."

Karısını omuzlarından tutup aynaya döndürdü. Kahverengi ipekten dantel şapka, krem rengi saten kurdelesiyle yaz günlerinin esintisini getirmiş gibiydi. Mürvet hayran olmaktan alıkoyamadı kendini.

"Seyit, ne kadar güzel."

Genç adam, tezgâhtara şapkayı aldıklarını belirten bir işaretle, karısının saçını okşadı.

"Seninle güzel oldu."

Mürvet, tekrar şifonunu başına yerleştirdi. Mağazadan çıktıklarında Seyit'in eve dönmeye henüz niyeti yoktu.

"Murka, paketleri kapıdan bırakalım. Seni Orient Bar'a götürmek istiyorum bu akşam."

Hemen ardından ilave etti.

"Sakın! İtiraz istemem. Necmiye nasılsa çocuklarla. Karı koca gidip bir kadeh içki içelim."

Mürvet, itirazıyla günün güzelliğini bozmak istemiyordu. Aynı zamanda, kocasının "Bir kadeh"inin zayıf bir ihtimal olduğunu da biliyordu. Teklifi gülümseyerek kabul etti. Ve pişman da olmadı. Güneşin batışına inat, ışıklarla yanmaya başlamıştı Beyoğlu. Pera Palas'ın göz alan, nefes kesen zengin, şık dekoru, büyük salonundan yayılan müzik sesiyle büyülü bir dünyaya girmiş gibi oldu. Kocasının sık sık selamlaştığı, el sıktığı, yanaklarından öptüğü diğer kadınlara aldırmadan gecenin tadını çıkarmaya baktı. Otelin restoranında, mum ışığında, orkestranın nağmeleri eşliğinde yedikleri harika yemekten sonra oldukça geç bir saatte eve dönerlerken çok mutluydu. Kendisini omuzlarından saran kocasının koluna dayanarak, gözleri mutluluk sarhoşluğundan neredeyse yarı kapalı yürüdü. Seyit'in alçak sesle söylediği şarkının sözlerini öğrenememesine rağmen, melodisini ezberlemişti. Ona mırıldanarak eşlik etti. Pera'nın sihrine o da kapılmıştı artık.

Eve gittiklerinde çocuklar da, Necmiye de çoktan derin uykularına dalmıştı. Her şey yolunda görünüyordu. Mürvet, ilk kez olarak kızlarını bu kadar saat bırakmış olmaktan dolayı huzursuzluk duymadığını fark etti. Belki de esas huzurun, kocasıyla anlaşıp anlarını paylaşmak olduğunu derinden derine hissetmeye başlamıştı. Saat gece yarısını çoktan geçmişti. Daha fazla konuşmalarına gerek yoktu. Birbirlerinin kollarında, yataklarının sıcaklığına gömüldüler.

İstanbul'da bir Bolşevik
Lev Troçki

14 Şubat 1929 sabahı, *İkdam* gazetesinin haberi, İstanbul'un birçok semtinde hiçbir ilgi görmezken, Bolşevik ihtilâli kurbanı gönülsüz sürgünlerin yoğunlukta olduğu Pera civarında büyük heyecan yaşanıyordu. Haber'in başlığı "M. Troçki" idi ve şöyle devam ediyordu.

"Maruf Bolşevik devlet adamının şehrimize geleceği ve memleketimiz tarikiyle Almanya'ya gideceği yazılmıştı. Dün akşam Troçki'nin geldiği hatta Ankara'ya gittiği şayi olmuştu. Vakit geç olduğundan haber tahkik edilememiştir. Kaydi ihtiyatla veriyoruz."

Lev Troçki'nin İstanbul'a esas varış tarihi aslında 12 Şubat'tı. Haber iki günlük bir gecikmeyle yer almıştı gazetelerde.

Mart'ın 13'ü, soğuk mu soğuk bir gündü. Kıştan kalan bir ayaz, paltoların yakasını kaldırtacak kadar sert sürüyordu. Seyit, birkaç arkadaşıyla buluşmak üzere Tokatlıyan'a doğru gidiyordu. Otelin arka cephesindeki yoldaydı. Birden önünden geçen açık arabadakiler dikkatini çekti. Üzeri açık arabanın arkasında oturan bir erkek ve kadın, şapkalarını iyice yüzlerine indirmişlerdi. Ön tarafta, şoförün yanında oturan ise, dirseği cam kenarında, belirsizce yüzünü perdeliyordu. Yanından süratle geçen arabanın arkasından, Seyit hayretle bakakaldı. Erkeklerden birini çok iyi tanımıştı. Ama onu bir gün burada görebileceğini aklına bile getirmezdi. Koca Bolşevik ihtilâlini hazırlayanların başını çekenlerden Lev Troçki ve Bolşeviklerin ölüm listesinde, ihtilâl kaçağı Seyit, İstanbul'un bir sokağında karşılaşıyorlardı. Eğer ikisi de sonunda ülkelerinden kaçarak aynı yerde yaşayacaktıysa, ihtilalin anlamı mı vardı?

Günlerce dostları arasında bu konu konuşuldu. Lenin'in ölümünden sonra Stalin'in istenmeyen adam ilân ettiği Troçki'nin yeni liderle düşmanlığı, sadece, güç denemesinde saf dışı bırakılmış olmasından kaynaklanıyordu. Yoksa Stalin'in bir Beyaz Rus için hissettikleri, onun için de geçerliydi. Ve şu anda Sovyetlerin dışında dünyadaki örgütleriyle sıkı temasa geçen Lev Troçki, Stalin aleyhtarı bir güçle geriye dönmeyi ümit ediyordu.

Bolşevik liderine, 30 Nisan'dan itibaren Büyükada'da, etrafı çepeçevre açık İliasko konağı, diğer adıyla İzzet Paşa köşkü tahsis edildi.

Ancak bu, Türkiye'de siyasi bir fırtına kopardı. Sovyet taraftarları, Troçki'nin derhal ülkesine teslim edilmesi gerektiğini savunurken, Sovyet aleyhtarları ise, Rusya'daki rejime karşı çıkan bu adamı alkışlıyorlardı. Ancak, Troçki'nin de Bolşevizm'in babalarından biri olduğunu unutuyorlardı.

O senenin baharı ve yazında, bütün dünyadan, Troçki'yi görüp onunla konuşmak isteyenlerin akını oldu Büyükada'daki köşke.

Garipti, Bolşeviklerden kaçanlara kucak açan İstanbul, Bolşevik bir lideri de aynı sıcaklıkla ağırlıyordu.

O arada, köşkte kalan Troçki sempatizanı Fransız Raymond Molinier, baş başa sohbetler, tartışmalarla Troçki'nin en büyük sırdaşı olma aşkına, karısı Jeanne'i, Troçki'nin oğlu Leon için gözden çıkarmak zorunda kaldığı haberi, Büyükada'dan kısa zamanda Pera'ya kadar geldi. Bu dedikodular Beyaz Rusları pek eğlendiriyordu.

"İnançlarının bedelini herkes bir türlü öder. Bu da Mösyö Molinier'in diyeti olsun." diyorlardı.

Necmiye, evlerine genç, modern bir hava getiriyordu. Yaşına rağmen olgun, zarif haliyle insanı rahatlatıyordu. Seyit onu âdeta küçük kız kardeşi gibi kabullenmişti. Genç kız da yaşının getirdiği heyecan ve arzuyla özendiği bütün şık ve hoş şeyleri eniştesinin büyük bir alışkanlıkla yapıyor olmasından son derece etkileniyordu. Yanı sıra Seyit'in anlattığı eski hikâyeleri dinlerken, onun, kendisini artık yaşamayan küçük Havva'nın yerine koyduğunu hissederek, ona karşı içten içe hüzün dolu bir sevgi besliyordu. Bu, aralarında açıkça hiç konuşulmamış olmasına rağmen, her ikisi tarafından da bilinen bir duyguydu.

Mürvet, küçük kız kardeşini yanına alıp sinemaya, alışverişe götürmeye bayılıyordu. Yaşadığı güzelliği onunla paylaşabilmek hoşuna gidiyordu. Büyüttüğü, bezini yıkayıp mamasını yedirdiği kardeşiyle şimdi arkadaş yakınlığı içinde olmak büyük keyifti.

Koca kış geçmiş, o çok özlenen bahar gelmişti. Beyoğlu'nun yağmurdan, kardan kaçışan, hızlı adımlarla tramvayı veya faytonu yakalamaya çalışan, kışlıkları içinde koyu renklere bürünmüş kalabalığı bir kez daha kabuk değiştirmişti. Şimdi tam aksine, ipek, şifon, saten kumaşların sardığı birbirinden alımlı hanımlar ve onlara duydukları çapkınca hayranlıklarını saygılı bakışlarla gizlemeye çalışan şık beyler, mümkün olduğunca ağır adımlarla salına salına yürüyerek özledikleri güneşi hissetmeye çalışıyorlardı. "Garden Bar"lar, bahçe birahaneler hayata katılmış, Park Otel'in terası, Pera Palas'ın bahçesi yeniden baharın sihirli akşamlarını yaşatmaya başlamıştı.

O akşam, Sakız Ağacı Sokak ile 5 numaralı apartmanın en üst katı da bahar keyfinden nasibini alan mekânlardan biriydi. Terasta, henüz renklenmiş sardunya ve camgüzeli saksılarının arasındaki masa, bembeyaz keten örtüsü ve iskemleleriyle akşamın serinliğini bekler gibiydi. Açık balkon kapısından dışarıya uçuşan beyaz tüllerden sabun kokusu dağılıyordu. Bütün gün evde bahar temizliği yapılmıştı. Mürvet, Leman ve Şükran'ın karnını doyurmakla meşguldü. Necmiye henüz banyodaydı. Mürvet, kızların bir an evvel uyumalarını dört gözle bekliyordu. Oldukça yorulmuştu. Balkonda, şöyle ayaklarını uzatıp oturmak için can atıyordu. Şükür, hiç de huysuz çocuklar değillerdi. Yataklarına uzandıkları zaman, bir tek masal yetiyordu uykuya dalmaları için.

Mürvet, masalını bitirdiği an kapı çalındı. Gelen, lokantanın komisiydi.

"Yenge, Seyit Bey yemeğe gelemeyecekmiş bu akşam. Beni beklemesinler, bir ara uğrarım, dedi."

Bu, genç kadının çok sık duyduğu bir haberdi. Şaşırmadı. Ama Necmiye yanlarındayken, Seyit'in bütün gece dışarıda kalması ve sabaha karşı çakırkeyif gelmesi hoş olmazdı. Bu düşünceyle biraz endişelendi.

İki kardeş, gelen yemeklerle masalarını donattılar. Seyit iki şişe de yıllanmış şarap göndermişti.

"Biz bunu nasıl içeriz?" diye başladılar. Bir-iki saat sonra bir buçuk şişe bitmişti bile. Öylesine keyiflenmişlerdi ki, Necmiye bile o her zaman kendini sınırlı tutan kız, mahcubiyetinden sıyrılmıştı. İçinden şarkı söylemek geliyordu. Mırıldanmaya başladı.

"Ellerin ellerimde,
Leblerin leblerimde,
O gün ki gördüm seni,
Yaktın, ah yaktın beni!
Kırmızı yanakların,
Ateşli dudakların,
O gün ki gördüm seni,
Yaktın, ah yaktın beni!"

Hazin, yumuşak, tatlı bir sesi vardı.

"Ne güzel şarkı bu, Necmiye." dedi Mürvet ve o da tekrarlamaya başladı. Üçüncü defada beraber söylüyorlardı. Her bir yudumdan sonra biraz daha kendilerini kaptırdılar. Oldukça coşmuşlardı. Yanı başlarında Seyit'in sesini duyunca şaşkın, mahcup, susuverdiler.

"Hanımlar, güzel hanımlar, keyfinizi kaçırmak istemem ama sesiniz caddelere taşıyor."

"Seyit! Ne zaman geldin? Hiç duymadık."

Genç adam gülerek karısının yanağından, baldızının alnından öptü.

"Nasıl duyacaksınız? Kendi sesinizden başka ses duymaya haliniz mi kalmış?"

Bir iskemle çekip masaya otururken hâlâ gülüyordu.

"Böyle marifetleriniz varmış da neden benim hiç haberim olmadı? Söyleyin bakalım."

Mürvet de, Necmiye de, şarabın tesiriyle kendilerini kaybedip şarkı söylerken yakalanmaktan utanmış, birden sessizliğe gömülmüşlerdi. Seyit onları yeniden coşturmaya niyetliydi.

"Aşk olsun size! Ben de eğleniyorsunuz diye geldim. Biraz eşlik ederim size, diye. Dut yemiş bülbül gibi sustunuz. Haydi, bakalım, doldurun kadehlerinizi."

Şaraplar tazelendi. Seyit kendisi de bir kadeh rakı aldı. Az sonra onlarla beraber şarkı söyleyip, kadeh tokuşturuyordu. Bir saat sonra, hanımları tekrar öperek, işine geri döndü. O çıkar çıkmaz Necmiye ablasına sordu.

"Sahiden kızmadı mı eniştem, abla? Ne kadar keyifliydi."

Mürvet, tabağındaki kavunu keserken gülmeye başladı.

"Kızmadı, Necmiye. Bizi somurtup oturmuş bulsaydı belki kızardı. Ama sen de gördün, ne kadar memnun olduğunu. Aslında onun istediği, benim her akşam onunla beraber, her gittiği yere, her eğlenceye gitmem. Bunu yapamadığım zaman mutsuz oluyor."

"Peki, neden onunla gitmiyorsun her zaman?"

"Bilemiyorum... Galiba kendimi rahat hissetmiyorum her zaman."

"Neden?"

"Çok ahbabı var. Eski arkadaşları, yeni arkadaşları, arkadaşlarının arkadaşları, hep değişik bir kalabalık içinde. Yani, bana göre değişik."

"Garip insanlar mı demek istiyorsun?"

Mürvet güldü.

"Hayır canım. Öyle garip demek istemiyorum. Ama çoğunun lisanını anlamıyorum. Neye gülüp, ne konuştuklarını anlamıyorum."

"Hiç Türkçe konuşan, Türk yok mu içlerinde?"

"Var tabii. Ama çoğu Kırımlı onların da. İki kadehten sonra onlar da Rusça konuşuyorlar. Ya da eski günleri anlatmaya başlıyorlar. Benim paylaşabileceğim hiçbir şey yok. Tek başıma kalmışım gibi geliyor aralarında."

"Neden Rusça öğrenmiyorsun sen de?"

"Seyit istiyor öğrenmemi ama sanmıyorum."

"Pekâlâ öğrenebilirsin abla."

"Hayır. Çünkü istemiyorum."

Necmiye, ablasının inat içinde verdiği cevabın sebebini anlayamamıştı. Sorar gibi baktı.

"İstemiyorum. O lisanda duyduğum her kelime bana Seyit'in geçmişindeki hatıraları hatırlatıyor. Ben, onun bana, Türkiye'ye alışmasını istiyorum."

Necmiye, ablasının ruhunu saran kıskançlığın derecesini şimdi daha iyi anlıyordu. Kocasını yıllarca konuştuğu lisandan ve o lisanı paylaştığı tüm arkadaşlarından bile kıskanıyordu Mürvet. Daha fazla bir şey sormadı. Ona saygısızlık etmek istemiyordu. Bütün arkadaşça yakınlıklarına rağmen ablasıydı sonuçta. Sustu.

Mürvet, birden konuştuklarının ağırlığından kurtulmak ister gibi, ayağa fırladı.

"Bekle! Şimdi hatırladım. Sana bir şey göstereceğim."

"Nedir o?"

Sonbaharda Seyit'in bana aldığı bir şey. Şimdi aklıma geldi. Daha dolabın üstünde duruyor. Bekle, geliyorum."

Az sonra, başında kahverengi ipekten dantel şapkasıyla geri geldi. Başını iki yana sallayarak, omuzlarına kadar inen saçlarını dalgalandırdı. Gülümsüyordu.

"Nasıl? Beğendin mi?"

Necmiye küçük bir beğeni çığlığıyla yerinden kalktı.

"Abla, ne kadar güzel bir şapka! Ne kadar yakışmış. Niye giymiyorsun?"

"Seyit zorla aldı bunu, biliyor musun? 'Giyemem,' dedim, 'Alışamam,' dedim. Dinlemedi. Ne dedi biliyor musun o zaman?"

"Ne dedi?"

" 'Yürüyüşe geceleri çıkarız. O arada alışırsın,' dedi."

Gülmeye başladılar. Mürvet, başından şapkayı çıkarıp Necmiye'nin saçları üzerine yerleştirdi. Sonra onu elinden tutup, koridordaki aynanın karşısına götürdü.

"Bak şuraya. Sana daha bile çok yakıştı, görüyor musun?"

Genç kız, aynadaki görüntüsünü beğeniyle izlemekle beraber, ablasına ait bir şeyi sahiplenmiş olmaktan utanmıştı. Hemen çıkarmaya çalıştı başından. Mürvet onu durdurdu.

"Bırak kalsın. Senin olsun. Sana benden daha çok yakıştı."

Bunu içtenlikle söylüyordu. Necmiye'nin uzun boyu, ince yapısı, geniş omuzları ve esmer teni için şapka sanki özellikle dikilmiş gibi duruyordu.

"Abla, hiç olur mu? Eniştem kızmaz mı?"

"Hayır kızmaz. Ben ona söylerim. Seni ne kadar sevdiğini biliyorsun. Üstelik hakikaten, benden çok sana yakıştı."

Necmiye aldığı hediyenin güzelliğiyle büyülenmiş olarak, Mürvet, kız kardeşine böyle kıymetli bir hediye verebilmekten mutlu, yatağa gittiklerinde Seyit henüz dönmemişti.

KURTSEYT MURKA

Aluşta'dan Taş Gelir

Seyit, hayatının muhasebesini yapmaktan kendini kurtaramıyordu. Geçmişini bir şekilde artık ulaşılmaz mekânlarda ve zamanlarda gördüğü için, nispeten daha rahat kabullenmeye kendisini alıştırdığı her şey, yeniden kâbus gibi, hayatını etkilemeye başlamıştı. Babasıyla kırgın ayrılmış olması, geride kalanlara yardım elini uzatamaması, onu yeniden dalgın ve yalnız saatlere itiyordu. Beyoğlu'nu bu kadar sevmesinin bir sebebi de buydu. Bütün bu yalnız anlarında dahi, geceyi saran ışıklar, sesler, müzik, onu çok uzakta olduğu memleketinin sahnede temsilini seyredercesine etkiliyordu. Buradan başka bir yerde yaşamayı düşünemiyordu. Pera'da, alıştığı nefesi soluyordu.

Bir gece yoktu ki, ailesinin fotoğrafını uzun uzun seyretmeden yatağa girsin. Sabaha karşı eve gelse de bu değişmiyordu. Bir Türk kızıyla evlenip çoluk çocuk sahibi olmasının babasını uzaktan uzağa memnun ettiğini biliyor, bu biraz olsun içini rahatlatıyordu. Ama esas istediği, onunla şöyle sımsıkı bir kucaklaşmaktı. En son ne zaman kucaklaşmıştı babasıyla doya doya?

1918 yılında Karpatlar'da yaralanıp, St. Petersburg'da ihtilâlin göbeğine düştükten sonra Kırım'a kaçışını sık sık düşünüyordu. İşte o kaçışın sonunda, Aluşta'da baba evine girdiğinde, kucaklandığı akşamı hiç unutamayacaktı. Çocukluk arkadaşı Teğmen Cemil Kamilof'la birlikte Sadovi Caddesi'ndeki baba evinde nasıl coşkulu karşılanmışlardı. Babasının, güçlü avuçları içinde, ellerini nasıl sıkı ve ne kadar uzun tuttuğunu hatırladı. Baba Eminof, arada görüşemedikleri yılların sevgisini yeniden yakalamanın mutluluğuyla büyük oğlunu bağrına basmıştı. Ve işte her şey o gece bitivermişti. Nasıl müsaade etmişlerdi baba oğul, o koca sevginin kopmasına, nasıl!

Seyit, fotoğrafa her bakışında, gözlerini babasının resmine dikip onu karşısında canlı hayâl etmeye çalışıyordu. O kadar dikkatli bakıyordu ki, bazen yaşlı adamın gözlerinde oğlu için duyduğu özlemi ve sevgiyi görüyor, dudaklarının kıpırdayıp kendisini affettiğini söylediğini duyar gibi oluyordu. Bu anları canlandırmasında tek dostu ve yardımcısı içkiydi. Ancak gittikçe dozunu arttırması gerekiyordu. Yavaş yavaş, ama takip edemediği bir tempoda içerken düşlerinin güçlendiğini hissediyordu. Uzaktaki hayalleri yakalayabilmek için, kadehindeki buruklugu daha çok ve daha sık tatmak istiyordu. İçtikçe de, o uzak görüntüleri yakına getirebilmek için, yalnız kalmayı tercih ediyordu. İçkisi konusunda karısının söylenmeleri, şikâyetleri, kıskançlığı kadar çekilmez geliyordu.

Mürvet ise, bütün dikkatine rağmen vırvırsız atlatamıyordu günleri. Ancak o, kocasının içki tutkusundaki esas sebebi kavrayamıyordu. Aralarında münakaşalar başlamıştı. Bir keresinde Mürvet, Seyit'in restoran işinde olmasını, mutsuzluğunun sebebi olarak gösterdi.

"İşin hep içkiyle Seyit. Ya içkili lokanta açıyorsun ya içki yapıyorsun. Bıraksana bunları. Bulsana başka bir iş. O zaman rahat ederiz."

Genç adam sinirlenmişti. Çok şeyi şakayla karşılayabilirdi ama özel işi, zevkleri ve alışkanlıkları üzerinde kimsenin tahakkümünü istemiyordu.

"Rahat mı dedin? Rahat!? Şu an yaşadığın rahatı neye borçlusun zannediyorsun? O içkili lokantalar doluyor, o doldurduğum şişeler boşalıyor da ondan rahatız. Sana kaç kere söyledim Mürvet. Ben sabah işe gidip, masa başında oturup, akşam eve dönemem. Bunu bu kadar zamanda hâlâ nasıl oluyor da anlamadın? Hem kuzum, birdenbire neler oluyor yine! Memnun değil miydin hayatından?"

Mürvet, artık ilk günlerin mahcup, dilini yutmuş küçük kızı değildi. İsyanını hemen dile getirdi.

"Seyit, sen de beni anlamıyorsun. Hayatımın güzel taraflarından şikâyetim yok. Ben senin içki içmeni istemiyorum."

"Ne zararını gördün benim içkimin? Seni mi hırpalıyorum, çocuklarımı mı dövüyorum? Sizi aç, yoksul bırakıp gidip, kendim para mı yiyorum? Nedir benim içkimden istediğin?"

Mürvet, onun sertleşen sesi ve tavrı karşısında, mücadeleyi bitirmesi gerektiğini hissediyordu. Alttan almaya çalıştı.

"Seyit, yapma lütfen. Bunların hiçbirini söyledim mi ben?"

Ama erkeğin, karısının hayatını kontrol altına almak istemesinden duyduğu öfkeyi kolay kolay dindireceğe benzemiyordu. Devam etti.

"Yoksa yine annenin mahallesindeki komşular mı bir şeyler söylediler?"

Sesi alaylı bir tona büründü.

"Annen sana söylemiştir. Sen de bana iletiyorsun. Komşu bilmem kimin hanımını tatmin edecek bir cevap mı bekliyorsun şimdi benden?"

"Seyit, lütfen, sinirlenme. Ben sadece senin içkiden uzak durmanı istiyorum. İçtikçe karamsar oluyorsun. Sıhhatinden endişe ediyorum."

"İçkime dokunma Mürvet. O beni yok olmaktan koruyor. Anladın mı? Üzerime varma artık."

"Ama seni evin dışında tutuyor içki. Bütün lokantalar boşalana kadar, her gelenle içmek zorunda mısın Seyit?"

"Sen benim kiminle, ne kadar içtiğimi biliyor musun ki? Kaç kez benimle geldin? En eğlendiğini tahmin ettiğim akşamdan sonra bile ikinci defa neredeyse yalvarmam gerekti seni çıkarmak için. Haklı değil miyim?"

"Mecbur muyuz hayatımızı dışarıda geçirmeye? Gecelerimizi sokaklarda, barlarda yaşamaya? Niye herkes gibi evde oturmuyoruz?"

"Herkes gibi değil Mürvet. Onlar senin tanıdığın herkesler. Benim tanıdıklarım da benim dolaştığım saatlerde, benim dolaştığım yerdeler. Bu yaştan sonra, başka bir kalıba sokamazsın beni. Bunu kabul edersen, ikimiz de daha mutlu olacağız."

Mürvet, bu gece tutturmuş, mücadelesinin sebebi olarak ille de bir kılıf bulmak zorunda hissediyordu kendisini. Kocasıyla bu kadar rahat tartışabildiğine de şaşıyordu.

"Çocukların geleceğini düşünsene biraz."

Seyit acı bir kahkaha attı.

"Namusumla çalışıp, para kazanabildiğim bir işim olması kâfi değil mi? Neleri eksik çocukların? Hiçbir eksikleri olmasın diye uğraşmıyor muyum? Kapıda taksisi bekleyen kaç aile var acaba? Anneleriyle canları istedikçe süslenip, otomobil turu atan, isteyince sinemaya giden kaç çocuk var? Söyler misin? Ben çalıştığım müddetçe de böyle yaşayacaklar bu çocuklar. Ama sen beni kırmakta devam edersen, korktuğun başına gelebilir."

Mürvet, bu mücadeleden yorulmuştu. Ağlamaya başladı.

"Seyit, ileride çalışamazsan, bir şey olursa, ne olacak? Kazandığımız parayı yiyoruz. Her şeyimiz var. Çok güzel yaşıyoruz ama hiç kenarda köşede bir şeyimiz yok. Ben onu söylüyorum. Başka bir şey demiyorum ki."

Seyit de bu didişmeden sıkılmıştı. Üstelik aralarında bugüne kadar sessizce hallettikleri tatlı tartışmaların yerini, yüksek ve kırıcı tondaki konuşmaların alması onu son derece üzmüştü. Her şey kopuyor muydu yeniden? Kendine hâkim olmaya çalıştı.

"Mürvet, kenarda köşede birikenlerin ne olduğunu yaşadım ben. Kaç nesildir aileme ait toprakları, serveti, bir güneş batımı zaman içinde kaybettim. Kaç sene gözüm gibi sakladığım çil çil rubleleri Galata Köprüsü'nden balıklara attım sonunda. Aile yüzüğüm, nişanlarım kimbilir kimin elinde bugün! Öyle çok kaybettim ki, ben artık mal mülk biriktirmeye inanmıyorum. Anlıyor musun?"

Mürvet de sesini yumuşatmıştı. Nispeten birbirlerini anlayarak konuşmaya çalışıyorlardı.

"Ama artık her şey değişti Seyit. Hiç değilse bir ev alsak. Kızlar büyüyor. Çalışamadığın gün gelince de, düşünmeyiz hiç değilse. Kazandığını yiyerek hayat geçmez ki."

"Sen şimdi kızlara ev mi alalım istiyorsun?"

Mürvet, bir an için kocasını ikna ettiğini sandı. Başını salladı.

"Çeyizleri olur ilerde."

"Yani damatlara ev alacağım. Affedersin ama bana kaynatam ev mi almıştı?"

"Kaynatan seni görmedi bile Seyit."

"Görse alır mıydı? Yoksa Moskof'un evlâdı diye kovalar mıydı o da?"

Mürvet, annesinin komşularının dedikodularının Seyit'in kulağına nasıl ve ne zaman gitmiş olabileceğini kestiremedi. Büyük bir eziklik hissetti. Tekrar ağlamaya başladı. Seyit onun yanına gelip omuzunu okşadı.

"Haydi, haydi ağlama artık. Git yüzünü yıka. Bütün bunlar bu kadar kısa zamanda konuşulacak şeyler değil. İkimizin de biraz dinlenmeye ihtiyacı var."

Eğilip karısını alnından öptü. Mürvet, gözlerini kapadı. Kendi kırgınlığına mı yoksa kocasını kırdığına mı üzülsün, bilemiyordu. Seyit'in bu öpüşten sonra, daha sıcak bir yaklaşımla geceyi sevgi sözcükleri ve muhabbetle geçirmesi olağandı. Ama bu akşam öyle olmadı. Genç kadın, yatağına yalnız girdi.

Seyit, söylediklerinde samimiydi. Artık yatırım yapacağı, bağlanacağı mal mülk istemiyordu. Her şeyin ne kadar inanılmaz bir hızla kaybolabileceğini çok yakından yaşamıştı. Ne zaman geçerse geçsin, nerede yaşıyor olursa olsun, güveni yerine gelemezdi. Karısının ev almak hususundaki endişelerini ve bu kadar ağlamaya değip değmeyeceğini uzun uzun düşündü. Mürvet'in devamlı, terk edilme ve yalnız kalma korkusuyla yaşadığını hissediyordu. Belki de haklıydı. Kendini güvencede hissetmek için ille de bir ev istiyorsa, belki o evi almak lâzımdı.

Ertesi günden itibaren satın almak üzere bir ev gözlemeye başladı. Tabii ki düşündüğü bir tek semt vardı: Beyoğlu. Bu niyetle dolaştığı günlerden birinde Hacı Ahmet Sokak'ta kiralık bir apartman dairesi buldu. Birden buraya taşınmak fikri doğdu kafasında. Güzel bir apartman ve Sakız Ağacı'ndakinden daha geniş bir daireydi. Daha kapısından girer girmez bu daireye taşınmak istediğini biliyordu. Hiç fazla düşünmeye gerek görmedi. Ev sahibesi Giritli Fatma Hanım'la aynı gün içinde bir kontrat imzaladı. Aylık kirası yirmi beş liraydı. Ancak Fatma Hanım, kontrat imzalandıktan sonra bir ricada bulundu. Kızını evlendireceği için biraz daha paraya ihtiyacı vardı. Seyit, iki yüz elli lirayı peşinen ödemeyi teklif etti. Bunun ilk on aylık kiraya sayılacağı hususunda anlaştılar. Seyit, dul bir kadına verdiği borç için, ayrıca bir evrak düzenlemeyi düşünmedi bile. Merdivenden inerken alt katın kapısından başını uzatan Rum kızlarının kıkırdamalarına gülümseyerek karşılık verdi. Eğlenceli bir apartmana benziyordu.

Mürvet, kocasının ani değişikliklerine hâlâ alışamamıştı ama taşınmalarının nedeni üzerine fazla kafa yormadı. İki gün içinde yeni evlerine geçtiler. Yeni birkaç parça eşya ve halılar alındı. Yine yemekli davetle dostlarını ağırladılar. Her yeni eve taşınış bir şenliğe dönüşüyordu. Ancak ilk günlerin telaşı bittikten sonra, Mürvet, kocasına her fırsatta, bir ev satın almaları mevzuunu hatırlatmaya başladı. Bütün rahatlığına rağmen, bu daireye fazla ısınamıyordu. Daha ilk günden, alt katlarındaki Rum ailenin kızlarıyla anlaşamayacağını hissetmişti. Onları arsız ve hafifmeşrep buluyordu.

Nitekim yıldızları hiç barışmadı. Ancak Seyit için durum değişikti. Maria, Eleni ve Orevia ile araları oldukça iyiydi. Kızlar âdeta onun ayak seslerini bekliyorlardı. Seyit apartmandan girer girmez, merdiven sahanlığına çıkıp yolunu kesiyorlardı. Mürvet, kocasının geldiğini daha kapının zili çalınmadan, aşağı katta kopan gürültüden anlıyor ve buna çok içerliyordu. Kızlar, bin bir cilve ve edayla Seyit'i kendisinden önce karşılıyordu. En sinirlendiği de kocasının bu işvelere cevap vermesiydi. Seyit'in rahatlığı kızları iyice şımartmıştı.

"Seyit Bey, biz gezmek isteriz canım." demeleri, arzularının yerine gelmesine yetiyordu. Seyit'in kapıda devamlı beklettiği taksi artık Mürvet kadar bu kızlara da servis vermeye başlamıştı. Aslında Seyit her defasında Mürvet'i de beraber götürmeye çalışıyordu. Ama genç kadın, gözünün önünde açıkça kocasına kur yapan bu zıpır kızların arasında yeri olmadığını düşünüyor ve onlara katılmıyordu. Ancak evde kalmakla da, onlar dönene kadar kendisini yiyip bitiren kıskançlık nöbetlerini yaşamaya mahkûm oluyordu. Zaman zaman, kocasının bu kadar rahat para harcayabilmesinin bütün bunlara sebep olduğunu düşünüyor, sonra da nankörlük etmiş olma korkusuyla tövbeler ediyordu.

Bu arada Seyit, hâlâ satın alabileceği bir ev bakmaktaydı. Beyoğlu'nda anacadde üzerinde bir binayı olduğu gibi almak, kızlarına ve karısına birer daire hediye etmek fikri birdenbire kendisine çok cazip gelmeye başlamıştı. Hacı Bekir'in karşısındaki apartmanın satılık olduğunu öğrendiği zaman, nihayet istediğini bulmuştu. Tek problem, birikmiş dokuz bin lirasının yeterli olmamasıydı. Binanın sahibi on bin lirada ısrar ediyordu. Mürvet, kocasının aynen evlilik tarihleri konusunda gösterdiği inadı gösterdiğini anlamıştı. Onu sakinleştirmeye çalışıyordu.

"Seyit, şart mı bu evi almamız? Biz de dokuz bin liralık bir yer alırız. Belki de daha ucuz. Ne bileyim? Hem şart mı bütün birikmiş paramızı birden eve yatırmak? Bir tek daire olsun yeter. Niye beş katlı apartman alalım diye uğraşıyorsun ki?"

"Ben onu beğendim. Eğer paramı ev için harcayacaksam, bu bina için harcarım. Yoksa başkasını almam."

"Seyit, komik olmuyor mu? Yani alamayacağımız bir yer için inatlaşmak?"

"Ben onu bilmem. Şayet burası olursa olur. Adamı ikna edebilirsem ne âlâ. Yoksa ev işini unut."

Mürvet, kocasının damarı tuttuğu zaman, inadını hiçbir şeyin sökmeyeceğini biliyordu. Bir başka çare düşünmeye çalıştı.

"Pekiyi, o zaman borç alsak birilerinden. Olmaz mı?"

"Mürvet, sen benim borçla iş yapmadığımı bilirsin. Ne zor zamanlarımız oldu. Hiç borç istedim mi? Paramın gücü yettiği kadar. Olmazsa olmaz. Ne yapalım. Hasta değiliz, aç değiliz, çıplak değiliz. Apartman almak için eşe dosta avuç açamam, unut gitsin."

Mürvet için, susup beklemekten başka çare kalmamıştı. Seyit, borç lâfına sinirlenmekle beraber, aklına başka bir fikir geldi. Belki de dairelerden birisine ortak olmak kaydıyla bin lira veren biri olabilirdi.

Ama olmadı. En güvendiği Yahya idi. O da şu an çalıştırmakta olduğu Turkuaz ve Senta lokantaları için yatırım yapıyordu. Seyit mal sahibini dokuz bin liraya satmaya ikna etmeye çalıştı. Adam Nuh diyor, peygamber demiyordu. Eksik miktarın sonradan ödenmesi de mevzubahis değildi. Bu defa inadı işe yaramamıştı Seyit'in. Çok kızdı. Başka ev aramadı. İstediğini alamamanın basit bir üzüntüsü değildi onu sinirlendiren. Esas kızdığı, amaç edindiği bir mücadeleyi kaybetmiş olmasıydı.

Akşam eve geldiğinde yemek masası hazırdı. Mürvet'i ve çocukları öperken, birkaç kadehten sonra keyfinin yerine gelebileceğini düşündü. Masaya ilerledi. Ama ortada içkisi yoktu. Mutfak balkonunda, şişeleri depoladığı rafa baktı. Orası da bomboştu. Aklı ermemişti bu işe. Karısına seslendi.

"Murka! İçki şişelerinin yerini sen mi değiştirdin?"

Mürvet, mutfak kapısında belirdiğinde nefesini tutuyordu. Yavaş sesle cevapladı.

"Değiştirmedim Seyit."

"Nerede o zaman? Hepsini içmedik ya."

Mürvet, ani bir kararlılıkla, sırrını açıkladı.

"Ben onları attım Seyit."

Seyit duyduklarına inanamamış gibi gözlerini açıp, başını öne doğru uzattı.

"Ne! Attın mı!? Şaka mı yapıyorsun?"

"Çok ciddiyim. Hepsini attım bugün. İçmeni istemiyorum Seyit. Artık içmeni istemiyorum."

Seyit, balkon kapısını olanca gücüyle çarpıp, bağırdı.

"Sana bunu söylemiştim Mürvet! 'Benim hayatımı böyle kontrol altına almaya kalkma!' demiştim. Hatırlar mısın? Beni itiyorsun. Uzaklaştırıyorsun."

Mürvet için konuşmaktan daha etkili olan silahı, ağlamaktı. Bunu biliyordu. Gözlerinde yaşlarla konuştu.

"Ama içince de benden uzaklaşıyorsun Seyit."

"Bu tavrından sonra, içince, içmeyince ne fark eder? Bana analık babalık yapmaya kalkma!"

Salonda kahkahalarla oynamakta olan kızlar, babalarının sesi, annelerinin ağlaması üzerine ürkerek sustular. Seyit bağırmaya devam ederek salona doğru yürüdü. Şükran, korkusundan, masanın altına saklandı ve ağlamaya başladı. Seyit'in bu akşam gözyaşına tahammül edecek hali yoktu. Karısı bir yanda, küçük kızı bir yanda sulu gözlülükleriyle içini daraltıyorlardı. Hâlâ mutfak girişinde duran Mürvet'e seslendi.

"Al şu kızını da, gidin içeride ağlayın!"

Mürvet, kocasının sesinden, isteğinde ciddi olduğunu anlamıştı. Koşarak geldi. Şükran'ı yumulup saklandığı yerden zorla çıkarıp kucağına aldı.

"Gel benim kızım. Gel canım. Korkma. Gel sen annene. Zavallı kızım benim."

"Zavallı kızın mı! Niye zavallı oluyor şimdi? Bu kızı kendisine acıma duygusuyla büyütüyorsun. Hayatı boyunca kendisine acıyıp yaşayacak. Haydi, haydi, gidin içeriye. Daha fazla sinirimi bozmayın benim."

Leman ise bütün konuşulanları, olanları karşıdan film seyreder gibi seyrediyordu. Gramofonun yanındaki kocaman koltuğa bacaklarını altına alıp oturmuş, bir yandan da elbisesinin cebinden çıkan yapma çiçeklerle oynuyordu. Babasının bağırması, kızması onu ürkütmemişti. Tam aksine, onu neyin bu kadar sinirlendirdiğini anlamaya çalışıyordu.

Seyit, hışımla koridora doğru yürüdü. Evde kalmak istemiyordu. Kızının yumuşacık sesiyle döndü.

"Baba!"

Leman, elbisesinin süsleri hâlâ elinde, koltukta dizleri üzerinde duruyordu. Seyit, onun lâmbanın ışığında, geniş koltuğun içinde kaybolmuş küçücük gövdesine bakarken içi ısındı. Gerisingeri döndü.

"Seni yaramaz. Orada oturmuş ne seyrediyorsun bakayım?"

Yanına yaklaştı. Koltuğun kenarlarına ellerini dayayıp, yüzünü onun yüzüne doğru eğdi. Leman, gözlerini kocaman açmış, babasının yüzündeki ifadeden bir şeyler çözmeye çalışıyordu. Seyit, onun küçücük kafasından geçen soruları okuyor gibiydi.

"Haydi, babanla yemeğe gelir misin?"

"Nereye?"

"Nereye olursa. Lokantalardan birinde yeriz beraber."

"Ama ben yedim."

"Sahi. Senin yemek saatin çoktan geçti. O zaman uykuya mı gideceksin?"

Küçük kız, başını şiddetle iki yana salladı. Kaşlarına inen kâkülleri ışıkta pırıltılarla dalgalandı.

"Hayır, uyumam ben."

"Neden?"

Leman, elini babasının çenesindeki çukura dokundururken cevap verdi.

"Sonra sen yalnız kalırsın."

Seyit, boğazındaki düğümü çözmek için öksürdü. Kızının yanına koltuğa oturdu. Onu sarılıp öptü. Şu an hayattaki tek dostu bu küçük kızdı. Onu bırakıp bir yere gidemezdi.

"Bak Lemanuçka, ne diyeceğim? Sen burada bekle. Bir şeyler alıp geleceğim. Sonra beraber otururuz sofrada. Oldu mu?"

"Oldu."

Babasının, yalnız gecesini paylaşacak olmaktan memnun, ellerini çırptı. Avucuna kondurduğu öpücüğü babasına gönderdi. Seyit, on dakika sonra meze paketleri ve rakı şişesiyle döndüğünde, küçük kız koltukta çoktan derin bir uykuya dalmıştı. Bütün arzusuna rağmen babasının gecelerine eşlik edecek yaşa gelmemişti. Seyit, sevgiyle onu kucaklayıp yatağına götürdü. Çocukların odasındaki diğer yatak boştu. Mürvet, Şükran'ı kendi yanına alıp yatmış olmalıydı. Seyit, kızının geceliğini giydirip, üstünü örttükten sonra bir müddet onu seyretti. Alnından öperek odadan çıktı. Kısa bir an, kendi yatak odalarının kapısını açıp bakmak üzere koridorun diğer ucuna doğru yürüdü. Sonra vazgeçti. Ceketini ve şapkasını aldı. Az sonra, merdivenlerden aşağıya iniyordu. Çok kişi için geç olabilirdi ama Pera'da hayat devam ediyordu.

Mürvet, ertesi sabah uyandığında kocasını evde görmeyi beklemiyordu ve yanılmadı da. Seyit dönmemişti. Kocasına karşı aldığı tavırdaki cesaretine şaşıyordu şimdi. Seyit'in huyundaki bir adama yapılacak şey değildi yaptığı. Aslında hiçbir erkeğe yapılmazdı ya. 'Yine az gürültüyle atlattım geceyi,' diye düşündü. Akşamdan kalan, dokunulmamış masayı toplarken, kocasını bir türlü idare etmeyi öğrenemeyeceğini kendi kendine itiraf etti.

O gün öğleye doğru kapı çalındığında, gelenin Seyit olmayacağını biliyordu. Kapıda annesini ve Necmiye'yi görünce gerektiği kadar sevinemedi. Üzüntülü, problemli iken onların yakınında olmalarını istemiyordu. Kocasıyla arasında olan anlaşmazlıkları, ailesinin bilmesi hoşuna gitmiyordu. Yüzüne büyük bir gayretle yerleştirdiği gülümseme maskesiyle onları karşıladı. Akşam olduğunda, Seyit'in yemeğe geliş gidiş saatlerinin belirsizliğini bilen Emine, damadının neden ortalarda olmadığını sormadı bile. Çocuklarla beraber oturup yemeklerini yediler. Mürvet, mümkün olduğunca konuyu ailenin diğer fertleri üzerindeki sorularıyla, kendi özel hayatından uzak tutmaya çalışıyordu.

Yatmaya hazırlanıyorlardı ki, kapı yıkılacak gibi vurulmaya başladı.

"Murka! Murka!"

Seyit'in sesi ortalığı yıkıyordu. Mürvet, gülümsemeye çalışarak annesini yatıştırdı.

"Siz girin odanıza, yatın, anne. Sabaha görüşürüz. Allah rahatlık versin."

Fırlayıp kapıya koştu. Seyit karşısındaydı. Oldukça içkili olmalıydı. Ama keyifliydi.

"Merhaba Murka. Bak sana misafir getirdim."

Hakikaten de merdivenlerden arka arkaya sekiz-on kişi çıkmaktaydı. Mürvet dehşete düştü. Hepsi sarhoştu. Ya da çok iyi sarhoş numarası yapıyorlardı. Rusça şarkılarla, naralar atarak, kimi bir diğerinin omuzunda, kimi tırabzanlara yapışmış, Seyit'i takip ediyorlardı. Mürvet'i selâmlayıp, tek tek içeri girdiler. Genç kadın şaşkınlık içindeydi. Ardına kadar açık kapının önünde, gözleri faltaşı gibi açılmış, gelenlere bakıyordu. İçlerinde, tanıdık bir-iki sima vardı ama çoğunu ilk kez görüyordu. Tam kapıyı kapamak üzereydi ki, basamaklardan kalpaklı, uzun boylu birinin başını önüne eğmiş, ağır ağır çıktığını gördü. Sabırla bekledi. Erkek bir eliyle tırabzanı tutuyor, diğer eliyle de parmaklarını şaklatarak, arkadaşlarının söylediği şarkıya eşlik ediyordu. Son basamağa gelince başını kaldırdı. Mürvet, astragan kalpağın altında geniş bir alın, Seyit'inkiler gibi mavi gözler, biçimli bir burun ve müstehzi bir ifadeyle kıvrılan dudakları hemen tanıdı. İskender Beyzade de karşısında Mürvet'i görünce çok şaşırmıştı. Şarkısı dudaklarında dondu, kaldı. Saygılı bir ifadeyle eğildi. Ama anında kapıya tutunmak zorunda kaldı. Bir eliyle de ev sahibesinin omuzuna hafifçe dayandı. Sonra genç kadının ürkek bakışlarını fark etti ve anında geri çekildi. "Affedersiniz yenge, çok affedersiniz."

Ceketinin iç cebinden bir tabanca çıkarıp uzattı.

"Al bunu yenge, al da vur hepimizi. Kurtul bu sarhoş sürüsünden."

Mürvet neredeyse fenalaşmak üzereydi. İki kolunu göğsünde çapraz yapıp, kapıya yaslandı. Kendisine doğru ısrarla uzatılan silahın namlusu sanki her an ölüm kusabilirmiş gibi geliyordu ona. İçerideki kalabalığın gürültüsü o kadar fazlaydı ki, silah patlasa bile kimsenin duyacağını sanmıyordu. Kulakları uğuldamaya başlamıştı. Yutkundu. Metin ve ikna edici bir tonda konuşmaya çalıştı.

"İskender Bey, lütfen, o silahı koyun cebinize. Daha emniyetli olacak."

Bir cesaretle, erkeğin eline uzanıp, geriye itti.

"Rica ediyorum, yok edin şunu ortadan. Beni üzüyorsunuz."

"Kurtulmak istemiyor musunuz bizden?"

Mürvet gülümsedi. Çılgın misafirini ikna etmiş olmaktan memnundu.

"Hayır, kimseyi vurmak istemiyorum. Kocamın misafirleri benim de misafirlerimdir. Haydi, geçin içeriye siz de."

İskender Beyzade, silahını yerleştirip, omuzlarını kaldırdı.

"Siz bilirsiniz. Başınıza iş alıyorsunuz."

Mürvet, doğru mutfağa koştu. Seyit ve misafirleri çoktan beraberlerinde getirdikleri içkileri açmışlardı bile. Şarkılar devam ediyordu. Genç kadın, yatak odalarına açılan koridorun kapısını kapamak üzereydi ki, annesinin giyinmiş, odasından çıktığını gördü.

"Niye kalktın anne? Yatsanıza."

Emine mutfağa doğru ilerleyip, askıdan aldığı önlüğü takarken, kararlıydı.

"Nasıl altından kalkacaksın bu kadar işin şimdi? Sen sofranı kur, mutfak işini bana bırak. Zaten bu gürültüde uyku tutmaz adamı. Hiç değilse işe yarayayım."

Mürvet, annesine gülümseyerek, içeriye seğirtti. Yemek masası açıldı. Erkekler etrafına yerleştiler. Mürvet, sofraya koşuştururken İskender devamlı kendisini gözlüyordu. Bir ara genç kadının yanına gelip fısıltıyla sordu.

"Yenge, emin misiniz, size zahmet vermediğimizden? İsterseniz vereyim tabancamı, çok geç olmadan."

Mürvet kendisi tutamayıp gülmeye başladı. Başını iki yana salladı.

"Hayır hayır, İskender Bey, eminim. Artık siz de oturun. Keyfinize bakın. Lütfen, benim için endişelenmeyin."

Annesinin büyük bir beceriyle hazırladığı mezeleri sofraya yerleştirirken kocasıyla göz göze geldiler. Seyit, sanki bir gece evvel münakaşa ettiği, kızgınlıkla evi terk eden erkek değildi. Karısının genç güzelliğini, zarafetini hayranlıkla izliyordu.

Mürvet, onun aşk dolu bakışlarına sadece gülümseyerek cevap verdi. Misafirler, evin sahibesine yarattıkları eziyetten oldukça mahcup, her fırsatta teşekkür ediyorlardı. Seyit bir ara yerinden kalkıp, tabakları değiştirmekte olan karısının yanına geldi. Onun saçlarını okşayarak yanağına bir öpücük kondurdu. Genç kadın, erkek misafirlerinin önünde kocasının muhabbetinden utanmıştı. Kıpkırmızı oldu. Seyit, onun elindeki tabakları masaya bırakıp seslendi.

"Haydi, herkes kendi işini kendi görsün."

Sonra itirazlarına aldırmadan karısını bir kez daha sıkı sıkı sarılıp öptü ve yerine oturdu.

Mekân değişikliği ve sofranın hazırlığı içinde geçen zaman, erkekleri sanki biraz ayıltmıştı. Âdeta geceye yeni başlıyorcasına şen ve enerjiktiler. Mürvet, anlamadığı lisanda konuşan adamların arasında, tablaları döküp, servislerini yenileyerek dolaşırken onların abartılı kahkahalarından yüzü kızarıyordu. Ellerini masaya, ayaklarını yere vurarak, katılıp kalmalarından, anlatılanların açık saçık hikâyeler olduğunu tahmin edebiliyordu.

Böyle gürültülü bir anda, Seyit, karısına seslendi.

"Murka, haydi Poluş'umu getir. Bizimle otursun biraz."

Mürvet, kocasının bu kadar mantıksız olabileceğine akıl erdirememişti. Sabaha karşı bir saatle, beş yaşındaki çocuğu nasıl yatağından kaldırırdı?

"Seyit, uykuda çocuk." dedi.

"İyi ya, uyandır o zaman. Biraz da o eğlensin. Haydi, haydi."

Mürvet, münakaşanın fayda etmeyeceğini biliyordu. Özellikle dün gece olanlardan sonra, kocasını bir ikinci dalaşta idare edebileceğini sanmıyordu. Hele hele yanında bunca arkadaşı varken.

Mürvet, Leman'ın yattığı odaya girip, küçük kızın başucundaki lâmbayı yaktı. Leman, beyaz fistolu geceliği içinde bir biblo gibiydi. Yüzükoyun yatmış, minik burnu, dudakları kuştüyü yastığının yumuşaklığına gömülmüştü. Derin derin soluyordu. Tombul, beyaz, minicik ellerinin biri yastığa sarılmış, diğeri de bez bebeğini sıkı sıkı sarmıştı. Mürvet, onun alnından hafifçe öperek bekledi. O kadar derin uyuyordu ki, hiçbir şey hissetmemişti Leman. Annesinin okşayışlarına cevap vermeyen küçük kız, koridordan gelen sese aniden fırladı. Seyit sabırsızlanıyordu.

"Poluş nerede kaldı Murka? Poluş! Poluş'um benim."

Mürvet, hemen uyanan çocuğu kucakladı. Leman önce gözlerini araladı, sonra annesine bakarak mırıldandı.

"Sabah mı oldu?"

Mürvet gülümsedi.

"Hayır, sabah olmadı. Baban geldi. Seni görmek istiyor."

Daha lâfını bitirmeden, küçük kız, kollarından kayıp, salona doğru koşmaya başladı. Tombul, küçük ayakları çıplaktı. Koridorun öbür ucundaki babasına doğru sekerek koştu.

"Baba! Baba!"

Seyit çömelerek kollarını açtı ve kızını kucakladı.

"Babasının kızı. Gel bakalım."

Salona girdiğinde, arkadaşlarının bakışlarına memnuniyetle gülümsedi. Kızı kucağında, yerine oturdu.

"Hani beraber yemek yiyecektik dün gece. Geldiğimde uyumuştunuz küçük hanım."

Leman, babasının gönlünü almak istercesine yanaklarını avuçladı.

"Şimdi yeriz beraber." dedi.

Masadaki gülüşmelerden memnun olmuştu.

Seyit, salonun öbür ucundan endişeyle kızını seyretmekte olan Mürvet'e seslendi.

"Gördün mü Murka? Bu kızda hiç uykusunu arar gibi bir hal var mı? Babasının kızıdır Poluş. Değil mi kızım?"

Küçük kız başını kaldırıp, iftihar eder bir sesle cevap verdi.

"Lemanuçka, babasının kızı."

Gülüşmeler arttı.

"Bize plâk çalmak ister misin?"

Bu teklifi canı gönülden kabullenen Leman, babasının kucağından kayıp, gramofonun durduğu sehpaya doğru koştu. Durup bir an için babasına baktı.

"Haydi, seç bakalım bir plâk da biraz dans et."

Seyit, dirseği masada, başını avucuna dayamış, kızını hayranlıkla izliyordu. Leman, henüz okuma yazma bilmemesine rağmen, bütün plâkları isimleriyle biliyordu. İskemleyi çekip üzerine çıkmaya çalıştı. Parmakları ucunda yükselip, kendisini çekmeye çalışıyordu. Arkadaşlarından biri yardım etmek için davranınca, Seyit onu durdurdu.

"Bırak, kendisi halleder."

Leman, sonunda başardı. İskemlenin üzerinde ayağa kalkıp, zarfından çıkardığı bir plâğı gramofona yerleştirdi. Küçücük boyu, minicik elleriyle taş plâğın ve gramofonun yanında iyice küçülüyordu. Dizleri üzerinde, iskemleden inip hazırola geçti. Geceliğinin eteklerini iki eliyle yanlara açıp, ayak parmaklarının ucunda halının ortasına doğru ilerledi. Yaptığı işi öyle ciddiye alıyordu ki, masadaki tek tük konuşmalar, fısıltılar yerini derin bir sessizliğe bıraktı. Strauss'un Mavi Tuna valsinin derinden derine yükselen nağmeleri salonu doldurduğu an, Leman reveransı takiben, parmaklarının ucunda dönmeye başladı. Büyük göbek halısının üzerinde uçar gibi yer değiştiriyor, eğiliyor, dönüyordu. Babasının yanından her geçişte, gözlerini süzüp ona gülümsüyordu. Seyit'in gözleri mutlulukla ve iftiharla parlıyordu. Kızına hayran olduğunu herkes bir bakışta anlayabilirdi. Mürvet ise, oturduğu koltuktan kızının kendinden emin, mağrur, aynı zamanda şirin tavrını hayretle izliyordu. Sanki tatlı uykusundan uyandırılan aynı çocuk değildi.

Leman, uzun beyaz geceliğinin içinde, âdeta minik bir kuğu yavrusu gibiydi. Annesiyle beraber seyrettikleri filmlerden aklında kalan ne kadar dans, bale sahnesi varsa, hepsinden kaptıklarını birleştirip, inanılmaz maharette bir gösteri sunuyordu. Müziğin bitmek üzere coşan ritmine kendi etrafında pervane gibi dönerek eşlik etti. Gözlerini kapamış, sanki kendinden geçmişti. Finalde, aynı bir balerinin zarafetiyle seyircilerini selâmladı. Masanın etrafını saran beylerden büyük bir alkış koptu. Seyit, yerinden kalkıp, kızını kucakladı. Onun al al olmuş yanaklarını, terleyen alnını sevgiyle öptü.

"Aferin benim Poluş'uma. Aferin Lemanuçka."

Sonra misafirlerine döndü.

"Evet, beyler, Bolşoy'un en genç balerinası karşınızda."

Gülüşleri, yavaş yavaş hararetlenen sohbet takip ederken, Leman'ın daha eğlenceyi bitirmeye niyeti olmadığı belliydi. İlginin odak noktası olmaktan büyük keyif almıştı. Annesinin de kendisini yatağa götürmek üzere, her an ağırlığını koyacağını hissediyordu. Tekrar iskemlesine çıkıp, bir plâk daha seçti. Sonra iki bacağını altına alıp iskemlede oturdu. Geceliğinin eteklerini muntazam bir şekilde aşağıya doğru sarkıttı. Ellerini kucağında birleştirip beklemeye başladı. Kırım halk şarkısının ilk notaları duyulur duyulmaz sofradaki konuşmalar yine kesildi. Gözler ona çevrildi. Leman babasına sıcacık bir bakış attı.

"Bu senin için." der gibiydi. Bilirdi babasının bu şarkıyı ne kadar sevdiğini. Plâktaki sesle beraber söylemeye başladı.

"Aluşta'dan taş gelir,
Humar gözden yaş gelir,
Seni bana verseler balam,
Yaradana hoş gelir.
Ayy laçin, can laçin,
Can sana kurban laçin..."

Söylerken, başını iki yana eğiyor, gözlerini kapayıp açıyor, dinleyicilerinin dikkatlerini de takip ediyordu bir yandan. Herkes beraberce mırıldanmaya başlamıştı şarkıyı. Küçük kız, ikinci nakaratta artık iyiden iyiye kendinden geçmişti. Şarkının sözleri bittiğinde babasıyla göz göze geldi. Seyit'in yaşlı gözleri ona hayranlıkla bakıyordu. Yerinden kalkıp geldi. Kızını kucağına aldı. Öptü, öptü. Kucağından indirmeden getirip Mürvet'e verdi. Her ikisini de tekrar öptü.

"Haydi, artık gidip yatın Murka."

Leman'ın uykusu çoktan kaçmıştı. Öylesine heyecanlanmıştı ki, uyumak değil, daha alkış istiyordu. Babasını kandırmanın daha kolay olacağını düşünerek ona bir teklifte bulundu.

"Bir de Umala Bazarni'yi söylesem?"

Sorusu, yalvarır gibiydi âdeta. Seyit, onun çıplak ayaklarını okşadı.

"Haydi artık yat. Onu da başka bir gece söylersin. Oldu mu?"

Mürvet, onu yatağa yatırmadan, fanilasını ve geceliğini değiştirdi.

"Şimdi artık uyu bakalım. Yoksa hasta olacaksın."

"Niye anne? İnsan şarkı söyleyince hasta mı olur?"

"Hayır ama uykusuzluktan olur."

"O zaman, içerdeki amcaların hepsi de hasta mı olacak?"

Mürvet güldü.

"Evet, biraz daha içerlerse, hepsi hasta olacak."

Kızını öpüp çıktı. Annesi ile Necmiye'nin odasına başını uzatıp baktı. Derin derin uyuyorlardı. İçi rahat etti. Annesinin daha fazla rahatsız olmasını istemiyordu. Birden ne kadar yorulduğunu hissetti. Masadakilerin artık ona ihtiyacı olmayacağını düşündü. Sessizce yatmak üzere odasına gitti. İçerdeki sesler mi azalmıştı yoksa yorgunluktan mı duymaz olmuştu, bilemiyordu ama dalması çok uzun sürmedi.

Sabah gözünü açtığında, Seyit yanında değildi. Geldikleri gibi hep beraber gitmişlerdi belki de. Yine de meraklandı. Sabahlığını giyip odadan çıktı. Bir evvelki gecenin meze, sigara ve alkol kokusu koridorlara, mutfağa sinmişti. Burnunu kıvırarak ilerledi. Salona girdiğinde gözlerine inanamadı. Kanepelerin üzerinde, ayaklı uçlu sızmış yatıyordu Seyit'in misafirleri. Ama kendisi ortalarda yoktu. Meyve kabukları, sigaralar, dökülmüş bardaklar, halıda, sehpaların üzerinde dağılıp kalmıştı. Gramofonda, kimbilir ne zaman bitmiş bir plâk takılmış, cızırdayıp duruyordu. Önce ortalığı toparlamak üzere bir hareket yaptı. Sonra yabancılardan birinin uyanıp kendisini sabahlıkla görecek olması korkusuyla odasına geri döndü. İçini bir korku sarmıştı. Kocası yokken, bu kadar erkeği nasıl ayıltıp evinden uzaklaştıracaktı? Kâbus gibiydi yaşadığı. Ne yapması gerektiğini düşünürken kapı çalındı. Gelen Seyit'ti. Gayet dinç görünüyordu. Tıraş olmuş, elbisesini değiştirmişti. Karısını öptü.

"Günaydın Murka."

"Günaydın. Hiç yatmadın mı sen Seyit?"

"Hayır. Zaten sabah olmuştu. Banyomu yapıp kafamı toplamak için bir yürüyüşe çıktım. İyi de geldi."

Mürvet, tam içeride yatan, akşamdan kalma arkadaşlarını söyleyecekken Seyit salona girdi. Hâlâ horul horul uyumakta olan misafirlerini görünce deliye döndü. En yakınındaki kanepede uzanmış olanı kravatına yapışıp silkeledi. Adamcağız neye uğradığını anlayamayarak gözlerini açtı. Hayretle Seyit'in yüzüne baktı. Bir gece evvelki hoşgörülü, hoş sohbetli, keyifli misafirperver Seyit'e ne olmuştu? Karşısında hırçın, aksi bakışlarla kravatını sıkan adam aynı adam mıydı? Seyit onu bırakıp bir diğerini ceketinden çekeledi ve bağırmaya başladı.

"Haydi artık, kalkın! Yeter bu kadar misafirlik. Hey sen de! Haydi, haydi toparlanın artık. Peri padişahının düğünü mü zannettiniz, kaç gün, kaç gece kalacaksınız daha?"

Arada Rusça bir şeyler de bağırıyordu.

Rusların ne dediğini Mürvet anlayamıyordu ama Kırımlılardan birinin dediğini duydu, koridorda beklediği yerde.

"Tamam Kurt Seyit, tamam. Gidiyoruz. Kusura bakma ama o kadar içirmeseydin sen de. Merdivenden inecek halimiz mi kalmıştı?"

"Şimdi halin vardır artık. Ailem ortaya çıkmadan topunuz da yok olun buradan."

Arkadaşları sağda, solda kalan eşyalarını alıp, teşekkür edip çıktılar arka arkaya. Seyit, salonun orta yerinde durup, ortalığın perişan haline baktı. Kendi kendine kızıyordu şu an. Mürvet, bütün bu olanlar sırasında içeride kalmayı tercih etmişti. En sonunda, kapının kapandığını duyunca mutfağa girdi. Acı bir kahve yapıp beraberinde salona getirdi.

"Seyit, kahve yaptım. İyi gelir."

Erkek, kahvesini alırken karısının yorgun yüzüne baktı. Dün gece buraya bunca insanla nasıl geldiklerini, niye geldiklerini hayâl meyal hatırlamaya çalıştı. Acaba Mürvet'e kötü bir şey demiş miydi, onu üzecek bir şey yapmışlar mıydı? Hiç hatırlamıyordu. Bir ipucu için onun gözlerinin içine baktı.

"Sağ ol Murka. Bu kahve iyi gelecek. O kadar yürüdüm temiz havada ama kafam hâlâ sersem gibi."

"Yat biraz uyu bari. Kendine gelirsin."

"Yok, işlere bakmam lâzım. Akşam erken dönerim. Erken yer, yatarız."

Kahvesini ayaküstü bitirmişti. Karısının yanağını okşayıp, evden ayrıldı.

Mürvet, ortalığa şöyle bir göz gezdirdikten sonra çaydanlığı ateşe koydu ve temizliğe başladı. Az sonra Emine de uyanıp kızına katıldı. Ana kız, biten geceyle ilgili tek kelime konuşmadılar.

Seyit, bütün gününü, işinden ziyade akşam olanları hatırlamaya çalışarak geçirdi. Kendinden memnun olmamanın verdiği rahatsızlıkla, Sakız Ağacı, Saksı Sokak, Nane Sokak arasında, lokantalarını dolaştı. Hesaplarını kontrol etti. İçinde, yine hayatında değişiklik yapacağı her zaman hissettiği o garip, huzursuz his vardı. Yüreğinden bir ses, beyninin ileteceği bir çılgınlığı baştan sezmiş gibi sıkıntı fısıldıyordu. Ama neydi, şimdilik bilemiyordu. Tek hissettiği, şu haliyle, hayatından sıkıldığıydı.

Seyit'in Kaderle İnadı Devam Ediyor

Mürvet, silahlı, şarkılı, şakalı, gürültülü geceyle ilgili kocasına en ufak bir serzenişte bulunmamıştı. Ama annesi ve kız kardeşi evden ayrıldıktan sonraki günlerde, içini dökmek için âdeta fırsat kollar oldu. Alt kattaki Rum kızların sırnaşıklığına gösterdiği tavrını, içkisini, geç gelişini, içkili işi oluşunu bahane ederek Seyit'le neredeyse her gün münakaşa ediyordu. Her kavgaları daha yüksek sesli, daha kırıcı oluyordu. Öpüşlerle, sevişmeyle biten tartışmaların yerini, Mürvet'in öfkeli ağlamaları, haykırışları ve Seyit'in bıkkın, inatçı tavrıyla evden ayrılışı almıştı. Evden kendisini her uzaklaştıran tartışma, Seyit'i hayatından biraz daha bezdiriyordu. Kendisine ve karısına bir türlü tam mutluluk getiremeyen paranın kaynağı olan işinden, hayât tarzından, oturduğu evden, komşularından, her şeyden sıkılıyordu artık. Üzerinde yoğunlaştıkça, sahiplendiği hiçbir şeyin o kadar da mühim olmadığını düşünmeye başladı ve uzun müddettir belli belirsiz hissettiği değişiklik anının geldiğini hissetti. Evet, hayatında öyle bir değişiklik yapacaktı ki, karısının kendisini suçlayabileceği, kıskançlık yapacağı, gözyaşlarıyla hayatını karartacağı hiçbir şey kalmayacaktı. Sonra ne yapacaktı, ne olurdu, bilemiyordu. Ama tek bildiği, şu anki yaşantısını terk edeceğiydi. Lokantaların işi çok iyiydi. Devretmekte hiç zorlanacağını zannetmiyordu.

Kışın en soğuk günlerinden biriydi. Günlerdir yağan kar, şehri bembeyaz örtmüştü. Seyit, bütün günü Beyoğlu'nu bir uçtan uca arşınlayarak geçirmişti. Birkaç imza, el sıkışmayla geçen saatlerden sonra, tahmin ettiği gibi, iş fazla uzamadan bağlanmıştı. Artık yaptığının doğru olup olmadığını düşünmüyordu bile. İş, karar verene kadardı. Bunca zamandır didinip, uğraşıp kurduğu düzeni bir imzada başkalarına devretmek, içinde buruk bir boşluk yaratmıştı. Ama kendisini bu karara iten sebeplere karşı aldığı inatçı tavrından dolayı da içten içe memnunluk duyuyordu.

Hacı Ahmet Sokağı'na kadar, kar altında yürüdü. Rüzgârla yüzüne vuran kar tanelerinden hiç şikâyetçi değildi. Yüzündeki soğuk temas, içine tatlı bir serinlik veriyor, onu rahatlatıyordu. Hava çoktan kararmıştı. Gökyüzündeki kurşuni bulutlar neredeyse yere inmek üzere gibiydi. Apartmandan girdiği zaman ağır ağır merdivenlerden çıkmaya başladı. Bu evde yaşadığı güzel zamanlar da kısa bir müddet sonra anı olacaktı. İkinci kata henüz varmıştı ki, dairenin kapısı zili çalınmış gibi açılıverdi. Rum kız kardeşlerden Orevia eşikte beliriverdi. Yünlü elbisesinin göğsündeki düğmelerin derin açıklığı davetkâr bir görüntü sergiliyordu. Bir elini kapıya dayayıp, diğerini beline yerleştirdi. İri, siyah gözleri, kalın dudakları aynı anda çapkın bir edayla gülümsediler.

"Hoş gelmişsin Seyit Bey. Gezmek istersen biz hazırız canım."

Seyit, kaç kez arabaya alıp dolaştırdığı kızın, hayatı için ne kadar anlamsız, kendisinden ne kadar uzak olduğunu düşündü. Merdivenlerden çıkmaya devam ederken cevap verdi.

"Artık başkasını bulun gezecek, çılgın kız."

Üst katta zile basmadı. Kapıyı kendi anahtarıyla açtı. İçeri girer girmez, salon girişinde gördüğü Mürvet'in az evvel kapıdan konuşmaları dinlemeye çalıştığından emindi. Başını iki yana sallayarak gülümsedi.

"Hoş geldin Seyit. Erken geldin bu akşam."

"Umarım o da kabahat değildir."

"Öyle demek istemedim. Sadece şaşırdım."

Seyit ceketini, şapkasını asarken haberini verdi.

"O zaman şimdi biraz daha şaşıracaksın."

Sonra hiç soru beklemeden devam etti.

"Toparlanmaya başla. Gidiyoruz bu evden."

Mürvet, banyoya doğru ilerleyen kocasını hayret dolu bakışlarla takip etti.

"Şaka mı yapıyorsun Seyit? Daha yeni taşınmadık mı buraya?"

"Eeeh, ne olmuş yeni taşındıysak?"

"O kadar para ödedik. Bu kadar eşya aldık sırf burayı doldurmak için."

"Doldurduğumuz gibi boşaltırız."

"Seyit, Allah aşkına, neler oluyor? Bu kış kıyamette ev mi değiştirilir?

Seyit'in sesi alaylıydı.

"Ne fark eder? Hem hiç yaz gelmese, ev değiştirmeyecek mi insanlar? Ben sıkıldım bu evden."

"Niye? Ne kadar beğenerek tutmuştun."

Seyit, sorulardan bunalmıştı. Karısına dönerek konuştu.

"Mürvet, bak, dinle beni. Beni buna iten sensin. Onun için şimdi bu tavrını anlayamıyorum. Aşağıdaki kızlar için yaratmadığın huzursuzluk kalmadı. İşimi beğenmedin. Dostlarımı beğenmedin. İçkili işten para kazanmamdan memnun olmadın. Şimdi seni mesut edecek bir karar verdim. Artık mırıldanacak hiçbir sebebin kalmayacak."

Mürvet, sürpriz bir haber duyacak olduğunu hissetmişti. Yatağın kenarına oturdu. O anda, kızlar, yatak odasının kapısında belirdiler. Leman koşarak babasının bacaklarına sarılırken, Şükran, ürkek adımlarla annesinin dizleri arasına yerleşti. Mürvet, çocukların yanında yine bir tartışma olacağı korkusuyla kocasını uyardı.

"Seyit, daha sonra konuşuruz."

Erkek büyük kızını eğilip alnından öptükten sonra konuşmaya devam etti.

"Onlar da duysunlar, fena mı? Buradan taşınıyoruz çocuklar. Başka bir eve gidiyoruz. Aynalıçeşme'ye. Hem artık babanız sizden hiç ayrılmayacak. Bütün gün, bütün gece sizlerle olacak."

Mürvet bu duyduklarına sevinsin mi, üzülsün mü bilemedi. Kocasının ses tonu, söylediklerinin doğru olduğunu gösteriyordu ama aynı zamanda hafif bir alay seziliyordu. Onun soru dolu bakışlarını Seyit hemen cevapladı.

"İşi devrettim. Artık kocanın lokantaları yok. Votka imalâthanesi de yok. O beğenmediğin iş yok. İçki de yok. Üç sene evde oturacağım artık. İstediğin gibi, dizinin dibinde oturacağım. Memnun oldun mu?"

Mürvet ne diyeceğini bilemiyordu. Hazır paranın dayanmayacağını, şu an yaşadıkları hayatı çok kolay kaybedeceklerini çok iyi biliyordu. Müthiş bir güvensizliğe düştü.

"Keşke kendi evimiz olsaydı şimdi taşınacak."

"Ben istediğim evi alamadım. Başka ev de istemiyorum."

"Ama burada da daha parasını ödediğimiz kadar bile oturmadık. O kadar paraya yazık değil mi?"

"O para yanar. Dul bir kadından, borç verdiğim parayı, evden çıkıyorum diye isteyemem ben."

Mürvet, bir an evvel hazırlanmaya başlaması gerektiğini anlamıştı artık. Daha fazla ısrar etmedi.

"Yarından tezi yok, toplamaya başlarım eşyaları."

"Başlarız. Ben de evdeyim artık, unutma."

Ev sahibesi Giritli Fatma Hanım, Antalya'da seyahatteydi o günlerde. Ona haber verme imkânları yoktu. Kapısına yeni adreslerini belirten bir mektup bıraktılar. Eşyalar sarıldı, paketlendi, kışı geçirmek üzere alınan kömür çuvallara doldu. İki gün boyunca kamyon kamyon taşındılar.

Aynalıçeşme'ye taşındıkları gün, sadece yeni bir eve değil, yepyeni bir hayata başlıyorlardı. Seyit, mutsuzluğunun sebebi bir yaşantıya sırt çevirmenin verdiği inatçı bir gururla suskunluk içindeydi. Mürvet ise, hazırdan yiyecekleri bir miktar para ve güzel eşyalardan başka kendilerine güven verecek hiçbir şeyin olmamasından duyduğu endişeyle huzursuzdu ama Seyit haklıydı. Açıkça söylememiş bile olsa, Seyit'i buna itmişti. Gelecek şimdilik belirsizdi.

KURTSEYT MURKA

Zor Günlere Dönüş

Ağa Camii'ndeki eve yerleşmelerinin üzerinden sadece iki gün geçmişti ki kapı çalındı. Mürvet kapıyı açtığında karşısında, yeni ev sahibesi Rum kadını ile yanında tanımadığı üç adam buldu. Adamlardan biri elindeki evraka göz gezdirip konuştu.

"Seyit Bey'i istiyoruz."

Mürvet gelenlerin dost olmadığını sezmişti ama ne iş için kapısında olduklarını kestiremiyordu.

"Ne vardı?"

"Kendisi yok mu burada?"

"Hayır, dışarıda şimdi. Bir hadise mi var?"

İçeri doğru ayağını uzatan adamı, kapının önüne çıkarak engelleyen Mürvet ürkmeye başlamıştı. Adamlar arka arkaya sorular yöneltiyorlardı.

"Fatma Hanımın evinden niye çıktınız?"

"Neden kontrat bitmeden ayrıldınız?"

"Neden haber vermeden çıktınız?"

Soruların akasında bir çapanoğlu olduğu belliydi artık. Hiç cevap vermedi.

"Biraz beklerseniz kocam dönecek. Ona sorarsınız bütün sorularınızı."

Adamlardan tıknaz, kısa boylu olanı ileri bir adım attı. Sesi de yüz ifadesi kadar küstahtı.

"Daha dokuz ayınız varmış, kontratın bitimine. Borcunuzu ödemeden çıkmışsınız."

Duyduklarıyla Mürvet'i ter bastı. Şiddetle itiraz etti.

"Asıl Fatma Hanım'ın bize borcu vardı. Ona on aylık kira karşılığı parayı peşinen vermiştik."

Bütün haklılığına rağmen sesi heyecandan ve kızgınlıktan titriyordu.

"Üç ay oturduk sadece ama on aylık para ödemiş olduk. Daha ne istiyor ki Fatma Hanım?"

Adamlardan biri, diğerlerini iterek kapının önüne yanaştı.

"Ben Fatma Hanım'ın avukatıyım. Sizden alacak talebi var. Öyle söylediğiniz gibi bir borçlanma da mevzubahis değil. Kontrat belli, ödediğiniz para belli. Şimdi müsaade edin, içeri girip, evi göreceğiz."

Aslında müsaade falan beklediği yoktu avukatın. Şaşkınlık içindeki Mürvet'i kenara itip içeri girdi, diğerleri de ardından. Mürvet ağlamaklıydı.

"Ne yapıyorsunuz, çıldırdınız mı siz? Nasıl izinsiz girersiniz evimize? Hem niye dinlemiyorsunuz beni? Fatma Hanım bize borçlu aslında, diyorum."

Avukatın talimatıyla yanındakilerden biri bir defter çıkarıp, evin içindeki eşyaları not etmeye başladı. Adam, Mürvet'in yüzüne bakmaya dahi gerek görmeden söylendi.

"İspatın var mı hanım? Sen öyle söylüyorsun. Ama imzalı kontrat var ortada."

Mürvet ağlamaya başladı.

"Dul kadındır, diye acıdı kocam Fatma Hanım'a. Bunu mu yapacaktı bize. Hiç insaf yok mu sizde?"

Dava kâğıdını eline uzatan avukat pek etkilenmişe benzemiyordu.

"Bu memlekette hak var, hukuk var, hanım. Buyurursunuz mahkemeye, haklıysanız kazanırsınız. Haydi eyvallah."

Ev sahibesinin de evdeki eşyalar için yeddiemin olarak imzasını alıp, gittiler.

Seyit geldiğinde Mürvet'i perişan, ağlar buldu. Karısının uzattığı mahkeme kâğıdını okuduğu zaman gözlerine inanamadı. Ancak sadece acı bir gülümsemeyle yetindi.

"Yanlış insana acımışız demek."

Mürvet büyük bir telaş içindeydi.

"Şimdi ne olacak? Ne yapacağız?"

Seyit dudak kıvırdı.

"Bilmiyorum. Hiç böyle bir şey başıma gelmedi daha evvel. Avukat bir dostum var. Ona danışmakta fayda var."

Karı koca, çocukları bırakıp çıktılar derhal. Tepebaşı'ndaki apartmanlardan birisinin giriş katındaki bürosunda onları karşılayan arkadaşı, Seyit'in imzalamış olduğu kontratı gözden geçirdi. Seyit sakin, Mürvet ise heyecanlı bir bekleyiş içindeydi. Kendisi için bazı notlar alan avukat olayı çok çaresiz görmediğini söyledi.

"Öncelikle hemen bir istihkak davası açmalıyız. Bu davayı Mürvet Hanım adına açarız. Ayrıca sen de verdiğin borçtan halihazırda geri kalan miktar için bir dava açabilirsin, Seyit. Bir de kontratta evi başkasına devir hakkınız olduğuna dair şerh var. Bunu kullanabiliriz."

Mürvet'in saatlerdir ilk kez içi biraz rahatlamıştı. O kadar da kötü durumda değillerdi demek. Avukat devam etti.

"Eve kendiniz bir kiracı bulup gönderin. Kontrat hitamından evvel daire başkası tarafından kullanılmaya başlanırsa dava kendiliğinden düşer."

Açılacak davalar için evraklar dolduruldu. Avukata vekâletname verildi. Ve karı koca, ümitle yazıhaneden ayrıldılar.

Ancak birkaç gün içinde buldukları iki kiracı adayı da kapıdan dönmek zorunda kaldı. Fatma Hanım onlara kapıyı açmadı dahi. Ardından da çekip Antalya'ya, kızının yanına gitti. Böylece evin boş kalmasını sağladı. Mürvet sinirden delirecekti. Seyit ise, kurnaz üçkâğıtçılara o kadar çok rastlamıştı ki şimdiye kadar, pek fazla sinirlenemiyordu. Zaten elinden bir kez çıkmış olan paranın hesabını yapma âdeti yoktu. Ama üstüne para ödeme fikri onu rahatsız ediyordu. Kaldı ki, artık hazır paradan yiyorlardı.

Mahkemeden çağrı geldiğinde, Seyit'in açtığı alacak davasının ilk görülecek dava olduğunu anladılar. Fatma Hanım dava günü gelmedi bile. Avukatı onun adına bütün cazgırlığı yapıyordu. Müvekkilesinin iki yüz elli lira borç aldığını kabul etmekle beraber, kontrat bitimine isabet edecek son iki ay için para istiyordu. Bu miktar ödenmediği takdirde haciz günü görüşeceklerini söyledi Seyit'e.

Ve Mürvet'in istihkak davasının günü geldi çattı. Gökten boşanırcasına yağmur yağan, karanlık bir gündü. Mürvet, hayatında ilk kez mahkemeye çıkacaktı. Günün karamsarlığı içindeki sıkıntıyı iyiden iyiye artıyordu. Yüreği daralarak hazırlandı. Seyit, gelecek davaları için şahit aramak üzere ayrı çıkmıştı evden. Mürvet taksiye binip avukatla buluşmak üzere evden ayrıldığında, üzerinde, karamsarlığına uygun siyah bir rob ile siyah kürk yakalı mantosu vardı. Siyah bir şapka ve siyah ipek şemsiyesiyle kederde bir dul gibiydi. Şoför, avukatı almak üzere indiğinde, arabada beklediği birkaç dakika içinde son kez aynada kendini görmek istedi Mürvet. Kendisini öyle kötü hissediyordu ki, yüzüne yaptığı bütün bakıma rağmen, ifadesinin hissiyatını belli ettiğinden emindi. Şemsiyesinin sapındaki kapağa dokundu. Açılan minik gümüş mahfazalı aynada gözlerine baktı. Yine gümüş bir zincirle ona bağlı pudriyerden yüzüne birkaç dokunuşluk renk aldı. Seyit'in son evlenme yıldönümlerinde aldığı bu şemsiyeyi birçok takısından daha çok severdi. Pudraya rağmen, ürkekliği, heyecanı gizlenecek gibi değildi. İyice morali bozuldu. Az sonra avukat, telaşlı adımlarla yağmur altında koşarak arabada onun yanında yerini aldı.

"Günaydın Mürvet Hanım. Nasılsınız?"

"Pekiyi değilim galiba."

"Hiç metanetinizi kaybetmeyin. Hâkimin soruları olacaktır. Sakin sakin cevap verin. Bu heyecanınızı karşı taraf fark ederse, üzerinize varırlar. Unutmayın, ben de yanınızdayım. Rahat olun."

Avukatın söyledikleri Mürvet'in rahatlatacağına, onun iyiden iyiye paniklemesine sebep olmuştu.

"Bana soru mu soracaklar?"

"Hâkim sorabilir. Belki de sormaz. Ama siz hazırlıklı olun. Unutmayın, daha evvel konuştuğumuz gibi, eşyaların size ait olduğuna inandırmamız lâzım hâkimi."

Mürvet o andan sonra gergin, sinirli bir suskunluğa gömüldü. Mahkeme koridorunda da, oturdukları müddet zarfında, sinirli hareketlerle şemsiyesinin sapını döndürüp durdu. Hele Fatma Hanım'ın avukatı koridorun diğer ucundan göründüğü an, bütün vücudunu hiddetten ateş bastığını hissetti. Avukatı da Fatma Hanım gibi Giritli'ydi. Bayraktarzade İsmail Hakkı Bey kendinden son derece emin adımlarla gelip, mahkeme salonunun kapısında beklemeye başladı. Medeni bir selâm alışverişinden başka bir görüşme geçmedi aralarında.

Mübaşir isimlerini okuduğu zaman artık yüreği duracak raddeye gelmişti Mürvet'in. Avukatının söylediği gibi hâkimin birçok sorusuna cevap vermek zorunda kaldı. Önündeki ahşaba tutunarak ellerinin titremesini önlemeye çalıştı. Ama sesinin titremesini engelleyemiyordu. Fatma Hanım'ın götürdükleri kiracılara kapıyı açmadığını, bilhassa İstanbul'dan ayrıldığını anlatmaya çalıştı. Haciz için kaydedilen eşyaların hepsinin kendi çeyizi olduğunu ve kontratta kendi imzası olmadığını söyledi.

Hâkim, diğer tarafın avukatına bir bakış attıktan sonra tekrar Mürvet'e döndü.

"Kızım, neleri çeyiz getirdiğine dair gazeteye ilân vermiş miydin?" Bu soruyu anlamamıştı Mürvet.

"Böyle bir kanun olduğunu bilmiyordum. Ben evlendiğimde medeni nikâh bile yoktu."

Bu cevabıyla hâkimden sempati bekliyordu. Etrafa bakındığı an, karşı tarafın avukatının ve şahitlerinin müstehzi ifadelerini fark etti ve kıpkırmızı kesildi. Kendisiyle alay ediliyordu gizliden gizliye. Yutkundu. Her an ağlayabilirdi. Kendisini büyük bir gayretle kontrol altında tutmaya çalıştı. Ne demesi, kendisini nasıl savunması gerektiğini bilemiyordu. Hiddetle konuştu.

"Fatma Hanım kızını evlendirirken gazeteye ilân vermiş mi acaba?".

Gülüşmeler oldu. Hâkim, dinleyicileri sessizliğe davet ettikten sonra Mürvet'e döndü.

"Bunun konuyla bir ilgisi yok kızım. Sen kendi çeyizini nasıl ispat edeceksin onu söyle bana."

Mürvet isyan halindeydi. Hâkimin titri, kuvveti onu ürkütmekle beraber aklından geçenler dudaklarından dökülüverdi.

"Hem ben de bu beylerden davacıyım Hâkim Bey."

Sonra Giritli Fatma Hanım'ın avukatına döndü.

"Akşam vakti, yapayalnız bir kadının evine izinsiz girdiniz. Bu hak mı?"

Tekrar hâkime bakarak konuştu. Koca, yaşlı hâkimin, bu kurt gibi adamların arasından kendisine acıyıp, anlayış göstermesini bekliyordu.

"Ben, bu davanın başka bir mahkemede görülmesini arzu ediyorum Hâkim Bey."

Hâkim, davayı bitirmeyip, şahitlerin dinlenmesi için bir başka celseye erteledi. Mürvet, ağlamamak, bayılmamak için kendisini sıkmaktan perişan, avukatıyla vedalaşarak, koşar adımlarla kapıda bekleyen taksiye ilerlediğinde, ipek şemsiyesi elinde değildi. Sel gibi boşalan yağmur bile ona, bu eksikliği hatırlatmadı. Beyni zonkluyordu. Güzelim ipek şemsiye kimin eline geçtiyse belki de hayat boyu, sapında gizli gümüş pudriyer ve aynayı kimse keşfedemeyecekti.

Mürvet döndüğünde, Seyit'i evde merakla kendisini bekler buldu. Gözyaşı ve hırsla karışık, olanları kocasına anlattı. Seyit başını iki yana sallayıp biraz düşündü.

"Bu adamlar bizi rahat bırakmayacaklar Murka. Ya o lanet olası elli lirayı ödeyeceğiz. Ya da bütün eşyaları toparlayıp götürecekler."

Bir sigara yakıp, dumanını ciğerlerine çektikten sonra devam etti.

"Bir ihtimal daha var tabii."

Mürvet ümitle kocasına baktı.

"Fatma Hanım'ın bu kadar kötü niyetinden sonra ona bir elli lira daha kaptırmak doğrusu bana acı ğelir. Onun için ödemekten yana değilim."

"Peki, ne yapacağız Seyit?"

Seyit çok olağan bir şey söyler gibi omuzlarını silkip, dudak büktü.

"Yarından tezi yok buradan ayrılacağız. İzimizi kaybettireceğiz."

"Yani kaçacak mıyız?"

Seyit güldü.

"Hayır kaçmayacağız. Kurtulacağız."

"Avukatımız bir şeyler yapamaz mı Seyit?"

"Yapamazsa, yapamadığını anladığımız an çok geç olur Murka. Bu, ondan çok bizim davamız. O nihayet yüzdesini kaybedecek. Ama biz olan her şeyi yitireceğiz. Onun için kendi başımızın çaresine bakmamız lâzım."

"Pekiyi, nereye gideceğiz?"

"Beni arasa arasa, Beyoğlu civarında arayacaklardır. Onun için daha uzaklara gitmemiz gerek. Yarın sabah erkenden çıkıp bakacağım."

Ertesi gün Seyit, Cağaloğlu'nda, Şeref Sokak'ta bir ev tutmuş geldi. Ancak evden istedikleri an ayrılmaları imkânsızdı. Ev sahibesi Rum kadın, yeddieminleriydi. Rus tabiyetinde ve birkaç gün içinde Amerika'ya hareket edecek Faik adında Kırımlı bir arkadaşını bulan Seyit, yeddiemin olarak ona imzalattı kâğıdı. Buz gibi bir günün başlangıcı olan saatlerde iki kamyon yükü eşyayla Beyoğlu'ndan ayrıldılar. Mürvet ve çocuklar taksiyle konvoyu arkadan takip ediyorlardı. Mürvet, seneler önce istemeye istemeye geldiği, kocasının zoruyla hayatına alışmaya çalıştığı Beyoğlu'nu terk ederken içinin sızladığını fark etti. Başını çevirip, arkalarında bıraktıkları Pera'nın son binalarını izlerken gözlerine gelen yaşları engelleyemedi. Burayı özleyecekti. Kızlar, sabah güneş doğmadan uyandırıldıklarından, annelerinin kucağında yeniden uykuya dalmışlardı. Yol boyu, sessizlik içinde, geçen seneleri düşündü Mürvet. Her şey bir rüya gibiydi sanki. Yabancıların büyülü ülkesinde bir rüya yolculuğuna çıkmış ve şimdi büyüdüğü semte doğru, geriye gidiyordu. Geride kalan günlerini çok daha iyi değerlendirebilir olduğunu düşünüp kendisine içerledi. Birden ne kadar sebepsiz münakaşalar yarattığını, kocasına ayak uydurmakta ne kadar direndiğini üzüntüyle fark etti. Her şey çok daha güzel olabilirdi, diye düşündü.

Beyoğlu'nda oturdukları evlerden sonra Cağaloğlu'ndaki ev kibrit kutusu gibiydi. Ancak, Seyit'in bir gün içinde bulabildiği en düzgün evdi. Topu topu iki odası ve bir sofası vardı. Bütün gayretlerine rağmen, bir kamyon dolusu eşya dışarıda kaldı. Mürvet üzüntüden ne yapacağını bilemiyordu, içeri dışarı koşup duruyor, biraz daha eşya sıkıştırmaya bakıyordu. Ama ne yapsa nafileydi. Evin içinde adım atacak yer kalmamıştı. Seyit onun çaresizliğini fark etmişti.

"Mürvet, hiç didinme bu kadar. Ne yapsak, o evin eşyası, bu eve sığmaz. Gel, en sevdiklerini seç, onları tutalım."

"Ama ben hepsini seviyorum bunların."

"Biliyorum. Ben de. Ama biraz daha ısrar edersen, ya yağmur

inecek, eşyaları mahvedecek ya da kapılar açık eşyamızı bekleyip geceleyeceğiz. Haydi, inat etme. Ayıralım içinden."

"Diğerlerini ne yapacağız pekiyi?"

"Bedestenden adam getiririm, satarız."

Mürvet gözlerini açarak sordu.

"Satar mıyız?"

"Başka çare yok Mürvet. Eşyamız da yeni hayatımıza ayak uydurmak zorunda. Haydi, daha fazla vakit kaybetmeden ayıralım şunları."

"Seyit, öbür evden sırf eşyalarımızı sattırmamak için çıktık. Şimdi kendimiz satacağız."

"İyi ya. Orada satılsa parası Giritli Fatma'ya gidecekti. Şimdi kendi cebimize kalacak. Fena mı?"

Mürvet, sokak ortasında, üst üste yığılmış denkleri, gökyüzünde yağmur habercisi bulutları izlerken, kocasının haklı olduğunu düşündü.

"İyi o zaman, ne yapalım." dedi.

Seyit'in bedestenden getirdiği tellalı takiben, bir grup Bedestenli alıcı da kapının önünde bitiverdi. Kendi aralarında anlaşa anlaşa, eşyaları kapış kapış ettiler. Tellalın her "Saaaaat-tım!" haykırışında, Mürvet'in boğazına bir yumru takılıyordu. Güzelim İngiliz berjerlerin, ceviz oymalı tırnağın, varak çerçeveli aynaların, birer birer arsız suratlı adamların eline geçişini izlemek onu kahrediyordu. Arada bir kocasına yönelttiği bakışlarda onun neler düşündüğünü anlamaya çalışıyordu. Ama bu, neredeyse imkânsızdı. Seyit'in yüz ifadesinde, daha önce daha değerli şeylerini kaybetmiş insanların umursamaz tavrı vardı. Belki, gözbebeklerinin derinliğinde başka hisler de gizliydi ama Mürvet onlara ulaşamıyordu.

Son parça eşya da sahibini bulup, tellal Seyit'le hesaplaşmasını tamamlayıp ayrıldığında, akşam olmuştu. Manen ve fiziksel olarak yorgun düşmüşlerdi. Seyit'in en yakın mahalle bakkalından alıp geldiği sucuk ve yumurta akşam yemekleri oldu. Çocuklar daha yemek bitmeden sızıp kaldılar. Mürvet onları odalarına yatırdıktan sonra, daha saatlerce denk açıp, evi yerleştirmeye koyuldu. Seyit de bir yandan kendi eşyalarını, kitaplarını düzenliyordu. Aralarında pek bir konuşma geçmedi. Her ikisi de kendi düşünceleriyle baş başa, ellerindeki işleri yapmaya devam ettiler. İkisi de hayatlarının bir dönüm noktasına daha geldiklerinin farkındaydı. Ama bunu konuşmak isteyen yoktu.

Seyit, Mürvet'e söz verdiği gibi, artık evden hiç çıkmıyordu. Bütün gün evde oturup, kitap okuyor veya daha ziyade Leman'ı kucağına oturtup onunla büyük insanla konuşur gibi sohbetler ediyordu. Artık karısına anlatamadığı geçmişi, kendi çocukluğu, baba evi, topraklarıyla ilgili anılarını Leman'a aktarıyor, kızının merakla, gözlerini açıp, çenesi avucunda dinleyişi onu mutlu ediyordu. Haftada bir-iki kez de hep beraber Beyoğlu'na çıkıp, çocuklarla beraber bir sinemaya gidiyor, Petrograd Pastanesi'nde çay içip, Volkof'ta yemek yiyorlar ve geç vakit taksiyle eve dönüyorlardı. Başka bir semtte küçük bir eve tıkılmalarının dışında yaşantılarında değişen bir şey yoktu. Bola, iyiye, güzele alışmışlardı ve öyle yaşamaya devam ediyorlardı.

Ancak bir müddet sonra, her şey gibi, hazır paranın da sonu geldi. Beyoğlu'ndaki gezintiler önce haftada bire indi, daha sonra, artık Cağaloğlu'ndan dışarı hiç çıkılmaz oldu. Mürvet, ellerindeki paranın eriyişini korkuyla izlerken, Seyit her şeyi olağan karşılar görünümünün ardında, o inatçı sükûnetine bürünmeye başladı. Ve nihayet günün birinde, evdeki en gereksiz gördükleri eşyanın satışı kararı verildi. Ve ardından diğer birkaç tanesinden daha ayrılmaları gerekti. Mürvet, kocasının ne zaman yeniden çalışmak için bir plân yapacağını düşünüyor, ancak bu konuda onunla hiçbir şey konuşmuyordu. Alacağı cevabı çok iyi biliyordu. İşi sattığında üç sene çalışmadan, karısının dizi dibinde oturacağına söz vermişti Seyit ve ölürdü de bu inadından vazgeçmezdi.

Seyit ise, Mürvet'in ne gün isyan edip, kendisinden çalışmasını isteyeceğini inatla bekliyordu. Onu, suskun, düşünceli iş yaparken izlerken hep bunu düşünüyordu.

Mürvet, senelerce severek biriktirdiği güzelim eşyaların birer birer satılışının da sonu geleceğinin korkusuyla bir şeyler yapması gerektiğinin endişesi içindeydi. Gece yattığında, yanı başındaki yastıkta kocasının da kapalı gözlerinin ardında, düşüncelerle dolu uykusuz olduğunu hissediyordu. Her ikisi de gelen felâketi görüp de sessiz seyreder gibiydiler.

Böyle düşünceli gecelerinden birinde Mürvet'in aklına, Seyit'in Rusya'dan kaçtığı zaman Sinop'ta getirdiği silâhlar karşılığı Seyit'e verilen zarf aklına geldi. Seyit anlatmamış mıydı, komutanın, "Seyit Beyciğim bu zarf sizde kalsın. Bir gün vatanı kurtarırsak, bu kâğıtla müracaatınızı yapıp, fedakârlığınızın hakkını alırsınız." dediğini. Ve o mektubu kabul etmediğini.

"Benim sizlerden alacağım olamaz komutan. Benim alacaklarım denizin öbür kıyısında kaldı." demişti.

Evet ellerinde değildi o mektup ama belki de hâlâ hakkını alabileceği bir makam vardı Seyit'in. Bu fikir kafasında şimşek gibi çaktığı zaman, heyecandan bütün gece uyuyamadı. Sabahın olmasını zor bekledi. Ama Seyit'e hiçbir şey söylemek niyetinde değildi. Onun inatçı gururunu bilirdi. Hele bir işi halletmenin yolunu bulsun, ondan sonra söylerdi.

Günün ilk ışıklarıyla uyanıp, çayı demledi, kahvaltı masasını kurdu. Seyit'e ne bahane uydurup evden ayrılacağına bir türlü karar veremiyordu. Onun sesini duyduğunda, kafasındaki düşüncelerle yakalanmış gibi sıçradı.

"Hayrola Mürvet? Neredeyse güneş doğmadan evvel mi kahvaltı edeceğiz?"

Kocasına gülümsemeye çalıştı.

"Seyit, bilhassa erken hazırladım. Eğer müsaade edersen annemlere gitmek istiyorum bugün. Gece rüyamda gördüm de. İçime bir kurt düştü."

Kocasının, "Beraber gidelim" diyebileceği korkusuyla bekledi. Ama Seyit'in kayınvalidesini ziyaret etmek için pek heyecan duymadığı belliydi.

"Git o zaman. Yalnız karanlığa kalıp, beni meraka düşürme."

Mürvet, onu bu kadar çabuk ikna edebildiğine sevinçle, pür telaş hazırlandı. Çocuklar henüz derin derin uyuyordu. Seyit'in çayını verip evden ayrıldı. Doğru, Şehremini'nde büyük halakızının evine gitti. Şükriye ve kocası Osman sevinçle karşıladılar Mürvet'i. Ama onun bu saatte ve yalnız evlerine gelmesinin ardında bir problem yattığını anlamakta gecikmediler. Osman, kendi akrabası olan Seyit'le evlenmesi için aracı olduğu Mürvet'in buraya kadar gelmesinin çok mühim bir sebebi olduğunu tahmin etti. Açıkçası, bir ayrılık lafı duyacağını tahminle çekinerek sordu.

"Senin için ne yapabiliriz Mürvet?"

"Osman Ağabey, Seyit'in haberi olmadan bir şey yapmak istiyorum. Ama iş neticelenene kadar onun hiç duymaması lâzım. Bilirsin, ne inatçıdır."

Osman güldü.

"Bilmez miyim! Bana mı söylüyorsun. Seni gece yarıları görebilmek için bütün aileyi birbirine katardı."

Mürvet, çok eskilerde kalan o masal gecelerini neredeyse unutmak üzere olduğunu hayretle fark etti. O da gülümsedi. Sonra yine ciddileşerek kafasındaki düşünceyi anlattı.

"O mektubu o gün alsaydı, bir istifademiz olabilirdi. Ama şimdi bunları belki de anlatacağım bir makam vardır. Belki yine bir faydası olabilir, diyordum. Sen bana yol göster, kime gideyim?"

Osman pek ümitli değildi açıkçası.

"Bilmem Mürvet. Bunu bir bilene sormak lâzım. Üzerinden uzun zaman geçmiş bir olay. Sonra bunun ispatını isteseler, Seyit'in kendisi olmadan sen kendi başına nasıl halledersin, bilemem. Ama vilâyette bir arkadaşım var. İstersen ona bir soralım. Bize bir yol gösterir belki."

Fazla oturmadan beraber çıktılar. Osman'ın vilâyetteki arkadaşı, mal müdürlüğüne gitmelerinde fayda olabileceğini söyledi. Ancak, genç adamın kendi gideceği işi vardı ve Mürvet'i o andan sonra yalnız bırakmak zorundaydı.

"Mürvet, istersen bugün geçsin. Ben bir vakit ayarlayıp seni alırım, beraber gideriz."

"Yok Osman Ağabey. Evden zaten zor ayrıldım. Bir bahane daha bulamam. Her şey için sağ ol. Bu kadar bile uğraşman yeter. Gerisini artık ben kendim hallederim."

"O zaman kolay gelsin sana. Seyit'e selâm, sevgi."

Sonra birden hatırladı.

"Unut, unut. Biz bugün hiç görüşmedik, değil mi?"

Gülerek vedalaştılar.

Mürvet, mal müdürlüğüne geldiğinde, bir-iki kapı çaldıktan sonra, ısrarlarla mal müdürünün makamına girmeyi becerdi.

Şık ve özenli giyimiyle bu binanın koridorlarında, gözlerin görmeye alışık olduğu bir kadın tipi değildi. Onun çok mühim birinin karısı veya kızı olabileceği düşüncesiyle kapılar daha kolay açıldı. Müdür son derece nazik, anlayışlı bir adamdı. Karşısında çaresizlik içinde, utanarak, kocasının geçmişinin hakkını istemeye çalışan genç kadını dikkatle dinledi. Sonunda ağır bir sesle konuştu.

"Bakın hanımefendi. Bugüne dek, çok kişinin savaş sırasında aldıkları mektuplarla mal mülk sahibi olduğunu biliyorum. Ama sizin durumunuzda ne yapılabilir, inanın, bir şey söyleyip sizi ümitlendirmek istemiyorum. Ancak, bana anlattığınız hikâyeyi anlatan bir dilekçe yazıp bırakırsanız, işi takip edeceğime söz veririm. Yine de tekrarlıyorum, neticeyi bilemem."

Mürvet, mal müdürünün ilgisine teşekkür edip, istenen dilekçeyi yazdı ve kocası adına imzalayarak bıraktı.

Oradan çıkınca, Mahmutpaşa'da oturan annesinin evine gitti. Evine dönmek için fazla vakti kalmamıştı. Ama Seyit'e söylediği şekilde bir de annesine uğramak şarttı artık. Emine, kızının bir telaş gelip, beş on dakika iğne üstünde oturup ayrılışına bir türlü akıl sır erdiremedi. Bir şeyler döndüğü kesindi. Ya anlatmaya gelmiş, sonra vazgeçmişti kızı ya da başka bir şey vardı.

Mürvet eve döndüğünde, Seyit'i Leman'la karşılıklı oturmuş, sohbet ederken buldu. Şükran ise, evde yükselen her sesle altına kaçmayı alışkanlık haline getirdiği masanın yanında yerde oturmuş, onlara uzaktan bakıyordu. Masa örtüsünün yere uzanan püsküllerini avuçlamış, elinde döndürüp duruyordu.

Mürvet içeri girer girmez, küçük kızına doğru koşup onu yerden kaldırdı.

"Ne oldu kızım? Neden yerde oturuyorsun?"

Seyit, onun Şükran'a karşı bu gereksiz koruyuculuğuna akıl erdiremiyordu.

"Hiçbir şey olduğu yok Mürvet. Onu da yanıma oturttum. Ama atların nasıl koştuklarını anlatırken korktu, kaçtı oraya. Alıştırdın çocuğu her şeyden korkmaya. Ya sana sığınıyor boyuna, sen yoksan da masa altına. Az söylemedim sana, bu kızı korkak, kendine acıyan biri olarak yetiştireceksin, diye."

"Pekiyi, sen de onun korktuğu şeyleri anlatmasan olmaz mı Seyit?"

Seyit uzun zamandır ilk kez böyle gülüyordu.

"Onun korkmadığı bir ses yok ki. Elimi çırpsam, gözlerini kırpıyor. Çocuğa kızamıyorum. Kabahat senin."

Mürvet, daha fazla cevap vermek istemiyordu. Şükran'ı kucağına alıp mutfağa doğru yürüdü.

Müracaatından haftalar sonra, Mürvet artık ümidini kesmek üzereyken, mal müdürlüğünden gelen zarfla kalbi duracak gibi oldu. İçinden çıkacak cevabın olumlu olduğuna dair ihtimaller çok zayıf olmasına rağmen, bir ümitti işte gelen.

Seyit, alışverişe çıkmıştı. Evde yalnızlığından istifade zarfı hemen açtı. Gözlerine inanamıyordu. Sevinç çığlığını zor tuttu. Dilekçesine cevap olarak, kendilerine Anadolu yakasında bir tarla vereceklerini, işlemlerin tamamlanabilmesi için Seyit Bey'in şahsen müracaatının gerekli olduğunu yazıyorlardı. Mürvet, kocasının dönüşünü sabırsızlıkla bekledi.

Kapının açıldığını duyar duymaz sevinçle fırladı. Seyit, uzun zamandır karısını görmediğince keyifli bir ifadeyle kendisini bekler görünce meraklandı.

"Hayrola? Dünya tersine mi dönmeye başladı?"

Mürvet, onun alayından etkilenmeye niyetli değildi. Elindeki mektubu uzattı.

"Seyit, sana bir sürprizim var. İnanmayacaksın ama bu mektupla her şey düzelecek artık."

Seyit meraklanmıştı. Elindeki paketleri bırakıp, Mürvet'ten mektubu aldı. Genç kadın, kocasının yüzünde sevinç ifadesi görmeyi boş yere bekledi. Aksine, birkaç saniye içinde Seyit'in rengi değişti. Burun kanatları açıldı. Mürvet şaşkınlıkla geriye çekildi. Kocasının asabi sesiyle şaşkın, duvara dayandı.

"Bu ne? Söyler misin bu ne? Kim bu adamlara dilekçe verdi? Söyle!"

Mürvet ürkek bir sesle cevap vermeye çalıştı.

"Ben verdim."

"Benim adıma yardım mı dilendin? Hiç beni ne hale düşüreceğini düşünmedin mi? Benim aklım yok mu dilekçe yazacak? Bugüne kadar böyle bir şey istemediysem, sebebinin neden olduğunu anlayamadın mı?"

"Seyit, durumumuz çok kötü. Bu yokluk bize daha kötü günler yaşatacak. Bu senin hakkın olan bir şey. Dilenmiyoruz ki. Mal müdürü bile söyledi, çok insan böyle hayatını kurmuş yeniden."

"Bu mektup mu bize yeniden hayat kurduracak? Tarla bekçiliği mi yaparak yeni hayat kuracağız? Unut Mürvet, unut! Bana kimse inek besletemez bundan sonra. Tarlaları da onların olsun, inekleri de."

Mürvet, gözünde yaşla, kocasının mektubu yırtışını seyretti. Sonra koltuğa çöktü. Dayanamayıp ağlamaya başladı. Küçücük evde, münakaşayı çocuklardan uzak tutmak imkânsızdı. Odalarında oturmuş, kulak kabartmışlardı. Annesinin ağlamasıyla beraber Şükran da hıçkırmaya başladı. Leman kardeşine sarılıp onu susturmaya çalışıyordu.

Seyit, karısının bütün iyi niyetiyle hallerini düzeltmek için yaptığı çabaya böylesine sinirlenmesinin haksızlık olduğunu düşündü. Ona doğru ilerledi. Alnını okşayıp sakin bir sesle konuştu.

"Özür dilerim Mürvet, seni üzmek istemedim. Ama benden habersiz benim adıma yapılan işler beni delirtiyor, bunu biliyorsun. Bırak Allah'ını seversen, geçmişin hayrını görmek için beklemek beyhude. Bize ne tarladan, ne hayvandan hayır gelir. Allah'ın dağında, yapayalnız tarla evinde yaşayabileceğini düşünebiliyor musun sen? Benim, kuş uçmaz, kervan geçmez yerde, tarla sürüp yaşayabileceğimi düşünebiliyor musun? Biraz düşünsene. Bana hak vereceksin."

Mürvet, kocasını anlıyordu ama ona hak verip vermediğini kendi de bilemiyordu. Hiç cevap vermedi. Sadece ağlamayı kesti.

Seyit, o gece artık yeniden iş edinmesi gerektiğine karar verdi. Hazır para, üç yıl çalışmamak inadına dayanamamıştı. Daha doğrusu Seyit'in inadı, hazır paranın yenme süratine mağlup olmuştu.

Ertesi sabah, Mürvet uyanmadan yataktan çıktı. Banyosunu yapıp sokağa çıktığında, geceden arta kalan gri bulutlar daha yeni dağılıyordu gökyüzünden. Nereye gidip ne iş yapabileceğini bilemiyordu. İçinde hem bir boşluk, hem üzüntü hem de garip bir tatmin hissi vardı. Hayatlarının bu raddeye gelmesine, Mürvet'in işiyle ilgili ısrarları sebepti. Ve karısının münakaşalar, gözyaşları ardından aldığı karar, neler yaşayabileceklerini, eski hayatlarını nasıl arayacaklarını ispat etmişti. Bunu söylemese dahi, Mürvet de görüyordu artık. Emindi. O zaman bir iş edinme zamanı gelmiş demekti. Ne var ki, para pul bitince, dünyayla köprüler de atılmış oluyordu. Ancak, bir başkasının yanında, kendisine verilen bir işi kabul etmek zorundaydı. Bu da hiç kolay değildi. Yaşadıkları saltanat senelerinden sonra, kimin yanında, ne iş yapabileceğini bilemiyordu. Bu düşüncelerle yola çıktığı gün, aslında nereye gideceğini de bilmiyordu. Alıştığı, çevre, dost edindiği tek mekân Beyoğlu'ydu. Ama senelerce keyfini sürdüğü, izzet ikram gördüğü, patronluk, beylik ettiği yerde, şimdi birinin yanında iş aramak üzere dolaşmak ağırına gidiyordu. Beyoğlu sevdasını, yine kendi işini kuracağı bir güne bırakmayı tercih etti.

Cağaloğlu, Aksaray civarında dolaşarak, aklına yatabilecek bir iş bakındı. "Çırak aranıyor" levhası yazan ayakkabıcı dükkânının önünde birkaç saniyelik tereddütten sonra daha fazla durmadan yoluna devam etti. Kendisini, kutulardan ayakkabı çıkarıp, dizi üstünde çöküp, müşterilere ayakkabı denetirken göremiyordu. Şu an kendi ayağındaki ısmarlama İtalyan derisinden ayakkabılarıyla burada tezgâhtarlık yapmak pek garip olacaktı.

İstanbul'un bu civarı, Beyoğlu'ndan o kadar farklıydı ki. Pera'da olsa şu ana kadar, patronluk olmasa bile iş konusu olarak kendisine uyabilecek onca iş bulabilirdi. Ama günün yarısını geçmesine rağmen, Aksaray'a kadar aldığı yolda sadece muhallebici, aşevi, kahvehane ve bol bol mahalle bakkalları ile manavları vardı. Daha ne bir otele, ne bir gazinoya, ne de Beyoğlu'ndakilere benzer bir pastaneye rastlamıştı. Yılgınlık içinde eve dönmek üzereyken, küçücük bir lokantanın kapısındaki yazı dikkatini çekti. "Muhasebeci aranıyor." Muhasebeci değildi. Ama senelerdir kendi işlerinin hesabını tutmaktan gelen bilgisi, tecrübesi vardı. Nispeten de yutulur bir işti.

İçeriye girdi. Dar bir koridorun üzerinde sağlı sollu, toplam on iki masayı geçmeyen büyüklükte bir dükkândı. En dipteki masada cılız, sakallı, kalın gözlüklü, yaşlı bir adam oturuyordu. Seyit ona doğru ilerlerken iki garson çocuk hürmetle kenara çekildi. Müşteri sandıkları Seyit'e masa göstermeye çalışıyorlardı. Üstelik böyle müşteriye de alışık değillerdi. Seyit'in uzun pardösüsünü, kaşkolünü, şapkasını ve gıcır gıcır ayakkabılarını hayranlıkla izleyerek birbirlerine şaşkın işaretler yaptılar.

Dip masada oturan sakallı derhal ayağa kalktı. Üzerindeki yer yer eprimiş yün yeleğin düğmelerini iliklerken saygıyla sordu.

"Buyurun beyefendi, buyurun efendim. Çocuklar yer göstermedi mi size?"

Seyit, sağ elini pardösüsünün cebinden çıkarıp, alnını kaşıdı.

"Sağ olun. Yemek yemeye gelmedim."

"Nasıl yardımcı olabilirim?"

"Kapıda bir ilânınızı gördüm."

"Şey, o mu? Ah! Evet, muhasebeye bakacak birini arıyorum. Ortağımı kaybettim de. O anlardı o işten."

"Başınız sağ olsun. Birini buldunuz mu bu arada?"

"Hayır, birini mi tavsiye edecektiniz?"

Seyit gülümsedi.

"Evet."

Adamcağız, bu kibar, yabancı görünüşlü adamın küçücük lokantanın muhasebesiyle niye ilgilendiğini gerçekten merak ediyordu. Şaşkınlık içinde sordu.

"Aman efendim. Söyleyin lütfen."

"Ben olabilir miyim?"

Adam inanmamıştı. Seyit'i baştan aşağı bir kez daha süzdü. Başını bir yana omuzu üzerine eğip, baktı. Âdeta, 'Benimle alay etmeyin.' der gibi bakıyordu. Seyit onun şaşkınlığının farkında, tekrarladı.

"Defterlerinizi tutmak için size yardımcı olabilirim."

"Aman beyefendi, estağfurullah."

"Ciddiyim. Bu işe talibim."

"Beni mazur görün ama sizin gibi bir beyefendiye verecek bir maaşı yok bu işin."

"Mühim değil."

Adamın kendisini bir kez daha baştan aşağı süzdüğünü fark etti.

"Çok ciddiyim. Bu işi istiyorum."

"Siz bilirsiniz. Ne zaman başlamak isterdiniz?"

"Hemen, şimdi."

Diğeri ayağa kalkıp, masanın dibinden dönerek asma kata çıkan daracık merdivene yöneldi.

"Buyurun o zaman, evrakları göstereyim."

Onu takip eden Seyit, bir küçük masanın zoraki sığdırıldığı odada başını, tavana çarpmamak için eğmek zorunda kaldı. Derme çatma tahtaların kapladığı tavandan bir kordon ucunda evrakların üzerine kadar inen ampul, tek aydınlatma aracıydı. Seyit, duvar ile masa arasındaki dar geçitten süzülerek iskemleye ulaştı. Etrafın tozu ve pisi karşısında değil oturup çalışmak, bir yere dokunmadan nasıl duracağını düşündü. Lokanta sahibi, hesap defterini ortaya çıkarırken sordu.

"Pardon isminiz neydi?"

"Seyit, Seyit Eminof."

"Seyit Bey, size şimdi yemek gönderirim buraya."

"Hayır, zahmet etmeyin. Karnım aç değil."

Yalnız kaldığı an ilk yaptığı iş, cebinden çıkardığı mendili iskemleye yaymak oldu. Sonra bir müsvedde kâğıdıyla masanın üzerini sildi. Neredeyse alnına değecek kadar yakın ampulün dibinden başlayan örümcek ağı, tavana kadar uzanıyordu. Mürekkep lekeleriyle kargacık burgacık doldurulmuş sayfaları tiksinerek karıştırdı. Lokantanın yağı sinmiş gibiydi tüm evraklara, eşyalara.

On iki masalık, sadece üç çocuk garson çalıştıran lokantanın işleri öyle uzun boylu el tutacak gibi değildi. Epeydir ihmal edilmiş olmasına rağmen, akşam olmadan hepsini düzenlemişti.

"Adamın işi rahat" diye düşündü içinden. Ne yenilenmesi gereken kristal kadehler, ne gümüş şamdanlar, ne alacağı olan orkestra çalgıcıları, ne şarkıcılar, ne dansözler vardı. Kendi gazinolarında şıklıklar, ekstralar için harcadığı paraları, kolalı örtüler, peçeteler için bile ne masraf yaptığını düşününce gülmeden edemedi. Bu adam ise, tencereyi kaynatıp paraları temiz temiz toparlıyordu. Bu kafayla hiçbir zaman şık bir gazino sahibi olamazdı, çok para da kazanamazdı ama iflâs etme riski de neredeyse yok gibiydi. Seyit, gülümsemeden edemedi.

Ancak ilk gün alışmaya çalıştığı şartlar, ikinci, üçüncü günler daha çok gözüne batmaya başladı. Karanlık, havasız hücre genişliğindeki mekânda, her an elinin altında hissedebileceği yağ teması ve buram buram oturduğu yere toplanan ağır mutfak kokusuyla çalışmakta zorlanıyordu. O hafta sonunda sakallı, cılız patronundan müsaade isteyip işten ayrıldı. Eline geçen para sadece beş liraydı. Beyoğlu'nda ev kirası olarak ayda yirmi beş lira verdiklerini düşününce bu rakam inanılmazdı. Ama gerçekti.

Beş liranın evin hayatını rahatlattığı pek söylenemezdi. Seyit, ilk pazartesi yine iş avındaydı. Girdiği birkaç işi de bir, en fazla ikişer günlük tecrübelerden sonra terk etti. Yavaş yavaş sinir küpü olmaya başlamıştı. O sinirle de her yeni işten daha çabuk ayrılıyordu. Kimsenin lâfını, alavuzunu kaldırmaya alışık değildi. Çaresizlik içinde eve dönüşlerinde, iyi bir haber için gözünün içine bakan karısını, belki de eski günlerdeki gibi bir hediye verir mi diye bekleyen çocuklarını izlemek çok ağır geliyordu. Huysuz, huzursuz ve alev almaya hazır benzin gibiydi.

Bir sabah Mürvet kahvaltı masasını hazırlarken kocasının pencereden sokağa seslenişini duydu. Seyit eskiciyi çağırıyordu. Genç kadın, işini bırakıp ellerini önlüğüne kuruladı ve kapının yanında beklemeye başladı. İçi burularak kocasının şimdi neyi satacağını düşündü. Seyit çoktan kapıyı açmış, adama beklemesini söyleyip yatak odasına yönelmişti. Mürvet, arsız bakışlarla evin içini gözleyen kirli suratlı çingenenin yüzüne doğru kapıyı iterek, kocasının arkasından koştu. Onu, gardırobundan takım elbiselerini, kravatlarını çıkarırken buldu.

"Seyit, ne yapıyorsun kuzum?"

Erkek, askılarından boşalttığı tiril tiril takımları, ipek kravatları üst üste yığarken mırıldandı.

"Birkaç parça satacağım."

Mürvet, giyim konusunda ne kadar titiz olduğunu bildiği kocasını, şaşkınlıkla izledi. Sonra ilerleyip onu kolundan tuttu.

"Seyit, dur. Sen öyle bir-iki takım elbiseyle olacak adam değilsin. Bırak, ille de elbise satacaksak, benimkilerden de biraz verelim. Buralarda nasılsa giyemiyorum çoğunu."

Seyit, gülümseyerek onun yanaklarını avuçladı.

"Hayır Murka. Ne senin, ne çocukların eşyalarından bir teki satılmayacak. Size aldıklarım, eskiyene kadar sizin olacak, eskicinin değil."

Kapıdaki çingene, hayatında göremeyeceği kumaşlardan dikilme pantolonlar, ceketler kolunda, biraz pazarlıktan sonra, bir takımını dahi satın alamayacak miktarda para verip gitti. Mürvet acımıştı güzelim giyeceklere.

"Değer miydi Seyit, o paraya verilir miydi hiç? Bıraksaydın da biraz daha pazarlık yapsaydım bari."

"Fark edeceğini sanmam. Bunlar, insan sarrafı. Bilirler kimin ne kadar acil paraya ihtiyacı olduğunu. İyi tahminleri, kazançlarıdır. Onun için bir para fazlasını alamazsın bunlardan. Eğer Beyoğlu'nda satabilseydim, en az on misli alırdım. Orada kiralık elbise veren bir dükkân var tanıdığım. İşlerine gelirdi."

"Keşke..."

Mürvet'in dileği, Seyit'in acı gülüşüyle kesildi.

"Şaka mı ediyorsun? Daha vitrin vitrin dolaşıp, Avrupa kumaş seçip, elbise, ayakkabı ısmarladığımızın üzerinden bizi unutacakları kadar zaman geçmedi. Orada kime bir şey satmaya gidebiliriz?"

Mürvet hak vererek başını salladı. Anlaşılan Cağaloğlu'nun eskicilerine mahkûmlardı artık.

Seyit gülmeye başlamıştı ama bu sinir gerginliğinin belirtisi bir gülüştü.

"Tabii, bir sonraki adım, kendi kıyafetlerimi, sırtımda bir çuvala doldurup Beyoğlu'na çıkıp, eskicilik yapmak da olabilir."

Mürvet, onun kendisiyle acımasızca alay edişini içi sızlayarak izledi. Seyit'in uzun süren sessiz hiddetlerinin ardından nasıl patlamaların geldiğini artık öğrenmişti. 'Ne yaparsam onu yatıştırabilirim,' diye düşündü. İlk aklına gelen, belki de biraz gülümseyerek Seyit'e eşlik etmekti. Belki bir-iki tatlı söz de onu yumuşatabilirdi. Gülmeye çalıştı. Ama beklediği olmadı. Aksine, Seyit'in sesi hiddetle gürledi.

"Ne var? Çok mu komik anlattıklarım? Öyle mi olsun isterdin?!"

Mürvet ürkmüştü. Hemen alttan almaya çalıştı.

"Hayır Seyit, sen güldüğün için güldüm ben de."

"Sen benim gerçekten gülünce nasıl güldüğümü bilmiyor musun? Bu gülmek gibi mi geldi sana? Çok eğlendiğimi sanıyorsun belki. Belki de benim bu halim seni eğlendiriyor. Dediğimi yapsam daha çok eğlenecek gibisin. Öyle mi?"

"Nasıl eğlenirim Seyit! Ne kadar üzüldüğümü görmüyor musun?"

Gözbebeklerinde yaşlar dolaşmaya başlamıştı bile. Seyit elindeki boş askıları birbirine vurarak bağırdı.

"Gülme o zaman! Gülme! Eğlenmediği halde kimler güler biliyor musun? Kötü karılar. Zoraki kıkırdarlar, müşterilerini eğlendirmek için."

Mürvet daha fazla dinleyemedi. Yatak odasına doğru koşarken, katıla katıla ağlıyordu. Seyit içeriden bağırmaya devam ediyordu.

"Seni yıllarca eğlenebileceğin yerlerde gezdirmeye çalıştım. Hayatın tadını çıkar diye uğraştım. Sen ne yaptın? Ağlayıp durdun. Hayatımızı mahvettin. Şimdi mahvolmuş hayatımıza kalkmış gülüyorsun. Buna mı gülüyorsun? Buna mı gülüyorsun?"

Mürvet yatağına yüzükoyun kapanmış, gözyaşlarını, sesinin tonunu kontrol edemeden haykıra haykıra ağlıyordu. Kocası ona söylenebilecek en ağır şeyi söylemişti. Hiç hak etmediği halde. Sokak kapısının şiddetle kapandığını hissetti. Seyit evden çıkmış olmalıydı. Göz ucuyla koridora doğru baktı. Çocuklar, el ele tutuşmuş, kapının yanında kendisini seyrediyorlardı. Leman'ın gözlerinde üzüntü, merak, Şükran'ınkinde ise her zamanki gibi ürkeklik ve mutsuzluk vardı. Mendiline burnunu silerken onlarla konuştu.

"Haydi, siz kahvaltınızı edin. Ben biraz hastayım."

Onların hâlâ sorularla baktığını görünce ısrar etti.

"Haydi, gidin içeriye. Masa hazır. Leman, kardeşinin de karnını doyur. Ben biraz yatacağım. Oldu mu?"

O gün akşama kadar yattı ama fayda etmedi. Başı dönüyor, midesi bulanıyordu. Tansiyonu düşmüş olmalıydı. Kendisini yorgun, hasta, aciz, itelenmiş hissediyordu. Niye hep yanlış yapıyordu? Niye iyi niyetlerini kocasının anlayacağı şekilde ifade edemiyordu? Kendi kendine sorular sordukça ağlaması geliyordu.

Kızlar, bütün gün annelerini uzaktan uzağa, büyük bir sessizlik içinde izlediler. Bir ara Leman, annesinin yanına oturdu. Acıyan gözlerle ona baktı. Mürvet hâlâ hıçkırıklarla boğuluyordu. Küçük kız, annesinin yanağına elini koyup sevgisini gösterdi. Mürvet, mendilini saran yumruklarını gözlerinden çekerek baktı. Büyük kızı kendisini, sevecen ama acıyan bakışlarla seyrediyordu. İçinde birden yeni bir hırs uyandı. Şu an onun hislerini paylaşmak üzere elini uzatan çocuğu Leman'dı. Ama o Seyit'in Lemanuçka'sıydı. Karşısında, daha birkaç saat evvel sözleriyle kendisini hırpalamış olan kocasını görür gibi oldu. Niye Şükran değildi yanına gelen. Hiddetlendi. Uzakta durduğu için Şükran'a kızamıyordu. Tam aksine kendisine ilgi gösterdiği ve kardeşinden farklılık gösterdiği için Leman'a kızıyordu. Kızarmış, şişmiş gözlerinin yarı aralığından kızına donuk bakışlarla baktı. Onun yumuşak, sıcacık dokunuşuna bir cevap vermek gelmedi içinden. Mırıldanarak sordu.

"Şükran nerede?"

"Odamızda."

"Ne yapıyor?"

"O da ağlıyor. Sen ağlayınca o da hep ağlıyor."

"Getir onu buraya."

Leman annesi için bir şey yapabilecek olmanın mutluluğuyla yataktan kayarak indi. Yan odada, parmağını ağzına almış ağlayan Şükran'ı elinden tutup annesinin yanına getirdi.

Mürvet küçük kızına kollarını açıp sarıldı. Yanına alıp yattı.

"Çok mu korktu benim kızım? Ağlama yavrum, ağlama."

Ama aynı anda kendisi hıçkırmakta devam ediyordu.

Leman, yatağın kenarında, ayakta kalmıştı. Annesi ve kardeşinin çektiği acıyı hafifletmek için yapabileceği bir şeyler olmalıydı. Uzanıp, bir eliyle Şükran'ın saçını okşarken, diğer elini de annesinin omuzuna değdirdi. Her ikisi de onun farkında değildi sanki. Ama aldırmadı. Onlar ağlamaktan yorulana kadar okşamaya devam etti. Yavaş adımlarla odadan çıkıp kapıyı çekti. Sofanın sokağa bakan penceresinin yanındaki koltuğa gömülüp oturdu. Gözü yolda, babasındaydı. Onun da üzgün olduğunu biliyordu.

Mürvet, kocası geldiğinde kendisini yatakta, hasta, bedbin haliyle bulsun diye bekliyordu. Ama saatler ilerliyordu ve Seyit ortalarda yoktu. Kalkıp, çocukları doyurması lâzımdı. Saatlerdir kendi kendine ağlayışları arasında düşündüğü kadarıyla içindeki bir his aslında kocasına bu kadar da kızmaması gerektiğini kabul ediyordu. Onun da ne gibi sıkıntılar içinde olduğunu anlaması gerektiği söylüyordu o ses derinden derine. Bu sesi dinlediği zaman, hemen yumuşamaya başlayacağını hissediyordu. O anda da, hemen, yüzünde takınabileceği en sert, en hasta ifadesiyle kendisini korumaya alma yoluna gidiyordu.

İşte böyle bir ifadeyle mutfağa girdiğinde, çocukları doyurmak için ne kadar geç kaldığını fark etti. Şükran zaten ağlamaktan yorgun düşmüş, hâlâ uyuyordu. Artık gündüz uykusu, gece uykusuna karışmıştı. Leman, sofadaki koltukta, derin bir sessizlik içinde, gözleri yolun karanlık bir diğer ucunda, inatla, babasını beklemeye devam ediyordu.

Mürvet, hemen bir un çorbası yaptı. Bir de yoğurtlu ıspanak ve erişte vardı yemek, o akşam. Tahmin ettiği gibi, Şükran'ı uyandıramadı. Leman ise, annesinin yüzünü incelediği yemek boyunca fazla bir şey yemedi. Evin tadı tuzu artık tam kaçmıştı. Mürvet, bunu ilk düzeltmeye çalışanın kim olacağının merakıyla yatağa gitti o gece. Seneler sonra ilk defa, annesinin evine dönüp, orada yaşamak istediğini düşündü. Hayat gittikçe daha yorucu oluyordu.

Bu Seyit için de aynen geçerliydi. Rusya'dan Türkiye'ye kaçtığı ilk yıllarda dahi, sıkıntıları bu kadar sürekli olmamıştı. Çok cefa, yokluk çekmişler ama bu kadar huzursuz olmamışlardı. O yılları düşündüğü zaman hâlâ, kendisini Shura'dan soyutlayamadığını fark ediyordu. Çünkü her şeyi paylaşarak yaşamışlardı. Güzellikleri de, sıkıntıları da. Ama o zaman ikisi sadece ve sadece birbirlerine ait ve birbirlerinden sorumlu idiler. Şimdi ise, bir ailesi vardı. Kendi inadı, gururuyla hesaplaşmalarında, artılarını ve eksilerini kendi başına yaşamıştı senelerce. Ama şimdi her kararından istikbali etkilenen, karısı dışında iki de çocuğu vardı. Hem karısıyla karşılıklı mutlu olabilecekleri bir beraberliği kurmak, hem iyi yaşayabilmek, hem alıştığı hayat tarzından vazgeçmemek, eski dostlarını özledikçe görebilmek, nasıl bir arada olabilecekti? Herhalde olamayacaktı, böyle düşünüyordu. Az uğraşmamıştı, denemişti. Ve Mürvet'in değişemeyen tutuculuğu ile kendisinde değiştiremediği inadı bir arada onları buraya kadar getirmişti.

O gece Tokatlıyan'ın barında, mümkün olduğu kadar yalnız kalabileceği, loş bir köşede içerken bunları düşünüyordu. Dostlarından kimseyi aramak, herhangi biriyle karşılaşmak istemiyordu. Kendisine yapılabilecek en iyi niyetli yardım teklifi bile gururunu zedeleyecekti. Bir ara tanıdık birkaç çehre fark etti ve hemen yüz yüze gelmeden sırtını dönüp, sigarası ve kadehiyle baş başa kalmayı tercih etti.

O da düşündüğü zaman, karısının, en tutarsız tavrında bile kötü niyet olmadığını görüyordu. En anlamadığı da, karşılıklı iyi niyetlerine rağmen, birbirlerini kırıyor olmalarıydı. Bunun nasıl düzeleceği, bilinmeyenlerden sadece biriydi. Şu an düşündükçe tek aklına gelen, eve dönüp karısının gönlünü almaktı. Nasıl öylesine delirdiğini, ona o ağır sözleri nasıl ettiğine akıl sır erdiremiyordu. Ama hâlâ Mürvet'in o zorlama cilveli gülüşünü manasız ve kırıcı buluyordu. Her şeye rağmen, yeniden, bir yerlerden başlamak zorundaydılar. Gece yarısını oldukça geçen bir saatte, Tokatlıyan'da hesabını ödeyip Cağaloğlu'na doğru yola çıktı, İstanbul'un bir türlü alışamadığı bu yöresi, onun sürgün yeri olmuştu âdeta.

Ev, karanlık ve sessizdi. Yatak odasına girdiğinde, karısını, Şükran'la koyun koyuna uyur buldu. Kızını uyandırmadan kucaklayıp kendi yatağına taşıdı. Üstünü örttükten sonra yanağından öptü. Sonra diğer yataktaki Leman'a sevgiyle bakıp, elini avuçladı ve yumuşak bir öpücük kondurdu.

Soyunup yatağına girdiğinde, Mürvet'in derin soluğunu duydu. Genç kadın uykusu arasında hâlâ zaman zaman iç geçiriyordu. Seyit, kolunu onun omuzu altından geçirip ona sarıldı ve diğer koluyla bedenini kavrayıp kendisine çekti. Mürvet, bütün günün üzüntülü saatlerinden yorgun, derin uykusu arasında sarıldığı sıcaklıkla gözünü hafifçe araladı. Seyit'le göz göze geldiği an ürkeklik ve kızgınlıkla kendini geriye çekmek istedi. Ama kocasının sımsıkı saran kollarından kurtulamadı. Gözlerini kapadı. Ona bakmak dahi istemiyordu. Ancak alnına, göz kapaklarına, yanaklarına değen dudakların sıcak, arzulu temasıyla içi titredi. Seyit, kollarında hapsettiği karısının kırgın, kızgın tavrını çekici bile buluyordu şu an. Tek istediği onunla beraber olmak ve bunu gerçekten istediğini ona da hissettirebilmekti. Dudaklarını onun boynunda dolaştırırken bir eliyle elini avuçladı. Parmaklarını onun parmakları arasından geçirerek sıktı ve kendi göğsü üzerinde sımsıkı bastırdı.

"Murka, Murka'm... Seni çok seviyorum... Haydi, gel, unutalım bugün konuştuklarımızı."

Mürvet, kelimelerinin kocasıyla başa çıkmakta şu an çok yetersiz kalacağını biliyordu. Yüreğinin yorgunluğunu en iyi anlatacak olan gözyaşlarıydı. Ve gerçekten de ağlamak istiyordu yine. O kadar saat sonra gözünde hâlâ nasıl yaş kaldığına kendi de şaştı, hıçkırmaya başlayınca. Seyit karısını iki koluyla sarıp, onun başını kendi göğsüne doğru çekti. Dudaklarını saçları arasında dolaştırırken, onu sükûnete davet etti.

"Şışşşt... Şıssst... Murka, ağlama artık. Üzüntümüz, pişmanlığımız biten günde kalsın. Haydi, sus da kocana bak artık."

Onu bir çocuğu uyutur gibi göğsünde, sağa sola sallarken, boynundan kuyruk sokumuna kadar sırtını yumuşak dokunuşlarla okşadı. Sonunda Mürvet sakinleşmişti.

"Haydi bak bana artık, bak yüzüme."

Dağılan saçları, kızarmış gözleri, şiş yüzüyle kocasına bakmak istemiyordu şu an. Başını ve bir elini onun göğsü üzerinde tutarken, diğer elini yastığın uzak bir noktasına uzattı.

Seyit onun iki bileğini avuçlayarak yukarıya kaldırdı. İnce, narin gövdesini kendi vücudu üzerinde yukarıya doğru çekti. Mürvet yüzünü kocasının yüzü üzerinde buldu. Sinirlerinin gevşediğini hissetti. Bu kadar senedir kocasının sevişmeden önce vücut sıcaklığından yükselen kokuyu artık ezberlemişti. Şimdi aynı koku burnuna geliyordu. Votkanın eşliğinde, sıcacık, arzu kokusuydu bu. Tıraş losyonunun tene sinip de kaybolmaya yüz tutmuş kokusuyla karışmıştı. Gözlerini bir an araladı ve gördüğü onu biraz daha kavgacılığından uzaklaştırdı. Seyit'in lacivert gözleri çakmak çakmak pırıltılarla aşkı çağırıyordu. Karısına bakarken mırıldandı.

"Murka'm, oh, Murka'm! Seni ne kadar özledim."

Mürvet artık daha fazla dayanabileceğini zannetmiyordu. İçmeden sarhoş olmak, bu demekti herhalde. Gözlerini kapayıp, yüzünü kocasının yüzü üzerine bıraktı. Onun dudaklarının, sırasıyla saçlarından dudaklarına, daha sonra daha aşağılara inmesine müsaade etti. Ve erkeğinin kulağındaki fısıltısını duydu.

"Seni seviyorum."

O an buna karşılık vermek istiyordu.

"Ben de seni Seyit."

Bu âdeta bir anlaşmaydı. Ondan sonrası, birbirlerinin kırık kalplerini onarmak için her ikisinin de âdeta sözleşmişçesine yumuşak ve sabırlı temasları, her biri diğerini yeniden keşfediyorcasına sevgi sunuşlarıyla devam etti. Seyit'in aşk sözcükleri, Mürvet'in sessiz yaşlarına karışan öpüşleriyle süren aşk saatlerinde birbirlerini yeniden keşfeder gibiydiler.

Mürvet için Seyit, çocukluk masallarının devamını getiren bir masal prensiydi; mutluluklarına gölge düşüren acıyı, yoksulluğu, kaygıları da beraberce yaşayacağı prensi. Seyit için ise, Mürvet artık bir başka yolculuğa izin vermeyen kaderinin en son durağında buluşturduğu sevgi şansıydı. Kaprisleri, bağnazlıkları, gözyaşları bol bir rastlantıydı ama yine de beraberinde sevgi olduğundan emindi. Ve elinde tutacağı zaten fazla bir şey kalmamıştı.

Birbirlerinin kollarında, bir kırgınlığı geride bırakmanın huzuruyla uyuduklarında, neredeyse sabah olmak üzereydi.

Ertesi gün, bambaşka umutlarla uyandılar. Mürvet o zaman fark etti ki, kocasıyla aralarındaki aşkı soğutmasalar, bütün zorluklara daha rahat göğüs gerebileceklerdi. Nitekim o gün, paralarının tükenmişliği içinde karşılaşacakları zor günler bile daha yumuşak bakıyordu onlara sanki. Harika bir sabaha uyanmışlardı. Gerçi dışarıda hava karanlık, yağmurlu ve soğuktu ama onlar tazeledikleri sevgilerinin verdiği dirençle her şeyi aydınlık görmeye hazırlardı. Seyit, karısını defalarca öperek yataktan zor bıraktı. Mürvet, sabahlığını giyip mutfağa giderken yürümüyor, âdeta uçuyordu.

Çocuklar uyanır uyanmaz anne, bahalarının yarattığı sevgi ortamını algıladılar. Neşe içinde kahvaltı edildi. Gerçi Beyoğlu'nda alıştıkları kahvaltı sofraları artık tarihe karışmıştı ama sevgi aralarındaydı. Seyit, hâlâ gün ağarmadan az önce karısıyla geçirdiği sıcak saatleri düşünüp, ona arada bir göz kırparak heyecanını hatırlatırken, Mürvet, utangaç bakışlar, kaçamak gülüşlerle kocasına munis karşılıklar veriyordu. İkisinin de kendi kendine ettiği yemin aynıydı; saltanat günleri gibi, zorluk günlerini de birlikte atlatacaklardı. Evet, buna yeminlilerdi.

Emine, büyük kızının hiçbir şikâyette bulunmamasına rağmen, onun hayatındaki hızlı ve tatsız değişiklikleri takip ediyordu. En son, Beyoğlu'nda, ziyaret ettiği ev ile şimdi Cağaloğu'ndaki evleri, yaşamlarında ne kadar büyük fark olduğunu gösteriyordu. Varlıktan yokluğa düşmüş ve bununla her şartta mücadele etmiş bir kadın olarak, küçük bir evde dar bir bütçeyle yaşamayı çok korkunç görmüyordu. Ama kızının ve torunlarının senelerdir alıştığı rahatı, bolluğu ve şıklığı arayacaklarından emindi. Onlar adına üzülüyordu. Birkaç kez, ziyareti sırasında, Mürvet'i kırmaktan korkarak, gayet dikkatlice, arzusunu dile getirdi. Mahmutpaşa'da kendisine yakın bir eve taşınırlarsa, hem meraktan kurtulacağını, hem birbirlerine arkadaşlık edebileceklerini söyledi.

Mürvet, son günlerde aralarındaki ilişkinin anlayış ve sevgi dolu oluşunu fırsat bilerek, bunu kocasına söyledi. Seyit, o gün yine son bir haftadır çalıştığı bir manifatura mağazasındaki işinden ayrılıp dönmüştü. Mürvet, tatlılıkla izah ederse, kocasını ikna edebileceğini düşünüyordu.

"Seyit, hayır dersen, yine kabulüm. Ama bir kere düşün istersen. Annemin yakınına taşınsak daha iyi olmaz mı? Burada, çocuklar için ne bahçe var oynayacak, ne balkon. Bu iki göz odaya ödediğimiz paraya, orada da nasılsa bir yer buluruz. Hem, ne de olsa, ailemizin yakınında oluruz. İnsanın her türlü günü var."

Seyit, hiç itirazsız kabullendi bu teklifi.

Ertesi gün ev aramaya çıktılar. Emine'ye az uzakta, Necip Efendi Sokak'ta bir ev buldular. İki odalı yer için kira altı liraydı. Mahzen katında da odaların toplam alanından daha büyük, yerleri malta taşı kaplı, mermer lavaboların yan yana dizildiği kocaman bir mutfağı vardı. Bu kez taşınmaları çok uzun sürmedi. Bir arabanın arkasına sığdı eşyaları. Emine de yardıma gelmişti. Aynı günün akşamında, odaları temizleyip, yerleşmişlerdi bile. Yatak odalarının gardırobunu sığdıracak yer bulamamaları, her kuruşa ihtiyaçları olduğu bugünde, satmak için iyi bir bahane oldu. Seyit, eşyalarını taşıyan arabayı bırakmadı, gardıropla beraber bedestene gitti. Emine, mutfağa girip, onlara akşam yemeği için bir şeyler hazırlamaya başladı. Mürvet, kendileri için yatak odası olarak ayırdıkları, küçük odanın duvarlarındaki çivilere eşyaları asmakla meşguldü. İpek, krep, saf yün, şifon elbiseler, dantel, organze bluzlar, renk renk hasır, kumaş, ipek şapkalar eğretiden çivilerin üzerinde, odayı, çevreyi, tüm mahalleyi yadırgar gibi bakıyorlardı sanki. Yatağın kenarına oturup, bir müddet bu tezat görüntüyü seyretti.

Bütün sıkıntılarına rağmen, hiç değilse annesine ve küçük kız kardeşine yakın olmak Mürvet'in içini rahatlatıyordu. Necmiye, bir çorap fabrikasında çalışıyordu. Fethiye ise, Sarıyer'den Ortaköy'e taşınmıştı. Yine onlara oldukça uzaktaydı. Pek sık görüşemiyorlardı.

Onu çok özlemişti. Fethiye'nin deli dolu konuşmaları, şen, dünyayı umursamayan şakaları belki de içini ferahlatırdı biraz, diye düşünüyordu. Kocası, sanki onun kafasından geçenleri okumuş gibi, çocukları alıp evden biraz ayrılmasının iyi olacağını söylediğinde çok sevindi.

"Murka, çok sıkılmış olmalısın son zamanlarda. Al çocukları, Fethiye'ye git istersen. Değişiklik olur. Ben nasılsa akşam yemeğinden önce dönecek değilim. Bugün yine bir iş bakınacağım."

Cebinden çıkardığı parayı şöyle bir sayıp, kendisine ufak bir harçlık ayırdı ve gerisini olduğu gibi Mürvet'e verdi.

"İstersen yoldan bir şey de alıver. Eli boş gitmek olmaz."

Son iki aydır evin kirasını ödeyememişlerdi. Bu sıkıntılarına rağmen kocasının iyi niyeti ona çok dokundu. O an içinden Seyit'in boynuna sarılıp öpmek geldi ama gülümsemekle yetindi.

"Sağ ol Seyit. Akşam olmadan döneriz."

"Haydi, hoşça kal. Selâmlarımı, sevgilerimi ilet."

Mürvet, heyecanla çocuklarını hazırladı. Uzun zamandır çivilere astığı şık kıyafetlerini giymek için bir sebebi olmamıştı. Kendisi de özenle giyindi. Ortaköy'e doğru yola çıktılar.

İskele Sokak'ta, Fethiye'nin evine vardıklarında, büyük sevinç yaşandı. İki kız kardeş de, kuzenler de çok özleşmişlerdi. Fethiye'nin kızı Sevim iki yaşına yeni girmişti. Kapkara çekik gözleri, kuzguni siyah saçları, çıkık elmacık kemikleriyle çok şirin bir çocuktu. Bütün gün muhabbetle geçti. Hamur açıp, börek pişirdiler. Mürvet, giderken Hacı Bekir'den bir kutu acıbadem almıştı. Çaydanlığın altı hiç kapanmadı. Akşamüstü geç saatlere kadar birlikteliğin tadını çıkardılar. Fethiye'nin yaşamı, hiçbir zaman Mürvet'in yaşamış olduğu lükse erişmemişti. Ama o kendi mütevazı yaşamı içinde, neşesini, gamdan, kasvetten uzak esprili tavrını kaybetmiyordu. Bu keyifli hali, karşısındakini de tesiri altına alıyordu. Bütün günü ufak tefek şeyler için de olsa, gülerek geçirdiler. Hele, Fethiye'nin ut çalıp şarkı söyleyip, Sevim'i de oynatırken eve hırsız girmesi hikâyesi, Mürvet'in gözünden yaş getirdi. Fethiye, kendi yarattığı eğlenceye öyle dalmış ki, burnunun dibinde dolaşıp öteberiyi toparlayan hırsızı fark etmemiş bile.

Geri dönerlerken, Mürvet kendisini rahatlamış, hafiflemiş hissediyordu. Akşam karanlığı basmadan Mahmutpaşa'ya geri döndüler. Necip Efendi Sokağı'na sapmak üzere Yeşildirek Karakolu'nun önünden dönmek üzereydiler ki, karşıdan gelmekte olan yaşlı adamı gören Mürvet'in nevri döndü. Ankara'ya giden ev sahiplerinin, kirayı toplamak üzere vekil bıraktığı bir akrabasıydı adamcağız. O da kimsesiz ve ihtiyaç içindeydi. Topladığı kadarıyla kira, onun geçim parası oluyordu. Mürvet, bir an için, çocukların ellerini sımsıkı tutup düşündü. Yolunu değiştirebilirdi ama bu çok ayıp olacaktı. Yutkundu. Başını kaldırıp yürümeye devam etti. Yüz yüze geldiklerinde, genç kadın kibar bir gülüşle adamı selamlamaya gayret gösterdi. Ama diğeri oralı değildi. İşaretparmağını sallayarak Mürvet'i azarladı.

"Oh! Oh! Maşallah! Maşallah! Şapkalar, eldivenler, kürk yakalı paltolar giymeye haliniz var, maşallah! Kirayı verecek paranız yok ama. Bedava oturmak size yakışıyor mu Mürvet Hanım kızım? Ama benim halim belli ki umurunuzda değil. Siz gezmelerdesiniz, şık kızlarınızla."

Mürvet, yüzünün kıpkırmızı olduğunu hissediyordu. Havanın ayazına rağmen, tüm vücudunu ter basmıştı. Göz ucuyla kapılardan, pencerelerden, kendilerini izleyen bir komşu olup olmadığını kontrol etti. Son derece tedirgindi. Adamı yumuşatmaya çalıştı.

"Öyle demeyin Salih Bey. Çok rica ederim. İnanın, borcumuzu en kısa zamanda ödeyeceğiz. Seyit yeni işe girdi."

Bu arada söylediğinin yalan olmaması için dua ediyordu. Seyit'in eve nasıl döneceğini bilmiyordu.

"Elimize ilk geçen parayı size vereceğiz. Bizim yaşamımız da sizin düşündüğünüz gibi değil. Rica ederim, bize bir hafta daha müsaade edin."

Salih Bey, karşısında, yaşlı gözlerle dert anlatmaya çalışan Mürvet'in zarif, hoş tavırlarını ve gözlerindeki samimiyetini dikkatle takip etti. Şimdilik ikna olmuşa benziyordu.

"Bir hafta daha. Sadece bir hafta. Benim de geçimim bu para, kızım. Seni üzdüysem kusura bakma. Ama sakın bir haftayı geçirmeyesiniz."

Mürvet eve geldiğinde, bütün günün tadı bitmişti. Giyinip sokağa çıktığına bile pişmandı şimdi. Akşam Seyit geldiğinde olanları anlattı. Seyit, o kadar karamsar değildi. Onu öpüp rahatlamaya çalıştı.

"Bunları yaşamamız çok tatsız Murka, biliyorum. Benim sıkıntım da seninkinden az değil, inan. Ama galiba bu defaki işim sürekli olacak. Yine kendim bir şeyler yapmaya karar verdim. Öyle el kapısında çalışamayacağımı anladım artık. Ben adamları yadırgıyorum, adamlar da beni. Eğer, iş düşündüğüm gibi giderse, en kısa zamanda öderiz kira borcumuzu. Eskisi kadar toparlayabilir miyim durumu, bilemem ama en azından borçlu olmayız ele güne."

Sonra mutfaktan kadehine içkisini alıp, koltuğuna oturdu.

"İnan, bu benim hiç alışık olmadığım şey Murka. Çok ağırıma gidiyor, birilerine borçlu olmak. Bunu da atlatacağız, biliyorum ama o arada benim de yüreğim kıyılıyor."

Mürvet gülümseyerek sıcak bir bakışla kocasına yaklaştı. Elini onun omuzuna koyarak konuştu.

"Biliyorum Seyit, biliyorum. Bu günler de geçecek ama üzerimizdeki kıyafetler olmasaydı, o kadar laf işitmezdik belki de Salih Bey'den."

Seyit, parmaklarını karısının dudaklarına değdirerek onu susturdu.

"Sakın o elbiselerden veya takılarından birini satmaya kalkmayacaksın. Anlaşıldı mı? Hem borçlu, borçludur. Temiz pak giyinmesi ile üstünün başının dökülmesi arasında, borcunun miktarını değiştiren hiçbir şey yoktur."

O hafta, ev sahibinin vekiliyle bir kez daha karşılaşmayı beklemeden borçlarından kurtulmaya karar verdiler. Mürvet'in sandıktan çıkardığı, Rus gümüşü tepsi, şamdanlar ve çay kaşıklarını Kapalıçarşı'da satmaya götürdüler. Mallarını daha gümüşçünün tezgâhına boşaltırken, tesadüfen içeri giren bir çift, hepsini birden satın almak istedi. Erkek Türk, kadın Fransız'dı. Kızlarını yeni evlendiriyorlardı ve parçalara hayran olmuşlardı. Hem satıcı, hem alıcı, müşterilerinin kendi aralarında anlaşmalarından korkan tezgâhtar, her ikisini de kaçırmadan işi bağlamak için büyük gayret sarf etti. Sonunda, tatminkâr sayılabilecek bir paraya satış tamamlandı. Senelerce büyük bir zevkle kullandığı eşyalar, yabancı çiftin kolu altında uzaklaşırken, Mürvet çantasına yerleştirdiği parayla teselli bulmaya çalıştı. 'İnsanın malının hiç olmaması, olup da satmak zorunda kalmasından daha iyidir.' diye düşünüyordu.

Bu para ile kira borçlarını hemen o akşam ödedikten başka, minik para sandığına da, daha bir müddet, yaşamlarına destek olabilecek bir miktarı koydular.

O cumartesi, Seyit, karısına epeydir unuttuğu bir şeyi hatırlattı.

"Murka, sen sinemaseversin. Uzun zamandır gitmedin hiç. Haydi, kızları da al, çıkın Beyoğlu'na."

Onun huzursuzluğunu fark edince ısrar etti.

"Nazlanma. Ne kadar özlediğini biliyorum sinemaya gitmeyi. Hem bu akşam paramı almış döneceğim. Borcumuz da yok kimseye. Gönül rahatlığıyla süslenip gidebilirsin. İtiraz istemiyorum. Çok sıkılıyorsun, biraz oyalanırsın."

Mürvet, Beyoğlu'ndaki sinemaların şıklıkları içinde oturup, perdelerindeki hayâl dünyalarına yolculuğa çıkmayı hakikaten özlemişti. Haber, çocuklar için de sevinç çığlıklarıyla karşıladıkları bir sürpriz oldu.

Ayaz fakat güneşli bir gündü. Mürvet, kızlarının elinden tutup, kendilerini Tepebaşı'na götürecek tramvaya bindiği zaman, diğer yolcuların beğeni bakışlarıyla biraz huzursuz oldu. Çocukların nazar boncuklarını takıp takmadığını düşündü. Nazardan çok korkardı. Mümkün olduğu kadar, başkalarının bakışlarıyla yüz yüze gelmemeye çalıştı. Leman ve Şükran, geçirecekleri eğlenceli günün heyecanıyla şimdiden coşmuşlar, dilleri açılmıştı. Aralarında devamlı konuşuyorlardı. Mürvet, onları sükûnete davet etti. Daha fazla ilgi çekmelerini istemiyordu. Leman, annesininki gibi yakası ve kolları kürklü, yün, Şükran ise kadife ve kürk karışımı mantolarını giymişlerdi. Her ikisinin de süet potinleri, deri eldivenleri, yün şapkaları kıyafetlerini tamamlıyordu. Mürvet, gizliden gizliye, kızlarının güzelliği ve birer küçük hanımefendi halleriyle gururlanıyordu.

Galatasaray'a geldiklerinde tramvaydan indiler. Mürvet birden bu dünyayı ne kadar özlemiş olduğunu fark etti. Her şey pırıl pırıl, her şey güzel geliyordu gözüne. Hiç vakit kaybetmeden Gloria Sineması'na yürüdüler. *Chikago Yanıyor* filminin afişleri son derece davetkâr duruyordu. Mürvet hemen biletlerini aldı ve heyecanla içeriye girdiler. Antrakta, çocuklara gazoz, çikolata aldı. O kadar keyiflenmişlerdi ki, ikinci filme de kaldılar. Şarlo'nun filmiyle kahkahalara boğulduklarında, artık apayrı bir dünyadaydılar. Mürvet, bir ara sinemadan çıkınca sanki Ağa Camii'ndeki büyük apartman dairesine geri döneceklermiş hissine kapıldı. Geçmişte kalan o güzelim günler için derin bir iç çekti. Ama Şarlo onu düşüncelerinden uzaklaştırmaya muvaffak oldu.

Işıklar yanıp da kalabalığı takiben sinemadan çıktıklarında, Mürvet şaşkına döndü. Kapkara bulutlarla, hava kış gecesinin karanlığına bürünmüş, etraf kardan bembeyaz olmuştu. Rüzgârla savrulan iri kar taneleri yüzlere çarptığı zaman kırbaç gibi yakıyordu. Genç kadın, iki çocukla, nasıl eve dönebileceğini, Seyit'e ne diyeceğini düşünürken, kalbi yerinden çıkacakmış gibi çarpıyordu. Yolun köşesinde bekleyen taksilere bakarken, bir zamanlar sırf onu sinemaya getirmek için kapısında taksi durduğunu hatırladı. Niye daha çok tadını çıkarmamıştı ki o zamanlar? Her neyse, şimdi böyle bir lükse halleri yoktu ve tramvay onu evine ulaştıracak tek araçtı. Kızların ellerine sıkı sıkı yapışarak durağa doğru koşmaya başladı. Işıl ışıl yanan vitrinlerdeki güzelliklere arada bir gözü takılmasına rağmen, hiçbiri onu durduracak kadar aldatıcı olamıyordu. Tek düşüncesi, Seyit'in kendilerini nasıl merak edeceği ve ona ne cevap vereceğiydi. Durağa vardıklarında, sırtlarından ter akıyordu ama yüzleri, ayakları buz kesmişti. Uzun bir yolcu kuyruğu vardı.

Kibar bir bey, iki çocuğuyla kar altında bekleyen bu genç kadına acıyıp sırasını verdi. Mürvet, hiç naz etmeden bu şansını kullandı. İtiş, kakış bindiler. Tramvay yol alıyordu ama sanki hiçbir yere gitmiyordu. Her bir dakika birkaç saat gibi geliyordu Mürvet'e. Neredeyse, inip de arkadan iteceği geliyordu içinde oldukları vasıtayı.

Nihayet eve vardıklarında, heyecanı son haddini bulmuş, üçü de buz kesmişti. Daha kapıdan girdikleri an çocuklar bağrışarak içeriye fırladılar.

"Pirzola kokuyor! Pirzola kokuyor! Babam pirzola almış!"

Mürvet, bileğine kadar ıslanmış botlarını çıkarırken elleri titriyordu. Paltosunu asıp, şapkası henüz başında, içeri girdi. Seyit, yemek masasını hazırlamış, rakısını açmış, iki kalem pirzolayı çerez yapmış, tek başına oturuyordu. Kızlarına sarılıp öptü. Mürvet'in yüzüne bakmıyordu. Sanki masada karşısında bir başkası varmış gibi konuştu.

"Kadına yüz vermeye gelmez işte."

Lâmbanın ışığında onun çatık kaşlarını görüyordu Mürvet. Ardından daha nasıl patlayacağını bekledi. Hiçbir özrü yoktu. Ne diyeceğini de bilemiyordu. Seyit, çocuklara dönerek konuştu.

"Haydi, üzerinizi değiştirin, yıkanın da gelin. Mangalda daha ateş varken yapayım pirzolalarınızı."

Sonra Mürvet'e baktı.

"Özlediğini biliyordum sinemayı ama bu kadar da değil. Çok beğendiysen, yataydın bari orada."

Sesi sertti ama Mürvet'in korktuğu kadar patırtı yapmıyordu.

"Seyit, özür dilerim. Dalmışım filme. Çıkınca da kar bastırmış bulduk. Çok zor geldik."

"Eh, birkaç film daha seyretseydin. Zaten kendiliğinden sabah olacaktı. Belki mevsim de değişirdi. O zaman rahat gelirdin evine."

Mürvet, onun alaylı sesine hiç ses çıkarmadı. Kavgadan iyiydi.

Seyit, pencereyi açtı. İçeri buz gibi bir hava doldu. Pencerenin dışında, geniş pervazın üzerinde duran minik mangalda yanan kömürleri bir karıştırıp, etleri üzerine yerleştirdi. Camı kapatıp yerine oturduğunda sordu.

"Neydi sizi koltuklarınıza bunca saat yapıştıran film? Bari anlatın da değsin bari beni merak içinde beklettiğinize."

Mürvet, ağzını açtığı an kapadı. Yaşadığı heyecandan, ne seyrettiğini bile unutmuştu. Biraz durup sakinleşmeye çalıştı. Leman onun yerine atıldı.

"Önce yangınlı filmi seyrettik babacığım. Çok heyecanlıydı. Sonra da o komik adamı seyrettik. Şarlo'yu."

Ve ezberlediği bir-iki komik mimiğini tekrarladı. Seyit onun yüzüne bakınca gülümsedi. Daha fazla kızamıyordu. Karısını ve çocuklarını, sağ salim, evde, yanı başında görmek yeterdi. Keyiflenerek, kızının anlattıklarını dinlemeye başladı. Sessizce, masadaki yerine oturan Mürvet'in iskemlesinin arkasına kolunu attı.

"Gel şöyle, biraz yaklaş bana."

Sonra onun başını kendi omuzu üzerine dayayıp öptü. Kulağına fısıldadı.

"Beni delirttin meraktan Murka."

Mürvet'in cevabını beklemedi. Yerinden fırladı. Camı açıp, etleri tabağa aldı. Keyiflenmişti.

"Pirzolalar hazır! Herkes tabağını uzatsın bakalım."

Sofrada mayonez salatası, fıstıklı, zeytinyağlı pilav vardı. Mürvet, masraflarına bu kadar dikkat ettikleri bir zamanda, kocasının niye pirzola alıp, olmayan bütçeleri için oldukça zengin bir masa hazırladığını anlayamamıştı. Ama yine de bir şey sormadı. Belki de bir iş bulmuş, avans almıştı. Onun anlatmasını beklemekten başka çare yoktu. Akşam her şeye rağmen çok güzel geçti. Seyit, eski günlerdeki neşesini hatırlar gibi olmuştu. Karısının saçlarını okşayıp, çocuklarının yanaklarını mıncıklayarak onlara şarkılar söyledi. Kırım'dan, Rusya'dan hikâyeler anlattı. Çocuklar, yorgun, uykuya daldıklarında, karı koca baş başa, birer kadeh daha içtiler. Konuşmadan, uzun müddet, sadece sarılarak oturdular. Mürvet, kocasının kendisini sadece merakla değil, aynı zamanda kıskançlıkla beklediğini ilk defa o zaman hissetti. Senelerdir kendi içinde olan kıskançlığı, Seyit'in de duyabileceğine inanmak zor geliyordu. Ama buna şüphesi kalmamıştı. Kocası onu kıskanıyordu. Bunu başarabildiği için kendisiyle gurur duydu. Bir kedi munisliğinde, başını kocasının göğsüne dayayıp, onun yaydığı sıcaklığın tadını çıkardı.

Sofrayı toparlamak üzere kalktıklarında, Seyit, mutfağa daha önce indi. Mürvet, onu takip ettiği zaman, duvarlara dayanmış büyük çuvalları gördü. Tezgâhın üzerinde de aşevi kazanlarını andırır kazanlar iç içe durmaktaydı.

"Bunlar ne için?"

Seyit, elindeki tabakları eviyenin içine bırakırken cevap verdi.

"Bunlar yeni işim."

"Yeni işin mi?

"Evet, burada başlayacağım. Yer müsait. Eğer şansım geçen

defaki gibi yaver giderse, iş ilerlerse, sonra bir yer açarım belki."

Keyifle gülümsedi.

"Belki de yine Beyoğlu'na döneriz o zaman."

Mürvet meraklanmıştı.

"Pekiyi nedir Allah aşkına şimdi yapacağın iş?"

"Şırdan dolması."

"Şaka mı yapıyorsun?"

"Hayır, hiç şaka yapmıyorum. Bu civardaki lokantalardan epey müşteri bulacağımı sanıyorum."

Mürvet'in şaşkınlığı bir şey değiştirmedi. Seyit, şırdan dolması hazırlamaya başladı o günden sonra.

Ayrıca kazanlarda kaynayan şırdanların yağlarını süzgeçle toplayıp ayırıyordu. Uzun mermer tezgâhın bir ucuna ahşap bir parça ilave edip, bir kıyma makinesi yerleştirdi. Kasaplardan topladığı kuyruk yağlarını da makineden geçirdikten sonra eritip, şırdan yağına karıştırıyordu. Sonra iş büyük tenekelere bu yağların doldurulmasına geliyordu. Ardından da lehimleyerek tenekeleri üst üste diziyordu. Seyit neredeyse hiç uyumuyor gibiydi. Şırdan dolmalarını dikerken, yağlarını toplayıp eritirken, tenekeleri lehimlerken, hep kaçırdığı paralı yıllara yeniden yetişebilmenin hırsıyla çalışıyordu. Her bağladığı dolma, her ağzını kapadığı teneke, onu sanki emeline biraz daha yaklaştırıyordu. Piyasa tutarsa bunun büyük bir iş olacağından emindi. Gece yarıları çalışırken hep bir gün bir imalâthane kurup, yanına çıraklar alacağı günü görüyor, sonra yine Beyoğlu'nda, şık, şamdanların süslediği, gümüş servisli masaları olan, orkestranın şenlendirdiği lokantalar açacağı günü hayâl ediyordu.

Mısır Çarşısı'nın yan kapısından çıkınca, Kuru Kahveci Mehmet Efendi'nin üzerinde olduğu Tamiz Sokak'ta toptancı yağcılar vardı. Seyit'in denenmek üzere götürdüğü birkaç teneke yağ beğenilmiş ve siparişler başlamıştı. Eline biraz para geçince malzemesinin miktarını artırdı. Kuyruk yağlarını çuvallar içinde tuzlayıp bekletmek, her gün kasap kasap dolaşmaktan daha avantajlıydı. Ayrıca elde ettiği yağa dörtte bir oranında zeytinyağı da karıştırmaya başladı. Kuyruk yağlarını erittiğinde, kavrulup tavanın dibinde kalan kıtırlarını da değerlendirmeyi düşündüğünde, onlarla çibörek doldurmak aklına geldi.

Evin mutfağı artık, aşhane gibi olmuştu. Seyit, inanılmaz bir gayretle, beş-altı kişinin yapacağı işin altından tek başına kalkmaya uğraşıyordu. Bir taraftan da hazırladıklarını piyasaya dağıtmaya çalışıyordu. Kısa bir müddet sonra, toptancılar, arabalarını gönderip kapıdan mal almaya başladılar. Aksaray, Mahmutpaşa, Cağaloğlu lokantaları da sipariş verdikleri şırdan ve çibörekleri gelip alıyorlardı.

Mürvet, fırsat buldukça, mutfakta, kocasının yanında şırdan dikiyor, tezgâhı ve malzemeleri temizliyordu. Kocası için hiç düşünemeyeceği bir işin ve inanılmaz yorucu bir uğraşın içindeydiler. Ama kapının önünden ayrılan her araba, yüklenen her tezgâh, evlerine giren para demekti.

O sene, kar ve yağmur İstanbul'u zor terk etti. İlkbahar kendisini naza çekiyor gibiydi. Ancak bu naz, zamanın kendi akışını engelleyemedi. Ve kendisinin bahar olduğunu henüz anlayamayan günlerin ardından yaz geliverdi. Bahçeler, pencerelerdeki saksılar renklendi. Sokaklar, mahalle araları, bütün bir kış evlerinde bunalmış çocukların çığlıkları, kahkahalarıyla doldu. Manavlar tezgâhlarını, kahvehaneler masalarını sokaklara taşıdı.

Ev kadınları bütün gün açık tuttukları pencerelerin pervazlarına göğüslerini dayayıp, aşağıya sarka, yukarıya döne birbirleriyle muhabbete başladılar. Bu küçük mahallelerin yazı da bir başkaydı. Akşamüstleri evlerin taşlıkları, kapı önleri yıkanıyor, bütün gün sokağı dolduran toz toprak çamura dönüşüyordu. Gün olmuyordu ki, çocuklardan biri diğerini ağlatmasın.

Mürvet, kızlarının sokakta oynamalarına katiyen izin vermiyordu. Ancak, akraba çocukları geldiğinde veya onlara gidildiğinde, kendi gruplarıyla oyuna bırakıyordu. Onun dışında, incecik, cılız seslerin bütün gün, ağza alınmayacak lâflarla birbirlerine arsızca bağırmalarını uzaktan duymak bile onu hiddetlendiriyordu. Kızlarını, mümkün olduğunca, bu tarz arkadaşlar edinmekten uzak tutmaya niyetliydi. Yine arada bir onları alıp Ortaköy'e, Fethiye'ye ya Beyoğlu'na sinemaya götürüyordu. Mürvet ve kızların pırıl pırıl elbiselerle, vakur yürüyüşlerini mahalle çocukları arkalarından taklit ederek bir müddet eğlendi, sonra vazgeçtiler. Hepsi, uçuşan kumaşlardan elbiseleri, rugan potinleri olan bu kızları kıskanarak izliyordu. Mürvet, etraflarındaki haset bakışları hissettikçe, buralardan kaçabilmeyi istiyordu.

Yaz, geçirdikleri son birkaç mevsimin sıkıntısı içinde, ama en azından kendi aralarında bir problemleri olmadan geçti. Seyit, mutfakta yürüttüğü tezgâhtan kazandığıyla Acıçeşmeler'e inen sokağın üzerinde bir lokanta açtı. Gerçi ufak bir yerdi ama yine o her zaman alıştığı gibi, kolalı keten örtüleri, peçeteleriyle servis veren tertemiz, şirin bir lokantaydı. Menüde, ev yapımı salatalık turşusu, kızarmış ekmek, yağ, şırdan dolması, çibörek, projki, köbete ve mayonez salatası vardı. İşler gittikçe artıyordu. Seyit'in bundan bir şikâyeti yoktu. Kendi kendinin patronuydu. Para kazanıyordu. Kimseye borcu yoktu. Ve en mühimi, alnının teriyle kazanıyordu. Uyuduğu saatler sayılı gibiydi. Gününün büyük bir bölümünü evin mutfağında geçiriyordu yine. Tezgâhın üzerinde, kadeh içinde rakısı, bazen votkası onunla arkadaştı.

Mutfakta, yalnız çalıştığı saatlerde, çok kez Leman da aşağıya inip, babasına yardımcı oluyordu. Babasıyla paylaştığı saatlerden büyük keyif alıyordu, çünkü onun her söylediğinde bir mana, her anlattığında kocaman bir hikâye oluyordu. Hiç tanımadığı, bilmediği yerlerin, insanların hikâyelerini dinlerken kendini kaybediyordu âdeta. Babası, bütün bu uzak yerleri ve insanları tanımıştı. Ne maceralar yaşamıştı. Bunları dinlerken, onu kendisine kahraman olarak seçmişti zaten.

Seyit, Leman'ın yanında olmasından son derece mutlu oluyordu. Alıştığı dünyadan, yaşamdan öylesine uzaklaşmıştı ki, taptaze, öğrenmeye meraklı dimağı, pırıl pırıl zekâsıyla kızının yanı başında oluşu, onu heyecanlı ve hayata bağlı tutuyordu.

Leman, babasının tarif ettiği üzere, ocağın yanındaki taburenin üzerine çıkıp, elindeki kocaman kepçeyle şırdanların yağlarını süzüp topluyordu. Bu yaptığıyla babasının üzerinden çok yüklü bir iş aldığını düşünüyordu. Bir taraftan da sohbet ettikleri bu saatler, Necip Bey Sokak'taki mahzen katının mutfağı için belki de var olduğundan beri yaşanan en keyifli saatlerdi. Leman'ın yorulmaya başladığını hissettiği an, Seyit ona tatlılıkla yaptığı işi bıraktırırdı. Kızının ellerini sabunlar, sonra sirke, elma kabuğu, limon, gliserinle hazırladığı güzel kokulu bir suyla yıkardı. Küçük kız, vaktiyle demir tekerlekli, kuştüyü yastıklı arabasında, babasının kendisini gezdirdiği günlerden ne kadar keyif aldıysa, bu mahzen katında, kaynayan şırdan tencereleri, yağ tenekeleri, un çuvalları arasında da onunla beraber olmaktan aynı keyfi alıyordu. Onun için mühim olan, babasının yanı başında olması, onunla bir şeyler paylaşması ve babasına kendi sevgi ve ilgisini gösterebilmesiydi.

1932 yazının bitiminde, Leman'ın okul yaşı gelmişti. Necmiye, Leman'ı elinden tutup, okula götürdü. Kaydını yaptırdı. Birinci İlkokul, evlerine çok yakındı. İstanbul Erkek Lisesi'nin tam karşısında, kocaman harem-selâmlık bir konaktan bozmaydı. Leman, bir hafta sonra başlayacağı okulunu heyecanla gezdi. Bir an evvel sırasına oturup, okuma yazma öğrenmek istiyordu. Kayıttan sonra teyzesiyle çarşıya çıkıp siyah önlük, çanta aldılar. Küçük kız yeni sahip olduğu eşyalarını taşımayı severek üstlendi. Eve geldiklerinde Mürvet, kutudan çıkardığı parasından kız kardeşine ödemek istedi ama diğeri kabul etmedi.

"Abla, beni üzersin. Bu benim Leman'a okul hediyem. Hem, daha alacak çok şeyiniz olacak nasılsa. Bu da benden olsun."

Mürvet ısrar etti.

"Olmaz Necmiye. Sen de az zahmetle kazanmıyorsun o parayı. Kabul edemem."

"İyi ama benim paramı harcayacağım bir çocuğum yok daha. Bırak abla. Beni kıracaksın. Bu kadarcık da hediye alamaz mıyım yeğenime? Hem, sen ve eniştem bana neler hediye ettiniz bugüne kadar. Kabul etmesem, üzülmez miydin?"

Mürvet gülümsedi.

"Tamam, tamam. Kabul. Sağ ol Necmiye."

O akşam, yemekten sonra Leman, önlüğünü giyip, annesinin tığ işi ördüğü beyaz yakasını taktı, çantasını eline aldı ve yeni kıyafetini bütün ailesine göstermekten memnun, mesut dolaştı.

Çocuklar süratle büyüyorlardı. Mürvet, eski becerilerini yeniden kullanmak zorundaydı. Şükran, Leman'a küçük gelen her şeyi rahatlıkla giyebiliyordu. Ama Leman için durum farklıydı. Mürvet, bir müddet için palto ve elbiselerinin etek ve kollarını açarak idare edebileceğini tahmin ediyordu. Olmazsa, kendi elbiselerinden bozarak bir şeyler yapacaktı. Şimdi, Seyit'in bu güzelim kıyafetleri sattırmamasından memnunluk duyuyordu. Hiç yenisini alamasalar dahi, bunlar evrile çevrile daha çok seneler idare ederdi onları.

Leman, mektebe gitmekten son derece mutluydu. Öğrenme, okuma, yazma merakı ve sevdası, hayatına bambaşka bir heyecan getirmişti. Öğretmeni Şükriye Hanım, aynı zamanda Darülbedayi'de tiyatro sanatçısıydı. Son derece yetenekli, hoş, talebeleriyle dost, zeki bir kadındı. Leman, daha ilk günden, Şükriye Hanım'ı hayatı boyunca severek hatırlayacağını hissetti. Daha senenin yarısı gelmeden birçok rond, müsamere hazırlattı sınıfına, Şükriye Hanım. Leman, hepsinde, hocasının yetenekli, gözbebeği öğrencisi olarak başrollerdeydi. Kendisini oldukça büyümüş hissediyordu artık. Okuma yazmayı öğrenmişti. Yol çok kısa olduğundan, okulu ile evi arasında yalnız başına yolculuk yapabiliyordu. Hatta, annesinden özel izinle bazı akşamüstleri, okuldan çıkınca anneannesinin evine gidiyordu. Emine ile Necmiye, bahçeli, iki katlı bir evin birinci katında oturuyordu. Kendi iki göz odalı evlerinin yanında, anneannesinin evini çok büyük buluyordu Leman. Ama Beyoğlu'nda oturdukları evleri düşününce de küçük kalıyordu. Bayram günleri bütün aileyi bir araya getiriyordu Emine'nin evi.

Yaz geldiğinde, hayatları bir sene evveline nazaran oldukça rahatlamıştı. Seyit, bir laboratuvar titizliğinde tuttuğu evin mutfağında, kazanlar, tenekeler arasında gecelerini geçirirken, gündüzleri lokantasıyla meşgul oluyordu. Leman, ikinci sınıfa geçmişti. Mürvet'in üvey ağabeyi Hakkı'nın oğullarının, Emine'nin bahçesinde yapılan sünnet düğünleri o yazın en şenlikli olayı oldu. Mürvet yine de, Altınkum Plaj Gazinosu'nda geçirdiği yazı hiçbir şeye değişmeyeceğini düşünüyordu. Güzel bir hayâl gibi uzaklarda kalmıştı o güzelim yaz. Ne çabuk geçip bitmişti. Sadece eski yazlar mı çabuk geçerdi, işte içinde yaşadıkları yaz da aynı hızla akıp gidiyordu. Ve bir sonbahar daha kapıdaydı.

Leman'ın mektebe başladığından birkaç hafta sonraydı. Ev, günlük telaşını yaşamaktaydı. Seyit, kapıdaki atlı arabaya, toptancılara gidecek yağları teslim ediyordu. İşini tamamlayıp eve girdiğinde, gözleri karısını aradı. Çocukların odasına baktı. Orada da yoktu. Seslendi.

"Mürvet! Ben çıkıyorum. Mürvet! Neredesin?"

Duyduğu inilti üzerine banyoya doğru koştu. Kapıya kulağını dayadı.

"Mürvet! Ne oluyor?"

Genç kadının sesi zor duyuluyordu.

"Çok fenayım Seyit. Çok fenayım. Yardım et."

Seyit, telaş içinde kapıyı açtığında, karısını kurnaya dayanmış, yarı baygın buldu. Rengi bembeyazdı. Elleri, çenesi, buzda kalmış gibi titriyordu. Seyit, askıdan aldığı bornoza sardığı karısını kucaklayıp, yatak odasına getirdi. Onu hiç böyle görmemişti şimdiye kadar. Aklı başından gidecek sandı.

"Söyle bana. Neyin var Murka?"

Mürvet, mecalsiz konuşmaya çalıştı.

"Çok kan kaybediyorum Seyit. Bir şeyler yap."

Seyit daha fazla soru sormadı. Karısını giydirebileceği en kısa zamanda hazırladı. Bir koşu, kayınvalidesini alıp eve getirdi. Henüz uykuda olan Şükran'ı ona teslim edip, karısını bir arabaya koyduğu gibi Haseki Hastanesi'nin yolunu tuttu.

Doktor, Mürvet'in derhal ameliyata alınması gerektiğini söyledi. Ertesi sabaha kadar mühlet istediler. Eve döner dönmez, Seyit, Mürvet'i hemen yatağa yatırdı. Emine, merak içinde, onları bekliyordu. Damadının verdiği ameliyat haberiyle yıkıldı âdeta. Seyit onu yatıştırmaya çalıştı.

"Birkaç gün kalacakmış orada. Dinlenirse çabuk toparlanır, diyorlar. Çocukları yanınıza alıp, göz kulak olur musunuz valde?"

"Tabii oğlum, tabii. O ne biçim söz. Ben hazırlarım onların üst başlarını. Merak etme."

Kızlar o geceden anneannelerinin evine ayrıldılar. Ertesi sabahın erken saatlerinde de karı koca Haseki'ye gittiler. Mürvet, hemen ameliyata alındı. Gözünü açtığında, Seyit'i yanı başında bir iskemlede oturup, ellerini tutarken buldu. Gözlerinde endişe, yüzünde yorgunluk okunuyordu. Mürvet'in, narkozun ve ağrı kesicilerin tesirinde, yarı araladığı gözlerine şefkatle bakarken, avuçları arasına aldığı elini öptü. Yorgun bir gülümsemeyle konuştu.

"Merhaba! Harika görünüyorsun."

Genç kadın, uzaktan uzağa hissettiği sızının, ilaçların yorgunluğunda fısıltıyla cevapladı.

"Sen de berbat görünüyorsun."

"Çok meraklandırdın beni. Nasılsın şimdi?"

"İyiyim sanırım."

"Daha da iyi olacaksın. Yalnız uzun süre istirahat etmeni istiyor doktor."

Mürvet telaşlanmıştı.

"Çok mu kalmam gerekiyor hastanede?"

"Hayır, birkaç güne kadar çıkacakmışsın. Ancak, evde de bir müddet yatak istirahatı şart, dediler."

Bir şeyler söylemek istemesine rağmen, Mürvet'in gücü yetmedi. Yeniden derin bir uykuya daldı.

Beş gün sonra, hastaneden kocasının kolunda çıktığında, dermansız ve yorgundu. Zayıflamış ve kansız kalmıştı. Ameliyat, bakım masrafları, ilaç paraları derken, bütçeleri hiç de hazırlıklı olmadıkları miktarda zedelenmişti. Çocuklar bir müddet daha anneannelerinde kaldılar. Mürvet'in ayağa kalkıp, koşuşturması için daha epey bir zaman geçmesi gerekiyordu. Seyit, alışveriş, yemek işini üstlendi. Karısına âdeta bir çocuğa bakar gibi bakıyordu. Mürvet, bir an evvel ayağa kalkamadığı için üzülmesine rağmen, bir yandan da kocasının özenli bakımıyla rahatsızlığından gizliden gizliye memnuniyet duyuyordu. Onun hiç bilmediği bir yönünü keşfetmişti. O sert, inatçı, haşin, heyecanlı erkek, böyle bir zorlukta ne kadar munis, anlayışlı ve sabırlı olabiliyordu. Zaman zaman düşünmekten alıkoyamıyordu kendisini, kimdi Seyit? Nasıl bir erkekti? Kocasını hâlâ tanıyamadığını düşünüyordu. Onun ne yüreğini, ne zihnini dosdoğru okumaya muvaffak olamamıştı. Bu kadar sene hayatını, yatağını paylaştığı erkek onun için hâlâ sırdı.

Zaten, hayatın kendisi de bir sır değil miydi? Her yeni günün aydınlığından, karanlığından yeni sırlar dökülmüyor muydu insanın hayatına. Kimi keyifli, kimi sıkıntılı, kimi tat, kimi acı veren sırlar. Son günler de, her nedense, sıkıntıların, zorlukların habercisi sürprizlerle doluydu yine.

Mürvet'in evde kısa yürüyüşlerle toparlanmaya çalıştığı günlerde, ev sahiplerinden gelen bir haberle, hayatlarının düzeninde yine değişiklik yapmak zorunda kaldılar. Evinin ticarethane olarak kullanıldığından şikâyetçi olan ev sahibi, kiranın arttırılmasını ya da evin boşaltılmasını, aksi halde onları mahkemeye vereceğini söylüyordu.

Seyit hiç fazla düşünmeye gerek duymadı. Yaptığı iş, üç dört misli bir kirayı ödemeye elvermiyordu henüz. Yeni bir mahkemeyle de uğraşmaya hiç mi hiç hali, sabrı yoktu. Ev sahibesinin vekiline son aylık kirayı vererek, evden ayrılacaklarını bildirdi.

Mürvet, kocasının bu kadar kolay, hızlı, hiç telaşlanmadan değişiklik kararları verebilmesine hayret ediyordu. Hayata tutunabilmek için gösterdiği bunca çabayı, zahmetli uğraşı, sanki hiç mi hiç önemsemiyordu.

Hâlbuki Seyit için iş, karısının gördüğü gibi basit değildi. Huzursuzluğu yüreğini daraltıyordu. Ancak artık şanssızlıkların peşini bırakmayacağı düşüncesi sabitleşmek üzereydi. Hayat kendisini bunca çekilmez kılmaya çalışırken umursamaz davranmak biraz olsun rahatlık getiriyordu. Durmaksızın yüz değiştiren kadere karşı, çılgın, ani kararlar vererek, onu umursamayarak meydan okuduğunu hissediyordu. Çok güzel günler yaşamıştı. Bundan daha kötü günleri de olmuştu. Onun için oturup hayıflanmak veya o gün olanlar üzerinde kafa yormak istemiyordu artık. Oturdukları semtin hayatındaki zamanı artık dolmuştu. Daha fazla burada kalmayacaklardı. Evden ayrılma kararını verdiğinin ertesi günü, yeni taşınacakları evi tutmuş olarak geri döndü. Karısına hemen toparlanmaya başlamasını söyledi. Mürvet, şimdi nereye gideceklerini merakla bekliyordu. Cevap tahmin etmeyeceği kadar uzak bir noktaydı.

"Büyükdere'ye taşınıyoruz."

"Niye Büyükdere Seyit? Buralarda bir ev bulamaz mıydık yine?"

"Artık buralarda oturmak istemiyorum Murka. Bu semtin macerasını yaşadık, bitti. Buranın kısmeti bu kadarmış."

"Keşke yine annemlere yakın bir ev arasaydık."

"Mürvet, evi tuttum. Aynı yerde iş buldum. Büyükdere'ye gidiyoruz."

Kocasının hiç değilse hazır bir işi olması Mürvet'i nispeten rahatlattı.

"Nasıl bir iş?"

"Kibrit fabrikasında."

Hem konuşuyor, hem kitaplarını topluyordu. Alaylı bir ifadeyle güldü.

"Tabii müdür olarak girmiyorum işe. Bir makinenin başında duracağım anlaşılan."

Mürvet, bu işin kocasına göre olmadığını, kısa bir müddet sonra oradan da bıkıp ayrılacağını düşünerek huzursuz oldu.

"Nereden çıktı şimdi kibrit fabrikasında iş?"

"Hamdi'yle görüştüm. O fabrikanın müdürü olmuş. 'Makinelerden biri boşaldı. Gel başla.' dedi. Sanırım hiç nazlanmaya halimiz yok."

Hamdi, Seyit'in büyük teyzesinin oğlu idi. Çok sık görüşmemelerine rağmen pek sevişirlerdi.

"Ali Dayı da orada çalışıyor. Hiç şikâyetçi değil halinden, anladığım kadarıyla. Onlara yakın bir ev tuttum. Yine dost yüzler arasında olacağız. O kadar telaşlanmana gerek yok."

"Pekiyi, lokanta ne olacak?"

"Lokantayı devrettim bile. İşleyen iş kolay sahip buluyor. Ama bana düşmüyor hiç, baştan yürüyen bir iş. Ne yapalım?"

Durup bir kahkaha attı.

"Ben doğduğum gün, şans kimbilir kimin kapısındaydı? O keratayı bir yakalasam..."

Mürvet, kocasının, şansın kendisini mi yoksa o şanslı adamı mı kastettiğini anlayamadı. Zaten artık fazla konuşmaya vakit yoktu. Kırılacak eşyaları sarmaya başladı.

"Kendini yoracak bir işe elini sürme. Bana bırak." dedi Seyit.

Beyoğlu'ndaki evler arası taşınmalarını hatırladı Mürvet. Günlerce süren paketleme, kamyonlar dolusu eşyayla nasıl uğraştıklarını buruklukla andı. Şimdi ise, yarım gün yetiyordu toparlanmaya. Mürvet, her şeye rağmen bu muhitte kalabilmelerini sağlayacak bir sebep arıyordu kendi kendisine. Sonunda, aklına gelen bir soruyu sorup, denemeyi düşündü.

"Seyit, Leman'ın mektebi ne olacak? Çocuk başladı burada ikinci sınıfa. Hem hocasını, arkadaşlarını çok seviyor. Nasıl ayrılacak?"

"Komik olma Mürvet. Hocasını, arkadaşlarını seviyor da bizi sevmiyor mu? Onun ailesi biziz. Biz nereye gitmek zorundaysak, elbette o da bizimle gelecek."

"Ama çocuk zorluk çekmesin yabancı yerde."

"Benim kızım yabancılık falan çekmez. Hem alışsın. Hayatın

kendisi aynı yerde durmuyor. İnsana mı kalmış başladığı yerde bitirmek! Çocukların aklına böyle şeyler takma. Her değişikliği kabullenecek güçleri olmalı çocukların."

Bu da, Seyit'i caydırmak için kâfi bir sebep olamamıştı. Mürvet, zorluk yaratmaktan vazgeçti. Öğleden sonra Seyit, Leman'ın kaydını aldı mektepten. Ertesi sabah da tuttuğu arabaya eşyaları yükletti. Öğle üzeri, Büyükdere'ye vardılar. Maltızdere Sokağı'nın en sonunda, iki katlı, bahçe içinde, eski, taş bir Rum eviydi tuttuğu. Ormanın başladığı tepenin eteğine dayanan bahçenin kendisi de küçük bir orman görünümündeydi, iki odadan ibaret, pencerelerin önünde sedirler kurulu, küçük, şirin ev, Ardaş isimli bir Ermeni'ye aitti. Kapıdan girer girmez, çocuklar, gördüklerinden keyifle, bahçenin içinde koşuşmaya başladılar. Mürvet, evden içeri adımını attığı an, biriki saatte yerleşebilecekleri küçük odalara bakarken, artık Beyoğlu'nda oturdukları evlerin lüksüne bir daha belki de hiç ulaşamayacaklarını düşündü. Seyit, sanki karısının kafasından geçenleri okumuş gibiydi ama o, zihninden geçen endişeli soruları dışarıya vurmak, kimseyle paylaşmak istemiyordu. İşi eğlenceli tarafından göstermeye çalıştı.

"İyi ki fazla eşyamız yok değil mi Murka? Düşün, o zaman ne zor olacaktı işimiz. Neyi nereye koyacağımızı bilemeyecektik."

Hakikaten de birkaç saat sonra, eşyalar küçük evde yerlerini almışlardı bile.

Ertesi sabah Seyit, ilk iş olarak Leman'ı bundan sonra devam edeceği ilkokula yazdırmak üzere, kızını da yanına alarak evden çıktı. Leman, Cağaloğlu'nda bıraktığı okulunu, öğretmenini ve arkadaşlarını çok sevmesine rağmen, hayatındaki değişiklikten şikâyetçi değildi. Onun için, babasının yanında olması yeterliydi. Seyit, eli avucunda, sımsıkı tutarak yürüdüğü kızının heyecanını fark etmişti. Onun yüzüne bakarak sordu.

"Mutsuz musun Lemanuçka? Cağaloğlu'nda kalmak ister miydin?"

Bu, karısına bile sormadığı bir soruydu. Ama her nedense kızına sorma ihtiyacını hissetmişti. Belki de cevabının nasıl olacağını çok iyi bildiğindendi. Nitekim Leman onu mahcup etmedi. Keyifle cevap verdi.

"Hayır. Orada kalmak istemezdim."

"Neden? Öğretmenini çok seviyordun, değil mi?"

Leman, bir an kendisini imtihan ediliyor gibi hissetti. Verdiği cevabın doğruluğundan babasının emin olmasını istiyordu. Son derece ciddi bir sesle cevapladı. Konuşurken aynı zamanda babasının yüzüne bakıyordu.

"Ama ben seni daha çok seviyorum."

Seyit, yüreğinin iftiharla kabardığını hissetti. Bu, beklediği cevabı almaktan değil, ama hislerinin yanılmadığını anlamaktan dolayı bir gururlanmaydı. Kızıyla aralarında var olduğunu sandığı ve itinayla korumaya çalıştığı sevgi bir hayâl ürünü değildi, gerçekti. Karısına ısrarlarla anlatmaya çalıştığı şeyi, şimdi kızı kendi ağzıyla onun yüzüne söylüyordu işte. Daha ne isteyebilirdi ki? Onunla biraz şakalaşmak istedi. Tekrar sordu.

"Beni bir gün bırakıp gider misin Lemanuçka?"

Leman, başını inatla iki yana oynatırken kâkülleri sallandı.

"Hayır! Seni hiç bırakmam."

İki yanı çınar ve atkestanesi ağaçlarıyla çevrelenmiş dar, eski yoldan, Büyükdere'nin tepelerine doğru yürüyorlardı. Ağaçların gölgeleri aralarına düşen güneş ışığının huzmeleri, yeşillerin arasından süzülüp, baba kızın yüzlerinde, vücutlarında pırıltılar yaratıp bir adım sonra yine başka yeşillerin arasında kaybolup uzaklaşıyordu. Seyit, önlerinde uzanıp, dağa doğru çıkan yolun, ağaçların arasında daralıp, sanki hiç bitmeyecekmiş de gökyüzüne erişecekmiş gibi daralışına baktı. Kendisini Yalta ormanlarında, Karagöl'e doğru çıkıyor sandı. Karagöl'ün sularında, mehtap ışığında, yıkandığı gecelerin Seyit'i, sanki artık başka biriydi. Onu çok iyi hatırlıyordu ama o yılların Seyit'i artık sadece çok iyi tanıdığı biri gibiydi. Hiçbir zaman tekrar onun hislerine, coşkularına sahip olamayacaktı. Onu sadece hatırlayacaktı. Bu düşüncelerle içi burkuldu. Coşkulu tabiatının seneler evvel hayata sarılışı, inatları ile yaşadığı anı kıyaslamak için oldukça yanlış bir zamanı seçmişti. Bunu kendi kendisine itiraf etti. Gülerek kızına doğru eğildi.

"Söyle bakalım babana. Bir gün başkasını sevince de bırakmaz mısın beni?"

Leman kendisinden çok emindi. Yine kâküllerini salladı iki yana.

"Hayır! Hayır!"

"Ne yani? Hiç kimseyi sevmeyecek misin?"

"En çok seni seveceğim."

Seyit bir an için zamanı durdurmak istedi. Durdu. Diz çöküp kızının iki elini birden tuttu. Onun gözlerinin içine baktı. Yalta ormanlarındaki gibi bir gündü. Karagöl'e gider gibi bir gündü. Alıştığı, oralarda hayâlini paylaştığı hiç kimse yanında değildi şu an. Onların hepsi, o mekânın içinde, çok uzaklarda kalmışlardı artık. Ama benzeri bir manzarayı ve ona eskisini yaşatan bir sabahın içinde, yaşadıklarını paylaşan bir kişi vardı. O da kızıydı ve kendisine sevgi sözcükleri söylüyordu. Ona karşılıksız, kavgasız, iddiasız sevgi vererek, zaman tüneli gibi eskiyi çağrıştıran şu uzun yolda, yok olan bütün sevgileri birden sunuyordu. Şapkasını çıkardı. Yaşaran gözlerle kızına baktı ve onu kolları arasına aldı. Leman, çok küçük yaşlarından beri babasının coşkularını, kahkahalarını, sessizliğini ve hırçınlıklarını çok yakından izlemişti. Onun için, babası direkt olarak yaşamla, çevresiyle bağlıydı. Onun her hareketinin bir anlamı, bir sebebi olduğunu, çocuk haliyle bile hissediyordu. Babasının, okul yolunda diz çöküp, kendisine sarılışında, pırıltılı gözlerle derin bakışında bir anlam olduğunu biliyordu. Onun sessiz kucaklamasında ne büyük bir sevginin yattığını anlıyor ve henüz anlayamadığı birçok sırrını da paylaşmış gibi geliyordu.

Sonbaharın çiğle kaplanmış sabah serinliği, yavaş yavaş güneşe teslim olmak üzereydi. Mektebin diğer talebeleri, kimi yalnız, kimi gruplar halinde, yoluna çıkmaya başlamıştı. Leman, babasının elini tutarak, yüksek taş duvarların çevirdiği bahçeye girdiği zaman, bu mektebini de seveceğini hissetti.

Seyit, kızının kaydını yaptırıp, onu sınıfına teslim ettikten sonra, kibrit fabrikasının yolunu tuttu. Fabrika müdürü olan akrabası Hamdi Bey'in bürosuna uğradı. Onun bütün yakınlığına ve ilgisine rağmen, bundan istifade ediyor gibi olmayı istemiyordu. İşi çabuklaştırmaktan yanaydı. Kahve, çay ikramını kabul etmedi.

"Sağ ol Hamdi. Alacağım olsun. Evine gelince içerim kahveni. İşim her ne olacaksa, beni oraya gönder şimdi. Bu kadar çalışana bir lâf söyletmeyelim."

Hamdi Bey durumdan biraz rahatsızdı.

"Aslında üzgünüm Kurt Seyit. Şu an seni tatmin edecek bir iş yok burada. Bir tek makinenin başı boşaldı. Orada başlayacaksın şimdilik. İnan çok üzgünüm. Sana yakışacak bir iş değil... ama..."

Seyit, kendisine iş veren akrabasının ezikliğini fark etmişti.

"Hamdi, rahatlar mısın rica ederim, iş arayan benim. Sen bulabildiğin işi verdin bana. Eğer beğenmezsem, benim halletmem gereken bir iş. Tamam mı?"

"Ne bileyim Seyit... Senin gibi adam mutlu olamaz gibi geliyor burada. Sen bu işler için yetiştirilmedin ki."

Seyit güldü.

"Hangimiz yetiştirildiğimiz iş için yaşıyoruz ki Hamdi. Hangimiz yaşamak için istediğimiz işi yapıyoruz. Aldırma bunlara, beni gönder yeni işimin başına. Çocuklar yemekte benim Rusya hikâyelerimle doymuyorlar. Geçmiş karın doyurmuyor anlayacağın. İyi yaşayabiliyorsan, geçmişinin güzellikleri servet oluyor, biliyor musun Hamdi. Yok, eğer zordaysan, geçmişte kalan zenginlikler işkence olmaya başlıyor."

Şapkasını kapıya doğru sallarken gülümsedi.

"Haydi, şimdi beni burada geçindirecek işin başına götür bakalım. Bu sohbet bile işkence benim için."

Hamdi Bey, Seyit'i, kibrit başı yapan makineye doğru götürürken öylesine eziklik içindeydi ki, sanki fabrikanın müdürü o değildi. Seyit, onun arkasında, ipek kravatı, yelekli takım elbisesi, cilalı mokasenleriyle yürürken, çalışan işçiler, onun az sonra önlüğünü giyip aralarına karışacağını tahmin edemezlerdi.

Makinesinin başında çalışmaya başladığı an, kendisini çevresinden soyutladı. Hepsi birbirinin aynı olan onlarca, yüzlerce cılız tahta parçasını yanacak şekilde renklendirmekti işi. Kibrit olacak kıymıklar fosfata battıkça kendisini yeni bir sigara yakıyor zannederek işin sıkıcılığından kurtulmaya çalıştı. Bir müddet sonra, hayâlde yaktığı sigaraların dumanını çekemiyor olmak onu bıktırmaya yetti. Çevresinde, hiçbir şey düşünmemenin rahatlığı içinde, kibrit çubuklarını kesen, uçlayan, desteleyen işçilere baktı. Yaptıkları işin monotonluğunda uyuşmuş gibilerdi. Kendisini birkaç günden sonra bu işi yapar göremiyordu.

Veliefendi Hipodromu'nda at yetiştirmek çok daha mükemmel bir işti. Hiç değilse hayatlarını yakından bildiği o soylu hayvanlarla uğraşıyordu. Lokantalar ise, onun ilkgençliğinden beri alıştığı gece hayatının, hoş, paralı hayatın parçasıydı. Ama kibritler? Ormanın koca ağaçlarının minimum ölçülerde tıraşlanıp, bir sürtüşte yanacak hale getirilmesinden başka bir macera değildi. Ve onun için hiç de heyecan verici değildi. Öğle paydosunda Hamdi Bey, Seyit'i kendi odasında beraber yemek yemeye davet etti. O ise eve gitmeyi tercih ediyordu. Kimsenin yemek ikramını istemiyordu. Kibarca özür diledi. Diğeri ısrarlıydı.

"O kadar yolu yürümeye değer mi Kurt Seyit? Haydi, nazlanma, iki lâf da ederiz yerken."

"Sağ ol Hamdi. Bırak, bu bacaklar yürüyebildiği kadar yürüsün."

Bahçeye çıkar çıkmaz durup bir sigara yaktı. Ağaçların altına, duvar dibine dizilip oturmuş kadınlı erkekli işçilerin kimi sefertasından yemeğini kaşıklıyor, kimi bir örtü üzerine yaydığı nevaleyi yiyordu. Ağaçlık yola doğru uzaklaşan takım elbiseli, parlak ayakkabılı yeni işçiyi garipseyerek izlediler. Seyit, fısıldaşmaları umursamadan ilerledi. Birden, ardında kalan insanlar, yerde oturanlar, sefertasıları, kuru ekmek, peynir çıkınları ona bir şey hatırlattı. Gözleri parıldadı.

"Neden olmasın?" diye yüksek sesle mırıldandı. Keyiflenmişti. Adımlarını daha da hızlandırdı. Islıkla bir melodi tutturdu. "Çupçik", neşeli anlarında dudaklarına takılıverirdi her nedense. Belki de içindeki kıpırtıyı notalarında paylaştığı içindi. Mürvet, pencereden, kocasının gelişini görüp kapıya koştu. Onun neşesinin sebebini merak etmişti.

"Hoş geldin Seyit."

Erkek, karısına sarılıp öptü. Keyfinin sebebi olan haberi verdi hemen.

"Fabrikadan çıkacağım Murka."

Mürvet, düşüp bayılmak üzere olduğunu zannetti. Korktuğu başına gelmişti. Hem de taşındıklarının daha birinci günü dolmadan. Rengi bembeyaz oldu.

"Şaka yapıyorsun herhalde Seyit."

"Hayır hayır. Hiç değil. Aklıma harika bir iş geldi."

Mürvet ağlamaklıydı.

"Ama sırf burada iş bulduğun için gelmedik mi Büyükdere'ye? Onca eziyet neye yaradı?"

Seyit, karısının telaşını hiç anlayamıyordu.

"Aksini söyledim mi ben şimdi? İşsiz mi kalacağım dedim? İşim olacak yine. Ama kendi işim olacak."

Genç kadın neredeyse yalvaracaktı.

"Seyit, ne olur, artık macera yaşamayalım. Belli bir düzenimiz olsun. Ne olursa olsun ama artık bilelim nerede, nasıl yaşayacağımızı."

"Merak etme. Buradan bir yere gitmiyoruz. En azından şimdilik gitmiyoruz."

Mürvet onu kızdırmaktan korkarak yavaşça sordu.

"Yoksa... İşten çıkardılar mı?"

"Kimse işten çıkarmadı Murka. Ben kendim çıkıyorum. Öğle paydosunda ne geldi aklıma, biliyor musun? Koca fabrika, onca işçi. Yemek yiyecekleri bir yer yok. Fabrikanın yakınında bir lokanta açacağım."

"Lokanta mı açacaksın?"

"Neden şaşırdın? Hiç yapmadığım iş mi?"

"Hamdi Bey'e ayıp olmayacak mı?"

"Lokanta açmam mı?"

Mürvet, kocasının muzipçe sorusunu ciddiye aldı.

"Hayır, sana iş verdi. Beğenmemişsin gibi olmayacak mı?"

Seyit gülmeye başladı.

"İyi ya. Zaten doğrusu da bu. İşimi beğenmedim, sevmedim, yarım günde de sıkıldım."

"Ama tekrar gerekirse, yüzümüz tutmayacak iş istemeye."

"İşini sevmeyen adamdan iyi işçi olmaz Mürvet. Hamdi bunu anlayacak kadar akıllı."

Sonra karısına takılmak istedi.

"Ama ille de ayıp olur diyorsan, sen benim yerime giriver."

Şaka olarak başlayan bu teklif birkaç gün sonra gerçek oldu. Mürvet, evin bütçesine katkısı olabilecek bu işi hiç yüksünmeden kabullendi. Kocasının yeni serüveninin ne kadar süreceğini bilemiyordu. Biraz ek bir para, hazır bir iş, her zaman işe yarayabilirdi.

Gündüzleri Şükran'ı bakma işini, aynı sokak üzerinde oturan, Seyit'in uzaktan akrabası, Ali Dayı'nın karısı Mahinur üstlendi. Mürvet, kibrit fabrikasında, kutuluma kısmındaki işine başladı. Seyit, ilk gün ne kadar yadırgandıysa, o da aynı derecede kuşkulu bakışlarla süzüldüğünün farkındaydı. İşçi gömleğinin altında kalan yün robunun, ipek çoraplarının, gözlerin süzgecinden geçip durduğunu hissetmek onu utandırıyor, zaten acemisi olduğu işte, eli ayağı iyice dolaşıyordu. Başını kaldırmadan, kimseyle göz göze gelmeden, kesimden çıkan kutuları ve kibritleri bir araya getirmeye uğraşıyordu. Çok defa kibrit desteleri avucundan kayıyor, ya tezgâhın üzerine ya yerlere saçılıyordu. Böyle anlarda bütün vücudunu ateş bastığını hissediyor, büyük sıkıntı alıyordu. Ama işi bırakmak yerine alışmak fikri galip geliyordu. İçinden bir ses, artık şık hanımefendiliği bırakıp, işçi olmaya alışmasının gerektiğini fısıldar gibiydi. Bu, onun hayatının sonuna kadar yapması gereken bir iş olabilirdi. Bu düşünce, onun işinin basitliğini, aldığı paranın azlığını unutturmaya yardımcı oluyordu.

Seyit, fabrikanın tam karşısındaki, ormana komşu arazinin sahibi olan Lâz Ahmet'le anlaşıp, orada lokanta açmak için işe başladı. Adam, arazisi karşılığı ortak olmuştu. Tuğla örülü, tek katlı inşa edilen lokantanın kapalı kısmı çok küçüktü. Onun uzantısı olan bahçe gazinosu daha çok masa alıyordu. Ahşap sundurma ve üzerini örten ağaçların kuytuluğunda, bahçenin kullanılabilirliğini uzatmaya çalıştı Seyit. Zira kapalı bölümü daha genişletecek bir imkân kalmamıştı elinde.

Sonbahar, yazdan arta kalan harika günlerle geçiyordu. Gazino, gündüzleri, fabrika işçilerinin uğrak yeri olmuştu. Tabii, ne kristal kadehler vardı masalarda, ne gümüş servis takımları. Basit bir bahçe gazinosuydu işletilen. Ama tertemizdi. Yemekler harikaydı. Akşama doğru da çevreden, rakının, sarı votkanın meraklıları, bazen tuğlada pişmiş balık, bazen mis gibi kızarın iş projkileri tatmaya geliyorlardı. Leman, mektebinden, öğretmeninden, arkadaşlarından memnundu. Her sabah babasıyla evden ayrılıyor, okul çıkışı doğru lokantaya gidiyordu. Mürvet de fabrika yolunda Şükran'ı Mahinur'a bırakıyor ve akşam paydosundan sonra alıp eve dönüyordu. Küçük kız, gittikçe artan bir huysuzluk içindeydi. Sabah yataktan kalkmak istemiyor, sebepli sebepsiz her şeye ağlıyordu. Mürvet, küçük kızının kendisinden hiç ayrılmaya alışık olmamasından yalnızlık çektiğini düşünmeye bağlamıştı. Nihayet bir sabah Şükran'ın problemi anlaşıldı. Israrla evde kalmak istiyordu. Mürvet bunu kabul etmiyordu.

"Nasıl yapayalnız bırakırım kızım seni? Akşama kadar tek başına, nasıl kalırsın?"

"Yemek bırak sen bana. Ben acıkınca yerim."

"Pekiyi, Mahinur yengenle neden kalmak istemiyorsun?"

Şükran ağlamaya başladı. Hıçkırıkları arasında cevap verdi.

"Her sabah beni dereye yolluyor. Su taşıtıyor bana. Ellerim buz gibi oluyor."

Mürvet'in kan beynine çıkmıştı. Kızına sarılıp susturmaya çalıştı.

"Tamam, tamam canım. Artık bırakmayacağım seni o eve. Haydi, sus artık. Babanla konuşup bir şeyler düşünürüz. Haydi, bugün babana bırakayım seni."

Şükran bu teklifi de gözlerini açarak karşıladı. Babasıyla, yemek masasında oturduklarından daha uzun bir süre, hiç beraber olmamıştı. Ama annesi cevabını beklemedi. Çünkü başka çaresi yoktu. Evden çıktılar.

Seyit ile Leman evden çıkalı epey olmuştu. Lokantanın açılması daha geç bir saate rastlamasına rağmen Seyit'in en büyük keyfi kızıyla beraber tepeye doğru sabah yürüyüşleri yapıp, sonra onu okula bırakmaktı. Bazen de, okul saatinden sonra Merakiye çayını geçip ormanın içinde buldukları bir tepecikten denizi seyrediyorlardı. Her ikisi için de beraber geçirdikleri bu saatler mutluluk kaynağıydı.

Okulun kapısında kızından ayrılan Seyit, henüz lokantaya varmıştı ki, karısını Şükran'ın elinden tutmuş geldiğini gördü. Keyfi olduğu zamanlar, onların ana kız, gamlı, kasvetli, ağlamaya hazır halleri komiğine gidiyordu. Bir dert olduğu muhakkaktı. Gülümseyerek kapıya çıktı.

"Hayrola? Beni mi özlediniz?"

Mürvet'in şaka kaldıracak hali yoktu. Burnundan soluyordu.

"Seyit, bu çocuğu Mahinur'a bırakamam artık. Her sabah dereye gönderip su taşıtıyormuş."

Seyit'in kaşları çatılmıştı.

"Kendi evlât görmedi ki. Yapmıştır. O zaman işi bırak Mürvet. Evde otur kızınla. Paraya ihtiyacımız varsa, elâlemin su küpünü kızımıza doldurtturacak kadar da değil. Benim yanımda kalsın bugün. Akşama oturur konuşuruz."

Şükran, kendisini öpüp ayrılan annesinin ardından boynunu büktü. Babası elini uzattığında başını önüne eğip ürkek baktı. Seyit, onun kaçırdığı elini tutup içeri yürüdü.

"Gel bakalım, otur şuraya. Bir şeyler yemek ister misin?"

Şükran ilk defa babasıyla yalnız kalmanın verdiği çekingenlikle susuyordu. Annesinin telkinleriyle babasından korkmaya alışmıştı. Kulağında, "Baban geliyor, odana git.", "Baban geldi, ses yapma.", "Baban kızar, ortaya çıkma." sözleri yankılanıp duruyordu. Seyit, onunla sohbetin kolay olmadığını anlamıştı. Israr etmedi. Mutfaktan kendi elleriyle hazırladığı kahvaltı tepsisini, sütü getirip kızına ikram etti.

"Aç mısın, tok musun bilmem. Ama belli ki konuşmaya mecalin yok. Biraz bir şeyler yersen, belki dilin çözülür."

Bunları söylerken, onun gözlerini yakalamaya çalışıyordu. Belki bir kez bakışları karşılaşsa, küçük kız, babasının gözbebeklerindeki sevgiyi, gülüşü fark etse, korkuları geçecekti. Ama o, ısrarla, dudaklarını büzüp, gözlerini masanın örtüsünden uzaklaştırmadan duruyordu. Sanki her an azarlanıp, cezalandırılacakmış gibiydi tavırları. Seyit, bir-iki denemeden sonra vazgeçti. Şükran'la dostluk kurmak imkânsızdı. Bunu hissetmek, onu hem kırıyor, hem de bu küçük yüzdeki ürkek, şaşkın ifadeye içten içe sinirleniyordu.

Akşamüstü, Leman'ın gelmesiyle, Şükran biraz neşelendi, dillendi. Ama esas kavuşmayı beklediği annesiydi. Nihayet onun elini tutup, eve doğru yürümeye başladığı anda yüzündeki asık ifade, yerini, durgun, cam mavisi bakışlara bıraktı.

Bu programı bir-iki gün daha devam ettirebildiler. Mürvet, küçük kızının huzursuzluğunu anlıyordu. Kendisine itiraf edemediği bir korku duygusu da içten içe sanki kendini hatırlatıyordu. Leman'ın, babasına bağlılığıyla kendisini kâfi derece yalnız hissediyordu. Onların ikisi arasında, bir başkasıyla paylaşmadıkları kuvvetli bir bağ vardı. Bunu, Seyit'in Leman'ı ilk kucağına aldığı gün hissetmişti ve yıllardır da gittikçe artıyordu bu bağlılık. Şimdi, kendisine ayırdığı kızını da Seyit'e kaptırma endişesindeydi. Şükran'ı babasına karşı koruma tavrının, içgüdüsel olarak, bu endişeden kaynaklandığını kendine dahi itiraf etmekten çekiniyordu. Ama doğru olan buydu. Korkularını giderecek bir çare düşündü ve buldu. Kocasını ikna etmesi çok çaba gerektirmedi. Şartlar icabı, Şükran'ın anneannesinin evinde kalması daha uygun olacaktı.

O hafta sonu tatilinde, Emine, küçük valiziyle gelen torununu memnuniyetle bakımına aldı. Mürvet, akşamüzeri Büyükdere'ye geri dönerken içi rahatlamıştı. İşine daha huzurlu gidip gelebilirdi artık.

Hayatları aynen devam ediyordu. Mürvet, sık sık Beyoğlu'nda geçirdikleri yılları hasretle anmasına rağmen, kocasına bu konuda hiçbir şey söylemiyordu. Kendi kapris ve huzursuzluklarının o hayâli uzaklaştırdığını çok iyi biliyordu. İşte şimdi, kocası hep istediği gibi yanı başındaydı. Ne barlar, ne müzikli gazinolar, ne birbirinden güzel, alımlı kadınlar, hiçbir şey kalmamıştı çevrelerinde. Artık Rusça şarkılar, şiirler söyleyen, votka sarhoşu arkadaşlar da yoktu evlerine gelen. İslediği olmuştu. Ama mutlu muydu? Bu soruyu sormak dahi istemiyordu kendisine. Gelecekten yana çok endişeliydi. Seyit'in, hiç şikâyet etmemesine rağmen, hayatından giden bir şeyler olduğunun da farkındaydı. Gözlerinin heyecanlı pırıltıları, sesinin coşkuyla yükselen tonu, yavaş yavaş fark ettirmeden azalıyordu. O ilk tanıdığı Seyit'i aramıyor değildi. Ama onun hayatına tahammül edememişti. Şimdi de şikâyet etmeye hakkı yoktu.

Uzun süren ılık sonbahar günleri, artık son demlerini yaşamaktaydı. Bir akşamüzeri, Leman, okul çantası ve sefertasısı elinde, gazinonun kapısına vardığında, babasını kendisini bekler buldu. Seyit, kollarını açarak, kızını kucakladı.

"Merhaba Lemanuçka! Gel, sana sıcacık ponçikler pişirttim. Elini, yüzünü yıka, kahvaltını et. Sonra güneşin batışına yetişelim."

Aşağı yukarı her gün yaptıkları bu yürüyüşler hiç monotonlaşmıyordu. Her defasında, ormanın içinde, ağaçların arasında, denizi seyredebilecekleri ayrı bir köşe keşfediyorlardı. Leman, babasının anlattıklarını dinlemekten hiç bıkmıyordu. Annesinin anlattığı hayâl masallardan farklıydı bunlar. Hepsi olmuş, yaşanmış hikâyelerdi. En enteresanı da, hikâyelerin kahramanlarının kendi babası ve onun yakınları olmasıydı. Tabağındaki ponçikleri ve sütünü çabucak bitirdi.

Baba kız el ele tutuşup tepeye doğru yürümeye başladıklarında, güneş ılıklığını kaybetmek üzereydi. Hafiften başlayan rüzgâr, artık kışa hazırlanılması gerektiğini anlatacak kadar serinlik kokuyordu. Seyit, bir ara çok büyük adımlarla yürüdüğünü fark edip durdu. Kızına baktı.

"Duralım mı biraz? Yoruldun mu?"

"Hayır. Haydi, çıkalım tepeye."

Seyit keyifle güldü. Kızının, kendisiyle bir şeyler paylaşmak için ne kadar hevesli olduğunu görmek hoşuna gidiyordu. İlerdeki bir ağacı gösterip sordu.

"Bu ağacı tanıyor musun?"

"Bilmem, nedir?"

"Armut ağacı. Biz buna Kırım'da bozdurgan armudu deriz. Burada ne diyorlar biliyor musun?"

Leman başını salladı. Seyit devam etti.

"Ayı armudu."

Küçük kız kahkahayla güldü.

"Bir de ekşi armut vardır, tadı buruk olan. Ona da bozdurgan armudu denir Kırım'da."

Sonra ağacın dibindeki mantarları gösterdi.

"İlkbahar gelince sana toplanacak mantarları da öğreteceğim."

"Bunlar toplanmaz mı?"

"Bunlara elini bile sürme. Zehir bunlar."

Birden, aklına bir şey geldi.

"Haydi, koşalım bakalım tepeye doğru. Haydi!"

Amacı, kızıyla yarışmak değildi. Onun yanı başında, beraber ve onu izleyerek koşuyordu. Bir ara durdurdu Leman'ı.

"Bak, böyle koşarsan, tepeye varamazsın. Midene kramp girer, nefesin biter, yarı yolda kalırsın."

"Ne yapacağım?"

"Bir kere mideni gevşek bırakma. Nefesini de adımlarına uydurup muntazam alacaksın. Omuzlarını dik tut. Omurgan taşırsa vücudunu, bacaklarının üzerindeki ağırlık azalır. Ve tabii en mühimi, varmak istediğin yer neresi ise, o hedefe muhakkak varman gerektiğine inan."

Sonra ilave etti.

"Karşına vahşi hayvanlar da çıkabilir. O zaman hedefini geçici bir süre için unutabilirsin."

Gülerek konuşuyordu.

"O zaman da hiç ses çıkarmadan, olduğun yerde çömelir, hareketsiz durursun. Hayvan yanına yaklaşıp koklamaya kalksa bile kıpırdamazsın. Tabii bu, ancak Büyükdere ormanlarında karşılaşabileceğin kadar vahşiler için geçerli. Sibirya ayıları için değil."

Ve koşmaya başladı. Leman, babasından dinlediği gibi, koşusunu tamamladı onunla beraber. Tepeye vardıklarında, Seyit, adımlarını ağırlaştırdı. Leman onun anlattıklarını dinlemek için sabırsızlanıyordu.

"Haydi baba. Anlatsana."

"Ne anlatmamı istiyorsun?"

"Daha neler bilmeliyim ormanla ilgili?"

"Orman da hayatın kendisi gibidir Lemanuçka. Onu yaşadıkça öğrenirsin aslında. Ama sana bir şey daha söyleyebilirim. Eğer sonbaharda yapraklar doldurduysa ormandaki meyilli bir yeri, sakın orada yürümeye kalkma. Eğer toprak kaygansa yine tedbirli ol. Yapacağın şey yaprakların üzerine oturup, bacaklarını uzatıp, kaymaktır."

"Sana bunları kim öğretti?"

Güldü Seyit.

"Yalta ormanları."

"Yalta ormanlarını anlatıyordun geçen gün. Yarım kalmıştı. Devam etsene, ne olur."

"Bıkmadın mı aynı şeyleri dinlemekten?"

"Sen anlatmaktan bıktın mı?"

Seyit dayanamayıp bir kahkaha attı.

"İlâhi Lemanuçka! İlâhi çocuğum benim. Bıkar mıyım hiç. Senin gibi dinleyicim olur da, bıkar mıyım?"

Ağaçların arasında, meyilli tepenin yeşillerini kuşbakışı gören bir buruna gelmişlerdi. Devrilmiş, kuru bir ağaç kütüğünün üzerine oturdular. Yer yer ağaçların arasından, üzerinden görünen denizde hırçın dalgalar oynaşıyordu. Altında oturdukları ağaçların göğe yükselen dalları hışırtılarla eğilip bükülürken, oturdukları kuytulukta yeşillerin himayesinde kalıyorlardı. Batmaya hazırlanan güneş, ağır dokunuşlarla çevreyi renklere buluyordu. Seyit, tabakasından çıkardığı bir sigarayı yaktı. Kibritini üflerken aklına seneler evvel kızıyla oynadıkları küçük oyun geldi. Muzip bir gülüşle kibriti ona uzattı.

"Hatırlar mısın bakalım?"

Leman hiç duraksamadan yanaklarını şişirdi. Kibritin minik alevine doğru eğilip üfledi. Gülüştüler. Seyit, sağ eliyle sigarasını tutarken, sol koluyla kızının omuzuna sarıldı.

"Biliyor musun, küçükken kaç defada söndürürdün?"

"Kaç defada?"

Babasının tarifiyle küçüklüğünü canlandırmaya çalıştı gözlerinin önünde.

"Tombul tombul yanakların vardı. Önce gözlerini açıp, derin bir nefes alırdın. Sonra da böyle yapardın. 'Püf, püf, püf, püf.'"

Leman, babasının canlandırdığı küçük Leman'ı izlerken kahkahalarla güldü.

"Hiç söndüremediğim oldu mu?"

"Hayır, inatla uğraşır, sonunda söndürürdün."

Gözü, koyun üzerindeki ateş kırmızı bulutların, morlara, erguvanlara karışırken, denizin laciverdini kucaklayışını izledi. Kızının dikkatini çekti.

"Bak Lemanuçka, bak şu renklere. Görüyor musun? İşte, cenup rüzgârları estiği zaman Aluşta'da da aynen böyle batar güneş. Sular böyle çılgın renkler alır önce. Kırmızılar yerini morlara bırakır. Morlar koyulur. Ve deniz kuzgunileşir."

Sigarasından bir derin nefesle sözlerine virgül koydu ve sonra devam etti.

"Deniz kararır ama gökyüzünde derin çizgiler kalır yine. Bulutların üzerinde tüy kalemle çekilmiş gibi renk çizgileri uzanır. Ama sen bir uçtan diğer uca gözünü gezdirene kadar, bakarsın gece kapanmış üzerine."

Leman, gözleri, koyu saran renklerde, büyülenmiş gibi babasını dinliyordu. Başını hafifçe yana eğerek onun omuzuna yaslandı. Seyit'in sesi hafif, yumuşacık bir tonda, çok eski, bildik bir masalı anlatır gibiydi.

"Sonra gece başlar. Mehtap çıktığında en yükseklerdeki serviler, gümüş elbiseler giymiş balerinlere benzer. Rüzgârla beraber yumuşacık kıvrılır, eğilirler. Servilerin dans ettiği tepeler, hafif hafif kıyıya kadar iner. Orman hiç bitmez neredeyse. Kıyının hemen üzerindeki tepelerde ise üzüm bağları vardır. Şarabının tadına doyum olmaz. Rüzgârla beraber mis gibi bağların kokusu gelir, evlerin içine kadar girer. Tabii bir de Karadeniz'in kokusu eklenir ona. Tuz tuz kokar. Aynen burada duyduğun koku gibi. Kokla bak."

Leman, derin derin nefes alan babasını taklit etti. Gözlerini kapayıp, rüzgârın yüzüne kadar getirdiği kokuyu içine çekti. Babasının yüzüne tekrar baktığında, gözlerinde ıslak pırıltılar fark etti. Elini onun yanağına doğru uzatarak hafifçe dokundu. Babasının anlattıklarının ardında apayrı bir dünya olduğunu, çocuk kafasında şekillendirir gibi olmuştu. Seyit, yanağı üzerindeki küçük eli alıp öptü ve sıkı sıkı avucunda tuttu. Yüzünde acıtan bir gülümseme vardı.

"Bir gün gideriz belki de beraber. Ne dersin?"

Leman heyecanlanmıştı.

"Ne zaman?"

"Ne zaman? Hiç bilemediğim bir zaman... Belki de hiç gelmeyecek bir zaman."

Birkaç saniye durgun bir sessizlik yaşadı. Kızının yanağını okşarken sesi yeniden canlandı.

"Haydi, artık kalkalım Lemanuçka. Üşümeye başlayacaksın. Hava kararıyor."

El ele, ağaçların arasından, aşağıya doğru inmeye başladılar. Seyit anlatmaya devam ediyordu.

"Yalta tepelerinde, ormanın içinde, Karagöl diye bir göl vardır. Çınarların, selvilerin, akağaçların, çamların arasında öyle hiç kıpırdamadan uzanır. Mehtapta ışıl ışıl yanar suyu."

"Burada da göl var mı ormanın içinde?"

"Hayır, yok."

"Burada da olsa ne iyi olurdu değil mi?"

"Olurdu tabii."

"O zaman burası Yalta gibi olurdu."

Seyit güldü.

"Belki de... Kimbilir."

Özlemini, yalnızlığını, bu küçücük kızın herkesten fazla anladığını hissediyordu. Onun, avucu içindeki elini sevgiyle sıktı. Konuşarak ilerlediler. Sesleri de görüntüleriyle beraber, yavaş yavaş ağaçların arasında kayboldu.

Büyükdere koyundan yayılan mor kızıllık, artık geceye kavuşmak üzereydi. Rüzgâr, tuzlu su ve ıslak yeşillik kokuyordu. Kimbilir, belki bir gün evvel, Aluşta kıyılarını okşamıştı aynı rüzgâr.

Leon Sedov Efendi Adında Bir Zat

1932'nin 28 Nisan'ında Moskova'ya, Stalin'i ziyarete giden İsmet İnönü'nün, 10 Mayıs'ta İstanbul'a Sovyet generalleriyle beraber dönmesi, İstanbul'da eski Rusya'yla bağlantıları olanlarda tedirginlik yaratmıştı. Özellikle, bu ziyaretin neticesi, Sovyetler'den sekiz milyon dolarlık bir kredi alınmış olması, Beyaz sürgünler kadar, Büyükada'daki evinden olayları takip eden Troçki'yi de endişelendiriyordu.

Nitekim daha şubat ayında Moskova'ya gitmiş olan Dışişleri Bakanı Tevfik Rüştü Aras'ın ziyareti sırasında, Stalin, Troçki'nin Sovyet vatandaşlığından çıkarılmasına dair talimat vermişti. Ve İsmet Paşa'nın Moskova dönüşünden dört gün sonra da Sovyetlerin İstanbul Başkonsolosu Zviling, Lev Troçki, eşi Natalie Troçki ve oğlu Leon Sedov'un Sovyet vatandaşlığından çıkarıldığını bildiriyordu.

14 Kasım 1932 günü, Troçki, Leon Sedov Efendi adına düzenlenmiş, mültecilere mahsus Türk pasaportuyla İtalyan bandıralı *Praha* vapuruna binerek İstanbul'dan ayrılıyordu.

Politika, siyaset, ideolojik hırslar, inanılmaz gibiydi dışarıdan izlerken. İkinci vatan bilip yerleştikleri İstanbul'da Türk vatandaşlığına geçmedikleri takdirde işsiz, evsiz barksız kalacakları tehdidiyle anavatanlarının pasaportlarını, isimlerini veya Türkiye'yi terk etmek zorunda kalan Beyaz Ruslardan sonra, Bolşevik pasaportlu Troçki, Büyükada'da koruma altına alınmış, bütün ideolojik çalışmalarını fiilen İstanbul'dan yürütmüştü. Şimdi de Stalin'in arzusu doğrultusunda uzaklaştırılıyordu.

Ankara-Moskova ziyaretlerinin Türklere faturası acaba ne olacaktı? Ya Kırım Türkleri bu yakınlaşmadan ne pay alacaklardı acaba?

YeniEsintiler
Yeni Talihsizlikler

1933'ü 1934'e bağlayan kışla beraber, kader yine beklenmeyen esintiler getirdi hayatlara. Kuzeyin, yüze, kamçı gibi acı veren tipi rüzgârlarından beter esintiler, yaşamları allak bullak etti bir kez daha.

Yağmurlarla beraber, Seyit'in bahçe gazinosu iş yapamaz olmuştu. Kapalı kısım ise, ancak birkaç akşamcının durağı olarak canlılığını korumaya çalışıyordu. Hasılı, işler kesattı.

Seyit, karısının fabrikada çalışmasından büyük eziklik duymasına rağmen, onun da getireceği ek paraya ihtiyaçları olduğunun bilincinde, bir müddet daha idare etmeye kararlıydı. O arada da, ek iş olarak ne yapabileceğini düşünüyordu. Rus Sefareti'nin yazlığının önünden her geçişte, Beyoğlu'nda başkonsoloslukta bir görev bulup bulamayacağı sorusu aklının ucundan geçiyordu ama sadece aklının ucundan. Kendisini hatırlatmanın hiç de münasip olmayacağı fikri daha ağır basıyordu.

Mürvet hiç ses çıkarmadan, gönüllü çalışmasına rağmen, bünyesindeki zayıflığı hissediyordu. Bütün gün ayakta durup çalışmak ona göre değildi. Zaten ameliyattan sonra tam toparlanamamıştı. Bir saatten sonra elleri titremeye, gözleri kararmaya başlıyordu.

Genç kadın, o sabah halsiz kalktı. Seyit onun halini beğenmemişti. Evde kalmasını, doktordan izin alabileceklerini söyledi. Ama kahvaltıdan sonra kendisini oldukça toparlanmış hisseden Mürvet, izin hakkını daha önemli bir günde kullanmak üzere evden ayrıldı.

O gün, yemek saatinde, ağzına bir lokma koymadı. Çalıştığı tezgâha başını dayayarak bir taburenin üzerinde uyukladı. Başı müthiş dönüyor, midesi bulanıyordu. Tansiyonu düşmüş olmalıydı. İşbaşı zili çaldığı zaman, mecburen toparlandı. Taburesini kenara itip ayağa kalktı. Bir-iki saniye içinde bantlar yeniden çalışmaya başlamıştı. Artık ezbere yaptığı hareketleri tekrarlamaya koyuldu. Tezgâhına boş gelen kutuları alıp, kibritlerin dolduğu hazneye uzatıp dolduruyor ve tekrar bandın üzerine bırakıyordu. Eşit zaman aralıklarında, birbiri ardınca yaptığı bir diğerinin tekrarı olan hareketler âdeta uyuşturuyordu. Başının dönmesi, dizlerinin titremesiyle dikkatini yaptığı işten ayırdı. Şu an yere düşmemek için gayret sarf ediyordu. Bir eli işi takip ederken diğeriyle alnında biriken terleri sildi. Gözlerinin önünde gri, beyaz, pembe lekeler uçuşuyordu. Bir anda her yer karardı. Bantta olan eliyle masaya dayanmak istedi. Elinde, derin bir acı ve sızıyla gelen bir uyuşukluk duydu. Elinin dişlilerle temasını saniyelik bir kâbusmuş gibi hisseden Mürvet, ani bir refleksle diğer eliyle şalteri attırdı ve vücudu tezgâhın üzerine, kutuların, dağılan kibritlerin üzerine uzandı. Çevresinde çalışanlar, çığlıklarla olay yerine toplandılar. Fabrika doktoru hemen olay yerine geldi. Dişliler söküldüğünde, genç kadının serçe parmağının tamamen ezilmiş olduğunu gördüler. Fabrika müdürü Hamdi Bey, bir yandan Seyit'e acele haber göndertirken, diğer taraftan kendi özel arabasına, halen baygın olan Mürvet'i bindirdi.

İşçinin getirdiği haberle çılgına dönen Seyit, ceketini bile giymeden koşarak yola çıktı. Fabrikadan henüz ayrılmış olan Hamdi Bey onu görünce durdu. Seyit, arka koltukta baygın yatan karısının yanına geçip başını kucağına aldı. Titreyen elleriyle onun ter içinde kalmış saçlarını, bembeyaz yüzünü okşarken gözleri yaşardı. Mürvet'in yaralı eli bileğine kadar sarılmıştı ve sargı kanlar içindeydi. Eğilip karısının yanaklarından öperken mırıldandı.

"Allah beni kahretsin! Canım karım benim. Allah beni kahretsin! Nasıl kıyıp gönderdim seni oraya?"

Sesi, elleri titriyordu. Arabayı elinden geldiğince süratli kullanmaya çalışan Hamdi Bey, onu yatıştırmaya çalıştı.

"Sakin ol Kurt Seyit. Sana ihtiyacı olacak karının. Moralini bozma."

Hastaneye geldiklerinde, Seyit karısını sedyeye kadar kucağında taşıdı. Röntgen odasından çıkan Mürvet'in derhal ameliyathaneye alınmasına karar verdi doktor. Seyit, karısının sargıların içindeki elinin ne durumda olduğunu göremediği için evhamı gittikçe büyüyordu. Doktorun izahı onu çok da rahatlatmadı. Parmağın tedavi edilecek hali kalmamıştı.

"Yani yine iyileşecek mi?" diye sordu Seyit.

"Tabii." dedi doktor. "Ama eskisi gibi olamayacak maalesef."

"Yani?"

"Parmağı da kesmek zorundayız."

Seyit'in yüzündeki ıstırabı görünce ilave etti.

"Unutmayın Seyit Bey, bütün eli de kaybedebilirdik. Yine şanslıymış karınız."

Ve izahatının bittiğini gösteren bir baş işaretiyle ameliyathaneye doğru yürüyüp gitti.

Mürvet yirmi gün hastanede yattı. Hem fiziksel, hem moralman iyi bir bakıma ihtiyacı vardı. Seyit, o inatçı, alaycı, haşin tabiatının arkasında sakladığı sevecenliği, şefkati olduğunca ortaya çıkarıp karısına gözü gibi baktı. Ancak, genç kadın, ufak da olsa, vücudundan kaybettiği parçanın eksikliğini, ince sızıyla hissediyordu. Yara yeri öylesine hassastı ki, serçe parmağının dikilmiş derisi, cam açılsa ilk soğuğu, fincana değse ilk sıcağı hissediyordu.

Odasında yalnız olduğu zamanlar, ameliyatlı elini pikenin üzerinde diğer elinin yanına koyup, yeni görüntüsüne alışmaya çalışıyordu. Ama bunda pek muvaffak sayılmazdı. Çoğunlukla ağlamaya başlıyordu. Böyle anlarından birinde, Seyit'in kapıdan girmesiyle gözlerindeki yaşları silerek toparlanmaya çalıştı. Seyit, kucağında koca bir demet çiçekle, gülümseyerek bakıyordu. Karısının neler geçirdiğini tahmin edebiliyordu. Karpatlar'da yaralandıktan sonra ameliyat edilen ve uzun süre işe yaramayan bacağının, kendisinde yarattığı acıyı, eksikliği daha unutamamıştı. Kaldı ki, Mürvet genç ve güzel bir kadın olarak kimbilir neler hissediyordu.

"Merhaba Murka! Çok iyi görünüyorsun bugün."

Mürvet ellerini yumruk yapmış, yan yana karnının üzerinde tutuyordu hâlâ. Seyit hiç oralı olmadı. Yaklaşıp çiçekleri karısının kucağına bıraktı. Önce eğilip alnından öptü. Sonra iskemleyi yatağın yanına çekip oturdu.

"Ne kadar güzel çiçekler!"

Seyit karısının güllerin altında kalan ameliyatlı eline uzanıp avucuna aldı. Onun gözlerinin içine baktı. Mürvet'in gözpınarlarındaki yaşlar henüz duruyordu. Kocası, bileğini, parmaklarını tek tek öperken genç kadın kendini tutamadı. Sinirleri çok zayıf düşmüştü. Yine ağlamaya başladı. Seyit, iskemleden kalkıp yatağa onun yanına oturdu. Şefkatle uzattığı koluyla onun omuzlarını sardı. Yanağından bir makas alarak şakacı bir sesle konuştu.

"Hani neredeyse, benim varlığım seni ağlatıyor diyeceğim, Murka. Bu kadar kötü bir adam mıyım ben?"

Sonra, onu bebek sallar gibi kolları arasında sardı.

"Ağla canım, ağla. Ağlamak bazen iyidir. Hiçbir dostun vermediği rahatlığı verir insana."

Mürvet, yaşadığı üzüntüye rağmen, kocasının göğsünde, onun itimat veren sevecenliğine sarılarak oturabilmekten mutluydu. Biraz daha ağladıktan sonra açıldı. Bir müddet sessiz oturdular. İlk konuşan Mürvet oldu.

"Hatırlıyor musun? Bana çok iyi bir piyanist olabileceğimi söylerdin."

Biraz durup devam etti.

"Bu uzun parmaklarla iyi çalacağımı söylemiştin."

Sesi yine ağlamaklıydı. Seyit, işi şakaya vurmanın zamanı geldiğini düşünüyordu. Yumuşak, çocukla konuşur gibi bir ses tonuyla sordu.

"Piyano mu çalmak istiyordun?"

"Artık istesem de çalamam ki."

Seyit, karısının hassas olduğu bir anda kalbini kırmaktan çok korkuyordu ama bununla da yaşamayı öğrenmesi lâzımdı. Alaycılıktan uzak, samimi bir gülüşle cevap verdi.

"Ne yapalım? O zaman biz de piyanoyu satarız."

Hiçbir zaman sahip olmadığı ve çalmadığı bir piyanonun satılması fikri Mürvet'i de güldürdü. Bir daha da parmağına bakıp ağlamamaya karar verdi o gün.

Geçirdiği kazadan ötürü Mürvet'e seksen lira tazminat verdiler. En ihtiyaçları olduğu günde bu para inanılmaz bir miktardı. Ameliyat ve hastane masraflarının büyük bir kısmını Hamdi Bey üslenmişti. Hastane çıkışı Seyit, Mürvet'i nekahet dönemini geçirmesi için annesinin yanına götürdü. Şükran, annesine kavuşmanın mutluluğunu yaşarken, o iki hafta boyunca Seyit de Leman'la Büyükdere'de kaldı. Baba kız, her zamankinden daha derin bir anlayış ve sevgiyle yaklaştılar birbirlerine. Havanın soğuğuna rağmen akşamüstü yürüyüşlerini hiç aksatmadan yapıyorlardı. Seyit, kendisini merakla, inanarak dinleyen, devamlı sorularla sohbetine katılan kızıyla beraber olmaktan, başka hiçbir şeyden olmadığınca mutlu oluyordu. Leman için ise, babası kahramanıydı. Onu hayranlıkla, canı gönülden bir ilgiyle dinliyor, her anlattığını dağarcığına hayatı boyunca anımsamak üzere nakşediyordu. Matematik, tarih ve coğrafya ödevlerinde, babası en büyük öğretmeni ve yardımcısıydı. Onunla ders yapmak, ödev olmaktan çıkıyor, ayrı dünyalara yolculuk yapma serüvenine dönüşüyordu. Baş başa iki haftayı, sohbet edip, ders çalışıp, şiir ezberleyip şarkılar söyleyerek geçirdiler.

Mürvet, küçük kızını annesinin yanında bırakmanın burukluğuyla döndü. Leman'ın, kendileriyle beraber olabilmesinin yanı sıra, babasıyla müşterek mutluluğu, Şükran'ın tadamadığı keyiflerdi. Mürvet'e, onun adına hem Seyit'e, hem Leman'a gizliden gizliye içerliyordu.

Mevsim itibariyle lokanta çok iyi iş yapmıyordu. Seyit bir an evvel bütçelerini toparlayacak yeni bir işin peşindeydi. Mürvet'in parmağını kaybetmek uğruna aldığı tazminatı oturup yemek ona çok alçaltıcı geliyordu. Büyükdere'den ayrılma zamanı geliyor gibiydi. Yaşadıkları biraz garip, biraz komik olaylar bunu kolaylaştırdı.

Oturdukları evin karşı yamacındaki eve, ana oğul, yeni kiracılar taşınmıştı. Yolda gelip geçerken selamlaşmanın dışında henüz bir yakınlıkları olmamıştı. Bir gün kapı çalındığında, Mürvet, küçük bir kız çocuğunun getirdiği haberle, komşusunun kendisini ziyarete gelmek istediğini öğrendi. Memnuniyetle beklediğini söyledi. Eve acele çekidüzen verip beklemeye başladı. Belki de bu orman hayatı içinde dostluk edecek birileri gelmiştir, diye düşünüyordu.

Ancak misafirleri geldiği zaman esas amaçları ortaya çıktı. Olağan hoş beş lâftan sonra, kadınlardan biri konuya girdi.

"Kızım anneniz yok muydu evde?"

"Annem İstanbul'da oturur. Çok nadiren ziyarete gelir bizi. Yol oldukça uzak geliyor."

Kadınlar meraklanmış gibilerdi. Birbirlerine baktılar.

"Şey... Babanızla ayrıldılar mı?"

Mürvet, daha ilk kez karşılaştığı insanların, özel hayatlarıyla böyle ilgilenmelerinden rahatsız olmaya başlamıştı.

"Hayır. Babam öldü."

Kadınlar iyiden iyiye meraklanmışlardı. Her nedense sormadan edemiyorlardı.

"Pekiyi, bir bey var, ağabeyiniz mi?"

Mürvet olayı şimdi anlamıştı. Gülümsedi.

"Hayır hayır. O bey benim kocam olur."

İki kadın da hayretler içindeydi.

"Aaaa! Ya çocuklar?"

Mürvet neredeyse kahkaha atmak üzereydi.

"Onlar benim çocuklarım."

Kadınlar da nihayet gülerek geliş sebeplerini itiraf ettiler. Komşu hanım Mürvet'i, babası zannettiği Seyit'ten, oğlu için istemeye gelmişti.

O akşam Seyit de olayı kahkahalarla dinledi.

"Demek öyle çökmüşüm ki, artık seni benden istemeye gelmeye başladılar. Vay! Vay! Vay! Neyse, söyledin mi onlara, benim kimseye verecek kızım yok. Ne iş yaparmış damat adayımız?"

Sesinde en ufak bir kızgınlık olmaması, Mürvet'in rahat konuşmasını sağlıyordu.

"Komisermiş."

Seyit gülerek devam etti.

"İyi, iyi. Bayağı iyi. İşsiz olmaktan iyidir. Sahi, ister miydin polis karısı olmayı?"

Mürvet dudaklarını büktü hemen.

"Aşk olsun Seyit! Sordun diye söyledim. Niye hemen alay ediyorsun?"

"Alay etmiyorum Murka. Ciddi soruyorum."

Mürvet hiddetlenmeye başlamıştı.

"Ne biçim sorular soruyorsun? Ben mi haber gönderdim, gelip beni istesinler diye. Ne yapabilirdim ki?"

"Karıcığım, niye bu kadar hiddetleniyorsun? Bir şey dedim mi ki sana. Yalnız, o serseri, evin kapısını çaldırmadan evvel kim oturur burada, kimin nesidir diye bir sorsa ya. Madem komiser, kime sorsa öğrenirdi."

Sesi hafif kızar gibiyken gülmeye başladı.

"İyi ki beni de anasına istetmediler! Öyle ya, evin yaşlı babası olarak, yakışırdık belki..."

Gülmekten gözünden yaş geliyordu. Mürvet, konuştukları konuya sinirlenmesine rağmen, kocasına katıldı. Onun kendine has esprilerini ve alaycılığını hiç anlayamayacaktı. Kocasıyla ilgili anlayamadığı birçok başka şey gibi...

O hafta sonunda, Seyit, yeni bir iş bulmuş olarak döndü. Büyükdere'de, Rus Sefareti'nin bahçesinin düzenlenmesi işini almıştı. Henüz, binanın yazlık hayatı başlamamıştı. Seyit'e bu iş imkânını sağlayan, Ankara'da sefarette görevli bir Rus arkadaşıydı. İhtilâlden bu yana değiştirdiği isimleri ve hayat hikâyesiyle Seyit bile neredeyse onun gerçek kimliğini unutacaktı. Karpatlar'da defalarca muhtelif görevlerde karşılaştıkları Don Kazak'ı olan arkadaşının gerçek kimliğini şu an hatırlamak dahi istemiyordu. Ağzından kaçırabilir korkusuyla, onunla ilgili her şeyi zihninden silmişti. Genç Kazak'ın da Seyit'e karşı davranışı daha farklı değildi. Beyoğlu'nda içki sofralarının, barların, Beyaz Rusların sohbetlerinin her zaman dışında kalan ve kendi içine çekilen bu genç adamın, yeni düzende nasıl bir yer aldığını Seyit gayet iyi biliyordu. Birbirlerini çok az görür ama o nispette de iyi anlaşırlardı. Bu son iş de, bu anlaşmanın bir işaretiydi.

Yaz gelene kadar iş harikaydı. İstanbul Boğazı boyunca, Büyükdere sınırlarından Karadeniz'e kadar uzanan ve İstanbul'un en mükemmel korularından biri olan Rus Sefareti'nin bahçesi, Seyit için hem iş, hem de düşüncelerini dinlendirdiği bir barış mekânı olmuştu. Garip olan, memleketini terk etmesinin sebebi olan insanların hâkim olduğu bir binanın bahçesinde huzur bulmasıydı. Ancak bunun geçici olduğunun da bilincindeydi. Kapıda görevli bekçiler dışında, kendisini pek izleyen yoktu. Hayatının, o iki adam tarafından anı anına takip edildiğinin farkındaydı. Mümkün olduğunca aldırmaz, sinirlenmez görünerek, onları da rahatlatmaya çalışıyordu. Kısa bir müddet sonra, kendisine yardımcı verilen iki Rus'la beraber, ormanın kuru ağaçlarını kesip, bahçeyi düzenleyen Seyit, yanındaki yabancılarla fazla konuşmamaya özen gösteriyordu. Sadece yaptığı işle ilgilenirken, onlar tarafından gayet dikkatli gözlendiğinin de farkındaydı. Adamlar, kendisini neredeyse hiç yalnız bırakmıyorlardı. Birinden biri muhakkak onunla oluyordu. Akşama doğru, paydos saatini dört gözle bekliyordu Seyit. Zira iki yabancı, günü birlik göreve geliyorlardı. Hâlbuki kendisi, sefaretin arka tarafında, ormanın eteğindeki kulübede kalıyordu geceleri. Hafta sonları evine gidiyordu.

Akşamları en büyük keyfi, banyosunu yaptıktan sonra, kulübenin önündeki ahşap sırada oturup rakısını yudumlamaktı. Karanlıkta, tabiatın sesini dinleyerek otururken, yudumlarına eşlik eden sigaranın sayısını unutuyordu. Bütün gün balta sallayıp, kütük taşımaktan yorulan gövdesi, alkol ve nikotinle soluklanıyordu saatlerce.

O geceyi de, havanın rutubetini, çiğini nefesleyerek geçiriyordu yine. Bir ara yüzünde hissettiği bir serinlik ve ağaçlardan duyulan esintiyle başını arkaya atıp gökyüzüne baktı. Kara, öbek öbek bulutlar rüzgârla, süratle sürükleniyorlardı yukarılarda.

"Sabaha kalmaz, yağar." diye mırıldandı. Orman şimdiden yağmur kokuyordu sanki. Derin derin nefes aldı. Karşı sahilin tepelerinde çakan bir şimşeğin hemen ardından gökgürültüsü duyuldu. Fırtına, tahmininden de yakın olmalıydı. Yeni yaktığı sigarasının dumanını içine çekerken, kulübeden aşağıya doğru yürümeye başladı. Ormanın her mevsimde kendine has bir büyüsü oluyordu. O gün yeni kesilen kütüklerin yığıldığı bölüme yaklaşmıştı ki, sefaretin ön bahçesinde konuşan iki kişi gördü. Derhal sigarasını yere atıp, ayağıyla söndürdü. Bir ağacın arkasına geçerek izlemeye başladı. Rüzgâr olmasa, sesleri duyulacak kadar yakın mesafedelerdi. Karanlığa alışmış gözlerini zorlayarak, adamların kimler olduğunu çıkarmaya çalıştı. İçlerinden birisini daha net seçebiliyordu. Bu, giriş, kapısını tutan bekçiydi. Diğerini de arka arkaya çakan şimşeklerle, gündüz netliğinde fark etti. Yanında çalışan Rusların yaşlı olanıydı. Seyit, olduğu yerde, kıpırdamadan onları izledi. Bir müddet sonra, bekçi kapıya doğru, görev yerine yürüdü. Diğeri ise, gerisingeri binaya girdi.

"Bak sen!" dedi Seyit, kendi kendine. Adam ya sefaretin içindendi ya da içeride de görüşeceği birileri vardı. Bir müddet daha bekledi ama ne giren ne çıkan olmadı binadan. Eline bir kütük alarak ağaçların arasından, yukarıya, kulübesine doğru çıktı. Birden içini huzursuzluk kaplamıştı. Yanlış bir yerde bulunduğunu kendisine itiraf etmekten başka çaresi yoktu. Ancak, bu gece buradan ayrılması söz konusu değildi. Adamlar sadece şüpheleniyorlarsa dahi, bu hareket şüphelerini kesinleştirmekten başka işe yaramazdı. Kulübesinin kapısını açınca, ayağıyla ardına kadar itip bekledi. Temkinli adımlarla içeriye girdi.

Kapıyı kapadığı an, üzerine gelebilecek bir saldırıya hazır olmak istiyordu. Endişesinin boşuna olduğunu anlayınca lâmbasını yaktı. Hiç kimse yoktu. Her şey yerli yerindeydi. Ama içinden bir his, ona bu odada az önce birisinin olduğunu söylüyordu. Yeni ayrılmış birinden sanki havada bir koku, hareketinden bir rüzgâr kalmıştı. Hemen pencerelere koşup, perdelerini sıkı sıkıya kapadı. Kapının sürgüsünü sürdü. Dışarıda rüzgâr, gökgürültüsü ve sallanan ağaçların sesinden başka ses duyulmuyordu. Seyit, kulübede yalnızdı ama bir şey vardı, ne olduğunu anlayamadığı. Aynen kayıp bir eşyasını arar gibi, gözleriyle odayı en ufak ayrıntılarına kadar taradı. Birden gözü, yatağın yanındaki duvardaki çivilere askıyla asılmış takım elbisesi, gömlekleri ve şapkasına takıldı. Buraya birinin girdiğinden artık emindi. Şapkasını hiçbir zaman böyle asmazdı. Borselino şapkayı, sağ eliyle yerinden alıp, başına koyduğu zaman, saten şeridin birleştiği taraf başının solunda kalacak şekilde yerleşirdi her zaman. Ve giydikten sonra hafif, sol kaşının üzerine yatırırdı şapkasını. Şu an asılı olduğu şekil ise, olağanın tam tersiydi. Ceket ve pantolon ceplerini yokladı. Cüzdanı, parası, yerlerinde duruyordu. Kafasında düşünceler, yatağının kenarına otururken, yanı başında, duvara dayalı iskemlenin bacağının dibinde o çok iyi bildiği minicik fotoğrafı gördü. Eğilip aldı. Leman'ın bir yaşındayken çekilmiş resimlerinden biriydi. Cüzdanında taşırdı. Demek epeyi kurcalanmıştı odasındaki eşyaları. Buradan ayrılışını beklemişlerdi. O zaman nereye gittiğini de biliyorlar demekti. Sefaretin kapalı binasında, görünenden fazla insanın yaşadığı anlaşılıyordu.

Işığı kapatıp, perdenin kenarından dışarıya baktı. Yağmur başlamıştı. Ormanın, rüzgâr ile gölgeleri yer değiştiren karanlığından başka bir şey görünmüyordu. Perdeyi tekrar kapayıp, bir sigara yaktı. Yatağa sırt üstü uzanıp düşünmeye başladı. Burada gözaltında olduğunu biliyordu. Bu iş kendisine bilhassa mı verilmişti? Yoksa niye burada olduğunu, hakiki kimliğini merak edenler mi vardı? Yeni bir maceraya mı sürüklenecekti acaba? Kendisiyle hesaplaşmak için mi yoksa bir şeyler istemek için mi onun peşindelerdi? Sorular arka arkaya kafasına üşüştü. Cevap aramaya çalışırken bir şeyi fark etti ki, artık macera istemiyordu. Karısını ve çocuklarını tehlikeye atma fikri ürkütücü geliyordu. Buradan ilk fırsatta ayrılmalıydı. Ertesi gün cumartesiydi. Öğleden sonra eve çıkacaktı. Şayet o saate kadar başına bir şey gelmezse, gidecek ve bir daha dönmeyecekti. O geceyi, gözünü kırpmadan, dışarıdaki sesleri dinleyerek geçirdi. Bir ara sağanak halinde yağmaya başlayan yağmur ve hırçın rüzgâr, sabahın ilk ışıklarıyla beraber duruldu. Seyit'in beklediği gibi başka bir olay da olmadı.

Güneşin varlığıyla beraber bir gece evvel yaşanan hava âdeta bir rüya gibi geride kalmıştı. Yeni gün, pırıl pırıl aydınlık, ılık bir gün olacaktı belli ki. Yağmurla yıkanmış gökyüzü, orman, taptaze bir bahar gününü karşılamaya hazırdı. Karanlıkla beraber, yaşanan garip gece de gerçek değilmiş gibi uzakta kalmıştı. Seyit, bunun aldatıcı bir his olduğunu biliyordu. Burada kaldığı takdirde, er geç, o veya bu şekilde, bir şeyler olacağı muhakkaktı.

Ormanın üst tarafında, bir gün evvelden kesilmesi yarım kalmış odunların yanına gidip, işine başladı. Az sonra iki Rus kendisine katıldığında, hiçbiri diğeriyle ilgili değilmiş gibi çalışmaya devam ettiler. Akşam paydosundan sonra, Seyit, kulübesinde duşunu alıp, takım elbiselerini giydi. İş kıyafetlerini bir torbaya doldurdu. Zaten oldu olacak bütün eşyası buydu. Şapkasını başına yerleştirip, tepeden inmeye başladığında, etrafta kimseler görünmüyordu. Dudağında bir ıslık, sağ elinde sigarası, rahat hareketlerle kapıya geldiği an bekçi karşısında bitiverdi. Seyit'in elindeki torbayı gösterip sordu.

"Hayrola? Taşınıyor musun?"

Seyit, onun kapıyı açmasını beklerken sigarasından bir nefes aldı. Cevap vermeyi gerekli görmemişti. Sadece sigarasını tutan parmaklarıyla bir selâm verip, caddeye doğru sıyrıldı. Hava harikaydı. Eve kadar, sahil boyundan yürümeyi düşünüyordu. Ancak, içinden bir ses ona temkinli olmasını söylüyordu. Bir an için yerinde durup, şapkasını düzeltir gibi yaptı. Sonra elindeki torbayı bacaklarının arasında yere bırakıp, tabakasından yeni bir sigara çıkardı. Henüz yarısında olan sigarasından yenisini ateşlerken, şapkanın altından sağı solu kolaçan etti. Sefaretin bahçe duvarının en ucunda, duvara dayanmış, aksi istikamete bakan adamın varlığından huzursuz oldu. Evinin yönünün tersine yürümeye başladı. Ani bir kararla caddeyi geçerek, deniz kıyısından yürümeye devam etti. Şapkasını soldan sağa doğru eğip, karşı tarafta aynı hizaya geldiği yabancının hareketini kollamaya başladı. Bir müddet sonra, adamın diğer kaldırımdan kendisini takip ettiğinden emindi. Adımları âdeta beraber atılıyor kadar uyumluydu. Bu yürüyüş Kireçburnu geçilip Tarabya'ya yaklaşıncaya kadar devam etti. Seyit, bu takipten neredeyse eğlenmeye bile başlamıştı. Temposunu hiç değiştirmeden, sadece arada bir sigara yakmak üzere durarak, devam ediyordu. Tokatlıyan'ın önüne gelince, caddeyi tekrar geçmek üzere yola baktı. Sağ tarafta, şapkasını gözleri üzerine indirmiş yabancının adımlarını ağırlaştırdığını gördü. Hiç oralı olmadan, oteli geçip, çarşının içine doğru daldı. İyice hızlandı. Diğerinin neredeyse koşarak kendisini takipte olduğunu fark ediyordu. Birden dönerek, aynı yolu gerisingeri yürümeye başladı. Takipçisiyle neredeyse yüz yüze gelmek üzerelerdi. İstediği de buydu. Ama diğeri başını çevirerek bir müddet daha aksi yönde yürüyerek buna meydan vermedi. Seyit, o anda, ileride hareket eden tramvayı gördü. Kalabalığın arasından koşarak sıyrıldı. Yavaş yavaş hızlanmakta olan tramvayın merdivenine atlamasıyla kendisini içeriye çekti. Derin bir nefes aldı. Buna ihtiyacı vardı. Soluklanır soluklanmaz, şapkasını tekrar, sol kaşına doğru eğerek oturttu. Çarşının kalabalığından yola fırlamış olan yabancının, gittikçe uzaklaşan görüntüsüne gülümseyerek baktı. Gülümseyerek mırıldandı.

"Dasvidanya tavariç."

Önce ters yöne yaptığı şehir turunu, kendisini emniyette hissettikten sonra, evine doğru yönlendirdi. Akşamın oldukça geç bir saatinde, Büyükdere'ye geri dönmüştü. Bugünlük atlatmıştı.

Ama bildiği bir şey varsa, Büyükdere macerasının kâfi geldiğiydi. Üstelik Büyükdere'deki gazinoda ortak olduğu Karadenizli Mustafa'nın da, Mürvet'e karşı pek ilgisiz olmadığını, bu ilginin kendilerini yakın bir zaman içinde rahatsız etmeye başlayacağını hissetmişti. Kendisinin evden uzakta olduğu günler içinde, adamın yardımcı olmak bahanesiyle evin etrafında dolaştığını anlamıştı.

Bir-iki hafta sonra, okulların kapanmasıyla beraber, oradan ayrılıp, yine bir evvelki semtleri olan Yeşildirek'e döndüler.

Hayatları sıkıntılı olmasına rağmen ailenin her ferdi için mutluluk sebebi mevcuttu. Bir kere, uzun bir aradan sonra bir araya gelmişlerdi. Çocuklar birbirlerine kavuşmaktan son derece mutluydu. Mürvet, annesine ve Necmiye'ye bir sokak mesafede oturmanın güveni içinde, hayatından memnundu. Leman, yine eski öğretmeni ve okulunda okuyacak olmanın heyecanı içindeydi. Seyit, Akar Çeşmeler yolu üzerinde küçük bir yer bulmuş, lokanta işletmek üzere anlaşmıştı. Tuttukları ev hiç mükemmel sayılmazdı ama bu acelede bulabildikleri ve bütçelerine uyan buydu. Kapıdan girince taşlık, aşağı kata inince toprak, üstü ahşap kaplı bir odadan ibaretti. Bu odadan da bahçeye çıkılıyordu. Camların önünde sedirler döşeliydi. Bir aylık peşinatlarını ödeyip yerleştiler. Ancak, sabahın köründe, kapının çalınmasıyla uyandıklarında, karşılarında, pijamalarıyla ev sahibini buldular. Adam, bahçedeki tavuklarını beslemek için ancak onların evinden geçmesi gerektiğini söylediğinde Seyit küplere bindi. Adamın, tavuklarını çağırıp, darı serpmesini, takunyalı ayaklarını hiddetle seyretti. Çıkarken kapıyı arkasından sinirle çarptı. Anında Mürvet'e dönerek kararını bildirdi.

"Hemen toparlan Mürvet. Ama hemen. Bu evde bir gece daha kalmayacağız. Her sabah, o herifin suratını evimde görmeye tahammül edemem."

İki elini havaya açarak kızgınlığını ifade eden bir tavırla salladı.

"Ne biçim adettir bunlar? İnsan nasıl geçer bir başkasının evinden, odasından. Nasıl girerler başka birinin özel hayatına? Söylesene Mürvet, normal midir bunlar?"

Mürvet, kocasına hak vererek toparlanmaya başladı yeniden. Yerleştikleri daha yirmi dört saat olmamıştı. Yine de peşin verdikleri para içini burkuyordu. Bu kadar ihtiyaç içindeyken üstelik.

"Seyit, paramızı geri verir mi acaba?"

"Ona soru mu soracağım zannediyorsun? O herifin abdesthane gibi suratını bir kez daha görmeye tahammülüm yok. Alsın, başına çalsın kirasını. Ben başka bir ev bakmaya çıkıyorum. Bir yer bulur gelirim muhakkak. Sen hazırlan o arada."

Büyük bir şans eseri, Emine'nin oturduğu üç katlı evin bir katı birkaç güne kadar boşalmak üzereydi. O iki günü de Emine'nin dairesinde geçici yerleşerek geçirdiler ve sonra yeni evlerine taşındılar. Büyük bir bahçe içinde, kâgir, ferah, yepyeni bir evdi. Bir katında da Mürvet'in ağabeyi Hakkı oturuyordu ailesiyle. Mürvet, uzun zamandır ailesinden ayrı kalmanın acısını çıkarırken, Seyit de mümkün olduğu kadar tartışacak konulardan uzak durarak, bu kalabalık yaşama alışmaya çalışıyordu.

Mürvet, yeni ev sahiplerinin kendisine yaşıt olan kızlarıyla iyi arkadaş oldu. Hoş, edalı, bakımlı, her zaman derli toplu giyinen genç bir kadındı Bedriye. İstanbul Üniversitesi'nin lokantasında çalışıyordu. Genellikle iş dönüşü Mürvet'e uğrar, bir fincan kahve içip sohbet ederlerdi. Yine böylesine uğradığı bir gün, Mürvet'e bir teklifte bulundu.

"Mürvet, yanlış anlama, alınmanı istemem ama hiç çalışmayı düşünür müydün?"

"Bilmem. Çok kötü bir iş tecrübem oldu. Ondan sonra da Seyit çalışmamı istemedi. Bünyem dayanmıyor."

"Bu, öyle zor bir iş değil Mürvet. Temiz iş. Üniversitenin lokantasında bir personele ihtiyaç var. Sadece yemek servisi yapacaksın. Elini bulaşığa, temizliğe sokmayacaksın. Biliyorsun beni, çok erken gitmiyorum. Yemek servisi toplanınca da iş bitiyor. Fena mı? Bu öyle kibrit fabrikasında çalışmak gibi değil, inan. Pırıl pırıl üniversite talebeleriyle muhatap oluyorsun. Bir düşün istersen."

Mürvet, eve katkısı olabilecek her kuruşun önemini biliyordu. Ama hem kendisinin düşünmesi, hem de kocasıyla konuşması lâzımdı.

Akşama mevzuyu açtığı zaman Seyit seçimi kendisine bıraktı.

"Söylendiği gibi hafif, temiz bir işse, bilemem. Denemek istiyorsan, git dene. İşine gelirse çalışırsın, gelmezse dönersin. Bütçemize yardımcı olacağım diye paralanmanı, hırpalanmanı istemiyorum. Anlaştık mı?"

Mürvet, bir koşu Bedriye'ye gidip sabah onunla gelebileceğini söyledi. Bedriye aldığı habere çok sevinmişti.

"Sabah dokuz gibi uğrar, seni alırım." dedi.

"Çocukları kime bırakacağım?" diye bir derdi olmaması Mürvet'in bu kararı çabuk vermesini sağlamıştı. Annesi ya da yengesi, birinden biri, onlara göz kulak olacaktı nasılsa. O geceyi heyecanlı ve uykusuz geçirdi.

Ertesi sabah, Seyit'i geçirdikten sonra kendisi hazırlanmaya başladı. Üniversiteye giyilebilecek gibi ağırbaşlı ama sade bir kıyafet seçmeye çalıştı. En nihayet bordo, kloş etekli, kruvaze yakalı elbisesini günün olayına yakışır buldu. Omuz hizasına gelen saçlarını, alnının iki yanına minik dalgalarla yerleştirdikten sonra geriye doğru taradı ve ensesinde topuz yaptı. Elbisesinin kumaşından fiyonklu bir kurdeleyle topuzunu bağladı. Sanki çalışmaya değil de, imtihan olmaya gidiyordu; öylesine heyecanlıydı.

Bedriye onu almaya geldiğinde bir memnuniyet sesi çıkardı.

"Ah! Çocuklar sana bayılacak Mürvet. Harika olmuşsun. Ama biraz makyaj yapsana Allah aşkına."

"Bedriye, sabahın bu saatinde, işe giderken ne âlemi var makyajın?"

"Haydi nazlanma. Gözlerine sürme çek hiç değilse."

Bedriye'nin ısrarları fayda etmedi. Mürvet makyaj yapmayı kabul etmedi. İki genç kadın beraber çıktılar. Tramvayda, Bedriye'nin birçok erkekle büyük bir rahatlıkla selâmlaşıp sohbet etmesi Mürvet'i huzursuz etti. Mümkün olduğu kadar gözlerini camdan dışarıya çevirip, yabancılara ve sohbetlerine ilgisiz kalmaya çalıştı.

Üniversitenin lokantasına girdiklerinde, Mürvet'i, daha evvel gelmiş birkaç kadınla tanıştırdı Bedriye. Hepsi derli toplu aile kadınları, kızlarıydı. Hep beraber güzel bir kahvaltı ettikten sonra, masaları açıp, yerleştirmeye başladılar. Köşedeki masalardan, ortasında taze çiçeklerle dolu vazosu olanın özelliğini söylediler Mürvet'e. Bu masa, vali, milletvekili gibi önemli şahsiyetler geldiği takdirde, ağırlandıkları masaydı. Saat 11.30 olduğunda Mürvet'in çarpıntısı artmıştı. Bedriye, tepsileri nereden doldurup, hangi masalardan onun sorumlu olduğunu, boşalan tabakları nereye bırakacağını anlatıyordu. Ekmekler kesildi, sürahiler dolduruldu. Saat on ikide, koridorlardan, merdivenlerden, ayak sesleri gelmeye başladı. Mürvet'in eli ayağı kesilmiş vaziyetteydi. Talebeler, büyük bir uğultu, kahkaha, şamatayla masalarda yerlerini alınca servis başladı. Mürvet, Bedriye'yi dikkatle izliyordu. Sorumlu olduğu masalara, doldurduğu tepsiyi sırayla götürüp oturan talebelere servis yapmaya başladı. Gözlerini taşıdığı tabaklardan ayırmadan gidip geliyordu. Çatal bıçak gürültüsüne karışan sesler, çekilen iskemlelerin gıcırtıları, genç kadının beyninde yankılar yapıyordu. Bütün bu kalabalık, bütün bu sesler, onu boğacak gibiydi. Genç genç çocuklar, kimi göz kırparak, kimi sadece hayranlıkla bakarak, onunla göz göze gelmeye çalışıyordu. Genç kadın, aldığı sıkıntıyla yüzünü ateş bastığını hissetti. Son servis yaptığı masadan kahkahalar yükseliyordu. Gençlerden biri bağırıyordu.

"Yeni çiçek açmış bahçemizde, gördünüz mü?"

Diğerleri sırayla konuştu.

"Akşama bizimle gelmez mi bu çiçek acaba?"

"Evli yahu. Görmüyor musun? Yüzüğü var.

"Bize fark etmez. Ona eder mi? Bir soralım."

Mürvet, neredeyse ağlamak üzereydi. Artık sözlerin hiçbirisini duymuyor ama bütün kahkahalar sadece kendisiyle ilgiliymiş gibi geliyordu ona. Birden başının ağrısı, burun kemiğinde hissettiği ılık bir akışla hafifler gibi oldu. Dehşetle burnunun kanamakta olduğunu fark etti. Elindeki boş tepsiyi masanın bir kenarına ancak bırakabildi. Başını arkaya doğru tutmaya çalıştı. Ama etraf dönüyordu. Gençler dehşet içinde kalmışlardı. Biri hemen Mürvet'i kollarından tutup yere düşmeden bir iskemleye oturttu. Burnuna bir peçete dayadılar. Hepsi, deminden beri sululuğu, edepsizliği yapanlar kendileri değilmiş gibi, düzene girmişlerdi. Mürvet'i iskemlesine oturtan genç, mendilini çıkarıp onun çenesinin altına koydu. Mürvet, gözlerini kapamış, dakikalardır duyduğu sıkıntının ve şu anki aciz halinin verdiği utançla ağlamaya hazır, başını arkaya atmış, derin derin soluyordu. Bir ara burnundaki peçeteyi çekmesiyle, kan, dudaklarına kadar aktı. İlk baştan beri kendisiyle meşgul olan genç, temiz bir peçeteyi daha onun burnuna uzattı. Ceketini çıkarıp katladı ve Mürvet'in başının altına yerleştirdi. Talebeler yavaş yavaş yerlerine dönmeye başladılar. Yalnız daha sakinlerdi şimdi. Mürvet, bir an evvel oradan ayrılmak, kendisini dışarıya atmak istiyordu. Bir kez daha davrandı ama başı dönüyordu. Yanından ayrılmayan genç, onu omuzlarından tutarak mani oldu.

"Acele etmeyin. Yürüyecek haliniz yok daha."

Mürvet, gözleri yaşlarla dolu, mırıldandı.

"Buradan gitmek istiyorum. Lütfen, buradan uzaklaşmak istiyorum."

Bir müddettir, elbisesinin kumaşını, iskarpinlerini hayretle izlediği genç kadının, her gün servis yapanlardan çok farklı olduğunu fark eden delikanlı, ilk kez bu kadar yakından yüzüne baktığı Mürvet'in burada ne aradığını kendi kendine sormadan edemedi. Belli ki hiç alışık olmadığı bir işi yapmaya gelmiş ve pişman olmuştu. Ona yardımcı olmak istiyordu. Koluna girerek ayağa kalkmasına yardımcı oldu.

"Pekiyi, madem çıkmak istiyorsunuz, sizi istediğiniz yere kadar götüreyim."

Mürvet, önce itiraz edecek gibi oldu. Ümidi, Bedriye'nin ona destek olmasıydı ama o, şu anda salonun bir başka ucunda, harıl harıl servis yapmakla meşguldü. Bir ara Mürvet'in yanına gelip, kendisini revirde uzanıp beklemesini, beraber döneceklerini söyledi. Genç kadın, arkadaşından bir hayır olmayacağını anlayınca, mecburen yabancı gencin yardım teklifine razı oldu. Zaten fazla bir yol gidemediler. Burnu hâlâ kanıyordu. Bahçedeki banka oturdular. Genç öğrenci, soğuk suyla ıslattığı bir peçeteyi Mürvet'in burnuna yerleştirdi. Yanına oturup beklemeye başladı. Mürvet, burada hiç tanımadığı bir erkekle yan yana oturmaktan son derece rahatsız olmuştu. Bir eliyle peçeteyi tutarak konuştu.

"Her şey için çok teşekkür ederim ama artık gidiniz lütfen. Ben birazdan toparlanmış olurum."

Delikanlının yüzünü ilk kez görüyordu. Arkaya doğru taradığı kumral saçları, yeşil gözleri vardı. Mürvet, göz göze geldikleri an, onun kendisine hayranlıkla bakmasından son derece ürktü.

Bu his, daha çabuk toparlanmasına sebep oldu. Çantasını koluna geçirip, ayağa kalktığında, diğeri yine koluna girip eşlik etmek üzere fırladı. Genç kadın, bir kez daha böyle bir fırsat yaratmaktan korkuyla, geri çekildi. Yabancı genç, âdeta incinmiş bir çocuk bakışını taşıyordu gözlerinde.

"Sizi gideceğiniz yere kadar götürseydim. Müsaade edin."

Mürvet, kibar davranışlarıyla onu kendisinden uzak tutmasının zor olduğunu hissetti. Bir adım geri çekilirken sesini sertleştirdi.

"Yolu biliyorum. Bırakın beni lütfen. Yardımlarınız için teşekkür ederim."

Kapıya doğru yürümeye başladı. Arkasından geldiğini duyduğu adımlarla arasını açmak için önce hızlandı, sonra koşmaya başladı. Genç öğrenci, daha demin koluna girip yürüdüğü, güzel ve zarif genç kadının esrarengiz geliş gidişinden etkilenmişti. Onu tanımak, kim olduğunu, nereden geldiğini öğrenmek istiyordu. Arkasından koştu. Ama Mürvet caddeye vardığı an gelen tramvaya atlayınca, onu gözden kaybetti. Tramvay, Aksaray istikametinde uzaklaştığı zaman genç kadın sırra kadem basmıştı.

Mürvet, eve gelir gelmez, bir banyo yapıp kendisini yatağa attı. Annesine sadece tansiyonunun çıktığını, dinlenmesi gerektiğini söyledi. Hiç değilse, Seyit dönene kadar, biraz kendisine gelebilirdi ama kocası gelmeden evvel, Bedriye'nin kapı çalışıyla yataktan kalktı. Ev sahibinin kızı sitemlerle içeriye girdi.

"Aşk olsun Mürvet! Niye kaçtın öyle yaban gibi?"

"Bedriye, bu iş bana göre değil. Yapamam."

Diğeri her zamanki gibi keyifliydi. Belli ki bu işi çok seviyordu.

"Şekerim, bakma sen onlara. Önce sataşırlar ama hepsi lâf. Hiçbirinden ziyan gelmez. Zamanla da alışır, kardeş gibi olursun hepsiyle. Yeni olduğun için bir denemek istediler seni."

"Benim kardeşlerim var Bedriye. Başkasına ihtiyacım yok. Üstelik kocam ve çocuklarım da var."

Ayağa kalkıp kapıya doğru yürürken, nazik bir sesle misafirine gitme saatinin geldiğini hatırlattı.

"Şimdi müsaade edersen, Seyit'e yemek hazırlayacağım."

Bedriye onu kandıramayacağını anlamıştı. Kapıdan çıkarken geri döndü. Çantasını açtı.

"Ha Sahi! Unutmuşum. Yevmiyeni getirmiştim. Haydi, şekerim hoşça kal!"

Kapıyı kapayınca zarfı açan Mürvet içinde sekiz lira buldu. Bu hak ettiği yevmiye olamazdı. Bu miktar zaten oturdukları evin kirasına yakın bir paraydı. Bedriye de cebinden vermeyeceğine göre, yevmiyesine ilaveten, talebeler para toplamış olmalıydı. Başka bir sebep düşünemiyordu. Zarfı, eli yanmış gibi kenara bıraktı. Ağlamaya başladı. Evet, kendisine acımışlardı. Acıdıkları için yardım etmek istemişlerdi. "Keşke hiç denemeseydim." diye düşündü. O zaman acınacak duruma da düşmeyecekti.

Akşam, Seyit, kapıdan girer girmez, karısının yüzündeki ifadeden, gündüz bir şeyler olduğunu anlamakta gecikmedi. Mürvet de saklayamadı ve olanları anlattı. Konuşurken bile olanlardan ne kadar alındığı, ne kadar zorlandığı belliydi.

"Sakın bir kez daha deneme bu işi Murka. Sana söyledim, hırpalanmanı istemiyorum. Rahat rahat çalışacağın bir iş bulursan ve ille de istiyorsan yaparsın."

Aslında, istemekten çok ihtiyaç gereği idi Mürvet'in çalışması. Lokanta, eskiden olduğu gibi gelir getirmiyordu. Ek bir gelire muhakkak ihtiyaçları vardı. Bunu kocası açıkça söylemese bile, bütçelerinin ne kadar zor idare edildiğini gayet iyi biliyordu. Bu sene Şükran da mektebe başlamıştı ve çocukların ihtiyaçları her sene daha da artacaktı.

Komşularından Melek, Siyon çorap fabrikasında çalışıyordu.

Mürvet'in iş aradığını öğrenince, ona yardımcı olabileceğini söyledi.

"Merak etme Mürvet'çiğim. Mösyö Siyon hep düzgün, derli toplu ev hanımlarına iş vermek istiyor. Eğer böyle bir iş senin kabulün ise, ben aracı olurum. Yalnız, önce çorap tutmasını öğrenmen lâzım. Merak etme, evde ben sana gösteririm."

Zaten eli işe yatkın olan Mürvet, kısa zamanda bu işin inceliğini kaptı. Ama işe girmeden önce yine kocasıyla konuşmak istiyordu. Seyit, karısının çalışmasına hiç ihtiyaçları olmamasını diliyor, ancak bu konuda çok kati bir tavır da alamıyordu. İşinin gidişatından hiç memnun değildi. Durumunu düzeltene kadar Mürvet'in çalışabileceğini ama her şey yoluna girdiği takdirde yine ayrılmasını söyledi. Ve ilave etti.

"Geçen defaki gibi seni ağlatacak bir işse de, başlamadan dönüp gel Murka. Mutsuz olmayı bekleme. Tamam mı?"

Bu anlaşma üzerine Mürvet, Melek'le beraber, o hafta başı çorap fabrikasındaki işinin başına gitmek üzere evden ayrıldı. Siyon çorap fabrikası, Çifte Saraylar Caddesi'nde, talihin garip bir cilvesi, Mürvet'in doğup çocukluğunu geçirdiği Mengene Bölgesi'nin üzerine kurulmuştu. Genç kadın, oraya ayak basar basmaz kendisini yıllarca geriye götüren anıları hatırlamadan geçemedi.

Mengene, Bezciler Sokağı'nın üzerinde yer alırdı. Bizanslılardan kalma surlar etrafını çevirirdi. Kocaman bir kale kapısından girilen mahallede altmış ev vardı. Hepsi de eski Rum eviydi. Göçmenlere verilmeden önce, bu evlerde Rum kumaş dokumacıları yerleşmişti. Onun için sokağa Bezciler Sokağı denirdi. Surların hemen dışında, yolun karşı tarafında tulumbacı kahvesi, aradaki meydanın dört bir yanında da çeşmeler vardı. Surların içinde yaşayanlar ise, ya Moskof harbinden ya Dobruca'dan, Bulgaristan'dan kaçıp gelenlerdi. İşte Mürvet'in annesi de, babası da o surların içinde tanışıp sevişmiş, evlenmiş, iki göçmen ailesinin çocukları idi; biri Kafkasya'dan, diğeri Romanya'dan kaçmış iki ailenin.

Şimdi surlar, duvarlar yoktu. Tulumbacı kahvesi modernleşmişti. Çeşmelerin artık sadece birinden, cılız bir su akıyordu. Aradaki koca meydan da yok olmuştu. Mürvet, seneler sonra aynı temellerin üzerine işçi olarak gelmişti. Fabrikanın kapısından girerken bu garip rastlantıya gülümsedi.

Ve o günden itibaren, Mürvet, haftalığı üç liradan Siyon çorap fabrikasında çalışmaya başladı. Haftalığınınn bir lirasını kira için ayırıyor, iki lirasını da evin idaresine katkı için tutuyordu. Onun işe girişinden bir-iki hafta sonra, Seyit kirası ve bakımıyla zarara girmeye başlayan lokantayı kapatmayı tercih etti. Birkaç gün, sağda solda muhtelif iş bakındı. Ama sanki iş kurumuştu piyasada. Karısının sabahın köründe evden çıkıp akşam yorgun argın dönmesi, evi o küçücük bütçeyle döndürecek olması son derece ağırına gidiyordu. Birdenbire yine o karamsar sessizliğine gömülmüştü. Şanssızlığın niye kendisine bu kadar tebelleş olduğunu merak ediyordu. Acaba Tanrı, yaşayabileceği bütün güzel yılları çoktan yaşamış olduğunu mu düşünüyordu?

Belki de ferahtan, huzurdan hakkını almıştı. Kimbilir. Kendi sıkıntısından çok, sıkıntıyı karısı ve çocuklarına paylaştırmak zorunda kalıması gücüne gidiyordu. Mürvet'i şıklık, hoşluk içinde yaşatmayı düşlerken şimdi onun emeği, yorgunluğuyla eve gelen parayla idare etmek zorunda kalıyorlardı. Genç kadın hiç şikâyet etmiyordu. Ama onun hüzünlü, yorgun sessizliği, Seyit'i daha beter ediyordu. *Yine bir çıkmazda olduğunu* görüyordu. Bundan nasıl kurtulup, hangi işe el atacağını, ne yapacağını da bilemiyordu. Hiç sermayesi yoktu şu anda.

Kara kara düşünmek hiçbir şeyi halletmediği gibi, sokak sokak dolaşmak da bir çare getirmiyordu. Seyit, büyük bir çöküntünün içine girmişti.

Mürvet, bütün yorgunluğuna rağmen, akşamları kocasını göz ucuyla takip ederken, onun değişmekte olduğunu gün gün izliyordu. O heyecanlı, ateşli, maceraya hazır, kuvvetli erkeğin, gövdesindeki enerjiyle beraber ruhunun da yıpranmakta olduğu aşikârdı. Teselliyi sigarasında ve kadehindeki içkide aramak da artık onu keyiflendirmiyordu. Gittikçe daha sinirli, daha huzursuz olmaktaydı. Mürvet, kendi adına yapabileceği her şeyi yaptığına inanıyor, kocasına destek olabilmek için daha elinden ne gelebileceğini kestiremiyordu. Aslında bilmiyordu ki, biraz şikâyet etse, söylense Seyit rahatlayacaktı. Yahut hiç yorulmuyor olsa, keyfini koruyabilse, o da Seyit'in üzüntüsünü bir nebze hafifletecekti. Ama bütün bedbin, yorgun vücudu, gülümseyemeyen yüz ifadesine rağmen, sessiz bir kadercilikle fedakârlığını kabulleniyor olması, kocasını çileden çıkarıyor, ona karşı ezikliğini daha çok hissettiriyordu. Hayatın zorluklarını karısına ödetmeye hakkı olmadığını düşünüyordu. Özellikle karısının ailesine karşı, tarifi imkânsız bir utanç duyuyordu.

Ancak Emine için, bir kadının evine destek olması son derece normaldi. Kendisi, aslan gibi kocasının yatağa çakılıp kalmasından sonra, kaç nüfusa bakmak üzere çalışmış, harp ortasında kâh yayan, kâh at sırtında Anadolu ile İstanbul arasında mekik dokumuştu. O, kızının çalışıyor olmasından gocunmuyordu. Kadın, erkeğinin her zaman yanında olmalıdır, diye düşünüyordu. Ancak, mutluluğu yakalayamamak, para sıkıntısından daha beter bir dertti, onun için. Ve büyük kızıyla damadının yokluk çektikleri anlarda, hayatlarının karardığını üzüntüyle izliyordu. Seyit, ayrı bir dünyanın insanıydı. Onun yoklukta kalbi kırılıyor, kendisine küsüyordu.

KURT SEYT & MURKA

Belki Başka Bir Yerde Başka Bir Hayat

O kış çok çetin geçti. Seyit hâlâ işsizdi. Arada günübirlik işler yakalamakla beraber, bütçeye lafı edilecek bir katkısı olamıyordu aldığı paranın. Mürvet, akşamları evlerden topladığı ipek kadın çoraplarını tutturmaya başlamıştı. Çocuklar genellikle Emine'de yiyip, uykuya evlerine geliyorlardı. Karı koca, çoğunlukla hiç konuşmadan, bazen de çok gerekirse birkaç kelime ederek, akşam yemeklerini yiyorlar, sonra her biri kendi köşesine çekiliyordu. Sıkıntı, imkânsızlık, her ikisini de kendi düşünceleriyle baş başa kalmaya itiyordu. Mürvet, müşterilerinin kaçmış çoraplarını alıp, ışığa yakın bir yerde oturuyor ve çorabı geçirdiği kukaya sabitleştirdiği gözlerini kaldırmadan saatlerce çalışıyordu. Seyit ise ya yalnız başına yürüyüşe çıkıyor veya içkisini yudumlarken, kitaplarından birinin sayfaları arasına dalıp gidiyordu. Özellikle karlı akşamlarda, muhakkak o havayı solumak istiyor ve kendisini dışarı atıyordu. Aslında son zamanlarda hiç uykusu kalmamış gibiydi. Yatağa yattığı zaman, sabaha kadar dönüyor, kalkıp ardı ardına içtiği sigaralardan sonra tekrar uyumaya çalışıyordu. Onun, durgun, dalgın hali Mürvet'i korkutmaya başlamıştı. O derin sessizliğinin arkasında bir şeylerin patlayacak olmasından endişe ediyordu. Beraberliklerinin hiçbir devresinde, kocasının bu denli içine kapanıp, kabuğuna çekildiğini görmemişti.

Bir sabah kalktığında Seyit'i çoktan giyinmiş gördü. Kahvaltı sofrasını hazırlamış, çayı demlemişti kocası.

"Hayrola Seyit? Bir yere mi gideceksin?"

Seyit'in sesi kırgın mı, kızgın mı, yoksa pişman mı olduğu anlaşılmayan bir gülüşle cevapladı bu soruyu.

"Merak etme. Artık kimsenin peşine düşmeyeceği kadar bitiğim."

Mürvet, kocasının, sorusunu kıskançlığa bağladığını anlamıştı.

"Seyit, sadece sormak istedim. Niye mana çıkarıyorsun?"

Erkek, karısının çay fincanını doldururken devam etti.

"Bana boş yere, manasız bir şey sorduğunu söylemeyeceksin herhalde."

"Seyit! Niye böyle yapıyorsun?"

Cevap, gergin, kısa, boğuk bir kahkaha oldu.

"Ben hiçbir şey yapmıyorum... Uzun zamandır hiçbir şey yapmıyorum Mürvet. Hiçbir şey yapmıyorum. Hiçbir işe yaramıyorum."

Mürvet, onun probleminin nereden kaynaklandığını anlamaya başlıyordu. Nasıl idare edeceğini kestiremedi. Çocuklar bir gece evvel anneannelerinde, aşağı katta kalmışlardı. Rahat rahat konuşabilirlerdi. Sesini yumuşatıp kocasını yatıştırmaya çalıştı.

"Kendine eziyet ediyorsun Seyit."

"Tek becerebildiğim bu. Ne yaparsın?"

"Haksızlık ediyorsun."

"Ah! Evet! İşte bunda çok haklısın. Benim söylediğim de bu zaten. Hepinize karşı haksızlık ediyorum."

"Seyit, ben öyle bir şey demedim. Kendine haksızlık yapıyorsun."

Mürvet, birden artık kocasının huysuzlanmasından, bağıracak olmasından eskisi kadar çekinmediğini fark etti. Şu an karşısında, yıllardır her şeyiyle kendisine hâkim olan erkekten başka, hırçın, anlaşılamayan, inatçı bir çocuk var gibiydi. Yerinden kalkıp, kocasının iskemlesinin yanına gitti. Kollarını onun omuzundan dolayıp, başını saçlarının arasına koydu. Mırıldanarak konuştu.

"Beni üzüyorsun Seyit. Bunca yıl neler atlattık beraber. Sen ne sıkıntılar çektin, gününü gecene kattın, bizleri rahat yaşatmak için. Allah'a şükür, ne harika günlerimiz oldu. Benim için masal gibi, film gibi günlerdi onlar! Şimdi bırak, ben de biraz yardımcı olayım. Nasılsa her şey düzelecek. Biliyorum, düzelecek. Ama ne olur, kendini bu kadar üzme. Bu beni her şeyden çok üzüyor. Senin o eski neşeni, keyfini özledim."

Mürvet konuşurken, hakikaten geçmiş günlerine duyduğu özlemle gözlerine yaş gelmişti. Ne garipti, yaşarken ne şikâyetlerle kocasını canından bezdirdiği, kendisine hayatı zindan ettiği günleri şimdi ağlayarak özlüyordu. Gözyaşlarını bir eliyle silerken devam etmeye çalıştı.

"Alaylarını bile özledim..."

Seyit, yavaşça yerinden kalktı. İçini sızlatan bir sevgiyle karısının yüzüne baktı ve birden kendini tutamayarak onu kucakladı.

"Oh! Murka!"

Dudaklarını karısının dudaklarına değdirdiği zaman, onun dolgunluğunu ne kadar özlemiş olduğunu fark etti. Ama kendini tuttu ve geri çekildi. Buna hakkım yok diye düşünüyordu. Karısı az sonra bu kapıdan çıkıp işine gidecekti. Onun ise gidecek bir işi yoktu. Burularak döndü. Mürvet, ne zamandır temasını özlediği kocasını tam bulduğunu zannettiği bir anda yeniden uzaklaşışını hayâl kırıklığı ile izledi.

Dudaklarını ısırarak anlamamaya çalıştı. Acele hareketlerle sofrayı topladı. Paltosunu, şapkasını giyip kapıya yöneldi. Seyit, sırtını dönmüş, pencereden dışarısını seyrediyordu. Orada değil gibiydi. Mürvet, önce bir şeyler söylemek istedi. Dudakları aralandı ama vazgeçti. Kapıyı usulca kapayıp çıktı.

Seyit, karısının anacaddeye doğru uzaklaşmasını, tülün arkasından bir sigara yakarak seyretti. Yüzünde acı, ağrı ifadesiyle sigarasını bitirdiğinde, ani bir kararla, yatak odasına yürüdü. Bu böyle gidemezdi. Bu şekilde yaşayamazdı, İstanbul'daki hayatı onun elinden çıkmıştı. O zaman zorlamakta bir mana yoktu. Belki başka bir hayat? Başka bir yerde, herkesten uzak...

"Niye olmasın?" diye düşündü. Yatağın başucunda duran kitabının sayfalarını parmakları arasında çevirdikten sonra, dolaptan ceketini aldı. Küçük çantasının içine birkaç parça çamaşır, mendil, çorap yerleştirdi. Ve okumaktan bıkmadığı İvan Nikitin'in kitabını çantanın ön gözüne yerleştirdi. Artık daha fazla bir şeye ihtiyacı olacağını sanmıyordu.

Bütün gün, tezgâhın başında geçen yorucu, monoton saatlerden sonra alışverişini yapan Mürvet eve döndüğünde, dairelerinin pencerelerinde hiç ışık görmeyince şaşırdı. Bu saatte çoktan Seyit çocuklarla evde buluşmuş, onu bekliyor olurlardı. Aniden yüreği kalktı. Bir şeyler olmuş olmalıydı. Doğru, annesinin oturduğu dairenin kapısına çıktı. Çocuklar orada ve sıhhatteydiler. Ancak Seyit ortalarda yoktu. Mürvet, elindeki paketleri koridora bıraktı. Titreyen ellerle, çantasından anahtarını çıkarıp, evin kapısını açtı. Holün karanlığı onu karşıladı. Işığı yakıp içeriye doğru seslendi.

"Seyit! Seyit!"

Cevap alamaması gayet normaldi. Zira evde kimse yoktu. Koşarak yatak odalarına baktı. Yatak toplanmış, ama kepenkler açılmamıştı. Tam salona geri dönecekti ki, dikkatini yakalayan bir şeye tekrar bakmak için geriye döndü. Seyit'in başucu kitabı yerinde yoktu. O, her gece kalkıp okumasına çok kızdığı, Rusça, kalın ciltli kitabın konsoldaki yeri boştu. Bir hışımla dolabı açtı. Bir takım elbisesi ve büro çantası dışında hepsi yerindeydi. Valizleri, sandığı, her şeyi duruyordu. Neler olduğunu kavrayamıyordu Mürvet. Uzun zamandır Seyit'in akşam vakti dışarıda kalma huyunu unutmuştu. Yoksa yine gece hayatı mı başlıyordu? Kendini tutmaya çalışarak tekrar annesinin yanına döndü. Herkes meraklanmıştı, Seyit'in yokluğuna. Ama onu tanıdıkları kadar, pek problem yaratılacak bir durum değildi bu. Ya sabaha karşı ya ertesi gün ya da bir daha ertesi akşam dönerdi. Veya hiç tanımadıkları biriyle bir haber gönderirdi.

Mürvet, huzursuz ve uykusuz bir geceden sonra, ertesi sabah, yorgun, şiş gözlerle işine gitti. Bütün gün, çorap ipliklerinin hareketinde uyuşan bakışlarının ardında, kocasının nerelerde, kimlerle olabileceği sorularını cevaplandırmaya çalıştı. Ama her bir soru biraz daha şüphe ve huzursuzluk yaratıyordu. Kafasındakileri unutmaya çalıştı. Hiç hasta olup, işi bırakacak hali yoktu. İşine sıkı sıkı sarılması lâzımdı.

Seyit'in evden ayrılmasının üzerinden beş gün geçmişti. Mürvet, artık kıskançlık nöbetlerini unutmuş, ağlamaya başlamıştı. Hakkı Ağabeyi karakola gidip haber verdi. O civarda Seyit'i gören olmamıştı. Çevreden bir haber alamayınca, Yahya'ya haber gönderdiler. Beyoğlu'nda uğrayabileceğini tahmin ettikleri tüm arkadaşlarına, dostlarına haber bırakıldı. Ama Seyit'i onlar daha da uzun bir zamandır görmemişlerdi. Seyit tam anlamıyla sırra kadem basmıştı. Bu, Mürvet'in şimdiye kadar alışamamış dahi olsa, en azından kabullenmeye çalıştığı yokluklarından çok farklıydı. Genç kadın, Beyoğlu'ndan gelen son olumsuz haberi de duyduğu zaman, haykıra haykıra ağlamaya başladı. Kocasının son zamanlarda takındığı içine kapanık, durgun, mutsuz ve sinirli tavırlarını düşündükçe onu niye daha iyi anlayamadığından dolayı kendisini suçluyordu. Anlamalıydı onun problemlerini, diye düşünüyordu. Seyit bunalımdaydı. Ve hiç haber vermeden, hiçbir dostuyla bağlantı kurmadan ortadan yok olması bir tek şey getiriyordu akla; intihar... Bu ihtimâl aklına geldiği an, Mürvet kendini kaybetti. Üç katlı evde dram yaşanıyordu. Mürvet haykırıp ağlıyor, yakınları ise bir haber getirebilme ümidiyle sağa sola koşuşuyordu.

Yahya, kendi ulaşabildiği bütün Kırımlı, Beyaz Rus arkadaşlarına haber göndermişti, Seyit'i görenin duyurması için. Kadıyof Mehmet'in taksilerindeki Rus şoförler, Taksim'den, Florya'ya, Şili'ye kadar dolaştıkları her yerde, bir zamanlar arka koltuklarında gezdirdikleri çılgın Kırımlı'yı görmek ümidiyle bakınıyorlardı. Bütün hastaneler aranmıştı. Polis, bütün tren, vapur yolcu kayıtlarını taramış, ülke dışına giden bir Seyit Eminof bulunamamıştı.

Mürvet, kocasının bir gün dönebileceği ümidine rağmen, gönlünde daha ziyade onu artık tamamen kaybettiği düşüncesiyle, yas dolu günlere girdi. En fenası, çocuklara, babalarının yokluğunu nasıl izah edeceğiydi, özellikle Leman'a. Şükran için babasının olmaması, biraz sulh, biraz rahatlık ve annesiyle daha çok beraber olmaktı. Ama Leman için aynı şey değildi. O, babasını özlüyordu. Babasının sıcacık gülüşünü, en yorgun, en kızgın anında dahi yaptığı bir gülüşlük komikliği özlüyordu. Matematik, tarih derslerinde anlattıklarını, coğrafya dersine yardımcı olurken, dersinin konusu, uzak ama babasının yaşadığı ülkeleri dinlemek ve ertesi günü mektepte bunları kendi yaşamış gibi anlatmak... Bütün bunlar o kadar harika hislerdi ki... Babası olmadan o çok yalnızdı... Ve onu bu kadar uzun süre göremeyişini bir türlü anlayamıyordu.

Bütün çabalara rağmen, Seyit'ten hiçbir haber alınamayan ikinci haftanın sonunda, Mürvet'in gözyaşları sadece yalnız olduğu saatlerde akmaya başladı. Çocukları için hayatını devam ettirmek zorundaydı. Kocasının ülkeyi terk etmiş olması, başka bir kadınla yaşıyor olması, eski bir âşığının yanına gitmesi dahi, artık çok olağan karşılayabileceği ihtimallerdi. Zira intihar ettiğinden yüzde doksan emindi. Ve bu düşünceyle o kadar ağlamıştı ki, artık ağlayacak yaşı kalmamıştı. Şu an, çocuklarını ve kendi hayatını devam ettirecek düzeni aksatmadan yürütmesi gerekti. Bir işi vardı. Evinin kirasını ve yaşam masraflarını ucu ucuna da olsa götüren bir geliri vardı. Ve ona sıkı sıkı sarılmıştı. Geceleri uykusuz, kocasının yokluğunun verdiği ıstırapla, gözyaşıyla geçiyordu. Rüyalarında Seyit'le beraberdi. Kâh onu üzdüğü, zorladığı günleri yaşıyor, üzüntü duyuyor, kâh onun zamparalık yaptığı geceleri hatırlayıp hiddetle uyanıyordu. Ama en kötüsü, yani aldatılmışlığın, yalnızlığın ötesinde daha kötü olan şey, Seyit'in bir daha dönmemek üzere olan yokluğuydu. İşte o uyandığı an, yanındaki boş yastığa bakıp ağlamaya başlıyor ve sabaha kadar bir daha gözüne uyku girmiyordu. Bu hazin hali fabrikaya gidene kadar devam ediyordu. Ama işbaşı yaptığında, elinde kayan ipliklerin ucunda ekmek parası olduğunun bilincinde, gözyaşlarını içine atıyor ve sadece çorapların paketlenecek kadar kusursuz geçmesini sağlamaya çalışıyordu.

Seyit'in, İvan Nikitin'in şiir kitabıyla beraber yok olduğundan bu yana bir ay geçmiş ve hâlâ kendisinden hiçbir haber alınamamıştı.

Zonguldak'ın soğuk, puslu, sanki hiç aydınlanmayacak gibi doğan sabahlarından biriydi. Ama kömür ocaklarında işbaşı yapacak olanlar, çoktan kartlarını basmak üzere, madenin ağzında sıraya girmişlerdi bile. Zaten başka bir hayâtı yoktu ki Zonguldak'ın. Bütün erkeklerinin, eli iş tutacak yaşa gelince gidecekleri bir yer vardı. Ve hepsi şu an oradaydı. Çok yaşlılar, sakatlar ve tabii göçükte kalanlar dışında. Kadınlar alışıktı Zonguldak'ta, kocalarını sabah karanlığı gönderip de akşam karanlığı kapıyı rüzgâra açmaya ve cesetleri hiç bulunmayacak kocaları için mevlit okumaya. Genç kızlar alışıktı, babalarını ya da nişanlılarını, yavuklularını madene gömmeye. Zaten Zonguldak'ın kadınları ilk sevdiğiyle beraber ömür tüketmek nedir bilmezlerdi ki... Emeklilik yaşında gün ışığına çıkabilen birkaç erkek vardı ancak. Onlar da ciğerlerini, yüreklerini, ruhlarını aşağıda, karanlık bir yerlerde bırakıp çıkarlardı düzlüğe. Aynı adam olamazlardı bir daha. Zift dolmuş bir ciğer ne kadar solursa, onlar da o kadar solurdu yerin üstünü.

Madene inen asansörün kapısında sırada bekleyenler, ellerinde sefertasıları ve sigaraları, toprak altının karanlığına gömülmeden önce belki de son alabilecek nefeslerini nikotinin dumanında alıp vermeye çalışıyorlardı.

Uzun boyu, endamlı kendinden emin tavırları, kumral saçı, bıyığının kesimi, henüz hiç kömür tozu değmemiş teninin beyazlığıyla hemen fark edilen erkeğe, diğerleri, sanki ayrı bir âlemin adamıymış gibi bakıyordu. Onun önünde, arkasında sırada olanlar günlük olağan konuşmalarını yapmıyorlardı. Bu yeni adam, muhakkak madeni yakından görmek isteyen mühim adamlardan biri olmalıydı. Onun yanında ne konuşabilirlerdi ki. Göz ucuyla yabancıyı süzerken, mümkün olduğunca sakin ilerliyorlardı. Arada bir, birbirlerine göz kırpıyorlardı. Anakara'dan bir bürokratı bu ve nasılsa aşağıya inince kim olduğu ortaya çıkacaktı.

Ancak, asansörle galeriye indikleri andan itibaren, beyaz tenli, beyaz elli yabancı, grubundakiler nasıl çalışıyorsa öyle çalışmaya başladı. Kimseyle konuşmuyordu. Sanki dilsiz ve sağırdı. Sadece kazmasını kullanıyor, arabaları yüklüyor ve tekrar işine devam ediyordu. Madenciler, onu artan bir ilgiyle izlemeye başladılar. Yabancı, sanki orada ve onlarla değilmiş gibiydi ama canla başla çalışıyordu. Kimseye bakmıyor, soru sormuyor ve sorulara cevap vermiyordu. Sadece kazıyor ve yüklüyordu. Birkaç genç, onunla biraz dalaşmak istediyse de büyükler buna meydan vermedi. Yabancının halini tavrını kaygıyla izliyorlardı. Kazmayı, küreği ne kadar iyi kullanırsa kullansın, hiç maden işçisi olacak bir adama benzemiyordu. O hafta boyunca kimse yabancıyla konuşmaya muvaffak olamadı. Zaten ilk birkaç günden sonra biraz ürkerek bu çabadan vazgeçtiler.

Yevmiye günlerinden biriydi. Yağmur çiseliyordu. Sırada bekleyenlerin hepsi kömür tozu rengiydi. Sadece gözler... Kahverengi, siyah ve simsiyah gözler, kömür tozunun arasında bile pırıldayarak bakabiliyordu. Karanlıkta, yerin altında, geriye dönebilir miyim sorusuyla yaşayan birinin gözleri, o kişi dışarı çıkmayagörsün, gece bile olsa parıldayarak bakıyordu. İsimler okundukça, kömür tozu kaplı yüzlerden birisi vezneye ilerliyor ve zarfını alıyordu. İsminin okunmasını bekleyenler arasında artık o beyaz tenli yabancı yoktu. Geldiğinden bu yana zaman geçmişti. O da kömür rengiydi artık. Elleri kanamış, çatlamış, nasırlaşmıştı. Sadece burun delikleri, dudakları ve kulakları pembe pembe sırıtıyordu kömür karası yüzünün üzerinde.

Yevmiye kuyruğunda, vezneden çağrılan ismini duydu yabancı.

"Kurt Seyit!"

Ve ilerledi. Kömür tozunu emmiş yüzünü aydınlatan lacivert menevişli gözlerinde yaşlı pırıltılar vardı.

İstanbul'dan ayrıldığından iki ay sonra Seyit, Sirkeci'de trenden indi. İstasyondaki tuvaletin aynasında kendisine baktığı zaman, kendi olmaktan ne kadar çıktığını fark etti. Zonguldak'ta eksikliğini en çok hissettiği, su ve sabun, temiz, kolalı gömlekleri ve cilalı mokasenleriydi. Ama, 'Yüz ifademin böylesine değiştiğini anlamam için ancak İstanbul'a geri dönmem gerekiyordu demek ki.' diye düşündü, aynadaki aksine bakıp.

İstasyondan çıkar çıkmaz, fazla beğenmeye gerek görmeden, ucuz bir takım elbise aldı ve bir çift de ayakkabı. Güzelim İtalyan ayakkabıları ve Fransız takım elbisesi Zonguldak rengi olmuştu artık. Ancak orijinal kıyafetlerini yerine koymak için harcayacak parası yoktu. Alışverişi bittikten sonra, doğru Cağaloğlu Hamamı'na girdi. Üzerinden çıkan her şeyi küheylana verdi, yakılması için. Temizlenip, yenilerini giydikten sonra Yeşildirek'teki evinin yolunu tuttu. En büyük sevinci, cebinde bir otobüs parasıyla ayrıldığı evine, yaşam parası getiriyor olmasıydı. Kömür ocaklarında bile olsa, muvaffak olmuştu işte. Evin işe yaramayan erkeği değildi. Yaşadığı iki ay cehennem azabı gibi de olsa, bundan gocunmuyordu. Hayatı boyunca bu işle geçinenler vardı. Üstelik doğduğunda hiçbir şansı olmadan bu işi yapması gerekenler vardı. Kimse o gencecik çocuklara sormuyordu bile ne yapmak istediğini, nerde çalışmayı arzu ettiğini. Her şeye rağmen şanslı sayılırdı. Bir elinde İvan Nikiti'nin kitabı, diğer eli pantolonunun cebinde, az sonra karısına vereceği paranın sıcaklığını hissederek yürüdü.

Seyit'in dönüşü bir bayram sevinci yarattı. Mürvet, karşısında kocasını görünce, koca bir çığlıktan sonra, neredeyse sevinçten bayılmak üzereydi. Çocuklar, akrabalar, intiharından, ölümünden, kaçışından korkanlar, herkes sevinç içinde karşıladı Seyit'i. Mürvet, kocasının ne kadar bakımsız, yorgun, zayıf olduğunu fark etmekle beraber ona hiçbir şey söylemedi. Onun her zamankinden daha alıngan olduğunu fark etmişti.

Seyit, bıraktığı hayatı yakalamak istemesine rağmen, içinde bir şeylerin aynı olmadığını artık hissediyordu. Garip bir şekilde heyecanları, arzuları, hayâlleri kendi kendilerine onu terk ediyorlardı. Ama yavaş yavaş. Henüz kırk iki yaşındaydı. Kendisinden beklemeyeceği kadar durgunlaşmıştı. İçinden gizli bir inatlaşma hissediyordu ama artık neyle inatlaşacağını da bilmiyordu. Nereye doğru? Neyle? Ne için? Üzerine gidilecek bir hayâl varsa, inat işe yarardı. Ama amaçlarla beraber yaşam tıkanıp kaldıysa bir yerlerde, ne manası vardı inatların, insanı yıpratmaktan başka? Komik geliyordu, artık kimseyle didişmek de istemiyordu zaten. Bütün hırsını, kendi içinde, kendisiyle yaptığı hesaplaşmalardan alıyordu. Bu, hiçbir şeyi halledecek gibi değildi. Sadece, tanıdığı Seyit'i yaşamak, kendisini ayakta tutmak için yaptığı iç hesaplaşmalardı.

Kocasının yokluğunda, onun ölmüş olabileceği düşüncesiyle üzüntüsünü ve ailesinin geçimini bir arada götürmek zorunda kalan Mürvet, bugüne dek bilmediği bir kuvveti kazanmış gibiydi. İki ay boyunca, çalıştığıyla kirasını ödemiş, çocuklarına bakmış, kimseye avuç açmadan yaşamıştı. Mühim bir imtihandan geçmiş gibi hissediyordu kendini. Kocasının geri dönüşü, sırf eve para getirebilmek uğruna kendisini değişik bir yaşamda maceraya atışı, Mürvet'i artık belki de evliliklerinin ilk yıllarında olabileceği kadar etkilemiyordu. Genç kadın, şimdi artık kocasının peşinde koşmak, onun maceralarını takip etmek gibi kıskançlık krizlerinden kurtulmuş, evine, çocuklarına tek başına kazanarak bakma düşüncesiyle hayata başka bir taraftan sarılmıştı.

Artık gündüzlerini kocasının ne yaptığını merak ederek değil, mümkün olduğunca fazla iplik atarak, gecelerini kıskançlıktan ağlayarak değil, mümkün olduğunca fazla çorap tutturarak geçirmeye bakıyordu. Çünkü kıskançlıkları, aldatılmışlıkları kimse ödemiyordu ama bir gün tek başına çocuklarına bakmak zorunda kalırsa ancak emeği karşılığı aldıklarıyla yaşamlarını yürütebilecekti.

Ancak, Seyit hayata bağlanmak, yeniden her şeyi düzene koymak, yaşamak ve yaşatmak istiyordu. Yine Acı Çeşmeler'de bir lokanta açtı. Şimdiye kadar işlettiği en küçük lokantaydı bu. İşleri biraz yoluna girince morali nispeten düzeldi. O özlediği hayata artık ulaşmak zor gibi gelse de en azından bir işi vardı. Artık küçük mutlulukları yakalamaya çalışıyordu. Leman, yine okul dönüşü lokantaya gidiyordu. Babasının hazırladığı mükellef bir akşamüstü kahvaltısını yerken, okulda olanları, öğrendiklerini bir telaş içinde anlatıyordu. Seyit, kızı için sadece dinleyici değildi. Onun dünyasını, yeteneklerini, düşüncelerini hakikaten merak ediyor ve sorularla onun sohbetini canlı tutuyordu. Leman'ın sınıf temsillerinde aldığı roller, ezberlediği şiirler, okul panosuna asılan resimleri, hep merakla ve iftiharla izlediği olaylardı.

O gün akşamüzeri, Leman, yine çantası elinde Acı Çeşmeler'den aşağıya doğru iniyordu. Yeni öğrendiği bir şarkıyı mırıldanıyordu bir taraftan. Ara sokağın başında durmuş bekleyen adam önce dikkatini çekmedi. Ama az sonra arkasından gelen ayak sesleriyle başını döndürünce, yabancının kendisini takip ettiğini fark etti. Koşmaya başladı. Ve adamın da koşmasıyla paniğe kapıldı. Kendisine kötülük yapmak isteyen biri olduğu belliydi gelenin. Az ilerde, kapısı açık lokantaya doğru can havliyle bağırdı.

"Babaaa!"Baba!!

Yan kapıdan boş şişeleri çıkarmakta olan irikıyım İvan, patronunun kızının can havliyle birinden kaçtığını fark eder etmez, elindeki şişeleri yere attı. Yola doğru koşmaya başladı. Seyit de aynı anda dışarı fırlamıştı. Leman'ı takip eden, derhal aksi istikamete kaçmaya koyuldu. Seyit, yardımcısına seslenirken, diğerinin arkasından koşmaya devam etti.

"Sen Leman'ı içeri al!"

Ve ne süratte koşabildiğine kendisi de şaştı. Hâlâ bacakları eski gücünü kaybetmemişti demek. Az sonra kızını rahatsız eden adamın yakasına yapışmıştı. Kırmızı suratlı, sarı dişli, iğrenç nefesli, sokak serserisinin tekiydi yakaladığı. Hiçbir şey sormadı Seyit. Sadece yıldırım hızıyla kafasından, kızının bu pis heriften zarar görebileceği düşüncesi geçti. Yetmişti. Önce serserinin kırmızı yüzüne, sonra tekrar ağzının orta yerine birer yumruk indirdi. Diğeri sersemlemiş, yalvarıp kurtulmaya çalışıyordu. Seyit, hırsını alamamıştı. Onu yakasından çekip dövmeye devam etti. Kısa zamanda meraklılar toplanmıştı etrafta. Seyit, adama kâfi cezayı verdiğine kanaat getirince bıraktı yakasını.

"Bir daha seni buralarda dolaşırken görürsem, yaşatmam. Anladın mı pis serseri!"

Ancak, yaptığı tehdidin, başına iş açacağını tahmin edemezdi. Lokantaya geri döndü. Olayı heyecanla, yüreği ağzında seyreden Leman, babasının bir zarar görmediğine çok memnun olmuştu. İvan, avuçları tombul iri ellerini çırparak, Rusça bir şeyler söyledi patronuna.

"Sağ ol Daltaban." diye cevapladı Seyit.

Kocaman vücudu, yere yayılarak basan kocaman ayakları yüzünden onu böyle çağırırdı Seyit. İvan, Çarlık ordusunda topçu eri olarak görev yapmış Ukraynalı bir köylüydü. Gövdesi kadar da kocaman bir yüreği vardı. Seyit, Şükran'ın mızmızlığına kızdığı zaman hep, "Seni Daltaban'a veririm." diye ona takılır, küçük kız da ağlardı. İvan, gülümseyerek tekrar şişeleri toplamak üzere işine döndü.

Az sonra, baba kız karşılıklı oturmuş, çayları eşliğinde fırından yeni çıkmış sıcacık böreklerini yerlerken, yaşadıkları tatsız olayın heyecanını atmaya çalışıyorlardı. Ne garipti ki, insan ciddiyetle yaşadığı bir tatsızlığı sonradan gülerek anabiliyordu. Onlar da İvan'ın iri gövdesinin, şişelerin üzerinden atlayışını, serserinin kaçışını konuşurken, kahkahalarla gülüyorlardı. Ama gülüşleri, kapıda beliren iki polisle beraber, son buldu. Seyit, adam dövmek ve ölümle tehdit etmekten dolayı karakola çağrılıyordu. Leman, neredeyse ağlamak üzereydi. Seyit, kızının başını okşadı.

"Haydi, sen eve git Lemanuçka. Daha iyisi Daltaban götürsün seni. Ben de birazdan gelirim. Haydi canım."

Gayet sakin bir tavırla fincanındaki son yudum çayını da içerek ceketini aldı ve polislerle beraber Yeşildirek Karakolu'na gitti. Karakolda adamı niye dövdüğünü izah ettiğinde, Leman'ın şahit olarak dinlenmesi istendi. Seyit buna yanaşmadı. O yaşta bir kız çocuğunun, karakollarda, polise ifade verecek olmasını katiyen onaylamıyordu. Komiser ısrarcıydı.

"Seyit Bey, yapmayın. Çağıralım gelsin kızınız. Yüzleştirelim. Adamın kendisini taciz ettiğine dair ifade verirse, sizi suç işlemiş olmaktan kurtarır. Yoksa kendi kendinizin şahidi olamazsınız. Bu işin cezası var. Adamın yüzünü gözünü darmadağın etmişsiniz. Bir de canını almakla tehdit etmişsiniz. Suçtur bu."

Seyit hiç oralı değildi.

"Kızım çok küçük, buralarda sürünmek için. Ne o adamın yüzünü bir daha görecek, ne de bu binadan içeri girecek, komiser bey. Suçum ne ise ben cezasını çekerim."

Komiser, "Ne yapalım?" der gibilerinden omuzlarını kaldırdı.

"Çok inatçısınız Seyit Bey."

Seyit güldü.

"Yeni olmadım."

Ve adam dövmekten üç gün hapis cezasına çarptırıldı Seyit.

Hayatlarında her şey yolunda gidiyormuş gibi, bir de bu gereksiz ve tatsız sürprizleri yaşamaları, Mürvet'te bezginlik yaratmaya başlamıştı. Seyit ise, kaderinin kendisini daha nereye kadar sınayacağını merakla ve inatla bekliyordu.

KURT SEYT & MURKA

Kaderin Bir Yazlık Gülüşü

Her şeye rağmen bu yaz, bir evvelkinden iyi geçecek gibiydi. Seyit, Yahya'nın yardımıyla Florya tren istasyonunun gerisinde büyük bir arazi kiraladı. Sıra sıra kabinlerin, büfelerin, meşrubat tezgâhlarının yer aldığı Florya plajında faaliyet gösterenlerin tamamı Beyaz Rus'tu. Birçoğu, 1920'lerde devrimden kaçıp İstanbul'a geldikleri zaman bu kıyılara yerleştirilmişti. Kapalı, harem-selâmlık ayrı deniz banyolarının yerini, açık plaj âdetinin alması onların sayesinde olmuştu. Kadın, erkek, çoluk çocuk bir arada güneşlenip, denize giriyorlar, soğuk limonatalarını, biralarını yudumlarken, tabiatın tadını hep beraber çıkarmanın keyfini yaşıyorlardı. Büfelerde, birbirinden lezzetli tazecik sandviçler paketleniyor, sabahın erken saatlerinde buz kalıplarının üzerinde soğumaya bırakılmış meyveler dilimleniyor, denizin, güneşin acıktırdığı müşterilerin ağız tadına sunuluyordu.

Kumsalda, üzerinde Tokalon reklâmlarıyla süslü beyaz bez kabinlerin yanı sıra, kumsalın bitiminde, yeşilliğin üzerinde ahşap kabinler vardı.

Seyit'in gazinosu da, plajın açıldığı saatten itibaren, sıcak soğuk yemekler, mezeler, içki servisi veriyordu. Büyük iki ağacın gölgesine yerleştirilen masalar, güneşten yorulan veya etrafa yayılan mis gibi kokulara dayanamayanların kaçış yeri oluyordu. Kumsalın üzerindeki minik tepede yataklı bir kabin vardı Seyit'in. Mürvet, hafta sonu iznine çıkınca çocukları alıp geliyordu. Altınkum yazı kadar şatafatlı değilse bile yine de son derece renkli, eğlenceli bir yaz geçiyordu. Akşamları kumsalda balalayka orkestrası çalıyor, Beyaz Rus müşteriler coşarak orkestraya eşlik ederken tadına doyulmaz akşamlar yaşanıyordu.

Yer yer, kumsalın üzerinde, minik ateşler yakarak toplanan gençler, mehtap, çakılları okşayan denizin sesi, göğe yükselen balalayka, bandura, keman, akordeon sesleriyle Florya kıyıları Boğaziçi'nin güzelliğini aratmıyordu.

Bu kıyıları her zamankinden daha hoş yapan da, Gazi'nin yazını Florya köşkünde geçiriyor olmasıydı. O sene bir de iskele yapıldı denize uzanan, üzerinde minik soyunma kabinleri olan.

Bir gün Mürvet, kızlarıyla beraber, ağacın altında, Seyit'in onlar için özel olarak ayırdığı masada oturuyordu. Çocuklar, güneşten al al olmuş, bütün gün kumla, denizle oynamaktan acıkmış, afiyetle pirzolalarını yiyorlardı. Mürvet, kendilerine doğru gelenleri gördüğü an, heyecandan nefesinin kesildiğini hissetti.

Gazi, yanında vali Muhittin Altındağ ve Şükrü Kaya'yla oturdukları masaya doğru geliyordu. Güneşten yanmış yüzünde, gözleri masmavi pırıldıyordu. Spor bir gömlek ve golf pantolon giymişti. Mürvet, Seyit'in içeriden koşup onları karşıladığını gördü. Aralarında geçen konuşmanın ne olduğunu merak ettiyse de duyamadı. Gazi, bir eliyle Seyit'in omuzunu tutup bir şeyler daha söyledikten sonra hep beraber masalara doğru yaklaştılar. Paşa, kendisine gösterilen yere oturmayıp beklemeyi tercih etti. Mürvet ile çocukların oturduğu masayı gösterdi.

"Acelemiz yok Seyit Bey. Şu masa ne zaman boşalırsa, o zaman otururuz."

Mürvet, kocasının bir şey demesine fırsat bırakmadan çocukları alıp yerinden kalktı. Bir arkadaki masaya geçtiler. Gazi'yle bu kadar yakın olmaktan öylesine heyecan duymuştu ki, çantasını orada bıraktığını fark etmemişti bile. Paşa, kendi eliyle çantasını Mürvet'e uzatırken, teşekkür etti.

"Hiç rahatsız olmasaydınız. Bizler beklerdik."

"Hiç mühim değil Paşa'm."

Mürvet daha fazla konuşabileceğini sanmıyordu. Heyecandan nutku tutulmuştu. Çocuklar ise gözlerini açmış, hayranlıkla büyük kurtarıcıyı seyrediyorlardı. Seyit, bir işaretle, komilere masayı temizletip yeni örtü yaydırdı. Paşa'nın iskemlesini çekerken izah etti.

"Benim ailem onlar Paşa'm. Yabancı değiller. Buyurun."

"Sağ olun Seyit Bey."

Sonra aniden bir şey hatırlamış gibi sordu.

"O küçük delikanlı buralarda mı? Hani şu Kazaska oynayan."

"Rüstem'i mi soruyorsunuz Paşa'm?"

"Evet, evet. O çocuğu soruyorum. Buralardaysa, bir seyredelim bu akşam."

Rüstem, Batumlu Gül Hanım ile Korbuklu İbrahim Bey'in küçük oğluydu. Simsiyah saçları, incecik, zarif yüz hatlarını belirginleştiren pırıl pırıl yanan siyah gözleri vardı. Küçücük yaşlardan beri oynadığı Kazaska'da, daha on iki yaşında olmasına rağmen ustalaşmıştı. Çevik, yay gibi şekil alan vücudu, yorulmak bilmeden saatlerce arka arkaya, kendisine tempo tutan alkışların eşliğinde eğilir, döner, zıplar, bin bir numarayla seyredenleri mest ederdi. Gazi, onu tesadüfen bir kez seyretmiş ve hayran olmuştu. Şimdi ne zaman kumsaldaki gazinolardan birine inse, muhakkak balalayka dinlemek, Kazak oyunlarını seyretmek istiyordu.

Kabinacıların çoğu Çarlık ordusunun zabitleriydi. Akşam olup müzik başladı mı, omuzdan düğmeli, prens yakalı mavi gömleklerini, paçaları çizmelerinin içinde bol pantolonlarını giyip geleneksel Kızak kıyafetleriyle danslar sergilerlerdi. Gazi Paşa'nın kendilerini hayranlıkla seyrediyor olması onları daha da coştururdu.

O akşam da, coşkuyla seyredenlere inanılmaz saatler geçirtiyorlardı. Yetişkinler çekilince Rüstem sahnede yerini aldı. Birkaç Kırım oyunundan sonra, meşhur Kazaska'sına başladı. Sanki vücudunun hiçbir ağırlığı yokmuşçasına hafif, rahat hareketlerle, müziği ve her ritmi hissederek dans ediyordu.

Bir ara, tam kollarını dirseklerinden germiş, parmaklarının ucunda yay gibi uzamıştı ki, seyirci kalabalığının arasından sıyrılan küçük bir kız çocuğu, önce çekingen, sonra kararlı bir ifadeyle Rüstem'e doğru ilerledi. On yaşlarında kadardı. Sapsarı uzun saçları iki örgü halinde omuzlarından aşağıya bırakılmıştı. Bembeyaz teni, çelik mavisi iri gözleriyle ırkının tüm özelliklerini taşıyordu. İnce, narin bedenini, zarif kollarını, bir balerin zarafetindeki hareketlerle oynatarak, Rüstem'e eşlik etmeye başladı. Kalabalığın heyecanı son haddini bulmuştu. İki küçük çocuğun inanılmaz maharetteki oyunlarını âdeta büyülenmiş seyrediyorlardı. Biri Kırım'dan, diğeri Rusya'nın kimbilir hangi köşesinden göç eden iki ailenin çocukları, simsiyah ve masmavi gözlerinin tezat renk pırıltılarında buluşan bir anlaşmayla büyük bir uyum içinde, ailelerinin vatan hasretini özümleyen danslarını tamamladılar. Öylesine kendilerinden geçmişlerdi ki, seyircilerin hemen hemen hepsinin gözünde yaş vardı. Ortalık alkıştan inliyordu. Paşa'nın keyfine diyecek yoktu. Çocuklar nefes nefese, hayranlarını selâmladılar. Ancak, küçük kız yaşadığı duygusallığa daha fazla dayanamadı. Gözündeki yaşları silmeye fırsatı olmadan fenalaştı. Heyecandan bayılmıştı. Onu kucaklayıp götürdüler. Rüstem ise, Gazi Paşa'nın masasına çağrıldı. Onun yanındaki iskemleye oturup, omuzunda kolunu hissettiği zaman dünyanın en mutlu çocuğu olmuştu. Daha bir dikleşerek, gururla etrafına bakındı. Bundan daha büyük bir armağan olabilir miydi?

İşte o yaz da güneşle, denizle, müzikle, dansla, duygusallıkla, coşkuyla geçti. Seyit, oldukça iyi para kazanmıştı. Ama Mürvet henüz çorap fabrikasındaki işini bırakacak kadar emniyette hissetmiyordu kendisini. Seyit de bu konuda hiçbir baskı yapmıyordu. Bu kadar senedir yaşadıklarından, iniş çıkışların ne kadar ani geldiğini öğrenmişti. Özellikle inişler, insanı hiç hazırlamadan fırtına gibi geliyordu. Gariptir, bu düşüncesini ispat etmek için sanki talihi yeni bir fırsat beklemekteydi.

Florya'da sezonun kapanmasına sadece iki hafta kadar bir zaman kalmıştı. Rüzgâr, yağmur, erken kararan rutubetli akşamlar, mevsimin bittiğini gösteriyordu. İşlerin hafiflemesinden istifade, hafta arası bir akşam Seyit, şehre dönmeyi ve hafta sonu karısını ve çocuklarını alarak geri gelmeyi düşündü. Akşam yemeğine kalan müşteriler her zamankinden erken dağılmışlardı. Birkaç kabinacı Rus arkadaşıyla oturup içmeye devam ettiler. Seyit, son Sirkeci trenini yakaladığı zaman oldukça alkollüydü. Aslında yazın bitmesi onu her zaman biraz melânkolik yapıyordu. Kışın soğuğunu, karını ne kadar seviyorsa, ancak yazları yaşayabildiği, geçmişinden esintiler getiren bu yaşantının sona ermesi de o derecede hüzün veriyordu.

Vagonlar bomboştu. Önce yolda biraz uyuklamayı düşündü. Ama üzerinde bir ağırlık, göğsünde boğucu bir sıkıntı hissediyordu. Kendisini sahanlığa attı. Yüzüne çarpan serin rüzgârla kendine gelir gibi oldu. Sırtını kompartımanın penceresine dayayıp derin derin nefesler aldı. Tren yolunun kenarından minik yıldız parçacıkları gibi ışıklar çarpıyordu gözüne. Tekerleklerin raylar üzerinde çıkardığı ses, arada bir uzun bir ıslık tonunda öten düdük, bir an için onu yıllarca geriye götürdü. 1917'de St. Petersburg'dan Kırım'a kaçmak üzere yola çıktıkları zaman, dün gibi gözünün önüne geldi. Düşüncelerindeki iki isim dudaklarından mırıltıya döküldü.

"Sevgili Cemil, sevgili Tatya, nerelerdesiniz şimdi acaba?"

İçinde bulundukları tren yolda Bolşeviklerce durdurulunca kendilerini rayların üzerine atmış, buğday tarlalarının içine dalıp canlarını kurtarmışlardı. Riazan'a yakın bir yerlerde rastladıkları köylü kılığına girmiş Çarlık subayı Stepan Miloviç'i, onunla Rostov'a yaptıkları maceralı seyahati düşünürken, belleğindeki her şeyin yaşanıyor tazeliğinde olması Seyit'i hayrete düşürdü. Demek, beyin aslında unutmuyordu ama hatırlanınca acıtan zamanları perdeyle örtüyordu. Ta ki, hatırlanmak istenen zaman gelsin. İşte şimdi perde açılmış, 1917'ler 18'ler ve sonraları zihnini zorlamaya başlamıştı. Rostov'dan Kislovotsk'a geçişleri, Shura'yı arayışları ve Novorosisk'te inanılmaz bir tesadüf eseri onu buluşları, bir sinema şeridi gibi geçiyordu gözünün önünden.

O döküntü han odasını düşündüğü an, o gecenin inanılmazlığı, çağrılmış gibi, tekrar yaşanmak üzere ortaya çıktı.

Lahana çorbası ve basit bir şişe şarabın katık edildiği han yemeğinin ardından, Celil ve Tatyana'dan ayrılıp odasına çekilmişti. Ameliyat ağrıları henüz geçmemiş olan şiş bacağının ıstırabını dindirmek için aldığı ilaçların tesirini beklerken, yaktığı bir sigara ile camdan dışarısını seyre başlamıştı. Bunu hatırlarken tütün tadını özlediğini fark edip hemen bir sigara yaktı. Derin bir nefesten sonra anılarına geri döndü.

Kar taneleri neredeyse birer kapik büyüklüğündeydi. Rüzgâr, çengelleri paslanıp kopmuş köhne kepenkleri oynatırken asap bozucu bir gıcırtı çıkarıyordu. General Bogayevsky'nin treni, hanın önünü örten kar tepeciğinin ardında olmalıydı. Kar bu kadar şiddetli yağmasa belki ağaçların arasından görünebilirdi. Böylesine yakın gelmişken kaçırdığı sevgilisi için duyduğu özlem öyle büyüktü ki, Seyit, o an bütün Rusya'yı, ailesini ve kendisini bekleyen kötü sonu unutmuş gibiydi. İlaç tesirini göstermeye başlamıştı. Üzerindekileri zoraki çıkarıp, çıplak gövdesini yatağa bırakmış, bütün yorgun ve endişeli olduğu geceler gibi yine sanki uyanık hayâl görüyor olmak ile derin rüya görüyor arası, rahatsız bir uykuya dalmıştı. Babasının kendisini Moiseyevlerin kapısında öpüp harbe ayrıldığı sabahın soğuğu içindeydi yine. Ardından cephenin cehennem sıcağı, sonra bütün kaybettikleri, ölen arkadaşları, özledikleri, bir daha göremeyecekleri sıra sıra geçit yapmaya başlamışlardı. Bacağının sızısı derinden derine ona uyarıda bulunuyor, kendini hatırlatıyordu. Sanki vücudu uyurken beyni uyanık kalmaya çalışıyordu. Rüyalarının mekânıyla ilgili olmayan sesler de duymaya başlamıştı. Uzaktan uzağa açılan kapı sesi, fısıltılar, tekrar bir kapı kapanışı ve birden genzini dolduran çiçek kokusu, çok iyi tanıdığı bir koku... "Karpatlar'ın orta yerinde ne işi var bu kokunun şimdi?" diye sormuştu uykuda kendi kendine. Yüzünde kuştüyü hafifliğiyle dolaşan ince parmakların ılıklığı, dudakları üzerinde sıcak bir rüzgâr dokunuşu, sanki kâbusunu harika bir rüyaya çevirmek üzere gelen güzelliklerdi. Saçlarını yumuşak tarayışlarla okşayan ellerin teması o kadar canlı, etrafını saran çiçek kokusu o kadar sahiciydi ki... Birden kulağına çarpan fısıltıda ismini duyar gibi olmuştu. Gözlerini güzel bir hayâli kaçıracak olmanın korkusuyla açmıştı. Yanı başında yakılmış lâmbanın ışığı, yatağın kenarına oturmuş genç kadının yüzünü, boynunu aydınlatıyordu. Zarif, güzel yüzünde yorgunluk, endişe, sevinç; bütün duygular bir aradaydı. Yaşlar akan gözlerinde ise en çok aşk okunuyordu. Bu güzel, âşık genç kadın, Shura'dan başkası değildi.

Seyit, onunla hiçbir şey söylemeden çılgınlar gibi sarılışlarını, kıpırdamaya, konuşmaya dahi korkarak öyle kaldıklarını hatırlarken içinin ılıdığını hissetti. O gece, çıplak omuzlarına değen ılık gözyaşları sanki geçen onca acılı zamanı unutturmuştu ona. Özlediği sevgilisini göğsüne çektiğinde, dağılmış sapsarı saçlarının arasında yaşlarla kaplanmış yüzünün, öpüşe hasret kalmış bakışlarını görür gibi oldu karanlığın içinden. Shura'nın, lâmbanın ışığında yavaş yavaş çıplak bal mumundan bir heykele dönüşür gibi soyunuşunu ve birbirlerinin vücutlarını onca aradan sonra yeniden keşfederken susuzluğun, açlığın giderilmesi gibi, çılgınca sevişmelerini gözbebeklerinin hafızasında seyretti yeniden.

Birden, yaşadığı hayatın içinde aldatmacalarla kendisini oyalamaya çalıştığını fark etti. Aslında yazın bitişinden, kışın karın eriyişinden duyduğu hüzün bahaneydi. O, geçmişini arıyordu. Geçmişini hatırlatacak benzer hayatlar yaratıp kendisini oyalamaya bakıyordu. Şu geride bıraktığı yaz akşamları hep Livadia'nın, Aluşta'nın, Yalta'nın yaz gecelerini çağrıştırdığı için onu mutlu etmiyor muydu aslında? Karın soğuğunda, tipide St. Petersburg'un, Moskova'nın, Yalta ormanlarının kışını bulduğu için değil miydi mutluluğu... Ama gerçek olan şuydu ki, burası İstanbul'du. Bütün o gerçekten özlediği yerlerden kilometrelerce ve yıllarca uzakta bir yerdeydi şimdi. Kilometreler aşılırdı ama ya yıllar? Onlar aşılamıyordu işte. Şimdiki zamanında hapisti artık. Geçmişe en fazla, hafıza ve hayâl gücünün müsaade ettiği kadar yaklaşabilirdi ancak ve hiçbir zaman tekrar avucuna alamayacaktı hatırladığı gerçekleri. Onun gerçekleri artık masal olmuştu. Sadece masal...

Gözlerini, üzerinden süratle geçtikleri çakıllı tren yoluna dikti. Tekerleğin her dönüşü onu hayâlin yeni bir anına taşıyordu. Varacağı son istasyonda da, az sonra başlayacak olan yeni bir günün ışıkları onu karşılayacaktı. Hayâllerini gördüğü yerde inse, acaba gerçekten onları yakalayabilir miydi? Gözlerini hızla arkada bıraktığı demiryoluna çevirdi. Birkaç dakika içinde yaşadığı geçmişin, birkaç yılı işte, oralarda, karanlığın içinde bir yerlerde havaya asılı kalmıştı sanki. Sigarası kendi kendine bitmekteydi. Sıcak kül parmağına değince fark etti. Canının acımasından çok, içinin ısındığını hissetti. Gerçekten hava mı soğumuştu bu kadar, yoksa on iki yaşından beri hissettiği o çare bulamadığı iç ürpertisi miydi yaşadığı?

Bunu anlamasına fırsat olmadı. Sigarayı parmaklarının arasından bırakırken, gözlerini yakalayan rayların, ayağının altından kayar gibi uzaklaştığı hissine kapıldı. Başı döndü. Bu, sanki bütün bir hayatının insanın elinden kayması gibi bir histi. Her şey, zamanın ötesinde ve âdeta gri bir perdenin arkasındaydı. Bu perdenin arkasında canlı kadar net gördüğü zamanları yakalamak istedi ve elini uzattı. Sonra biraz daha uzandı. Kolu kâfi gelmemişti bütün o hayâlleri yakalamaya. Ama bildiği bir şey vardı ki, trene bindiği andan itibaren, onunla yaşayan her şey, onun bir adım dışında, karanlığın içinde, onunla beraber seyahat etmekteydi. O zaman elini biraz daha uzatsa onları yakalayabilirdi. Evet, bütün hayâlleri aslında gerçekti, bir zamanlar yaşanmıştı ve tekrar yaşanabilirdi. Rayların üzerinde gördüğü hayâlleri tutabilse gerçek olacaklardı. 'Niye olmasın?' diye düşündü. O karanlığın içinde kendisini çeken bir âlem vardı. Hayâlleri, aslında gerçeklerin hikâyeleri değil miydi? Ama Seyit'in anlattığı gerçekler ile masallar arasında artık ne fark vardı ki? Kim biliyordu ki onun yaşadıklarının gerçek olduğunu? Ve işin garibi, artık kimseye hiçbir şey anlatmak istemiyordu. Kimseye, masal anlatır gibi, geçmişi anlatmak istemiyordu. Onun yaşadıklarını, hüzünlerini, hasretlerini hiçbir zaman anlayamayacak insanlara bir şeyler anlatmak, onlarla hayatını paylaşmak istemiyordu. Onu, ancak onun yaşadığını yaşayanlar anlardı.

Ve... tam korkuluklara tutunurken, bütün bu düşündüklerini neredeyse tutmak üzereydi. Elini uzattı. Bütün geçmişi ve kendisi, karşısında tren raylarının üzerinde, ellerini uzatmış onu bekliyorlardı. Biraz daha eğildi. Raylarda öylesine renkli, öylesine tekrarlanamaz bir geçmiş akıp gidiyordu ki, onu yakalaması gerekti. Biraz daha eğildi. eğildi... eğildi... ve... Gövdesinin ağırlığınca, demirlerin soğukluğunu ve taşların sert kesiciliğini hissetti. Bu duygu çok kısa sürdü. Artık ne hissediyor, ne görüyordu. Seyit, anılarını yakalamak istediği yerde, karanlığa sarılmış bekleyen ölümün kucağına düşmüştü.

Ama ölüm henüz onu kucaklamaya hazır değildi. Hastaneye getirildiği vakit hâlâ nefes alıyordu. Tüm kemikleri kırılmış, lifleri kopmuş, iç organları zedelenmiş, gövdesi âdeta bir hurda yığınına dönmüştü. Uzun aralıklarla, hafif hafif aldığı nefeslerde bile, duyduğu ıstırap belli oluyordu. Kendisine gelmeye başladığı an, yaşadığına kendisi de şaştı. Ancak bunun ne kadar süreceğini bilemezdi. Pelte halindeki vücudundaki ağrılar, sancılar, bugüne dek yaşadığı hiçbir ıstıraba benzemiyordu. Karpatlar'da yaralandığında duyduğu acıyı özlemle andı.

Sedyesinin koridorlarda, röntgen ile doktor odaları arasında itilişini, bir başkasını izler gibi yaşıyordu. Kendine gelip, bilinçli olduğunun anlaşılması, doktorları memnun etmişti. Seyit, zor açık tutabildiği morarmış göz kapaklarının arkasından, onların hareketini takip etmeye çalışırken, konuştuklarını kaçırmadan dinlemeye çalışıyordu. Anlaşılan, bacaklarında bir problem yoktu. Hele, daha önceden çivi takılarak tedavi edilmiş olan sol bacağı, vücudunun en sağlam uzvuydu şu anda. Bunu duyduğu zaman, bütün acısına rağmen gülümsemeye çalışarak mırıldandı.

"Keşke her yerimi çiviletseymişim o zaman."

Doktorlar, rayların üzerinde vücudu darmadağın olmuş bir adamın kendi haline gülümseyebiliyor olmasını şaşkınlıkla izlediler. Birbirlerine bakıp, onun deli olduğunda sessizce anlaştılar. Anlaştıkları bir diğer nokta da, hastanın sağ omuzunun tedavi edilemeyecek kadar parçalanmış olmasıydı. Kemikler, lime lime etlerin arasına kıymık parçaları gibi saplanmıştı. Seyit, doktorların, kolunun kesilmesi hususunda karar verdiklerini duyduğu an, beyninden vurulmuşa döndü. Duyduklarının yarattığı şokla, uyuşturucu iğnelerin ve acılarının tesirinden bir anda kurtuldu. Başını kaldırmaya çalışarak haykırdı.

"Haayırrr! Hayır! Kolumu kestirmem!"

Doktorlardan daha yaşlı olanı, onu sakinleştirmeye çalıştı.

"Beyefendi, biliyorum bu çok zor ama mecburuz. İnanın kolunuzu kurtarabilecek olmayı biz de isterdik. Ancak, omuz başından itibaren ne kemiklerde, ne deride; hiçbirinde hayır kalmamış."

Seyit, her nefeste göğüs kafesinden yükselen ağrıya rağmen, bağırmaya devam etti.

"Karıma haber verin. Gelsin, beni alsın buradan. Bir dakika daha kalmak istemiyorum bu hastanede."

"Beyefendi, sakin olun lütfen. Evinize haber gönderildi çoktan. Ama sizi bırakamayız bu durumda. Bir müddet sonra kangrene dönüşecektir kolunuz. Şu an olduğundan daha tatsız bir duruma sokacak sizi. Bir an evvel müdahale etmemiz lâzım."

Seyit, o an paniğe kapıldığını hissetti. Bu sedyeye bağlanmış kalmıştı. Kaçacak gücü yoktu ve doktorlar onu az sonra uyuşturup, kolunu omuzundan istedikleri gibi ayırıp atacaklardı.

"Ameliyat edilmek istemiyorum doktor! İstemiyorum! Ölecek bile olsam, kolum, bacağım yerinde ölmek istiyorum. Anladınız mı?"

O sırada koridorun bir ucundan çılgınlar gibi koşarak gelen karısını fark etti. Derin bir nefes aldı. Şimdi buradan çıkması daha kolay olacaktı. En azından adamlar onu bayıltıp götüremeyeceklerdi istedikleri gibi.

Mürvet, kocasının halini gördüğü zaman, az kalsın olduğu yere yıkılacaktı. Ağlayarak kocasına sarıldığında avuçlarına bulaşan kan, başını döndürmeye kâfi geldi. Ama şu an kendisine her zamankinden fazla hâkim olması gerektiğini de hissediyordu. Nitekim Seyit'in eve dönme inadıyla doktorların kurtuluş için tek çare gördükleri ameliyat kararı arasında, bir şeyler yapması lâzımdı. Kendisini bir kenara çeken kıdemli doktor, Seyit'in, kolu kesilmediği takdirde, kangrenden hayatını kaybedeceğini ve ameliyat için muhakkak ikna edilmesi gerektiğini anlattı. Ama bütün yalvarmalar, dil dökmeler, gözyaşları fayda etmedi. Seyit, gittikçe hırçınlaşan sesi ve tahammül edilmez inadıyla karısını da, doktorları da pes ettirdi. Baygın olsa, karısının bir imzasıyla ameliyata alınabilirdi ama şuuru yerinde ve "Evime dönmek istiyorum!" diye haykırırken, zorla bayıltıp kolunu falan kesemezlerdi elbet. Sonunda hastayı, durumunun kritikliğine rağmen, kendi arzusuyla hastaneden ayrıldığına dair bir imza alarak bıraktılar.

Mürvet, gözyaşları içinde, arabada kucağına yatırdığı kocasına sarılarak eve getirdi. Yolda, Seyit, yine kendini kaybetmişti. Eve geldiklerinde, taksi şoförünün ve Hakkı'nın yardımıyla yukarıya taşıdılar. Mürvet, baygın olan kocasının üzerindekileri çıkarırken ağlıyordu. Emine, yatakta perişan yatan damadına bakarken içinin sızladığını hissetti. Yardım için ne yapabileceğini bilemiyordu. Mürvet de aynı derecede ümitsizdi. Sevdiği adamın yavaş yavaş ölümünü seyredemezdi. Seyit'in, kendinde olsa, hiç müsaade etmeyeceği bir şeyi yapmaya karar verdi. Mahallenin çıkıkçısını çağırdılar. Kadın geldiğinde, bütün ev halkı görüntüsünden ürktü. Bir erkeğin olabileceği kadar uzun boylu, iriyarı bir kadındı. Dudaklarının üzerinde ve iri, kaslı kollarında tüyler vardı. Elleri, çıkık kemikleri yerine yerleştirmekten ziyade, kırmaya yararmış gibiydi. Cüssesine yakışır büyüklükte bir çantayla yatak odasına girdiği zaman, hastasına bir bakış, attı. Yüzünün sert, ruhsuz ifadesini iyice karartan, siyah üzerine bordo çiçekli pazen elbisesinin kollarını sıvayarak yatağa yaklaşırken, güreşe hazırlanan bir pehlivanı andırıyordu. Mürvet, ürkek bakışlarla, yatağın diğer yanında Seyit'in başucunda duruyordu. Çıkıkçı kadın, dokunarak hissetmeye alışmış parmaklarını Seyit'in vücudunu yoklayarak dolaştırdı. Onun el ve ayaklarını bilekleri etrafında döndürürken, hareketlerinin sertliği karşısında Mürvet isyan etti.

"Aman! Ne olur, yavaş!"

Kadın, onun yüzüne bakmadı bile. Seyit'in hurdahaş olmuş omuzunu ve kolunu incelemekle meşguldü. Sadece, kuru, sert bir ifadeyle istediklerini sıraladı.

"Beş, altı bardak zeytinyağı ile altı yumurta istiyorum. Bir de derince bir kap."

Çantasının içinden birkaç kavanoz çıkarırken sordu.

"Mutfak ne tarafta?"

Mürvet, kadına yolu gösterirken hâlâ, doğru bir iş yapıp yapmadığını düşünüyordu. Bu arada Seyit'in kendine gelmemesi için dua ediyordu. Bu kadını başucunda görse ortalığı birbirine katardı.

Nitekim öyle de oldu. Çıkıkçı kocakarı, mutfakta hazırladığı kendi özel tozları ve otlarıyla krem haline getirdiği karışımı, Seyit'in yaralı omuzundan dirseğine kadar uzanan yaraya sürmeye başladığı zaman, Mürvet dehşete kapıldı. Kadın, elinin altındaki yaranın derinliğinden, kanından hiç etkilenmişe benzemiyordu. Gözlerini parmaklarının değdiği her noktaya konsantre edip, sanki bir şey bulduğunu hissetmiş bakışıyla belirli noktalarda duruyordu. Âdeta parmaklarının ucuyla derinin altından bir ses almış gibi, tek gözünü kısıp, kremi belirli mıncıklama, çekeleme hareketleriyle yediriyordu. Ama öylesine seri ve acımasız yapıyordu ki, Seyit'in acıyla kendine gelmesi çok uzun sürmedi. Ve üzerine eğilmiş, bıyıklı kocakarının yüzüyle karşılaştığında, önce onun kim olduğunu anlamaya çalıştı. O anda, mengene gibi parmakların arasında ezilen yaralı vücudunun acısıyla bağırdı. Gözünün önünde şimşekler çaktı.

"Heeyy! Ne yapıyorsun Allah'ın belâsı? Kimsin sen? Def ol!"

Kadın, hastasının yüzüne hiç bakmadan sağ eliyle onun başını alnından bastırıp, tekrar yastığına yatırdı ve işine devam etti. Seyit, yarasının, kırıklarının acısını unutmuştu. Şu an yaşadığı tam bir işkenceydi. Yeniden, kadının ellerinden kurtulmak için çırpındı ve okkalı bir küfür savurdu.

"Allah kahretsin! Bırak beni pis karı!"

Mürvet'in yanaklarını ateş bastı o an. Kocasını bunca sene hiç böyle küfrederken duymamıştı. Şaşkınlık içinde, eliyle kendi ağzını kapadı. Seyit'in ne hırsı, ne küfrü, çıkıkçıyı zerre kadar ilgilendirmişe benzemiyordu. Çok gerektikçe bir eliyle Seyit'i yastığına ittiriyor, daha büyük bir kuvvetle koluna asılıyordu. Biraz omuzundan aşağı çekiyor, biraz dirseğinden yukarıya doğru küçük itişlerle, merhemi yaranın içine yediriyordu. Seyit, esiri olduğu kocakarıyla başa çıkamayacağını anlamıştı. Karısına döndü.

"Bu senin başının altından mı çıktı Mürvet?"

Aynı anda bir kez daha haykırdı.

"Aahhh!"

Sonra derin bir nefesle tekrar karısına döndü.

"Bıraksaydınız da rahat ölseydim bari. Nereden buldun... Aahhh!... nereden buldun bu... aahh!... cehennem zebanisini! Tanrım, ölürken bile şöyle kendimi kaybedip ölemeyeceğim herhalde... Aahhhhhh!"

Kadın, hiç cevap vermemekle beraber, sanki kendisine söylenenlerin hesabını ödetiyordu. Hareketleri gittikçe sertleşti, sonunda tasın içindeki merhem tükenmişti. Mürvet, kocasının çektiği azabın bitmiş olduğunu zannediyordu. Çıkıkçı, sağ dizini şilteye dayadı. Bir eliyle hastasının dirseğini, diğeriyle omuz başını kavradı. Ve kendi dişlerini sıkarak kolu öyle bir silkeledi ki, Seyit ancak kısa bir çığlık attı ve bayıldı.

Mürvet, ağladı ağlayacaktı. Tam aksine, çıkıkçı keyiflenmişti. İstemiş olduğu çarşafı düzgün parçalar halinde keserken gülüyordu.

"Eh, eh, eh. İşte bu kadar."

Mürvet, o ruhsuz surattan böylesine keyif yayılabileceğini hiç düşünemezdi. Hele bu kadar sövülüp sayılmadan sonra.

"Bu kadar sürer nazları hepsinin." diye devam etti kadın.

Seyit'in kolunu sarmaya başlamıştı. Çenesi de açılmıştı artık.

"Hiç merak etme kızım. Turp gibi olacak yine kocan. Sağlam adammış maşallah! Yine iyi dayandı acıya. Çoğunlukla hastalarım benim yüzümü birkaç saniyeden fazla göremezler."

Neredeyse kahkahalarla gülecekti.

"Senin kocan yine iyi dayandı. Ama iş, çıkığı kırığı geçmiş hani."

Daha sonra, Mürvet'in yardımıyla Seyit'in belden yukarısını sargıladı. Ertesi gün tekrar gelmek üzere gitti.

Seyit'in itirazlarına, asabi sözlerine, küfürlerine rağmen, çıkıkçının yaptığı tedavi bir ay devam etti. Ve Seyit'in kangrenden ölmeyeceği de anlaşıldı. Yavaş yavaş, her gün merhemlenme sırasında daha az acı duymaya başladı. Sonunda kocakarı ile inatlaşmaktan vazgeçti. İki haftanın sonunda, yarasında inanılmaz ölçüde iyileşme görülmeye başlamıştı. Mürvet, kocasını hastaneden getirip, başlangıçta çok korkmasına rağmen, bu kadının eline teslim etmiş olmaktan memnundu.

Ancak, Seyit için iş yapmanın yine uzun bir müddet, hayâl olacağı da muhakkaktı. Ve nitekim hepsi için zor olan bir kış yaşadılar. Mürvet'in çalışmak zorunda olduğunu kabullenmesine rağmen, Seyit kendisinin hiçbir şey yapmadan sadece seyirci kalmasından hicap duyuyordu. Karısı evde olduğu zaman ise, baş başa oturup konuşabildikleri dakikalar sayılıydı. Yine en çok, Leman'ın dersleri ve sohbetleriyle oyalanıyordu. Maddi manevi, her açıdan sıkıntılı geçen kışın sonunda, Seyit yeniden toparlandığında, bir önceki yaz biriken para çoktan tükenmişti.

Florya'da Son Yaz ve Yeni Kimlikler

Mayıs geldiğinde, hiç vakit kaybetmeden, Florya'daki aynı araziyi yine kiraladı. Eğer, başında yine bir kara bulut dolaşmazsa, bu yaz toparladığı parayla kışa açmayı plânladığı işin sermayesini biriktirebilirdi. Ama bu sadece basit bir düşünceden ibaretti. Artık gelecekle ilgili ne düşünmek, ne hayâl kurmak istiyordu. Kaderi onu hep yanıltmıştı. Bilinmeyenle mücadele etmenin imkânsızlığını neredeyse, biri diğerinin ardından gelen örneklerle yaşayıp duruyordu. Ancak, ismi kadar iyi bildiği ve çok sevdiği inatları ve hayâllerini kaybediyor olması onu düşündürüyordu. Çünkü onlarsız, ruhunun derinliğinde bir yerlerde yaşama renginin de solduğunun farkındaydı. Bu, ürkütücü bir histi. Heyecan ve hayâl gücü olmadığı zaman, ruhundaki coşku, ateş söndüğü zaman, âdeta gövdesinin kapladığı hacim, ayağının bastığı yer küçülüyor gibi geliyordu ona. Sanki yavaş yavaş içine çekiliyor, daha küçük bir âlemde yaşamaya çalışıyordu.

Her şeye rağmen kafasını bulandıran bu düşünceler, onun günlük çalışma temposunu, hayatı yaşama ve bunu çevresindekilere geri verme heyecanını tam yok edememişti. O yazı da az uyuyup, çok çalışarak geçirdi. Florya'daki gazinosu çok iyi iş yapıyordu. Mürvet ve çocuklar yine hafta sonları gelip kendisiyle kalıyordu. Gazi Paşa'nın ziyaretleriyle onurlanıyor, akşamları Balalayka orkestrasının müziği ve Kazak danslarıyla coşuyorlardı. Küçük Rüstem yine Kazaska ve Kırım oyunlarıyla seyredenleri mest ediyordu.

Ancak, Florya sahillerini yaşayan ve yaşatan Beyaz Ruslar için yine karar arifesi olacak günler yaşanacaktı, bilmem kaçıncı kez.

16 Haziran 1934'ten itibaren, nüfus kâğıtlarına Türkiye Cumhuriyeti vatandaşı olarak soyadı yazdırma heyecanını yaşıyordu Türkler. Kimi dedelerinin geldiği memleketten, kimi büyük babalarının yaptığı işten, kimi sevdiği çiçekten, kimi para kazandığı işten esinlenerek kendisine ve ailesine soyadı alma telaşındaydı. Aynı ana babanın yetişkin çocukları arasında dahi, sırf uyuşamadıkları için değişik soyadlarında karar kılanlar vardı. En güncel konu buydu. Soyadını nüfusuna yazdıranlar, âdeta yeni bir yaşama başlıyormuş, bir mükâfat kazanmış hissiyle yeni adlarına sarılıyordu.

1920'lerde İstanbul Boğazı'na demirleyen gemilerden boşalan Beyaz Rus yolculardan, İstanbul'u ikinci vatan seçip de kalmış olanlar içinse, durum daha farklıydı. İsmet Paşa'nın imzaladığı bir kararnameyle ya Türk vatandaşı olacaklar veya işlerinden çıkarılacaklardı. Taşıdıkları Çarlık Rusyası pasaportları zaten uzun zamandır geçmeyen Beyaz Ruslar için, doğdukları topraklarda yazılmış nüfus kâğıtlarındaki isimleri ve milliyetleri de artık mazi olacaktı.

Bunca yıl sürgün olarak en azından İstanbul'u seçme şansı olan Beyaz Ruslar, birer ikişer ülkeyi terk etmeye başladılar. Bu, Türklüğe veya Türkiye'ye hakaret olsun diye aldıkları bir karar değildi. Tam aksine, en zor günlerinde kendilerine kucak açan bu ülkenin, bu masal şehrine âşıklardı. Burada yeni yaşamlar kurmuş, aldıklarından çok vermeye çalışmışlardı. Ama gel ne var ki, onlar Beyaz Rus'tu. Ve bir gün ülkelerine geri dönmeyi ümit ediyorlardı. Türklere "medyunu şükran"lardı, İstanbul'a hayranlardı ama onların, bir gün döneceği bir ülkeleri vardı. Üstelik bazılarının işlerini koruyabilmeleri için İslâm dinine geçmeleri dahi şart koşulmaya başlanmıştı.

Florya kıyıları bu huzursuzluktan anında etkilendi. Arazi ve kabinaları kiralayanlar, belli bir süre ve nakit karşılığı kontrat yaptıkları için, hiç değilse o yazlık işlerine sahiplerdi. Ama akşamları programa çıkan Balalayka orkestrası susmuş, Kazaklar üniformalarını çıkarmıştı. Gündüz, güneşin, denizin tadını çıkarmak için sahili dolduranların gece yarılarına taşan cıvıltıları, artık güneşin batışıyla sınırlanmıştı. Şimdi gazinolarda, lokantalarda sadece sohbet eşliğinde yemekler yeniyordu.

Bir müddettir köşkünden inmemiş olan Gazi Paşa, o akşam gazinoya gelmek istemişti. Kendisine ayrılan yere zevatıyla beraber oturdu. Komilik yapan on yaşındaki oğlan çocuğu, yanakları heyecandan al al olmuş, Gazi Paşa'nın masasına bardak, su taşımanın gururunu yaşıyordu. İsmi Leonid'di küçük çocuğun. Babası Yaroslav Senkopopowsky, bir zamanlar Çarın ordusunda topçu yüzbaşısıydı. Büyükbabası ise çarlığın Varşova valisi Narkiss'di. Öğrencisi olduğu Taksim 29 İlkokulu kapandığı zamanlar, Beyaz Rusların işlettiği plajlarda, gazinolarda iş bulur, harçlığını çıkarırdı. Ekmekleri masaya koyarken, Gazi'nin şefe sorduğu soruyu duydu.

"Benimkiler nerede? Sesleri çıkmıyor bu akşam." diyordu Gazi Paşa. Kazaklardan bahsediyordu. Şef, Paşa'ya vereceği cevabı biraz düşündü. Masada oturan diğer misafirlere baktı. Sonunda baklayı ağzından çıkardı.

"Efendim, artık çalışmaları yasak. Türk vatandaşı olmadıkları için. Son birkaç gündür çıkmıyorlar."

Gazi Paşa, başını, kendisine verilen cevabı dinledikten sonra, iki yana salladı. Rakısından bir yudum aldı. Yanında oturan Feyzi Çakmak Paşa'ya eğilerek mırıldandı.

"Kaç kere söyledim. Lâf dinletemiyorum şu İsmet'e. Olacak şey mi bu?"

Küçük Leonid, sebebini anlayamadığı, ama çok yakınlarını işsiz bırakan, yeniden göçe zorlayan kararın, İsmet Paşa'nın adıyla bağlantılı olduğunu dinlemişti büyüklerinden. Demek Gazi Paşa'nın emri değildi bu. Gözleri daha bir ışıldayarak seyretti hayran olduğu bu büyük adamı, olduğu yerden. Ve onun sözlerine hayretle şahit oldu.

"Haydi, bu akşamlık boş versinler yasağı da, çıksınlar ortaya. Neredelerse haber gönderin, gelsinler hemen."

Bu istek, orada bulunan bütün Beyaz Ruslarda coşku yarattı. Hemen komiler, Florya sırtlarına dağıldılar. Çok geçmeden Balalayka Orkestrası'nın elemanları, dansçılar, hepsi ortada yerlerini almışlardı. Gazi Paşa'yı selâmlayıp, oyunlarına başladılar. Sanki her zamankinden daha coşkulu çalıp, daha coşkulu dans ediyorlardı. Gazi, iskemlede keyifle arkasına dayanmış, iki avucu iki dizinin üzerinde, parmaklarıyla ve ayakkabılarının, bir burnunu, bir topuğunu yere vurarak tempo tutuyordu. Sonunda, avuçları patlarcasına alkışlarken, seyircilerin alkışları da seyrettikleri bu harika gösteri için olduğu kadar Gazi Paşa içindi. Çoğunun, mecburiyetten ayrılmak zorunda kalacağı bu topraklarda, kendi öz topraklarının sesini, dansını, coşkusunu bir kez daha yaşama fırsatı verdiği için Gazi'yi sevgiyle alkışlıyorlardı.

Küçük Leonid, küçücük yüreğinde inanılmaz bir heyecan duymuştu. Hem Paşa'nın yanı başında durmak, hem bütün bu olanlara seyirci olmak, inanılmaz bir duygu yaşatmıştı ona. Gözlerini öylesine hayranlıkla, âdeta ipnotize olmuş gibi Onun üzerinde yoğunlaştırmıştı ki, Mustafa Kemal Paşa bir anda sanki elektrik çekmiş gibi başını ona doğru döndürdü. Bu kadar heyecan Leonid'e fazla gelmişti. Eli ayağı dolandı. Ağlamaya başladı. Gazi, gülümseyerek elini uzattı ve onun saçlarını okşadı. Bakışları ve sesi o kadar sevecendi ki...

"Ağlama." dedi, "ağlama küçük, ben sizin babanızım."

Leonid, servise getirdiği boş tabaklar hâlâ elinde ama titremesinden düştü düşecekler, cevap vermeye çalıştı.

"Biliyorum Paşam... Ben sizi çok seviyorum..."

Bir yandan da ağlıyordu. Paşa, gülümseyerek onun yanağını okşayıp döndü. Diğer yanında oturan Kılıç Ali Paşa'nın kulağına bir şeyler fısıldadı. O gece Paşa ve erkânı gazinodan ayrılırlarken, Kılıç Ali Paşa, Leonid'in cebine, kimseye fark ettirmeden bir şey koydu. Küçük çocuk, önce uzun uzun hayranlıkla, Gazi Paşa'nın uzaklaşmasını seyretti. Kendine gelip elini cebine attığında, şaşkınlıktan dilini yutacaktı. Bu, pırıl pırıl bir Cumhuriyet elli lirasıydı. Küçük Senkopopowsky'nin komilikten aldığı para, ayda altı liraydı. Elleri, kısa, askılı pantolonunun cebinde, gözleri yaşadığı heyecandan pırıl pırıl, yüreğinde hâlâ bir çarpıntı, kaldığı küçük kabinaya doğru ilerlerken, yaşamının en değerli anısını beynine ve yüreğine nakşetmenin keyfini yaşıyordu. Babası gibi, Çar Nikola'yı tanıma fırsatı olmamıştı ama işte sığındıkları bu ülkede, koca Gazi Paşa onun saçlarını okşamış, yüzüne gülümsemiş ve tam elli lira hediye etmişti.

Türk vatandaşlığına geçmek, yeni bir soyadı almak mevzuunda Seyit acele etmek istemiyordu. Tam böyle bir dönemde, yeniden Amerika'ya göç ihtimali üzerine kafasında düşünceler dolaşmaya başlamıştı. Mürvet ise, bir an evvel nüfus müdürlüğüne gitmek için kocasına baskı yapıyordu. Seyit'in, işi yavaştan almasının ardında, başka düşüncelerinin olabileceğini hissediyordu. Onun için, bıkmadan usanmadan, çocukların mektepte düşebilecekleri zor durumları anlatıyordu. Nihayet, Seyit, soyadı almakta bunca ısrarlı olan karısının, zaten buralardan kolay kolay uzaklaşmayacağı gerçeğini bir kez daha kabullenerek, konuyu açmadı bile. Ve Alemdar Nüfus Dairesi'ne müracaatlarını yaptılar. Seyit; Eminof, Eminova, Eminoğlu gibi isimlerle şansını denemek istediyse de olmadı. İlki, zaten Rus pasaportundaki isimden farklı olmadığı için kabul edilmedi. Diğerleri de zaten başkalarınca alınmıştı. Ama ille, kendisine eskisinden anı olacak bir soyadı arıyordu. Ve sonunda "Gürçınar"da karar kıldı. Aluşta'da, baba evinin bahçesindeki asırlık çınarı soyadında yaşatmak hoş olacaktı. Gölgesinde kardeşleriyle oynadığı, babasıyla oturup sohbetler yaptığı, yaprakları, yatak odasının camlarına değerek hışırdayan ulu çınar, belki de uğur getirirdi bundan sonraki hayatlarına.

Okul açıldığı zaman, Leman ve Şükran, Gürçınar soyadıyla diğer arkadaşları arasına karıştılar. Mürvet hayatından memnundu. Ama Türk vatandaşlığına geçmek, Seyit'in şahsı için ek bir avantaj getirmemişti. Florya Plajı kapandıktan sonra, sonbahar ve kışı, önce gazino açabileceği bir yer aramakla, paraca epey sıkışacağını fark ettiği zaman da ortak aramakla geçirdi. O arada yine, yazın parasını yiyerek yaşadılar. Artık yeni bir soyadı vardı ama işi yoktu. Bundan şikâyet etmeye de fazla vakitleri olmadı. Paraya ihtiyaçlarını hatırlatacak daha başka dertler yaşamak üzereydiler.

İlkbahara doğru, Şükran halsizleşmeye başladı. Sabahları uyanamıyor, okula zoraki gidiyor, döner dönmez başını koyacak yer arıyordu. İştahı kesildi. Rengi günden güne soldu. Önce mektepte bir problem olacağını düşündüler. Leman'la ve öğretmeniyle görüştüklerinde, ilk şüphelerinin doğru olmadığını anladılar. Seyit, küçük kızının, zaten sevmediği, mızmız tabiatını yaşamak için bahane yarattığına inanmaya başlamıştı. Leman'ın sıhhatli, atak, hareketli haline bayılıyor, diğer kızının şimdiden yaşlı bir kadın bedbinliğinde oluşuna sinirleniyordu. Birkaç defa, onu şımartmaması için karısını ikaz etme ihtiyacını hissetti. Ama Şükran'ın halsizliği, iştahsızlığı, bir küçük kız kaprisinden öteydi.

Bir sabah, çocukları uyandırmak için odalarına giren Mürvet, Şükran'ın ateşler içinde yandığını gördü. Küçük kız, kendini bilmeden yatıyordu. Dehşet içinde kalan Mürvet, ıslak havlularla onu rahatlatmaya çalıştı ama fayda etmedi. Bu durumda işe gitmesine imkân yoktu. Aynı fabrikada işe girmiş olan Necmiye'ye, özrünü bildirmesi için rica etti. Tabii, bu özrü, yevmiyesinin kesilmesine mani olamayacaktı. Ama en azından işi bıraktığını sanıp yerine adam almazlardı.

Seyit de, ateşten yarı baygın yatan kızını görünce, bu kadar gündür ona söylendiği için azap duydu. Leman'ı Emine'nin evine bırakıp, doğru Haseki'nin yolunu tuttular. Emine, Şükran'ı kucağına almış koşar adımlarla caddeye doğru ilerleyen damadını ve ıslak bir havluyu çocuğunun alnına uzatmış, yanlarında koşan Mürvet'i izlerken içi sızladı. Tülü çekerken kendi kendine mırıldandı.

"Hey ulu Tanrım! Bitmedi mi bu zavallıların çilesi daha?"

Caddeye çıktıklarında araba bulamadılar. Şanslarına tramvay da geçmiyordu. Sonunda Mahmutpaşa'dan Haseki'ye yürüdüler. Dr. Ali Şükrü, sıkı bir kontrolden sonra, Şükran'a gizli sıtma teşhisi koydu. Reçetesini yazdı. Eve döndüklerinde, Şükran'ı kendi yataklarına yatırdılar. Tedaviye başladılar. Mürvet, işini devamlı bırakamayacağı için Fethiye'ye mektup yazdı. Birkaç gün sonra, o da kızı Sevim'i alıp yardıma geldi. O ilk hafta sonunda ilaçları tesir eder gibi oldu Şükran'ın. Çocuk kendine gelmek üzereydi sanki. Ama bu aldatıcı bir-iki günden sonra bir gün, Şükran yine kendini kaybetti. Dudakları yarı aralık, sayıklamaya başladı. Durum kötü görünüyordu. Herkes, yatağın başında toplanmış, ne yapılabileceğini konuşuyordu. Seyit evde yoktu o arada. Komşuları Safiye Hanım'ın tavsiyesi, Kuledibi St. George Hastanesi'nde, Doktor Fakaçeli'ye gitmekti. Fethiye, hemen bir araba tutup geldi.

Doktor Fakaçeli, Şükran'ı masaya yatırıp kontrolünü yaptıktan sonra azarlar gibi sordu.

"Kim bu çocuğun annesi?"

Yan yana oturmuş üç genç kadından cevap beklemeden devam etti.

"Bu çocuk tifo olmuş. Hemen yatırıyorum burada. Eve falan

gidemez."

Mürvet ağlamaya başladı.

"Yatıramayız doktor bey, evde bakacak bir çocuğum daha var."

Asıl korkusu, özel bir hastanenin masraflarını karşılayamayacak olmalarıydı. Ağlamasına, duyduğu habere şokun yanı sıra, bu çaresizlik de sebepti. Fakaçeli azarlar gibi konuşmasını sürdürdü.

"Olmaz! Evde olmaz! Çok sıkı tedavi istiyor bu çocuk. Çok gecikilmiş zaten. Evde nasıl bakarsınız?"

Mürvet, âdeta yalvarır gibi konuştu.

"Bakarız doktor bey. Siz ne derseniz aynen öyle bakarız. Ama inanın, burada yatırmamız imkânsız."

Doktor masasına geçip, reçeteyi doldurmaya başladı.

"Madem ısrar ediyorsunuz, pekiyi. Ama büyük risk alıyorsunuz, onu söyleyeyim. Sonra dönüp de, doktor almadı hastaneye, demeyin. Çok sakin bir ortamda, kesin istirahat istiyor hasta. Hem yazdığım ilaçları aksatmadan vereceksiniz. Loş, sakin bir odada yatacak. Mümkün olduğu kadar fazla uyuyacak. Odayı, onu yatırmadan önce dezenfekte edeceksiniz. Her gün çamaşırları, çarşafları kaynayıp, dezenfekte edilecek. Bardağı, tabağı, çatalı, aynen. Kimseninkiyle karışmasın. Kardeşini de ayrı tutun hastadan."

Ve son bir şey ilave etti.

"Kırk iğneden sonra toparlanırsa, kurtuldu demektir."

Bir yığın bakım talimatıyla Şükran'ı kucaklayıp eve döndüler. Şükran'ı Emine'nin dairesinde, Necmiye'nin odasına yerleştirdiler. Aksi halde, çare Leman'ı anneannesine bırakmaktı ki, bu da gündüz Mürvet işte olduğu sürece Şükran'ın babasıyla kalması demekti. Mürvet'in gönlü buna razı olmamıştı.

Seyit, yine bahçede kurduğu bir tezgâhta, şırdan dolması yapıp, lokantalara pazarlamaya başlamıştı. Yaptığı işi ne kadar mecburiyetten yaptığı, kendisinde ne derece bedbinlik yarattığı, yüzündeki heyecansız, arzusuz ifadeden belliydi. Ama evde oturup, karısının emeğiyle gelen parayla yaşamanın ağırlığı, şırdanların kaynarken burnunda yarattığı kokudan daha güçlüydü.

Şükran'a, ilk bir hafta, iki saat arayla iğne yapılacaktı. Cağaloğlu'ndan buldukları iğneci, iğneler arasında evine gidip gelme zahmetine giremeyeceği için, evde kendisine bir oda verildi. İğne, ilaç, iğneci masrafları inanılmaz boyutlardaydı. Necmiye, ablası ve eniştesinin yaşadıkları sıkıntıyı fark ediyordu. Yeğeninin yenilenen ilaçlarını üstenmişti. Böylece Seyit'e fark ettirmeden, kendi küçük imkânları içinde, onlara yardım ediyordu.

Nihayet kırkıncı iğneden sonra, başucunda bekleşenler, küçük kızın kedi miyavlamasını andıran sesiyle sevince boğuldular. Şükran, yavaş yavaş kendine geldi. Günlerden sonra ilk kez konuştuğunda, sesi bitaptı. Zayıflamış, avurtları çökmüştü. Kaşık kadar kalmış olan yüzünün ortasında, iri gözlerinin mavisi donuklaşmıştı.

Mürvet, kendi dairelerinde, pencere önündeki sediri hazırladı. Kızını oraya taşıdı. Genç kadın, kocasından sonra bir de küçük kızının ölüme bu kadar yaklaşıp da geri dönmesini şükür dualarıyla karşıladığı için, parasızlık sıkıntısını unutmuş gibiydi.

Yine Ayrılık
Yine Yalnızlık

1935'i 1936'ya bağlayan kış, erken geldiği gibi, son yılların en sert havasını yaşatıyordu. Büyük fırtınada İstanbul'un hayâtı altüst oldu. Köprünün zincirleri koptu. Tekneler batıp, sandallar parçalandı. Fethiye'nin kocası,Ethem de bu felâketin kurbanlarından biri oldu. Ada açıklarında, takasının dağılmasıyla denize düşen zavallı, canını kurtarmasına rağmen, saatlerce içinde çırpındığı buz gibi suyun ciğerlerine yaptığı tahribatla yatalak olup kaldı.

O sırada ikinci çocuğuna hamile olan Fethiye, bebeğinin heyecanını unutup kocasının derdine düştü. Emine, yaşadıkları sıkıntıları kendi içinde hissettiği çocuklarının başına bu kadar üzüntü, dert gelmesine artık dayanamıyordu. Fethiye'nin yanına taşındı. Annesinin yardıma gelişini Fethiye sevinçle kabul etti. Bu zor hayatın altından nasıl kalkacağını bilemiyordu zira.

1936 yılbaşı akşamı Fethiye'nin sancıları tuttu nihayet. Saatlerce çektiği ağrılardan sonra sıhhatli, gürbüz bir erkek çocuğu hediye etti yeni yıl aileye. Adını Seçkin koydular.

Hayat devam ediyordu. Mürvet'in Siyon çorap fabrikasındaki haftalığı beş liraya yükselmişti. Ve bu para, biriktirmek bir yana, acil bir ihtiyacı, bir doktor, ilaç masrafını dahi karşılamaya kâfi değildi. Seyit, şırdan dolması satarak, artık istediği seviyede bir yaşama ulaşamayacağını biliyordu. Yeni bir çıkış araması lâzımdı, İstanbul'un ona vereceği kısmetler artık kapanmıştı belli ki.

Çocuklar henüz yaz tatiline girmemişlerdi. Seyit, tezgâhı kapayıp bir kenara topladığı parayı karısına verdi. İçinden sadece küçük bir miktar yol parası ile cep harçlığı aldı üstüne. Mürvet, onun yine gideceğini hissetmiş ama niye uzaklaşmak istediğini anlayamamıştı. Önce sızlanarak, sonra ağlayarak, kocasını kararından vazgeçirmeye çalıştı. Ama onun, aklına koyduğunu yapacağını biliyordu. Seyit, şansını bu defa Ankara'da denemek istiyordu. Mürvet'in içini saran esas korku, Seyit'i, bir daha görüşememek üzere kaybettiğiydi. Vedalaşırken sarıldıklarında, her ikisinin de hisleri farklıydı. Mürvet, en parasız günlerinde bile kendisine inanılmaz ölçüde destek olan, sertliği, inadı, huysuzluğu, esprileri, şakacılığı, alaycılığı, her huyuyla yokluğunu hissedeceği bu çılgın erkeğin, eksikliğini düşünemiyordu. Şimdiden içine hasret düşmüştü. Kocasına ağlayarak sarıldı.

Seyit ise, hislerini tahlilde zorlanıyordu. Göğsünde ağlayan genç kadınla, yıllar önce ay ışığında beyaz fistolu geceliği, beline kadar dökülmüş uzun saçları, kocaman, kendinden sürmeli gözleriyle karşısında duran o genç kıza duyduğundan daha başka duygular beslediğini fark etti. Ona şefkatle sarıldı. Evet, bunun cinsellikle, arzuyla ilgisi yoktu. Zorlukların paylaşılmasından, beraber tükenmekten, şanssızlığı beraber yenme azminden doğan, sıcak, şefkat dolu bir kucaklaşmaydı yaşadıkları. İlk kez kadını bildiği, ilk kez aşkı tattığı günlerden beri çok iyi tanıdığı o kalp atışları kendini frenlemiş gibiydi. Sarıldığı kadını çok ama çok seviyor ve bilinçli veya bilinçsiz yaşadıkları tüm tatsızlıkları paylaşmak zorunda kaldığı için ona acıyordu.

Sonra çocuklarıyla vedalaştı. Şükran'ı kucağına alıp onun gözlerine gözlerini diktiğinde, küçük kız yine azarlanmayı bekler gibiydi. Bu korkuyla, babasının sıcacık sarılışına cevap veremedi. Seyit, onu yere bırakırken şakacı bir ses tonuyla konuştu.

"Bak, geldiğimde seni yatakta bulmayayım. Tamam mı? Kendine iyi bak."

Sırasını beklemekte olan Leman'ın ellerini tuttu. Yüzleri karşı karşıya gelecek şekilde, dizlerini kırarak çömeldi. Leman'ın ela gözlerinde gözyaşı pırıltıları dolaşıyordu. Ama onun şimdi ağlamayacağını biliyordu Seyit.

"Evet Lemanuçka, yakında görüşeceğiz yine. Derslerini ihmal etme. Yazın bol bol kitap oku. Buluştuğumuz zaman anlatacaksın bana. Tamam mı?"

Leman, ağlamamak için dudaklarını sıkarak, sadece başını aşağıya yukarıya salladı. Sonra dayanamayıp, kollarını babasının boynuna doladı. Gözyaşını tutmaya çalışırken, hıçkırıklarla konuştu.

"Ama gitmeseydin..."

Seyit, onun, omuzundaki başını okşadı.

"Gitmem lâzım Lemanuçka, gitmem lâzım. Eğer her şey yoluna girerse, siz de geleceksiniz. Ya da ben döneceğim."

"Ama ben seni çok özleyeceğim."

Seyit, onlardan mümkün olduğu kadar gözyaşı olmadan ayrılmak istiyordu.

"Ben de seni özleyeceğim. Hepinizi özleyeceğim. Ama bu yolculuğu yapmam şart yavrum. Hem, beni çok özlediğin zaman beni görebilirsin, biliyorsun."

Leman, bunun nasıl olacağını anlamak için başını geriye çekip, babasına baktı. Seyit devam etti.

"Hatırlar mısın, sana anlatmıştım bir zamanlar, tabiatın her köşesindedir, Tanrı diye."

Leman yine başını salladı.

"İşte, büyük yalnızlıklar, özlemler, acılar hissettiğin zaman, Tanrı'yı an. Örneğin bulutlara bak, ağaçlara bak ve düşün. Tanrı'nın sana ne kadar yakın olduğunu düşün ve ben de onu düşündüğüm için belki bir bulutta, belki de bir ağacın yaprağında seninle buluşur, hasret gideririz."

Leman, babasını büyülenmiş gibi dinliyordu. İçi rahatlamıştı. Gülümseyerek babasına baktı.

"İşte benim kızım! Hep gülümseyerek bak hayata, Lemanuçka. Haydi, bakalım, şimdi kocaman bir öpücük ver babana."

Bütün ev halkı kapıda toplanmıştı. Seyit, hepsiyle, tek tek vedalaştı. Kayınvalidesinin elini öptü. Elinde valizi, caddeye doğru yürürken, sık sık başını çevirip onlara el salladı. Arkasından su döktüler. Tabii gözyaşı da...

Mürvet'in, yatağında, uzun zamandır ilk defa ve daha uzun bir süre boş kalacak olan yastığa sarılıp ağladığı o gece, Leman da odasında penceresini açmış, gökyüzünde babasıyla kendisini buluşturacak bir bulut arıyordu.

Aynı saatlerde, Ankara'ya doğru yol alan trenin kompartımanlarından birinde, Seyit, bir kez daha, ne olacağını bilmediği bir hayata doğru yol almaktaydı. Geleceğin ne göstereceğini artık düşünmüyordu. Düşünmek istemiyordu. Düşündüklerinin gerçekleşmemesi o kadar acıtıyordu ki, artık plânsız yaşamaya kararlıydı. O halde geriye kalan sadece ve sadece geçmişiydi. Ve Ankara'ya varıncaya kadar da geçmişini defalarca düşünmeye fırsatı olacaktı. Ayağa kalkıp camı indirdi. Valizinden çıkardığı bir şişe votkadan, göz kadehini doldurdu. Sırtına dayanıp, bir sigara yaktı. Sigaranın dumanı, dışarıya doğru yayılmak üzereyken, sanki tren tekerleklerinin sesinden korkmuşçasına tekrar gerisingeri Seyit'in yüzüne çarptı. Bütün bir gecenin ve anılarının kendisine ait olmasından duyduğu memnuniyetle, gözlerini gökyüzüne çevirdi. Treni yakalamak istercesine hızlı, rüzgârla sürüklenen bulutlardan birine bakıp, gülümsedi.

KURT SEYT MURKA

Kırgınlıklar Tedavi Olacak mıydı?

Yaz sıcağı etrafı sarmış, okullar çoktan tatil olmuştu. Mürvet'in, yatağında boş yastığa sarılıp ağladığından, Leman'ın, bulutlarda aynı Tanrı'ya inanan babasıyla buluşmak üzere hayâller kurduğundan bu yana, tam tamına iki koca ay geçmişti. Ve Seyit'ten hiçbir haber almamışlardı henüz. Mürvet, o hiç tanımadığı Ankara şehrinde kime danışacağını, kime ne mektup yazıp soracağını bilemiyordu. Seyit belki de oraya hiç ulaşmamıştı. Belki vazgeçmiş, yolunu değiştirmişti. Ankara macerası sadece bir oyalama da olabilirdi. Başka bir yerde, özlediği bir hayata başlamıştı belki de. Genç kadın, haftalar boyunca bunları düşünüp ağladı geceleri. Allah'tan, fabrikada çalıştığı bölümde, sadece ipek ipliklerin atmalarını hazırlıyordu. Yoksa Büyükdere'deki gibi kibrit giyotinlerinin çalıştığı bir tezgâhta iş yapıyor olsaydı, bu dalgınlıkta değil parmakları, elleri bile doğranmış olurdu.

Bir müddet sonra, geçim sıkıntısı, evin kendi içindeki problemleri, çocukların ihtiyaçları, istikbal endişesi, Mürvet'in, kocasına olan aşkını, hasretini geri plâna atıvermişti. Uzun zaman, Seyit'in başını koyamadığı yastığa sarılıp ağlarken, aslında ileriye dönük düşünmesi gereken daha önemli sorunları olduğunu fark etmeye başlamıştı. Şayet Seyit hiç dönmezse, iki kız çocuğuyla hayatı nasıl karşılayıp, nasıl altından kalkacağı soruları kafasını yoruyordu. Garip olan şuydu ki, hayat endişelerinin yoğunlaştığı an, aşk âdeta yaşanmış bir masal gibi, bir başka zaman boyutunda, yaşandığı zaman uzaklığında kalıyordu.

Okullar tatil olduğunda, çocuklar da kendilerine göre uğraşlar buldular. Leman, İkdam matbaasında mürettip olan Hakkı dayısının bulduğu götürü bir işe, dayı kızları olan Mediha ve Feriha'yla beraber gönüllü oldu. İlk defa mücellithanenin ne demek olduğunu, ıskata denilen gürgen ağacından tahtalarla "kâğıt kırma"nın ne anlama geldiğini öğrendikleri o on beş günde, Leman, tam yirmi bin adet kâğıt kırdıktan sonra dört bin lira alarak eve döndü. Bu, çok büyük bir paraydı. Annesinin bir haftalık emek karşılığı, çorap fabrikasından aldığı para, bu rakamdan sadece bir lira fazlaydı. Kazandığı parayı övünçle getirip annesine verdiğinde, evine yaptığı destekten son derece gururluydu. Ve hatta, madem kendisi de böyle kazanabiliyordu, artık babası eve dönebilirdi, diye düşünüyordu.

Bu dört bin liraya sevinirken, ikinci bir sevinç yaşadı. Bu aslında sevinci aşıp, onu şaşkınlığa sürükledi. Mektep içinde yapılacak bir piyango çekilişinde, sahnede küreleri döndürüp, numaraları çekme görevini, hocası Fatma Hanım'ın önerisiyle Leman'a verdiler. Annesinin özene bezene giydirdiği küçük kız, her bir numarayı okuduktan sonra duyduğu alkışların keyfiyle görevini tamamladığında, piyangonun sorumlusu bey, onu yanaklarından öptü. Sonra kendisine bir zarf verdiler. Leman, bunun önemini birden anlayamadı. Yaşadığı heyecanlı olayın etkisindeydi henüz. Fatma Hanım, kulağına eğilerek, teşekkür etmeyi unutmamasını hatırlattı. Piyango yetkilisine teşekkür ve seyircilere reveransla sahneden inip eve gelene kadar zarfı açmak aklına gelmedi. Evde, kendisine verilen elli lira ortaya çıktığı zaman, annesiyle beraber sevinç çığlıkları atarak birbirlerine sarıldılar. Mürvet, kızının kazandığı paradan kendisine çok istediği bir şeyi alması gerektiğine inanıyordu. Beraber çarşıya çıktılar. Kemeraltı'ndaki Atlas mağazasından biri çivit mavisi süet, biri de siyah rugan iki çift ayakkabı alındı. O gece Leman, ayakkabılarını yastığının iki yanına alıp yattı. Onları kendisi kazanmıştı ve çok güzellerdi.

Yazın sıcağı, akşam güneş batana kadar nefes aldırmayacak kadar bunaltıyordu. Mürvet, hafta sonları kızlarını alıp, Kumkapı'daki deniz hamamına götürüyordu. Kısıtlı yaşantılarına rağmen, iyi günlerden saklanan şık giyimleri ve Seyit'in kazandırdığı modern yaşantı alışkanlıklarıyla en yakınlarındaki imkânlardan istifade etmeye çalışıyorlardı. Sinema yine hayatlarında önemli bir yer tutuyordu. Haftada iki-üç kez muhakkak Alemdar Sineması'ndaydılar. Mürvet, hem kendisini, hem kızlarını oyalamaya çalışıyordu. Seyit'in artık izini kaybettirmek amacıyla yok olduğuna inanıyordu. Fazla düşünmek ve konuşmak istemiyordu bu konuda. Sohbet etmek, dertleşmek istediği zamanlar da en yakın dostu, Mösyö Siyon'un bir akrabası olan ve fabrikada iş arkadaşlığı ettiği Madam Mahmer oluyordu. Gürcistan Yahudisi olan Madam Mahmer ve kocası Musa, kızları Asya ile oğulları Mişa'yı İstanbul'da büyütmüşlerdi. Onlar da kıt kanaat geçinmekle beraber, kültürlü, görgülü, Avrupai insanlardı. Mürvet, beraberliklerinden keyif alıyordu.

Annesinin yardımıyla çocuklarını büyütüp, yatalak kalan kocasına bakan Fethiye'nin günleri çok zor ve sıkıntılı geçiyordu. Necmiye ise yirmi iki yaşının tazeliğinde, içlerinde belki de en gönlü coşkulu ve ümitli olanıydı. Kapkara saçlarının süslediği esmer yüzündeki iri siyah gözleri ve dudağının üzerindeki beniyle ilk bakışta dikkati çekecek güzellikteydi. Uzun boyunu, edalı, zarif bir yürüyüşle taşırdı. Şık giyinmeye son derece özenliydi. Kaldı ki, en sade kıyafet içindeyken bile incecik beli, mevzun bacakları kendisini gösterirdi. Ve eve gelen görücülerin hepsini geri çevirmesine karşılık, evlenmek hiç de öyle uzak bir hayâl değildi onun için.

Bir deniz teğmeniyle âşık olmuşlardı birbirlerine. Bir paşa oğluydu Kemal Teğmen. Genç çift, her hafta sonu Çemberlitaş'taki muhallebici dükkânında buluşup, masumca yenilen bir dilim pasta, bir bardak limonata eşliğinde evlilik hayâllerini konuşuyorlardı. Ancak, bu hayâllerin gerçekleşebilmesi için Kemal'in yüzbaşı olması gerekti. Aralarında daha sabırsız olanı da delikanlıydı. İki senedir devam eden sevgilerini artık bir an evvel resmiyete bağlamak istiyordu. Ve bir gün müjdeyi verdi Necmiye'ye. Buluştukları bir cumartesinin akşamüzeri, ablası ve annesinin Necmiye'yi istemeye geleceğini söyledi.

Necmiye, âdeta uçarak eve geldi. Yolda likör, çikolata aldı. Annesine haber verdiğinde, Emine şaşırmadı. Ne de olsa, yılların tecrübesiyle küçük kızının bakışlarındaki farklılığı hissediyordu ne zamandır.

O gün, annesinin katına uğrayan Mürvet, kız kardeşini tuvalet masasının başında, üzerinde kırmızı kimonosu, başında bigudiler, tırnaklarını cilalarken buldu. Duyduğu habere o kadar sevinmişti ki, onu kucaklayarak tebrik etti.

"Kim geliyor, anlat bakalım. Kim bu şanslı delikanlı?"

Necmiye, gamzelerinin en derin gülüşüyle başını iki yana salladı.

"Söylemem. Gelince görürsün."

Sonra ablasını rahatlatmak için ilave etti.

"Çok beğeneceksin. Harika bir insan."

Hazırlanıp beklemeye başladılar. Akşama doğru, Necmiye hâlâ tülün arkasından yola bakıyordu. Gözlerindeki parlaklık durulmuş, yerini yaşlar almıştı. Emine hiçbir şey sormayıp, onu rahat bırakmayı tercih etti. Hava kararmak üzereyken kapı çalındı. Küçük bir kız çocuğu, Necmiye adına bir zarf getirmişti. Kemal'in yazısını ağlayarak okudu genç kız.

"Sevgilim,

Sana karşı çok mahcubum. Hemen, her zamanki buluşma yerimize gel. Seninle konuşmam lâzım."

Necmiye, yine bir ümitle annesinden izin alıp evden ayrıldı. Kemal'i kendisini beklerken buldu, bomboş muhallebicide. Ancak parmağındaki yüzüğü gördüğü an, yıldırımla çarpılmışa döndü. Delikanlı, allak bullak olmuş bir ifadeyle genç kıza, annesinin zaten onunla evlenmesini istediği bir akraba kızı olduğunu açıklamaya çalıştı. Annesine evlenmekten söz açar açmaz, aynı gün babası o kızla söz yüzüklerini takıvermiş parmağına.

Necmiye daha fazla dinleyemedi. Ağlayarak kendisini sokağa attı. Bütün hayâlleri yıkılmıştı.

Ondan sonraki günler Kemal'in hiçbir mektubuna, çağrısına karşılık vermedi. Odasına kapanıp ağlıyor ve bir daha kimseyi böyle sevemeyeceğini düşünüyordu. Gittikçe daha içine kapanık, daha duygusal, her fırsatta ağlayan biri oldu.

Bir gün iş çıkışında Kemal'i kendisini beklerken buldu. Onu görür görmez kalbindeki aşk canlanmıştı. Sevdiğini kıramadı. Konuşmak üzere kısa bir gezintiyi kabul etti. Samatya'ya inip sandal kiraladılar. Necmiye, küreklere asılmış olan delikanlının parmağında yüzük olmadığını fark ettiyse de bir şey sormamayı tercih etti. Belli ki sırf onu incitmemek için takmıyordu. Ancak, Kemal onun gizli, alıngan bakışlarını yakalamıştı.

"Bu işi halledeceğim Necmiye. Merak etme." dedi ve devam etti.

"Ben attım yüzüğümü. Ama annemin ısrarıyla o hâlâ tutuyor. Benim fikrimi değiştireceğimi sanıyorlar. Ama bugün anlayacaklar."

Kıyıdaki büyük evi başıyla işaret etti.

"Görüyor musun şu evi? Bizim ev. Şimdi hepsi oradalar. Ya camdalardır ya da bahçede. Bizi seyrediyorlardır. Artık, seninle hâlâ beraber olduğumuzu gördükten sonra, beni zorlayamazlar o kızla evlenmeye."

Necmiye'nin yüzünü hiddetten ateş basmıştı.

"Beni derhal karaya geri götür Kemal."

Delikanlı, onun bu tavrına şaşırmıştı.

"Neden?"

"Derhal bırak beni karaya. Nasıl yaparsın bunu bana? Bütün ailenin, sözlünün seyrettiğini bile bile, beni onların önünde nasıl böyle küçük düşürebilirsin?

Kemal'in izahları fayda etmedi.

"Necmiye, ne olur yapma." diyordu. "Çok çaresizim. Hiçbir şekilde ikna edemedim annemi. Ancak, o kız, bu işin olmayacağını anlarsa, seni sevdiğimi, senden kopamadığımı anlarsa, beni bırakır."

Necmiye ağlıyordu.

"Beni bırak hemen. Yoksa avazım çıktığı kadar bağırırım."

"Pekiyi, pekiyi. Tamam, oldu. Başka bir yere gideriz."

"Hayır, başka bir yere gitmiyoruz. Sen burada kalıyorsun. Ben de evime gidiyorum."

Kıyıya çıktıkları zaman, Kemal'in ısrarlarına rağmen, Samatya'dan tek başına ayrıldı. Trende, sakin bir köşeye çekilip, için için ağlarken, böyle utanç verici bir duruma düştüğü için kendisine de küsüyordu.

Birkaç gün sonra, müşterek bir arkadaşlarından, Kemal'in sözünün bozulduğu, tayininin Adana'ya çıktığı ve kendisini bir kez daha görmek istediği haberini aldı. Gidip gitmemekte uzun süre mücadele etti kendisiyle. Sonunda aşk galip geldi. Bu kadar zamandan sonra, vedalaşmadan ayrılamazlardı. Ancak buluşma yerine gittiğinde, garson kendisine bir kâğıt uzattı. Kemal gelip beklemişti. Ama treni yakalamak zorunda olduğu için ayrılıyordu ve Necmiye'yi çok seviyordu. En kısa zamanda mektup yazacaktı.

Necmiye, yüreğinin daraldığını hissetti. Deli gibi sevdiği erkek, böyle bir talihsizlikle, hiç görüşemeden uzaklaşıp gitmişti işte. Bir beş dakika evvel gelebilseydi... Sevgilisinden ona kalan son mektup avucunda, gözünde yaşlar eve döndüğünde, doğru odasına gitti. Hasta gibiydi. Hiç konuşmadan, yemeden, içmeden günlerce odasında yattı. Emine'nin içi parçalanıyordu onun bu haline. Ama aşk acısını, ancak ve ancak yarayı alanın, yaşadığını kabullenmesiyle, kendi kendine tedavi edebileceğini düşünüyordu. Kızının, anlatırsa ıstırap duyacağı olayları konuşmasını istemiyordu.

Kemal'den hiçbir haber çıkmamıştı. Kısa bir süre sonra Necmiye'yi ev sahiplerinin oğluna istediler. Hoş, yakışıklı, sevecen bir delikanlıydı. Çocukluğundan beri tanıştığı bu çocuğa karşı arkadaşlık hissinden başka ne duyabileceğini bilemiyordu Necmiye. Hiç Kemal'e duyduğu hislere benzemiyordu bu. Ama zaten onu sevdiği gibi kimseyi sevemeyeceğini de biliyordu. Artık, aşktan fazla bir beklentisi yoktu. Hiç naz etmeden, fazla düşünmeden, ama hiç de heyecan duymadan teklifi kabul etti. İbrahim'le sözlendiler. Hiç değilse, çok sevildiğini, istenen bir gelin olduğunu biliyordu artık. Ve bir gün belki, o da İbrahim'i onun kendisini sevdiği kadar sevebilirdi.

Bir müddet sonra, Hakkı'nın, ailesiyle beraber Ankara'ya taşınması söz konusu oldu. *Ulus* gazetesine mürettip olarak gidecekti. Ankara lâfını duyunca, Mürvet'in içinde bir ümit ışığı belirdi. Belki de ağabeyi, Seyit'in izini bulurdu. Ve her ne kadar kocasını düşünmemeye çalışsa da, hayatından çıkaramadığını fark etti. Onu hâlâ seviyordu. Hem de çok. Heyecanla Hakkı'nın gidişini beklemeye başladı.

Ankara'nın kuru ikliminde, ağustosun son gündüzleri sıcakla kavruluyor, akşamları kuru bir serinliği yaşıyordu. Güneş batalı epey olmuştu. Ama bozkırın yükselen hararetini emen gökyüzündeki serinlik içinde, çizgi çizgi oluşan sarı, turuncu ve kırmızının her tonu, ayrı bir ışık yaratıyordu.

Bahçenin renkleri ise çoktan sonbaharı yakalamıştı. İki katlı evin giriş katının, bahçeye bakan açık penceresinden dışarıyı seyreden siluetin, kendisinden ziyade sigarasının dumanı belirgindi. Kızıl karanlığın içine uzanan duman, durgun havada yayılamadan, küçük, tembel, sisli gölgeler yapıyordu.

Kapının çalınması, pencere önünde hiç değişik bir hareket yaratmadı önce. Bir kez daha, bir kez daha. Ve siluetle beraber sigara dumanı da evin içinde kayboldu, bu ısrarlı çalışla.

Kapı açıldığında, eşikte bekleyen kadının sabırsızlığı gözlerinden okunuyordu. Uzun boylu, hatları muntazam ama oldukça dolgun vücudu, bir zamanlar çok güzel olduğu belli gözlerinde bir şeylere aç kalmış olmanın bakışlarıyla, elini pervaza dayamış bekliyordu. Pervasız, dünyayı umursamaz davetkârlığına rağmen, tahakkümü seven bir tavrı vardı. Davet beklemeden içeriye doğru yürüdü. Bir yandan konuşuyordu.

"Neredeyse dönüyordum geriye. Saygın bir hanımı böyle kapıda bekletmek sana hiç yakışmıyor Kurt Seyit."

Erkek kapıyı kapatırken, söylenenleri duymamış gibi, aldırmaz bir tavır aldı. Koridordan odaya girerken kadın ona doğru dönmüş, bekliyordu. Bir an için yüz yüze gelir gibi oldular. Seyit, az evvel ayrıldığı pencere yanındaki yerine döndü. Cebinden tabakasını çıkarıp, parmakları arasında bitmeye yüz tutmuş olan sigarasını tazeledi. Ellerini pervaza dayayarak dışarıyı seyre devam etti. Kadın yaklaşıp, bir eliyle onun saçlarını okşadı. Sonra teklifsiz bir tavırla erkeğin parmaklarından sigarayı çekip aldı. Derin bir nefes çektikten sonra onun dudakları arasına yerleştirdi. Konuşmaya niyetliydi belli ki.

"Bıkkın bir halin var. Hayatından memnunsun zannediyordum."

Kadın Seyit'e, yıllar önce çamaşırhanede arzusuzca, sadece Shura'yı düşleyerek beraber olduğu çamaşırcı güzeli Marushka'yı hatırlatıyordu. Hiçbir erkeğin sokakta yanında olmak istemeyeceği, zarif bir güzellikten uzak, vahşi çekiciliğiyle gecesini cehenneme çeviren Marushka ile Zarife'nin tek farkı, yaşları ve lisanlarıydı. Bu macerayı bu gece kesinlikle istemiyordu. Sırf yatağa yalnız gitmemek, içkisinin yarattığı coşkuyu veya anılarının yarattığı yalnızlığı paylaşmak için, kadınları bir tatlı bakışla davet ettiği günler, geceler eskilerde kalmış gibiydi. Artık huzur istiyordu. Hakikaten sevmek ve gerçekten sevildiğini hissetmek istiyordu. Zamanı daralıyor gibi geliyordu. Sanki, kendisine tanınan hayatın sonuna doğru bir yerlerdeydi. Yanı başındaki kadınla aralarında hiçbir şey olamazdı. Canı konuşmak dahi istemiyordu. En kendi başına olmak istediği anlarda, onun, özel hayatına girişinden rahatsız oluyordu. Kadının omuzundaki elini itip, sırtını pencere pervazına dayadı.

"Zarife, yalnız kalmak istiyorum. Yukarıya çıksan iyi olacak."

Kadın iki elini kucağında kavuşturdu.

"Daha evvel böyle demiyordun ama. Niye inat ediyorsun Seyit? Ne kadar yalnız olduğunu biliyorum. Şurada aynı evin iki katında oturuyoruz. İstersen, kendi âlemimizi yaratırız burada. Kimsenin ruhu duymaz."

Seyit, kibar davranmasının bir şey halletmeyeceğini anlamıştı.

"Kimse beni ilgilendirmiyor. Ben kendim için yalnız kalmak istiyorum. Seninle alıp vereceğimiz bir şey de yok bildiğim kadarıyla, değil mi?"

Zarife, Seyit'in kendisine ödediği kirayı kastettiğini anlamıştı.

Gülerek cevapladı.

"Keşke olsaydı. O zaman daha iyi anlaşırdık."

Erkek, kapıya doğru yürüyerek, ev sahibesine gitmesi gerektiğini bir kez daha hatırlattı.

"Eğer üzerime varmazsan, böyle de anlaşabiliriz. Yeter ki beni rahat bırak."

Kadın bozulmuştu ama pek oralı değilmiş gibi, rahat davrandı. Bu ilk refüze edilişi değildi. Bir kez daha denemeye kararlıydı.

"Aklın o küçük karında değil mi? Ama bir düşün. Bunca zaman geçti. Seni ne arayan çıktı, ne soran. İstanbul gibi yerde, öyle genç, güzel kadın, yalnız bırakılır mı? Kimbilir kimler sahiplenmiştir şimdiye kadar. Sana merakı olsa, zaten bulurdu izini."

Seyit, kadının arsız, laubali tavrından hiddetlenmeye başlamıştı. Ama sesini yükseltmedi. Sadece sol eliyle onun elbisesinin yakalarını bir araya getirip çekti. Gözlerini açıp Zarife'nin gözlerine bakarak ağır ağır konuştu. Akşam loşluğuna alışan gözleri karşılıklı parıldadı. Birininki hiddetle, diğerininki ürküntüyle.

"Karıma bir daha laf ettiğini duymayacağım. O benim nerede olduğumu dahi bilmiyor. Adam gibi bir iş kurmadan da onu çağıramam buraya."

"Ama sevseydin, en azından bir haber gönderirdin, değil mi? Onu bile yapmadın."

Seyit, karşısındakinin haklı olduğunu biliyordu. Mürvet'e bir kez mektup yazmış ama adresini dahi bildirmemişti. Oysa o mektup Mürvet'e ulaşmamıştı bile. Tek başına olduğu kadar, hayatını daha çabuk toparlayabilecek gibi geliyordu ona. Kendisiyle kalmak, düşünmek istiyordu. Yaşama eskisi kadar sıcak ve kolay gözüyle bakamıyordu artık. Ve ailesi ondan uzakta oldukça, sanki emniyettelermiş hissini duyuyordu. Kaderin bütün lanetlerinin, belalarının kendi etrafında dolaştığına ve onunla ilişkisi olan herkesin bundan nasibini aldığına inanıyordu. Belki onsuz çok üzülüyor, belki gözyaşları içinde yolunu bekliyorlardı ama beraberliklerinde de ardı ardına yaşadıklarıyla artık karısı da, çocukları da, sıkıntıya, şanssızlığa doymuş olmalıydılar. Belki ondan uzakta, çok daha iyi olacaklardı.

Zarife ayrıldıktan sonra, pencerenin yanında durup, ciğerlerine nikotini doldurmaya devam etti. Kadın tebelleş olmakta haksız değildi. Onun yalnızlığı niye seçtiğini anlayamıyor, erkeğe yatağını açmakla, sevmediği bir kadının yerini dolduracağını zannediyordu. Belki de durumu pek parlak olmamasına rağmen artık karısına haber göndermekte fayda vardı. Her halükârda şartları İstanbul'dakinden çok daha iyi sayılırdı. Yatak odasına geçip, sehpanın üzerinde duran fotoğrafı aldı. Yaktığı lâmbanın ışığında, karısının ve çocuklarının yüzlerine baktı. Sağ elinin işaret parmağıyla her birinin yüzünü tek tek okşadı. Gözleri yaşardı. Onları özlemişti. Acaba yanına çağırsa, yine bir hüsrana mı sürükleyecekti hepsini? Yoksa hayatları artık bir düzene girecek miydi? Resim elinde, sırtüstü yatağa uzanırken, ertesi gün mektup yazmaya karar verdi. Hayatlarının ne getireceğini bilmiyordu. Tek bildiği, Murka'sını ve çocuklarını çok seviyordu.

Karar vermiş olmanın rahatlığıyla uyudu o gece.

Ertesi gün, öğleye doğru, Yenimahalle'de açmış olduğu lokantaya gitmek üzere evden ayrılırken, bahçede çamaşır asmakta olan Zarife karşısındaydı yine. Sanki bir gece evveli paylaşmak ümidiyle, erkeğin evine gidip de neredeyse kovularak ayrılan kadın o değildi. Neşeli, saldırganlıktan uzak bir tavırla, olabildiğince kibardı. Seyit, onun nihayet gerekli mesajı almış olduğunu düşündü.

"Hayırlı günler Kurt Seyit!"

Cevap isteksiz ama mecburiydi.

"Hayırlı günler."

Tam bahçenin tahta kapısını açmış çıkıyordu ki, kadın elindeki çamaşırı ve mandalları sepetine bırakıp bir koşu yanına geldi.

"Sana bir haberim var Kurt Seyit."

Sonra erkeğin gözlerindeki sert ve temkinli ifadeyi fark edip, başını, kalbi kırılmış gibi yana eğdi. Sesi yumuşacıktı.

"Aşk olsun! Hâlâ dün gece dediklerime mi kızıyorsun? Bak ben unuttum, dün geceyi. Sen de unut, dost olalım yeniden. Tamam mı? Anladım, karını seviyorsun. Tamam! Tamam! Ne bileyim? Ben seni yalnız, kalbi aşktan yana kırık sanmıştım. Meğer derdin başkaymış. Haydi, unut dün geceyi, bak sana güzel bir haberim var."

Seyit, karşısındaki kadına ne kadar inanabileceğini kestiremiyordu ama en azından dinleyebilirdi. Bekledi.

"Bak, iki gün sonra İstanbul'a gidiyorum, bir akrabamı ziyarete. İstersen yaz bir mektup, götüreyim, karına vereyim. Onu da alır, gelirim geriye."

Seyit, bir gece evvel evinden zor çıkardığı kadının şimdi böylesine iyi bir niyetle yaklaşmasının nedenini çözememişti. Gözlerini açarak sorar gibi baktı. Diğeri devam etti.

"İstediğin bu değil miydi? Fena mı olur? Tutar ellerinden getiririm karını, çocuklarını. Öbür gün akşam bineceğim otobüse. Sen hazırla mektubunu, adresini. Ben bulurum onları orada. Tamam mı?"

"Zahmet olacak."

"Ne zahmeti, zaten gidiyorum. Nihayet Fatih'ten Cağaloğlu'na bir tramvay yolculuğu kadar zahmetim. Lâfı mı olur?"

"Sağ ol Zarife. Bu iyiliğini unutmayacağım."

Seyit, bahçeden çıkarken hâlâ bu ani değişikliğin sebebini çözemiyordu. Zarife, beyaz kombinezonunu ipin üzerine atarken, ağzında tuttuğu mandalı sağ eliyle aldı. Durup yoldan aşağıya inen Seyit'e baktı. Çapkınca gülümsedi.

Mürvet, işinden dönüşte, annesinin evinde, görüşmek üzere kendisini bekleyen bir misafir buldu. Ankara'dan gelen kadın, kocasıyla ilgili haberler getirdiğini söylüyordu. Mürvet, heyecan içinde, Tanrı'nın gönderdiği bu misafiri kendi dairesine aldı. Kahve pişirdi. Karşılıklı oturduklarında, kadının neler anlatacağını sabırsızlıkla bekliyordu. Telaşla sordu.

"Nasıl kocam? İyi mi? Nerede, neden bana hiç yazmadı?"

Zarife, karşısındaki genç kadının çektiği ıstırabın tadını almak istercesine, uzun yudumlarla kahvesini tattı. Sonra, boğazında bir şey varmış gibi, bir-iki öksürdü. Sağ elini böğrüne götürüp biraz daha öksürdü. Derin bir nefes alıp bekledi. Mürvet heyecandan bayılmak üzereydi. Kadın nihayet elini uzatıp, Mürvet'in yanağını okşadı.

"Merak etme canım, merak etme. Kocan iyi. Bir şeyi yok."

Genç kadın derin bir oh çekti ve gülümsedi.

"Sağ olun Zarife Hanım."

"Aaaaa! Darılırım, bana Zarife abla demezsen. Sana bir ablalık yapayım diye geldim, onca yolu. Sen resmiyet koyuyorsun araya. Bak küserim, bir daha abla demezsen."

Mürvet, böyle çabuk samimiyetlere alışık değildi ama kocasıyla ilgili tek bağlantı, karşısındaki bu garip kadındı. Onu sevip sevemeyeceği hususunda daha karar verememişti. Kadının tavırlarında, konuşmasında tabii olmayan bir şeyler vardı. Ama iyi niyetinden şüphe etmek de manasızlık olurdu. Ta Ankara'dan kalkıp gelmiş, adresini bulmuş, Seyit'ten haber getirmişti. Yine gülümseyerek kadının gönlünü aldı.

"Pekiyi, Zarife Abla. Ama meraktayım, ne olur anlatın. Kocam nerede? Ne yapıyor?"

Zarife, kahvesini bitirdiği fincanını döndürüp, fal kapattı.

"Hiç merak etme. Dedim ya, her şey yolunda Ankara'da. Kocanın işleri de iyi. Seni isterse, gider misin?"

Mürvet, misafir kadının sorusunda bir belirsizlik hissetti.

"Sizi Seyit gönderdi, değil mi?"

"Canım sen boş ver şimdi benim nasıl geldiğimi. Soruma cevap ver."

Mürvet, onun tavrından işkillenmeye başlamıştı. Ama tam ne olduğunu hissedemiyordu.

"Tabii, kocam isterse, işimi bırakır, giderim."

Zarife, sedirde arkasına dayanıp bir sigara yaktı. Mürvet, onun rahatlığından, kendi evindeymiş gibi davranışından huylanmaya başlamıştı. Kadın, sigarasının dumanını yana doğru üfleyip devam etti.

"Bak Mürvet, canım. Çok gençsin, çok güzelsin. Beceriklisin. Bence sana yazık olmuş. O adamdan sana hayır gelmez."

Mürvet'in gözleri açıldı. Bu kadının bir bildiği olmalıydı.

"Neler diyorsunuz!"

"Duyduğumu diyorum Mürvet'çiğim. Ama ille de Ankara'ya gelmek istersen, o adam için gelme, yazık edersin kendine. Bu endamla, bu güzellikle, seni alacak ne adamlar var Ankara'da."

Mürvet dehşete düşmüştü. Huzursuzca yerinde kıpırdandı. Annesi bu konuşulanları duysa, herhalde Zarife'yle beraber onu da sepetlerdi bu evden.

"Ne biçim söz o Zarife Abla? Neler söylüyorsunuz? Ben kocamı seviyorum. Ancak o çağırırsa, onun yanına giderim, dedim size."

Zarife sanki büyük bir sırdaşmış gibi eğilip, fısıldayarak konuştu.

"Sakın kötüye alma dediklerimi Mürvet'ciğim. Ama inan, doğru söylüyorum. Bak, mebus tanıdıklarım var. Sen farkında değilsin bu dünyanın henüz. Bir görünsen onlara, seni kraliçeler gibi yaşatacak adamlar bulurum sana. İstersen tabii."

Mürvet yerinden fırlamıştı.

"Bunları nasıl söylersiniz bana? Nasıl utanmadan söylersiniz? Hem ne hakla evime gelip bana başka erkeklerden bahsediyorsunuz? Buraya, kocamdan haber getirmek için geldiniz diye kapımızı açtık. Şimdi söyleyeceklerinizi bilseydim, burada oturuyor olmazdınız!"

Zarife, artık kalkması gerektiğini anlamıştı. Fincanını çevirip içine baktı. Umursamaz bir tavırla mırıldandı.

"Ah! Yolculuk görünüyor."

Ayakkabılarını giyerken, içinde kalmasın diye, son sözünü de söyledi.

"Beni dinlemiyorsun, pişman olacaksın. Kocan olacak adamın sana hiçbir hayrı yok. Ben, hazır İstanbul'dayken, belki sana yardımcı olabilirim, demiştim. Seni Ankara'da şöyle hatırı sayılır bir kalantorla tanıştırsaydım, o seni hatırlamayan adama da dersini vermiş olurdun."

Mürvet, daha fazla kendini tutamayacaktı. Sokak kapısını açarken, sözleri neredeyse boğazında düğümlenerek, konuştu.

"Lütfen derhal gidin. Hemen, şimdi!"

Zarife, geldiği gibi gitti. Ama gelmese daha iyiydi. Mürvet'in, hayatını yeni düzene koymaya çalışan, düşünceli, karışık kafasını iyice allak bullak etmişti. Kimdi bu kadın? Niye gelmişti? Seyit'ten hiçbir mesaj getirmemişti, hiçbir sözünü aktarmamıştı. Sadece kendisine ait çirkin bir teklifi açmıştı. Adreslerini kim vermişti bu kadına? Seyit onu deniyor muydu yoksa? O geceyi, bilinmeyenlerin ağırlığı altında ezilmiş olarak, ağlaya ağlaya uykusuz geçti.

Seyit, Zarife'nin yolunu dört gözle bekliyordu. Karısına yazdığı uzun hasret mektubu, çoktan yerine ulaşmış olmalıydı. Mektupla cevaptan ziyade, bahçe kapısının girişinde, Murka'sını ve kızlarını göreceğini tahmin ediyordu. Mürvet ne yapıp edip, her şeyi toparlayıp gelirdi. Onu tanıyordu. Belki de Zarife'nin dönüşü onun için gecikmişti. Mürvet'i bekliyor olabilirdi, beraberinde getirmek için. Seyit, sık sık lokantadan gelip evi kontrol ediyordu.

O gün akşamüzeri eve geldiğinde, üst kattaki camların açık olduğunu fark etti. Yüzüne ani bir sevinç yayıldı. Zarife döndüğüne göre, Murka da yukarıda kendisini bekliyor olmalıydı. Merdivenleri ikişer ikişer çıktı. Ev sahibesinin kapısına geldiğinde, heyecanı son raddesindeydi. Zili çaldı. Ne kadar özlemişti karısını, çocuklarını. Ve kavuşmaya az kalmıştı. Zili bir kez daha çaldı.

Zarife, üzerinde bornozu, saçları havluya sarılı, kapıyı açtı. Seyit nefes almadan sordu.

"Neredeler?"

"Hayrola Kurt Seyit, hiç selâm sabah yok mu? Hem bu evde tek başıma oturduğumu bilmez gibisin."

"Karım gelmedi mi?"

Zarife, omuzlarını kaldırıp, karşısındakine acıyan bir bakış takındı. Dudaklarını büküp, başını olumsuzca iki yana salladı. Bir de derin iç çekişle ne kadar üzüldüğünü ima etmeye çalıştı. Sonra geriye çekilerek erkeği davet etti.

"Gel, gel içeri de konuşalım."

Holdeki küçük yemek masasına karşılıklı oturduklarında, Seyit alev almaya hazır, söyleneceklerİ bekliyordu.

"Neler olduğunu hemen anlatır mısın?"

"Önce bir sigara ver."

Seyit, acele hareketlerle uzattığı tabakasından kadının aldığı sigarayı bela def eder gibi yaktı ve masaya dayanarak bekledi.

"Evet, neler oluyor?"

"Vallahi, fazla bir şey olduğu yok Kurt Seyit."

"Mektubumu götürdün mü?"

"Götürmez olur muyum? Evi aradım, buldum. İnan, ayaklarıma kara sular indi, bulana kadar. Evi buldum. Karın işteydi. Annesinde bekledim birkaç saat. Sonra o gelince, beraber sizin kata indik."

Burada, sigarasından derin bir nefes alarak, Seyit'i merakta bekletti biraz. Erkek sabırsızlıkla elini masaya vurdu.

"Anlat! Anlat neler oldu sonra."

Zarife, bütün ciddi ve masum tavrını takınarak, dirseklerini masaya dayayıp, Seyit'in gözlerinin içine bakarak konuştu.

"Beni zaten bir garip karşıladılar. Niye gittiğimi söyledim. Mektubunu verdim. Merak edip açmadı bile. Anlaşılan, hayatından memnun orada."

Sonra, biraz müstehzi bir ifadeyle, dudak bükerek konuşmaya devam etti.

"Kimbilir, vardır bir sebebi. Genç kadın. Senin anlattığından da güzelmiş."

Seyit daha fazla tahammül edememişti. İki yumruğunu birden masaya vurarak kalktı.

"Yani gelmiyor mu şimdi Ankara'ya!"

Kadın, bütün iyi niyet ve dostluk maskelerini kullanıyordu.

"Vallahi Seyit'çiğim, söylemediğim kalmadı. O kadar dil döktüm. 'Kocandır, seni seviyor,' dedim, 'bekliyor,' dedim. Ama hiç oralı olmadı, İstanbul'dan kıpırdamaya niyeti yok anlaşılan."

Seyit, başından aşağıya kaynar sular dökülmüş gibi olmuştu. Kalbinin mi yoksa karısıyla ilgili hayâllerinin mi kırıldığını bilemiyordu. Ama kesin olan, bir şeylerin kırıldığıydı. Ayağa kalktı. Söylenecek bir şey olmadığı hissiyle, sessizce iskemlesini itti ve kapıya yürüdü. Zarife, tam kendisine bağlamak için uygun zannettiği bu akşam da aklına koyduğu erkeği kaçırmaktan memnun değildi. Hemen ardından koşup yolunu kesti. Bir anne şefkatiyle teselliye yeltendi.

"Ah! Seyit'çiğim. Ne kadar üzgünüm, bilemezsin. Ne kadar isterdim karını da alıp beraber dönmeyi. İnan, elimden geleni yaptım. Ama belli olmaz, gençtir. Bir bakarsın aklını başına toplar."

Elini erkeğin saçlarına uzatmak üzereydi ki, Seyit onun bileğini yakalayıp yavaşça geriye itti. Bu kadınla daha fazla bir yakınlık istemiyordu.

"Sağ olasın Zarife. İyi geceler."

Merdivenlerden inerken yorgun, bedbin olduğu kadar hırslıydı. Onun arkasından, eşikte uzun müddet bekleyen Zarife, aşağıda kapanan kapının sesini duyunca, çaresiz, evine girdi ve kapıya sırtını dayayıp sinirden ağladı.

O gece Seyit, sabaha kadar uyumadı. Bütün geçen yıllar boyunca, sırf gururu ve inadı yüzünden bitirmek zorunda kaldığı beraberlikleri, ayrı düştüğü sevgileri tekrar tekrar düşündü. Aynı inadı Mürvet'le yaşarsa, bu beraberliğin de burada biteceği kesindi. Yapması gerektiğini beyni kabul ettikten sonra, yüreğindeki kırıklığı ve damarlarındaki inadı tedavi etmesi gerekiyordu. Belki tedavisi zordu ama en azından bir süre için yeni bir düşünce şeklini kabul edebilirdi. Evet, ne yapıp edip Mürvet'e bir mektup daha yazacaktı. Bütün hırsını, kızgınlığını anlatan bir mektup. Bunu gurur meselesi yapmamalıydı. Bütün incinmişliğine rağmen, sevgisi ilk kez gururundan ağır basıyordu. Hayat onu değiştiriyordu.

Mürvet, sol köşede kocasının adı ve adresiyle gelen mektubu gördüğü zaman, açana kadar sevinmemeye zorladı kendini. Zarife'nin ziyaretinden sonra, kocasının nasıl bir mektup yazmış olabileceğini düşünmek dahi istemiyordu. Okuduğu zaman ise şaşkınlığının sınırı yoktu. Seyit'in mektubu son derece resmi ve sertti. Genç kadın, inanamayarak, defalarca okudu.

"Mürvet,

Mektubumu alır almaz bir hafta içinde yola çık. Bekliyorum. Sen gelmezsen, ben gelip bunun hesabını soracağım.

Seyit"

Hem sevinç, hem üzüntü, hem korku, hem şaşkınlık... Mürvet hangisini daha derin yaşayacağını bilemiyordu. Kocasının niye hiddetlendiğini ise anlayamamıştı. Daha ilk kez bir mektup yolluyor ve yanına çağırıyordu ama azarlayarak. Yine de bunun sebeplerini düşünerek vakit harcayacak değildi. Ertesi gün derhal işinden ayrıldı. Zaten Hakkı Ağabeyi de Ankara'ya taşınmıştı kısa bir müddet evvel. Her ne kadar Şehremini, Mahmutpaşa, Tophane'den öteye yalnız seyahat etmediyse de, Ankara çok yabancı bir şehir gibi gelmiyordu şimdi. Çocuklar, yeni okullarına başlamışlardı. Leman orta birde, Şükran dördüncü sınıftaydı. Onların kayıtlarını aldı. Yol parasını ve bir ihtiyaç için gerekebilecek ekstra parayı, biriktirdiğiyle karşılayamazdı. Evde, elinde kalan son eşyaları sattı. Yalnız pirinç karyolasına kıyamıyordu. Onu da satarsa, sanki geride kalan yılları toptan unutacakmış gibi hissediyordu kendisini.

O gece hemen çeyiz sandığını yerleştirdi. Pirinç yatağı ve şiltelerini Ankara ambarına teslim etti. Tel dolabı ve su küplerini de ihtiyacı olan bir komşuya vererek, onlarla vedalaştı. Evde Seyit'in bıraktığı, kendisinin biriktirmiş olduğu kitapları, annesine teslim etti. Yunan mezalimini fotoğraflarla gösteren bir kitap da onların arasındaydı. Hatta bir gün, komşularından bir hanım, o kitabın sayfalarını çevirirken, haykırarak, gözyaşları içinde, harpte kaybettikleri iki ablasının katledildiklerinde çekilmiş resimlerini bulmuştu.

Sabah erkenden ailesiyle vedalaştı. Necmiye onları Yalova vapuruna kadar geçirdi. Mürvet, iki kızı ve on bir lirayla, Yalova'dan Bursa otobüsüne bindi. Yolculuğun başlangıcı, değişik bir şehre gitmenin heyecanı, babalarına kavuşacak olmanın sevinciyle keyifli geldi. Ama yola çıktıktan bir müddet sonra, Şükran'ı araba tutmaya başladı. Otobüs öylesine eskiydi ki, tekerleklerin dönüşünde, çamurlukların arasında biriken tozlar içeriye doluyordu. Ayakları toz pislik içinde kalmıştı. Perişan bir vaziyette Bursa'ya vardıkları zaman, kendilerine bir han gösterildi gecelemek için. Mürvet, kadınlı erkekli, tanımadığı insanlarla bir arada olmaktan çekindi. Halasının küçük kızının evini buldu. Hayret ve sevinç nidalarıyla karşılandıkları akraba evinde geceyi geçirdiler. Ertesi sabah, bu defa Eskişehir otobüsüne binmek üzere, Bursa'yla vedalaştılar.

Yolda, sadece bir kez, çorba içmek için duruldu. Gübreli, çamurlu yollardan geçiyorlardı. Namaz vakitleri, köy kasaba, nereden geçiyorlarsa, oranın camisine giriyor, namaza duruyor, sonra sallana sallana gidiyorlardı.

Her vakit namaz kılmaya inenlerle beraber, içki içenler de vardı otobüste. Bunların bir kısmı, aynı zamanda namazlarını da eksik etmeyenlerdi. Bir müddet sonra toz, ter kokusuna bir de alkol kokusu karışınca, hava çekilmez oldu.

Mürvet'in ve çocuklarının temiz, şık kıyafetleri zaten yolculuğun başından beri, diğerleri tarafından yadırganıyordu. Kendilerine yan yan bakıldığını hisseden Mürvet, herhangi bir şeyden şikâyetçi olup daha fazla dikkat çekmeye korkuyordu. Şükran'ın devamlı istifra etmesi de ayrıca kâfi derecede yorucu ve sinir bozucu olmuştu. Kızcağızın ne zamanki takati kalmadı, yorgunluktan uykuya daldı.

Eskişehir'e vardıklarında, Mürvet bu defa halasının oğlu, çocukluk yıllarının en büyük sırdaşı Yakup'u buldu. Senelerdir görüşmemişlerdi. Yakup onu görünce, çocukluklarında birbirlerine seslendikleri adıyla kucakladı.

"Ey canım Kukuk! Büyümüşsün ha!"

Sarıldıklarında, bir an için yıllar öncesini, Mengene göçmenlerinin çocukları olarak yaşadıkları yılları anımsadılar. Ama yüksek sesle bir şey konuşulmadı. Sadece hafızalarda kalanlar hatırlandı. Yakup, onları evine götürdü. Karısı Behire'yle Tanrı misafirlerini gönülden ağırladılar. Ve nihayet Mürvet, kızlarıyla, İstanbul'dan ayrıldıklarının üçüncü sabahında, saat sekizde Eskişehir'e veda edip Ankara'ya yola çıktılar.

Otobüs, Hergele Meydanı'nda durduğu zaman, Mürvet geldiklerine inanamıyordu. Meydanın adı aslında Hergelen'di. Zira Ankara'ya her yeni gelenin muhakkak ayağını bastığı yerdi burası. Ama zamanla halk arasında, Hergele'ye dönmüştü bu isim. Camdan, Hakkı Ağabeyi'ni, onun çocuklarını ve kalbini çarptıran kocasını gördü. Seyit'in gözleri parıldadı, ailesini uzaktan gördüğünde. Koşarak geldi. Kızlarına sarıldı, kucakladı. Doyasıya öptü, öptü. Ama karısına hiç bakmıyordu. Sanki Mürvet'i tanımıyordu. Mürvet, onu şimdiye dek kendisine böylesine küskün görmemişti. Şaşkınlık içindeydi. Sebebini anlayamadığı gibi, üzüntüden neredeyse ağlamak üzereydi. Böyle bir tavrı hak etmemişti ki.

Doğru, Hakkıların evine gittiler. Mürvet, bir an evvel banyosunu yapıp uyumak istiyordu. Öyle yorgun, bitkindi ki, Seyit'le olan hadiselerini dahi şu an konuşup çözmeye hali yoktu. Kocasının takındığı tavrın sebebini bile düşünmeye gücü yetmedi. Ve banyodan sonra başını yastığa koyar koymaz da uyudu hakikaten.

Ertesi sabah uyandığında, yengesinin piknik hazırlığında olduğunu gördü. Erkekler çoktan uyanmışlardı. Çocuklar da yavaş yavaş toparlanınca hep beraber Orman Çiftliği'ne yola çıktılar. Seyit, karısından başka herkesle, özellikle kızlarıyla o kadar neşeli, o kadar esprili idi ki, Mürvet bu kadar dışlanmasının sebebini anlayamıyordu. Gün harikaydı. Bulutlu, ama sıcak ve sakin bir gündü. Piknikte de Seyit mümkün olduğu kadar karısından uzakta oturup onunla göz göze gelmemeye ve sohbeti çok değişik konularda tutmaya çalıştı. Mürvet, o çok özlediği lacivert menevişli gözlerin çok özlediği alaylı şakalarında bile bir durgunluk, bir kırgınlık seziyordu. Ama neydi ki olanlar? Kırılacak, alınacak, surat asacak biri varsa, kendisi değil miydi?

Yemekler bitip, tabak çanak sepetlere dolduktan sonra, Hakkı ve karısı, çocukları alıp dolaştırmak bahanesiyle yok oldular ortadan. Seyit ve Mürvet yalnız kaldılar. Piknik örtüsünün üzerinde henüz bitmeyen içki kadehleri duruyordu. Seyit, diğerleriyle gitmeye yeltenmemekle beraber, sanki çimenlerin üzerinde yalnız başına oturur gibi, karşısındaki karısına lâkayttı. Rakısını yudumluyor, başka yerlere bakarken, hafif bir melodi mırıldanıyordu. Mürvet ise ne yapacağını bilemiyordu. Bir, peçetesinin kenarıyla; bir, örtünün saçaklarıyla oynuyordu. Ne diyeceğini, nereden başlayıp ne soracağını bilememekten dolayı aldığı sıkıntı inanılmazdı. Nihayet Seyit bozdu sessizliği. Ancak, bakışları kadehindeydi.

"Beni istemiyordun da neden geldin?"

Mürvet, avucunda buruşturduğu peçeteyi bu defa iki eliyle kavrayarak yerinde isyanla doğruldu.

"Seyit! Neler diyorsun sen? Aylardır gelip beni alacaksın diye bekliyorum."

Seyit alayla güldü.

"İyi ki bekliyormuşsun. Aşk mektubuna gelmedin de azar mektubuna geldin."

Mürvet iyice afallamıştı. Seyit, herhalde kendi suçluluğunu örtmek için ona oyun yapıyordu.

"Aşk mektubu mu? Sen bana bir tek mektup yazdın Seyit. Onu alınca da geldim. Ve o da aşk mektubu falan değildi."

Mürvet'in sesi de kontrolünü kaybetmeye başlamıştı. Seyit, ilk defa gözlerini karısına çevirdi.

"Nasıl? Sen Zarife'yle gönderdiğim mektubu almadın mı?"

"Zarife'yle mektup mu göndermiştin?"

"Tabii. Onun için sana gelecekti. Benim mektubumu vermek için. Sonra da beraber Ankara'ya dönecektiniz."

Mürvet, yavaş yavaş neler olduğunu anlıyordu. Sesini yumuşattı.

"Seyit, yemin ederim, o kadın bana senin mektubunu falan vermedi. Hem vermedi, hem de senden ümidi kesmemi söyledi."

Seyit elinde döndürüp durduğu ot parçasını büküp fırlattı.

"Allah kahretsin! Nasıl oyununa geldim kaltağın! Bana da aynı lâfları söyledi dönünce. Nasıl inandım? Tuh!"

Karşısında, dizleri üzerinde oturmuş, çaresiz, yalnız, hüzünlü bakışlarından çektiği sıkıntılar belli olan karısına baktı. Yüreği kabardı. Ona zehir etmişti hayatı, haksız yere. Ona orada sarılıp öpesi, sevesi geldi. Yerinden kalkıp, Mürvet'in yanına oturdu.

Onun elini avuçları içine alıp defalarca öptü. Sonra sıkı sıkı tuttu. Af nasıl dilenirdi, bilemiyordu. Ama öpüşleri ve bakışları bütün üzüntüsünü yansıtıyordu. Gözlerinde pırıltılar vardı. Ama eskisi kadar yaramaz değildi bakışları artık. Mürvet, diğer elini kocasının koluna koyarak, onun sevgi dolu bakışlarına cevap verdi. Karşılıklı, kadehlerini tokuşturup son yudumlarını içtiler. Şu an tek istedikleri eve gidip baş başa kalmaktı.

Akşam, çocukları yatırdıktan sonra sofraya oturdular. Seyit, karısını yanına alıp omuzlarına sıkı sıkı sarıldı. Neşesine diyecek yoktu. Bin bir muziplik yapıyor, şaka dolu sohbetler, esprilerle hepsini gülmekten kırıp geçiriyordu. Mürvet, uzun zamandır içmediği içkiden çakırkeyif, Seyit'in omuzlarının güçlü sarışı, göğsünün emniyet veren sıcaklığıyla kendinden geçmişti. Ne kadar yıpransalar, zorlukta olsalar, ayrı kalsalar, beraber oldukları zaman, kendisini gerçekten sevenin kocası olduğunu hissediyordu. Ve onu kaybetmek istemiyordu. Seyit ise, neredeyse kaybetmek üzere olduğu karısına, gururuna yenilmeyip de, son bir mektup yazmış olmaktan son derece mutluydu. Yazmasa neler olurdu? Düşünmek dahi istemiyordu. Belki de ilk kez elinden kaçmakta olan bir sevgiyi yakalama imkânı olmuştu.

Bunları düşünürken, karısının başını kendi omuzuna doğru çekip, yanağı ile dudağı arasına kocaman bir öpücük kondurdu. Mürvet, başını kaldırdığında, o çok özlediği bakışları gördü. Seyit'in göz kırpışıyla lacivert gözlerindeki renk pırıltıları yanıp söndü. Mürvet'in içi ısındı. Yüzü kızararak başını eğdi. Hakkı ve karısı anlaşmış gibi ayağa kalktılar.

"Haydi çocuklar, siz gidip yatın. Sofrayı biz toparlarız. Yorgun olmalısınız."

O gece, her ikisi için de, hayatlarının bundan sonrasının ne kadar rahat, ne kadar imkânlı olacağı belli değildi. Ama zaten bunu soran, merak eden olmadığı gibi bilen de yoktu. Şu an tek düşündükleri ucu ucuna beraberliklerinin kurtulduğu ve şimdi aynı yatakta sarmaş dolaş yatabiliyor, sevgilerini birbirlerine fısıldayabiliyor olmalarıydı. Ve bu, her şeyden daha mühimdi.

KURT SEYT & MURKA

Ankara'da Yeni Bir Hayat

O hafta içinde, İsmet Paşa semtinde buldukları, Ciğerci Musa'nın evine taşındılar. Musa Bey, ciğerci lâkabına rağmen aslında Yenişehir Caddesi ve Anafartalar'daki Özen pastanelerinin sahibiydi. Belki de Arnavut olması nedeniyle, bu lâkabı yakıştırmışlardı kendisine.

Leman, Ankara İkinci Ortaokul'a yazıldı. Şükran, semtin ilkokuluna devam ediyordu. Seyit, Kırım yemekleri ikram edilen lokantasını hep hayâlinde kalan o şık, müzikli lokantaya dönüştürmek için kâfi paranın birikmesini beklerken, Mürvet de yeni geldiği bu şehirde boş durmadı. İstanbul'dayken öğrenmiş olduğu işi burada da tutturmaya kararlıydı. Mağazalarla anlaşıp, kaçmış ipek çorapları, tutturmak üzere toplamaya başladı.

Leman'ın okuldaki hayatı çok renkli geçiyordu. Kendisini sınıfa girer girmez sevecenlikle karşılayan Selma Afacan en yakın arkadaşı olmuştu. Selma, esmer teni, simsiyah saçları, pırıl pırıl kapkara yanan gözleri, Leman ise kumral teni, bal rengi saçları, ela gözleriyle yan yana gezdiklerinde, birbirlerine tezat renklerin ortaya çıkardığı güzel bir çift oluşturuyorlardı. Aynı sınıfta okuyan Sevinç ve Sevim Tevs de anlaştıkları ve sık sık beraber oldukları arkadaşlarıydı. Kâzım Karabekir Paşa'nın kızları da onlarlaydı. Leman, hepsi birbirinden hoş, beraberlikleri yeni dünyalar açan bu arkadaşlarını çok seviyordu. Dersleri çok iyiydi. Resim yarışmalarının ve tiyatro temsillerinin aranan talebesi olmuştu.

Ankara'da değişik bir yaşam tarzı başlamıştı. Ama ille İstanbul'dan bir benzetme yapmak gerekirse, biraz daha Beyoğlu'nda oturdukları devirleri andırıyordu. Hayat daha kolaydı burada. Herkes aşağı yukarı benzer gelir seviyesindeydi. Şehrin bütün tarzı ona göre ayarlanmıştı âdeta. Bu arada Gürçınar ailesi iki ev değiştirdi. Anafartalar Caddesi'ndeki Borsa Sokak'a taşındıklarında kış gelmişti. Oldukça da sert geçiyordu. Seyit'in kardan aldığı zevk değişmemişti. Yine bahçede, karların içinde, atletle kömür kırıyordu. Bu iş ona bütün sıkıntıları, dertleri unutturuyordu. Baltasını sallarken ya dudaklarında bir mırıltı ya da bir ıslık eşlik ediyordu o an kafasından geçenlere. Hafta sonları, eş dostla içki sofraları kurmaya devam ediyorlardı, İstanbul'dan, Mösyö Siyon'un akrabaları olan Madam ve Mösyö Mahmer de Ankara'ya taşınmışlardı, çocuklarıyla beraber.

Hakkı ve karısıyla da sık sık görüşüyorlardı. Mürvet, yengesinden bir ara, kocasının Zarife adında Mısırlı bir kadınla yaşadığı lâfını duyduysa da hiç üzerine gitmedi olayın. Ne olduysa olmuş bitmiş, geçmişte kalmıştı.

Hafta sonları, Ankara'nın verebildiği hayatı doya doya yaşamaya bakıyordu Gürçınar ailesi. Her pazar, trenle Orman Çiftliği'ne gidip Marmara veya Karadeniz lokantalarında kebap yiyip bira içiyorlardı. Yahut Çubuk Barajı'nda geçiriyorlardı tatil günlerini.

Atatürk Orman Çiftliği'nde, lokantalara giden yolun kenarında bağlık bir kısım vardı. Seyit'in en büyük keyfi, o bağların içinden yürümekti. Düz yolu bırakıp, dudaklarında bir ıslıkla, parmaklarını asma yapraklarına dokundurarak, bazen eğilip koklayarak yürüyordu. O bağı düzenleyen, Atatürk'ün tuttuğu Kırımlı, bir arkadaşıydı. Sık sık arkadaşının bağ içindeki lojmanına da misafir oluyorlardı. Ama ona uğramasalar bile, Seyit için bağın içinden yürümek ayrı bir zevkti. Biraz asma yaprağına dokunmak, bir de Karadeniz lokantasında içki içmek, biraz koku, biraz nostalji onu geçmişe yaklaştırıyordu sanki. Nedense Karadeniz'le bağlantılı her şeyi Kırım'a çok yakın buluyordu.

Ankara'nın kendine has keyifleri de vardı, Seyit'i mutlu eden. Hafta sonları, ikinci Meclis'in bahçesinde, yüksekçe, yarım daire bir platformda, Cumhurbaşkanlığı Orkestrası konser veriyordu. Bunları hiç kaçırmamaya özen gösteriyordu. Mürvet'i, defalarca ısrar etmesine rağmen götürememişti. Leman ise ilk teklifte, babasının damı olmayı kabul etti. Seyit, kızının kendisine katılmasını gözleri parıldayarak izledi.

"İşte benim kızım, Lemanuçka. Haydi bakalım, gidiyoruz."

Hafta sonu konserleri, baba kız için yepyeni bir serüven yaratmıştı. El ele, uzun sohbetlerle yürüyerek, önce Karpiç'te sütlü çay eşliğinde ponçik yiyor, sonra saat beşteki konseri yakalamak üzere, Meclis bahçesine gidiyorlardı. Dizilmiş iskemlelerden istediklerine oturmak gibi bir şansları oluyordu. Dinleyici o kadar azdı ki, orkestra neredeyse onlara özel konser veriyor gibiydi. Ancak birkaç yabancı sefaret erkânı, ecnebi mühendis, eşleriyle düzenli gelenler arasındaydı. Zaten klâsik müzik âşıklıları birbirlerine aşina olmuşlardı. Herkes selâmlaşarak alıştığı yere oturuyordu.

Seyit, giyim tutkusunu özellikle bu günlerde büyük bir titizlikle yerine getiriyordu. Beyaz veya bej pantolon üzerine, özenle kolalanmış gömlek, ipek kravat şıklığını, kareli spor bir ceketle ve şapkasıyla tamamladığı zaman, kendisini konseri dinlemeye hak kazanmış hissediyordu. Artık eskisi gibi alışveriş yapma imkânları yoktu. Ama en zor günlerinde bile Seyit'in ısrarla sattırmadığı, Mürvet'in şık elbiselerinden zaman zaman biri sökülüyor, kesiliyor ve genç kadının hünerli ellerinde, gelişmekte olan Leman'a uyan şık bir kıyafete dönüşüyordu. Genç kız, hayatından son derece memnundu. Babasıyla, bildikleri yanında, yaşamda farklı şeyler seçtiği için de iftihar ediyordu. Hayatlarındaki kısıtlı maddi imkânlara rağmen, babasının yanında olduğu zaman kendisini bir prenses gibi hissediyordu. Onun yürüyüşünden, konuşmasından, tavırlarından her şeyden, o kadar etkileniyordu ki, beraberliklerinde onu olabildiğince izleyip, can kulağıyla dinliyordu.

O ilk gün de konseri izlemek üzere babasının yanında oturduğunda, birçok yaşıtından, hatta yetişkinden daha farklı bir hayatı kendisine tanıtan babasına şükranla baktı. Az sonra, Tchaikovsky'nin piyano ve orkestra için bestelediği bir numaralı konçertosuyla kendisine açılan yeni bir dünyaya dalmıştı. Nefesini tutarak, kalbinde inanılmaz bir heyecanla izliyordu. Seyit, kızının kendisini kaybedip seyredişinden mutlu, onun omuzunu okşadı. Eser bittiğinde, birkaç kişilik grubun içinde en çılgınca alkışlayanlar baba kızdı. Leman'ın avuçları kıpkırmızı olmuştu. Bir yandan coşkusunu babasına sözlerle ifade etme ihtiyacını hissediyordu.

"Babacığım, ne kadar güzel! Ne kadar güzel! Bayıldım!"

Ara verildiğinde, biraz sohbet ettiler. Leman meraktaydı.

"O Rusya'da dinlediğini söylediğin konserler de böyle miydi?"

Seyit güldü, St. Petersburg'da, Moskova'da izlediği konserleri, bale, opera temsillerini anımsayarak. Daha bu tadı yeni almaya başlayan kızının hayâl gücünü çalıştırması için, ona Bolşoy'u, Mariinski Tiyatrosu'nu anlatmaya çalıştı. Leman, dinlediği ihtişamlı mekândan sonra, oturdukları meydana baktı; Bolşoy'la pek ilgi kuramadığı belliydi. Seyit, onun bu şaşkın, çocuksu ifadesine kahkahalarla güldü.

"Bak, ne diyeceğim Lemanuçka. İkinci bölümde ne yapalım, biliyor musun? Gözlerimizi kapayalım. Benim sana anlattıklarımı hayâl edelim. Orada olduğumuzu ve o kadife koltuklarda orkestrayı dinlediğimizi farz edelim. Böylece Rusya'ya bir seyahat yapmış oluruz beraber. Tamam mı?

Bu oyun, Leman'ın çok hoşuna gitmişti. Bilemezdi ki, babacığının bütün yalnız ve sessiz anlarında yaptığı budur ve aslında oyundan öte, anıları yakalama düşüdür.

Orkestra yerini aldığında, Bedrich Smetana'nın "Ma Vlast"ıyla konserine devam etti. Seyit, Moldav'ın kimi zaman sakin şırıltılarla, kimi zaman coşkun köpüklerle Karadeniz'e doğru yol alışını dinlerken, düşündüğü tek şey Yalta, ormanlar, Karagöl, Aluşta kıyıları, uzakta kalan ailesi idi. Hasret, burun direğini sızlatıyordu. Leman ise, babasının tarif ettiği güzellikleri, kapalı göz kapaklarının ardında canlandırarak, kendisini hiç görmediği Bolşoy'da farz ediyordu.

Son notayla, daldıkları hayâl âleminden sıyrıldılar. Leman, rüyadan uyanırcasına, gözlerini açtığında, bir başka dünyaya gidip geri dönmüş gibiydi. İçinde tarifi imkânsız hisler vardı. Babasının gözlerinde zaman zaman gördüğü mahzun ıslaklığı fark etti. Ama sanki ilk defa onu bu kadar iyi anlıyordu. Hiçbir şey söylemeden elini uzatıp babasının elini tuttu. Seyit, yutkunarak, kızının sunduğu sevgiyi avuçladı. Ağır ağır konser bahçesini terk etmeye başladılar. Bir müddet, sessizlik içinde yürüdüler. Şu an konuşmalarına gerek yoktu. Müziğin onları sürüklediği uzak bir kıyıda yan yana oturup başka dünyaların, başka ruhların coşkusunu, hüznünü yaşamışlardı.

O günden sonraki her hafta sonu, gündüz ailece nereye giderlerse gitsinler, Seyit ile Leman, muhakkak saat beş konseri için yıkanıp giyinip hazırlanmış oluyorlardı. Başka bir program yapılmayıp gün serbest kalmışsa, Karpiç'teki ponçikli çay saatinin yerini, mükellef bir öğle yemeği alıyordu. Birkaç kez masalarına oturup Seyit'le sohbet eden Mösyö Karpiç'in esas adının Karpoviç olduğunu ve hikâyesini, Leman, bu gezintilerden birinde dinledi babasından. Mürvet ve Şükran, nadiren onlara katılıyorlar ama yemekten sonra ayrılıyorlardı.

Ulus Meydanı'ndaki İstanbul Pastanesi de akşamüstlerinin pastalı, çaylı saatlerini yaşadıkları renkli köşelerden biriydi. Hasılı, Ankara'nın yazı onları güzel karşılamıştı.

Seyit, bir müddet sonra, Kırımlı bir ahbabıyla, Hasan'la karşılaştı Anafartalar Caddesi'nde. Hasan, Kopsel soyadını almış ve Reşat Nuri Güntekin'in kız kardeşi Safiye Hanım'la evlenmişti. İyi bir evliliği ve Rus Sefareti'nde de tercümanlık gibi saygın bir görevi vardı.

Seyit, ahbabından aldığı iş teklifini hiç fazla düşünmedi bile. Bir müddet önce, Büyükdere'de, sefaretin yazlığında yaşadıklarının üzerinde durmak istemiyordu. Şansını bir kez daha deneyecekti. Daha iyisi can sağlığı idi. Sefarette tercümanlık yapmak ile lokantacılık arasında bir seçim yapması fazla zaman almadı.

Yine de, sefarete girişinde oldukça tedirgindi. Kapıda, robot yüzlerle kendisini durduran Sovyet görevlinin donuk ifadesi, geride bıraktığı zamanlara ait ülkenin ne kadar değiştiğinin canlı bir resmi gibi idi. Elindeki notu uzattığı zaman içeriye gönderilen haber üzerine, Hasan Kopsel gelip kendisini kapıdan aldı. Seyit'in tedirginliğini fark etmişti. Başka bir yana bakar gibi, dudakları arasından fısıldadı.

"Telaşlanma."

Bu, Seyit'i rahatlatmaya yetmiyordu ama buraya kadar geldikten sonra artık sonuna kadar gidecekti elbet. En kötü ihtimal, kovulurdu sefaretten. Kendisini tutuklayıp asacak halleri yoktu ya Ankara'nın göbeğinde. Seyit, koridorlarda, merdivenlerde rastladığı insanların ruhsuz yüz ifadelerini ve aynı kalıptan çıkmış hareketlerini hayretle izliyordu. Ne olmuştu o coşkulu, gözlerinden her duygunun en uçtaki notaları yükselen o güzelim insanlara? İstanbul'u dolduran, sefaletle, acılarla, vatansızlıkla mücadele eden Beyaz Rusların o en zor günlerinde bile yüzleri böylesine kararmamıştı, böylesine anlamsız bakmamıştı hiçbiri. Herkesin, hayatın bütün sırlarını kendisine saklar gibi, kendi gölgesinden bile korkar bir tavrı vardı bu binada. Kendisine çevrilen gözlerdeki şüphe bakışları önce onu irkiltti ama bunun sadece şahsıyla ilgili bir şey olmadığını anlayıp, rahatladı.

Bir-iki saatlik formaliteden, evrakların yazılıp çizilmesinden sonra, Seyit'e birkaç gün beklemesi söylendi. Seyit'in Sultanahmet, Alemdar Nüfus Memurluğuna kayıtlı, Gürçınar soyadlı kimliğinde, onu geçmişine tek bağlayan, doğum yeri hanesiydi. Babasının adını yazdığı sırada ise özellikle Eminof ismini kullanmamıştı. O artık, sadece Mehmet Bey ile Zahide Hanım'ın Aluşta doğumlu oğullarıydı. Ve tabii hiç değişmeyen bir şey daha vardı; Doğum tarihi: 1892.

Üç gün sonra, sefarette işe başlayabileceğine dair haber geldiğinde, inanamadı. Lokantayı daha o gün, ilk bulduğu gönüllüye devretti. Akşam, uzun zamandır içinde yitirdiğini zannettiği heyecanını yeniden yakalamaya başladığını hissetti. Tercümanlık hiç fena bir iş değildi. Sefaretin kendi içinde değilse bile, çevresinden sevebileceği, anlaşabileceği dostlar edinebilirdi. Rusya ile bir şekilde irtibat kurma şansı olabilirdi belki de. Ah! Bir anlayabilseydi babasına, annesine neler olduğunu.

Ertesi sabah, her zamankinden erken kalktı. Biraz gergin olduğunu fark etti. Mürvet, onun beyaz bir gömleğini kolalamaktaydı. Seyit, odanın içini aşağı yukarı arşınlarken sanki o ütü işi hiç bitmeyecekmiş gibi geliyordu. Karısının gösterdiği titizlik, sanki onu geç bıraktıracakmış kadar ağır işliyordu. Bu sinir içinde, Mürvet'in yanına fırladı:

"Haydi Murka! Haydi! Hem Allah aşkına, şu omuzdaki çizgiyi yapmamanı kaç kere söyledim. İyi ütüde kollar soba borusu gibi olur. Böyle pestil gibi yapıştırılıp ütülenmez gömlek. Bu kadar senedir öğrenemedin mi kuzum!"

"Seyit, daha şimdi başladım kollarını ütülemeye. Düzelteceğim. Bırakmam çizgisini, merak etme."

Seyit, gerginliğinin acısını şu anda çıkarmakta kararlıydı.

"Olmaz! Bir kere omuzdan aşağıya bastın mı o biçim, bir daha iflah olmaz o gömlek. Ver şunu bana."

Ütüyü karısının elinden alıp, kendisi devam etti. Mürvet, onun tavırlarının sebebini anlamaya çalışmasına rağmen, kırılmıştı. Kahvaltı sofrasına doğru ilerledi. Seyit, bir anda yaptığı haksızlığı fark etti. Gömleği askıya asıp, karısının yanına yürüdü. Arkasından sarılıp boynunu öptü.

"Kusura bakma Murka. İçimde anlayamadığım bir huzursuzluk var. Sinirim ondan. Seni kırmak istemezdim."

Mürvet bir şey söylemeden, gülümseyerek onun elini okşadı ve avucunu öptü. Anlaşmışlardı. Seyit, eskiden olsa, böyle bir konuşmadan sonra ağlayıp, yatak odasına kapanan ve günlerce surat asan karısının sevecen, anlayışlı davranışı karşısında duygulandı. Hayat her ikisini de törpülüyordu yavaş yavaş.

Seyit'in hayatı, bir değil, birkaç insanın toplam şanssızlığını yaşamak üzere programlanmış gibiydi. Her ne kadar gelecekle ilgili konuşmadan ve düşünmeden yaşamayı öğrendiyse de, yaşadığı kırıklıkların acısı yine de derin oluyordu. Ve sefaretteki işine başlamasından fazla geçmeden, on beş gün sonraki sabah, kapıdan içeriye sokulmadı. İşine son verilmişti. Seyit, arka arkaya bu kadar darbe yediğine artık inanmak istemiyordu. Şu an ne yapacağını bilemiyordu. İşsiz, sokak ortasında bir adamdı. Eve dönemedi. Saatlerce Ankara'nın bir kez daha sonbaharını yaşayan caddelerinde, sokaklarında dolaştı. İçi daralıyordu. Nereye gideceğini bilemiyordu. Derin derin soluk alabileceği bir yere ihtiyacı vardı. Bu düşünceyle ilk aklına gelen yer Orman Çiftliği oldu. Bağdaki lojmanın kapısını çaldığında, Kırımlı dostu kendisini şaşkınlıkla karşıladı.

"Hayrola Kurt Seyit! Günün bu saatinde ne sürpriz!"

Seyit kırık bir gülüşle cevapladı.

"Evet, bugün büyük sürprizlerin günü, hakikaten."

İşin garibi, olanları anlatırken, sanki başka birinin hayatından bahseder gibiydi. Israrla başından gitmeyen şanssızlığa o kadar inanamıyordu ki.

Çiftlikten ayrılırken, bir müddet için, bağ işinde gerekli olan bir kadroyu doldurmak üzere anlaşmıştı. Bunu ne kadar sürdürebileceğini bilmiyordu ama hiç değilse evde oturmayacaktı veya kapı kapı Ankara sokaklarında iş aramayacaktı.

O akşam, Hasan ve Safiye Kopsel ziyarete geldiler. Hasan olaylara çok üzülmüştü. Ama elinden gelecek hiçbir şey yoktu. Seyit'in eskiyle bağlantısını öğrenmişti sefaret yetkilileri, araştırma sonunda. Ve üstelik onu işe almakla aracı olduğu için Hasan'ın da durumu çok parlak görünmüyordu şu sıralarda.

Seyit'in lokanta satışından eline geçen tükenmeden, çiftlikten aldığı parayı da ona ilave ederek bir kez daha lokanta açtı. Acı acı gülüyordu olanları düşündükçe.

"Bu çibörekler beni sevmiş olmalı, peşimi bırakmıyorlar." diyordu Mürvet'e. Sanki dünya üzerinde yapabileceği tek iş, konuşabileceği tek lisan "çibörek"ti. Hergele Meydanı'nda, Suluhan'daki küçük lokantayı öğle yemeklerinde çevredeki esnaf dolduruyordu. Ama akşam ölüydü hayat. Onun için öğleden sonra dükkânı kapayıp geliyordu Seyit.

Mürvet, işini aldığı çorap mağazalarının sayısını gün geçtikçe artırıyordu. Artık Ağa Camii'nde ekmek elden, su gölden, yaşadığı günlerin tekrarlanamayacağını görüyordu. Bir gün çaresiz, beş parasız kalacakları günün korkusuyla, tabanlarının gücü yettiği kadar yol alıyor, gözünün dayandığı saat kadar çorap tutturuyordu. Şimdilik tam on bir mağazayla anlaşması vardı. Gece yarılarına kadar yenilediği çorapları, ertesi gün dağıtıyor, yeni posta, kaçmışları toparlayıp getiriyordu.

1937 Kışı'na girmeden, Anafartalar'da dört katlı, bahçe içinde bir eve taşındılar. Giriş katında üç bekâr maden mühendisi, çatıdaki küçük dairede Tapu Kadastro Genel Müdürlüğünde çalışan yakışıklı, Sabahattin adında bir genç, askeri hastanede hemşire olan ablası Merzuka'yla beraber yaşıyordu. Bir alt katta, dul ev sahibesi Dildar Hanım yerleşmişti. Upuzun boylu, sarışın, yabancı havalı bir kızı vardı. Onun da dul olduğu söyleniyordu. Ortadan ayırdığı saçlarını kulaklarını örtecek şekilde geriye toplayıp, ensesinde küçük bir topuzla tutturuyordu. Öyle şen şakrak, isterik tipli bir kadın değildi. Tam aksine, güzelliğini taşıyacak bir zarafeti vardı. Ancak, sarı saçlarının iyiden belirginleştirdiği ela gözlerinde dolaşan sessiz pırıltılar, beğenerek baktığı bir erkeğin dikkatinden kaçacak gibi değildi. Ve Seyit de ilk geldiği gün o bakışları yakalamıştı. Eski heyecanları artık tükeniyor da olsa, güzel bir kadının, gözlerini yakalayıp uzun uzun ve manalı bakması, hâlâ yüreğinde, önü zor alınır çırpıntılar yaratıyordu. Ancak artık, hayatı için manası olmayacak beraberlikleri yaşamaktan yorulmuş, bıkmıştı. Bu güzel, arzulu, genç kadınla olan ahbaplıklarını, sadece romantik bakışmalar ve iltifatlar çerçevesinde bırakmaya kararlıydı. Bundan sonra olabilecek manevi yıkımları, ne kendisi ne de Mürvet kaldıramazdı. Hayatları, artık küçük, kişisel maceraları taşıyacak güçte değildi. Kader kâfi derecede yıkıntı yaratıyordu onları yaralayacak.

İstanbul'dan, Necmiye'nin yakında nişanlanacağı haberi, evlerine keyif getirdi. Nişandan evvel onu Ankara'ya çağırıp, kendileriyle kalmasını istediler. Genç kızın cevabı, çeyizini toparlar toparlamaz, fabrikadan izin alıp hiç değilse iki haftalığına gelmekti.

"Kesin tarihi ayrıca bildiririm." diye not düşmüştü mektubunda.

Mürvet, sevinç içinde, misafir odasını hazırladı. Seyit, sanki Kırım'dan kendi kız kardeşi Havva geliyor gibi Necmiye'yi bekliyordu. Ancak söylenen iki hafta geçtiği halde, henüz gelen giden yoktu.

O akşam Hakkı, karısıyla yemekten sonra oturmaya geldi. Kapıdan girdikleri an, yüzlerinden, bir şeyler olduğu belliydi. Mürvet, kocasına bir bakış atarak hiçbir şey sormamasını işaret etti. Belli ki yine kavga etmişlerdi. Mürvet'in son derece keyifli bir günüydü. Bir çorap deposuyla anlaşma yapmıştı. Hatırı sayılır ek bir gelir getirecekti bu iş. Üstelik bugün yarın Necmiye gelecekti. Bu keyifle, bütün gün olanları, işte karşılaştıklarını, karikatürize ederek, ilavelerle renklendirerek anlatıyor, kahkahalarla gülüyordu. Birden coşkusunun yerini merak aldı. Kendisinden başka gülen yoktu. Hakkı'nın yüzü sapsarı, gözleri kan çanağı gibi idi. Meliha kendini tutamayarak hıçkırıklarla tuvalete koştu. Seyit'in yüzü ise bugüne dek görmediği gibiydi. Mürvet, yerinde doğrulup sorar gibi baktı. Kocasının gözlerinde büyük bir acı çekiyor da, haykırmamak için kendisini tutuyor bakışları vardı. Genç kadın, telaşla sordu.

"Neler oluyor?"

Hakkı cevap verirken ağlamaya başladı.

"Ateş düştüğü yeri yakar."

Mürvet bu defa kocasına sordu.

"Neler olduğunu söyler misin lütfen Seyit!"

Seyit, başını pencereden dışarıya çevirdi. Gözlerinden yaş akıyordu. Onu ilk defa ağlarken görüyordu Mürvet. Cevap yine ağabeyinden geldi.

"Necmiye'yi kaybettik."

İnanamadı genç kadın. Bu, gerçek olamazdı. Bir yanlışlık olmalıydı. Daha yeni mektup almışlardı. Daha yeni sözlenmişti, yeni nişanlanacaktı Necmiye. Hem daha sadece yirmi üç yaşındaydı. Olamazdı!

Seyit'in hüngür hüngür ağlamaya başlaması, Mürvet'in kendi hıçkırıklarını boğazında düğümlemişti. Kendi kardeşlerinin ölümünü, yaşlarını içine akıtarak karşılayan koca adam, şimdi Necmiye için çocuklar gibi ağlıyordu. Demek ki doğruydu. Bu işin yalanı yanlışı yoktu. Uzun bir haykırışla, ciğeri parçalanırcasına inledi.

"Yooooo! Hayıııır!"

Birbirlerinin omuzunda, bir türlü ölü diye düşünemedikleri Necmiye'nin pırıl pırıl, gencecik yüzünü hatırlayıp saatlerce ağladılar. İçerideki odada kızlar, duydukları karşısında şoke olmuş, gözyaşları içinde yataklarına kapanmışlardı.

Necmiye, apandisinin patlaması sonucu ölmüştü. Önce Kemal'le evlenmek üzere hazırlamaya başladığı, sonra İbrahim'in aşkına cevap bir evlilik için tamamladığı çeyiz sandığının kapağı henüz kapanmıştı.

Emine, çocukluğundan beri yakınlarının birer birer kaybını bağrına gömmeye alışmış o kuvvetli kadın, yüreğini dağlayan bu son acıyla çökmüş, perişan olmuştu. En minik kızı, en nazik, hassas, sormadan hiçbir şey yapmayan bebeği, işte hiçbir şey sormadan bu dünyayı bırakıp gitmişti. Emine'yi daha fazla düşünmekten alıkoyan tek şey, Tanrı'ya isyan ediyor olma korkusuydu. Tevekkülden başka bir ilaç bilemiyordu. Kızının çeyizini, içinden bir tek işli mendili hatıra alarak, olduğu gibi, Yeşildirek'te medreseye yerleştirilen Bulgar göçmenlerine yolladı. Vatansız, zavallı bir kızın yuvasını süslesin diye.

Çocukluğundan beri âşık olduğu, sabırla bir başka erkeğe olan aşkını atlatmasını beklediği nişanlısının ölümü, İbrahim'i yıkmıştı. Cenazesini taşımasına rağmen, tabutun içinde Necmiye'nin gittiğine inanamıyordu. Mahcup, alımlı gülüşünü, derin gamzelerini, dudağının tebessümüyle çapkın bir ifade veren benini, pırıl pırıl siyah gözlerini her an karşısında görecekmiş gibi geliyordu. Sesi bile, kulağında o kadar tazeydi ki, sanki son söyledikleri devamlı tekrarlanıyordu.

"Ben de seni seviyorum." demişti. İlk kez olarak İbrahim'i

sevdiğini söylemişti. Delikanlı uçmuştu o son gün sevincinden, son gün olduğunu bilmeyerek.

Günler boyu, işi gücü bırakıp, Necmiye'nin evinin kapısında oturdu İbrahim. Emine, kendi acısını içine gömüp, mecnun olan çocukcağızı teskin etmeye çalıştı. Fayda etmedi. Saçı sakalı uzadı İbrahim'in. Kendi kendine mırıldanarak kapının önünde oturmaya devam etti. Ne ailesi, ne Emine ikna edebildi onu. Necmiye'nin ölümünden sonra çok fazla yaşamadı delikanlı. Günlerce yemek yemeden, dalgın bakışlarla uzandığı yatağından kalkamadı bir gün. Ölümünü tam çözemedi doktorlar. Çapa'dan bir profesörün dediğine göre, beyin kendisini ölüme hazırlarsa, vücut çabuk teslim olurmuş. İbrahim'in durumu da bu olmalıydı.

Emine o mahallede daha fazla kalamadı. Kızının hayâli her yerdeydi. Ortaköy'e taşındı.

Kırk mevlidinden sonra Seyit, Mürvet'e annesini Ankara'ya çağırmasını söyledi. Belki biraz oyalanırdı. Emine, henüz bir buçuk yaşındaki Seçkin'i yanına alarak geldi. Kavuşmalarında yaşadıkları hüzün, buluşmalarının sevincini unutturacak kadar yoğundu. Ancak içini yakan, kalbini sıkıştıran sıkıntı nerede olsa onu bırakmıyordu ve her yer dar geliyordu Emine'ye. Bir buçuk ay ancak kalabildi ve döndü. Seyit, kayınvalidesi giderken, bir çuval erzak hazırladı. Fethiye'ye, Ethem'e ve çocuklara hediyeler paketledi. Mürvet, bütün sıkıntının içinde, kocasının bu kadar eli açık olabilmesine hem şaşıyor hem onunla iftihar ediyordu. Olduğu gün, verebildiği kadar vermeyi seviyordu Seyit. Hiç hesap tutmuyor, karşılık beklemiyordu. "Allah yağ mumu yakana yağ mumu, balmumu yakana balmumu verir." inancından hiç şaşmayacağa benziyordu.

Ancak, kaderin mi yoksa Tanrı'nın mı hesaplarına uymuyordu Seyit'in hesapları, bilinmezdi. Suluhan'da bir gece yarısı çıkan yangında Seyit'in lokantası, içindeki malzemeyle beraber yandı, kül oldu. Mürvet'in artık dayanacak gücü kalmamıştı. Neye ağlayıp, neye üzüleceğini bilemiyordu. Bütün bu yaşadıkları, kaldıramayacağı kadar ağır geliyordu omuzlarına.

Seyit, karısını rahatlatmaya çalışırken, kafasının bir köşesinde kaçış, çıkış noktaları aramakla meşguldü. Böyle bir günde bile hayatıyla alay edebiliyordu. Muzipliğine rağmen eskisi kadar canlı olmayan sesiyle onu yatıştırmaya uğraştı.

"Ağlama Murka, ağlama. Her lokanta kapanışta ağlıyorsun. Onun için kurtulamıyorum şu yemekçilik işinden herhalde. Yetmedi mi çibörek pişiren bir kocayla yaşamak! Üzülme. Nasılsa dünyanın işleri bitmedi. Bir iş bulacağım yine. Şu an yapabileceğimiz en iyi şey, moralimizi korumak ve ağlaya ağlaya hasta olmamak."

Genç kadın, bütün üzüntüsüne rağmen sonunda gülümsemeyi başardı. Haklıydı Seyit. Başlarına gelebilecek en büyük felâket, hastalıkları olurdu.

Seyit, hiç seçme şımarıklığı göstermeden, ilk bulduğu boş işe girdi, hemen. Hipodrom inşaatında taş kırmak üzere işçi kadrosuna yazıldı. Bütün işlerinde olduğu gibi orada da yadırganmaya devam etti. Bütün gün, amelelerle beraber üzerinde kolsuz bir atletle taş kırıyor, akşam paydosunda hortumun altında soğuk suyla sabunlanıp, askıda, kılıf içinde sakladığı takım elbiselerini giyip, evinin yolunu tutuyordu. Yemek paydoslarında soğuk böreğini yerken, etrafındakilerin anlamadığı lisanlarda kitaplar okuyordu. İşçiler arasında onun bir Rus casusu olduğu yolunda söylentiler yayılmaya başlamıştı bile. Seyit ne kendi hakkındaki fısıltıları, ne işinin kendisine yakışmamasını, ne avuçlarının nasırlaşıp kızarmasını önemsiyordu. Bu işe ihtiyacı vardı. Bu sadece, bir başka iş için gerekli parayı toplayana kadar ihtiyacı olduğu, araç bir işti. Çalışırken, kim olduğunu, nereden ve hangi şartlardan geldiğini, kaybettiklerini, geride bıraktıklarını, kaçırdıklarını, sahip olduğu veya olmadığı bütün güzel ve iyi değerleri unutuyordu. Çünkü bunları sahiplendiği takdirde, yaptığı işten, çalışma şartlarından utanmaya başlayacak, kendisini küçümsemeye ve gururu incinmeye başlayacaktı. Onun için, bütün dikkatini elindeki murç, çekiç ve taş parçası üzerinde yoğunlaştırıyor ve taştan çıkan sesin ritmiyle kendisini uyuşturuyordu.

Temizlenip, giyinip işten çıktığı saatte ise, dimdik, başı havada, tiril tiril elbisesi, cilâlı ayakkabılarıyla âdeta önemli bir toplantıdan ayrılmış edasıyla evine geri dönüyordu.

Mürvet, elinden gelebildiğince yaşantılarına destek olma gayretindeydi. Seyit'in yaptığı iş ağırına gidiyordu. Ama onu vazgeçiremeyeceğini biliyordu. Genç kadın, anlaştığı dükkânların sayısını daha da artırmıştı. Her gün, çorapları sayıp teslim etmesi iki saatini alıyordu. Çankaya, Anafartalar, Kızılay Caddesi, Saman Pazarı'na kadar, mağaza mağaza yürüyerek dolaşıyordu. Ayda bir de, angaje olduğu çorap deposuna uğruyordu. Onlar için anlaştığı üç yüz "may" hesabı tamamsa ancak dışarıdan iş alabileceği için, çok sıkı çalışması gerekiyordu. Mağazalardan aldığı iş ise, may başına on kuruş gelirliydi. Gece yarılarına kadar çalışıyordu evde. Kızlar artık büyümüş, ufak tefek işleri annelerinin üzerinden almışlardı. Üstelik evde yalnız bırakılmayacak yaşları da çok gerilerde kalmıştı. Bu, Mürvet'e oldukça büyük rahatlık getiriyordu. Bir de kocası kendisine yakışan bir iş bulabilseydi...

Onun dualarını duymuş gibi, Hasan Kopsel imdatlarına yetişti. Seyit'e sermaye olmak üzere biraz borç verme teklifinde bulundu. Seyit'i en kötü gününde bile borç almaya ikna etmek çok zordu. Ama verdiğini muhakkak geri almak kaydıyla yardım yapacağını söyleyen Hasan Bey, ağır, sakin ve inandırıcı tavrıyla Seyit'i ikna etti ve hipodrom inşaatındaki kitaplı, takım elbiseli adamın kim ve neci olduğunu, çalışanlar da işverenler de anlayamadılar, gelmediği gün.

Seyit, yeni bir işin peşine düştü. Ankara'daki belli başlı mağazalardan sipariş toplayıp, küçük sermayesiyle halı ticaretine başlamak üzere Kayseri'ye gitti. On gün sonra döndüğünde, yüzünde, işlerin iyi gittiğinin ifadesi vardı. Getirdiği halıları dağıtmış, parasını toplamış olarak ve yanında koca bir çuval da erzakla geri döndü. İkinci turundan sonra Kopsel'den aldığı borcu geri ödedi. Üçüncüden sonra, akıllıca yürütürse çok iyi geliri olabilecek bir işi yakaladığını anladı.

Bahar geldiğinde, maddi açıdan düze çıkmışlardı artık. Mürvet yine de işini bırakmamayı akıllıca buldu.

Leman, 19 Mayıs kutlamaları esnasında, Atatürk'ün seyrettiği gençler arasında olmanın mutluluğunu yaşadı. Günler boyunca onun heyecanı konuşuldu evde.

Ve nihayet 1938 Yazı, Mürvet, kızlarını alıp İstanbul'a gidebildi. Okullar açılmadan bir-iki hafta önce döndüler. 29 Ekim Cumhuriyet Bayramı kutlamalarına hüzün karıştı o yıl. Atatürk'ün hasta olduğuna dair, 31 Mart 1938'de Cumhurbaşkanlığı Umumi Kâtipliği'nce ilk resmi bülten yayınlandığından beri, bütün millet derin bir üzüntü ve endişedeydi. Ata'nın *Savarona* yatında istirahat ederken çekilmiş resimleri 27 Haziran'da basında yer aldığında, herkes endişeli gözlerle bakmıştı. Bu büyük adama, ne hastalık ne ölüm yakıştırabiliyordu ve her an için bir mucize haber bekleniyordu. Ancak, Atatürk'ün 1 Kasım'da Büyük Millet Meclisi'nin açılış konuşmasını Celâl Bayar yerine getirince, durumun vahameti anlaşıldı. Milletin kulağı, saat başı Ata'nın sıhhatiyle ilgili verilen haberlerdeydi.

10 Kasım sabahı, İkinci Ortaokul'un zili henüz çalmış, talebeler sınıflarda yerlerini almış, hocalarını bekliyorlardı. Leman'ın sınıfındaki en haşarı kızlar bile ses çıkarmıyordu bugün. Evlerinden ayrılmadan az önce en son duydukları haber Ata'nın derin bir komada olduğuydu. Kapı açıldığında, öğretmenlerini görür görmez anladılar kötü bir haber geldiğini ama yine de ölüm beklenmiyordu haberde. Ağlamış olduğu belli ama kendisini tutmaya çalışan öğretmen tahtanın önüne geldi. Çocuklara döndü. Söyleyeceğini söyleyemeden yeniden ağlamaya başladı. Kızlar bir nefeslik şaşkınlık geçirdikten sonra öğretmenlerine katıldılar. Birbirlerine sarılıp haykıra haykıra ağlıyorlardı.

Okullar tatil edildi. Bayraklar yarıya indi. Yollardaki insanlar, arabalar görülmese, Ankara sanki ölü şehirdi. Kimse konuşmuyordu. Yalnız, hıçkırık sesi yükseliyordu evlerden, sokaklardan. Leman, yüzü gözü şişmiş olarak eve geldiğinde, ailesinin kendisinden daha iyi bir durumda olmadığını gördü. En şaşırdığı, babası oldu. Seyit, iki avucunu yüzüne vura vura çocuklar gibi, "Biz şimdi yandık, şimdi yandık!" diye ağlıyordu. Mürvet zaten perişandı.

Günlerce kimsenin ağzını bıçak açmadı. Talebeler, beyaz yakalarını süsleyen siyah şeritleri fiyonk yapıp göğüslerine astılar. Kızların saçlarına bağladığı beyaz kelebek kurdelelerin yerini siyahları aldı.

Dolmabahçe Sarayı'nda, İstanbulluların ziyaret ettiği Atatürk'ün katafalkı, 19 Kasım'da halkın gözyaşları ve feryatları arasında Sarayburnu'na getirildi. *Zafer* torpidobotuyla *Yavuz* zırhlısına çıkarıldı. *Yavuz*'un İzmit'e kadar getirdiği katafalk, orada trene bindirildi. Ankara'ya kadar bütün köylerin ahalisi ellerinde meşalelerle tren yolunun iki yanına dizilip Ata'larını selâmladı. 21 Kasım sabahı, Meclis binasının önündeki katafalka konulan naaşı ziyaret etmek için, bütün şehir yollara döküldü. Okullar, evler, işyerleri, tamamen boşalmıştı. Ulus Meydanı'ndan, istasyondan Gençlik Parkı'na kadar uzanan yolun iki tarafı çelenkle dolmuştu. Ertesi gün de bir top arabasına konularak muhteşem bir törenle, tarifsiz acı içindeki halkın hıçkırıkları arasında, Etnografya Müzesi'ndeki geçici kabrine götürüldü. Bir zamanlar kan döküp silâh zoruyla yurtlarından kovaladıkları yabancı askerleri kortejde gören yaşlılar, bütün dünyanın büyüklüğünü kabul ettiği önderleri için gözyaşı dökerken, yerinin dolmayacağını biliyorlardı. Gençler ise, ancak tarih kitaplarında, bir zamanlar düşman olduklarını öğrendikleri yabancıları şimdi canlı olarak görüyorlardı. O gün, yeni Cumhurbaşkanı İsmet İnönü'nün millete yayınladığı beyanname şöyle bitiyordu.

"Devletimizin banisi, milletimizin fedakâr, sadık hadimi, ...eşsiz kahraman Atatürk, vatan sana minnettardır."

KURTSEYT MURKA

Karanlık Günler
Ve Bir Karartma Gelini

Atatürk'ün üzerinde ısrarla durduğu, Hatay'ın Türkiye'ye katılması gerektiği konusu, maalesef onun ölümünden sonra ama en nihayet 23 Haziran 1939'da Fransızlarla yapılan anlaşma ile neticeye bağlanmıştı. 22 Temmuz'da Hatay'dan Fransız bayrağının indirilip Türk bayrağının çekilmesi, yurtta bayram sevinci yarattı. Bunu takiben 12 Ağustos'ta İngiltere ve Fransa'yla imzalanan dostluk ve saldırmazlık paktıyla dostluklar pekiştirildi.

Ancak dünya, yaralarını henüz sardığı o korkunç savaştan dersini almayanların gadrine uğramak üzereydi. Hitler Almanyası 1 Eylül'de Polonya'ya saldırdı. İngiltere ve Fransa'nın bu saldırıdan iki gün sonra Almanya'ya savaş açmaları ve Polonya'dan sonra Çekoslovakya'nın Almanlarca işgalini takiben, 17 Eylül'de, Ruslar Polonya'nın doğu sınırını geçtiler.

Dünya, inanılmaz bir süratle, yeni bir cehenneme doğru gidiyordu. Gazete ve radyo haberlerini merakla takip eden Türk milleti, 2 Eylül'de Dışişleri Bakanı Saracoğlu'nun Moskova'ya hareketinden sonra ülkeyi ne gibi gelişmelerin beklediği sorularıyla endişe yaşıyordu. Ancak Saracoğlu'nun Stalin ve Molotof'la olan görüşmeleri, 17 Ekim'de neticeye bağlanamadan bitti.

Almanya'nın korkunç bir açgözlülükle ve o nispette de rahatlıkla Avrupa'da ilerlemesi dehşetle izlenirken, 26 Aralık'ta Erzincan'daki şiddetli deprem milleti yasa boğdu. Otuz sekiz bin kişi ölmüştü.

4 Ocak'ta Dışişleri Bakanının, "Savaş hariciyiz." sözleri, yüreklere nispeten su serpti. Ancak, Avrupa'yı kasıp kavuran felâketin yarattığı yokluklar, kendisini Türkiye'de de hissettir-

meye başlamıştı. Herkes sahip olduğu işe sarılmış, harcamalarını minimuma indirmişti.

Dünya haberlerini can kulağıyla takip eden Türkiye, sıkıntıları da olsa, en azından savaşın direkt içinde olmamanın getirdiği rahatlıkla, günlük hayatını yaşamaya çalışıyordu.

Seyit, Kayseri'ye yaptığı seyahatlerden, Ankara'da sıkıntısı yaşanmaya başlayan erzak da getirebiliyordu. Getirdiklerinin çoğunu komşular arasında, dul veya ihtiyacı olan kim varsa, onlara dağıtıyordu. Mürvet, Allah'a olan inancıyla, kocasının bu gönül zenginliğinin karşılığını bir gün elbette göreceklerine inanıyordu.

1940 Kışı Leman'ın, hayatında değişik bir dönem oldu. Gelişmiş, alımlı ve güzel bir genç kız olmuştu. Babasının dünyaya bakışı, hayat felsefesi, esprisi, neşesiyle annesinin mevzun hatlarını bir arada kendinde toplamıştı. Çocukluğundan bu yana, arka arkaya yaşadıkları kâh şaşaa, kâh yokluk yıllarının yarattığı mütevazı bir olgunluğa sahipti. Orta üçüncü sınıfın sonlarına geldiğinde, yetişmiş bir genç kız görünümüne erişmişti. Artık yavaş yavaş, çevresindeki erkeklerin bakışlarında fark olduğunu, bu bakışların ardında arkadaşlığın ötesi hislerin saklandığını anlamaya başlamıştı. Yine de, hayata keyifle bakan ve hep hoşluk arayan gözleri, onu çocukluktan tam kurtaramıyordu.

Evlerinin giriş katında oturan genç maden mühendisi Asım ve çatı katındaki kadastro mühendisi delikanlının da Leman'ı genç kız olarak fark etmeleri uzun sürmedi. Ancak Asım, sadece kibar ve dostane selâmdan ötesine cesaret edemiyordu. Sabahattin ise, ablasıyla oturuyor olmanın avantajını yaşıyordu. Merzuka Hanım'ın aileyle kurduğu dostluk da gençlerin daha sık bir araya gelmesini sağlıyordu. Ancak Leman, kendisinden dokuz yaş büyük olan Sabahattin'in hislerinden ve yaklaşımından henüz haberdar değildi.

O sırada, Ankara'ya ziyarete gelen Yahya da, uzun zamandır ilk defa gördüğü Leman'ın ne kadar güzel bir genç kız olduğunu hayretle fark etti. İstanbul'a dönmeden evvel, aklına gelen teklifi Seyit'e iletti. Leman'ı, kardeşi Mustafa'ya gelin olarak düşünüyordu Yahya. Ancak Seyit, akrabasını kırmadan, olayı geçiştirmeye çalıştı. Kızının henüz çok küçük olduğunu, daha okuduğunu anlatmaya çalıştı. Mürvet ise, kocasının bu kararını anlayamamıştı. Leman, hem yakışıklı, hem varlıklı hem de akraba bir delikanlıyla evlense, fena mı olurdu? Seyit'in buna cevabı çok açık ve kesindi.

"İyi hoş da, çok içer Mustafa." dedi. Sonra ilave etti.

"Çok içen adamdan iyi koca olmaz. Sen herkesten iyi bilirsin."

Mürvet'e diyecek bir şey kalmamıştı, bu cevaptan sonra.

Yahya'nın İstanbul'a dönüşünden bir müddet sonra, Mustafa, Petrograd Pastanesi'nin Beyaz Rus sahibi Alexander'ın kızlarından Elena'yla evlenip, Amerika'ya gidecekti.

Babasının, sık sık Ankara dışında iş seyahatinde olması, Leman'ı matematik derslerinde yardımcısız bırakmıştı. O sırada cebir dersindeki bir problemini halletmek için Merzuka Hanım'dan gelen teklifi memnuniyetle kabul ettiler. Sabahattin, pekâlâ, haftada bir-iki akşam, iş dönüşünde Leman'a ders verebilirdi.

Sonunda genç kız, Sabahattin Ağabeyi ile başladığı dersleri tamamladığı günlerde, evdeki ders vakitlerine, bir pastanede çay içmeler veya Gençlik Parkı'nda yürüyüşler eklenmeye başlamıştı. Kısa, bir anlık manalı bakışlardan, iltifatlara, hafif el tutuşlara uzanan beraberlik, henüz on dördündeki genç kızın yüreğinde fırtınalar yaratmaya başlamıştı.

Okullar tatil olduğunda, Merzuka Hanım'ın, Leman'ı erkek kardeşine istemesi evde şaşkınlık yarattı. Seyit, bu yaşta bir kızın, önünde uzun tahsil seneleri varken, bütün istikbalini yıkıp evlenmesine razı değildi. Leman ise şu an evlilikten ziyade, seçilip, Berlin'deki uluslararası bir yarışmaya gönderilen yağlıboya tablosunun dereceye girmesi hayâliyle yaşıyordu. Kibarca, düşünmek üzere, müsaade istediler. Bir ay sonra, Sabahattin'in büyük ablası Nimet de İstanbul'dan geldi. Bir ziyarette daha bulundular. Seyit'in gönlü hâlâ razı değildi. Ama karısı, Leman'ın zaten delikanlıyla mektuplaştığını, galiba da birbirlerini gördüklerini anlatınca, Seyit kızının Sabahattin'i sevdiğini düşündü.

Genç kız için ise aşk, sadece filmlerden ve romanlardan izlediği bir duyguydu. Yakışıklı, tecrübeli bir erkeğin çapkın bakışlarının, iltifatlarının, kendisinde yarattığı heyecanı aşk olarak algılamıştı. Bunun sadece, ilk kez bir erkeğin ilgisini hissetmenin getirdiği, geçici bir kapılma olduğunu anlamak için, çok genç ve tecrübesizdi.

Mürvet, aslında, Leman'ın nişanlanması için, bir erkekle mektuplaşıyor olmasının kâfi olmadığını biliyordu. Kendisinin, Seyit'le evlenmek üzereyken yaşadığı coşkuyu, beklentiyi hatırladığı zaman, kızının tavırlarında en ufak bir benzerlik görmediğinin de farkındaydı. Ama Leman'ın evlenmesi, hayatında babasından başka bir erkeğe bağlanıyor olması demekti. Seyit de o çok anlaştığı kızının kendisini terk edebileceğini öğrenmiş olacaktı. Şükran'ı doğurduğu günden bu yana kendisiyle ayrı kampta gördüğü kocası ve büyük kızının, Leman'ın evliliğinden sonra, birbirleriyle hiçbir zaman eskisi gibi yakın olamayacaklarını düşünüyordu. Bunun düşüncesi bile Mürvet'i gizliden gizliye memnun ediyordu. Onun için Leman'ın, aslında ne kadar âşık olduğunu, her gün delikanlıyla haberleştiğini, pastanelerde buluştuğunu anlata anlata Seyit'i ikna etti. Ve nişan kararı verildi.

Ağustos ayında yapılan nişandan sonra, Seyit, daha geniş bir eve geçmeleri gerektiğini söylediği zaman, Mürvet sebebini sordu. Cevap basitti.

"Leman ile Sabahattin'in rahat kalacağı, kendilerine ait bir odaları olmalı, değil mi? Buraya nasıl sığışacağız?"

Mürvet, o zaman kocasının, kızını koca evine göndermeye niyeti olmadığını anladı.

Nişandan hemen sonra, Işıklar Caddesi'nde, Belediye Fen İşleri Müdürü Fuat Bey'in evine taşındılar. İki katlı, yine bahçe içinde, temiz, güzel bir evdi.

Taşındıklarından bir hafta, on gün sonra, karşı apartmanda oturan İzmir mebusu Kâmil Bey ve hanımı ziyaretlerine geldiler. Gürçınar'lar bunu sadece, "Hoş geldiniz" nezaket ziyareti sandılar önce. Ama lâf lâfı açınca durum anlaşıldı. Kâmil Bey ve eşi, Leman'ı birkaç kez görmüş, bayılmışlar ve hukukta okuyan oğullarına istemeye gelmişlerdi. Seyit ile Mürvet, misafirlerine durumu izah ettiler. Kızları daha yeni nişanlanmıştı. Birkaç ay sonra da nikâh kıyılacaktı. Konuklar duydukları habere çok üzülmüşlerdi.

"Kısmet, yine de belli olmaz. Gençlik bu. Kısmetse olur." diyerek, hâlâ bir ümitleri olduğu mesajını verip gittiler. Kısmet, Leman ile Sabahattin'in evlenmesi olsa da, sonunda Kâmil Bey,

Seyit'in en iyi dostu oldu.

Bir müddet sonra Asım, İstanbul'dan gelen annesi Zehra Hanım'la birlikte, evin boşalan alt katına taşındı. Genç çocuk, Leman'ın iyi arkadaşı olarak onun hayatını yakından izlemeye devam ediyordu. Bahçedeki müştemilâtta da bir aile oturuyordu. Evde hamur açıp, kesme makarna yapıyor, piyasaya satıyorlardı. Sonradan Nuh'un Ankara Makarnası adını alacak olan kuruluş, işte bu müştemilâtta, geceyi gündüze katarak çalışan bir ailenin emeklerinin ürünüydü.

Aynı caddede, yolun biraz aşağısında oturan Ankara Radyosu kadrosunda görevli udi ve tamburi iki müzisyen de ailenin dostları arasına girdiler. Özellikle, mebus Kâmil Bey, Seyit'in sohbetlerinden son derece zevk alır ve her fırsatta birlikte olmaya çalışırdı.

O sene 21 Kasım'dan itibaren ülkede pasif korunma tedbirleri başladı. Savaş, çok yakın sınırlara gelmişti. Geceleri ışık yakma yasağı geldi. Ardından, İstanbul dahil, bütün Trakya bölgesinde sıkıyönetim ilân edildi.

Ve savaş haberleri arasında, 13 Aralık'ta Leman ile Sabahattin nikâhlandılar. Genç kızın nikâh robunu ve takım olan mantosunu, Ankara'nın bütün kalburüstü hanımlarını giydiren Safiye Kopsel dikmişti. Seyit, bebekliğinden beri özene bezene giydirdiği kızının, bu önemli gününde de kendisine yakışan bir şıklıkla gelin olmasını istiyordu. Leman, âdeta evcilik oynayan on beşinde bir kız çocuğunun, ileriye dönük hayâlleri ve aşk beklentisiyle evlendiğinde, evin genç kızlığından, birdenbire kadınlığa geçişin getirdiği şaşkınlığı yaşadı.

Evli olduğuna göre, artık kendisiyle ilgili bazı kararları verebilir, diye düşünüyordu. Örneğin son gördüğü filmlerdeki yabancı aktrislerin incecik yay gibi kaşlarına, permalı kısacık saçlarına sahip olabilirdi. On beş yaşının çocuksuluğu içinde kendisini yetişkin hissetmesi için, düşünebildiği ve alabileceği ilk tavır buydu. Ve böyle düşündüğü bir an, yeni dikilmiş roblarından birini, yüksek ökçeli ayakkabılarını giyip evden çıktı. Bilek kalınlığındaki bal rengi örgülerini, nişandan evvel zaten omuz hizasında kestirmişti. Ama şimdi onu daha da kadın gösterecek bir stil peşindeydi. Kocasının da frapan kadınlardan hoşlandığını hissetmişti. Öyleyse o da gerekeni yapacaktı.

Akşamüzeri eve döndüğünde, herkesin tanıdığı Leman'dan oldukça farklı bir görünüm kazanmıştı. Saçları kısacık kesilip perma yapılmış, kaşları yay inceliğinde alınmıştı. Kalemle, kelebek gibi şekillendirdiği dudaklarını kıpkırmızı rujla boyayıp odasından çıktığında, kocasının beğenisini duymak çok hoşuna gitti. Demek kendisine yakışan bir şey yapmıştı. Ancak, yemeğe oldukça geç bir saatte katılan Seyit, sofradaki kızına inanamaz gözlerle baktığında, Leman, görünüşünün, babasını ters etkilediğini fark etti. Seyit'in sesi sert ve açıklama kabul etmez tondaydı.

"Nedir bu halin senin? Ne yaptın o güzelim saçlarına? Nedir o dudaklar öyle kan yalamış gibi!"

Leman, kocasının kendisini kurtaracağını sandı ama yanıldı. Sabahattin, büyük bir sessizlik ve saygı içinde duruyordu. Onun üzerine kendini korumaya karar verdi.

"Şimdi moda böyle baba."

Seyit, kızına baktıkça daha çok sinirleniyordu. Bu da sesinden belli oluyordu.

"Eğer şu an göründüğün kadın tipinden bahsediyorsan, o tarihin ilk çağlarından beri modaydı. Senin yeni haberin oluyor."

Sonra iskemlesini iterek odadan çıktı. Kapının eşiğinde dönüp ilave etti.

"Kaşın, saçın uzamadan, benim kızıma benzemeden, seninle aynı masaya oturamayacağım! Size afiyet olsun."

Leman'ın yetişkin kadınlık denemesi böyle fiyaskoyla neticelenmişti. Babasını kırmış olmanın üzüntüsü, kocasının beğenisinden daha ağır basmıştı. Ve onda yarattığı hayâl kırıklığını çok iyi hissediyordu.

Bir-iki gün sonra, Seyit, Kayseri'ye yola çıktı. Ankara'dan trene bindiği zaman, kar yeni başlıyordu. Genellikle herkesi ürküten kar, ona hayatın yenilenmesi gibi geliyordu. Keyifle kompartımandaki yerini aldı. O gece hiç uyku girmedi gözüne. Yol boyu geçtikleri her yer bembeyazdı. Kendisini bir an için St. Petersburg'tan Odesa'ya giden trende farz etti. Karın geceyi delen beyazlığı altındaki bozkır, tarlalar, köyler, Rusya'nın belli manzaralarının kartpostallarda donmuş görüntüleri gibiydi. Küçük valizinden çıkardığı içkisinden bir kadeh doldurdu. Arkasına dayanıp gözünü, trenin süratiyle yarışta olan kar tanelerine dikti. Yüzündeki gülümseme, hafızasında uzanmak istediği yerlere doğru bir yolculuğa çıktığını gösteriyordu. Karşısında, iki çocuğuna sarılmış oturan genç kadın, Seyit'in tebessüm içindeki yüzünü hayretle inceledi. Onun, omuzlarına aldığı yakası kürklü lacivert yün paltosuna, takım elbisesine ve ayakkabılarına bakarken, 'Tebessümünü sağlayacak kadar rahat bir hayatı olmalı.' diye düşündü.

Seyit, daldığı hayâllerden tatlı bir uykuya tam geçmişti ki, trenin durmasının yarattığı sessizliğe uyandı. Yol, karla kapanmıştı ve ilerlemelerine imkân yoktu. Anadolu'nun ortalarında, en yakın medeniyetten kilometrelerle uzakta, dağların eteğinde kalmışlardı. Gecenin verdiği uyku rehavetiyle yolcular olayın boyutlarını kavrayamadılar. Ama sabah halen kar yağıyordu ve yollarının açılması imkânsız görünüyordu. O gün öğleye doğru, moraller bozulmaya başladı. Kadınlardan ağlayanlar bile vardı. Kimi, burada açlıktan ve soğuktan ölüp kalacaklarını, kimi, kendisini bekleyenlerin meraktan delireceğini söyleyerek bir bahane buluyordu ağlamak için. O gün akşam olduğunda, tren bir kar dağının içine gömülmüştü artık. Soğuk iliklere işliyordu. Yol için hazırlanan nevaleler, bütün idareye rağmen tükenmek üzereydi.

Seyit, kompartımanını paylaştığı çocuklu genç kadının nasıl umutsuz gözlerle baktığını görünce içi acıdı. Kadıncağız, paltosunun önünü açmış, çocuklardan küçük olanı göğsünde sarmalamıştı. Etekleriyle de yanında oturan daha büyük olanı örtmeye çalışıyordu. Küçük oğlan, avuçlarını ağzının önünde birleştirmiş, uzun uzun hohlayarak nefesiyle ısıtmaya çalışıyordu. Siyah kirpiklerin çevrelediği siyah gözleri kocaman kocaman açılmış, burnu soğuktan kıpkırmızı olmuştu. Seyit'in yüreği sızladı. Buna seyirci kalamazdı. Paltosunu çıkarıp, kadına doğru uzattı.

"Buyurun. Lütfen, alın."

Kadın mahcup olmuştu.

"Yoo, teşekkür ederim. Siz ne yapacaksınız? Alamam."

Seyit, yerinden kalkıp, paltosunu onların üzerine örttü.

"Beni kırmayın. Çocuklar üşümüş, bakın."

Kadın tekrar itiraz edecek oldu. Seyit onu konuşturmadı. Yerine otururken, kadehine votkasından doldurdu. Gülümsedi.

"Hem, ben bu iklime alışığım. Bir de üstelik beni ısıtacak başka şeyler var yanımda."

Kadehini gösterip bir dikişte boşalttı. Sonra çantasından çıkardığı kitabını okumaya başladı. Yapacak başka hiçbir şey yoktu.

Karda mahsur kaldıklarının ikinci gününün sonunda kurtarıldılar. Seyit, paltosunu çocuklu kadına bıraktı. Onların daha çok uzun yolları vardı. Elindeki kürklü paltoya sahip olduğuna inanamayan genç kadın, hayret dolu bakışlarla bu tanımadığı ama çılgın olduğuna inandığı adama bakakaldı.

Seyit, Kayseri'den döndüğünde, ateşler içinde yanıyordu. Birkaç gün doktora görünmemeye inat ettiyse de, sonunda mecbur oldu. Ateşten kendisini kaybeder duruma gelmişti. Doktor, zatürree teşhisi koydu. Sıkı bir tedavi ve iyi bir bakım önererek reçetesini yazdı. İki hafta sonraki kontrolde, hastalığın zatülcempe döndüğü anlaşıldı. Ankara'da oturdukları takdirde, tedavinin çok zor olacağını söyledi doktoru.

Seyit, son gezisinden getirdiği halıları yatağa düşmeden satmış, aynı zamanda mühim miktarda erzakla dönmüştü eve. Hazır parayı harcamaya başladılar. Birkaç kez yataktan kalkmaya niyetlendiyse de gayretleri fayda etmedi. Öksürük ve ateş onu mahvediyordu. Ciğerlerinde kum torbası varmış gibi bir ağırlık hissediyordu. Derin nefes alışlarında, sanki kum parçacıkları dağılıp çiziyordu ciğerinin içini.

Oturdukları evin kirası elli beş liraydı. Hazır paranın çok fazla dayanmayacağını bilen Mürvet, ek işler aldı. Arada bir, kapının önüne İsmet Paşa'nın arabası yanaşıyor, şoför paketler getirip götürüyordu. Komşular meraktalardı. Aslında öyle sır olan bir şey yoktu ortada. Mevhibe Hanım'ın ve çocuklarının kaçmış, yıpranmış çoraplarını tamire getiriyordu şoför.

15 Şubat'ta, hükümet, ihtiyaçtan fazla bulunan hububata el koyma kararı aldı. Herkes neyi varsa ortaya çıkaracaktı. Evler aranacak, depoculuğa kalkanlar cezalandırılacaktı.

Seyit, son getirmiş olduğu unların bir çuvalını Kâmil Bey ile kayınbiraderi Hakkı arasında paylaştırdı. Bir çuvalı semtin fakir fukarasına dağıttı. Son çuval unla da, bir gayret ayağa kalkıp, çibörek pişirdi ve bir gün içinde lokantalara dağıttı. Akşamın ayazında, elindeki sepetler boşalmış olarak eve döndüğünde, adım atacak hali kalmamıştı. Onu, evin bahçe kapısına dayanmış, derin derin nefes almaya çalışırken gören Kâmil Bey, hemen koşup koluna girdi. Şoförünün yardımıyla onu yukarıya çıkardı. O günden sonra Seyit için artık yatak dışında bir hayat imkânsız gibiydi. İlâçlarını almasına rağmen, kendisinde fazla bir değişiklik hissetmiyordu.

Mürvet, yine her günkü gibi Anafartalar, Çankaya, Kızılay mağaza turlarını tamamlamış, eli kolu yeni işleriyle dolu gelmişti. Eve girdiği an, şaşkınlıktan nefesi kesildi. Evde ne masa, ne koltuk, ne radyo, hiçbir şey kalmamıştı. Koca bir çığlık atarak, köşede kalmış iki tonetten birinde oturan kocasına koştu.

"Seyit! Ne yaptın? Neden yaptın?"

Ağlamaya başladı. Seyit'in ne yerinden kalkacak ne mücadele edecek hali vardı. Sesini duyurmak için karısının susmasını bekledi. Sonra ağır bir sesle izah etti.

"Gidiyoruz Murka. İstanbul'a gidiyoruz."

"Bana şimdi mi söylüyorsun? Her şeyi sattıktan sonra mı?"

"Bunların hiçbirini götüremeyiz. Sevkıyat var. Kimse senin bunca yükünü taşımaz trenlerde."

"Ama... Senelerdir o kadar çeyiz almıştım kızlara. Bütün o halılar, takımlar..."

"Harp kapıda Murka, sen çeyizden bahsediyorsun. Hem ben Ankara'da iyileşemeyeceğim bu gidişle. Artık İstanbul'a dönmek istiyorum."

Mürvet, diğer iskemleye oturdu. Bitkindi.

"Neden bir yere yerleşemiyoruz Seyit? Neden hep oradan oraya sürüklenmek zorundayız?"

"Neden mi?... Çünkü... Esas olmak istediğim, yaşamak istediğim yeri bulamadım daha. Özlediğim bir ev var. Ama çok uzak bir yerlerde, çok uzak. Onun dışında nerede olsam sıkılıyorum. Hele bu hastalıkla şimdi daha da çok sıkılıyorum."

Mürvet, başını öne eğip dizinde birleştirdiği ellerini ovuşturdu.

"Evet. Anlıyorum galiba. Ne zaman gidiyoruz?"

"Yarın teslim edeceklerini et. Başka iş getirme. Öbür gün ayrılalım buradan. Ben biletleri ayarlarım.

KURTSEYT MURKA

Son Yolculuk

Şubat'ın 2'siydi. Buz gibi bir havada, bütün aile trene bindiler. Komşularıyla vedalaşmaları hüzünlü olmuştu. Seyit, bir bezden dolak yapıp parasını çoraplarının içinde, bacağına sardı. Denklerin arasına, kara gün için ayırdıkları son un, pirinç, şeker çuvallarını yerleştirdiler.

22 Kasım'da Trakya'da ilân edilen sıkıyönetimden beri, Edirne'ye yapılan sevkıyattan dolayı yollar, trenler, asker doluydu. Vagonlar hınca hınçtı. Bir biletle bir aile seyahat ediyordu. Yerlerine nöbetleşe oturup kalkıyorlardı. Seyit, trende, asker üniforması içindeki gencecik yüzlere bakıp geçmişini yaşıyordu. Kalabalık ve havasızlık, bedbinliğini iyiden arttırmıştı. Kulakları uğulduyor, başı dönüyor, soğuk ter döküyordu. Ama bütün yolculuğu oturarak tamamlamanın haksızlık olacağını düşündüğünden, insanüstü bir gayretle ayaktaki nöbetlerini tamamlamaya uğraşıyordu. Oturma sırası ona geldiğinde, gücünün sonuna varmış olduğunu fark etti. Sırtını dayar dayamaz, aldığı derin nefesle, ciğerinin verdiği sızıyı fark ettirmemek için gözlerini kapadı. Tekrar açtığında, ayakta birbirine dayanarak trenin sallantısını atlatmaya çalışan üç gence baktı. Kaç yaşlarındaydılar? On sekiz? On dokuz? Gözlerinde, karşılaşacaklarının ne olduğunu bilmediği halde, kahramanlığa giden insanların saf, pırıltılı, heyecanlı bakışları vardı; bir o kadar da endişe...

Seyit, 1916 Kışı'nı geçirdiği Karpat cehennemini anımsarken, bu çocukların aynı cehenneme düşmeden harbi atlatabilmelerini diledi. Top, mermi sesleri, her top atılışta yaşanan zelzele gibi sarsıntı, cehennemin gündüzleriydi. Gecelerin ise, gökyüzüne yükselen alevlerle gündüzden farkı kalmazdı. Toprakta açılan derin çukurların içinden ateş, duman yükselirdi. Top arabaları ve atlarıyla beraber parçalanmış asker cesetleri, kavrulmuş çalı öbeklerinin dibinde, çukurların içinde yayılıp kalırdı. Kan, ter ve toprakla bulanmış gövdelerin üzerindeki giysiler ve çevreye dağılmış olan her şey aynı renk görünürdü. Gri, kara, kömür gibi olurdu. İnleyen yaralılar, komadakiler, ölüler ve çektikleri ıstırabı daha fazla duymamak için kurtarılmak yerine ölüm için dua edenler... İşte harp buydu. O biliyordu. Ya bu gençler? İnşallah hiçbir zaman öğrenmezlerdi.

Vladimir kaç yaşlarındaydı öldüğü zaman? Bu çocuklardan sadece birkaç yaş büyüktü. Misha'yla beraber Macar ovasındaki alevlerin arasından kurtardıkları Vladimir'in parçalanmış yüzünü, hurda olmuş vücudunu anımsarken, yüzünde, seneler evvel duyduğu ıstırabın ifadesi yinelendi. Ve onu gömüşlerini hatırladı. Cemil, Osman, Misha ve Seyit, karargâhın az ötesindeki ağaçlık içinde gömmüşlerdi sevgili dostlarını. Ona mezar görevi yapacak kümbetin üzerine oturttukları tahtadan haç karşısında, Misha istavroz çıkarmış, diğerleri avuçlarını açarak besmeleyle başlayan dualarını yapmışlardı. Teğmen Vladimir Savinkov, belki de çok şehide kısmet olmayacak şekilde, hem Ortodoks, hem Müslüman dualarıyla Karpatlar'da Tanrı'nın bağışlayıcılığına terk edilmişti.

Seyit, tarihin bir başka diliminde kalmış olan dost yüzleri tekrar hatırlarken, şu an sahip olduğu sıkıntıları, ağrıları unutmuştu. Garipti, geçmişi, şimdisinden daha fazla acı vermeye başlamıştı sanki.

İstanbul'a geldiklerinde, kapkara bulutlar göğü, diz boyu kar şehri örtmüştü. Yine de saatlerce ayakta birbirine tutunup uyuklamaya çalışarak geçirdikleri yolculuktan sonra, bir ev sıcaklığına gireceklerini bilmenin ümidiyle daha mutlulardı.

Aile, istasyonda ayrıldı. Leman, kocası ve görümcesiyle Beylerbeyi'nde oturan kayınvalidesine giderken, Mürvet, Seyit ve Şükran, Ortaköy'de Fethiye'nin evine doğru yola çıktılar.

Eve geldiklerinde, Fethiye, gözyaşları içinde kapıyı açtı. Büyük bir acının üzerine gelmişlerdi. Ethem, bir hafta önce ölmüştü. Henüz otuz iki yaşındaydı. Gözyaşları içinde birbirlerine sarıldılar. Seyit, efendiliğine, hassasiyetine hayran olduğu Ethem'in kaybıyla son derece müteessir olmuştu. Sekiz yaşındaki Sevim ile altı yaşına henüz girmiş olan Seçkin'i kucağına alıp, onlara sarılıp oturdu. O gün akşam mevlit okunacaktı.

Ama şeker bulamamışlardı. Kara kara düşünüyorlardı. Seyit, getirdikleri dengin içinden çıkardığı çuvaldan, mutfaktaki kavanozları doldurdu. Mevlitten sonra, o gece ailece baş başa kaldıklarında, hayatlarında bir araya gelmelerinin dışında hiçbir heyecan ve güzellik olmadığını fark ettiler.

Ertesi gün, Seyit, ilk iş olarak ev aramaya çıktı. Ellerinde olan parayı, tükenmeden eve yatırmak istiyordu artık. Karısının senelerdir ev sahibi olmayı ne kadar istediğini biliyordu. Onu her defasında atlatmıştı. Ama şimdi kendisini hiç iyi hissetmiyordu. Ona bir şey olduğu takdirde, karısını, annesinin yanına sığınmak zorunda bırakmamalıydı. Mürvet'in tren yolculuğunda bacakları bütün şişmişti. Evden çıkamadı. Kocasının kiralık bir yer bakmak üzere çıktığını zannediyordu. Seyit, bütün gün dolaştıktan sonra akşamüzeri geç bir saatte döndü. Karısına bir anahtar uzattı.

"Haydi Murka, hayırlı olsun."

"Kiraladın mı hemen?"

"Kiralamadım. Satın aldım."

Mürvet bir sevinç çığlığı attı.

"İnanamıyorum!"

"İnan. Artık bir evin var."

"Evim mi?"

"Evet. Benim üstüme şimdilik. Ama ilk sokağa çıktığımızda notere gidip senin üzerine geçireceğiz."

Mürvet, kocasının evi asla onun üzerine geçireceğini tahmin etmiyordu. Bunu yapmazdı Seyit. Ama yine de evleri olacaktı. Mühim olan oydu.

"Anlatsana Seyit. Nerede, nasıl bir ev?"

Seyit yorulmuştu. Oturup, o acı veren derin nefeslerden birini aldı.

"İki ev vardı, satılık. İkisi de Ortaköy'de. Biri iki yüz liraydı. Ortaköy'ün içindeydi o. Diğeri biraz daha yukarıda, deniz görüyor. Ahşap bir Rum evi. İki katlı. Bir bodrumu, ikinci katından çıkılan bir de kuşluğu var. Ana kapısı üst yolda. Alt kapıdan aşağı yola kadar kocaman bir bahçesi var."

Mürvet heyecandan bekleyemiyordu.

"Pekiyi, çabuk söyle, hangisini aldın."

"İkinci bahsettiğim dört yüz liraydı. Masraflarıyla beş yüzü buluyordu."

Mürvet duruldu. Bu, çok büyük bir paraydı onlar için.

"O zaman ilk evi aldın."

Seyit, karşısında çocuk varmış gibi, gülümsedi.

"Hayır. İkinci evi aldım."

Mürvet sevinçle ayağa fırladı. Gelip kocasına sarıldı.

"Sağ ol Seyit. Sağ ol."

Üçyıldız Sokak'taki eve beraber gittikleri gün, Mürvet'in keyfine diyecek yoktu. Gerçi, üst katta akan birkaç yer vardı. Mutfağın tavanı açılmıştı. Ama biraz bakımla harika bir ev olacaktı. Eve yerleşirlerken, yaşlı ev sahibinin ricasını da kıramadılar. Adamcağız, gidecek hiçbir yerinin olmadığını, mümkünse, yanına gitmek için haber beklediği bir akrabasından mektup gelene kadar, kalmak istediğini söyledi. Seyit, hiç itiraz etmeden kabul etti. Mürvet, kocasının her geçen gün kendisini şaşırtmaya devam ettiğini görüyordu. O haşin, sert tavırlarından hiç iz kalmamıştı.

Evlerine yerleştiklerinin birinci haftasında, Kadıköy yakasına geçip Leman'ı ziyaret ettiler. Onlara da erzaktan payları götürüldü. Aynı hafta içinde, karı koca Ortaköy çarşısına indikleri bir gün, Seyit, Mürvet'in elinden tutup noterden içeriye girdi. Mürvet, evin tapusunun kendi üzerine geçirilişini şaşkınlık ve sevinçle izledi. Seyit, tapuyu ona uzattı.

"Al evini. Mübarek olsun."

Mürvet, kocasına minnetle bakarken, onun gözlerindeki yorgun, bedbin bakışlardan ürkmekten de kendini alamadı.

Mürvet evin işlerini toparladıktan sonra, yine Mösyö Siyon'un çorap fabrikasına giderek iş istedi. Hemen kabul edilmişti. Seyit ise, Yahya'yı bulmak üzere Beyoğlu'na çıkmaya karar verdi. Bu kadar zaman sonra tek destek isteyebileceği o vardı.

4 Mart günüydü. Karlar bitmişti ama ayaz yerindeydi. Ortaköy'den Karaköy'e geldi. Tünele binip çıkacaktı yukarıya. Ama kayış bulunamaması yüzünden tünel seferleri iptal edilmişti o gün. Gerisingeri yürüyüp, Yüksek Kaldırım'dan gitmeye karar verdi. Birkaç adımda bir, durup dinlenme ihtiyacını hissedi-

yordu. Yürümekte kendisiyle inatlaşıyordu. Daha çok zaman önce değil, bu caddeleri sıhhatli, dimdik vücutla arşınladığını hatırlıyordu. O kadar yıpranmış, o kadar çökmüş olamazdı. Bu sadece geçici bir şeydi. Kendini kapıp koyvermemeliydi. Üzerine gidecekti bu hastalığın. Tünel'e vardığı zaman, çok özlediği mekânın bir ucuna gelmiş olmaktan mutluydu. "Ah! Güzelim Beyoğlu!" dedi. Kadıyof Mehmet'i bulduğunda, eski dostunun yüzüne oturan ifadeden, kendindeki değişikliği anlamakta gecikmedi. Kadıyof, o çakı gibi adamın, o pırıl pırıl gözlerin böyle nasıl sönebildiğine şaşırmıştı. Ama kendisini çabuk toparladı. Beraber, Olivio Çıkmazı'na doğru yürüyüp Rejans'ta bir öğle yemeği yedi, hasret giderdiler. Seyit, ondan Yahya'nın nerede olduğunu sordu.

"Yahya Bey, şimdi Turkuaz'ı işletiyor. Yazları da yine Florya'da Senta'yı devam ettiriyor."

Yemekten sonra, doğru Turkuaz'ın yolunu tuttu Seyit. Annesinin yeğeniyle karşılaşmaları, son derece coşkulu oldu. Yahya da, Seyit'in görünümünden en az Kadıyof kadar etkilenmişti. Ama onun ne kadar alıngan olduğunu bildiği için her şey yolundaymış gibi davrandı. Oturup, uzun uzun geçen zamanı konuştular. Yahya merakla sordu sonunda.

"Şimdi ne yapmayı düşünüyorsun Seyit? Biliyorsun, ne zaman istersen benim yanımda yerin var. Amma ille de kendin bir iş yapmak istiyorsan, yine yardımcı olurum sana."

Seyit, onun ne demek istediğini biliyordu. Kendi başına bir işi başlayıp götürecek gücü yoktu artık. İş sadece maddiyat olmaktan çıkmıştı. Sıhhati onu yarı yolda bırakabilirdi. Bir işin daha batmasını kaldıramazdı.

"Haklısın Yahya." dedi. "Eğer bana uygun bir iş varsa, seninle çalışmayı tercih ederim."

"Anlaştık. Ne zaman istersen gel. Yerin hazır burada. Yazın da ister burada kalırsın, ister Florya'ya geçersin."

Öpüşüp ayrıldılar. Seyit, ertesi gün, vakit kaybetmeden işe başladı. Arada, birer ikişer gün dinlenmelerle gidip gelmeye başladı. Ancak, Pera bile eski çekiciliğini kaybetmişti onun için. Arada bir, eski dolaştığı, oturduğu, işyeri açtığı sokaklarını dolaşıyordu Beyoğlu'nun. Geçmişin, yaşanırken güzel olduğunu, geçen zamanın ise, acılık kattığını düşünüyordu. Acılaşıyordu, çünkü artık tekrar o günleri yaşayamayacağını biliyordu. Beyoğlu, sanki bir kez alıp verdiği bir nefesin uzantısı gibiydi. Pera Palas'ın bile eski tadı olamazdı artık. Daha yeni, 11 Mart günü, Sofya'dan gelen İngiliz elçiliğine ait bavulların birinde bulunan bomba infilâk etmişti. İkisi polis, altı kişi ölmüş, on dokuz kişi yaralanmıştı. Pera'nın casus kaynadığı konuşuluyordu.

Bu arada savaş bitmeyecek gibiydi. Dünya birbirine girmişti. Türkiye, sınırları dibindeki harbi, şimdilik karşılıklı gönderilen mesajlarla, iyi niyet mektuplarıyla, dışında kalarak idare ediyordu. 4 Mart'ta Hitler'in İnönü'ye gönderdiği mesaja karşılık, İsmet Paşa da 21 Mart günü Berlin'e giden büyükelçi Hüsrev Gerede'yle Hitler'e bir dostluk mesajı gönderdi. Bu arada 25 Mart'ta Türk-Sovyet deklarasyonu imzalandı. İki devlet karşılıklı, diğerine saldırı olduğu takdirde tarafsız kalmayı taahhüt etti.

Ancak bunlar yine de kesin rahatlatıcı sonuçlar değildi. 11 Nisan'da İstanbul'un boşaltılması, Anadolu'ya gitmek isteyenlere devlet araçlarının yardım etmesi kararı alındı. 14 Mayıs'ta Von Papen'in Hitler'den İnönü'ye getirdiği dostluk mesajını, 8 Haziran'da Türk-Alman dostluk paktı takip etti.

21 Haziran'da Almanya, Rus topraklarına girdiğinde Türkiye, tarafsızlığını ilan etmişti. Sırayla Rus, Alman yetkililerin ziyaretleriyle gelişen olaylar, merakla takip ediliyordu. Rusya ve Almanya'nın her biri, diğeri hakkında, Türkiye üzerinde gizli emelleri olduğunu açıklamalarıyla her an savaşa girilebilecek korkusu yaşanıyordu.

İstanbul Boğaz'ında seferde olan muhtelif Türk motorları, vapurları değişik tarihlerde, meçhul denizaltılarca batırılıyordu. Millet, endişeyle bunların netice vermeyen tahkikatlarını bekliyordu.

Memlekette, yokluk, kendisini bütün ağırlığıyla göstermeye başlamıştı. 8 Ocak 1942'de ekmek karneye bağlandı. Aynı günlerde ete on beş kuruş, oduna yetmiş kuruş zam yapıldı.

Bütçeler kolay kolay bir şeye yetmediği gibi, para olduğu anda da bulunabilecek mal çok azdı.

KURTSEYT
MURK&A

Bir Sevinç
ve Ardı Kesilmeyen Acılar

Leman'ın bir bebek beklediğini anladığı gün, 24 Şubat'ta, Ankara'da Alman büyük elçisi Von Papen'e Rus ajanları tarafından bombalı bir saldırıda bulunuluyordu. Türkiye'nin harbe her an girebileceği bu günlerde, karnında bir bebeğe hayat vermekte olduğunu fark eden genç kadın, onu nasıl bir dünyaya getireceğini düşünmeden edemedi. Ama içinde oldukları bütün zorluklara rağmen, aileye yeni katılacak bir bebeğin varlığı hepsinde sevinç yarattı.

Doktoru, çok iyi beslenmesini, bol bol süt içmesini, yumurta, et yemesini tavsiye etmişti Leman'a. Bunun yerine getirilemeyeceğinin kendisi de farkındaydı aslında. 26 Şubat'ta ekmek istihkakı azaltıldı. Ağır işçilere yedi yüz elli, büyüklere üç yüz, çocuklara ise yüz elli gram ekmek verilecekti. Hamile bir kadının günde üç yüz gram ekmek ve olmayan etle, şekerle, bebeğini beslemesi pek mümkün değildi. Gelgelelim, kadınlar yine hamile kalıyor, yine doğuruyordu ve o bebekler yine de dört gözle bekleniyordu. Belki de, her gün yaşanan binlerce ölüme inat, yeni hayatların nefeslerini duymak istiyordu insanlar.

Yabancı uçakların yanlışlıkla bombaladıkları kasabalar, kendi harp gemilerimizden manevralar sırasında yanlışlıkla atılıp şehre düşen mermiler gibi yaşanan dehşetlerin yanı sıra, ekmek fiyatları artmaya devam ediyordu ve tabii yokluk, sıkıntı da.

Şükran da, eve katkıda bulunmak üzere işe girmişti.

Seyit, son zamanlarda, daha çok dinlenme ihtiyacı hissediyordu artık. Evde olduğu zamanlar da kendini bahçeyle meşgul etmeye çalışıyordu. Bahçeyi yola kadar set set düzenlemişti. Mor sümbül, salkımsöğüt, meyve ağaçları, gül tarhlarının yanı sıra, iki sete de asma ekmişti. Aynen Kırım'da yaptıkları gibi, çotuklara sardırdığı asma dallarının yeşermesini, koruklarının tatlanmasını, dört gözle bekliyordu

1942 Baharı geldiğinde, sabah, erkenden bahçesini sulayıp işe gitmek üzere evden ayrılan Seyit, bahar gününün birden içinde yarattığı kımıldanışı fark etti. İyileşiyor muydu acaba? Bu his, içindeki şeytanı dürttü. Uzun zamandır sigara içmek istememişti canı. Ama bugün, baharın şerefine bir tane tellendirebilirdi. Ortaköy yokuşundan inerken, durup tabakasını çıkardı. Sigarasını yakarken, özlediği bir dostu yakalamış gibiydi. Gözlerini kapayıp, derin bir nefes çekti. İşte, şu koku yok muydu, şu koku. İlk alevle yanan kâğıdın ve tütünün kokusu. O ilk koku harika geliyordu burnuna. Birden keyiflendi. Adımları hızlandı. Kendisini harika hissediyordu. Aylardır ilk kez, tramvayına koşar adımlarla yetişti.

Aynı gün akşam, alışverişini yapıp eve dönen Mürvet, içeride bir ışık göremedi. Şükran, bu akşam Kadıköy'de ablasının evinde kalacaktı. Seyit de Beyoğlu'nda takılıp kalmış olmalıydı. Acaba yine eski hayatına geri mi dönecekti kocası? Girişin solundaki mutfağa paketleri bırakıp, ahşap basamaklardan çıktı. Salonun kapısını açtığı an, pencerenin önündeki sedirde uzanmış gölgeyi fark etti. Henüz batmış olan güneşin gökyüzünde bıraktığı son renkler içeriye vurmuştu. Seyit, karısının gelişine hiçbir şekilde reaksiyon vermedi. Başını camdan dışarıya çevirmiş, akşamın hoş renkli loşluğu içinden denizi seyrediyordu. Mürvet, onun yine işinden çıkarılmış olabileceğini düşündü hemen. Yine neler olmuştu, kimbilir. Kimlerle kavga etmiş, kime celallenip çıkıp gelmişti. Sedire doğru ilerleyip sordu.

"Hayrola Seyit?"

Onun yanına otururken sehpanın üzerindeki lâmbayı yaktı. Işıkla beraber, gördüğünden ürkerek, geriye çekildi. Seyit'in rengi bembeyazdı. Gözlerinin altı morarmıştı. Alnında, yüzünde ter damlacıkları vardı. Boğazına kadar sarındığı battaniyenin altında titriyordu. Gözlerini indirerek mırıldandı.

"Hayrı mayrı bu işte."

Mürvet, dehşet içinde, battaniyenin üzerindeki kanı fark etti.

"Seyit!"

"Sırtımda müthiş bir sancı var."

Yıllardır gürleyen o ses, sanki tıkanmıştı. Ağır ve isteksiz bir sesle konuşuyordu. Mürvet, işin vahametinin farkındaydı. Ne yapıp, kime koşup yardım isteyeceğini bilemiyordu. O akşam, Seyit ağzına lokma koymadı. Geceyi, terleye üşüye, kâbuslarla geçirdi. Ertesi gün, Mürvet daha evden çıkmadan Yahya kapıdaydı. Bir gün evvel fenalaşıp ayrılan Seyit'i merak etmişti. Yanında bir de doktor getirmişti. Teşhis, şüphe götürmeyecek kadar kesindi doktor için. Zatülcemp, tüberküloza çevirmişti ve evde tedavisi imkânsızdı. Israrlarına rağmen Seyit'i evden ayrılmaya ikna edemediler. Yahya, doktorun ve ilaçların parasını ödedi. Mürvet'e bir miktar masraf parası bıraktı. Giderken son derece üzüntülüydü.

"Bir şeye ihtiyacınız olur olmaz beni arayın. Ne zaman olursa."

"Sağ olun Yahya Dayı. Nasıl ödeyeceğiz borcumuzu size?"

Yahya, şefkatle, elini genç kadının omuzuna koydu.

"Bana borcunuz falan yok Mürvet. Bu sözü duymayayım bir daha. O benim kardeşim."

Her doktor gerektiğinde, reçete yenilendiğinde Yahya'ya haber vermek Seyit'e de, Mürvet'e de ağır geliyordu. Teker teker evdeki halılar satıldı. Ama harbin ortasında, herkesin yok gününde halılara iyi bir para almak imkânsızdı. Buldukları fiyata razı oluyorlardı.

Mürvet, kocasının çok ağır sancılı olduğu günler, izin alıp evde kalıyordu. Tabii bu günler yevmiyesinden kesiliyordu. Onun dışında her gün, aklı evde kalarak işe gidiyor, akşamları bir telaş geri dönüyordu. O arada, Şükran'ın, aynı evde kaldığı takdirde, hastalık kapabileceğinden korktuğu için onun, ablasının yanında kalmasını sağlamıştı.

Seyit, sofadaki pencerenin önünden hiç kalkmadan, başını yastıklarla yükselterek, Ortaköy tepelerini ve Boğaz'ı seyrediyordu. Aldığı ilaçların ve hareketsiz yatmasının hiçbir şeye fayda etmeyeceğini artık hissediyordu. İçi sanki kurumuş, çekmiş, ruhu bir yerlerde sıkışıp kalmıştı. Ciğerlerinden gelen ağrı, sırtından boynuna kadar dağılıyor, göğüs kafesini bile sıkıştırıyordu. Sanki tonlarla ağırlık altında eziliyordu. Hava yetmiyordu. Devamlı, camı açık tutuyordu. Uzun uzun nefesler almak, ciğerini taze kokularla doldurmak istiyordu. Ama ne kadar derin solursa sancısı o kadar büyük oluyordu.

Mürvet, ne yapıp edip, kocası için gerekli gıdaları bulmaya çalışıyordu. Ancak nafileydi. Ya bulamıyor ya bulduğu gün parası çıkışmıyordu. Seyit, o yazı evde geçirdi. Bir-iki defa kendisini nispeten iyi hissedip bahçeye indi. Özenle yetiştirmeye çalıştığı siklamen rengi kokulu gül, nihayet tutmuş, eve doğru uzamaya başlamıştı. Üzerinde taze açmış goncayı koklamak istedi. Ama daha soluğunu çekerken sırtına vuran sancıyla, yüzünü ekşitip kendini geriye çekti. Ter basmıştı. Fenalaşmak üzere olduğunu hissetti. Goncayı okşayan elini çekerek doğruldu. Evin duvarına tutunarak yukarıya çıktı. Bahçeden girildiği zaman, bir on basamak daha merdiven çıkmak gerekiyordu. Neredeyse sürünerek üst kata vardı. Sedire uzandı. Gün geçtikçe daha tükeniyordu, farkındaydı.

6 Eylül 1943'te Leman'ın doğumu gerçekleşti. Nur topu gibi bir erkek çocuğu doğurmuştu. Bunca yokluk, karneyle alınan gıdalar, Korhan bebeğin sıhhatini etkilememişti. Beş buçuk kiloluk bir tosuncuktu. Ama Leman, doğumla beraber iğne iplik kalmıştı. Bir hafta sonra hastaneden çıktığında kocası yanında değildi. Annesiyle beraber eve döndüler. Bundan sonrası ise hamilelikten daha zordu. Bebeğini ancak kendi sütüyle besleyebilirdi ve sütünün gelmesi için de iyi beslenmesi, yorulmaması lâzımdı. Ancak buna pek imkân yoktu. Zira hem Sabahattin, hem Şükran, sabah evden beraber çıkıp Kartal Tapusu'ndaki işlerine gidiyor, akşam vakti dönüyorlardı. Bebeğinin bakımı, alışveriş, yemek, çamaşır, ütü işleri arasında kendisine değil bakma, loğusalığını yaşama fırsatı dahi olmuyordu Leman'ın. Akşam sofraya oturulduğunda, çoğunlukla, yorgunluktan bir şey yemeye hali kalmıyordu. Öyle akşamlar, ayırdığı hakkını ise ertesi gün tel dolapta bulamıyordu. Evde, çalışanlardan biri, daha çok acıkıyor olmalıydı.

Bir müddet sonra, Leman evliliğinin ilk kâbusunu yaşadı. Ankara'da gözlerinin içine bakıp iltifatları, hayranlık sözleriyle kendisini sarhoş eden yakışıklı adamın, aynı iltifatları başkalarına da kolaylıkla yapabildiğini, aynı rahatlıkla ilişkiler kurmaya devam ettiğini öğrenmişti. Bunu, kendisine çok yakın olan birine de yapıyordu. Ve bunu öğrendiği an, kocasını kıskanmaktan ziyade, gururunun incinmesinden aldığı yaranın ıstırabını yaşadı. Kendi iki yakını arasında yaşandığını hissettiği kaçamak aşk, onu beyninden vurmuştu. Gençti, güzeldi. Özene bezene evine bakıyor, kocasına sevgiyle eşlik ediyor ve harika bebeğini eksiksiz büyütmeye çalışıyordu. Yine de kocasının başka bir seçimi rahatlıkla yapması, aşk üzerine inandığı her şeyi paramparça etmişti. O ikisi, onu küçük düşürmüş, rencide etmişlerdi.

Bu gözle Sabahattin'e baktığı zaman, onu yabancı görmeye başladı. Evet, o kendisine ait bir erkek değildi. Yabancıydı. Ve o an fark etti ki, Sabahattin, sadece yakışıklı bir erkekti ama artık ona âşık olduğunu sanmıyordu. Ya o, gerçekten Leman'ı sevmiş miydi? Eğer sevgi buysa, sevilmek de istemiyordu. Evlilik, romantik bir oyun olmaktan çıkmış, ruhunu ezen bir azaba dönüşmüştü. Evde huzursuzluğun patlamasıyla Şükran, misafirliğini bırakıp Ortaköy'e döndü.

Leman'ın yanından niye ayrıldığını, Şükran, ailesine hiç aktarmadı. Kısa bir müddet sonra da Kartal'a gitmek zor geldiğinden, Sultanahmet Tapusu'nda çalışmaya başladı.

Seyit, her hafta sonu, oğlunu alıp muntazaman kendisini ziyarete gelen Leman'ın bir müddetten beri uğramamasını garipsiyordu. Genç kadın, bir kez, o da hafta içinde bir akşamüzeri, kapıdan uğrayıp gitmişti. O zaman da annesiyle içeride bir şeyler görüşmüştü. Seyit, karısına sorduysa da ondan bu kısa ziyaretle ilgili bilgi alamamıştı. Ama bir şeyler olduğu muhakkaktı. Olay her ne ise, kendisinden gizleniyordu. Ne yazık ki, artık hiçbir şeyi zorlayacak, mücadele edecek gücü yoktu. Gerçi, kendisini biraz daha iyi hissettiği bir devirdeydi. Ara sıra çıkıp, ağır adımlarla dolaşıyor, taşıyabileceği kadar, ufak tefek bir şeyler alıp geliyordu. Evin, işe yaramayan adamı olmak onu hastalığından daha çok çökertmişti.

Kuşlukta kalan ev sahibi, akrabasından gelen haber üzerine vedalaşıp ayrılmıştı. Alt kattaki, bir oda, sofa, mutfak ve banyodan ibaret bölümü kiraya vermişlerdi. Ayda iki lira veriyordu Regaip Bey kira olarak. Mürvet'in geliri ise haftada yedi liraydı. Şükran, kazandığının bir kısmıyla kendi giyim, bakım masraflarını görüp, bir miktar da eve katkıda bulunuyordu.

Seyit, torununun doğumundan aldığı zevki doya doya yaşayamıyordu. Onu kucağına almak, sarılıp öpmek istekleri içinde kalmıştı. Torunu bir yana, Leman'ı da o kadar özlemişti ki. Ne güzeldi o çocukluk yılları Lemançka'nın. Nasıl arkadaşlık ederdi babasıyla. Ankara'da konserlere gittikleri, Karpiç'te yemek yedikleri günler... Onun daha bir yaşındayken, kâküllerini sallayarak dudaklarını şişirip kibritini söndürdüğü günleri düşündüğünde, o küçücük güzel kızın şimdi anne olduğuna inanamıyordu. Mutlu muydu acaba Leman? Hiç oturup konuşamamışlardı. İçindeki sezilerin kendisini yanıltıyor olmasını diliyordu. Ama yanılmıyordu, Leman mutlu değildi. Derdini anlattığı annesi, babasının hastalığından dolayı dikkatli olmaları, onu üzmemeleri gerektiğini söylemişti. Leman o gün anlamıştı ki, mücadelesinde yalnızdır.

Ancak, kocasının evinde kalması halinde, onur kırıcı hadiselerle karşı karşıya kalacağını fark etti. Gururu daha fazla incinmeyi kaldıramayacaktı. O sabah, kocası işe gidince, valizini hazırladı. Oğlunu alıp Ortaköy'e doğru yola çıktı. Evde kimse yoksa komşulardan birinde oturup bekleyecekti.

Seyit, onları gördüğü zaman, birdenbire canlandığını hissetti. Sarılıp, kucaklaşıp hasret giderdikten sonra karşılıklı oturdular. Yılların kurdu, kızının beraberinde getirdiği valizden ve gözlerindeki ifadeden, bir şeylerin yolunda gitmediğini hemen anlamıştı. Onun konuya giremediğini görüyordu. Sordu.

"Ee? Anlatmayacak mısın?"

Leman ağlamaya başladı. Seyit, kendi ıstırabını unutmuştu. Şu an daha mühim olanı, Leman'ın yaralarını sarmaktı. Onu konuşmaya teşvik etti.

"Biz seninle her şeyi konuşabiliriz değil mi Leman? Haydi, anlat bana. Neler oluyor? Nedir seni böyle evinden kaçıran?"

"Ben o evde oturamam artık baba."

"Onu anlamış bulunuyorum zaten. Nedenini anlat bana."

Leman, nasıl, nereden başlayacağını bilemiyordu. Olanları yaşamanın dışında anlatmak da bir o kadar acı vericiydi. Hem kendisi, hem ailesi aşağılanmış olacaktı bir kez daha. Ancak, o kadar çaresizdi ki, birinin fikrine, desteğine ihtiyacı vardı.

Anlatacakları bittiğinde ağlıyordu. Seyit, kolunu uzatıp kızını kendisine doğru çekti. Leman, başını babasının göğsüne koyup ağlamaya devam etti.

"Diğer kadın kim peki?"

"Onu söyleyemem baba."

"Niye?"

"Söyleyemem."

"Bildiğim biri mi?"

Leman hiç sesini çıkarmadı. Sadece ağlıyordu. Seyit'in kafasında bir şeyler canlanmaya başlıyordu. Ama bunu yüksek sesle dillendirmek dahi istemiyordu. 'Bu, sadece kötü bir tahmin olmalı.' diye düşündü. Daha fazla üstelemedi.

Leman, bütün gün, babasının elini tutarak yanında oturdu. Onun en hasta gününde bile tavsiyelerinde kendisi için doğru olanı istediğini biliyordu. Yatağa mahkûm gününde dahi, Leman'a verdiği inanılmaz bir güç vardı. Babası, çalışamasa, para kazanamasa, konuşamasa da, etrafındaki herkesten daha tamam biriydi onun için. Kendisine destek bulmanın huzuruyla o günü geçirdi.

O gün, akşama doğru önce Mürvet döndü işten. Büyük kızını biraz buruk bir sevinçle karşıladı. Baba kızın uzun saatlerdir baş başa olduklarını anlamak onu tedirgin etmiş görünüyordu. Artık her şeyin ortaya dökülmesi zamanı geliyor muydu yoksa?

Nitekim ertesi gün, Sultanahmet Tapusu'nda yaşanan olay, ailenin allak bullak olacağı günleri daha hızlı yaklaştırdı.

Bir akşam evvel eve gelip karısını bulamayan ve temelli gittiğini anlayan Sabahattin deliye dönmüştü. Şimdiye kadar hiçbir münakaşalarında karısının evi terk ettiği olmamıştı. Bu defa onu gerçekten kaybediyor olmalıydı. Onu derhal bulup geçici bir hevesin kurbanı olduğunu, onu sevdiğini anlatmalıydı. Leman'ı geriye istiyordu. Ne olduysa olmuştu. Şu an tek bildiği, karısını ve çocuğunu evinde, yanında istediğiydi. Annesi ve ablaları ise, bütün olanlardan kendisini suçlu bulduklarını, karısının gönlünü bir an evvel alması gerektiğini açıkça söylüyorlardı.

O gece, düşüncelerden gözüne uyku girmedi. Sabah olduğunda, ailesinin başına gelenlerden en büyük sorumlu gördüğü kadına karşı duyduğu hırs, bütün hislerinin önünde geçmişti.

Sultanahmet Tapu Müdürlüğü'nde, masalarının başında çalışanlar, kapı açıldığında içeri giren yakışıklı, uzun boylu erkeğin uçtaki masaya hiddetle yaklaşmasını meraklı bakışlarla izlediler. Sabahattin, masasında şaşkınlık içinde gözlerini açmış, dudaklarını ısırmış bakan genç kadının daha yanına varmadan bağırmaya başladı.

"Kaltak! Yatağıma girdin! Evimi yıktın! Gösteririm ben sana!"

Bağırırken hırsını alamayıp şaşkın oturan genç kadının yüzüne tükürdü. Çıldırmış gibiydi. Havaya kalkan elinin tokadını önleyemedi. Kadın, çığlıklarla, masasının arkasında siper bulmaya çalışırken, diğer çalışanlar, erkeği zapt edip apar topar dışarıya çıkardılar.

Kısa bir süre sonra, Sabahattin'e mahkemeden, hakaret davasıyla ilgili celp geldiğinde, genç adam henüz kendisi için hazırlanan komplonun farkında değildi. Küçük bir macerada kalacağını zannettiği ilişkinin ortağı, onu, kendisine sebepsiz yere hakaret etmek, onurunu kırmakla suçluyordu. Sabahattin, bu davayı nasıl atlatacağını düşünürken, kendisinden uzaktaki Leman'ın üzerinde yoğunlaşan baskıların da farkında değildi.

Asıl olan şuydu ki, Leman'ın kocasına olan kırgınlığı ve kızgınlığı da bu davada kullanılmak isteniyordu. Şayet genç kadın, hayatını mahveden diğer kadının aslında masum olduğuna, ama kocası tarafından devamlı taciz edildiğine dair mahkemede şahitlik yaparsa, hem kendisi rahat boşanabilirdi, hem de ikinci kadının namusu kurtulmuş olurdu. Sabahattin'in cezası ise doğrudan hapse girmekti bu durumda.

Leman, bu teklifi dinlerken dehşete kapıldı. Kocasını terk etmiş olabilirdi. Belki de hiçbir zaman yanına dönmeyecekti. Ama bile bile, onu hapse attırmak üzere hazırlanan bir komploda kullanılmayacaktı. Bunu kabul etmedi. Mahkeme günü, davacının şahidi olarak, Sultanahmet Tapusu'nda henüz o sonbahar çalışmaya başlamış olan genç memure ifade verdi. Bir de büronun müstahdemi. Sultanahmet Sulh Ceza Mahkemesi, şikâyeti ve şahitleri dinledikten sonra, Sabahattin'i suçlu buldu. Ama temyiz davası açıldığından, serbest bırakıldı genç adam.

Bu olaydan sonra, Sabahattin'in yakın arkadaşı Naci, defalarca, aracı olarak Ortaköy'e geldi. Leman katiyen dönmek istemiyordu artık. Gerçi burada da yaşamak kolay değildi. Bu evle tek bağlantısı babasıydı. Yoksa annesi ve kardeşinin ekmek getirdiği sofrada oturmak, onların devamlı tedirgin, huzursuz bakışlarının altında bütün bir akşamı geçirmek hiç yenilir yutulur gibi değildi. Annesinin tavırlarından, ses tonundan artık eve kimin hâkim olduğu, kimin para getirdiği açıkça belli oluyordu.

Ana kız aldıklarını, ödediklerini anlatırken, Leman tonlarla ağırlığın altında ezildiğini hissediyordu. Hele yaşadıklarından sonra onlarla artık tamamen ayrı kampta olduklarını anlamıştı. Bunu babasına izah edemezdi. Onu üzmek istemiyordu. Ama Naci'nin her ziyaretinden sonra da aklı, kocasının evine dönmeye biraz daha yatıyordu.

O sabah, babasının öksürükleriyle uyandı. Derhal onun yanına fırladı. Kolunu başına destek yapıp, biraz su içirdi. İçi gidiyordu onun bu haline. Karda odun kıran, buz gibi suyla yıkanan, gür sesle şarkılar söyleyip kahkahalarla gülen, hırçınlaştığı zaman lacivert gözlerinde şimşekler çakan, keyifli anında ise menevişler pırıldayan o güzel adamın, şimdi koluna dayanmış erkekle aynı insan olduğuna inanamıyordu. Bardağı kenara bırakıp onun yanına oturdu. Seyit, bir an için sımsıkı tuttuğu kızının elini yavaşça itti.

"Çok yaklaşma yavrum. Sana geçecek diye korkuyorum. Bebeğin de var şimdi. Haydi, kalk şöyle karşıda bir yerde otur."

"İyi misin şimdi?"

Seyit gülümsedi.

"A, evet. Bu iyi halim işte."

Hâlâ kendisiyle alay edebiliyordu. Bu tarafı değişmemişti işte.

"Bütün gün nasıl yalnız kalıyordun baba? Bir şeye ihtiyacın olsa?"

Seyit'in sesi zor duyuluyordu.

"Benim artık fazla bir şeye ihtiyacım yok Lemanuçka. Hayatımın en sade devrini yaşıyorum. Tek istediğim, nefes."

Sonra acı bir gülümsemeyle baktı.

"Çok bir şey istemiyorum, değil mi?"

Leman gözlerine gelen yaşları zor tutarak, onun moralini düzeltmeye çalıştı.

"İyileşeceksin baba. İyileşeceksin."

"Hayır. İyileşmeyeceğim."

"Niye böyle söylüyorsun?"

"Ben söylemiyorum. Onlar söylüyorlar."

Leman hayretle baktı.

"Kimler?"

"Ciğerlerim. Onlar söylüyorlar. Demin sordun ya, bütün gün yalnız ne yapıyorum, diye. İçimle konuşuyorum Leman. İçimle. Ciğerlerimi dinliyorum. Yüreğimi dinliyorum. Beynimi dinliyorum. Hepsi bana aynı şeyi söylüyor."

"Yapma baba. Ne olur, böyle konuşma."

"Doğru söylüyorum. Hepsi artık yorulduklarını söylüyorlar. Onlar biliyorken öleceklerini, bana bir şey demek düşer mi?"

Leman, ağlayarak, babasının yanına gitti. Sedirin önünde yere oturup, onun kolunu tuttu. Kar altında şarkılar söyleyip odun kıran, kömür kıran güçlü kollar, battaniyenin üzerinde kendisini zor tutuyordu sanki.

"Niye kendini bırakıyorsun baba? Sen ne kadar güçlüydün halbuki."

Seyit, bir eliyle kızının saçlarını okşadı.

"Ben bırakmadım. Ben çok direndim. Ama o beni bıraktı artık..."

Sözleri yeni bir öksürük nöbetiyle kesildi. Leman'ı yanından uzaklaştırdı. Yastığının altından çıkardığı havlu ile ağzını kapadı. Sonra göstermeden avucunun içinde buruşturup diğer yanına sakladı. Leman, sabaha karşı verdiği, koca evine dönme kararında, yeniden şüpheye düşmeye başlamıştı. Babasının yanında kalmalıydı, öyle düşünüyordu.

Yakın bir zaman önce yaşananların üzerine âdeta sünger çekilmişti evde. Şimdi tek konu Leman'ın kocasından boşanmasıydı. Mürvet, Leman boşandığı takdirde, bu tatsız olayların artık tamamen unutulacağını savunuyordu. Ama tabii, bu evin şartları da hiç kolay değildi. Bunu, konuştukları bir gün,Leman'a aktardı.

"Leman, bak kızım. Benim kazandığım, Şükran'ın getirdiği, kuş kadar kirayla bu ev zor dönüyor. Babanın bakım masrafı çok. Hiçbir şeye yetemiyorum, inan. Çok yoruldum artık."

Mürvet bunda haklıydı. Hakikaten yorgun görünüyordu. Ama yıllar öncesinin sakin, kocasından ürken, yumuşak kadınla ilgisi yoktu artık. O şimdi evin hâkimiydi ve bu belli oluyordu. Devam etti.

"Bak ne yapalım? İstersen sana da bir iş bulayım. Hepimizin

geliri birleşirse, problem olmaz. Küçücük çocuğun var, daha büyütecek. Bir işin ucundan tutman lâzım."

Leman çaresizlik içindeydi.

"Ama anne, Korhan'ı yanımda götüremem ki işe... Daha küçücük."

"Baban evde nasılsa, onunla kalır."

Leman'ın gözleri açılmıştı.

"Anne! Babam kendisi bakıma muhtaç. Nasıl çocuk bakar? Kendi işini görecek yaşta bir çocuk olsa, neyse. Nasıl kalkar altından babam? Ben, evde hiç değilse babama bakarım, onu rahat ettiririm, diyordum halbuki."

Mürvet, kararlı görünüyordu.

"Merak etme. Ben yemekleri hazırlayıp bırakıyorum zaten. Kiracı Regaip Bey de öğlenleri ısıtıp veriyor babana. Bugüne kadar öyle idare ettik. Bundan sonra da olur."

"Ama şimdi bir de çocuk bakacak diyorsun. Olur mu?"

Mürvet, yaşadığı sıkıntılara bir ilave daha istemiyordu artık. Kısa kesti.

"Başka çaremiz yok. Kendin için de, o çocuk için de gelire ihtiyacın olacak."

Leman, o geceyi ağlayarak geçirdi. Koynuna aldığı Korhan'ı göğsü üzerinde sevgiyle sarıp, onun kumral saçlarını öperken mırıldandı.

"Şanssız bebeğim benim. Ne kadar yalnızız, değil mi?"

Ertesi sabah, annesinin bir sözünü beklemeden hazırlandı. Bir kere daha söyletmeyecekti, bu evde kalması için çalışması gerektiğini. Oğlunu doyurdu. Öğlen için yemeğini hazırladı. Seyit, artık düzenlerinin böyle olması gerektiğini gördüğünden, torununu bakacak hali olup olmadığı hususunda en ufak bir yorumda bile bulunmadı. Onları uğurladıktan sonra, karşı divanda, yastıkların arasında yatırıp bıraktıkları torununa baktı. Gülümsedi önce, sonra bakışları duruldu. Nasıl bir dünyaya geldiğini bilmediği için, onu henüz şanslı buluyordu. Ama bu çok uzun sürmeyecekti. Bir gün dünyanın ne olduğunu, neler alıp götürdüğünü anlayacaktı minik Korhan da. O günlerinde artık torununun yanında olamayacağını biliyordu. Ama o küçücük varlığın bir gün geriye dönüp hayatının bu yıllarında yaşananları dinlediği zaman birilerini suçlayacak mıydı acaba? Kimi?

O gün öğleye kadar Korhan'la geçirdiği saatlerde her şey yolunda gitti. Küçük bir çocukla beraber olmak o kadar zor bir iş de değildi. Topu, oyuncağı ve bir-iki söz, oyalamaya yetiyordu Korhan'ı. Öğle vakti, Leman'ın bıraktığı yemeği alıp onun yanına oturdu. Kaşığı uzattığı zaman, çocuk heyecanla ağzını açıp başını iki yana oynattı. Kaşığı yakalamak için sabırsızlanmıştı. Kolları, bacaklarıyla çılgın gibi çırpınıyordu. Seyit uzun zamandır ilk defa, böylesine içten güldü. Korhan onun gülüşüne cevap verdiğinde iyice keyiflendi.

"Ne tatlı şeysin sen böyle."

İkinci kaşığı uzatırken, birden ciğerinden bir şeyler sökülüyor hissiyle elindekileri bırakıp sedirdeki havlusunu yakaladı. Arka arkaya tıkanırcasına öksürürken, oturma ihtiyacı hissetti. Yüzü kıpkırmızı olmuş, gözleri yuvalarından fırlamıştı. Peşi sıra gelen öksürüklerle boğazını dolduran balgam, arada nefes borusuna kaçıyor, onu boğulacak raddeye getiriyordu. Alnını konsola dayayıp, son krizin dinmesini bekledi. Titreyen eliyle bardağındaki sudan bir yudum aldı. Perişan olmuştu. Arkasına dayandı. Korhan, yarım kalan yemeğinin beklentisi ve duyduğu gürültülü seslerden ürküntüsüyle avazı çıktığı kadar ağlıyordu. Yanı başındaki tabağı düşürmüştü. Seyit, çocuğun haykırışlarından içi parçalanmasına rağmen, yerinden kalkamadı. Bir hamle yaptıysa da geriye, sedire düştü. Biraz sonra gayretlenip torununun yanına kadar gitti. Onu okşayarak, susturmaya çalıştı. O sırada kapısı vuruldu. Regaip Bey, tepsiyi hazırlayıp getirmişti. Teşekkür edip aldı. Tabaktaki çorbayı görünce sevindi. Korhan aç kalmayacaktı.

"İşte sana mis gibi tavuk suyuna çorba, torunum. Haydi bakalım. Bunu döküp saçmadan içirelim sana."

Şehriyeli çorbayı büyük bir iştihayla içen Korhan'ın keyfi yerine gelmişti. Yalnız, Seyit'in hali hayrı kalmamıştı. Çocuğu salıncağına yatırıp, kendisi de yerine uzandı. Tavuklu pilavını dahi yiyemedi. Artık tek istediği uyumaktı. Alnındaki soğuk terleri sildi. Gözlerini kapadı. Sırtından göğsüne vuran ağrıyı unutmaya çalıştı. Belki o zaman biraz kestirebilirdi.

Leman, annesinin Çemberlitaş'ta, eski bir mescidin içindeki

küçük bir çorap fabrikasında bulduğu işinden çıkıp geldiğinde, gördükleriyle neredeyse ağlayacaktı. Korhan, beline kadar ıslanmış, üstü başı yemek içindeydi. Salıncağında katıla katıla ağlıyordu. Seyit, sabah ayrıldıkları ankinden daha kötüydü. Demek ki yerinden kalkıp, salıncağa kadar ulaşamamıştı. Leman, oğlunu kucağına alıp, pışpışladı. Hemen babasının yanına geldi.

"Nasılsın baba?"

"Gördüğün gibiyim."

Leman, annesine uyup onları nasıl baş başa bıraktığını düşündükçe, içi eziliyordu. Ne babasına, ne de oğluna bunu yapmaya hakkı vardı.

"Özür dilerim baba."

Seyit, onun elini tuttu. Tüy gibiydi dokunuşu. Leman, babasının kendisini bir koluyla belinden kavrayıp omuzuna aldığı yaşlarını düşündü ve acıyarak okşadı onun elini. Günlerdir düşündüğü problemin artık bir tek çıkışı olduğunu görüyordu. Önce Korhan'ın altını değiştirip, sütünü içirdi. Çocuk sakinleşmişti. Tekrar gelip babasının yanına oturdu. Söylemeye kararlıydı.

"Babacığım, ben dönüyorum kocama."

Seyit, bedbin halinden beklenmeyecek bir sesle kükredi.

"Olmaz!"

Son gücünü sarf etmiş olmalıydı. Yutkundu ve çok daha hafif bir tonda tekrarladı.

"Olmaz. Hani ayrılacaktın?"

"Baba, özür diliyor benden. Bir daha tekrarlayacağını sanmıyorum. Beni sevdiğini söylüyor."

Seyit, açıkça kırıklığını belli ediyordu. Gözlerinin feri gitmesine rağmen, hisleri hâlâ kuvvetliydi.

"Beraber karar vermiştik hani. Hani gururun kırılmıştı. Kim tamir edecek gururunu geriye dönersen?"

"Burada da çok farklı değil baba. Burada yaşamak bana gururumun kırıldığını unutturmuyor ki..."

Seyit, kızının ne demek istediğini çok iyi anlıyordu. Ama yaşanan dramdan sonra, tekrar o erkekle bir ilişkileri olmasını istemiyordu.

"Peki ya sen? Sen seviyor musun hâlâ onu?"

Genç kadın, babasına, bir an için annesiyle konuştuklarını anlatmak istedi. Ama vazgeçti. Buna hakkı yoktu. Başı önünde, isteksizce mırıldandı.

"Evet, seviyorum."

Babasının, başını pencereden dışarıya çevirip, uzaklara bakarken gözlerinde yaşlar olduğunu fark etti.

"O zaman beni aldattın Lemanuçka. Beni aldattın."

Leman ağlıyordu.

"Hayır! Hayır, seni aldatmadım."

Seyit, hiç başını ondan yana çevirmeden devam etti.

"Eğer bana anlattıklarından sonra, onunla gidersen..."

Burada birkaç saniye durdu. Yıllar, yıllar önce Aluşta'da babasının kendisine söylediği sözler yıldırım hızıyla hatırına geldi. Ne yapıyordu? Çıldırmış olmalıydı. Babasının hırçın inadıyla yaptığını, şimdi o, kızına yapıyordu. Ama yüreği beyninden öne atlamıştı karar vermekte. Hisleri, düşüncelerinden evvel konuştu.

"...Bir daha bu evden içeriye adımını atamazsın."

Ağzından çıkanlara kendisi de inanamıyordu. Nasıl söylemişti bunları kızına? Kalbinde duyduğu acı, ciğerlerindeki ağrıdan beterdi şimdi. Tek beklediği, kızının bir şeyler demesiydi.

Leman, buradan çıktığı an, bebeğiyle beraber yine hırpalanacağı ve yalnız kalacağı bir dünyaya döneceğini biliyordu. Burada kalırsa da başka kırgınlıklara tahammül etmesi gerekecekti. Kendisini çaresiz, yalnız hissetti. Koşup, babasına sarılmak, onun göğsünde doya doya ağlamak istiyordu. Ama artık Büyükdere'nin ormanlarında koşan küçük bir kız çocuğu değildi, her düşüşte babasının elini uzatacağı... Burada kalması, babasını da arada bırakacaktı, biliyordu. İleride belki de daha tatsız konuşmalar olacaktı aile arasında. Babasına doğru birkaç adım attı. Ona doğru eğildi.

"Seni çok seviyorum baba."

Seyit hiç cevap vermedi. Veremedi. Öyle zor bir an geçiriyordu ki, bütün hassasiyeti üzerindeydi ve sesinin titremesinden korkuyordu. İnatla dışarıya bakmaya devam etti.

Leman, son kez, bir şeyler söylemeye çalıştı, ama beceremedi. Kanepede bıraktığı oğlunu kucağına alıp odasına girdi. Dizlerine yatırıp, çocuğuna ninni söylemeye başladı. O akşam sofrada fazla bir şey konuşulmadı.

KURT SEYT & MURKA

Sevgiyi Küstüren İnat

Leman o haftayı, Çemberlitaş'taki işe giderek tamamladı. Babasıyla da bir daha boşanma, evden ayrılma mevzusu açılmadı. Ama her akşam eve dönüşünde, perişanlıkla karşılaşan genç kadın, bu hayatın böyle gitmeyeceğini biliyordu. Ölümlerden ölüm beğenmek zorundaydı. O hafta sonu tatiline girerken üç lira para aldı işyerinden. İlk defa cebinde kendisine ait parası oluyordu. Ama babasının canı pahasına, oğlunun bakımsızlığı pahasına para kazanmaya devam edemezdi.

Cumartesi işten döndüğünde, annesi alışverişteydi. Şükran, hafta sonu için program yapmış olmalıydı. Eve girince, babasını giyinmiş, bekliyor buldu. Seyit kendisini iyi hissediyordu o gün ve dolaşmak istiyordu. O gittikten bir müddet sonra, Naci bir kez daha geldi. Sabahattin muhakkak dönmesini ve kendisini affetmesini istiyordu. Naci, akıl yolunu söylüyordu Leman'a.

"Leman, inat etme Allah aşkına. Burada, bu yaşadığın hayat daha mı iyi? Çocuğunu babana bırakıp daha ne kadar işe gidebilirsin? Çalışmasan daha ne kadar burada gönül rahatlığıyla kalabilirsin? Hem düşün, hayatında aldığın yaradan sorumlu olanların birini affetmek mecburiyetindeysen, bu kocan olmalı, o diğer kadın değil, bir başkası değil."

Bir haftadır yaşadıkları, Leman'ın kararını kolaylaştırmıştı. Hayatını kâbusa çeviren, baba evinde de, yine onun yanı başındaydı. Düşündükçe, kocasını affetmek, bu şartlarda yaşamaktan daha kolay görünüyordu. Hemen hazırlandı. Araba kapıdaydı. Valizini alan Naci'yi takip etti. Korhan'ı arabaya oturttu ve geri döndü. Aceleyle yazdığı kısa bir mektubu, babasının yastığının kenarına bıraktı ve yaş dolu gözlerini odanın içinde, sedirde son bir kez gezdirip, dışarı fırladı.

Kısa bir zaman sonra eve dönen Seyit, zile kızının değil de kiracısının cevap vermesine şaşırdı. Leman, oğluyla meşguldü herhalde. Basamaklardan çıkıp, sofaya girdiğinde bir ses alamadı. Birden kıymetli bir şeyini kaybetmiş insanların telaşıyla odalara bakındı. Kimseler yoktu. Bir müddettir gözünün alıştığı çocuk eşyaları da kaldırılmıştı. Elini göğsüne koydu. Derin bir nefes aldı. Şurubunu alması gerekiyordu. Sehpaya yaklaştığında yastığının altındaki kâğıdı fark etti. Hemen oturdu. Neler yazıldığını biliyordu ve ayakta buna dayanabileceğini sanmıyordu. Bir eliyle kravatını gevşetirken, bir yandan da okumaya çalıştı. İlk satırdan itibaren gözleri yaş içindeydi. Leman'ın notu kısaydı ama okuması sanki çok uzun bir zaman almıştı.

"Babacığım,

Allahaısmarladık. Burada daha fazla kalmaya tahammül edemeyeceğim. Geriye dönmem, hepimiz için daha hayırlı olacak. Beni bağışla. Seni çok özleyeceğim...

Leman."

Seyit, sırtını yastıklara dayayıp, başını, batmakta olan güneşin renklendirdiği bulutlara çevirdi. Kâğıdı tutan eli, göğsünün üzerinde titriyordu. Laciverdi solmakta olan gözleri buğulandı ve yanaklarına doğru yaşlar süzüldü. Kurumuş dudaklarının arasından mırıldandı.

"Ah! Lemanuçka..."

Kuruyan Çınarın Istırabı

Seyit'in hayatla bir bağlantısı daha kopmuştu. Vücudunun ihanetini anlayabiliyordu. Ama ailesinin geçirdikleri ona çok ağır gelmişti. Şu anda eski, güçlü halini her zamankinden fazla arıyordu. Ailesinin parçalanması, kırılması onu mahvediyordu. Onları yeniden toparlayıp, incinecekleri ve birbirlerini incitecekleri hayattan geriye çekebilmiş olmayı istiyordu. Bunu nasıl çözeceğini bilememek, hasta gövdesine yeni ıstıraplar ekliyordu. Kimseyi karşısına alıp hesap soracak durumu yoktu. Yediğinde, içtiğinde, ilâcında, her şeyde karısı ile Şükran'ın alınteri vardı. Ağrılarının ve ilaçların onu uyuşturduğu geçici zamanlarda da bu ezikliğin acısını duyuyordu. Ayrıca Leman'ın hayatını altüst eden sebebin de kendisiyle aynı evde yaşaması, büyük kızına karşı takındığı sert tavrın haksızlığını ona devamlı hatırlatmaktaydı. Bunu hazmedemiyordu.

Geçirdikleri günlerin muhasebesini yaparken, Şükran'ı evde hastalanır diye ablasının evine gönderen karısının, küçücük torununu kendisine bakmak üzere bıraktırmasını düşündükçe de deliriyordu. Sırf, Leman'ın yanlış anlamasından korktuğundan itiraz etmemişti o işe.

Gün geçtikçe kendisini daha işe yaramaz, yaşaması manasız bulmaya başlamıştı. Hayatta kendisine en çok inanan, güvenen, onu en iyi anlayan Leman'a dahi yardım elini uzatamamıştı. Başkalarına hâkim olmuş, onun hayatını düzenleyememişti. Kendisinden bir şey bekleyen kalmamıştı. Kendisi için ise istediği hiçbir şey yoktu artık. Yorgundu, çok yorgun.

Yahya ve Osman, arada bir ziyaretine geliyorlardı. Yahya, her defasında bir zarf içinde, Seyit görmeden para bırakıyordu Mürvet'e. Ancak artık eski dostlarıyla sohbetleri de, öyle bir zamanlar olduğu gibi hararetli geçmiyordu. Fısıltıyla konuştuğu kelimeler öksürüklerle bölünüyor, çoğunlukla lâfını bitiremeden bir nöbetle, terle baygın düşüyordu. Neredeydi o eski Rejans, Pera Palas, Volkof günleri? Neydi o kahkahalar, şarkılar, fıkralar? Sohbetler çabuk bitiyor, misafirleri erken gidiyordu şimdi.

O yaz başı, nihayet Yahya'nın ısrarlarıyla, Heybeliada Sanatoryumu'na yatırıldı Seyit. Deniz ve çam havası oldukça iyi gelmişti. Bir de nöbetleri tuttuğu zaman sakinleştirecek bir şeyler veriyorlardı.

Evde olduğundan çok daha rahat etmişti. 'Burada bir ömür kalabilirim.' diye düşünüyordu. Ama ömür için artık yıllarla tarif yapamıyordu. Ömür neydi sahi? Doğumdan ölene kadar olan zaman mıydı? Yoksa, insanın yaşadığını fark ettiği andan itibaren olan mı? Belki de ölümü hissettiği andan itibaren başlayan bir zaman dilimiydi.

Derin derin soluduğu çam ağaçlarının reçine kokusu, deniz kokusuyla birleşip sanki ciğerlerini yıkıyordu. Her geçen gün daha rahat nefes alıyor gibiydi. Hemşirelerle şakalaşmaya bile başlamıştı. Bu hayra alametti. Üstelik buranın sakinliğini, günlük düşüncelerden uzaklığını sevmişti. İstediği kadar, istediği şeyi düşünme hürriyeti vardı burada. Hastalardan, bir gençle ahbap olmuştu. Onunla konuşmaktan zevk alıyordu. Tıp talebesiydi. Hastalığını ve kendisini nelerin beklediğini çok iyi biliyordu. Her şeyi de kabullenmiş bir hâli vardı. Seyit, onun yirmi iki yaşına ölümü erken bulmuştu. Bahçedeki sohbetlerinden birinde sordu.

"Moralini niye bozuyorsun, ölümü kendi kendine kabullenip?"

Genç güldü.

"Moralim bozuk değil Seyit Bey. Çünkü kendimi hazırladım."

"Ölüme hazırlık olmaz, delikanlı. Ölüm gerçekten gelene kadar, ölüme hazırlık olmaz. Direnmelisin. Bak, ben bu yaşımda hâlâ sürüklüyorum hayatı."

"Kaç yaşındasınız?"

"Tahmin edebilir misin?"

Genç, dobraydı. Kibarca gülümsedi.

"Bizim gibi hastaların yaşı pek belli olmaz Seyit Bey. İnsanı bir başka yapıyor bu lanet hastalık. Sahi kaç yaşındasınız?"

"Doğduğum tarihi söylesem?"

"Pekiyi, öyle olsun."

"1892."

"Sahi mi? Ne ediyor? Elli... üç... Elli üç yaşındasınız."

"Hım, evet."

"Niye tarihini söylediniz?"

Seyit, buruk bir gülüşle dudaklarını kıvırdı.

"Bilmem. Sanki tarihten, eski bir zamandan gelmişim de artık ölümü hak etmişim gibi geliyor o zaman. Yoksa elli üç deyince, biraz gençmişim gibi hissediyorum."

Öyle alaylı söylemişti ki, ikisi de güldüler. Delikanlı pek keyiflenmişti.

"İlâhi Seyit Bey. Bu halinizde bile..."

Seyit yine takıldı delikanlıya.

"Ne varmış halimde bakalım? Turp gibi adamım ben."

Ve şakadan bir öksürükle güldü. Aynı anda, o artık çok iyi tanıdığı ağrıyla beraber, öksürük krizleri tuttu. Hakikat kendini hatırlatıyordu. Hemşireler koşup hemen tekerlekli iskemleyi iterek içeri aldılar. Delikanlı ağacın altından bağırıyordu.

"Yarın uğrarım Seyit Bey!"

Ertesi sabah Seyit, dinlenmiş ve rahat uyandı. Ne iğne yaptılarsa, harika gelmişti. Kahvaltıdan sonra, yan odadaki genç arkadaşına uğramak üzere koridora çıktı. Delikanlının odasından, çarşaflar kucağında çıkan hemşire uzaklaştı. Seyit, kapıyı itip, içeri baktığında şaşırdı. Yatak bomboştu. Temiz çarşaflar yayılmış, battaniye katlanmış duruyordu. Açık camdan mis gibi bir rüzgâr, yerlerin henüz silindiğini belli eden lizol kokusuna karışıyordu. Telaşla tekrar içeri giren hemşireye sordu.

"Nerede?"

Genç kadın, küçük dolabı açarken donuk, üzgün bir ifadeyle baktı.

"Şey... Sizlere ömür."

Gözleri yaşlıydı. Genç doktor namzediyle galiba ufak bir romans vardı aralarında. Seyit, kapıya sırtını dayayıp, derin bir üzüntüyle boş yatağa baktı. Ağır adımlarla odasına geri geldi. Hemşirenin sözleri kulağında çınlıyordu.

"Sizlere ömür!"

"Hangi ömür?" dedi yüksek sesle. Ve yatağına çöktü kaldı. O delikanlıyı çok sevmişti. Dün ne kadar canlı, ne kadar keyifliydi hâlbuki. Kahkahalarla gülüyordu. İyi ki de gülmüştü.

Seyit, o hafta sonu ziyaret gününde, Mürvet'le beraber ayrıldı hastaneden. Artık burada kalmak istemiyordu. Gencecik çocukların ölüme gittiğini görerek iyileşemezdi.

Doktor, çok istiyorsa çıkabileceğini, ancak her hafta kesin kontrole gelmesini söyledi. Söz verip çıktılar. Ama o söz yerine gelemedi. Çünkü çok kez yatağından başını kaldıramıyordu bile. Nadiren, kendisinin de hayret edeceği şekilde bir iyileşme, bir enerji hissediyordu. O zaman hemen giyinip, bahçesine iniyordu. Güllerini, asma yapraklarını okşuyor, kokluyor, setlerin arasında ağır ağır, dudaklarında kâh bir Kırım şarkısı, kâh bir antik Rus ezgisi, dolaşıyordu. Ta ki yeniden kendisini tükenmiş hissedene kadar. Geride bıraktığı, o çok özlediği evini, bağları, ormanları, kavuşamayacağı bir zamanlar gerçek, şimdi hayâl ülkeyi düşleyip, sonunda Ortaköy sırtlarında hayatını noktalayacak olduğunu acı gülümsemelerle düşünüyordu. Sanki artık taşınamayacağını bilmişti de bu evi satın almıştı. Sanki, hayatının son durağı olacak toprağın tapusunu vermişti karısına.

O akşamüzeri yine, çiçeklerinin özlemiyle bahçeye inmişti. Son mor sümbüller, diplerinden kurumaya başlamıştı dalların üzerinde. Birkaç tanesini kesip aldı. Güllerin kuruyanlarını budadı. Üzümleri, koruktan öteye gidememişti bu sene. Hayatın tadını toplayamamışlar mıydı bu yaz acaba?

Leman, üst yoldaki teyzesini ziyarete gelmişti sabah. Yokuştan indi. Aklı yukarıda, babasındaydı. Annesinin ve Şükran'ın, bu saatlerde evde olmadıklarını biliyordu. Babasını görmek, onunla konuşmak için, içinde önü alınmaz bir arzu duyuyordu. Onu çok özlemişti. Ancak cesareti yoktu. Bahçeye çıkan yolun başında durdu bir an için. Kalbi, yerinden çıkacak gibi çarptı. İşte babası orada, bahçedeydi. Asmaların arasında duruyordu. Sevgiyle baktı Leman. Ama ayakları bir adım bile götürmüyordu onu. Aniden, bir seziyle başını kaldıran Seyit, aşağıda duran kızını gördü. Bir müddettir, bahçesini hafızasındaki Aluşta bağları zannederek, hayâl içinde geziniyordu. Leman'ı görür görmez, ilk reaksiyonu sevinçli bir telaş oldu ve gülümseyerek elini salladı. Ve birden, ona söylediklerini pişmanlıkla hatırladı.

"Kocana dönersen, bir daha bu eve gelemezsin." demişti. Zihninden şimşek hızıyla bunlar geçerken, genç kadın da aşağı yoldan elini salladı.

Leman, sevinçle bahçeye çıkmaya hazırlanıyordu. Babasıyla bir an evvel sarılıp, özlem gidermek istiyordu. Adımını attığı an, eli havada kaldı. Seyit aniden geri dönüp eve girdi ve kapı kapandı.

Genç kadın olduğu yerde kaldı. Boğazına bir yumru tıkandı. Ne olmuştu? Neydi babasını onunla buluşmaktan vazgeçiren? Biraz daha bekledi. Babası onu affetmemişti demek. Gözleri, pencereleri boşuna aradı. Onu bekler kimse yoktu ortalarda. Gözyaşları içinde Ortaköy Dereboyu'na doğru yürüdü.

Seyit'in, kızının kendisini terk edip gittiğini düşündüğü an duyduğu hırs, kapıyı kapamasıyla durulmuştu. Bir kez daha, yıllar önce kendisinin, babasının kapısını çektiği zaman bahçede, ondan bir ses çıkması için ne kadar beklediğini düşündü. Belki de geç kalmış sayılmazdı. Aynı hatalar tekrarlanmamalıydı. Hemen kapıyı açtı. Merdivenlerden inerken, arka arkaya gelen öksürüklerle durması gerekti. Aceleyle toparlanıp bahçenin ilk katındaki setin ucuna kadar geldi. Oradan bakınca, Leman'ın, yolun aşağısındaki evin ucunda, yol kıvrımından dönmekle olduğunu gördü. Geç kalmıştı. Bütün bahçeyi aşıp, ona yetişemezdi. Seslenmek istedi.

"Le..."

Daha ilk heceyle ciğerinden gelen ağrının iniltisi birbirine karıştı. Elini böğrüne basıp, ahşap parmaklıklara tutundu.

"Ahhh!"

Ve öksürmeye başladı. Güç almak için tutunduğu akasya ağacına sarıldı iki eliyle. Bir an önce rahat nefese kavuşma ihtiyacıyla kendini zorladı, ciğerlerindeki tıkanıklığı sökmek için. O arada, nefessizlikten büyümüş, kızarmış gözleri, yolun ucunda kaybolmakta olan kızını izliyordu. Gözler... hiçbir şey yapmaya muktedir değildi. Sadece izliyorlardı. Bir-iki saniye içinde Leman yok oldu. Seyit, sağ eliyle acı içinde buruşturduğu yüzünü avuçladı. Bitkin bir halde yukarıya çıktı. Bacakları her zamankinden daha ağır taşıyordu bedenini. Son gayretiyle gömleğini, pantolonunu astı. Dolabı kapadığında sırtını dayayıp bir soluk alma ihtiyacındaydı. Sonra yavaşça sedirine yürüyüp oturdu ve gövdesini bıraktı.

Artık gücü tamamen tükenmiş, erimişti. İçi koflaşmış, dışı senelerin rüzgârı, karı, güneşiyle kat kat kabuk bağlamış bir ağaç gibi hissediyordu kendini. Evet, aynen, Aluşta'da evlerinin bahçesindeki o asırlık çınar ağacı gibiydi. O koca çınar, heybetli çınar... Dalları öylesine haşmetli, öylesine zengindi ki yaprakları, rüzgârın sesinden çok, onun yapraklarının çıkardığı ses duyulurdu yazları. Ve sonbaharla beraber kurur, dökülürdü o nefis yapraklar. İşte, kendisi şimdi aynı o çınarın sonbaharını yaşıyordu. Bir farkla; eğer Sadovi'nin en yaşlı çınarı hâlâ yerinde duruyorsa, önümüzdeki ilkbahar yine yeşillenecek, yine yaprakları göğe uzanacaktı. Ya kendisi? Artık taze filiz verecek, canlı hiçbir dalı kalmadığını hissediyordu. Kurumuştu, kupkuruydu can damarları.

"Hey koca Kurt Seyit" diye mırıldandı, "şimdi kurtlar kemiriyor bedenini. Yuh sana!"

Hastalığıyla başa çıkamadığı için kızıyordu kendisine. Gelecekle ilgili iyi veya güzel hayâller kurmadığı uzun zaman olmuştu. Yıllardır, ertesi günün zenginlik mi, yoksulluk mu, sıhhat mi yoksa ölüm mü getireceği hiç soru olmamıştı kafasında. Bütün yaşadıklarından sonra, gerçek olan tek şeyin, yaşanan o an olduğunu, en fazla o gün içinde gerçeklerin biteceğini anlamıştı. Şu bedbin halinde de aklına ölüm korkusu gelmiyordu. Ancak, her gün yaşadığı çaresizlik, onu tekrar tekrar ölmekten beter ediyordu. Neleri atlatmış, nelerle mücadele etmiş, ne maceraların altından kalkmıştı. Ama şimdi ciğerlerini kemiren bu menhus hastalıkla başa çıkamıyordu. İşte, ölümü veya yaşamı düşünmekten ziyade, bu yenilgiden duyduğu utanç onu mahvediyordu. Bir ertesi günü düşünmekten ne kadar uzaksa, geçmişini de gittikçe o kuvvette yakınında hissediyordu.

Ağır geçirdiği nöbetlerden sonra kendini kaybetmesi dışında, günleri neredeyse uykusuz geçiyordu. Aldığı o şurupların da artık acı tat vermekten başka bir işe yaramadığına inanıyordu. Bu uzun uykusuz günler, geceler, eskiyi tekrar tekrar yaşamakla geçiyordu. Hatıralar o kadar tekrarlanmıştı ki zihninde, artık en ufak detayları dahi atlamadan hatırlıyor ve yaşamış olduklarını neredeyse canlı hayâller gibi gözünün önünde izliyordu. 'Hayatımı yeniden yaşama şansım olsa, neleri düzeltebilirim acaba?' diye düşündüğü zaman, görüntüleri geri alıyor ve yeni bir senaryoyla yeniden yaşamaya çalışıyordu. Ama bu daha fazla acı veriyordu. Çünkü aslında pekâlâ güzel bitebilecek hatıralar, haşin bir inat, kahredici bir gurur hissiyle zehir tadı veren anılara dönüşmüştü. Garipti, aynı ailede aynı hataların tekrarı yaşanıp duruyordu. Bu, talihin kötü bir cilvesi miydi? Yoksa bu ailenin kanıyla beraber sonraki nesillere geçen bir hata zinciri mi olacaktı?

Karpatlar'da yaşanan savaş cehenneminden, St. Petersburg'un Bolşevik katliamından kurtulup ayrıldığından yıllar sonra Aluşta'ya döndüğü gün, babasının yüzündeki mutluluğu şimdi daha iyi hissedebiliyordu. Hasretle kucaklaştıkları o akşamın gecesinde, baba evinden nasıl kalbi kırık ayrıldığını da. Şu an, her iki anı da çok daha iyi hissedebiliyordu. Çünkü hem babalığı, hem evlât olmayı tatmıştı. Şimdi, hem en sevdiği evlâdını bir inatçı gurur uğruna kaybeden babanın, hem de kalbi kırılıp, istediği halde gururundan babasının yanına yaklaşamayan evlâdın duyduğu azabı bir arada yaşıyordu. Hem babasını, hem Leman'ı bir arada anlıyordu. Babasının ona son sözlerini hatırladı.

"Bildiğin gibi yap. Payına düşen parayı, bağı, bahçeyi alacaksın. Ama bu eve ne o kadını getir, ne de onunla yaşadığın müddetçe kendin gel. Seni hâlâ dönmemiş farz ederek yaşayacağım."

Ve işte, zaten hayat onu istese de geri dönemeyeceği bir yaşama sürüklemişti. Artık barışmak, sarılmak isteseler de, bu imkânsızdı. Kızına söyledikleri de, sanki baba Eminof'unkinin bir tekrarıydı.

"Gidersen, bir daha bu evden adımını içeri atamazsın..."

Bir fark vardı ki, onun kızına bırakacak ne bağları, ne haraları, ne serveti, ne de unvanı vardı. Leman, başkalarının hataları olan bir mutsuzlukta, yapmak zorunda kaldığı seçimle, yapayalnız, desteksiz kalmıştı.

Acıyla düşündü: Acaba babasıyla öyle ayrılmış olmasalardı, Leman'la yaşadıkları da daha değişik olur muydu? Şu an kızı için hissettiği özlemi, babası için de hissediyordu. Nerelerdeydi acaba Eminoflar? Ne yapıyorlardı? Bu son harbi atlatabilecekler miydi?

KURTSEYT & MURKA

Kırım'ın Hüznünde Eminoflar'ın Sonu

Birinci Dünya Harbi'nin, Bolşevik İhtilâli'nin dehşeti, ardından 1928, 1934 sürgünlerinin acısı, hasreti, kan kokusu henüz hafızalardan silinmeden, Kırım kendisini bir felâketin daha içinde bulmuştu. Ancak, İkinci Dünya Harbi'nde bu topraklarda yaşananlar, sonradan anlatılacak bütün harp hikâyelerinin aksine, yıllarca, sadece vahşeti yaşayanların anılarında gizli kalacaktı.

Harbe katılan bütün devletlerin tavırları, kararları, ne gün nereyi işgal edip, nerede mağlup edildikleri günü gününe gazetelerde izlenirken, bir deniz ötesi kıyıda yaşanan bazı gerçeklerden Türkiye bihaber kalacaktı.

1941'in 22 Haziran sabahı, Hitler'in emriyle Sovyetler Birliği sınırını geçen Alman orduları, kısa zamanda Ukrayna'yı, Akrusya'yı işgal etmiş, 31 Ekim 1941'de Orkapı'dan Kırım'a girerek Sivastopol hariç tüm yarımadayı işgal etmişlerdi. Her gün on binlerce esir alarak, Moskova'ya doğru, doğuya ilerliyorlardı. 2 Kasım'da Kırım'ın başkenti Simferapol Almanların elindeydi.

Sovyet rejiminin yıldırdığı Ruslar dahil olmak üzere, tüm diğer kökenli milletler, Almanların gelişini bir kurtuluş işareti gibi görmüştü. Ukraynalılar, Kuzey Kafkasyalılar, Baltık memleketliler, Akrusyalılar gibi Kırımlılar da işgal kuvvetleriyle işbirliği içine girmişlerdi. Savaş Almanya'nın galibiyetiyle sonuçlandığı takdirde, kendi sınırları içinde bağımsız devletler kurmanın hayâliyle coşmuşlardı. Nesillerdir, topraklarında kendi bayraklarını dalgalandıramamanın ezikliğinin yanı sıra, Bolşevik idaresinin ardı ardına gelen gadrine uğrayan insanlar için, bu bir kurtuluş nefesiydi.

İhtilâli takiben, rejim aleyhtarı olanların veya Rusya dışındaki akrabalarıyla haberleşmeye çalışanların cezalandırılması kâfi gelmemişti Sovyet'e. Cezalar ya direkt ölüm oluyordu veya sürgüne... Sürgüne gitmek demek ise, yeri ve zamanı belli olmayan ve yakınlarınca hiç bilinmeyecek bir ölümü yaşamak demekti.

1928'de Kırım'ın genç neslinden yüzlercesi böyle mahkûmiyetlerle ortadan yok olmuşlardı. 1929-1930'da ise, otuz beş bin Kırımlı Ural Dağları'na, Sibirya ormanlarında iş kamplarına sürüldüler. Tek suçları, bir zamanlar toprak sahibi olmalarıydı. Yeni kurulmakta olan kolhoz teşkilâtına karşı çıkacakları zannıyla ortadan kaldırılmak istenmişlerdi. Erkekler, arabalara doldurulup götürülürken, kadınların, çocukların haykırışları tüm Kırım'ı sarmıştı. Sürgünlerin, Kırım'ın cennet topraklarından, ılıman ikliminden sonra tundranın, buzulun soğuğunda yaşayamayacakları o kadar belliydi ki.

Yıllar sonra, 1950'de Paris'te *Sosyalist Muhabir*'in üçüncü sayısında yazan Grigori Alexandrov dahi bu sürgünü anlatırken, bu insanların bile bile ölüme terk edildiğini ve bu tutumun herhangi bir tedbir değil, bütün bir halkın zalimce ve ahlâksızca yok edilmesi demek olduğunu anlatacaktı.

Bu büyük sürgünden sonra, 1929 Aralığında Kırım'da halkın gerçekleştirdiği Alakat ayaklanması, Bolşevikleri iyice çileden çıkarmış ve 18 Ocak 1930 tarihinde karadan ve denizden güney Kırım'a gelen askerler, sorgusuz sualsiz tutuklama ve işkenceye girişmişlerdi. Tutuklananların yarısı hemen kurşuna diziliyordu.

Stalin, Kırım'ı cezalandırma yöntemlerinden bir türlü tatmin olmuyor olmalıydı. Kırım'da yetişen bütün hububatın ihraç edilmesi, hayvanların başka yörelere gönderilmesi kararıyla başlayan açlık, 1931-1933 arasında Kırım'ı kasıp kavurmuş, otuz beş bin kişinin ölümüyle sonuçlanmıştı.

Yine Grigori Alexandrov'un yazısında, Kırım'da köy ve şehir yollarını şişmiş cesetler doldurduğu, Kırım limanlarındaki yabancı gemilere altın sarısı, en iyi kalitede Kırım buğdayının yüklendiği anlatılıyordu.

Açlık, bütün Rusya'yı sarmıştı kısa zamanda. Domuzunun çokluğuyla meşhur Ukrayna'da domuz kalmamış, bir zamanlar hayvanların yediği çürük yiyecekleri insanlar yemeye başlamıştı. Bu da *Köhlnishes Zeitung* muhabirinin bir haberiydi. 1933 açlığı, Rusya'da altı milyon insanın ölmesine sebep olmuştu sonunda. 1934'te gelen Amerikan yardımıyla, tarihin en büyük açlık felâketinden kurtulmuş oldu Sovyetler.

Ancak garip olan şuydu ki, komünizmle sadece Sovyetler Birliği'ne değil, kapitalizmi yıkarak tüm dünyadaki insanlara bolluk ve refah getirme vaadindeki Kızıllar, işi ele aldıklarından sonraki on yıl içinde, o veya bu şekilde on beş milyon insanı öldürmüştü.

Stalin'in despot idaresi, mahkemesiz, kanunsuz uygulanan şiddet, zulüm, işkence, sürgün ve ölüm cezaları da Kırımlı'nın toprağına olan bağlılığını, aşkını ve bir gün bağımsız kalma umutlarını yıkmamıştı. Gerçek olan şuydu ki, Moskova'nın Kırım'da uygulayacağı bir taktik hazırlığı daha vardı. Stalin, Kırım'ın Kırımlılardan tamamen arındırılmasını istiyordu.

Ancak Alman işgali, bu emellerini gerçekleştirmesini engellemişti. Bu arada Kırım, eline geçen fırsatı değerlendirmeye çalışıyordu. Ama hürriyete ulaşan yol kolay ve ucuz değildi. Ne Sovyet'i ne Alman'ın işgalini kabul etmekten uzak, Ruslara karşı şimdilik Alman'a yardım edenlerin yanı sıra, Rus üniformasıyla Alman saflarına karşı sürülenler de vardı. Bu zavallılar, diğer kuvvetlerin önünde, yol açmak veya ilk gelecek darbeyi göğüslemek için sürülüyor ve telef ediliyorlardı. Bu arada Almanların öncülüğe mecbur etikleri Kırımlıların da aynı akıbeti aynı oluyordu. Bir kısmı ise dağlara çıkmış, bağımsız mücadelelerini devam ettirebiliyordu.

Her halükârda kurban olan, Kırım Türk'ü oluyordu. Alman Dışişleri Bakanlığı'nın, işgal edilmiş Sovyet Toprakları Nezareti olarak kurduğu "Ostministerium"a yapılan ihbarlarla, Komünist Parti üyesi veya Konsomol teşkilâtı idarecisi oldukları ileri sürülen Kırım vatandaşları, SS'ler tarafından hiç fazla bir şey sorulmadan kurşuna diziliyordu. Aynı şekilde Rusların eline geçenin de akıbeti farklı değildi.

Ancak Alman makamları, şimdilik en azından dini ve kültürel alanlarda serbesti tanımış ve işin siyasi yönünü konuşmak için henüz çok erken ve karmaşık bir dönem olduğunu belirtmişlerdi. Şu durumda bile, Sovyetlerin vermediği hakları tanımış olan işgal yönetimi, daha doğru taraf gibi görünüyordu, hatta kendi gazetelerini çıkarmalarına bile müsaade etmişti Almanlar. Akmescit'in Puşkin sokağı 14 numarada basılan, *Azat Kırım* adlı gazetenin Almanca'sı *Die befreitc Krim*'dı ve Rus Kiril alfabesiyle ilk defa 11 Ocak 1942'de basıldı. Kırım Hanlığı'nın tuğrası olan tarak damganın resmi, ismin arasında yer alıyordu. 7 Ağustos tarihli gazete de Lâtin harfleriyle basıldı. Kırımlıların diğer Türk milletleriyle anlaşabilmesi için Lâtin harflerini muhakkak öğrenmesi gerektiği vurgulanıyordu bu sayıda.

Alman ordularının savaş harekâtına, komutanlığının bildirilerine yer verilen gazetede, bir taraftan da Kırımlı'yı, gazetesini okumaya, azatlığa kavuşmak için Alman'ın yarattığı fırsattan nasıl istifade etmek gerektiğinin bilincini algılamaya davet niteliğinde yazılar yazılıyordu.

1943 yılının sekizinci ayından itibaren ise, Almanların savaşı kaybedecekleri hususundaki şüpheler üzerine, halkı yatıştıracak makaleler yer almaya başladı. Ama doğumu hazırlanan hürriyet için talih tersine işlemeye başlamıştı. 1943 Ekimi'nden itibaren, Almanların çekilmeye başladığı toprakların ahalisi, Bolşeviklerin eline düşmemek için, Almanlarla beraber vatanlarını terk etmeye başladılar. Bu göçü en son, Kızıl Ordu'nun Kırım'ı yeniden işgal ettiği 1944 Nisanı'na kadar yakalayabilenler, Bolşevik katliamından kurtuldu, bir kısmı da öyle sandı. Göçlerini Romanya'da durduranlar, Kızıl Ordu'nun Romanya ve Dobruca'yı işgaliyle, ellerindeki yeni pasaportlara rağmen Bolşevik ajanlarına yakalanacaklar ve tekrar, gelecekleri meçhul, Rusya'ya gönderileceklerdi.

Simferapol'den Aluşta'ya giren ve denize doğru inen yolun sağ tarafındaki bağlık yolda, genç bir çift, ellerinde bir valiz, bir bohça ve kadının kucağında kundakta bir bebek, ilerliyorlardı. Bahar kokusu ve renkleri her yeri sarmıştı. Bağın zümrüt yeşili, güneşin son renkleriyle donanmıştı. Ama onların gözü hiçbir şey görür gibi değildi. Sanki onları kovalayan birileri vardı. Hiç konuşmadan, koşar adımlarla denize doğru uzanan tepenin üzerindeki bağ evine geldiler. Evin kapısı, kırılan camları, çaprazına perçinlenmiş tahta parçaları ile sağlama alınmaya çalışılmıştı. Açık bırakılmış pencerelerden birinden, defalarca yamanmış, akmış bir tül uçuşuyordu. Genç çift, sağa sola dikkatli bakışlardan sonra, ürkekçe kapıyı vurdular. Kapı aralık olmalıydı. Kendiliğinden arkaya doğru açıldı. Birbirlerine baktılar, merakla. Erkek içeriye seslendi.

"Mehmet Amca!"

Bekleyip bir kez daha denedi.

"Mehmet Amca! Biziz. Ömer ile Meryem."

Sofanın loşluğunda beliren ses, yüzü kadar yaşlı ve yorgundu. Güneş yanığı yüzündeki çizgilerin her biri, bir başka acıda, hasrette, felâkette şekil almış, çukurlaşmış, alnında, yanaklarında, gözlerinin altında, onun son görüntüsünü yaratmıştı. Derin çizgilerin sebeplerine inat, bembeyaz sakalı ile saçlarının birleştiği noktada belirginleşen elmacık kemikleri ile koyu mavi gözlerinin meydan okuyan sert bakışları, onu yaşından sıyıran taraftarıydı. Guvardia Eminof seksen yedi yaşına gelmişti. Bunu nasıl becerdiğine kendisi de şaşıyordu. Çocuklarını birer birer Kızıl'a kaptırmış, karısını yitirmiş, torunları ellerinden alınmıştı. Senelerdir, bir zamanlar efendisi olduğu bu toprakların bağ evinde oturup, bağa bekçilik yapıyordu. Sanki eskiden de buraları koruyan o değilmiş gibi. Kendisine bu görev verilmişti. Bağ evinden dışarı adımını atmıyordu. Hiç değilse, kendisine yabancı olmayan bir dünyada, asmaların, zabel, misket üzümlerinin arasında, geçmişi düşünerek yaşayabiliyordu. Sadovi Caddesi'ne çıkmaya dahi korkuyordu. O tanımadığı, anlamadığı dünyayı yaşamak istemiyordu artık.

Karşısında, akrabası olan iki genci görünce gülümsedi.

"Hoş geldiniz çocuklar. Buyursanıza."

Diğerlerinin acelesi vardı.

"Yok, Mehmet Amca. Oyalanmayalım. Size veda etmeye geldik. Gidiyoruz."

"Nereye?"

"Almanlarla gidiyoruz. Artık Allah kerim. Almanya mı olur, İtalya mı? Oradan da Türkiye'ye gideriz."

Kırım'dan bugüne kadar bunca gidenin ne kadar azından haber geldiğini bilen Mehmet'in alnı iyice çatıldı.

"Emin misiniz çocuklar? Yollarda telef olmayın. Kucağınızda

da minnacık çocuk."

"Kızıllarca telef edilmekten iyidir amca. Bizi yaşatmaz bunlar artık."

Yaşlı adam, onların haklı olduğunu biliyordu. Başını salladı. Kollarını açtı vedalaşmak üzere. Ömer sordu.

"Haydi, siz de bizimle gelin Mehmet Amca. Almanlar hiç hesap sormadan, isteyeni alıyorlar yanlarına. Gelsenize sahi."

Mehmet, gülümseyerek, başını olumsuzca iki yana salladı.

"Evlâdım, bırakın benim gibi işi bitmiş adamı, siz kendi hayatlarınızı kurtarın. Benim artık yeni diyarlarda, yeniden başlayacak kadar ömrüm kalmadı."

Meryem de ısrarı denedi.

"Ama Bolşevikler giriyorlar yakında buraya Mehmet Amca. Kimbilir neler yapacaklar."

"Bilirim neler yapacaklarını. Bilmez miyim. Seksen yedi sene bir şey görmeden mi yaşadı bu gözler zannedersiniz, elbet bilirim. Amma velâkin, benim artık kimseye verilecek hesabım kalmadı. Ben çok ağır ödedim hesabımı. Bir kendi canım kaldı verecek."

Sundurmanın altına doğru yürürken sakalını sıvazladı. Karadeniz'e doğru bakarak mırıldandı.

"Aslında meraktayım. Allah niye bu kadar bekledi beni de almak için. Bu kadar acıyı gösterdikten sonra, daha hâlâ denemek mi istiyor beni? Kimbilir... Haydi çocuklar, sizi tutmayayım. Yolunuz açık, Tanrı sizinle olsun."

Gençler, son kez, onunla öpüşüp yine koşar adımlarla bağın içinden anayola doğru ilerlediler.

Mehmet Eminof, sundurmadaki sırtı kırık tahta iskemleye oturdu. Set set kıyıya inen bağların üzerinden Karadeniz'in ufuktaki çizgisine baktı. O güzel gözlü, fidan boylu, zarif, sıhhatli çocuklarının cıvıltıları, karısının, menevişli gözlerinde aşkla çaldığı piyanonun sesleriyle yankılanan eski günleri düşündü. O günlerden bildiği, en yakınında olan bu bağ eviydi. Bağı saymıyordu bile. Bir de işte denizin bittiği yerdeki memlekette bir sevdiği vardı o günlerden yaşayan. İyi ki de gitmişti Seyit'i. İyi ki uzaklaşmıştı. Ondan kırgın ayrılmasının acısını hiç unutmamıştı Mehmet Eminof. Ama şu an onun yaşıyor olduğunu bilmek, geçmişin acılarını nispeten tedavi ediyordu. Sahi, acaba hiç babasını düşünüyor muydu Seyit? Özlüyor muydu ailesini, topraklarını? Yine öyle coşkulu, hırslı, inatçı mıydı acaba? Dudaklarına ister istemez bir gülümseme yayıldı.

'Kerata çocuk.' diye düşündü. Ne kadar dediği dedikti. Ne başına buyruktu. Nasıl canlı yaşardı hayatı. Yıllar değiştirmiş miydi acaba Seyit'i? Belki de evlilik yaramış, baba olmak uslandırmıştı çapkını.

Eminof, gözleri ufukta, oralarda bir yerlerde oğlunu görüyor da onun yüzüne bakıyor gibi düşünüyordu. Birden, onu çok yakınında hissetti. Sanki bir elektrik, bir sıcaklık sardı bedenini.

"Kalp kalbe karşıdır." diye mırıldandı.

Gülümsemesi dudaklarında dondu. Aniden ciğerinde bir sızı hissetti.

Elini sırtına götürdü. Mırıldandı.

"Hayırdır."

Ömer, Meryem ve bebekleri, birbirlerinden ayrılmadan, kopmadan İtalya'daki kampa kadar gitmeyi başarmışlardı. Yol boyu, geri çekilen Alman askerlerine katılan binlerce insan, şimdi kendilerini kabul edecek ülkelere gidebilme ümidiyle beklemiyorlardı.

Ömer, Türkiye'ye gitmek için müracaat etmişti. Birkaç gün süren sessizlikten sonra, bazen Amerika'ya kabul edilen bir liste asılıyor, bazen de İstanbul'a yola çıkabileceklerin ismi ilân ediliyordu. Muhacirler, her gün, kalplerini durduracak bir heyecan yaşıyorlardı. Bir yandan da, Rusların ilerleyişlerini korkuyla takip ediyorlardı. Bu heyecanlı atmosfer içinde, kampın bir ucundan duyulan bir haber, diğer ucuna vardığında, çok kez ürküntülerin, endişelerin eklenmesiyle şekil değiştirmiş oluyordu.

Ömer, her gün listelerin asıldığı kapıda, diğerlerinin arasında soluğu alıyor, bir ümit, isimlerini görmeye çalışıyordu. Sabahın ilk saatlerinde hepsi çok ümitli oluyorlardı. Ama listeler açıklanınca, o güne uyanmak için sebep olan her şey bitmiş oluyordu. Günün geri kalan kısmı ölüm sessizliğinde geçiyor, ancak akşam yatağa giderken, yine bir ertesi günün beklentisinin heyecanı başlıyordu.

Mültecilerin hepsi yorgun, gergin bir bekleyiş içindeydi. Erkekler çabuk kızıyor, kadınlar ağlamaya bahane arıyor, çocuklar da bu kargaşadan nasibini alıyordu.

O bahar sabahı, yine, belki artık bugün isimlerini görebilmek ümidiyle listelerin başına gelenler hayâl kırıklığına uğradılar. İki raptiyesiyle tahta yine boştu. Kalabalıktan bir uğultu yükseldi. Her kafadan bir ses çıkıyordu. Kimi, aslında burada esir alındıklarını, savaş esiri olarak kamplarda çalıştırılacaklarını, kimi, Rusların Avrupa'da ilerlediğini ve buralarını da ele geçireceklerini söylüyordu. Söylenmek hayatlarını değiştirmiyordu. Dağılıp kendi küçük odacıklarına döndüler.

Esas lâf o akşam yayıldı. Hakikat şuydu ki, Rusların ilerlemeleri karşısında, İtalya kendisine sığınan Kırımlıları iade kararı almıştı. Bu, memlekette kalıp öldürülmekten beterdi. Umutla bir maceraya atılıp, yüreğinde yeni beklentiler yeşerttikten sonra, insanın aynı yere geri dönmesi, hele hele ölümün beklediğini bilerek dönmesi çok zordu. Belki de Almanya'daki Mittenwald yakınındaki kampa veya Avusturyalıların Alberschwende kampına nakillerini isteyebilirlerdi yetkililerden. Bu da bir ümitti işte.

Ertesi sabah Meryem, kapılarının vurulmasıyla uyandı. Bütün geceyi konuşarak geçirmiş, sabaha karşı uyumuşlardı. Kocasını yanında göremeyince, kapıyı açtı. Kırımlı dostlarından biri heyecanla onu dışarıya çekti.

"Çabuk Meryem, çabuk gel! Listede isminiz var! İstanbul'a gidiyorsunuz! Çabuk!"

Meryem, heyecandan nutku tutulmuş olarak, bebeğini kaptığı gibi fırladı. Toprak yoldan koşarlarken, arkadaşı konuşmaya devam ediyordu.

"Ömer'i bulamadılar bir yerde. Ekip hemen yola çıkacakmış."

Meryem mutluluktan ağlamaya başlamıştı.

"Sağ olasın." dedi.

Bir İtalyan şilebinde, İstanbul'a gitmek üzere on aileye izin çıkmıştı. Kuradan, listenin en sonuna girdiklerini gören Meryem, şükür duaları ile kâğıtlarını doldurdu. Bir yandan da gözleriyle kalabalığın arasında kocasını görebilme umuduyla bakınıyordu. Nereye gitmişti, tam böyle bir anda Ömer?

Formlarını doldurduğu zaman, kendisine on dakika içinde hazır olması, hemen yola çıkılacağı söylendi. Meryem, çocuğunu göğsüne bastırıp, deliler gibi kabinine döndü. Ömer yoktu. Valizini, bohçasını, gelişigüzel toparlayıp kapadı. Kamp yerinde dört dönmeye başladı. Vakit yoktu ve kocasını nasıl bulacağını bilemiyordu. Kime sorsa, o gün Ömer'i gören olmamıştı. Paniğe kapılmıştı. Ömer hastalanıp bir yerlerde düşüp kalmış olmalıydı. Çılgın gibi, sağa sola, kocasının adını bağırarak koşmaya başladı. Toz toprak içinde, bağrına bastığı çocuğu, diğer elinde valizi ve bohçası, ağır gelmeye başlamıştı. Kan ter içinde, kampın ucunda, göçmenlerin tente altında hazırladıkları mescide doğru koştu. Orada da bir kalabalık vardı. Yanaşıp, son bir ümitle tanıdık bir yüze sordu.

"Kardeş, Ömer'i gördünüz mü? Ne olur, sıramız gelmiş, gidiyoruz. Onu bulmam lâzım."

Genç adam cevap veremedi. Yüzü dondu. Derken onun bir yanındaki bakıp başını çevirdi. Sessizlik yavaş yavaş bütün kalabalığı sardı. Meryem bir şey olduğunu anlamıştı. Elindekileri bırakıp, çocuğuyla beraber kalabalığı yarmaya çalıştı. Yürüdükçe, göçmenler kenara çekilip ona yol açıyordu. Genç kadın kendi kendine mırıldanmaya başladı.

"Ne oluyor? Neler oluyor? Söyleyin bana. Nedir bu olanlar!"

Anında, cevabını karşısında gördü. Doğru yere gelmişti. Kocası buradaydı. Gözleri dehşetle büyüdü. Haykırmak için ağzını açtı ama sesi çıkmadı. Bu gerçek olamazdı, bir kâbustu. Bembeyaz bir yüzle bir-iki adım daha attı. Mescidin arkasındaki ağacın dallarından birinden sallanan kemerin ucunda Ömer, açık gözlerle artık göremediği kamp yerine bakıyordu. Yetkililer cesedini indirmek için gelmişlerdi.

Meryem'in aralık dudakları arasından boğuk bir çığlık duyuldu.. Kocasına doğru koşup ona sarılmak istiyordu. O ölmüş olamazdı. Kendisini tutmak isteyenlerin arasında çırpınıyordu.

"Olamaz! Ölmemiştir."

Kadınlardan birkaçı onu durdurdu. Yolculuk haberini getiren arkadaşı da olay yerine gelmişti. Meryem'in bebeğini kucağına aldı. Diğerlerini de uyardı.

"Alın şu valizi, bohçayı. Vapuru yakalaması lâzım!"

Meryem haykırıyordu.

"Ben bir yere gitmiyorum! Ömer'imi bırakıp bir yere gitmem!"

Biri onu omuzlarından sarıp diğer yöne sürükledi; yaşlıca bir erkekti.

"Bak kızım. Kocan öldü. Yapacak bir şey yok burada sana artık. Kendini, çocuğunu kurtar."

"Gitmem!"

Meryem'i dinleyen yoktu. Apar topar onu kapıya kadar getirdi, onları şilebe götürecek olan ve son yolcusunu bekleyen kamyona teslim ettiler. Karşılıklı sıralara daha evvelden yerleşmiş olanlar, önce bebeği aldılar yukarıya. Sonra Meryem'i çektiler. Kadınlardan biri, ağlayan bebeği pışpışlayarak susturmaya çalıştı. Meryem'i yanına oturtan bir başka genç kadın, onu teselli etmeye çalıştı. Meryem ağlayamıyordu artık. Donup kalmıştı. Boğazını tıkayan bir yumru, gözlerinde bulanıklık, yüreğinde dayanılmaz bir acı vardı. Ama yine de ağlayamıyordu. Ağlamayacaktı. Bütün bunlar doğru olamazdı. Yaşanmış olamazdı. Bu bir kâbustu. Az sonra uyanacaktı ve her şey geçmiş olacaktı. Uzanıp bebeğini kucağına aldı. Ona bakıp mırıldandı.

"Evet, her şey geçecek bebeğim, her şey geçecek."

Meryem ile bebeğinin bindiği, İtalya'dan Kırımlıları taşıyan son vapurdu. Kampta kalanlar Rusya'ya iade edildi. Hepsi son yolculuklarını meçhul sona yaptı. Birçoğu da Ömer gibi, kurtuluşu intiharda buldu.

1492'de İspanyol engizisyonunun gadrine uğrayan Musevileri gemiler gönderip kurtaran Osmanlı'nın torunlarının da kendilerini kurtaracağını bekleyen Kırımlılar, Sibirya'nın ücra köşelerine sürülene, kurşuna dizilene kadar bu ümitlerini kaybetmediler. Ama her ne olduysa, dünya onlardan habersiz gibi davranıyordu. Daha yıllarca da habersiz kalmayı yeğleyecekti.

İtalya'dan son kurtuluşa giden vapurun kalktığı gün kampta kalanlar için ne kadar uğursuz bir gün idiyse, Kırım'da kalmış olanlar için de, aynı uğursuzluğun daha hızlı yaşandığı bir felâket günüydü.

Kızılordu birlikleri Kırım'a girdikleri andan itibaren, yirmi dört saat içinde, kurbanlarını bulmuşlardı. Katliam başlamıştı. İhtilâlin yapıldığı yıllarda henüz bebek olan, genç Bolşevik askerleri ve ajanları, yıllardır kafalarını yıkamış olan rejimin, inancı sarsılmaz neferleri olduklarını gösterme fırsatını bir kez daha yakalamışlardı. Kapitalist dünyaya, düşmanlarına kapılarını açan Kırım'a dersini vereceklerdi. Tarihin acı bir cilvesi olsa gerek, çoğu, bir zamanlar Kırım topraklarındaki evlerinden, analarının süt dolu memesinden, beşiklerinden koparılıp yetimhanelerde, Bolşevik ailelerin yanında büyütülmüş gençlerdi. Bilmeden, doğdukları topraklara, kendi soydaşlarının katili olarak geri gelmişlerdi. Onlar artık Stalin babanın ve Sovyet'in çocukları idi. Rejimlerini korumak için gerekeni yapıyorlardı.

İsmi listeye alınmış kim varsa kapısı kırılıyor, yakalanan orada kurşuna diziliyordu. Evlerden, sokak aralarından, Yalıboyu'ndan yükselen canhıraş çığlıklar, ağlamalar arasında, kadın ve çocuklar da kurbanlara karışıyordu.

Aluşta'da da, Moskova'nın emri olan katliam süresince, yirmi dört saat süreyle, silah, tabanca sesleri, feryatlar devam etti. Önce, yarattıkları terörün ve verdikleri dersin sarhoşluğu içinde sadece öldürmeye devam eden Bolşevikler, sonunda bu cesetlerin kapı önlerinde, sokaklarda bırakılamayacağını düşündüler. Ölüleri gömmek gerekti. Bu görevi de yine en acı çekecek olan insanlara, Kırımlılara verme fikri dâhiyane geldi yetkililere.

Sabah gün doğmadan uyanırdı Eminof. Henüz kalkmış, sabah namazı için abdest alıyordu. Kapı ısrarla vuruldu. Bağ yolundaki sert adımları duymuştu az evvel zaten. Ama artık kendisine ne olacağına dair hiçbir endişesi yoktu. Onun için aldırmamıştı. Bütün gün ve gece boyunca şehrin acısını, ıstırabını içinde hissedecek kadar yakın duymuştu sesleri. İkinci kez daha sert vuruldu kapı. Elini kurulayıp ilerledi. Açtığında, karşısında iki Bolşevik askerinin o çok tanıdığı donuk, acımasız yüzünü gördü.

"Yoldaş Eminof! Size görev verildi. Bizimle gelin."

Mehmet, hiçbir şey sormadan, ceketini ve kalpağını giydi. Görevi ne olabilirdi ki? Seksen yedi yaşındaydı. Onu ancak temizlemeye karar vermiş olabilirlerdi. Ama o zaman bunu evin içinde de yapabilirlerdi. Çocuk değildi ki aldanacak veya ateş gibi bir delikanlı değildi ki ellerinden kaçsın. İşte götürdükleri yere gidiyordu zaten. Eğer görev diye çağırdıkları da ölüm ise, başına gelebilecek en güzel şeydi. Artık bu kan, vahşet dünyasında yaşamak istemiyordu. Vücudunu ve başını dimdik tutarak, arasında yürüdüğü askerlerin genç ve sert adımlarına ayak uydurdu. Az sonra Azizler Mezarlığı'na varmışlardı. Kapıda toplanmış olan birkaç tanıdık yüz gördü Aluştalı. Diğerleri hürmetle selâmladılar Mehmet'i. Bolşevikler de gelse, Almanlar da, artık bağ evinde bekçilik de yapsa, o, Aluşta'nın Mirza Eminof'uydu. Koskoca Guvardia Eminof'tu. Mehmet, sağ elini göğsüne götürüp, onların selâmlarına karşılık verdi. Hiç konuşmadılar. Bir müddet, ne isteyeceklerini bilemez gibi kararsız, mezarlığa girip çıkan askerleri izlediler. Sonunda, rütbesi diğerlerinden yüksek olanı öne çıktı.

"Evet yoldaşlar, işiniz burada. Ölülerimiz var, gömülecek. Bu iş de size verildi."

O sırada askeri bir kamyon gelip, açık kapıdan içeriye girdi. Kızıl devam etti.

"Kamyonu takip edin. Çalışacağınız yerde duracak. Kürekler de hazır orada."

Kollarına görevli olduklarını gösteren birer kırmızı bant takıldı.

Müslüman mezarlığına, Kızıllar kendi ölülerini gelirmiş olamazlardı. Mehmet dehşetle irkildi. Bu işte fena bir koku vardı. Belki de kendi mezarlarını kazdıracaklardı. Burada yalnız bırakılmayacaklarını anladı. Mezarlığın çevresinde, muhtelif aralıklarla askerler dizilmişti. Kamyonu izleyerek, yürümeye başladılar. Az sonra mezarlığın kuzeyindeki, henüz boş alana varmışlardı. Şoför mahallinden inen asker, kamyonun arka kapağını açtığı an, Mehmet yüreğinin daha fazla kaldıramayacağını düşündü. Beyni uğulduyordu. Gençlerden biri istifra etmeye başlamıştı. Bir diğer Aluştalı, yüzü kireç beyazlığında sayıklamaya başladı.

"Allah'ım! Bu olamaz! Ölseydim de görmeseydim."

Mehmet, çoktan nasırlaştığını sandığı yüreğinin damarlarından birinin ılık ılık kanadığını hissediyordu. Ne zamandır buğulanmaktan öteye gitmeyen gözlerinde biriken yaşları hayretle fark etti. Demek, hayat hâlâ acıtabiliyordu.

Kamyonun içinde, üst üste atılmış, kolları bacakları, kanları birbirine karışmış, delik deşik olmuş, dipçiklenmiş gövdeler yatıyordu. Şoför lâkayt bir tavırla baktı.

"Ee? Haydi, indirsenize şunları. İşim var daha."

Genç Aluştalı, rengi yemyeşil, geriye çekildi.

"Yoo, hayır! Ben yapamam!"

Asker, tüfeğinin dipçiğini kaldırırken, Mehmet, delikanlıyı kolundan tuttu. Hiçbir şey söylemeden, ona denilenleri yapması işaretini verdi gözleriyle. Kamyondaki dostlarını kurtaramazlardı artık ama bir de bu gencin kafasının ezilmesine tahammül edemezdi, gözünün önünde. Asker'e işaret etti, bir şey yapmaması için.

"Tamam asker, tamam."

Kamyondan ölüleri indirmeye başlamışlardı. Yıllardır Aluşta'nın sokaklarında, rıhtımında gördüğü tanıdık yüzler, ahbaplar, uzak akrabalar, kadınlar, çocuklar, haksızlığa isyan eden yüz ifadeleriyle çoğu gözü açık, bir bir indirildi kamyondan ve mezarlar kazılmaya başladı.

Mehmet, yaşından beklenmeyecek bir kuvvetle kürekliyordu toprağı. Vatandaşlarının ölülerini, açık toprak üzerinde bırakmak istemiyordu daha fazla. Ne kadar çabuk gömülürlerse, Allah'a o kadar çabuk kavuşacaklar gibi geliyordu ona. Her gömdüğü için dua ediyor, her yüz sanki ona bir şeyler anlatıyordu, son kürek toprakla kapanana kadar. Ölüleri saymaya çalıştı Eminof. Bir yerden sonra ucunu kaçırdı. Ne fark ederdi ölülerin sayısı. Bu kadar harp görmüştü hayatı boyunca. Ölüler hep sayılırdı. Ama insanoğluna hiç ders olmazdı.

İlk kamyondakilerin gömülmesi bitmeden ikinci kamyon geldi. Eminof, toprağı kazmakla bitiremeyeceğini görüyordu. Katliam devam ediyordu. Azizler Mezarlığı, tarihinde bir arada barındırmadığı kadar Aluştalıya mekân oluyordu. Ne tören yapılıyor, ne cenazelerinin ardında sevenleri yürüyebiliyor, ne de toprak kümbetlerinin üzerine bir isim konuyordu. Onlar, yerini bile ayırtmadan, son sözünü söyleyemeden, mezara girmeye mahkûm olanlardı.

Eminof'un, buraya geldiği an, yüreğinde hissettiği yara sanki gittikçe açılıyor, daha şiddetli kanıyordu. Boşluğa doğru uzun uzun haykırmamak için kendisini zor tutuyordu. Kendisine hâkim olmayı kaybettiği an çıldırabilirdi. Tazecik, pırıl pırıl gençleri yaşatmayan bu domuzlar, deliyi haydi haydi temizlerlerdi. En iyisi aklını yitirmeden ölmekti. Birkaç mezar sonra ise bundan emin değildi.

Yemek molası verdiklerinde, mezarlığın girişinde yatan en küçük kızını ve karısını ziyaret etti. Havva ve Zahide, yan yana ebedi uykularındaydı. Avuçlarını açıp duasını etti. Bıraktığı işe geri döndüğünde, gömülme sırası gelen gencin yüzüne ıstırapla baktı.

"Tanrım!" dedi, "kaç yaşındaki bu çocuk? Ne suçu olabilir?"

Açık kumral, dalgalı saçların çevirdiği, on beşlik belki on altılık yüzdeki ölü sakinliğinin ardında, daha yaşanmamış nice senelerin hayâlleri donmuş, kalmıştı. Mehmet, gözlerini zavallı çocuğun yüzünden ayırmadan, toprağı açmaya devam etti. Onun tazecik yüzüne baktıkça, kendisinin bu yaşta yaşamaya hakkı olmadığını daha iyi görüyordu. Yaşaması için bir gerek kalmadığını bir kere daha gösteriyordu Tanrı ona. Bu ölümden beterdi. Kendi vatandaşlarını gömerken defalarca mezara girmiyor muydu zaten?

"Keşke," dedi, toprağın üzerindeki ölü gence, "keşke, şu son senelerimi senin gibilere verseydi Allah da, beni alsaydı."

Ne o? Herhalde aklını yitiriyordu. Genç ona gülümsüyor muydu yoksa? Kalbini bir yumruk sıkıyordu. Göz ucuyla baktığında, yan taraftan kendisine doğru gelen Bolşevik askerini fark etti. Sıkılan kalbinin kulaklarını uğuldatan sesi, askerin ayak sesini bastırmıştı. Derin nefes almaya çalıştı. O an sanki bacaklarının arkasında bir çizme hissetti. Belki de aldanıyordu. Sendeledi. Yere dayalı küreğine abanarak ayakta durmaya çalıştı. Açık mezarın yanında uzanmış genç ona gülümsüyordu.

Evet evet, o dünya muhakkak daha güzel olmalıydı. Kendisini bıraktı. Yüzü çukurdaki toprağa çarptığı an, yüreğini sıkan el de durmuştu.

Kırımda Jenosid

18 Mayıs 1944 gecesi, Stalin'in bir emriyle, ilk katliamdan geriye kalan Kırım Türkleri evlerinden çıkarıldılar. Aileler, çocuklar, eşler birbirinden ayrılarak, yük ve hayvan vagonlarına dolduruldular. Dipçik ve cop darbeleri altında, üst üste kapalı vagonlarda âdeta istiflenerek, Urallar'a, Sibirya'ya sürüldüler. Koca Kırım yarımadası, bir gecede boşaltılmıştı. Bir yatalak, bir bebek bile kalmamıştı Kırım'da.

Havasız, aç susuz, vagonlardaki yolculuk sırasında ölenlerin sayısı on binleri buldu. Bu jenosid sırasında Kırım Türkleri nüfuslarının yüzde kırk altısını kaybetti.

Yalnız, Hazar Denizi'nin kıyısında balıkçılık yapan bir ufak köy kurtulmuştu katliamdan. Ancak tüm katarlar Sibirya'ya yola çıktıktan sonra, bu köycüğün farkına varan yetkililer, Stalin'e sunmak üzere hazırladıkları muvaffak rapora gölge düşürecek korkusuyla, işi kendileri halletmeye karar verdiler. Yeni bir sürgün katarı isteyemezlerdi. Bütün köy halkı, bir tek eksik olmaksızın, vapura dolduruldu. Denize açıldıklarından bir müddet sonra batırılan vapur, onların deniz dibindeki mezarı oldu.

Kırım'ın Türklerden arındırılması bile hırsını, kinini tatmin etmiyordu Stalin'in. Mezarlıkların üzerinden buldozer geçti. Kütüphanelerde, müzelerde ne kadar kitap, evrak varsa yakıldı. Yeşil Kırım'ın tepelerini süsleyen, mehtapta gümüş elbiseler giymiş balerinler gibi salınan asırlık servilerinin de kesilmesini istedi Stalin. Kırım'a yaptığı ziyarette memnuniyetini şöyle ifade ediyordu.

"İşte! Şimdi Gürcistan'a benzedi."

KURT SEYT & MURKA

Tükenen Hayat Bağları

1945 Yazı'nın ortalarında, bir müddettir İstanbul'da olan Meryem, akrabası Kurt Seyit'in izini bulmaya muvaffak olmuştu. Onun kendisini hatırlayacağını sanmıyordu. Seyit, Kırım'dan ayrılırken o henüz küçücük bir kızdı. Ama yine de yabancı bir memlekette, akrabalık her zamankinden mühim oluyordu.

Mürvet kapıyı açtığında, mahcup bir ifadeyle kendisini tanıtan genç kadını, güler yüzle içeriye aldı. Seyit kimbilir ne kadar sevinecekti, memleketinden birinin gelmesine. Merdivenden çıkıp sofanın kapısını açtı. Konuşarak içeriye girdi.

"Seyit, bil bakalım kim geldi? Sana sürpriz."

Meryem, ev sahibesinin ardından sofaya adımını atar atmaz, hayretle dondu kaldı. Yatak döşek yatan, yüzü bembeyaz, gözleri çukura kaçmış adam, o çocukluğundan hatırladığı, Mehmet Amca'nın evinde fotoğraflarını seyrettiği erkek miydi? Olamazdı! Herhalde yanlış gelmişti. Duraladı. Tam bir şeyler söylemek üzereydi ki, Seyit yastıkların üzerinde başını biraz doğrulttu. Ona dikkatlice baktıktan sonra, gülümsedi.

"Tanrım! Meryem! Küçük Meryem! Nereden çıktın?"

Meryem, hem geldiği yerin yanlış olmadığına, hem de Seyit'in kendisini tanımasına şaşmıştı.

"Nasıl tanıdın Seyit Ağabey?"

"Nasıl tanımam? Gözlerin, onlar hâlâ aynı bakıyor. Hiç değişmemişsin. Ama hiç. Aynı annenin yüzü. Seni nerede görsem tanırdım."

Sonra şaka sesiyle devam etti.

"Ama sen beni tanımazdın. Ben çok değişmişim, değil mi?"

Meryem, yalan söylemeye çalıştı.

"Yoo, Seyit Ağabey..."

Seyit onu susturdu.

"Hiç uğraşma. Ben bile aynada kendimi tanımıyorum artık."

Hoşbeşten sonra, Kırım hikâyelerine geçildi. Meryem, Seyit'in ısrarlarıyla kendi yaşadıklarını ve Seyit'in yakınlarının başına gelenleri anlattı. Daha yeni kaçmayı başaran bir ahbabından da baba Eminof'un nasıl öldüğünü öğrenmişti. Bunları, istemeye istemeye, Seyit'in zorlamasıyla gözyaşları içinde anlattı. Onun çok hasta olduğunu anlamıştı. Kırmak istemiyordu.

Mürvet ağlıyor, Seyit ise, bakışları uzaklarda bir yerlerde, hareketsiz dinliyordu. Ağlamaya nefesinin yeteceğini sanmıyordu. Ama kalbine bıçaklar saplanıyordu. Artık, özlediği topraklarda yaşayan hiç kimsesi kalmamıştı. Onu özlemlerine bağlayan, fotoğraflarıyla konuştuğu insanlar yoktu artık.

KURT SEYT & MURKA

Sonu Beklemek

Meryem gittikten sonra, Seyit, derin bir sessizliğe gömüldü. Artık hiç konuşmuyordu. Birkaç gün sonra, devamlı gelen krizlerle bitap düştü.

Mürvet, tedavinin, ilaçların fayda etmediğini fark ederken kahroluyordu. Gözünün önünde eriyip bitmişti kocası. Onun inadını bildiği halde sordu.

"Bir muayeneye gitseydik Seyit, ne dersin?"

Seyit, birdenbire ölümü düşünmeye başladığını fark etti. Evet, sonu çok yakın görüyordu. İlk kez gelecekle ilgili düşünüyordu. Ama bu, kısa bir zaman sonra gelecek ve bitecek bir gelecekti. Aniden, o çok keyifle geçirdiği yılları özlediğini hissetti. Onları yeniden yakalamak, yeniden yaşamak istiyordu. Belki de iyi bir bakımla, doktorları dinleyip, hastanede uzun bir süre yatarak, yine o sıhhatli günleri yakalayabilirdi. Büyük bir istekle Mürvet'e baktı.

"Haydi, götür beni." dedi.

Mürvet, onun gözlerindeki ümit pırıltılarını izlerken içi buruldu. Kocasının valizini hazırladı. Doktorun hemen yatıracağını biliyordu. Kavanozdaki son parası olan yedi lirayı çantasına koydu. Hazırlanıp evden çıktılar. Vapura kadar, normal bir tempoda karısına eşlik etme arzusuyla kendini zorlayan Seyit, vapura biner binmez, karısının kucağına yattı. Güneş alan kuytu tarafta, dışarıda oturmuşlardı. Tatlı bir yaz sonu rüzgârı okşuyordu yüzlerini. Seyit, gözü, vapurun etrafına yayılan köpüklü dalgalarda, dalgın, yatıyordu. Mürvet, senelerce, bütün sevgisine rağmen onu üzen, hayatı üzerine hâkimiyet kuran başına buyruk, sert mizaçlı ama alaycı, her şeyden, herkesten bağımsız, maceraperest ruhlu bu erkeğin başına sevgiyle dokundu.

Onun saçlarını okşadı. Yol boyunca, diğer eliyle de alnını okşayıp zaman zaman şakaklarında beliren terleri sildi. Gözünde biriken yaşların ardından, Boğaz'ın siluetini, vapurun çevresinde dönen martıları, âdeta tül perde ardından bakar gibi seyretti. Yarı yola gelmeden Seyit uyumuştu. Adaya varana kadar onun başını okşamaya devam etti genç kadın. İskeleye yanaşırlarken, onu nazikçe uyandırdı. Kalabalığı beklediler. Kol kola, ağır ağır çıktılar. Daha iskelenin önünde yorulmuştu Seyit. Jeton kabinine dayanıp kaldı. Mürvet, onu orada bırakıp yola fırladı, bir araba bulmaya. Sağa sola koşturdu ama şanslarına bir araba yoktu boş. Seyit o esnada fenalaşmıştı. Nefes alamıyordu. Dizlerini kırdı. Yere çökmek üzereydi ki, Mürvet koştu geldi. Kocasını tutmaya çalışırken, bir taraftan da önlerinden geçen dolu faytonun yolcusuna bağırdı.

"Ne olur durun! Allah rızası için! Çok hasta kocam. Ne olur!"

Yolcu, büyük bir nezaketle, arabacıya durmasını söyledi. Ve Mürvet'e, kocasını arabaya bindirmesi için yardımcı oldu. Sonra faytoncuya seslendi.

"Önce sanatoryuma gidiyoruz."

Mürvet, Seyit'in devrilen gövdesine sarılarak onu tutmaya çalışırken, bir elindeki mendiliyle de alnını, yüzünü siliyordu. Daha sonra kravatını gevşetti. Ona baktıkça sanki kendisi nefes alamıyormuş gibi hissediyordu. Nihayet, karşısındaki kibar beye teşekkür etmesi gerektiğini hatırladı.

"Çok sağ olun. Allah sizden razı olsun."

"İnşallah bir yararım dokunmuştur."

Güneş, tepelerinde, kan ter içinde, sanatoryuma vardılar. Doktoru bulduklarında rahatladılar. Şimdi her şeye çare bulunacaktı işte. Seyit odaya çıkarılacak, ağrıları durdurulacak, tedaviye alınacaktı. Seyit, muayene sırasında, doktorun istediği nefesleri bile alıp veremiyordu. Sonunda yalvarır gibi konuştu.

"Doktor, zorlamayın ne olur. Çok ağrım var."

Muayenesi bittiğinde, doktor, başını iki yana salladı. Gözleri kapalı, sırtını iskemleye dayamış Seyit'e baktıktan sonra Mürvet'e döndü.

"Artık ciğerleri bitmiş hastanızın. Burada tedavi olacağı bir durum kalmamış. En iyisi Haydarpaşa'da intaniyeye götürün."

Mürvet, ağlamamaya çalışıyordu. Dudaklarını ısırdı. İlk defa bu kadar ümitsiz olduğunu duyuyordu. Kocasının koluna girdi. Odadan çıktılar.

Yürürken konuştu Seyit.

"Beni oraya götürmeyeceksin Mürvet. Orada iğneyle uyuturlar beni. Eve gidelim. Haydi."

Hastaneden çıktılar. İkisi de sessizdi. Mürvet'in boğazında yumrular, gözünde yaşlar, boşlukta gibi yürüyen Seyit'in ağırlığını da sürüklemeye çalışıyordu. Biraz yürüdüler. Görünürde ne araba, ne kimse vardı. Güneş kavuruyordu. Sıcak boğucuydu. Sanki yazın ortasıydı. Seyit'in yüzündeki ter damlacıkları gittikçe artıyordu. Gözlerinin önünde şekiller, çizgiler uçuşmaya başlamıştı. Nizam'dan aşağıya doğru çamların arasından inmeye çalıştılar. Ancak, kocasının bir adım daha atacak hali olmadığını bilen Mürvet, durdu.

"Gel Seyit, ağaçların altında oturalım. Belki biraz dizimde uyursun. Nasılsa bir araba geçecektir buradan. Durdurur, bineriz."

Yolun bir tarafı, derin bir yamaçla denize doğru iniyordu. Mürvet, gözleriyle gölge, rahat bir köşe ararken, birden, Seyit'in kolundan çıktığını fark etti. Önce, düşüyor zannetti. Başını çevirdiğinde, onun yara doğru koştuğunu ve tökezleyip yardan aşağıya doğru kaydığını gördü. Her şey birkaç saniye içinde olmuştu. Genç kadın, beyninde şimşekler çakarak, kendisini kocasının üzerine attı. Kollarına yapışması ile onu, aşağıya yuvarlanmaktan son anda kurtardı. Gücüne kendisi de şaşmıştı. Ama fazla dayanabileceğini sanmıyordu. Birinin yardımcı olması gerekti. Ağlamaya başladı.

"Seyit, ne olur! Seyit, yardım et bana. Yardım et, çekeyim seni yukarıya. Haydi, ne olur, yardım et!"

Seyit baygındı. Mürvet, bir kez daha onun kollarını kendisine doğru çekti... Bir kez daha... Allah ona inanılmaz bir güç vermişti sanki. Sonunda yola kadar çektiği kocasının yanına çöktü. Dizleri üzerinde oturup, ona sarıldı. Hüngür hüngür ağlıyordu.

"Oh! Seyit. Seyit. Niye yaptın bunu. Tanrım! Ya tutamasaydım seni?"

Olabilecekleri düşündükçe ağlaması şiddetleniyordu. Birden, tehlikenin henüz geçmemiş olduğunu düşündü. Seyit, gözünü açtığı an aynı şeyi tekrarlayabilirdi. Onu, yardan iyice uzaklaştırmak üzere, biraz daha çekti. Yolun tam kenarına yerleştirdi. El çantasını fırlatmış olduğu bir yerlerden buldu. Hıçkırıklarla oturduğu yerde, kocasının başını dizlerine aldı. Çantasından çıkardığı kolonyayla mendilini ıslatıp onun ter, toz içindeki yüzünü sildi. Saçlarına karışmış tozları, otları, parmaklarıyla silkeledi. Seyit'in bezgin, bitmiş, baygın yüzüne bakarken, hıçkırıkları yeniden kontrolünden çıktı.

Gözyaşları arasından, hayâl meyal, yoldan kendilerine doğru gelmekte olan bir silueti fark etti. Hasır şapkalı adamın hayâli gittikçe yaklaşıyordu. Derken, adam koşmaya başladı. Mürvet, elinin tersiyle gözyaşlarını sildi. Olamazdı! Bu, Tanrı'nın lütfüydü. Gelen Osman'dı. Nefes nefese yanlarına geldi. Yere diz çökerken sordu.

"Ne oldu Mürvet kuzum?"

Mürvet ağlıyordu hâlâ.

"Ne olacak Osman Enişte. Perişanlık. Sanatoryuma almadılar. İşi bitmiş, dediler."

Ağlamaktan konuşamıyordu. Osman, onun omuzuna dokundu.

"Şışşt! Şışşl! Elbet bir çaresi bulunur."

Mürvet birden bu rastlantıyı merak etmişti. Sordu.

"Sen ne yapıyorsun buralarda Osman Enişte?"

"Ne yapacağım? Eve gittim. 'Az evvel adaya gittiler.' dedi, kiracınız. Atlayıp geldim. Sanatoryumda da bulamayınca, dönüyordum, merak içinde.

"Biliyor musun? Kendisini attı buradan aşağıya biraz evvel. Nasıl tuttum, ben de bilmiyorum. Korkunçtu enişte, korkunçtu."

Osman, genç kadının iyice yatışmasını bekledi. İntiharı isteyecek kadar yılmıştı demek Seyit. Buna inanamıyordu. Hiçbir şeyin yıldırmadığı adam, hastalıktan bu kadar bezmişti demek.

"Sen burada bekle Mürvet. Ben bir araba bulup geleceğim."

Osman, arabayı getirdiği zaman, hâlâ baygın olan Seyit'i kucaklayarak faytona bindirdi. Yol boyu, onun zoraki aldığı nefesleri izlediler. Endişeli bakışları arada karşılaşıyordu. Mürvet artık ağlamaktan yorgun düşmüştü. Sadece kesik kesik hıçkırıyordu. Kocasının ara sıra tamamen nefessiz kaldığını ve kendisini zorladığını görüyordu. İşte o zaman yüreği sıkışıyor, ona yardım edecek kimse olmadığı için hırslanıyordu.

O geceyi baygın, sayıklayarak geçirdi Seyit. Sabah, biraz kendisine gelir gibi olmuştu. Bir gün evveliyle ilgili hiçbir şey konuşmadılar. Komşulardan biri, bir palamut getirdi o gün. Kocası balıktan dönmüştü. Mürvet, sevinçten çılgına döndü. Neredeyse kadının ellerini öpecekti. Hemen yıkayıp kızarttı. Tepsiye biraz yeşil salata, limonata yerleştirdi. Artık doktordan, ilaçtan umut kesilmişti ama bir tabak balıktan medet umuyordu, kocasına yaraması için. Seyit, mis gibi kokan balığı görünce, gözleri parladı. Mürvet'in yardımıyla yerinde biraz doğruldu. Tabağa iştahla baktı. Son iki gündür ilk defa canı yemek istiyordu. Limonatayı da kana kana içtiğinde kendine gelir gibi olmuştu. Devamlı, Ortaköy'den buz taşıyordu eve Mürvet. Kırıp, kovanın içine yerleştirip, suyu, gazozu, limonatayı soğukta tutuyordu, Seyit için.

Kocasını yalnız bırakmaya gönlü razı değildi ama işe bir-iki gün üst üste gitmese, yerine birini alacakları garantiydi. Onun için en fazla arada bir gün, o da ücretsiz olmak kaydıyla, izin alabiliyordu.

Seyit, yattığı yerde, karısının bunca yükü tek başına nasıl kaldırdığını ve daha ne kadar kaldırabileceğini düşünüyordu. Bu fuzuli, başkalarına ağırlık veren hayatı daha fazla istemediğini artık biliyordu.

Eylül yağmurları ve artan rutubetle beraber, bahçelerde hayat soldu, pencereler kapandı. Kış erken gelip, çetin geçeceğe benziyordu. Mürvet, böyle yağmurlu bir akşam vakti işten döndüğünde, biraz soba yakmak istedi. Seyit müsaade etmedi.

"Nefes alamıyorum Mürvet. Lütfen, yakma sobayı."

Uzanıp, camı kaldırmaya çalıştı. Gücünün yetmeyeceğini biliyordu. Ama artık her şeyi istemekten utanıyordu. Ancak denemekten öteye gitmedi. Mürvet koşup, dizlerini sedire dayadı ve camı kaldırıp, latalarını oturttu. Seyit, serin yağmurlu havayı çekti içine. Mürvet endişeliydi.

"Üşüme Seyit."

"Daha ne kadar üşüyebilirim ki?"

Bütün geceyi, pervazın üzerine çapraz yerleştirdiği kollarına başını yaslayıp, serinliği teneffüs ederek geçirdi. Yağmurun sürüklediği tazeliği, derin derin içine çekmeye çalıştı. Bunda pek muvaffak olduğu söylenemezdi ama havayı yüzünde hissetmek bile yetiyordu ona.

Sıkıntıları büyük bir süratle artıyordu. Nasıl huzura ereceğini bilemiyordu. Yastığını yüksek mi, alçak mı tutsun, daha iyi nefes almak için yan mı yatsın, arkaüstü mü, bilemiyordu. Ne yapsa, içindeki yaranın, tükenmişliğin ıstırabını, balgamın, kan pıhtılarının .tiksintisini atamıyor, rahatlatamıyordu. Taşıdığı bedenden memnun değildi. Onu artık taşımak istemiyordu. Bu huzursuzluğu, onu, gittikçe anlaşılmaz yapıyordu. Mürvet de elinden geleni yapmaya çalıştığı halde, kocasını memnun edemediğinin farkındaydı.

Bir akşam yine, kocasının yastıklarını düzeltip suyunu içirdi ve iyi geceler diledi. Şükran'la beraber yan odada yatıyordu Mürvet. Işığı kapadı. Tam ayrılırken, Seyit'in elini, bileğinde hissetti. Yarabbim, o güçlü, biçimli eller, onu defalarca okşayan, saran eller... Şimdi zayıf, kemikli, bir tüy hafifliğiyle dokunuyordu bileğine. Mürvet döndü. Onun yanına geldi. Yine camı açtıracak sanmıştı. Uzandı pencereye doğru ama Seyit onu elinden yakalayarak yanına oturttu.

Eylül mehtabı ve mahallenin ışıkları oyunlar yaparak dolaşıyordu yüzlerinde. Bir müddet hiçbir şey konuşmadılar. Seyit, karısının ellerini, avuçları içinde tutmaya devam ediyordu. Gözleri karanlığa alışmıştı. Camdan vuran ışıkla birbirlerini seçebiliyorlardı. İki yorgun yüzdü, karşılıklı bakan. Çarenin tükendiğini bilen iki sevenin yüzüydü. Seyit, kendi sonundan ne kadar eminse, Mürvet'in geleceğinden de o derece korku duyuyordu. Birkaç kez üst üste yutkundu. Avucunun içinde, gücü yettiğince sıkı tutmaya çalıştı, karısının ellerini. Sonra alıp göğsüne bastırdı.

"Murka, ah benim küçük Murka'm."

Sesi hafif, sakin, ağır çıkıyordu. Bütün hayatını hızlı yaşamış da, son sözlerini sindirerek konuşmak ister gibiydi.

"Seni lâyık olduğunca yaşatamadım. Çok kırdım seni."

Sustu. Derin derin iki nefes aldı. Her sözü ondan bir şeyler alıp gidiyordu. Mürvet, gecenin yorgun ışıklarında kocasının yüzüne baktı. Gözlerinin rengi belli değildi. Yürek eriten lacivert hareli bakışlar yoktu artık. Bu, gecenin eksik ışığından değildi, bunu biliyordu. Gündüz de yoktu o renk artık. Gür, kumral saçlar, her soğuğun, her zorluğun altından kalkan kuvvetli vücut, geniş omuzlar, adaleli kollar... Şimdi battaniyesini düzeltmek için bile mücadele verip yorulan bir enkaz olmuştu.

Seyit'le yaşadığı üzüntülü anları düşündü de, şu an onun çektiği ıstırapla kıyaslanamazdı. Hayır, kocası, erkeği, bunu hak etmemişti. Yüreği isyanla doldu. Sonra kendi isyanından tövbe etti. Ellerinden birisini Seyit'in avuçları içinden çekip, eli üzerine koydu, okşayarak.

"Seyit, sen bana hiçbir şey yapmadın. Ben hep güzel şeyler hatırlıyorum. Sen hele bir iyileş, yine güzel günlerimiz olacak."

"Geçti artık Murka. Yaşadığımı yaşadım ben. Daha ilerisi için yaşanacak bir şey kalmadı benim hesabımda."

Biraz durdu. Bir-iki soluk aldı. Omuzlarını yukarı kaldırdı, yüzünü buruşturarak. Ağrısı azmış olmalıydı. Sonra devam etti yavaşça.

"Korkum o değil. Ben ne olacağımı biliyorum. Hem de çok iyi biliyorum. Ama sen? Seni çok genç bırakıyorum. Sizi, üçünüzü, kırgınlıklar içinde bırakıyorum. Size sahip olamadım yeterince. Benden sonra neler olacak?"

Mürvet, onun bütün söylediklerinden ziyade, ölümü kabullenmiş olmasını hazmedemiyordu. Gözlerinden yaşlar süzüldü. Bir damla, Seyit'in eline düştü. Yorgun, halsiz elini kaldırıp, gücünü kaybetmiş parmaklarla karısının yüzünü okşadı. Avucuyla yanaklarını sildi. Mürvet yalvardı.

"Seyit, böyle konuşma ne olur. Beni çok üzüyorsun."

"Seni üzmek için söylemiyorum. İnan bana. Seni de yeterince üzmedim mi zaten? O küçücük yaşında, küçücük yüreğinde ne yaralar açmış olmalıyım, kimbilir?"

Sonra daha hafif bir sesle mırıldandı.

"Ama benim de yaralarım vardı. Ve hep yenileri eklendi. Şimdi bile, yaşadığım her gün bir yara alıyorum."

Sustu. Yine yorgun nefesler almaya çalıştı. Mürvet, kocasının gözpınarlarında biriken yaşların pırıltısını görüyordu içeri vuran ışıkla. Yüreği burkuldu.

"Seyit, sen benim alın yazımdın. Ben de senin. Ben seni hep sevdim. Senin de beni sevdiğinden eminim. Bundan daha güzel ne olabilirdi ki?"

Genç kadın, ıstırap içindeki kocasını rahatlatacak ne söyleyebileceğini düşünüyordu. Fakat akıllı bir lâf gelmiyordu aklına. Bu konuşmaya hiç hazırlıklı değildi. Seyit, yine her zaman yaptığı gibi, kendi kararıyla ayarlamıştı bunun zamanını da.

"Daha güzel olabilirdi Murka'm. Tekrar şu günleri yaşa deseler, öyle güzel olurdu ki..."

Birden tıkandı Seyit. Öksürdü. Ama artık buna dahi mecali kalmamıştı. Cama doğru döndü. Gözlerini gökyüzüne çevirdi. Karısının ellerini tutan elleri iyice halsizleşmiş, parmakları gevşemişti. Mürvet, onun kollarını battaniyenin altına yerleştirdi. Mendiliyle alnını sildi. Yavaş, sakin bir sesle kocasının yüzüne eğildi.

"Seyit, niye kendine işkence ediyorsun? Sen benim için bütün hayatını değiştirdin. Daha fazla ne verebilirdin?"

Sonra başını önüne eğdi.

"Ben olmasam, sen Amerika'da olacaktın. Bambaşka bir hayatın olacaktı. Belki de çok daha rahat yaşayacaktın. Belki bu hastalığa da yakalanmayacaktın."

Bu söylediklerinin azabını hakikaten hissediyordu. Seyit'in istediği, özlediği hayatı yaşamasına mani olmuştu, çocukça kaprislerle. Rusça konuşmasına, Rus, Kırımlı dostlarına, her şeye lâf etmiş, şarkılarından bile huzursuzluklar yaratmıştı. Şimdi vicdanı huzursuz oluyordu bunları hatırladıkça. Evet, kendisi de yardımcı olmamıştı kocasına. Yoksa ne güzel bir hayatları olabilirdi. Ağlamaya başladı.

Seyit başını döndürdü. Karısının gözlerinin içine baktı. Sağ elinin işaretparmağını onun eli üzerinde gezdirirken gülümsedi.

"İyi ki kalmışım."

Başını tekrar yana çevirdi.

Sesi o kadar yorgundu ki, Mürvet, onun bu son sözü inanarak mı yoksa kendisini kırmamak için mi söylediğini anlayamamıştı. Bütün gece bunu düşündü yatağında. Ve Amerika'ya gitmemelerinin, Seyit'in içinde ukde kalmış olabileceği inancıyla ağladı.

Ölümü Seçerek Ölüme Meydan Okumak

Ondan sonraki günler, Seyit, bütün söyleyeceklerini söylemiş de bitirmiş sessizliğindeydi. Dalıp dalıp gidiyordu. Gözleri açık kapalı, baygın uykuda, hiç fark etmiyordu. Gözünün perdesinde dolaşanlar aynı görüntülerdi. Aluşta'daki çocukluğu, baba evi, kardeşleri, sünnet düğünü, Çar Nikola'nın hediyesi sandığı açışı, babasının, atının üzerinde, nişanları göğsünde, çizmeleri gıcır gıcır atıyla bahçeye girişi, annesinin incecik, endamlı vücuduyla konağın merdivenlerinde koşuşturması, pencerelerden bahçeye, piyanonun tuşlarından dağılan Tchaikovsky nağmeleri, babasıyla ilk St. Petersburg seyahati, Tsarskeyo Selo, sevgili Tamara ve Ganya Karloviç... Ne kadar yaşlı görmüştü onları o zaman. Kaç yaşındaydı kendisi? On iki. Sonra Moiseyevler... Olga Tchererina Moiseyeva'nın bal mumu parmakları, sevgili Cemil, Misha, Vladimir, Osman... Yalta ormanlarındaki güzel mürebbiye Larissa... Sahi kimin eviydi o ev? Hay Allah, neydi isimleri? Tamam, Arkadiev'lerin eviydi. Ya, Tsarskeyo Selo'da bütün kocalarını gömmüş şuh Barones von Slasov... O gece, baronesin yatağında çocukluktan erkekliğe geçen delikanlı kendisi miydi? Barones bir de şimdi görseydi kendisini. O kimbilir kaç yaşına gelmişti şimdi. Çarla beraber Moskova, Livadia seyahatleri.

Ve hayatının en taze anılarından biri, işte 1916. Moskova, karlar, müzik, bahçe, havuz başı, kupidler ve güzelim Shura. O taze, saf güzelliği ilk öpüş. Sevgili Tatyana'nın evindeki unutulmaz gün. Şömine, içki, müzik ve Shura'nın teninin çiçek kokulu teması. Yaşadığı en heyecanlı, en doyumlu aşk. Bir akşam üstülük aşk saatleri ve ayrılış... Aluşta seyahati, Yalta ormanları, Karagöl ve Karpatlar... Bombalar, alevler, cesetler, yaralılar, Macar Ovası... İlk kez yakın dostlarının, askerlerinin ölümüyle harbin acısını tadış... Sonra St. Petersburg. Evinde ameliyatlı bacağıyla ihtilâlin ortasında kaldığı günler... Misha'nın ölümü... Celil ve Tatyana'yla kaçışları... Riazan, Kislovodsk, Novorossisk ve büyük aşkına tekrar kavuştuğu han odası.

Shura'yı düşündüğü zaman içinde olduğu durumu, hastalığını, yaşını, ıstırabını, her şeyi unutuyordu. Shura, onu geçmişine bağlayan bir güçtü. Gözünün önüne, gencecik, başak sarısı saçlı, mavi gözlü, zarif, dünya güzeli kız ile genç, kuvvetli, sıhhatli erkek geliyordu. Ve hayâlinde canlanan görüntü göz bebeğine vurduğu zaman, kendini, o yaşların Seyit'i olarak görüyor, bu hayâldeki Seyit, gittikçe ona yaklaşıyordu. Genç Seyit'i ata binerken görüyordu. Atın sağrısına yan yatıp, yerden mendil alışını hayretle izliyordu. Hiç mi nefesi kesilmiyordu onun? Şimdi hatırlarken bile derin derin solumaya çalışıyordu, sırtını tutarak. Yalta ormanlarında, karda göle giriyordu diğeri. Ah! İşte bunu yine yapabilir gibi hissediyordu. İçini yakan fena bir ateş vardı zira. Ne buz, ne soğuk hava dindiriyordu. Belki de bir kar yağsa, kendine gelirdi yine...

Evet, Aluşta'ya dönüşünde babasıyla nasıl küstüklerini tekrar düşünmek istemiyordu artık. Babası artık yoktu. Aluşta'daki ailesi yoktu. Aluşta yoktu. Aluşta'da artık ona ait hiçbir şey kalmamıştı. Hâlbuki daha yakın bir zamana kadar, bir gün de olsa, uzak bir ihtimal de olsa, köklerinin olduğu yerle bağlantısını hissetmek ümit vericiydi. Onu hayata bağlayan ümitlerden biriydi bu. ...Ve artık bitmişti. 'Bir gün belki' diye düşündüğü vatanı silinmişti onun haritasından, yakınlarıyla beraber tarihin bir sayfasında kalmıştı.

Ya Shura? Sevgili Shura. Beraber çektikleri onca sıkıntı, yeni bir yaşamı sıfırdan başlatma mücadelesinde, birbirlerinin aşklarında tedavi buldukları güzel sevgili ne olmuştu? Onu nasıl bindirmişti o Paris vapuruna, bir başka erkeğe teslim edip? Tanrım! Deliydi bu hayâl görüntüdeki genç. Evleniyordu, Mürvet denilen küçücük İstanbullu kızla. Daha, akşamları masal anlatıyor arkadaşlarına küçük kız. Henüz on beşinde. Shura da sadece on altı değil miydi onun aşkını tanıdığında? Ama öyle farklılardı ki... Biri sapsarı, biri simsiyah saçlı. Biri masmavi, diğeri kapkara gözlü. Biri bembeyaz tenli, biri buğday. Biri uysal, beklentisiz seven, hayatı hoş gören bir kadın; diğeri gamlı, gelecekten endişesi olan, kıskanç âşık bir kadın. Ve bu kadınla olan yıllar zaten o kadar yakındı ki, onlar anıdan ziyade dünün taze günleri gibi gözünün önünden geçiyordu.

Bir de eskiye olan özlemi kadar Leman'ı özlüyordu. Onun, annesi ve kız kardeşiyle görüşmesinin imkânsız olduğunu biliyordu. Karar verdi. İlk fırsatta, bir başkasından rica edecekti Leman'ı çağırmak için. Belki, bir hafta arası gelirdi. Yahya ya da Osman uğradığında onlara söyleyebilirdi.

O sabah, tıkanırcasına bir öksürükle uyandı. Mendilini ağzına kapadı. İçinden bir şeyler koptuğunu hissediyordu. Mendile baktığı zaman, koyu pıhtı parçaları ona her şeyi anlatıyordu. Arkasına dayanıp mırıldandı.

"Haklıydın doktor."

Mürvet mutfaktan fırlamıştı.

"Seyit! İyi misin?"

"İyiyim. İyiyim, merak etme."

Mürvet, kocasının yüzünde, yorgun olmasına rağmen gülümseyen ifadeyi görünce rahatladı.

"Sana kahvaltı hazırlıyordum. Şimdi gelirim."

Sonra kapıdan dönüp haber verdi.

"Bugün gitmiyorum fabrikaya. İzin aldım. Evdeyim."

"Hiç gerek yoktu Mürvet. Ben iyiyim."

Mürvet, çoktan mutfağa inmişti bile. Elinde tepsi geri geldiğinde, kocasını oldukça iyi görünüyor buldu. Belki de düzelecekti. Allah'tan ümit kesilmezdi. Onun da keyfi gelmişti.

"İşte kahvaltın Seyit. Sana yedirmemi ister misin?"

"Yok, yok. O kadar da değil. Bugün kendimi iyi hissediyorum."

O arada, Şükran giyinmiş evden çıkıyordu. Bir el sallayışıyla vedalaştı ve gitti. O çıktıktan sonra, Seyit, karısına döndü.

"Mürvet, evdeki jiletlerim çok körlendi. Kendimi iyi hissediyorum. Şöyle adamakıllı bir tıraş olmak istiyorum. Belki de giyinmeye halim olur. Koluna girerim, şöyle biraz yürürüz Ortaköy'e doğru. Ne dersin?"

Mürvet, inanamayarak, kocasına baktı. Onun artık yataktan kalkabileceğine inanamıyordu. Emin olmak için baktı. Seyit'in yüzünde hoş bir tebessüm vardı.

"Hava da güzel. Belki biraz açılırım. Adadan döndüğümüzden

beri çıkamadım evden."

Mürvet inanmıştı. Kahvaltıyı toparladı. Evden tam çıkıyordu ki, Seyit tembih etti.

"Mürvet, almışken iki üç paket al. Bazen berbat çıkıyor, haşat ediyor yüzümü."

Mürvet, bakkaldan kocasının siparişine ilaveten, diğer alacaklarını da alıp geldi.

"Su ısıtayım mı? Hiç kalkma istersen. Ben yaparım tıraşını oturduğun yerde."

Seyit, karısının, getirdiği tıraş tasını, jiletleri masanın üzerine yerleştirişini izledi.

"Sağ ol. Ama sen bana bir iyilik yapmak istiyorsan, başka bir zahmetim daha olacak."

"Nedir o?"

"Canım müthiş gazoz çekti. Şöyle buzlu buzlu bir gazoz... İçim nasıl yanıyor, anlatamam."

"Tabii Seyit. Hemen inerim Ortaköy'e. Başka bir isteğin var mı?"

"Yok, sağ ol."

"Birazdan görüşürüz o zaman. Haydi hoşça kal."

Mürvet, sofanın merdivenlerinden taşlığa inmişti o arada. Seyit, neredeyse kendi kendine konuşur gibi cevapladı.

"Hoşça kal Murka."

Mürvet'in aşağı yolda, çeşmenin yanından Dereboyu'na inişini izlerken, dudaklarının arasında kaybolacak bir sesle, bir türkü mırıldanmaya başladı.

"Gesi bağlarında bir top gülüm var,

Yitirdim yarimi anne benim derdim var.

Bu dünyada kalırsam

Sana, bana ölüm var."

Gerisini getiremedi, öksürdü. Mürvet yolda gözden kaybolmuştu. Kalkıp sofanın kapısını kapadı. Gelip tekrar sedirine oturdu. Sabaha karşı uykuya dalmadan evvel nerede kalmıştı? Evet, geçmişi yeniden yaşayabilirdi. Ölüme hazırlanmanın en güzel yolu buydu. Hep, ölüme gidenlerin gözlerinin önünden birkaç saniye içinde bütün hayatlarının geçtiğini duymuştu.

Ama o şanslıydı. Özlediklerini, tekrar yaşamak istediklerini, anılarını, sevgilerini, defalarca yaşamıştı son aylar içinde. Ne kadar bol zamanı olmuştu ölüme gitmek için.

Neredeydi o genç süvari? İşte yine belirmişti odanın köşesinde. Çar Nikola'nın önünde selâma durmuştu. Göğsüne nişan takıyordu çar. Alkışlar, alkışlar ve manejde son bir binicilik gösterisi. Neler yapıyordu atının üzerinde bu çılgın çocuk? Bu tarafa doğru yürüyordu şimdi. Gözleri pırıl pırıl lacivertti. Kimseye müdanaası olmayan, kendinden emin tavrı, düz inen kemersiz burnu, derin bir çukurla şekil bulan ince çenesi onda ne kadar ciddiyet yaratıyorsa, gözlerindeki renkli menevişlerde ve dolgun alt dudağının müstehzi kıvrımında da hayata alaylı bakan bir taraf vardı. Dimdik, sert adımlarla yaklaşıyordu. Yaklaştı, yaklaştı. Yüz yüzeydiler. Seyit, karşısındakine elini uzattı. Diğeri geriye çekildi. Ve başını, 'Olmaz!' gibilerden salladı. Seyit, oturduğu yerden gayretle kolunu daha ileri uzattı. Eli, diğerinin yüzünün üzerinden geçti, şeffaf bir perdeden geçer gibi. Genç Seyit'in dudaklarındaki ifade iyiden iyiye alaylı bakıyordu şimdi.

Aynada kendisini görme isteğiyle yerinden kalktı. Bu kadar değişmiş olamazdı. Belki bir-iki çizgi, belki biraz solmuştu. Ama bu çılgın delikanlıya gösterecekti fazla değişmediğini. Aynaya bakarsa, o da anlayacaktı. Sedirin yanında duran küçük masaya dayanarak kalktı ve onun üstünde asılı aynaya baktı.

"Tanrım!"

Sol eliyle masaya tutunurken, diğeriyle yüzünü avuçladı. Hiç böylesine değiştiğini hissetmemişti şimdiye kadar. Geçmişiyle hiç bu kadar yakın gelip karşılaştırmamıştı kendini. Ama işte şimdi geçmişi zaten arkasında duruyordu. Aynı aynaya beraber bakıyorlardı.

"Tanrım, Tanrım! Senin ben olduğumu bilmesem, inanmayacağım." diye mırıldandı. Sonra diğerine sordu aynadan kendi yüzünü gösterip.

"Pekiyi o zaman bu kim? Söyle delikanlı. Bu çökmüş avurtlar, feri gitmiş gözler, bunlar kimin?"

Hayâl Seyit hâlâ oradaydı. Artık gülümsemiyor, sadece aynadan ona bakıyordu.

"Beni bırakmayacaksın, değil mi? Burada mı kalmak istiyorsun? Ziyan yok. Nasılsa ben gideceğim."

Masanın üzerindeki jilet paketini ağır ağır açtı. Hayret etti, elleri titremiyordu. Ciğerleri de artık ağrımıyordu. Sırtı dikleşmiş, bütün ıstırabı bitmişti. Gözleri parlıyordu. Sanki bütün vücudu anlamıştı artık ebediyen dinlenmeye çekileceğini. Kendini bildi bileli hayatla inatlaşmamış mıydı? İşte, şimdi de, ölümle inattaydılar karşılıklı, canı üzerine. Ola ola bir canı vardı ve onu ya hayat kendi bildiğince, yavaş yavaş alacaktı ya da kendisi kendi seçtiği anda sonlandıracaktı. Madem son geliyordu ve bundan emindi, o sonu kendisi seçebilmeliydi. Hayatını bitirmiş olmanın keyfini kendisinden başkası yaşamamalıydı. Hayatının akışında hep eninde sonunda kaderin istediği yerlere sürüklenmişti. Ama o sürüklenişin bir sebebi, hayatı canlı götürmek uğruna verdiği kararlardı. Hâlbuki artık öyle bir endişesi kalmamıştı. Artık kaderinin kendisini götürmek istediği yere gitmeye hazırdı. Yalnız bu defa da o bir oyun yapacaktı kadere. Son noktayı, kendisi istediği an, istediği yerde, istediği gibi koyacaktı. Üç jileti birden aldı. Üst üste yerleştirdi. Sol kolunu dirseğinden kıvırıp, bileğini kendisine doğru çevirdi. İşte şimdi kader şaşacaktı bu oyununa. Aynadaki görüntülere bakarak konuştu.

"İkinizi de kurtarıyorum. Seni de delikanlı. Bu hasta adamdan uzaklaş sen de. Git, hayatını yaşa."

Yumruğunu sıkmak istedi. Gücü yoktu. Sadece parmaklarını kıvırabildi. Damarlarını görebiliyordu zaten. Ne kadar yorgun atıyor olmalıydılar. Onları da dinlendirecekti artık. Bu işi uzatmakta mana yoktu. Sağ elindeki keskin üçlü jileti, olanca gücüyle, sol bileğinin üzerinden geçirdi. Aniden yüzüne, aynaya, yerlere fışkıran kan ve duyduğu acıyla kendine geldi. Bileği, eli kandan görünmüyordu. Sağ elindeki jiletler parmaklarının arasına kanla yapışmış gibiydi. Onları silkeleyerek yere bıraktı. Masaya abandı. Midesi bulanıyor, dizlerinin kesildiğini hissediyordu. Seslenmek istedi. Dudaklarının arasından fısıltıdan başka bir şey duyulmadı. Buradan çıkmalı, kendini kurtarmalıydı. Kapıya doğru bir adım attı. Sol kolunu artık hissetmiyordu. Kan öyle coşkulu akıyordu ki, sanki elli üç senedir hep dışarı çıkmak için beklemişti. İçindeki bütün kan onu terk ediyordu.

"Hayır!" diye mırıldandı. "Hayır! Yaşamak istiyorum."

Düşmemek için duvara tutundu, iki kolunu birden uzatıp.

Kan, yüzüne, boynuna sıcak sıcak sıçrıyordu. Fenalaşmak istemiyordu. Bayıldığı takdirde, temelli uykuya gideceğini biliyordu. Dışarıya çıkmak için uğraşmalıydı. Ama vücudu artık onu taşımıyordu. Kendisini bir duvardan bir duvara savurdu. Kan içindeki elleri, duvara yapıştıkça, can havliyle açtığı parmaklarından kırmızı kasımpatı gibi izler bırakıyordu. Birkaç sendelemeden sonra, gözleri karardı ve kapıya varamadan yere yıkıldı.

Alt kattaki kiracılar, oturma odalarında çaylarını içiyordu. Yukarıdan gelen bir-iki tok ses dikkatlerini çekmişti ama hole çıkıp kulak verdiklerinde başka bir şey duymayınca içeri girmişlerdi yine. Regaip Bey'in hanımı, çayları tazelemek üzere, mutfağa çıktığında, tezgâhın üzerindeki koyu kırmızı lekeler garibine gitti. Hafifçe parmağını dokundurup baktı. Burnuna götürüp kokladı.

"Allah, Allah!" derken iki damla daha arka arkaya tezgâha düştü. Başını kaldırmasıyla avazı çıktığı kadar haykırdı.

"Allah'ım! Kan bu! Regaip! Koş!"

Karı koca, yukarıya koştular. Holden geçip, sofanın merdivenlerinden deli gibi çıktılar. Kapıyı ittikleri an, kadın, boğuk bir sesle yere çöktü. Görüntü korkunçtu. Sofa, kan gölüne dönmüştü. Duvarlar, halı, örtüler, her yer kan içindeydi. Yüzükoyun yere düşmüş olan Seyit'in bileğinden hâlâ kan akıyordu. Regaip Bey, karısını kenara çekip kapıya fırladı. Polise haber vermek lâzımdı. Niye yapmıştı bunu Seyit Bey, niye yapmıştı?

Mürvet, Ortaköy'de, buzhaneden buz gelmesini beklemişti. Balıkçıya gelen kamyondan, talaşların arasından indirilen buz kalıbını kırdırtmış, kovaya doldurup, aldığı gazoz şişelerini de içine yerleştirmişti. Evin olduğu yokuşun başına geldiği zaman, karşıdan deli gibi gelen ambulansa ezilmemek için kenara çekildi. Elindeki buz kovası az kalsın düşecekti. Yoluna devam ettiğinde, çeşmenin başından itibaren mahalleye yayılmış kalabalığı gördü. Çocuklardan birine sordu.

"Ne olmuş yavrum? Niye burada herkes?"

Çocuklar çok heyecanlı görünüyorlardı. Bir ağızdan cevap

verdiler.

"Adamın biri ellerini kesmiş teyze."

Mürvet, hangi komşusunun başına neler gelmiş olabileceğini düşünerek evine doğru ilerledi. Kendi kapısı önünde de kalabalık ve polisleri gördüğü an içinde bir ürperti dolaştı. Koşarak geldi. Kalabalığı yararak içeri girmeye çalıştı. Komşuları ağlaşıyordu. Onu tutmak istediler. Hepsini iterek, evine adım attığında, ardına dayanmış olan sofa kapısından, duvarları, kanı emmiş ahşapları gördü ve o an bir çığlıkla bayıldı.

Seyit, gözlerini hafifçe araladığında, bembeyaz bir yerde olduğunu hissetti. Belki de cennet buydu. Başka bir renk hatırlamıyordu zaten. Hep bu beyazlığın içindeymiş gibiydi asırlardır. Ama yadırgadığı, burnundaki kokuydu. Bu kan kokusu tahammül edilir gibi değildi. Gözünün önünde bir de kırmızı renk kuşağı belirdi bu kokuyla. Sol bileğindeki acının sebebini anlamak için başını yastığında çevirip, gözlerini aşağıya doğru kaydırdı. Eli, bileği sarılıydı. Sağ kolundan da kan veriliyordu. Demek yaşıyordu. Kurtulmuştu işte. Başında inanılmaz bir ağrı vardı. Ama artık öksürmüyordu. Sırtındaki ağrıyı da duymuyordu. Aslında garip olan, gövdesinden ona sahipliğini hatırlatacak hiçbir mesaj gelmiyordu. Sanki artık kansız, cansız, damarsız, organları boşaltılmıştı, bir küfeydi gövdesi.

Yanı başında doktorun sesini duydu.

"Merhaba! Nasıl hissediyorsunuz kendinizi?"

Seyit, sadece gözlerini kapayıp açarak cevap verdi. Ne dilini, ne dudaklarını oynatabiliyordu.

"Çok kan kaybetmişsiniz. Ama sanırım, zamanında yetiştirmişler sizi. Bünyeniz de çok kuvvetli maşallah."

Biraz hali olsa bu lâfa gülecekti Seyit. Ama gülmek, artık başkalarının işiydi. Gözlerini kapadı. Ses duymak, konuşmak istemiyordu. Şu an olduğu yeri anlamaya çalışıyordu. Terk etmeye çalıştığı ve gitmeyi istediği iki dünyanın arasında bir yerde takılıp kalmıştı. Ve bu yerin sadece geçici bir süre için onu uğurladığını biliyordu. Bunu doktor bilmese, söylemese bile o biliyordu. Artık koftu. İçi tükenmişti. Bu belki de Allah'ın ona, nasıl bir dünya bıraktığını bir kez daha anlaması için yaşattığı bir dönemdi. Kaç gün sürerdi acaba?

Bir ara Mürvet'i yanında gördü. Belli ki ağlamıştı karısı. Eğilmiş soruyordu.

"Seyit, neden?"

Seyit, dudaklarını zorlukla kıpırdattı.

"Zaman." dedi sadece.

"Zaman mı?

"Zaman."

Sonra diğer yanında yaşlı gözlerle duran Şükran'a baktı. Başını tekrar halsizce çevirdi.

"Nerede?"

"Kim?"

"Leman."

Seyit, bunu söyleyebildi mi, yoksa söylediğini mi zannetti, anlayamadı. Kendi sesini bile duymuyordu. Kulakları çınlıyordu. Mürvet, Leman'a haber vermeyi birkaç kez düşünmüştü ama yıllardır içinde pekişmiş olan duyguları buna mani oluyordu. Leman, daha yakın bir zaman önce, ailesini, müşterek verilen bir kararda yalnız bırakmamış mıydı? Mahkemede kocasını suçlamış olsaydı, herkesin durumunu kurtarmış olacaktı ama yapmamıştı. Aksine, Sabahattin'e geri dönmekle onları zor durumda bırakmıştı. Babasını da bu yüzden üzmemiş miydi zaten?

Mürvet, kocasının ıstırabından, ölüm döşeğinde yatmasından duyduğu derin azap ile ruhunun derinliklerinden bir yerlerden, gizliden, su üstüne çıkan karmaşık bir hesap sorma duygusunu bir arada yaşıyordu şu anda. Deli gibi âşık olduğu, kıskandığı, uğruna çekmediği cefa kalmayan erkeğini kaybedecek olma fikri onu çıldırtıyordu. Ama diğer taraftan, Leman'ı kucağına aldığı günden beri, Seyit'in ona özel yakınlığı, baba kızın, Mürvet ve Şükran'ı dışlarcasına anlaşmaları, Seyit'in devamlı Leman'ı övüp, diğer kızını iğneleyecek fırsatlar bulması, Mürvet'i hep içten bir hesaplaşmaya itmişti. Seyit ile Leman'ın dargın kalmaları ve öyle ayrılmaları, Mürvet cephesinden, sanki geçen senelere nispetti. Özellikle Leman, babasına benzeyen o dikbaşlılığıyla bunu çoktan hak etmişti. Hem belki karşılaşırlarsa, babasını yine üzebilir, düşüncesiyle kendisini kararında rahatlatacak bir bahane buldu.

Seyit, günlerini, gecelerini, kaç gündür yaşamaya devam ettiğini bilmiyordu. Arada, uzaktan uzağa yarım yamalak bir şeyler duyuyor, görüntüleri algılamaya çalışıyordu. Etrafındaki her şey, siyah, beyaz ve gri noktalar, çizgiler halinde uçuşan görüntüler yaratıyordu. Eğer beklediğini görse, netleşmesi için gayret sarf edecekti. Kapı her açılışında, her ayak sesinde, kapıdan onun gelmesini bekleyerek bakıyor, sonra mahzun, başını çeviriyordu.

Doktorun Mürvet'e söylediklerini duydu hafiften.

"Bakın, beşinci güne girdik. Çok kuvvetli bünyesi. Eğer intihara teşebbüs etmeseydi, o ciğerler onu daha birkaç sene götürürdü, bu güçle. İnşallah kan kaybını da zamanında önlemiş olalım."

Hayır! Daha senelerce yaşamak istemiyordu. Böyle yaşamak istemiyordu. Heybeliada'daki, genç hasta arkadaşına söylediklerini hatırladı;

"*Ölüme hazır olunmaz. Ta ki ölüm gerçekten gelene kadar.*" demişti.

Ama o genç biliyordu ölümün geldiğini. Onun için hazırlanmıştı. Ve şimdi Seyit de biliyordu. Artık ölüme hazırdı. Ölüm çok yakınındaydı. Direndiği için, hayatı düşündüğü için ölemiyordu. Yeterdi bu kadar işkence. Hem kendisini, hem ölümü uğraştırıyordu.

Karısı ve Şükran, ertesi gün uğramak üzere veda ediyorlardı. Yanağından öpüp odadan ayrıldılar. Kapı tekrar açıldığında, bir ümit, baktı. Hayır, gelen hemşireydi. Başını cama çevirip, gözlerini kapadı. Artık bir gün daha istemiyordu hayatında. Bu dünyadaki zamanı tamamdı. Şimdi, çok uzun zamandır özlediği ve yaşamadıkları için ondan çok uzaklaşan sevdiklerinin dünyasına gitme zamanıydı. Murka gençti, senelerdir ayakları üzerinde durmayı öğrenmişti. Belki onsuz daha bile huzurlu olacaktı. Şükran, bebekliğinden beri annesinin devamlı acımalarıyla kanatları altındaydı. Hayatını herhalde yine öyle götürecekti.

Lemanuçka'ya gelince, babasını her özlediğinde, bulutlara, yapraklara bakarak, onun hayâliyle özlem giderebilirdi, çocukluğunda yaptığı gibi.

Artık onları bırakma zamanıydı. Bunu düşündüğü an, beyni ve yüreği onu duymuşlardı âdeta. Sigaranın ilk nefesini çeker keyfinde bir nefes aldı. Verirken, bunun son nefes olduğunu biliyordu.

25 Ekim 1945 tarihli *Cumhuriyet* gazetesinde küçük bir haber yer alıyordu, şehir haberleri arasında.

"Ortaköy Üçyıldız Sokak'ta, Seyit Gürçınar adındaki şahıs, bileklerini keserek intihar etmiş ve kaldırıldığı Zükur Hastanesinde kurtarılamayarak vefat etmiştir."

Üsküdar'da bahçe içindeki evde, genç bir kadın, gazeteye kapanmış, hıçkırıklar içindeydi. Bir daha göremeyeceği, sarılıp kucağında ağlayamayacağı sevgili babası için ağlıyordu.

Kimse haber vermemişti Leman'a. Ne babasının intiharına, ne hastanede can çekiştiğine dair. Babası ölüm döşeğindeyken bile istememişlerdi bir araya gelip kucaklaşmalarını. Günlerce ağladı Leman. Babasının, son olarak, elini tutup oturduğu günden geriye doğru, genç kızlığını, çocukluğunu, bebekliğini yeniden babasıyla beraber yaşayarak ağladı, ağladı.

Ekim sonu bir akşamdı. Perdeleri kapamak üzere cama yaklaştı. Lacivert gökyüzünde kurşuni bulutlar dolaşıyordu. Başını kaldırdığı an yakaladığı bir bulutla, babasının sözlerini hatırladı.

"Büyük yalnızlıklar, özlemler hissettiğin zaman Tanrı'yı an. Meselâ bulutlara bak, ağaçlara bak ve düşün. Tanrı, her şeydedir ve her yerdedir. Onun sana ne kadar yakın olduğunu düşün ve ben de onu düşündüğüm için, belki bir bulutta, belki de bir ağacın yaprağında seninle buluşur, hasret gideririz."

Bir parlak beyaz bulut vardı, gökyüzünün karanlığında. Leman, işaret parmağını camın üzerinde oynatarak, âdeta dokundu buluta. Ağlıyordu.

***

Epilog

Kurt Seyit'in ölümünden birkaç ay sonra, baharda, *Shura, Amerika'dan* İstanbul'a ziyarete geldi. Yahya kendisini Florya'daki otelinde ağırladı. *Seyit*'in hayatını Shura'ya daha iyi kim anlatabilirdi ki ve hayatından daha zor olan ölümünü.

Shura İstanbul'la ve ablası *Valentine'le* iki ay hasret giderdikten sonra *Amerika'ya*, kendisini bekleyen kocasına döndü.

Murka, uzun süren buhranlardan sonra kendisini toparladı. Çalışarak, kimseye muhtaç olmadan, yaşamını sürdürdü. Çevresinin ısrarlarıyla ikinci bir evliliği denediyse de, başucundan indirmediği *Kurt Seyit*'in fotoğraflarına yeni kocası bir seneden fazla tahammül edemedi, ayrıldılar.

Murka, iki kızından olan dört torunu ve onların beş çocuğunu görerek, 90 yaşında hayata gözlerini kapadı.

Kurt Seyit, ölümünden seneler sonra geri döndü. Torunu *Nermin'in* çalışma masasındaki yerinden, geride bıraktıklarının hayatını izliyor. *Nermin'den* başkasıyla konuşmuyor ve beraber yazacakları yeni kitapları bekliyor.

Fotoğraflarla

Kurt Seyt & Murka

KURT SEYT

Yazarın dedesi,
Çarlık Muhafız Alayı'nda görevli
*Üsteğmen **Seyit Eminof,***
Galiçya cephesi dönüşünde.
Saint Petersburg, 1917

SHURA

*Kurt Seyt'in 1916'dan 1924'e dek büyük aşk yaşadığı aristokrat Rus güzeli **Alexandra Julianovna Verjenskaya**. Ayrılmadan önce İstanbul'da, 1922.*

Ayaktakiler: ***Kurt Seyt****, küçük baldızı* ***Necmiye*** *ve 1928'de Bolşeviklerce katledilen yeğeni* ***Şair Hasan****.*
Oturanlar:ikinci çocuğuna hamile olan ***Murka****,* ***Lemanuçka*** *ve* ***Fethiye****. İstanbul, 1926*

Kurt Seyt ve Murka'nın ilk çocukları **Leman,**
"Lemanuçka" *bir yaşında.*

Aynalı Çeşme, İngiliz Apartmanı, 1925

Pera'nın rengini ve sesini değiştiren Beyaz Rus'lar.

Sakız Ağacı 19 numaradaki meşhur "Rus Bahçesi"nin içi.

Rus Sefareti'nin Büyükdere'deki yazlığı.

Yan sayfa: Pera'da Fransız Tiyatrosu'nun ***Milowitz Orkestrası.*** *Ortadaki, orkestranın piyanisti,* ***Shura****'nın ablası* ***Barones von Clodt Jurgensburg, Valentina Taskina.*** *İstanbul, 1925.*

MILOWITZ
PERA

*Pera'da yaşanan tatlı hayat yıllarından bir anı. Seyit'in akrabası **Hulki**, **Kurt Seyt**, **Mürvet** ve kızları **Leman** ile **Şükran**.*

Beyoğlu'nun büyülü bir kış gününden hatıra. ***Murka*** *ve* **Seyit,** *kızları* ***Leman*** *ve* ***Şükran*** *ile beraber, 1930.*

EMİNOF'LAR

Solda:
***Mirza Guvardia Eminof**, oğlu **Osman**, gelini **Mümine** ve bir aile dostları.*

1928 tarihli bu fotoğrafın Türkiye'ye postalanmasından kısa bir süre sonra Osman ve Mümine Bolşeviklerce kurşuna dizildi, iki çocukları kampa gönderildi.

Mirza Eminof bu resimden sonra 15 yıl daha acılarla yaşadıktan sonra, soydaşları için kendisine kazdırılan bir mezarda ruhunu teslim etti.

GÜL HANIM

*Batum Bey'i **Sancakzade Aslan Bey**'in kızı **Gül Hanım** (oturan).*

İhtilâlde, yaşadığı konaktan kaçabilen tek kişiydi.

ARİF

***Kurt Seyt**'in teyze oğlu **Arif**, 1928'de Aluşta'da Eminof'ların evi önünde.*

Bu tarihten sonra bir daha Arif'ten haber alınamadı.

NECMİYE

Ölümünden bir süre önce.
İstanbul, 1934.

***Shura**, Seine Nehri kıyısında, Kurt Seyt'in özlemiyle.*
Paris,1924.

ATATÜRK

Gazi Mustafa Kemal Paşa *Florya'da*

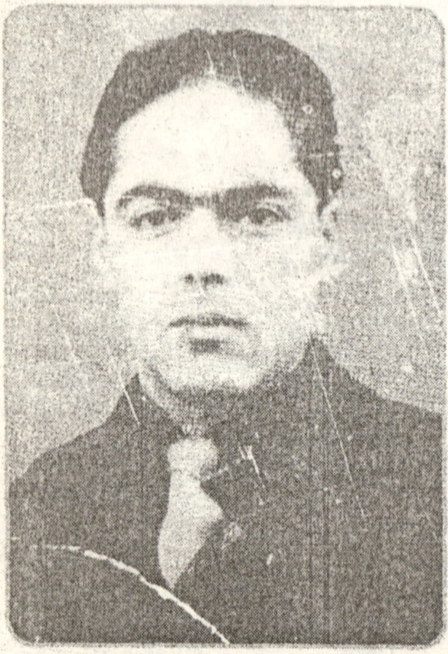

ENVER KURT

Gül Hanım *ve* ***İbrahim Bey****'in ,*
1948'de Almanya'da bir depoda
Kızıl ajanlarca öldürülen büyük
oğulları ***Enver****.*

Bolşevik tetikçilerine hedef
olmamak için ismini değiştiren
Enver Kurt*'un Almanya'daki*
mezarı.

RÜSTEM

Gül Hanım *ve* ***İbrahim Bey****'in en küçük oğulları* ***Rüstem****,*
Florya'da ***Atatürk****'ün huzurunda kazaska oynuyor*

LEMANUÇKA

***Leman**, Ankara'da, henüz öğrenci olduğu yıllarda.*

Yeni anne, ***Leman****, 1945'in ilkbaharında,*
Üsküdar'daki evlerinin bahçesinde.

***Nermin** ve **Pamir**, bir zamanlar **Romanoflar**'ın Karadeniz'i seyrettikleri balkonda.*

***Livadia Sarayı**'nın bahçesinde güneşve rüzgâr, hâlâ eski bir şarkıyı mırıldanıyor.*

*Eski **Sadovi**, şimdi **Baglikova** Caddesi'ndeki 41 numaralı ev, bir zamanlar **Osman Eminof**'undu. **Nermin** hâlâ pencerelerde tanıdık bir sima arıyor.*

***Nermin** ve **Pamir Bezmen,** yıllar sonra **Kurt Seyt**'in **Karagöl**'ünde.*

Yalta *ormanlarında,*
Uçansu *şelalesinin eteklerinde*
şaşlık ziyafeti.

Aluşta Kütüphanesi Müdürü **Tatyana Şekşekova**, **Nermin** ve **Pamir** ile beraber **Aluşta** sokaklarında. Ellerinde **Kurt Seyt ve Shura** kitabı, **Eminoflar**'ın izini sürüyorlar.

Yüz yaşındaki Rus kadın, artık ölümü beklemekten başka hiçbir şey bilmediğini söylüyor.

***Nermin** ve **Pamir**, 1992 Ağustosu'nda Kırım Türk Meclis Başkanı **Mustafa Cemilev**'le beraber "**Toy**", "**Düğün**" yolunda.*

***Nermin, Mustafa Cemilev**'in yılmaz davasında en büyük ortağı olan eşi ile beraber.*

Nermin, *Livadia Sarayı'nın bahçesinde Çar 2. Nikola çeşmesinde.*

Aluşta Müzesi'nde, yaşanmış bitmiş bir devirden kalan tek Türk mezar taşı. 1862'de vefat etmiş olan ***Kaptan Hasan Paşa****'ya ait.*

Nermin *ve* ***Pamir****'in bir gece kaldıkları Yalta ormanlarındaki Yazarlar Oteli'nde, balkondan Karadeniz'e bakış.*

Stalin'in kestirdiği serviler büyümüş.

Stalin'in 1944 Büyük Sürgünü sırasında 34 yaşında olan Şevkiye Nine, yaşadığı dehşeti bir nebze bile unutmam

'Kart, yaş demeden yığdılar üst üst

BUGÜN kütüphanede çalışan **Firuze Mamedova** ile buluşacağız. **Özbekistan**'dan yeni dönmüş bir Tatar kadının tavsiyesine uyarak, **Aluşta**'da yaşayan **Şevkiye** Nine'ye gideceğiz beraber...

Şevkiye Nine, **Stalin** soykırımını yaşadığında 34 yaşında genç bir kadınmış. **Aluşta**'da doğmuş, büyümüş... **"Eminof"** ismini duyunca, ağlayarak konuşuyor. Fotoğrafları görmek istiyor. Gözleri çok zayıflamış olmalı... **Pamir**'in gözlüklerini veriyoruz kendisine. Bir parça seçer gibi olunca, hıçkırıklarla resmi öpüyor. Dedemin erkek kardeşini ve karısını tanıyor. Heyecandan yerinde oturamıyor. Evin tek ışık giren yeri, mutfak penceresi. Pencerenin önündeki küpe çiçeklerini iterek, fotoğrafı mümkün olduğunca aydınlığa tutuyor. Bir yandan başını sallıyor, elini masaya vurarak ağlıyor. Bir yandan da, Firuze'nin zaman zaman tercüme etmek zorunda kalacağı kadar hızla ve hırsla konuşuyor:

"Her bir yerlerin aldı bu Kazaklar, balam. Karların bile vermiyorlar. Pek bezdim ben bunlardan, gözüm dünyaları görmüyor... Kart demediler, yaş demediler, yığdılar üst üste, sürdüler... Komünistler, ah balam, ah!... nicesini de arada vurdular..."

Kesik kesik hıçkırıklarla anlatmaya devam ediyor **Şevkiye** Nine:

"Vagonlara doldurdular balam. Yaş, hasta, er, dişi, hasta, sütte demediler. İki katlı vagonlara doldurdular. Bir dirseklik yer bırakmadılar canlar arasında. Kapıları kapadılar üzerimize balam. Ne hava alabildik, ne güneş yüzü gördük. On sekiz gün yol aldık. Arada bir durup içeri su, ekmek verdiler. Anca o zaman gördü gözlerimiz günü, geceyi..."

Bu on sekiz gün boyunca gövdeler üst üste yolculuk etmiş. Nereye gittiklerini, neler olacaklarını bilmeden. Arada bir açılan kapıdan, önce buğday tarlalarını, sonra bozkırı, çölü, tundraları kaçamak bakışlarla süzerek. Açlıktan, susuzluktan ölenler olmuş. Kimisi havasızlıktan boğulmuş. Her duruşta **Bolşevik** askerleri süngüleri ile itile yitele aralarına bir dalıp çıkıyormuş. Ölenleri sürükleyip, demiryolunun yanına atıveriyorlarmış.

"ÖLÜLERİMİZİ GÖMDÜRMEDİLER"

"Ölülerimizi gömdürmediler bize balam. Savuru savuruverdiler demirlerin üstüne, yanına. Ardından bağıranları, ağlayanları dipçiklediler."

Şevkiye Nine yeniden yaşıyordu kırk sekiz sene evvelinin korkunç günlerini. Tüylerimiz diken diken, dinliyoruz kendisini:

"Sütte bebeği vardı taze gelinlerden birinin. Kocasını vagona binmeden vurmuşlardı. Bebeği ölüverdi yolda. Yaş taze, dayanamadı. Sütü yok ki anasının. Kuru ekmek yemez bebe, suyla doymaz. ölüverdi biçare..."

Genç ana, ölü bebeğini askerlere vermemek için saklamış göğsünde, sıcak tutmaya çalışmış günlerce. Askerler her girişinde saklanmış ölü yavrusunu gözlerden. En sonunda anlaşılmış. Koşarak almışlar bebesini kucağından, yol kenarına savuruvermişler. Öyle bağırmış genç ana, öyle ağlamış ki, kapılar üzerine kapandıktan sonra, aklını yitirmiş, bir müddet sonra bir daha konuşmamak üzere susmuş.

Zavallı sürgünlerin ancak yarısı bu yolculuktan sağ çıkmış. On sekiz gün sonra **Sibirya**'nın kuru, yaz ortasında bile ayaz, bomboş bozkırlarında vagonlardan inerken, asırlardır kök saldıkları, yeşilin maviyi kucakladığı **Kırım** toprakları için, ilk büyük ateş düşmüş yüreklerine.

Bir yarısı da **Sibirya**'nın soğuğunda, çadırlarda barınaksızlıktan, açlıktan ölmüş. Aylar sonra hâlâ sağ kalmayı başaranlar da, yeni gruplara ayrılarak **Rusya**'nın uzak köşelerine sürülmüşler.

"Kırk sekiz yıl sonra döndüm geriye balam, ama nasıl döndüm? Kaç yaş bebemi verdim Kızaklara, anamı, babamı verdim. Kocamı verdim. Bezdirdi beni bunlar balam, bezdirdi... Hiçbirinden korkum yok. Bunca yaptıklarından sonra, daha ne yapacaklar!"

"TORUNUMU ALIN DA RAHAT ETSİN"

Şevkiye Nine, senelerin hırsını, hasretini, yok olan sevgilerini gözyaşları ile anlatırken gözbebekleri, geçirdiklerinin vahşetini, sarılamayacak yaralarının derinliğini dışarıya vuruyor. Ama, 82 yaşına rağmen dimdik başı, omuzları, isyanını dile getiren gür, çekinmez ses tonu, kararlı, mütevazı tavırları ile o kadar güçlü duruyor ki, ona acımak haksızlık olur, ancak hayranlık duyulabilir.

"Torunumu alıp gidin buralardan, alın götürün de o rahat etsin bari" derken, sıkıntılarının, gelecek nesillerde de bitmeyeceğinden korktuğunu anlıyorum.

Şevkiye Ramazanof'un sekiz nüfus kaldıkları, bir odalı evinin kapısını kilitleyip hep beraber arabaya biniyoruz. Mutfak camından sarkan küpe çiçeklerine son kez bakıyorum. Bunca sıkıntının içinde, ne kadar umursamaz bir keyifle açmışlar...

Yaşlı kadın, şoförümüz **Mikhail**'e eski **Sadovi**, yeni **Bagrikova Caddesi**'ndeki adresi tarif ettiğinde, kendimizi iki gündür defalarca yanından geçmiş olduğumuz evin önünde buluyoruz. Aynen romanımda tarif ettiğim gibi, bağları, denize bağlayan anacadde **Sadovi**. Yüksek ağaçların çevrelediği, geniş bahçeler içinde eski evlerden bazıları hâlâ ayakta. 41 numaralı evi gösterip; **"İşte, bu Osman Eminof'un evi."** diyor **Şevkiye** Nine.

Osman, dedemle kaçarken **Bolşevikler**'in vurduğu küçük kardeşiydi. Geride kalan ise **Mahmut** idi. Burada bir isim anlaşmazlığı doğuyor. Ya annemin anlattığı hatıralarda ya da **Şevkiye** Nine'nin hafızasında, iki isim karışmıştı. Ama, her halükârda bu ev büyük amcalarımdan birinin eviydi. Boğazımda bir düğümle eve doğru koşuyorum. Kapısından her an biri çıkıp beni karşılayacak hissini duyuyorum bir an.

Anacadde üzerinde iki kat görünümünde olan evin arka tarafı üç kat ve yeşillerle kaplanmış. Ağaçların arasından küçük bir su akıyor. Binanın yan cephesinden yukarı kata çıkan ahşap merdivenlerle katlar bölünmüş. Pencereleri kırılan vitray camları kartonlarla kaplayıp, yırtık çarşaflarını perde niyetine asmış, iç çamaşırlarını, plastik kovalarını balkonlarına dizmiş sakinlerinden çok öncesi burada oldukları kesin. Bir zamanlar, bu tülleri büyük amcamın karısının çekip kapadığını görür gibi oluyorum.

Yusa ile Vadim, II. Dünya Harbi'nden evvel, tapuda 650 evin kayıtlı olduğunu, harpten sonra çoğunun yıkıldığını söylüyorlar (üstte). Özbekistan'dan yeni dönen binlerce Tatar vatandaşından biri **Firuze**. Özbekistan'da filoloji okumuş. Aşk çelen iki kız ruhlu. En büyük hayali, iyi bir ev ve bu sene okula gidecek kızını iyi okutabilmek (altta).

"PIRIL PIRILDI BU EV"

Kapıyı çalıp, odalarını gezmek isterdim evin. Ama, hangi birinin?... O kadar çok aile var ki evde, hangi birine dert anlatacaktık. Üstelik, grup halinde, elimizde fotoğraf makineleri ile dolaşıyoruz. perdelerin arkasından bakanları biraz ürkütmüş gibi.

"Çok güzeldi bu ev" diyor, **Şevkiye** Nine. **"Pırıl pırıldı. Bütün burası bahçeydi, çiçekler içinde. Şimdi, kirmes olmuş."**

Tatlı bir şırıltı ile akan suyun kenarında duruyorum bir müddet. Yıllardır akmaktan yorulmuş olmalı. Kıyısına dolmuş taşların üzerinde dinlene dinlene ilerliyor. Yeşillerin arasından, evin arka pencerelerine doğru bakıyorum. Suyun sesine bırakıyorum kendimi. Beni alıp eskilere götürüyor. Hiç yaşamadığım, ama yaşamış kadar iyi bildiğim eskilere. Öyle garip bir his ki, sanki uzun uzun seyredersem, eve eski yaşamını geri getirebileceğim. Bu taya kadar bulmak için geldiğim yakınlarım birer birer çıkıverecekler ortaya. Atlı arabalar dizilecek bahçeye. **Mirza Eminof** ülkesinin seyredecek geniş ailesini, büyük çınar altında kahvesini yudumlarken **Zahide** Nine, salonlarda koşturacak emektarları ile, misafirlerine odalar hazırlayacak. O ne? Uzaktan uzağa atlıların sesleri geliyor kulağıma. Gittikçe yaklaşıyor, yaklaşıyor. Kim bu gelenler? Yoksa...

YARIN: BİR SÜRGÜN YETİMİ

"Eminoflar'ı, Aluşta'da oturan Şevkiye Nine'ye sorun" diyor Tatar kadını. Ve ille kahve ikram etmek istiyor. İkramında o kadar samimi ki...

Özbekistan'dan dönen Tatarlar, Kırım'da yeniden yuva kuruyor

Sanki Karadeniz'in sahibi.

FİRUZE ile **Özbekistan**'dan yeni dönen **Tatarlar**'ın yerleşim merkezlerinden birine doğru yol alıyoruz. Orada 100 yaşını aşkın bir ihtiyar kadının olduğunu söylüyor **Firuze**. Yarım saat süreyle, **Aluşta**'dan **Kırım** Dağları'na doğru tırmanarak yol alıyoruz. Ağustos güneşinin parıltılarla yakıldığı **Karadeniz**, yumuşak bir rüzgârla salınan çamlar, çınarlar, selviler gözlerimize ziyafet çekerken, içimdeki huzursuzluğu tedavi ediyorum. Bu güzel toprakların insanlarının bunca acıya, zulme ve yokluğa mahkûm olmaları haksızlık diye düşünüyorum.

Üzerinden yeni buldozer geçmiş toprak yığınları arasında duruyoruz. **Firuze** az ilerde derme çatma briketlerden yapılmış, çatıları teneke levhalarla kaplı kulübelere doğru gidiyor. Az sonra, yanında bir **Tatar** kadınla dönüyor. Yeşil gözlerin aydınlattığı vakur yüzü ile, toprağa, çamura bulanmış terliklerini sürükleyen ayakları, sanki aynı kadına ait değil. Kendinden son derece emin tavrı, sakin, ağır ses tonu ile konuşurken, aşağılara, denize doğru uzanan yeşil dağlara ve Karadeniz'e bir bakışı var ki, onu buraların sahibi sanırsınız. Kendisine verilen beş metrekarelik toprak parçası üzerine, e ile taşlarını tek tek dizerek ev yapmak zorunda kalmış olmak gerçeği, onun topraklarının asıl sahibi olduğu fikrini k sından çıkarmıyor.

Tatar kadını, 100 yaşını aşmış olan nenin konuşamayacak kadar hasta o ğunu söyleyip bize kendisi yardımcı maya çalışıyor. **Stalin**'in 18 Mayıs 1 sürgününde, henüz 10 yaşlarında bir çıkmış. Fotoğraflardaki yüzleri bir lerinin hatırlamasına rağmen, çıkar yor. Büyük babamın **"Guvardia"** tak söylediğimiz zaman, gözleri parlıyor:

"Guvardia'lar mı? Onlardan var, nazen Köyü'nde... Yeni geldiler... vardia'lar, Tatar değildi. Onlar Türk lerdir. Görevli olarak asırlar evvel Kır gönderilmişler. Bir varıp Koruözen'i din. Bir de, Aluşta'da doğmuş büyü Şevkiye Ramazanof var. Seksen iki y da, o da yeni döndü Aluşta'ya. Ona varıp sorun."

Avlulardan bana sarılıyor, yine bek ğini söylüyor. Yeşil gözleri ışıl ışıl, ç ne güzel bakıyor ve öylesine gururlu.

ırım Tatarları'nın lideri Mustafa Cemiloğlu ile buluşma

ım Türkleri'nin Lideri Mustafa Cemiloğlu'yla görüştükten ra, imzaladığım kitabımı hediye ettim. Çok memnun oldu.

KIRIM Tatar Milli Meclisi Başkanı Mustafa Cemiloğlu ile tanışmamız, seyahatimizin en mühim anlarından biriydi.

Mustafa Cemiloğlu'i, gerek **Kırım Tatarları**'nın hakkını dünyaya duyurabilmek için yaptığı açlık grevi, hapiste geçirdiği yıllar ve **Tatar** Meclisi Başkanı sıfatı ile gerçekleştirdiği **Türkiye** ziyaretinden tanıyorduk. Ama bu idealist lideri ve ailesini şahsen tanıyıp, kendisi ile yaptığımız sohbetlerden sonra, hayranlığımız daha da arttı.

Kendisinin davetlisi olarak, **Simferapol**'de **(Akmescit) Tatar** Milli Meclisi'ni ziyaret ettikten sonra, akşam bir **Tatar "toy"**unda (düğün) anlattıklarını dinliyoruz. **Tatarlar**'ın geçmişini, bugününü ve gelecek için hayallerini... Bu güzel insanlar için kara günlerin artık bitmiş olmasını diliyorum. Hiçbir şey, kaybedilenleri, gidenleri geri getiremez, ama bunca badireyi atlatıp bugünlere gelebilen, toprağına, geçmişine bunca azim ve inatla sarılan insanların, mutluluğu çoktan hak ettiklerini düşünüyorum.

Mustafa Cemiloğlu, yaptığı bir araştırmadan sonra, **Novorosisk**'te **Eminof** soyadı ile bir ailenin bulunduğunu, kendilerine haber gönderdiklerini söyleyince, umutlarım bir kez daha filizleniyor. Ancak, **Kırım**'da son günlerimizi geçirdiğimiz için, **Novorosisk** ile direkt bir bağlantı kuramıyoruz. Şu an, hâlâ, bir haber beklentisi içindeyim.

ısya'da genç kızların, sırf kaliteli bir akşam yemeği uğruna, otellerde turist beylere eşlik etmesi doğal karşılanıyor

Bir kadeh 'şampanskaya' için...

KONT **Woronitsov**'ın 19. Yüzyıl'ın ilk yarısında, **Elhamra** Sarayı'ndan esintilerle inşa ettirdiği **Alupka** Sarayı son durağımız. Dönüş yolumuzda, **"Güvercin yuvası"**'nın bir masal şatosu gibi **Karadeniz**'in üzerindeki kayalarda yükselişini izliyoruz.

Akşam, otelimizin lokantalarından birinde revü seyrederek son yemeğimizi yiyoruz. Revünün birbirinden güzel kızları, usta balerin vücutları ile, **Amerikan** veya **Fransız** kaynaklı müzik eşliğinde sahneyi dolduruyorlar. Masalardaki otel müşterilerine bakıyorum. Büyük bir çoğunluğu, genç kuşaktan. Dağılan **Rusya**'nın para harcayabilen şanslılarının onlar olması acaba bir tesadüf mü? Sadece iyi yaşamayı özledikleri için, çok mu çabalıyorlar? Yoksa, değişen dünyaları içinde, eski kuşak yeni çarka ayak uyduramadığı için, para getirecek işler gençlere mi kalıyor?

Kuş Kalesi... Denizi arkamıza aldık, bu manzara çıktı...

Masalarda sadece otelin lokantasında yemek yiyebilmek için beylere eşlik eden alımlı, zarif genç kızları izliyorum. Yaptıkları işin son derece tabii kabul edildiği belli. Otelde de zaten bu tip girişler için bir yasak yok. Yeter ki, bir otel müşterisi bu masafirleri sahiplensin. Ondan sonraki rölasyon otelin parasını ödeyen adamın insafına kalmış. Bu taptaze, pırıl pırıl kızlara güzel bir yemek ikram etmek keyfi için davet yapan centilmenler de var. **"Şampanskaya"** içmekle lüks bir kadın olunacağını sanan zavallıları, gecenin karanlık saatine kadar götürenler de var. O da bazen ayrıca pazarlığa tabi, bazen ise yemek fiyatının içinde.

Alupka Sarayı'nın girişindeyiz. Aslanın heybetine bakın...

Yalta'da, bir otelde, klasik bale, İspanyol dansı ve Amerikan kabaresi esintili bir akşam yemeği... Lokanta, yabancı turist beyler ve onlara refakat eden, alımlı ve zarif genç kızlarla dolu. Yaptıkları işin son derece tabii karşılandığı belli... İyi yaşamanın, biraz füme balık yiyip şampanya içerek mümkün olacağını sanan bu genç hanımlar için, gecenin ilerleyen saatleri, ayrıca pazarlığa tâbi. Kimi zaman da bu ücret, yemeğin parasına dahil...

Hayal ile gerçek arasında gezinti

YALTA ormanlarının tepelerine doğru bir yolculuk... Nadiren Türk ismi ile kalmış yerlerden biri. **"Uçansu"** şelalesi, çarlık kartallarının kanatları arasından, kayaları yıkayarak ayaklarımızın dibine kadar iniyor. Aynı isimdeki lokantada karnımızı doyurarak yola devam ediyoruz. Sık ağaçların arasından dar bir yolda tırmanarak **"Karagöl"** yoluna geldiğimiz zaman, yine o garip hisse kapılıyorum.

Yine, o çok iyi bildiğim yollardan birinde, çok iyi tanıdığım bir yere gidiyorum. Güneş ışıklarına zaman zaman dalları arasından geçit veren yüksek ağaçların, ilerleyip **Karagöl**'ün kıyısına vardığımızda, neredeyse soluğum kesiliyor. İşte, dedemin sularında serinlediği gölün kıyısındayız. Asırlık ağaçlar gölü çepeçevre sarmış. Kıyıdaki kayanın üzerine oturup, bir an için, kendimi romanımdaki sayfaların akışına bırakıyorum. Etrafta sadece kuşların yankılanan sesleri duyuluyor. Durgun suyun içinden güneşi görebilmek için uzanan yosunlar ayaklarımın dibine kadar geliyorlar. Ormanın içinde uzanan patikada dedemi görür gibi oluyorum yine. Yanında **Celil, Mişa ve Vladimir**. Atlarının sırtında geliyorlar.

Güneş batmış olmalı, ben fark etmeden. Mehtap yükseliyor ağaçların arasından. Kahkahalarla iniyorlar atlarından. Göl, ay ışığı ile pırıl pırıl aydınlanıyor. Ne kadar keyifliler hepsi, oldukça da çakırkeyif. Baharın ilk gecelerinden biri olmalı. Topraktan ve ağaçların gövdesinden serinlik yayılıyor. Rüyamdan uyanıyorum. Rüya mıydı, yoksa **Karagöl**'ün kıyısında saklanıp kalmış bir geceyi mi seyrettim? Ayağımın altındaki toprağa daha sıkı basıyorum. Çınar ağacının gövdesini avuçluyorum. O geceden bu yana çok kişi gelmemiş olmalı buralara. Çok zaman geçmiş olabilir, ama dedemin ayak izleri henüz taze olmalı. Bu ağaca dokunmuştur muhakkak. Çantamdaki resmini çıkarıp bakıyorum. Bana şu an o kadar yakın ki, sanki fotoğrafta değil, hemen yanıbaşımda. Benimle beraber, tekrar buralara dönmekten mutlu mudur? Onu özlüyorum...

Dedemin yürüdüğü, atıyla gezindiği her yerde yürümek, havayı teneffüs etmek istiyorum. İfade etmesi garip bir his, ama sanki o buralarda bir yerlerde saklanıyor da, karşıma çıkacakmış gibi geliyor. Hiç değişmemiş, ihtiyarlamamış olarak...

"KIRIMLILAR ÇOK KÜLTÜRLÜYDÜ"

Toprakla, suyla kardeş olmuş botlarına, amacını gerçe
leştirene kadar dimdik ayakta kalmaya yeminli gövdesi
saran eskilerine bakıyorum. Kendinden o kadar emin,
kadar rahat ve o kadar mağrur ki, gözlerim gayri ihtiya
dimdik, masanın ucunda oturmakta olan **Şevkiye Ramaz
nof**'a kayıyor. Geçmişlerinin verdiği hırsı, acıyı, güleryüzl
rinde ve sukûnetlerinde bu kadar güzel perdeleyerek, gel
ceğe inatla ve inanarak sa
lan insanlar, beni son dere
hislendiriyor.

"Kırımlılar, Rusya'nın
**kültürlü halklarından biri
di"** diyor **Guvardeev C
man, "Birkaç lisan konuşu
lardı. İyi işlerin sahipleriy
bu yörenin halkı. Gel g
şimdi, ne hallerdeyiz..."**

Nataşa'nın pişirdiği
kahveyi kıtlama ile içtikt
sonra vedalaşıyoruz **Guv
deev**'lerle. Ellerini göğsün
birleştirmiş, başı yukarıda
zi uğurluyor **Osman Guv
deev.** Ayaklarını sıkı sıkı b
mış toprağa. Buralardan
daha ayrılmamaya yeminli. On iki yaşında sürüldüğü, a
sını babasını ondan ayırdıkları topraklara geri dönm
Doğduğu topraklarda ölmek istiyor. Eceliyle... **Aluşta**'
dönüp **Şevkiye Ramazanof** ve **Firuze Mamedova** ile ve
laşıyoruz. Geçmişimi ararken yaşadığım hüznü ve çares
liği, **Firuze**'nin ne kadar iyi hissetmiş olduğunu, şu son s
lerinden anlıyorum;

**"Nermin canum, inan olsun, eğer derdine çare can
isteseler, veririm. Öyle içim sıkkın senin şu haline, in
canum veririm."**

"Kırımlılar, Çarlık Rusyası'nın en kültürlü halklarından biriydi" diyor Osman Guvardeev, "Birkaç lisan konuşurlardı. İyi işlerin sahipleriydiler... Gel gör şimdi, ne hallerdeyiz!" Guvardeev'in annesi, ablası ve iki ağabeyi bulaşıcı hastalıktan ölmüşler Sibirya'da. Yalnızca dayısı kaçabilmiş; İstanbul'da, Büyükdere'de oturuyormuş.

AŞ TATLI OLSUN...

Bundan sonra yine yardım gelir mi, yoksa bahçesinden topladığı soğan, domatesin satışından gelecek paraya mı kalır iş, onu Allah bilir. Kasım ayı gelince, **Kırım** kıyılarının yazına mahsus, munis dokunuşlarla okşayan rüzgârı, ciltleri renklendiren güneşi zaman perdesinin arkasında yok olup, yerini çetin, karların savrulduğu bir kışa bırakacak. O zaman ne yapacak **Guvardeev Osman** ve diğerleri? Teneke çatılı, naylon pencereli kulübelerinde varsa bir sevdikleri yanıbaşlarında, ona sarılıp baharı beklemekten başka..

Hikâyesini bitirdikten sonra, bir derin nefes alıyor ev sahibimiz. Sonra eksik yaptığı bir işten utanır gibi bir yüz ifadesiyle, ellerini kimbilir kaç kez yamanmış pantolonunun dizlerine vurarak, bir koşu naylon perdelerin ardında kayboluyor ve az sonra emaye bir leğene doldurduğu, bahçeden taze kopmuş domatesleri ve koca bir baş soğanı sofraya getiriyor. İkramda kusur ettiğini söyleyerek özür diliyor. Patiskaya sarılı ekmek ve tuz eşliğinde sofra tamam. İkram edebileceği varı yoğu o zaten **Osman Guvardeev**'in. Ve bize sunmaktan son derece mesut. **"Aş tatlı olsun"** dilekleri ile yemeye başlıyoruz.

Guvardeev Osman'ın siyah kurt köpeği, zincirlerini şa-

YARIN: ALUŞTA'YA VEDA...

"İki katlı vagonlara doldurdular bizi balam. Er, dişi, hasta, sütte demediler, bir dirseklik bile yer bırakmadılar canlar arasında. Nicesini de anında vurdular" diyor Şevkiye Nine. Bugün 82 yaşında, tam 48 sene sonra dönebilmiş yurduna. Ama, nasıl dönmüş? Kaç bebeğini, anasını, babasını vermiş Sibirya'ya...

DİZİ YAZI

"TÜRKİYE'DEN MİSAFİRLER VAR!" Aluşta'da Senina Ulitsa Caddesi'nde oturan Şevkiye Ramazanof, kendisini ziyarete gittiğimizde "Türkiye'den misafirler var" sözü üzerine neredeyse kalp krizi geçirecekmiş. Firuze ile Bezmenler'i, sokakta oğlu karşılıyor. Apartmanın giriş katındaki daireden içeri giriyoruz. Bozuk bir musluktan kesik horultularla devamlı akmakta olan su sesi, bir koridor, içinde bir mutfak ve bir odadan mürekkep daireyi sarıyor. Giriş kapısının tam karşısındaki sedirde, eli göğsünde bizi bekleyen Şevkiye Nine ile (sağda). "Ayy! canlarım!" haykırışı ve gözyaşları ile sarmaş dolaş oluyoruz.

***Nermin** ve **Pamir**, Alupka Sarayı'nın denize inen aslanlı merdivenlerinde.*

KÖKLERE SEYAHAT

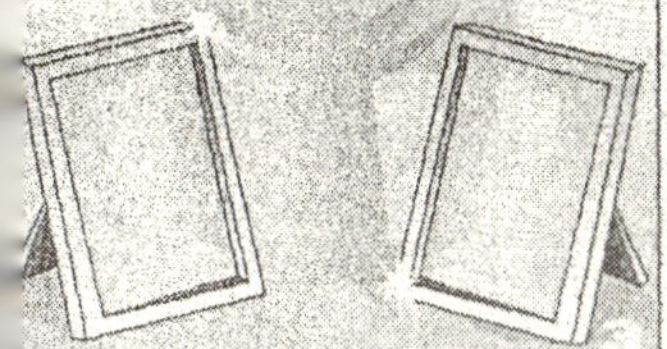

NERMİN BEZMEN

SABAH sabah programımızda bugün, **Kuruözen** Köyü'nde kendilerine dönüş izni verilen **Tatarların** yerleşim bölgesine gitmek var. Köyde **"Guvardia"** lakaplı biri ile görüşeceğiz. **Firuze** ile **Şevkiye** Nine, yine bize eşlik ediyorlar.

Feodosia, yani **Sudak** yolunda **Rusların Malariçka** diye ‑mlendirdiği eski bir yerleşim alanı **Kuruözen.** Ama, harp‑ ‑n sonra bütün köy halkı sürüldüğünde, evleri de yerle bir ‑ilmiş. Sonradan yeniden iskâna açılıp **Rusya**'nın diğer ‑relerinden getirilen **Rus** vatandaşları yerleştirilmiş. Şimdi, ‑raklarına geri dönen **Tatarlara** iskân izni verilen bölge‑ ‑de, **Ruslara** da aynı hakkı tanıyorlar. Böylelikle, **Tatar‑ ‑ın** grupça kendilerine ait bir bölge oluşturmaları engelle‑ ‑yor.

Kıyıda uzanıp giden tabii plaja paralel dağlara doğru ‑rulmuş şirin bir köy **Malariçka.** Açıkhava pazarını geçe‑ ‑, arabayla tırmanıyoruz. Teneke ve naylon parçaları ile ‑tülü kulübeleri görmeye başladığımız an, aradığımız yere ‑ldiğimizi anlıyoruz. Ev yapmak için izin ve toprak veri‑ ‑n **Tatarlar,** inşaat yapacak güçleri olmadığından, önce ‑reden bulabildikleri artık malzemelerle başlarını soka‑ ‑k bir çatı yaratıyorlar. Sonra, güçlerine, alabildikleri yar‑ ‑mlara göre, bazen bir sene, bazen iki sene, bazen daha ‑un sürecek bir mücadeleye giriyorlar. Ellerinde bir kaz‑ ‑, kürek; çimentoyu sırtlarında taşıyarak, avuç avuç harç ‑yarak, tek tek briket dizerek ev yapmaya çalışıyorlar.

"HEP RUSLARLA BÜYÜDÜM..."

Çukurların, toprak yığınlarının arasında ilerleyip bir te‑ ‑nin önünde kalıyoruz. Ziyaretine geldiğimiz **Osman Gu‑ ‑rdeev,** bu tepenin üzerindeki kulübede. **Firuze**'nin ses‑ ‑mesi üzerine tahta, teneke yığınları arasından bir erkek ‑liriyor. Keyifli bir **"Hoş gelmişsiniz"** ile tepeden koşarak ‑iyor. Bıyığı ve eski fötr şapkasının örttüğü saçları, masma‑ gözlerinin aydınlattığı güneş yanığı yüzü ile tezat bir be‑ ‑zlikta. Güçlü kuvvetli, sıhhatli bir yapısı var. Tepede top‑ ‑ğı kazarak meydana getirdiği basamaklardan, bizleri, eli‑ ‑zi tutarak yukarıya çıkarıyor. Mavi muşamba sarılmış ‑şap masaya buyur ediyor, önce biz orada oluş nedeni‑ ‑zi anlatıp sonra onu dinliyoruz.

Osman Guvardeev'in babası, **Guvardia Vacip Osman‑** ‑ar'ın ordusunda görevliymiş. 1917 İhtilali'nden hemen ‑ alıp götürmüşler.

‑rdından da, zengin aileleri sürdüler. 1936 - 1938 ‑a... Bir kısmı Urallar'a yollandı. Oralarda öldüler. ‑ öldürüldü. Biz çocuklar kaldık. Bizleri de, Özbe‑ ‑ yetim evlerine verdiler. Hep Ruslarla büyüdüm ‑nımım yok o yıllardan. Daha 12 yaşındaydım."

‑ Guvardeev'i dinlerken, dedemin anlattıklarını ‑. Analarından, babalarından ayırdıkları küçük ‑ktep, kışla avlularına toplayıp günlerce aç bı‑ ‑nra açlıktan ağlaşan çocuklara, **"Haydi ba‑ ‑llah babadan ekmek isteyin, babanızdan ek‑** ‑dikleri. Ve küçücük ağızların, **"Allah ba‑ ‑ ver!"** ardından, **"Babacığım, gel bizi al!"** ‑a biçareler, ancak kendilerine söylendiği **‑ bize ekmek ver"** diye yakarınca ekmeğe ‑renirler ki, onların hakiki babaları, artık

DİZİ YAZI

Bolşevikler, Çar'ın ordusunda görevli babasını götürünce, Rus yetimhanelerinde büyümüş Osman Guvardeev...

Bir sürgün yetimi...

Osman Guvardeev, Özbekistan'da [illegible]

Kuruözen, sürgün başında büyük bir özenle inşa edilmiş güzelim Türk evlerinin yerinde, şimdi harabeler var...

[illegible]

Nermin Bezmen*'in, *Kurt Seyt & Shura* birinci baskıya girdikten sonra, 1992 Ağustosunda gerçekleştirdiği Kırım yolculuğunun Hürriyet gazetesinde yayınlanan araştırma dizisi.

"BİR TEK DAYIM KAÇABİLDİ..."

"Ama, hatırladığım şeyler de var..." diye devam ediyor Osman Guvardeev:

"Şu tepeler var ya... Şimdi ev olan yerler. Hep kiraz bahçeleri vardı o zaman. Kıyıdan ta Aluşta'ya kadar, arada hiç başka köy, kasaba yoktu. Yirmi dakika sürerdi gitmek. Ne güzel yerlerdi buraları, ne asûde... Benim anam, ablam bulaşıcı hastalıktan, iki ağabeyim sılmadan öldüler. Bir ben kaldım. Bir de dayım vardı. O, kaçabildi. Şimdi İstanbul'da... Büyükdere'de oturuyor. Aziz Yeşilada... Ne olur, onu bulursanız adresimi verin."

Bolşevikler, Osman Guvardeev'i ailesinden ayırıp Özbekistan'ın Angren'inde yetimhanede büyütmüşler, ama onun **Kırım Tatar Milli Hareketi** teşkilatına katılmasını engelleyememişler. Bugün teneke damlı, naylon pencereli kulübesinde **Rus** karısı **Nataşa** ile, bahçesinde yetiştirdiği kuru soğan ve domatesle katık yaparak mücadelesini sürdürüyor. İznini aldığı evinin temelini atmış, suyunu çekmiş, ilk katın zemini olacak, şimdilik daha toprak, mekânda ince çıtalarla odalarını, mutfağını işaretlemiş.

Çocukluğumuzda, dedemin **Ortaköy**'deki ahşap evinin bahçesinde oynadığımız **Hıdrellez** oyunlarını hatırlattı bana. Hayalimizde sahip olmayı canlandırdığımız evleri çizerek, kibrit çöplerini üst üste dizerek. **Osman Guvardeev** de, işte bizim çocuk hayallerimizden birkaç adım önde şu anda. Evini daha uzun müddet bitirmesi imkânsız. Aldığı destek, işi ancak buraya kadar getirmiş.

ECDADIMIN ÖDEDİĞİ FİYAT...

St. Petersburg Üniversitesi'nde ekonomi tahsil eden üç genç kızın, oturdukları masadan bir görevli tarafından kaldırılışlarını üzüntüyle izliyorum. O kadar güzel, o kadar kibar ve zarifler ki... Ve biraz füme balık, birkaç kadeh **şampanskaya** için sofralarına oturmaya hazır oldukları erkeklerin birçoğundan daha zeki, daha tahsilli ve asiller. Düştükleri durumu önce insan, özellikle de bir kadın olarak, son derece ağırıma giderek izliyorum.

Klasik bale, **İspanyol** dansı, **Amerikan** kabaresi esintileri ile dolu, çıplaklı, sihirbazlı, şansonlu bir geceyi, harika siyah havyar, nefis bir votka, füme balıklar, söğüş etler ve finalde nefis bir somon tava ile noktaladığımızda, karı-koca ikimize gelen hesap, bahşiş dahil, yedi dolar.

"Ne kadar ucuz, bedava" diyeceğiniz geliyor, değil mi? Benim için öyle değil. Cedlerim bu topraklarda öyle bir fiyat ödemişler ki, kendimi hiç de bedava yemek yiyor gibi hissetmiyorum.

Bir de düğüne katıldık... Rehberimiz güzel Valentina (sol başta), masamıza gece boyunca neşe kattı.

Günlerden, 24 Ağustos Pazartesi. Saat sabahın beş buçuğu... Bizi **Simferopol**'e, havaalanına götürecek otobüsteyiz. **Yalta** Oteli'nden yılankâvi yoldan tırmanarak ana yola çıktığımızda, mehtabı fark ediyorum. Sağımızda, aşağıda **Karadeniz** uçsuz bucaksız uzanıyor. Öylesine uzağa gidiyor ki, gecenin karanlığı ile birleşiyor, bir yerden sonra.

Tepeden denize doğru inen ağaç yığınları ve ardında üzüm bağları, ilerde suyun içinde uzanan küçük kayacıklar... Bütün bunları, ben daha evvel yaşamış gibiyim. Havada bildiğim bir koku var. İçimde çok iyi hatırladığım bir eziklik... Mehtap bir şeyler hatırlatmak istercesine, aynı gölge oyunlarını yapıyor.

"Aluşta" levhasını gördüğüm, an yüreğim daha bir hızlı çarpıyor. Yine hayal perdem canlanmaya başlıyor. Bir a için, tepenin ucundaki evde dedemi görüyorum **Shura i** beraber. Sessiz, tepenin eteklerinde uzanan denizi seyred yorlar. Ama, kısa bir an... **Karadeniz** hiç bitmeyecek gil gidiyor, gidiyor.

ALUŞTA'YA VEDA

Süratle geçiyoruz **Aluşta** kıyılarını. Ama, burada dah yaşayacaklarım var, biliyorum. Gecenin karanlığı içimd sanki. Öylesine huzursuzum. Mehtap bulutların arasınd kayboluyor. Hayal gücüm bana oyun mu yapıyor, diye si kiniyorum, ama değil. Sanki yetmişaltı sene öncesini yaş mam için, tabiat ilk gün den beri bana oyun y pıyor.

Uzaklaşıyoruz, uzak laşıyoruz... Dalgala karşı ilerlemeye çalışa takayı görüyorum. Sila sesleri kesildi. Deden görüyorum. Onun göz lerinden ne görüntül geçtiğini biliyorum. **Sey Eminof**'un gözlerind **Aluşta** kıyıları, yavaş y vaş tül perde ardına sa lanır gibi, uzaklaşma başlıyor. Bir daha as göremeyeceği memlek tinin son resmini gözb beklerine nakşedip sa lamak ister gibi bakıyo

Kocaman bir dalg nın kıç tarafta çırpın ile suya varışı arasındaki daracık zamanda, kıyının hay tamamen gözden kayboluyor. Mehtabın bulutlar arasına dalıp çıkmasıyla, ben de denizdeki hayalimi kaybediy rum. Gördüklerim hayal miydi, yoksa dedem benim onun gerçeklerini yaşamamı mı istemişti?

Ona yine yetişemedim. Ama şu an biliyorum, **Karad niz**'deki takanın üzerinde artık göremediği **Aluşta** kıyıla bakıp, sessiz ağlamakta.

Otobüsümüz **"Aluşta"** levhasını geride bıraktı. Ben ağlıyorum...

B İ T T İ